Tijan
Riskante Begierde

## Das Buch

Als Bewährungshelferin lässt sich die 29-jährige Jess normalerweise nichts vormachen. Doch als sie bei einem Hockeyspiel auf den attraktiven Trace trifft, gewinnen ihre Gefühle die Oberhand. Obwohl sie nur kurz miteinander sprechen, kann sie den mysteriösen Fremden nicht vergessen. Nicht mal, als sie erfährt, dass er der Nachfolger eines New Yorker Mafiabosses ist!
Wie oft hat Trace sich schon gewünscht, dass seine Familie nichts mit der Mafia zu tun hat. Und jetzt begehrt er ausgerechnet eine Frau, die für das Gesetz steht! Aber Jess' feuriges Temperament fasziniert ihn und macht ihn blind für das Risiko.
Beide ahnen nicht, wie dicht Verlangen und Gefahr beieinander liegen. Sind ihre Gefühle das Spiel mit dem Feuer wert?

## Die Autorin

Die *New-York-Times*-Bestsellerautorin Tijan schreibt spannende Romane über starke Charaktere und mit einer kleinen Prise Unverfrorenheit. Tijan fing nach dem College mit dem Schreiben an und hat seitdem zahlreiche Bestseller wie die »Fallen Crest«-Serie, »Ryan's Bed« und »Enemies« geschrieben. Weitere Informationen zur Autorin finden Sie auf ihrer Website www.tijansbooks.com.

# Riskante BEGIERDE
# TIJAN

ROMAN

AUS DEM AMERIKANISCHEN VON KATJA RUDNIK

Die amerikanische Ausgabe erschien 2022 unter dem Titel »A Dirty Business (Kings of New York)« bei Montlake, Seattle.

Deutsche Erstveröffentlichung bei
Montlake, Amazon Media EU S.à r.l.
38, avenue John F. Kennedy, L-1855 Luxembourg
Februar 2024
Copyright © der Originalausgabe 2022
By Tijan
All rights reserved.
Copyright © der deutschsprachigen Ausgabe 2024
By Katja Rudnik

Die Übersetzung dieses Buches wurde durch Amazon Crossing ermöglicht.

Umschlaggestaltung: zero-media.net, München
Umschlagmotiv: © izusek © Georgijevic © Ivan Ozerov /Getty Images
Lektorat: Rainer Schöttle
Korrektorat: Manuela Tiller / DRSVS
Gedruckt durch:
Amazon Distribution GmbH, Amazonstraße 1, 04347 Leipzig /
Canon Deutschland Business Services GmbH, Ferdinand-Jühlke-Straße 7, 99095 Erfurt /
CPI books GmbH, Birkstraße 10, 25917 Leck

ISBN 978-2-49671-511-8
e-ISBN 978-2-49671-512-5

www.montlake.de

*Für alle meine Leserinnen und Leser. Ich hoffe, ihr werdet die Lektüre genießen!*

# Kapitel 1

## Jess

Bier und Eishockey.

Darum ging es.

Ich wusste nicht, was »es« war und wo »es« war, aber ich saß gerade im Eishockeystadion, hatte ein Bier in der Hand und schaute irgendwelchen verdammt heißen Hockey-Göttern auf dem Eis zu. Nun ja, dachte ich, ich war, wo »es« sein sollte. Das Leben war herrlich. Bier und Eishockey.

»Ich muss mal pullern.«

Ich unterdrückte ein Grinsen, denn nur meine Mitbewohnerin, die wie eine fleischgewordene Barbie aussah, redete auf eine Art, die überhaupt nicht Barbie-like war. Dafür liebte ich sie umso mehr.

Ich nickte ihr zu. Das zweite Drittel des Spiels ging zu Ende und ich schaute auf mein Bier. Es war zu einem Drittel leer.

Ich traf eine Entscheidung. Genau in diesem Moment. Denn ich war entscheidungsfreudig – ein Wort, das ich kürzlich einem meiner weiblichen Bewährungshäftlinge erklären musste, und zwar bis ins kleinste Detail. Sie wusste nicht, was es heißt, sich Ziele zu setzen, oder was Entscheidungsfreude bedeutet.

Ich hatte das Gespräch genossen. Ihre Augen waren glasig und ihr Drogentest war negativ gewesen, also wusste ich, dass es das Thema war, das sie langweilte. Schade. Wir mussten beide das Gespräch ertragen. Allerdings war sie nicht der Grund für mein derzeitiges Bier. Es waren die drei Bewährungshäftlinge nach ihr, um die ich mich kümmerte. Alle zusammen waren für das letzte Bier verantwortlich, und mein *nächstes* Bier war für die beiden Hausbesuche, die mir morgen bevorstanden.

Ich freute mich nicht auf diese Besuche, aber sie gehörten zu meinem Job. Als Kelly zur Treppe ging, folgte ich ihr.

Kelly zog die Blicke auf sich. Platinblondes Haar. Ein schlanker, fast modelartiger Körper. Blaue Augen. Barbie, wie bereits gesagt. Sie erntete Blicke von Männern und Frauen und ich verstand das, zumal sie sich kürzlich einer Brustvergrößerung unterzogen hatte. Im College und auch danach war sie meine Mitbewohnerin gewesen. Getrennt gewesen waren wir lediglich, als sie mit einem Freund zusammenzog, der sich in einen Verlobten verwandelte, der jetzt ein Ex-Mann war. Er hatte sie betrogen, deshalb bekam sie eine anständige Entschädigung von ihm und ich meine beste Freundin zurück. Gut für mich, schlecht für ihn. Aber was mir an Kelly gefiel, war ihre Flexibilität. Ich kam nach Hause und sagte, ich bräuchte einen Drink, und sie antwortete, sie hätte zwei Karten für das Eishockeyspiel der New York Stallions gewonnen. Es sollte so sein, wie ich es mir vorgestellt hatte.

Sie schaute sich um und sah, dass ich ihr folgte.

Ich hob meinen Becher und trank ihn auf ihre unausgesprochene Frage hin aus.

Sie drehte sich wieder um und setzte lachend ihren Weg fort. Fast so, als hätten wir das schon einmal gemacht (ja, hatten wir auch), ging sie auf die Toilette und ich zum Bierausschank.

»Ach, da schau her. Hallo!«

Die fröhliche Begrüßung kam von einem der Mitarbeiter am Bierstand, einem großen, stämmigen Kerl. Ich musste kurz nachdenken und dann fiel es mir ein. Ich kannte den Mann. Er war in der Vergangenheit Bewährungshäftling gewesen. Nicht meiner, aber ich war ein paarmal auf dem Flur dabei gewesen, als er eine Meinungsverschiedenheit mit seinem damaligen Bewährungshelfer gehabt hatte. Er nannte sich gern Jimi Hendrix, aber wir sagten alle Jimmy zu ihm. Und mit Jimmy gab es leider etliche Differenzen.

Deshalb war er oft auf Bewährung.

»Jimmy!« Ich musterte ihn von oben bis unten. Er hatte gut fünfundzwanzig Pfund abgenommen, was ich bemerkte, weil ich das für meinen Job wissen musste, aber bei ihm war es kaum zu sehen. Er war einen Meter fünfundneunzig groß und einhundertvierzig Kilogramm schwer. Oder jetzt vielleicht etwas unter einhundertdreißig. Mir fiel auch das Bier auf, das er einschenkte. »Wie geht's dir?«

Er bemerkte meinen Tonfall und sein Grinsen wurde breiter. »Ich bin nicht mehr auf Bewährung. Also keine Angst, Sie müssen mich nicht melden, denn meine Bewährungszeit ist vorbei. Ich habe eine schöne Wohnung und diesen Job. Und dann arbeite ich noch in einem Lebensmittelladen und packe Waren ein, Miss Jess.«

Das war noch so eine Sache bei Jimmy. Normalerweise war ich Officer Montell, aber Jimmy kam irgendwie damit durch, mich Miss Jess zu nennen. Ein paar seiner Arbeitskollegen im Getränkestand schauten mich an, als wäre ich seine Verflossene, und ich sah die Erwartung in ihren Augen, aber ich hatte kein Verlangen danach, mit einem von ihnen auszugehen.

»Möchten Sie ein Bier, Miss Jess?«

»Äh … gern.« Es fühlte sich seltsam an, ein Bier von einem ehemaligen Bewährungshäftling serviert zu bekommen, aber nun gut. Während er einschenkte, bemerkte ich immer noch das Interesse seiner Kollegen. Ich griff in meine Handtasche, um mein Handy und meine Dienstmarke herauszuholen, die ich mir um den Hals hängte. Herumzuschwenken brauchte ich sie hier nicht. Die Kollegen sahen sie und das reichte. Das Interesse verflog und stattdessen erntete ich ein paar spöttische Blicke.

Ich schickte Travis, einem Kollegen, eine Textnachricht.

**Jess:** Ist Jimi Hendrix nicht mehr auf Bewährung?

Fast sofort bekam ich eine Antwort.

**Arschloch-Kollege 1:** Nein. Warum?

**Jess:** Hab ihn gesehen und mich gewundert. Er sieht gut aus.

**Arschloch-Kollege 1:** Steckt er in Schwierigkeiten?

**Jess:** Nein. Tschüs.

Wieder summte mein Handy, aber ich schaute nicht mehr drauf. Ich mochte Travis nicht. Das Gefühl beruhte auf Gegenseitigkeit, eigentlich auf mehr als Gegenseitigkeit. Derek Travis. Er ging mir auf die Nerven, seitdem ich als Bewährungshelferin arbeitete. Ich wusste nicht, warum, oder was sein Problem war, denn weibliche Bewährungshelfer wurden gebraucht. Ich machte meine Arbeit, machte sie gut und geriet nur ein paarmal mit ihm aneinander. Ich hatte mich nach Jimmy erkundigt, weil ich sichergehen wollte, und er hatte geantwortet. Für mich war das Thema erledigt. Ich wollte ihm keinen Grund geben, Jimmy auf den Wecker zu fallen, aber manchmal logen unsere Schützlinge, deshalb die Nachricht.

»Bitte sehr, Miss Jess.«

Trotz Jimmys Ausbrüchen und Streitlust hatte ich ihn immer gemocht. Manchmal konnte er sein Temperament nicht zügeln, aber er war meistens witzig und haute mehr auf sich selbst als auf andere ein. In den allermeisten Fällen wollte er niemanden verletzen.

»Was bin ich dir schuldig, Jimmy?«

Sein breites Lächeln blendete mich fast, seine riesigen Hände ruhten rechts und links neben der Kasse und sein mächtiger Körper beugte sich vor. Das war eine seiner alten Gewohnheiten, daran erinnerte ich mich. Er versuchte sich kleiner zu machen, als er war, damit sich andere in seiner Nähe wohler fühlten.

»Nichts, Miss Jess. Das geht auf mich.«

Ich warf einen Blick auf seine Kollegen und sah, dass einer von ihnen uns für meinen Geschmack ein wenig zu interessiert beobachtete. Ich beugte mich näher zu Jimmy und senkte die Stimme. »Bist du sicher, dass du das Geld dabeihast?«

Er plusterte sich auf, sein Mund öffnete sich und der Hals wurde noch röter, als er ohnehin schon war, aber ich fuhr fort: »Weil ich weiß, dass du mit so wenig Bargeld wie nötig unterwegs bist. Du hast das Herz am rechten Fleck, aber wenn du nicht das passende Bargeld dabeihast, möchte ich nicht, dass jemand das bemerkt und es deinem Chef steckt, wenn du verstehst, was ich meine.« Mein Blick wanderte zu dem Kollegen, der versuchte mitzuhören. Er hatte schon unzählige Male über dieselbe winzige Stelle der Theke gewischt.

Als er verstand, was ich meinte, sanken Jimmys Schultern noch tiefer. »Tut mir leid, Miss Jess. Sie haben ja recht.« Er nannte mir den Betrag und ich reichte ihm das Geld. Als er mir das Wechselgeld zurückgeben wollte, winkte ich ab und bedeutete ihm, es zu behalten. Er steckte es in die Trinkgelddose, als ich ging.

Auf dem Weg zur Treppe schaute ich zu unseren Plätzen, aber Kelly war noch nicht zurück.

Ich wusste, dass ich mich in absehbarer Zeit ebenfalls zur Toilette begeben musste, also nippte ich an meinem Bier und ging in die Richtung, in die Kelly verschwunden war.

Die Schlange vor der ersten Toilette war zu lang, aber da ich eine leicht angeheiterte, schlaue Bewährungshelferin war, wusste ich, dass es abseits der Haupttribüne weitere Toiletten gab. Ich setzte meinen Weg fort und hatte die Hälfte des Bieres ausgetrunken, als ich eine Tür entdeckte. »Toiletten« stand darauf und ein Pfeil, dem ich folgte.

Ich öffnete die Tür, drängte mich hindurch, und … verdammter Mist!

Ich hatte einen Fehler gemacht und befand mich im Treppenhaus, das nach draußen führte.

Schnell drehte ich mich um und griff nach dem Türknauf, als ich direkt über mir hörte: »… habe davon gehört. Das ist mir egal.«

Ich wich zurück und legte den Kopf in den Nacken. Der Mann war noch nicht ganz im nächsten Stockwerk, sondern ungefähr auf der Hälfte. Mit dem Rücken stand er zur Treppe und telefonierte. »Ja. Ja.«

Eigentlich sollte ich gehen. Das war ein privates Telefonat und ging mich nichts an.

Ich drückte gegen den Türknauf. Fehlanzeige. Die Tür war ins Schloss gefallen und ließ sich von innen nicht öffnen.

So ein Mist!

Ich hatte ein weiteres Bier intus. Bald würde ich meine Blase entleeren müssen und der Typ war immer noch am Telefon.

»Warte mal. Hier ist jemand.«

Verdammt, verdammt!

Ich drehte mich um, als ich hörte, dass er die Treppe herunterkam, und rief hinauf: »Tut mir leid. Ich wusste nicht, dass diese Tür …« Ich verstummte, als er um die Ecke bog und direkt auf mich zukam, denn dieser Typ war einer der schönsten Männer, die ich je gesehen hatte.

Er hatte markante Gesichtszüge. Seine Augen waren eine Mischung aus Grau und Haselnussbraun, und ja, selbst aus dieser Entfernung war ich erstaunt, wie klar sie waren. Er hatte ausgeprägte Wangenknochen, aber da sein Kiefer sehr kantig war, stand es ihm gut. Ein urwüchsiger Typ, aber gut aussehend und heiß zugleich. Bei einer Größe von über einem Meter neunzig wog er vielleicht fünfundneunzig Kilo. Der schicke Business-Anzug, den er trug, sah hochwertig aus. Seine Schuhe waren von der teuren Sorte und wären Gegenstand von witzigen Bemerkungen, die ich über Wall-Street-Typen beim Eishockeyspiel machen würde. Als er mich erblickte, hielt er inne, aber dann breitete sich langsam ein schelmisches Grinsen auf seinem Gesicht aus und das haute mich um.

Es war fast wie ein leichter Schlag gegen meinen Brustkorb, der mich mehr schockierte als außer Gefecht setzte.

Er sprach in sein Handy: »Ich muss leider Schluss machen.« Ich hörte, wie die andere Person weitersprach, aber er beendete das Telefonat und steckte das Handy in die Tasche. »Hallo.«

Er musterte mich von oben bis unten und sah aus wie eine gelangweilte Katze, die eine Maus gefangen hatte und nun ein neues Spielzeug besaß.

»Ich wollte Ihr Telefonat nicht stören.«

»Ganz im Gegenteil, vielen Dank.« Er kam noch ein paar Stufen herunter. »Ich brauchte eine Ausrede, um den Anruf abbrechen zu können.«

Ich wich zurück, um ihm – oder mir – Platz zu verschaffen, während er weiterging, bis er auf der Stufe direkt über mir stand und nach unten schaute. »Ich habe die Toilette gesucht.«

»Das hier ist die Treppe.« Seine Stimme klang wie ein schmachtender Bariton und er musterte mich immer noch, wobei er nicht nur das Äußere betrachtete, sondern auch in meiner Seele las. Was auch immer dort geschrieben stand, schien ihm zu gefallen. Wäre ich eine Figur in einem Buch, hätte ich ihn vielleicht mit einem Vampir verglichen. Fast hätte ich angefangen zu lachen. Wie dumm war ich eigentlich? Nervös zu werden wegen dieses Mannes, der in einer ganz anderen Steuerklasse war als ich. Normalerweise wäre mir das egal gewesen. Normalerweise wäre ich aber auch nicht länger hier stehen geblieben.

Ich nickte, als er die letzte Stufe nahm und mir direkt gegenüberstand. »Ich weiß, aber da war ein Schild, auf dem ›Toiletten‹ stand und der Pfeil wies hier hinein. Allerdings habe ich vergessen, dass man die Türen nicht von innen öffnen kann.«

»Richtig.« Seine Lippen umspielte immer noch dieses Lächeln und die Augen funkelten. »Wenn Sie das Schild an der Tür aber richtig gelesen hätten, hätte da ›Notausgang‹ gestanden. Und dass die Tür sich nicht von innen öffnen lässt.«

Ich weigerte mich, für diesen Kerl zu erröten. Nix da. Aber mein Nacken wurde ein kleines bisschen heiß.

»Ja. Mein Fehler.« Mein Tonfall war kühl und ich warf ihm einen abweisenden Blick zu.

Das schien ihn noch mehr zu amüsieren. »Wie heißen Sie?«

Ich wurde sauer. »Das geht Sie nichts an, würde ich sagen.«

Seine Augen glühten. Dieser Typ war nicht normal. »Ziemlich frech.« Sein Ton wurde sanft. »Das gefällt mir.«

Daraufhin wurde ich noch saurer. »Wie bitte?« Ich wich zurück und brachte mich in Positur, während ich automatisch darüber nachdachte, wie ich mich verhalten sollte, falls er auf mich losging.

Als hätte er meine Gedanken gelesen oder gespürt, dass sich die Situation verändert hatte, wich er zurück. Die prickelnde Wirkung ließ ein wenig nach, verschwand jedoch nicht ganz. Ich amüsierte ihn weiterhin und wusste nicht, was ich davon halten sollte. »Sie haben keine Ahnung, wer ich bin?«

Ich runzelte die Stirn. »Törnt Sie das an, oder was?«

Er schmunzelte und ein Grübchen kam zum Vorschein.

O Gott! Ein Grübchen! Welche Frau hatte keine Schwäche dafür? Das war ungerecht. Meine Gereiztheit ließ ein wenig nach.

Er kicherte, immer noch in diesem Bariton, und auch das hörte sich ungemein *sinnlich* an. »Bei Ihnen wohl schon.

Glauben Sie mir, ich bin genauso schockiert wie Sie.« Sein Blick wurde intensiver. »Sind Sie in Begleitung?«

Ich gab die eingenommene Kampfhaltung auf und entspannte mich ein wenig. »Ich bin mit meiner Mitbewohnerin hier.«

Sein Blick signalisierte erneut Interesse. »Ist sie eine Lebensgefährtin oder *nur* eine Mitbewohnerin?«

Verdammt! Der war aber direkt und verlor keine Zeit.

Wenn ich in einer Bar gewesen wäre und Lust auf einen One-Night-Stand gehabt hätte, hätte dieses Gespräch ein anderes Ende gehabt. Männer, die direkt waren, mochte ich *sehr*.

»Sie ist meine beste Freundin.« Ich sah, wie ihm die nächste Frage auf den Lippen lag, also fügte ich hinzu: »Und sie ist hetero.«

Er senkte den Kopf und sein Blick wurde milder. »Und Sie? Worauf stehen Sie?«

Mir verschlug es die Sprache. Ich wusste nicht, warum, aber er zog mich in seinen Bann.

Langsam kam er wieder einen Schritt auf mich zu.

Ich konnte weder meinen Blick von ihm wenden noch zurückweichen. Beides wollte ich auch gar nicht.

Im Stillen schimpfte ich mit mir, aber mein Herz hämmerte und ich bekam immer noch keinen Ton heraus. Mir wurde immer heißer und die Stelle im Schritt pochte.

Was machte dieser Mann mit mir?

So etwas war mir noch nie passiert.

»Worauf stehen Sie, Miss …?« Er legte den Kopf zur Seite, als könne er mich auf diese Weise dazu bringen, ihm zu antworten.

Auch das hätte ich gern getan.

Überrascht öffnete ich den Mund, aber dann fiel sein Blick auf mein T-Shirt und alles änderte sich. Schlagartig.

Er war verführerisch und schmeichelhaft gewesen und dann ... nichts. Eiskalt.

Ich zitterte sogar, fühlte, wie er sich zurückzog, obwohl er keinen Muskel bewegt hatte.

Ich folgte seinem Blick zu meinem Brustkorb. Meine Dienstmarke schaute unter der Jacke hervor. Als ich wieder aufschaute, stockte mir der Atem. Sein Blick war auf mich gerichtet, aber er war alles andere als freundlich. Feindselig. Von einem Moment auf den anderen war sein Flirten vorbei.

»Sie sind Polizistin?«, fragte er mit ausdrucksloser, kühler Stimme.

»Bewährungshelferin.«

Sein Handy klingelte und er zog es aus der Tasche. Ohne ein weiteres Wort an mich nahm er das Gespräch an, drehte sich um und ging die Stufen wieder hinauf. »Hallo. Warte kurz. Ich bin auf dem Weg zur Tür. Mach sie für mich auf.«

Ich konnte ein Schaudern nicht unterdrücken, als er auf einem Treppenabsatz um die Biegung verschwand und das letzte Treppensegment hinaufging.

Eine Tür wurde geöffnet und Geräusche vom Eishockeyspiel drangen ins Treppenhaus, bevor sie mit einem lauten Rums ins Schloss fiel und der Lärm wieder verstummte.

Ich wartete, aber nichts geschah.

Er war weg.

Was zum Teufel war gerade geschehen?

Und davon abgesehen war ich immer noch eingesperrt.

# Kapitel 2

## Jess

»Mannomann!« Kelly öffnete lachend die Tür für mich. Wir hatten uns angeregt übers Handy unterhalten, während ich sie zu mir lotste. Es war ein kompliziertes Blinde-Kuh-Spiel gewesen, bei dem Kelly die blinde Kuh und ich gewillt war, mich fangen zu lassen. Wir waren beide Ende zwanzig, und obwohl meine Blase nicht gerade begeistert gewesen war, hatte es Spaß gemacht. Ich nahm an, ein Teil von uns würde nie erwachsen werden.

Die Geräusche des Spiels schlugen mir mit voller Wucht entgegen, als ich durch die Tür trat.

»Wie bist du da noch mal gelandet?«

Das hatte ich ihr bereits erklärt, deshalb ignorierte ich die Frage und warf meinen jetzt leeren Bierbecher in einen Abfalleimer. »Wo ist die Toilette?«

Lachend begleitete sie mich, und da sich das Spiel mitten im dritten Drittel befand, waren die Toiletten leer.

Und versifft. Papierhandtücher lagen überall herum. Einige hingen halb aus dem dafür vorgesehenen Abfallbehälter und ein großer Stapel lag einfach auf dem Boden. Unter einem der Waschbecken bildete sich eine Pfütze.

Kelly blieb im Vorraum, während ich die erste halbwegs saubere Toilette belegte, die ich finden konnte.

Es war die sechste.

»Du sagtest, bei dir wäre so ein Typ gewesen.«

Ich grinste. »Hier drinnen?«

»Du weißt, wovon ich rede. Wer war das?«

Ich wusste nicht, was ich sagen sollte. Typisch Kelly. Vor Kurzem geschieden und todunglücklich, aber im Herzen eine Romantikerin. Sobald ich etwas über ihn und seine Reaktion auf mich erzählen würde, wäre er in ihren Augen eine Art reicher Romeo.

»Keine Ahnung. Er dachte, ich sei Polizistin.«

»Wie ist er denn darauf gekommen?«

»Er hat meine Dienstmarke gesehen.«

»Wie das?«

Ich war fertig mit dem Pinkeln, betätigte die Wasserspülung und kam heraus. Mit verschränkten Armen lehnte Kelly an der Wand des Vorraums. Ich war verlegen, wusste aber nicht, warum. »Ich habe einen alten Bewährungshäftling getroffen und wollte ein paar seiner Arbeitskollegen verscheuchen.«

Kelly brach in Gelächter aus.

Ich ging zum Waschbecken, wusch mir die Hände und richtete kurz meine Frisur.

An einem normalen Tag sah ich schrecklich aus, aber irgendwie strahlte ich von innen heraus. Mein Teint war ein bisschen rosiger, die Wangen glühten und die Augen waren glasklar. Das bedeutete etwas, denn normalerweise hatten sie die Farbe von dunklen Mandeln.

»Ich glaube dir nicht.«

»Was?« Ich warf Kelly einen Blick zu, nahm meine Dienstmarke ab und steckte sie wieder in die Tasche.

Dann betrachtete ich mich. Ich war normal schwer und groß. Einen Meter achtundsechzig. Ich achtete auf meine Figur und Kondition, denn es wäre dumm, das in meinem Beruf nicht zu tun. Besonders als Frau. Seitdem ich mich für diese Laufbahn entschieden hatte, war ich mit meinem Job verheiratet. Das war unumgänglich, musste ich doch die Dinge oder Fallzahlen nehmen, wie sie kamen.

Ich hatte einen ordentlichen Vorbau.

Einen strammen Po auf der Rückseite.

Ich mochte meinen Körper. Und auch, dass ich mich bei einer Auseinandersetzung auf ihn verlassen konnte. Doch ich wusste auch, dass ich gut aussah. Ein herzförmiges Gesicht, das ein bisschen lang, aber süß war. Den Jungs gefiel, wie ich aussah. Ein Ex hatte einmal zu mir gesagt, dass es an meinen Augen läge, daran, wie sie sich verdunkelten. Er stöhnte jedes Mal, wenn ich einen Raum betrat, und behauptete, die Männer würden sich beim Anblick meiner Beine danach sehnen, dass sie sich um ihre Taille schlangen.

Ich merkte, dass Kelly mich musterte, wie ich mich gemustert hatte. »Was ist los?«

Sie zuckte mit den Schultern. Ein verstohlenes Grinsen umspielte ihren Mund. Sie drehte sich und stützte sich mit einer Schulter an der Wand ab. »Nichts. Willst du das Spiel zu Ende sehen oder gehen?«

»Wie ist der Spielstand?«

»Kansas City hat zwei Treffer erzielt, während du weg warst. Das wird ein klarer Sieg werden.«

Mist. »Dann lass uns lieber gehen.«

»Willst du nach Hause?«

Es war Donnerstagabend. Morgen lag ein ganzer Arbeitstag vor mir. Normalerweise hätte ich Ja gesagt und wäre um zehn im Bett gewesen, aber irgendetwas trieb mich heute um. Es war dieser Mann, das wusste ich, aber ich würde das Gefühl ignorieren.

»Nein. Lass uns ins *Octavia* gehen.«

»Gut! Warum nicht ins *Katya*?«

Ich schüttelte den Kopf. Mein Einkommen als Bewährungshelferin reichte mir kaum zum Leben, also arbeitete ich jeden Freitag- und Samstagabend als Barkeeperin in Manhattan im *Katya*. Ich wollte nicht in den Club, in dem ich arbeitete. Ich wollte einen ganzen Abend nicht ans Arbeiten denken und das *Octavia* war genau richtig dafür. Der Club war nicht neu, aber dort war es dunkel und sündig und anonym.

Heute Abend dürstete mich nach etwas von dieser Sünde.

Oder vielleicht lag es auch an diesem Mann, auf den ich vorhin gestoßen war.

# Kapitel 3

### TRACE

Wir waren auf dem Weg zu unserem Escalade, als Caleb uns bat zu warten. »Ich muss ganz schnell noch etwas überprüfen. Bitte entschuldigen Sie, Mr West.«

Ashton stellte sich neben mich. Wir waren beste Freunde, schon unser ganzes Leben lang, und würden es auch dann noch sein, wenn wir beide diese Welt verließen. Bei jedem Schritt auf diesem Weg. Das zeichnete uns aus.

Wegen unserer Vergangenheit verstanden wir uns ohne Worte. Ich stand hier nicht mit einem nervösen Angestellten oder Geschäftsmitarbeiter, der ohne Unterlass geplappert hätte, und wahrscheinlich hörten wir wegen dieser Stille das schrille Gelächter, das von weiter unten, vor dem Haupteingang der Hockey-Arena, erklang.

Das war sie.

Ich hätte ihre Stimme überall erkannt und ignorierte, wie sehr mich das beunruhigte, als ich hinüberschaute.

Mein Körper verkrampfte sich und ich reckte den Hals.
*»Sie sind Polizistin?«*
*»Bewährungshelferin.«*

Auf den ersten Blick war sie faszinierend gewesen. Ein längerer Blick und ich hatte das Bedürfnis gehabt, sie zu vögeln. Aber da war noch *mehr*. Ich wollte sie für ein ganzes Wochenende. Ich wollte sie in viele verschiedene Stellungen bringen, meinen Schwanz in so viele Genüsse einführen, die ihr Körper bereithielt, aber da war diese Marke gewesen, die meine Gefühle hatte erkalten lassen.

Sie sagte, sie sei Bewährungshelferin, aber für mich war sie Polizistin. Eine verdammte Polizistin.

Doch jetzt sah ich sie wieder, hörte sie sogar. Ihr Lachen erregte meine Aufmerksamkeit.

Ich *wollte* sie.

Haben konnte ich sie zwar nicht, aber ich wollte sie trotzdem.

Das würde zu einem Problem werden.

»Die Blonde oder die Dunkelhaarige?«

Natürlich hatte Ashton es bemerkt.

»Die Dunkelhaarige.«

Ich beobachtete sie weiter, aber ich wusste, dass Ashton sie mit einem aufmerksameren Blick betrachtete.

»Kennst du sie?«

»Nein.« Ich schaute ihn an, als Caleb um die Ecke kam und die hintere Autotür öffnete. »Finde heraus, wer sie ist.«

Dann stieg ich ein und Ashton holte sein Handy aus der Tasche, während er mir ins Auto folgte.

Er hatte die besseren Verbindungen und würde ihren Namen in einer Stunde herausgefunden haben.

# Kapitel 4

Jess

Ins *Octavia* zu gehen, um zu tanzen und zu trinken, war zwar eine gute Entscheidung gewesen, aber am nächsten Morgen sagten mir meine Kopfschmerzen etwas ganz anderes. Kaffee, Kaffee, Kaffee! Ich brauchte alles Koffein, was ich kriegen konnte, doch auch sechs Tassen später war es immer noch nicht genug.

Nachdem ich meinen Dienstwagen geparkt hatte, betrat ich das Gebäude und hörte von der Seite: »Reinkommen, Montell!«

Ich ignorierte ihn. Wenn ich ihn nicht sah, konnte er mich auch nicht sehen. Ich bediente mich der Denkweise einer Vierjährigen.

Doch dann war er plötzlich neben mir. »Hast wohl im *Cleo's* haltgemacht, was?«

Ich stöhnte. »Hau ab, Travis.«

»Warum holst du mir nichts zu trinken? Ich könnte einen Kaffee vertragen. Schließlich war ich lange auf, um deinen Arsch zu retten.«

Das war eine Kampfansage. Ich blieb stehen und schaute ihn an. »Was redest du da?«

Es war derselbe Derek Travis, dem ich gestern Abend eine Textnachricht geschickt hatte. Er war seit drei Jahren Bewährungshelfer und ging mir furchtbar auf die Nerven. Im Umgang mit anderen war er anständig, das musste ich ihm lassen, aber er tat alles, um mir meine Arbeit zu erschweren.

Sein Grinsen wurde breiter. Er trug eine Sonnenbrille und seine gewöhnliche Arbeitskleidung: eine khakifarbene Cargohose und ein schwarzes langärmeliges Hemd unter einer Weste, die wir alle trugen. »Einer deiner Schützlinge hat gestern Abend gegen seine Auflagen verstoßen. Er ist aufgegriffen und positiv auf Kokain und Meth getestet worden. Du hast es vermasselt, Montell.«

Na bitte. Er nervte schon wieder. Ich konnte nichts dafür, wenn mein Bewährungshäftling etwas anstellte. »Woher weißt du das?«

»Ich war hier, als er hergebracht wurde. Der Teamleiter wollte ein Update für den Bewährungsausschuss. Er müsste gerade ein Gespräch mit denen führen.« Er sagte das sehr lässig und langsam, während er so tat, als würde er auf sein Handgelenk schauen – das ohne Uhr.

Ich verfluchte diesen Typen. Das ging ihn nichts an und unser Teamleiter wusste das.

Leo hätte auf mich warten sollen, dann hätte ich ihn über den Delinquenten ins Bild setzen können.

Ich warf meine Sachen in mein Büro und ging direkt zu unserem Teamleiter. »Hallo.« Mit einem kurzen Nicken setzte ich mich und griff nach der Akte, die aufgeschlagen auf seinem Schreibtisch lag.

Leo, die Kurzform für Leland Aguila, war mein Chef, aber auch ein Vaterersatz-Schrägstrich-Mentor für mich. Er war der Grund oder einer der Gründe, warum ich diesen Beruf ergriffen hatte, denn es hatte eine Zeit gegeben, in der ich Führung benötigt hatte, damit die Welt wieder einen Sinn für mich ergab. Leo hatte diese Aufgabe übernommen. Aus diesem Grund gefielen mir die dünne missbilligende Linie seiner Lippen und die Falten auf seiner Stirn nicht.

Er war groß. Über eins achtzig. An die hundertdreißig Kilo schwer. Er hatte eine Glatze und behauptete, dass ihm bei dieser Arbeit keine Haare wachsen würden. Aber er hielt sich weitgehend fit. Beim Football hätte er einen robusten Lineman abgegeben.

Er steckte sein Handy weg. »Was machst du da?«

»Du hast wegen meines Schützlings telefoniert, oder?«

Leo hielt inne und neigte seinen großen Kopf zur Seite. Mit einfühlsamem Blick sagte er: »Nein. Das ist deine Sache. Du hast Zeit. Warum fragst du?«

Oh.

Ich zuckte kurz mit den Schultern. »Travis.«

Jetzt dämmerte es ihm. »Ignorier ihn. Du weißt doch, wie er ist. Er will dich nur provozieren.«

Ja. Und das gefiel mir nicht.

Leo grinste mich an und deutete auf die Tür. »Mach, dass du rauskommst, Montell. Such Officer Hartman und tut, was immer ihr beide heute tun müsst.«

Ich salutierte übertrieben, worüber er prustete, und machte mich davon.

Als ich Vals Tonfall und die Verärgerung darin hörte, wusste ich genau, wo sie war, und machte mich auf den Weg zu ihrem Büro. Sie hatte telefoniert, legte den Hörer aber gerade auf. Als sie mich sah, rollte sie ihren Schreibtischstuhl zurück. »Bereit?«

Hausbesuche. Kein Spaß.

Ich nickte ihr kurz zu. »Bereit.«

# Kapitel 5

## Trace

»Sie arbeitet im *Katya*?« Ashton konnte das Lachen in seiner Stimme kaum unterdrücken.

Er las eine Kopie des Berichts, den unser Mann über die letzten beiden Tage verfasst hatte, in denen er ihr gefolgt war. Ich hatte den Bericht schon früher bekommen, aber das bedeutete nicht, dass es weniger aufregend war, noch einmal zu hören, dass sie für mich arbeitete.

Ich verdiente gutes Geld, hatte ein gutes Leben. Und ich schlief mit Frauen, wenn ich es wollte, aber das war nicht immer so gewesen. In der Highschool hatte ich eine feste Freundin gehabt und eine weitere im College. Ich war treu gewesen. Fühlte mich wohl. Sie schenkten mir ihr Herz und ihren Körper, und ich tat das Gleiche. Doch ich wurde älter und die »Hilfe« meines Vaters im Familienunternehmen bestand darin, dass er vieles vermasselte, woraufhin mich mein Onkel anrief, damit ich übernahm und das Chaos meines Vaters beseitigte.

Ich hatte die Nase voll davon. Mein Onkel ebenfalls.

Aber dieser Teil meines Lebens nahm immer mehr Raum ein und ich wusste, dass es nicht richtig war, wieder eine feste

Freundin zu haben, nicht in diesem Leben. Es war ohnehin schon zu viel mit den zwei Welten, in denen ich lebte. Deshalb ungezwungener Sex oder Frauen, die Bescheid wussten. Sie bekamen ein Abendessen, Getränke, eine Nacht, in der sie sich an meinem Arm wichtig fühlten, und ich bekam Sex ohne Bedingungen. Es waren Frauen, die auch keine Beziehung wollten, deshalb war es eine Win-win-Situation für beide Seiten.

Doch jetzt wollte ich sie und zum ersten Mal seit Langem erwog ich, meine Regeln über Bord zu werfen.

Für sie.

Aber nur für ein Wochenende. Mehr nicht. Das war alles, was ich verkraften konnte. Sie ordentlich durchvögeln und dann zu meiner normalen Routine zurückkehren. Danach wäre alles gut.

»Du bist so im Arsch.« Ashton fing wieder an zu lachen.

Ich warf ihm einen finsteren Blick zu. »Pass bloß auf. Ich habe eine Waffe in meiner Schublade.«

Das brachte ihn noch mehr zum Lachen. Er beugte sich vor und schüttelte den Kopf. »Willst du, dass sie erfährt, dass dir das *Katya* gehört?«

»*Uns* gehört das *Katya*.« Es war unser Club. Seiner und meiner. Ashton hatte, wie ich auch, eine Familie, aber das *Katya* war eines unserer gemeinsamen Unternehmen, zu dem keine unserer Familien eine Verbindung hatte. Das würden wir auch nicht zulassen. Würde jemand versuchen, sich hineinzudrängen, wäre das Grund für einen internen Krieg.

»Jaja. Du weißt, was ich meine.«

Wollte ich, dass sie es erfuhr? Nein. »Ruf Anthony an. Gib ihm die entsprechenden Anweisungen. Ich möchte nicht, dass sie es weiß, noch nicht.«

Ashton zog sein Handy aus der Tasche, als meines zu summen begann. Es war unser Privatdetektiv.

Ich nahm das Gespräch an. »Haben Sie noch mehr über sie?«

»Sie geht zum Bowlen.«

Ich runzelte die Stirn. »Zum Bowlen?«

»Sie wollten einen schnellen Bericht, deshalb steht das noch nicht drin. Sie geht jeden Sonntagabend mit ihrer Mitbewohnerin zu *Easter Lanes*. Das ist ihnen nahezu heilig.«

Das ... war hilfreich. »Wann tauchen sie dort auf?«

»Gegen sechs Uhr abends. Dann bowlen sie bis acht und hängen noch bis halb zehn dort rum.«

Easter Lanes. »Wem gehört der Laden?«

»Molly Easter. Sie hat ihn von ihrem Vater gekauft, auf links gedreht und jetzt läuft er gut.«

»Wer ist ihr Vater?«

»Shorty Easter. Sein richtiger Name ist Marcus. Ein Spieler. Er hat hohe Schulden bei Ashtons Familie.«

Bei dieser Information warf ich Ashton einen Blick zu, der das sofort bemerkte. Er hob eine Augenbraue »Was ist los?«

»Gibt es sonst noch etwas?«

»Ihre Bewährungshelferin hat eine enge Beziehung zu ihrem Bruder. Der ist inhaftiert, weil er ihren Vater umgebracht hat.«

Mir lief es kalt den Rücken hinunter, als ich das hörte. Das hatte nicht im Bericht gestanden. »Haben Sie das auch gerade erst rausgefunden?«

Der Mann am anderen Ende der Leitung zögerte. »Ich muss erst noch einer Sache nachgehen, bevor ich diese Frage beantworten kann. Vertrauen Sie mir. Sie werden wollen, dass ich damit warte.«

»Gut. Lassen Sie es mich so schnell wie möglich wissen.«

»Okay.«

»Was ist los?«, wollte Ashton wissen, nachdem ich aufgelegt hatte.

Ich setzte ihn über Easter ins Bild und er schnaubte. »Ja, ich erinnere mich an den Typen. Meine Familie lädt ihn immer wieder ein, weil er witzig ist und gute Geschichten erzählt, aber er hat den Arsch voller Schulden.«

»Kennst du die Tochter?«

Seine Augen verengten sich. »Willst du dich auf einer Bowlingbahn heranpirschen?«

Ich seufzte. »Das muss ich vielleicht und du kommst nicht mit.«

»Die Tochter habe ich einmal getroffen, als wir Kinder waren. Sie wird sich nicht mehr an mich erinnern.«

»Das Risiko gehe ich lieber nicht ein. Noch nicht.«

»Das ist ein Menge Aufwand, den du da treibst, um eine ins Bett zu kriegen. Normalerweise brauchst du doch nur zu winken und sie kommen von ganz allein.«

Ich warf ihm einen Blick zu, weil mir diese Tatsache vollkommen bewusst war.

Das war ärgerlich.

# Kapitel 6

Jess

Er war hier.

Den Sonntagabend im *Easter Lanes* zu verbringen war unsere Leidenschaft. Meine und Kellys. Ich nervte viele Leute während der Woche. Freitag- und Samstagabend schenkte ich Getränke aus und hoffte, dass keiner meiner Schützlinge in meinem Zweitjob seine Auflagen verletzte, aber die Sonntage gehörten uns. Ein freier Abend. Wir mochten Molly Easter. Sie hatte sich bei einem Töpferkurs mit Kelly angefreundet, und als sie uns erzählte, sie würde den alten Laden ihres Vaters übernehmen und umkrempeln, waren wir da. Jeden Sonntag. Wir unterstützten sie, wo wir konnten, aber mittlerweile war die Bowlingbahn zu einem Zufluchtsort für unsere Gruppe geworden.

Wenn ich bowlte, war ich ein ganz anderer Mensch.

Keine Sorgen, keine Regeln. Wenn ich wollte, konnte ich mir einen Bart ankleben oder mich als Lkw-Fahrer verkleiden. Keinen kümmerte es. Die Leute liebten unsere Bowlingklamotten und eigentlich sollte jeder in einem besonderen Outfit bowlen. Eine ernste Angelegenheit mit einer Portion

Spaß. Außerdem hatten die Sonntagabende nichts mit Dates zu tun. Solche Leute verstanden nie, warum man sich fürs Bowlen verkleiden musste.

Ich blieb abrupt stehen, als ich durch die Tür kam und ihn dort sah. Er saß in einer der hinteren Nischen an der Wand einem anderen Mann gegenüber. Ich konnte nicht anders und starrte ihn an, während Kelly in mich hineinlief.

»He, was machst du ... ooh!« Sie holte tief Luft. »Wer ist *das* denn?«

*»Sie sind Polizistin?«*

Wie verachtend und kalt diese Frage geklungen hatte.

Ich schauderte bei der Erinnerung daran, dachte aber auch an das warme Gefühl, das mich gerade eben bei seinem Anblick überkommen hatte.

Als hätte er meinen Blick gespürt, schaute er zu mir herüber.

Ich wartete darauf, dass ich schockiert war, aber nur die Tatsache, dass ich es *nicht* war, schockierte mich.

Ich runzelte die Stirn, aber dann wurde ich einfach von seinem alles verzehrenden Blick in den Bann gezogen, der in mir ein Feuer zum Lodern brachte. Mein Gott, er sah umwerfend aus! Beim Eishockeyspiel hatte er einen seriösen Anzug getragen, aber heute war er mit einem weißen T-Shirt und einer Lederjacke bekleidet, und ich wusste, ohne sie zu sehen, dass seine Jeans von ausgezeichneter Qualität waren. Er beugte sich vor und sein Blick blieb pausenlos auf mich gerichtet. Dann lehnte er sich zurück und führte das Glas zum Mund. Sein Adamsapfel bewegte sich, als er einen großen Schluck trank. Mein Gott, ich hasste es, wie gut er aussah.

Mein Herz schlug so heftig, dass es mir fast aus der Brust sprang.

Ich kannte diesen Mann überhaupt nicht und fällte eine Entscheidung. Ich wollte ihn nicht kennenlernen. Niemals!

»Jess ...« Kellys Stimme riss mich aus meinen Gedanken. Ich drehte mich um und ging gezwungenermaßen in die entgegengesetzte Richtung. Es dauerte eine Sekunde, bis ich begriff, dass ich direkt auf den Spielhallenbereich zuging, aber was sollte es. Ich biss die Zähne zusammen und ging weiter. Musste weg von ihm. Also machte ich mich auf den Weg zur Toilette im hinteren Bereich, denn ich brauchte eine Verschnaufpause. Allerdings spürte ich auch jetzt noch seinen Blick auf mir.

Ich stieß die Tür zur Toilette auf. Zwei Mädchen im Teenageralter waren im Vorraum und beide zuckten, durch mein Ungestüm aufgeschreckt, zusammen.

»Raus mit euch«, blaffte ich sie an.

Eine kreischte, die andere starrte mich an. »Wer glauben Sie ...«

Sie brach mitten im Satz ab und zog in Richtung ihrer Freundin eine Grimasse, als diese sie am Arm packte und hinter sich herzog. Sie rauschten im selben Moment aus dem Toilettenraum, wie Kelly ihn betrat. Sie hielt ihnen die Tür auf und schaute ihnen nach, bevor sie die Tür wieder ins Schloss fallen ließ.

Ich stand am Waschbecken, starrte in den Spiegel und beobachtete sie misstrauisch, denn meine Reaktion würde auf keinen Fall unkommentiert bleiben.

Zaghaft stellte sie sich neben mich. »Äh ... klärst du mich auf? Wer war der Typ?«

»Der Blödmann vom Eishockeyspiel.«

Sie zog die Augenbrauen zusammen und brauchte einen Moment, bis es ihr dämmerte. »Das ist er? Der Typ, der sauer war, weil du Polizistin bist?«

Ich biss die Zähne zusammen, denn das war egal. »Warum zum Teufel ist er hier?«

»Geh doch hin und frag ihn.« Ihre Stimme klang fröhlich und sie strahlte übers ganze Gesicht.

»Warum lächelst du?«

Jetzt grinste sie wie ein Honigkuchenpferd, lehnte sich an die Wand und verschränkte die Arme vor der Brust. »Weil dieser Typ dich durchvögeln will, meine Liebe, und du es zulassen wirst.«

»Was? Nein!« *Doch!*

Kelly prustete. »Den habe ich mir nur kurz angeschaut und wusste sofort, dass das kein Typ ist, der zum Bowlen ins *Eastern Lanes* kommt. Der ist deinetwegen hier und hat genau gewusst, dass du kommen würdest. Und das bedeutet, dass er sich über dich erkundigt hat.«

Ich schüttelte den Kopf. »Garantiert nicht. Das ist …«

»Genau so! Der will dich.«

»Ich bin ›Polizistin‹. Das ist ein Problem für ihn. Ich gehe mit keinem ins Bett, der ein Problem damit hat.«

Kelly prustete erneut und stellte das Wasser an. Nachdem sie ihre Finger benetzt hatte, drehte sie mich an den Schultern zu sich herum und fuhr mir mit den Händen durchs Haar.

Ich stieß ihre Hand weg. »Was machst du da?«

Sie ignorierte mich und machte sich weiter an meinen Haaren zu schaffen. »Ich verpasse dir so etwas wie einen Wetlook. Die Kerle stehen drauf.«

»Lass das!« Ich drehte mich weg.

Er war hierhergekommen. Ins *Easter Lanes*. Hier war ich immer glücklich gewesen. Es war mein Glücksort und er war in ihn eingedrungen. Ich verschanzte mich wutentbrannt in der Toilette, um ihm aus dem Weg zu gehen, aber das war nicht ich.

Kelly deutete mein Stöhnen falsch. »Genau! Du gehst da jetzt raus und zeigst ihm, wer der Boss ist. Achte nur darauf, dass das auch fürs Schlafzimmer gilt, und«, sie senkte die Stimme, denn ich öffnete gerade die Tür, »erzähl mir morgen früh alles ganz genau.«

Ich schüttelte den Kopf, weil nichts davon eintreten würde. Dann hob ich die Hand und zeigte ihr beim Hinausgehen den Mittelfinger. Kelly lachte nur. Als wir auf dem Weg zurück am Spielautomatenbereich vorbeikamen, sah ich, dass die beiden Mädchen, die ich angeschnauzt hatte, nicht gegangen waren. Sie standen etwas abseits bei einer Gruppe von Teenagern beiderlei Geschlechts und flüsterten miteinander. Ein paar in dieser Gruppe sahen aus wie zukünftige Straftäter, aber diese persönliche Einschätzung lag wahrscheinlich an meinem Beruf.

Ich weigerte mich, zu seiner Nische zu schauen, obwohl ich seinen Blick spürte, sobald ich die Teenager hinter mir gelassen hatte. Die Weigerung hielt auch dann noch an, als ich merkte, dass mir heiß wurde.

Ich ging zu Molly, die heute Abend hinter dem Bowlingtresen stand. Sie war klein und zierlich, hatte rotblonde Haare, große blaue Augen und ein paar Sommersprossen im Gesicht. Molly war so hübsch, aber es war beinahe Verschwendung, denn sie kümmerte sich fast die ganze Zeit um ihre Bowlingbahn. Ich wusste, dass es zwischen ihr und ihrem Vater böses Blut gab, aber wir waren nicht so eng miteinander befreundet, dass wir uns über etwas dermaßen Persönliches unterhielten. Meistens ging es ums Bowlen und um Dinge, über die wir unbeschwert lachen konnten. Molly war eine gute Seele, aber es kursierten auch Geschichten darüber, wie sie überreagieren konnte. Ihre Angestellten nannten es »den Schalter umlegen«. Ich hatte das allerdings noch nie erlebt. Manchmal arbeitete sie an der Bar, heute war es die Bowlingabteilung. Sie schaute mich nur einmal an und ihre Augenbrauen schossen in die Höhe. Ihr Blick wanderte hinter mich und sie fragte Kelly: »Will ich es wissen?«

»Nein«, antwortete ich.

Kelly stellte sich neben mich an den Tresen und hauchte aufgeregt: »Doch!«

»Jetzt bin ich aber wirklich neugierig.«

»Es ist so aufregend«, fuhr Kelly fort.

Ich nahm mir vor, beide zu ignorieren, und deutete auf meine üblichen Schuhe. »Bitte sag mir, dass du die diese Woche an niemanden verliehen hast.«

Molly machte zunächst keine Anstalten, mir die Schuhe zu geben. Sie trat einen Schritt zurück, hielt sich aber immer noch am Tresen fest. Ihr Blick wanderte von mir zu Kelly, und aus dem Augenwinkel sah ich, dass Kelly nickte. Molly seufzte, nahm die Schuhe, die ich immer trug, weil ich sie mir extra gekauft hatte, aus dem Regal und stellte sie vor mich auf den Tresen. »Du weißt doch, dass ich das nie tun würde. Es sind deine. Ich bewahre sie nur auf.«

»Ich will auch meine!«

Kellys Ausgelassenheit ging mir langsam auf die Nerven. So reagierte sie immer, wenn sie Romantik witterte. Sie war auch ganz versessen auf Sex. Guten Sex. Regelmäßig hörte ich Geräusche aus ihrem Zimmer kommen, die eindeutig Pornofilmen zuzuordnen waren, und ich war mir ziemlich sicher, dass sie die manchmal nur als Hintergrundgeräusch brauchte.

Molly kicherte und schüttelte den Kopf, während sie uns unsere Schuhe aushändigte. Wir würden wie immer vier Games spielen, aber ich war versucht vorzuschlagen, uns heute auf nur zwei zu beschränken, doch da stupste mich Kelly schon am Ellbogen an. »Unsere Freundinnen sind da.«

Es war Zeit fürs Bowlen.

# Kapitel 7

### Trace

Wir schauten zu, während sie drei Games spielte.

»Nicht, dass ich ab und zu etwas gegen einen Ausflug hätte, aber wie viele Games willst du noch warten?« Ich hörte das Lachen in Erics Stimme.

»Halt den Mund.«

Er lachte wieder, ein bisschen finsterer als zuvor, und rutschte aus der Nische. »Schön, aber worauf auch immer du hier hoffst, ich brauche jemanden, der mich nach Hause fährt. Ich habe zu viel intus, um selbst zu fahren.«

Ich warf ihm einen Blick zu. »Du hast Millionen und kannst dir ein Taxi leisten.«

Er prustete und warf einen Haufen Kleingeld auf den Tisch. »Ja, aber dir stehen etliche Fahrer zur Verfügung und ich bin heute deinetwegen hier. Glaub mir, ich werde Ashton ausquetschen, warum *ich* mich heute an seiner Stelle mit dir hier treffen musste.« Er nickte in Richtung des Geldes. »Ich muss auf die Toilette. Die nächste Runde geht auf mich.«

Als Eric gegangen war, zog ich mein Handy aus der Tasche und verschickte eine Textnachricht.

**Trace:** Eric ist neugierig und will wissen, was los ist. Kein Wort zu ihm!

Im College waren wir alle in derselben Studentenverbindung gewesen, und obwohl Eric auch dabei gewesen war, lebte er nicht in Ashtons und meiner Welt. Eric kannte nur die Wall Street. Das war sein Leben und nicht das, was Ashton und ich geheim hielten. Dass wir uns auf meine Bitte hin in der Bowlingbahn getroffen hatten, war etwas völlig anderes als die Verabredungen in den Nachtclubs und Cocktailbars, die wir sonst besuchten.

**Ashton:** Worauf du einen lassen kannst, Mann!

Ich lachte trocken, aber das verging mir, als *sie* auf den Platz rutschte, den Eric gerade verlassen hatte.

Ich grinste. »Endlich.«

Mein Gott, sie war so schön. Als sie hereingekommen war, hatte sie ihre Haare offen getragen, jetzt waren sie zu einem Zopf geflochten, vielleicht passend zu einer ihrer Bowlingfreundinnen. Wie auch immer, sie hatte einen strahlenden Teint und ihre Lippen waren ein bisschen voller, als ich sie in Erinnerung hatte, aber sie schäumte vor Wut.

Sie stützte sich mit den Ellbogen auf dem Tisch ab, verschränkte die Hände ineinander und beugte sich vor. »Was wollen Sie?« Ihre Worte klangen schroff.

Ich nahm mein Glas und schwenkte die Flüssigkeit darin herum, während ich mich ebenfalls langsam nach vorn beugte und ihre Körperhaltung nachahmte. Ich hauchte das Wort »Sie« und nahm einen Schluck.

Mir entging nicht, wie ihr Brustkorb sich hob und sie Luft einsog, aber ihre Augenlider zuckten. Da war eine Wildheit, eine kurze Sekunde, bevor sie eine Mauer umstieß und sich in den Sitz zurückfallen ließ. »Ich dachte, Sie können mich nicht ausstehen. Ich bin doch ›Polizistin‹.«

»Sie sind Bewährungshelferin. Das ist etwas anderes.« Ich schlug einen gelangweilten Ton an, doch ich war alles andere als gelangweilt. »Ich weiß auch, dass Sie das schon ein paar Jahre machen und ziemlich gut sind in Ihrem Job.«

Sie starrte mich wütend an und für einen Moment fehlten ihr die Worte. Oder sie wollte nichts sagen. »Woher wissen Sie das?«

Ich neigte den Kopf, doch mein Blick blieb auf ihre Augen gerichtet. »Weil ich einen Privatdetektiv engagiert habe. Als Bewährungshelferin müssten Sie eigentlich merken, wenn Ihnen ein Typ folgt.«

Ihre Nasenflügel bebten. »Ich bin Ihnen vor drei Tagen begegnet.«

»Richtig.«

»Und Sie haben all das in drei Tagen herausgefunden?«

»Eigentlich in zwei Tagen, aber der Detektiv aktualisiert täglich den Bericht. Ich freue mich über jeden Leckerbissen, den er über Sie herausfindet.«

»Hören Sie auf!« Sie schnellte nach vorn, doch mir gefiel es, dass sie mir näher kam. Mein Blick fiel auf ihren Mund.

Diese Lippen. Diese vollen Lippen, von denen ich noch nicht gekostet hatte.

Mein Schwanz versuchte sich einen Weg nach draußen zu bahnen.

»Nein.« Ich flüsterte das Wort und genoss, wie es nur für einen Augenblick die Wildheit in ihren Blick zurückbrachte.

Ich wollte mehr davon.

Wer auch immer sie im Inneren war, ich wollte derjenige sein, der ihr wahres Ich zutage förderte.

»Das hier ist ein Fall von Belästigung.«

Ich schmunzelte, lehnte mich zurück und hielt mein Glas hoch. »Versuchen Sie doch, dagegen vorzugehen. Das ist mein Vorspiel.«

Der wilde Gesichtsausdruck kam zurück und blieb mit jedem Mal länger. Ich fragte mich, was sie tun würde, wenn ich sie dazu brachte, länger zu bleiben. Wie konnte ich das anstellen?

»Ich weiß noch nicht einmal, wie Sie heißen.«

Ich schaute in die Richtung, aus der sie gekommen war, und sah, dass ihre Freundinnen alle zu uns blickten. Sie versuchten es zu verbergen, aber sie waren schrecklich darin. Eine Freundin, von der ich wusste, dass sie ihre Mitbewohnerin war, verbarg jedoch nichts. Sie grinste uns breit an und hätte fast in die Hände geklatscht. Ihre Freude war offensichtlich.

»Ihre Freundin hat einen furchtbaren Männergeschmack.«

Sie sog die Luft ein und sah, dass ihre Finger die Tischkante umklammerten. Sie hielt sich fest. Diesen Teil hatte ich verpasst, aber jetzt fesselte mich selbst das.

»Ich dachte es mir.« Unsere Blicke trafen sich, wurden intensiver, wobei in ihrem noch immer die Wut durchschimmerte. »Sie sind ein übler Kerl.«

Ich hielt inne, bevor ich antwortete, denn da steckte mehr dahinter.

Sie wollte mich. Ich kannte die Zeichen, aber sie kämpfte dagegen an, und es schien, als hätte ich gerade ihre Vermutung bestätigt.

Ich schenkte ihr ein träges Lächeln und wusste, dass es das eines Raubtiers war. »Das wissen Sie also bereits, aber Sie wissen auch, dass das, was zwischen uns passiert, nicht aufhören wird.«

Sie lehnte sich zurück.

Eric kam von der Toilette zurück und hielt inne, als er sah, dass sie mir gegenübersaß. Er nickte mir leicht zu, deutete mit zwei Fingern zur Theke und schob sich dort auf einen der Barhocker. Die Inhaberin, die immer wieder heimlich zu uns herübergeblickt hatte, bediente Eric.

Ich schaute mich im Raum um. Für einen Moment beobachtete uns niemand.

Also sprang ich auf, griff nach ihrer Hand, und bevor sie schreien konnte, zog ich sie durch die Ausgangstür.

»Was machen …«

Mein Mund landete auf ihrem und sie erstarrte.

Endlich wusste ich, wie sie schmeckte.

Ich hielt inne. Meine Lippen strichen über ihre, warteten auf eine Reaktion.

Dann gab sie nach.

Ich legte den Kopf schief und nutzte den Vorteil, denn ich wusste, dass das hier nicht von Dauer sein würde. Aber, mein Gott, ich würde jede Sekunde auskosten.

# Kapitel 8

## JESS

Er drückte mich gegen die Wand und meine Arme schlangen sich um ihn.

Es war alles so schnell gegangen. Im Nu hatte er nach meinem Arm gegriffen, mich aus der Nische und dann aus der Tür gezerrt und – zack, lagen seine Lippen auf meinen. Das hatte ich nicht erwartet. Nicht diese Berührung. Nichts von alldem. Sobald er mich berührte, kam es zu einer Gefühlsexplosion.

Vertrautheit, Angekommensein, Erregung … alles auf einmal.

Doch dann streiften seine Lippen meine und das war etwas ganz anderes.

Mein Körper stand in Flammen. Die Blicke. Das Gefühl, den ganzen Abend von ihm beobachtet worden zu sein. Wie er es genossen hatte, mir beim Bowling zuzuschauen. All das entlud sich wie bei einem Kurzschluss.

Ich hätte mich ihm mit Haut und Haaren hingeben können, doch alles, was ich tat, war, für einen kurzen Moment nachzugeben.

Ich kapitulierte, weil er nicht der Einzige gewesen war, der seit Donnerstagabend an dies hier gedacht hatte. Mein Körper hatte sich nach ihm gesehnt, doch dann setzte meine Vernunft wieder ein und ich stieß ihn weg.

Ich war außer Atem. Mein Puls raste. Mein ganzer Körper stand in Flammen und ich schwitzte.

Sein Blick wirkte unruhig und ich spürte einen Moment des Triumphes, denn ich war der Grund dafür. Er hatte zwar ziemlich deutlich gemacht, dass er mich wollte, aber er hatte das Gefühl gehabt, dabei die Kontrolle zu haben. Die ganze Zeit hatte er mit mir gespielt, aber jetzt war er meinetwegen aus dem Gleichgewicht geraten.

Das hier war keine Einbahnstraße. Auch ich hatte Macht über ihn.

Er bekam glasige Augen und kam wieder auf mich zu.

Ich drückte mit der Hand gegen seine Brust. Er hielt sich zurück, aber seine Hände wanderten zu meiner Taille und hielten mich fest. Eine Hand presste mich gegen die Wand, während die andere nach meiner Pobacke griff und sie umklammerte. Sein Becken drückte gegen meins.

Ich gab Laute von mir, die ihn stoppen sollten, aber als er mich berührte, da fühlte es sich so gut an.

Er rieb sich an mir und fast vergaß ich, wo wir waren. Der Drang, seine Lippen erneut auf meinen zu spüren, war so stark, doch dann erklang Gelächter auf der anderen Seite der Tür. Es war, als hätte jemand einen Eimer Wasser über uns ausgeleert, und das katapultierte uns wieder zurück in die Realität.

Realität war ätzend.

Er schloss die Augen, ließ mich abrupt los und wich gezwungenermaßen einen Schritt zurück. Dann fuhr er sich mit der Hand durch die Haare. Sein entschuldigender Blick schien echt zu sein. »Das hatte ich nicht beabsichtigt.«

Schwer atmend stieß ich hervor: »Und was hattest du beabsichtigt?« Ich war einfach zum Du übergegangen.

»Ehrlich gesagt weiß ich das nicht. Vielleicht wollte ich doch, dass das passiert.« Sein Blick verweilte auf meinem Mund und die Augen verdunkelten sich.

Er wollte gerade wieder hineingehen, als ich mich ihm in den Weg stellte. Ich griff hinter mich und ertastete die Türklinke. Meine Brust hob und senkte sich noch immer in rascher Folge und mein Herzschlag dröhnte mir in den Ohren. »Ich glaube ...« Ich zuckte beim heiseren Klang meiner Stimme zusammen, an der er schuld war, denn er hatte diese Macht über mich. »Wer auch immer du bist, es ist mehr als offensichtlich, dass du nicht gut für mich bist und ich nicht für dich. Also vergessen wir das Ganze hier.« Ich sprach so leise, dass meine Worte fast geflüstert waren, und mein Herz zog sich zusammen, denn mein Körper schrie nach dem Gegenteil von dem, was ich gerade gesagt hatte. Doch ich wusste einfach, dass das hier nicht gut enden würde. Eine Nacht wäre nicht genug für mich. Er war mir bereits nach nur einem Kuss unter die Haut gegangen. Ich schauderte bei der Vorstellung, was geschehen würde, wenn wir erst einmal miteinander geschlafen hatten. Dieser Mann war eine Katastrophe für mich.

Seine Augen blickten schmerzerfüllt, aber er hörte mir zu.

Ich hielt inne, denn was jetzt kam, musste endgültig sein. Ich gab meiner Stimme einen härteren Klang und auch mein Inneres verhärtete sich. »Du solltest dich von mir fernhalten.«

Ich gab ihm keine Gelegenheit zu diskutieren oder mich gar zu berühren, sondern öffnete die Tür, schlüpfte hindurch und zog sie hinter mir zu.

Kurz blieb ich stehen, doch dann merkte ich, dass die Tür wieder geöffnet wurde, und tat, was ich nie für möglich gehalten hätte.

Ich floh.

# Kapitel 9

## Jess

Am nächsten Morgen wachte ich früh auf und redete mir ein, der Grund dafür sei, dass ich nach meiner Mutter schauen musste, und nicht, dass ich Kelly aus dem Weg gehen wollte. Wie bereits gestern Abend. Ich war abgehauen und hatte ihr eine Textnachricht geschrieben, dass sie sich von einer unserer Bowlingfreundinnen würde mitnehmen lassen müssen.

Als sie nach Hause gekommen war, hatte ich bereits im Bett gelegen. Es war spät gewesen, aber ich wusste, dass sie nach dem Bowlen gern noch ein paar Biere tranken und manchmal auch noch tanzen gingen.

Es war nicht so, dass ich Kelly über diesen Mann, dessen Namen ich immer noch nicht kannte, nichts erzählen wollte, aber wenn ich ihn vergaß, nicht über ihn sprach, würde ich mich nicht mehr daran erinnern, welche Gefühle er in mir ausgelöst hatte. Wie mein Körper auf ihn reagiert hatte, denn das war zu heftig und unkontrolliert gewesen, und noch nie im Leben hatte ich so etwas gespürt. Ich war neunundzwanzig und wusste nicht, ob ich traurig oder verärgert darüber sein sollte, dass es so lange gedauert hatte.

Wie auch immer, es war egal. Wer er auch sein mochte, die Begegnung mit ihm verhieß nichts Gutes.

Ich musste ihn und alles, was geschehen war, vergessen. Die beiden Male, an denen ich auf ihn getroffen war, dass ich permanent an ihn dachte und jetzt auch noch, wie es sich angefühlt hatte, als er mich geküsst, berührt, sich an mich gedrängt hatte – das musste ich ebenfalls vergessen.

Ich stöhnte und schüttelte den Kopf, denn das Einzige, was all meine Träume und Hoffnungen vertreiben würde, war ein Besuch bei meiner Mutter. Aber das allein war nicht der Grund. Es war wieder einmal an der Zeit, nach ihr zu sehen. Ich machte das alle zwei Wochen, wenn ich zwischendurch nichts von ihr hörte, und die waren verstrichen. Eine Stunde vor meinem Arbeitsbeginn wollte ich bei ihr vorbeischauen. Somit wäre genug Zeit für einen Kaffee und für das, worum sich im Haus gekümmert werden musste, denn bei meiner Mutter gab es meistens etwas, um das sich gekümmert werden musste.

Vorher hielt ich noch an Marco's Corner Stand, denn dort gab es den weltbesten kubanischen Kaffee, den ich je in meinem Leben getrunken hatte. Da Chelsea garantiert murren würde, wenn ich ihr keinen mitbrachte, nahm ich auch für sie einen mit.

Sie wohnte immer noch im selben Sandsteinhaus, in dem unsere Familie gelebt hatte und das wir von unserem Großvater geerbt hatten, der es wiederum von seinem Großvater vermacht bekommen hatte. Seitdem mein Vater tot war und mein Bruder Isaac im Gefängnis, wurde es nicht mehr instand gehalten. Meine Mutter lebte zwar hier, kümmerte sich jedoch um nichts, was das Haus betraf. Ich verzog das Gesicht, als ich sah, dass zwei der Stufen, die zur Eingangstür hinaufführten, in der Mitte durchgebrochen waren. Die Fensterrahmen hätten auch einen neuen Anstrich gebrauchen können, aber das war eine kosmetische Sache. Ich klopfte und klingelte, denn Chelsea

Montell mochte es nicht, wenn ich einfach hereinkam und sie zu Tode erschreckte. Ich hatte allerdings eher den Eindruck, dass sie Zeit brauchte, das zu verstecken, von dem sie wusste, dass ich es nicht gutheißen würde. Ich hielt mich an die Klopf- und Klingelregel, weil ich trotz der Beschwerden meiner Mutter eine gute Tochter war.

Ich wartete eine Weile, bevor ich meinen Schlüssel aus der Tasche holte und aufschloss. »Ma?«

»Mein Gott, halt den Mund.« Oben knarrte eine Treppenstufe. Sie kam aus dem Badezimmer. »Was willst du hier so früh?«

Ich schaute sie von oben bis unten an, als sie um den Treppenabsatz herumkam und ihren Morgenmantel vor sich zuhielt. Chelsea Montell war eine vierundsechzigjährige Giftspritze. Ihre dunklen Haare durchzogen nur ein paar wenige graue Strähnen und ihr natürlich schönes Gesicht war kaum älter geworden, sodass sie eher aussah wie Ende vierzig. Sie war spindeldürr. Kalorien führte sie ihrem Körper nicht durch Nahrung, sondern durch Alkohol zu. Manchmal hatte sie ein loses Mundwerk und einen Hang zum Fluchen wie ein Bierkutscher. Ich bemerkte einen scharfen Geruch und nahm an, dass sie eine Flasche Wodka hatte verschwinden lassen, bevor sie die Treppe herunterkam.

»Hallo Mom.«

»Mom.« Sie verzog das Gesicht, in dem noch immer das Make-up vom Vortag klebte, aber sie schaute mir nicht in die Augen. Ihre freie Hand umklammerte den Handlauf. »Gerade war ich noch ›Ma‹ und jetzt bin ich ›Mom‹. Wohin ist die Ma-Begrüßung verschwunden?« Sie erreichte das Ende der Treppe und blieb kurz stehen, um sich zu orientieren. Sie stand auf wackeligen Beinen, bevor sie sich umdrehte und, immer noch meinem Blick ausweichend, zur Küche ging.

Ich nahm über das Wohn- und Esszimmer den zweiten Eingang zur Küche. Sie ging gerade am Kühlschrank vorbei. Ich stellte ihren Kaffee auf die Kücheninsel. »Ich habe dir von Marco's einen Kaffee mitgebracht.«

Sie hob den Kopf und tat in übertriebenem Maße so, als würde sie den Geruch wahrnehmen. Ein echtes Lächeln umspielte ihre Lippen, doch sie schaute mich nicht an, sondern konzentrierte sich auf die Stufe vor ihr. »Duftet köstlich, mein Schatz. Danke.«

Mein Schatz. Der mitgebrachte Kaffee machte mich zu »mein Schatz«.

Ich räusperte mich. »Funktioniert die Gästetoilette hier unten immer noch nicht?« Ich wartete nicht auf eine Antwort, sondern lief zur Treppe. »Bin gleich wieder da.«

»Warte. Nein!«

Ich ignorierte sie und lief die Treppe hinauf. »Warte kurz, Mom! Ich habe meine Tage. Liegen oben noch alte Tampons?«

Sie rief mir etwas nach, aber ich ging in ihr Badezimmer und schloss die Tür.

Dann schritt ich zur Tat. Sie versteckte den Alkohol immer an denselben Stellen, nur in verschiedenen Räumen. Ich öffnete die Tür des Badezimmerschranks und holte tief Luft, bevor ich hinter den Stapel Gästehandtücher griff, wo ich etwas Rundes, Festes ertastete und herauszog.

Wodka. Ich hatte recht gehabt.

Eine neue Flasche.

Noch einmal tastete ich die Stelle ab, aber dort war nichts mehr, und meine Mutter würde mich daran hindern, in den anderen Zimmern zu suchen. Sie würde auf mich losgehen, und deshalb drehte ich den Flaschenverschluss auf und schüttete achtzig Prozent des Inhalts in die Toilette. Dann betätigte ich die Spülung und füllte die Flasche mit Wasser auf. Ich wischte sie ab, verschloss sie und legte sie zurück.

Ich hasste es, was immer »es« auch war. Ein Spiel? Eines, das wir beide kannten und worüber wir so oft stritten. All die Beleidigungen, Ultimaten, Tränen. Alles reduzierte sich jetzt auf dieses Spiel, bei dem wir beide Bescheid wussten, aber es nicht laut aussprachen. Dad zu verlieren und dann Isaac hatte bei ihr und mir seinen Tribut gefordert.

Ich betete leise, dass sie den verwässerten Wodka für eine Weile nicht bemerken würde. War es überhaupt richtig, was ich gerade getan hatte? Ich wusste es nicht.

Ich lief die Treppe wieder hinunter und lächelte. »Falscher Alarm. Ich habe noch einen Tampon in meiner Tasche gefunden.«

Sie stand misstrauisch am Fuß der Treppe. Eine Hand hatte sie in die Hüfte gestemmt und vergessen, ihren Morgenmantel zuzuhalten. Durch einen kleinen Schlitz sah ich, dass sie schwarze Leggings und einen Pullover trug, ein Outfit, das eigentlich für Bingo am Ende des Blocks reserviert war. Sie hatte sich nicht umgezogen.

Sie hatte in dieser Kleidung geschlafen. Oder hatte in dieser Kleidung die Besinnung verloren.

Ich blinzelte, gab vor, es nicht zu sehen, und ging an ihr vorbei in die Küche. Nachdem ich meinen Kaffeebecher geholt hatte, kam ich zurück in den Flur. »Ich muss los, Mom. Ich liebe dich. Sag mir Bescheid, wenn ich dir Abendessen vorbeibringen soll, ja?«

Sie schwieg, beugte sich jedoch vor, als ich ihr einen Kuss auf die Wange gab.

Ich wich zurück und ging auf die Tür zu. »Liebe dich immer noch.«

Die Tür fiel hinter mir ins Schloss und ich holte einmal tief Luft, bevor ich beschloss, diese Stufen reparieren zu lassen.

# Kapitel 10

### Trace

Onkel Steph war das Oberhaupt unseres Familienunternehmens und wenn Onkel Steph anrief und wollte, dass man vorbeikam, dann tat man das. Ich hatte meine Assistentin angerufen, damit sie alle Termine dieses Tages verschob, und statt in mein Büro in der Wall Street zu fahren, wurde ich zurück nach Red Hook gebracht.

Wir hatten die Hälfte der Strecke hinter uns, als mein Handy klingelte.

Ashton rief an.

Ich nahm das Gespräch entgegen. »Hallo.«

»Fährst du zu deinem Onkel?«

Ich hatte ihm zuvor eine Nachricht geschickt. »Ja.«

»Willst du, dass ich auch komme?«

»Nein. Onkel Steph ruft nur aus bestimmten Gründen an und ich glaube, dieses Mal handelt es sich um meinen Vater.«

»Sag mir Bescheid, wenn du bei ihm fertig bist.«

»Mache ich.«

Ashtons und meine Familie arbeiteten manchmal zusammen und agierten zu anderen Zeiten völlig voneinander getrennt. Ich hatte das Gefühl, dass dieses Treffen mit meinem Onkel nichts mit Ashtons Familie zu tun hatte, aber ich würde abwarten müssen. Wir näherten uns gerade dem Haus meines Onkels, als ich eine Nachricht auf dem Handy erhielt.

**Blockierte Nummer:** Anbei mehr Informationen über sie. Überprüfe die Mom-Situation.

Ich seufzte und steckte mein Handy wieder ein. Das würde ich mir nach dem Treffen anschauen. Wir bogen in die Auffahrt ein und fuhren hinter das Haus, wo schon einige Security-Männer unserer Familie auf mich warteten.

Sie trugen Trainingsanzüge mit weißen T-Shirts darunter. Goldketten guckten unter ihren Jacken hervor. Alle Wachmänner meines Onkels waren von der kräftigeren Sorte, entweder dick oder muskelbepackt. Alle groß. Alle imposant. Teilweise diente ihr Erscheinungsbild zur Einschüchterung, aber ich wusste, dass die meisten gewalttätig waren und es für meinen Onkel sein mussten. Das war ihr Job.

Die Autotür wurde für mich geöffnet.

Bobby nickte mir zu. »Tristian.«

Bobby, Barrel, Buddha. Das waren die drei wichtigsten Sicherheitsleute im Umfeld meines Onkels.

Ich mochte keinen von ihnen, aber mein Onkel hatte seine eigenen Vorstellungen. Auf mich wirkten sie aus der Zeit gefallen, aber egal. Ich nickte jedem der drei zu und mir fiel auf, dass niemand meinen Spitznamen verwendete. So sollte es auch sein. Trace war für diejenigen bestimmt, die ich mochte.

Ich ging auf das Haus zu und einer der Männer öffnete die Tür für mich.

Als ich eintrat, sah ich meinen Onkel am Herd stehen. Ein warmes Lächeln breitete sich auf seinem Gesicht aus. »Mein Neffe! Trace, komm her!« Er stellte den Wasserkessel ab und kam mit ausgebreiteten Armen auf mich zu.

Wir umarmten uns. Er drückte mich fest an sich, bevor er mir ein letztes Mal auf den Rücken klopfte und dann zurückwich. Die Hände ließ er auf meinen Schultern liegen. Mit einem stolzen Lächeln musterte er mich. Allerdings war er immer stolz auf mich. Daraus machte er nie ein Geheimnis. Er schüttelte mich leicht. »Mein Junge. Mein Neffe. Eine Koryphäe in der Wall Street. Du machst das gut. Unsere Familie ist wirklich stolz auf dich.«

Kurz schnürte mir sein Lob die Kehle zu.

Eigentlich war Dominic West mein Vater, aber in vielerlei Hinsicht war der Mann, der hier vor mir stand, mein Vater. Sie waren Brüder. Mein Vater war der Älteste, aber ein Versager. Ich wollte nicht respektlos sein, aber anders ließ es sich nicht ausdrücken. Mein Onkel hatte im Alter von zweiundzwanzig Jahren die Geschäfte der Familie übernommen und führte sie seitdem. Das hatte seine Opfer gefordert und spiegelte sich in drei Scheidungen wider, einem Sohn, der an einer Überdosis Drogen gestorben war, und einem anderen, der sich weigerte, seinen Vater zu akzeptieren. Mein Cousin war von meinem Onkel nicht verbannt worden, aber es gab eine stille Übereinkunft, seinen Namen nicht zu erwähnen, es sei denn, Onkel Steph tat es.

»Wie geht es deiner Schwester?« Ein letztes Mal klopfte er mir auf die Schultern, bevor er zum Wasserkessel zurückging und die Gasflamme anstellte. Er deutete zum Tisch. »Möchtest du eine Tasse Tee? Ich hab hier etwas Neues, zu dem mir meine Ärztin geraten hat, und ich muss sagen, es gefällt mir. Nachdem ich den bengalischen Gewürztee probiert hatte, war ich hin und weg. Es schadet auch nicht, dass meine Ärztin eine schöne Frau ist. Ich mache alles, was sie sagt.«

Ich prustete, denn garantiert schlief sie mit meinem Onkel, aber wie er es wünschte, ging ich zum Tisch und setzte mich auf einen der Stühle. Das Wasser musste bereits gekocht haben, als ich hereingekommen war, denn er holte zwei Tassen, hängte in jede einen Teebeutel, goss kochendes Wasser darauf und brachte sie an den Tisch. Dann holte er einen Teller mit Brot und Öl zum Dippen sowie eine kleine Schale mit Pflaumen.

Ich warf ihm einen Blick zu, aber er lachte nur. »Das ist der Grund, weshalb ich dich hergebeten habe, jedenfalls teilweise. Meine Gesundheit.«

»Aha. Ich verstehe.«

Onkel Steph war nicht gerade schlank, aber nicht so dick wie seine Security-Männer. Er war groß, eins neunzig, und er hielt sich fit. Wenn etwas mit seiner Gesundheit nicht stimmte, dann war das nicht gut.

Er deutete auf die Pflaumen. »Bedien dich. Die sind gut. Ich mag jetzt tatsächlich gesundes Essen. Kaum zu glauben. Ich esse so viel Obst, dass neuerdings nichts anderes mehr aus mir herauskommt.« Sein Blick wurde ernst und ich merkte, wie die Stimmung kippte.

Ich lehnte mich zurück. »Was ist los, Onkel Steph?«

Auch er lehnte sich zurück, legte jedoch einen Arm auf die Lehne des Stuhls neben sich und schaute weg. »Ich brauche deine Hilfe und du weißt, dass ich nicht gern darauf zurückgreife, wenn es nicht nötig ist, aber in diesem Fall …« Jetzt schaute er mich an und schluckte, bevor er fortfuhr. »Du musst ein paar Dinge für mich erledigen, und das wird dir nicht gefallen. Nichts davon.«

Ich hatte es von Anfang an gewusst. Wenn ich zu meinem Onkel gerufen wurde, war es ernst.

»Worum handelt es sich?«

Sein Blick wanderte unruhig umher, bevor er sich wieder fokussierte. »Wenn Nico nicht in Hawaii wäre und nicht behaupten würde, er wolle mit dieser Familie nichts zu tun haben, würde ich mich an ihn wenden, aber …«

Ich beugte mich vor und faltete die Hände. Die Ellbogen stützte ich auf dem Tisch ab. »Nico will nichts mit uns zu tun haben. Du hast einen Sohn verloren und ich einen Cousin. Das ist seine Entscheidung. Aber ich bin hier, Onkel Steph. Sag mir, was ich für dich tun soll.«

Er hatte mich eindringlich angeschaut, während ich sprach, und als ich fertig war, holte er tief Luft. »Danke. Ich ... ich war beunruhigt, aber danke. Ich habe dich immer wie einen Sohn betrachtet. Besonders, seitdem Dom verstorben ist.«

Ich nickte.

Dom war in vielerlei Hinsicht das Gegenteil von Nico gewesen. Nico war gesetzestreu, unnachgiebig; alles war schwarz oder weiß und wir standen von ihm aus gesehen auf der falschen Seite. Dom war ganz anders gewesen, und manchmal fragte ich mich, ob sich etwas von der Art meines Vaters über seinen Namen auf den Sohn meines Onkels übertragen hatte, da mein Cousin nach meinem Vater benannt worden war. Beide hießen Dominic. Nico war keine Kurzform für irgendeinen anderen Namen. Er war nur Nico und Dom war nur Dom. Aber Dom hatte schon früh Gefallen daran gefunden, kriminell zu sein. Das führte zum wachsenden Konsum von Drogen und Alkohol, und seine Aufenthalte in Entziehungskliniken waren nie erfolgreich gewesen. Sein letzter Entzug war sein achter gewesen. Als er entlassen wurde, hatte er sich noch am selben Abend einen Schuss gesetzt, und das war zu viel für seinen Körper gewesen.

Drei Jahre war es her, dass Onkel Steph ihn gefunden hatte. Er sprach nicht darüber, aber ich wusste, dass es ihn getroffen hatte und er immer noch darunter litt.

»Ich nehme an, dass ich zum Teil wegen meines Vaters hier bin.«

Er nickte und sein Gesicht wirkte erschüttert und beunruhigt. »Ich habe einen Anruf von Benny Walden erhalten.«

Alles in mir verkrampfte sich. Das Ganze wurde immer schlimmer. Benny Walden war Ashtons Großvater.

»Dein Vater war letzte Nacht in einem ihrer Hotels im Norden und hat Mist gebaut.«

Mir gefiel sein ernster Blick nicht.

»Welche Art von Mist?«

»Mist, für dessen Beseitigung ich dich brauche. Du wirst sehen, welcher Art er ist, wenn du dort ankommst.«

Verdammt, verdammt, verdammt!

Er nahm eine Pflaume und fuhr fort: »Es wäre gut, wenn du Ashton mitnimmst. Dein Vater hat unsere familiäre Beziehung zu den Waldens und vor allem deine Beziehung zu Ashton ausgenutzt. Benny mag dich sehr und hat zugestimmt, dass deinem Vater nichts passiert, wenn du die Sache in die Hand nimmst.«

Das brachte ihm einen strengen Blick von mir ein. »Mein Vater ist noch dort?«

Er nickte. »Ich werde Bobby mitschicken …«

»Nein. Ich habe einen Fahrer und ich werde Ashton mitnehmen. Nichts gegen deine Männer, aber ich möchte meine eigenen um mich haben.«

Er zuckte kaum mit der Wimper, sah aber aus irgendeinem Grund um Jahre gealtert aus. »Das verstehe ich, aber ich werde sie nicht deinetwegen mitschicken, sondern um deinen Vater für mich zu holen. Du kümmerst dich um das andere. Glättest die Wogen so, wie du es für nötig hältst. Mit deinem Vater kannst du machen, was du willst, wie du es willst, aber dann sollen ihn meine Jungs herbringen.«

Mein Vater hatte es *richtig* vermasselt.

»Sie können mir in ihrem Auto folgen.«

»Das ist gut. Aber da ist noch eine andere Sache …« Er zögerte. »Du kümmerst dich zuerst um diese Angelegenheit und danach reden wir über den Rest. Wie wäre das?«

Ich runzelte die Stirn. So hatte er das nicht geplant. Das konnte ich sehen. »Bist du dir sicher?«

Er nickte und sah gleichzeitig erleichtert und besorgt aus. »Ja, ich bin mir sicher.« Er deutete auf die Tasse vor mir. »Du hast den Tee noch nicht probiert, Junge.«

Ich tat ihm den Gefallen.

Er schmeckte mir nicht, aber ich trank ihn trotzdem. Ich aß vom Brot und den Pflaumen und als Onkel Steph mich fragte, ob ich eine zweite Tasse wolle, da sagte ich Ja, denn er wollte, dass ich noch ein bisschen länger blieb.

# Kapitel 11

## Trace

Wir trafen uns mit Ashtons Cousin hinter dem Hotel. Er kam aus der Tür und begrüßte zuerst Ashton. Es folgten eine Umarmung und Klopfen auf den Rücken. Ashtons vielköpfige Familie war das Gegenteil von meiner, alle mochten und vertrauten einander. Zwischen meinem Onkel Stephano und mir herrschten Respekt und Zuneigung, aber auch Misstrauen. Ich tat, was mein Onkel verlangte, denn er war das, was einem Vater am nächsten kam, aber ich verschloss nicht die Augen vor dem, was er machte.

Mafia blieb Mafia. Die einzige erlaubte Grauzone war die in Bezug auf Blutsverwandtschaft. Familienmitglieder bekamen viel Spielraum, es sei denn, sie hatten es auf ihre eigenen Leute abgesehen. Die Nachkommenschaft wurde gebraucht, um das Familienunternehmen am Laufen zu halten, aber selbst bei diesem Gedanken hatte ich das Gefühl, mir würde die Kehle zugeschnürt werden. Es war nun an mir, mich um das Familienunternehmen zu kümmern. Stephano wusste das und ich wusste es auch.

Alle anderen hatten schon einmal Mist gebaut, was schlimme Folgen gehabt hatte.

Es gab Momente, da fühlte ich mich bei dem, was wir taten, nicht wohl, aber ich erlaubte mir nicht viele solcher Momente. Doch nachdem mir all das durch den Kopf gegangen war, war ich neidisch auf die Zuneigung, die jeder hier zu bekommen schien. Nun trat Ashton zurück und Marco Walden wandte sich mir zu. Er war ein paar Jahre älter als wir und in seiner Familie sehr verwurzelt, aber soweit ich wusste, war er derjenige, der sämtliche ihrer Hotels leitete.

Die Tatsache, dass Benny, sein Großvater und Kopf der Familie, Kontakt mit Stephano aufgenommen hatte, sagte mir, dass sie die Nase voll hatten von meinem Vater. Es würde Blut fließen müssen, damit mein Vater merkte, dass sie ihm keine weiteren Zugeständnisse mehr machen würden. Er hatte sich einen gewaltigen Fehler geleistet, aber einen, der sich schon so lange abgezeichnet hatte, dass es mich nicht überraschte. Ashton wäre sowieso zu dieser Angelegenheit hinzugezogen worden, aber sie zeigten Respekt, indem sie Stephano informierten, der die Sache an mich weitergegeben hatte. Als ich Ashton anrief, hatte er gerade selbst einen Anruf von seiner Familie bekommen.

Jeder war sich im Klaren darüber, was getan werden musste.

»Tristian.« Marco streckte mir die Hand entgegen und ich ergriff sie. Wir deuteten eine Umarmung an und klopften uns dabei gegenseitig auf den Rücken. »Schön, dich zu sehen. Mein Cousin und du müsstet öfter mal bei uns vorbeikommen.«

Ich nickte und wich zurück. »Du sagst uns wann und wir werden da sein.«

Er hob den Kopf und lachte. »Ja, genau. Du und Ashton, ihr baut doch euer eigenes Imperium auf. Wir haben die Gerüchte gehört und wissen, dass es euch beiden sehr gut geht, nicht wahr?« Er griff nach Ashtons Schulter und drückte sie freundschaftlich. »Stimmt doch, oder? Du und Tristian, ihr seid die Kronprinzen unserer Familien. Wir sind wirklich stolz auf euch. Das solltet ihr wissen. Sehr stolz.« Bei den letzten beiden Worten klang seine Stimme belegt und er zwinkerte ein paarmal. »Über alle Maßen stolz, Ashton. Großvater sagt das, aber eigentlich müsstest du es öfter hören.«

Jetzt zwinkerte auch Ashton ein paarmal. »Danke, Marco.«

Ich wartete kurz und gab den beiden Zeit, bevor ich mich räusperte. Ashton sah seine Familie regelmäßig, aber nicht so regelmäßig, wie es ihr lieb gewesen wäre. Und ich war der Grund dafür. Er war fest verankert in unserer Zwischenwelt und konzentrierte sich auf unsere Geschäfte. Das war ihrer Meinung nach der Grund dafür. Seine Angehörigen dachten, dass er unsere Freundschaft ihnen vorzog. Deshalb gab es bei allem kleine Auseinandersetzungen. Mein Onkel und mein Vater wussten nichts davon. Nur Ashton, Ashtons Familie und ich.

Das war eine weitere Sache, die an meinem Vater nervte. Abgesehen davon, dass Dominic West als Ehemann, Vater und Bruder ein totaler Reinfall war, sorgte das hier dafür, dass meine Wut auf ihn wuchs. Gleichzeitig ärgerte ich mich über mich selbst, denn wir hatten es ihm ermöglicht, so zu werden. Ich, Stephano, selbst Ashtons Familie bis zu einem gewissen Grad. Wir alle ließen ihn Mist bauen, ließen ihn damit durchkommen, und jetzt, nachdem er wahrscheinlich zu weit gegangen war, kamen wir, um die Sache zu bereinigen.

Ich hatte plötzlich dermaßen die Nase voll vom Unfug meines Vaters, dass ich es nur noch hinter mich bringen wollte. Wir würden tun, was zu tun war, und ich wollte jetzt zur Sache kommen. Alles regeln und Bobby meinen Vater überlassen, wenn wir fertig waren.

»Was ist mit meinem Vater?« Es war an der Zeit, zu fragen.

»Richtig.« Marcos Tonfall und Blick wurden kühl. Er richtete sich auf, nickte und einer seiner Männer ging um uns herum und hielt die Tür auf. Zwei weitere gingen voraus. Marco hinter ihnen, dann Ashton, dann ich. Der, der die Tür aufgehalten hatte, folgte mir.

Wir gingen über ihre Ladezone, durch die Küche und einen Bankettsaal und kamen dann zu einem Fahrstuhl. Ich kannte ihn aus anderen Hotels der Familie. Der Fahrstuhl und diese Lobby waren für die High Roller und Prominenten gedacht. Maximale Privatsphäre und Verschwiegenheit. Ich schaute auf und entdeckte einen runden Spiegel in der Ecke, aber ich kannte die Familie. Die Kameras waren garantiert ausgeschaltet. Sie waren permanent »außer Betrieb«. Eine Ausrede für alle Behörden, die versuchen würden, einen Durchsuchungsbeschluss zu erwirken, um die Herausgabe der Aufzeichnungen zu erzwingen.

Auch im Fahrstuhl sagte Marco keinen Ton. Zwei seiner Männer blieben zurück und bewachten den Lift. Der dritte, der die Tür aufgehalten hatte, begleitete uns.

Marco drückte auf den Knopf, der uns ins oberste Stockwerk bringen würde. Er warf mir einen Blick zu. »Diese Suite hatte er nicht gehabt. Als der Vorfall sich ereignete, haben wir alle hinaufgebracht. So haben wir den Kollateralschaden leichter im Griff.«

Verdammt!

Nicht nur mein Vater war involviert.

Ich hielt mich mit lautem Fluchen zurück, aber *verdammt noch mal, Dominic!*

Das Hotel schloss an das Casino der Familie an. Meine Vermutung war, dass ich auf eine mögliche Überdosis zusteuerte. Oder eine Nutte? Eine Escort-Dame der Spitzenklasse? Das hoffte ich, denn wenn es sich nicht um eine Frau aus dem Milieu handelte, würden wir in einen Bereich vordringen, der mir, wenn ich es zuließe, den Magen noch mehr umdrehen würde, als es ohnehin schon der Fall war.

Das durfte nicht geschehen.

Ich merkte, dass Ashton in meine Richtung schaute und Marco seinen Cousin beobachtete. Beide waren angespannt und wussten um das kleine Risiko, dass ich die Fassung verlieren würde.

Ich riss mich notgedrungen zusammen.

Wir erreichten unser Ziel.

Die Türen glitten auf und gewährten uns Zutritt zum gesamten obersten Stockwerk, bei dem es sich, wie ich vermutete, um die Präsidentensuite handelte.

Ich sah den Grund für die Verlegung. Drei Zimmertüren standen offen und vor jeder war ein Wachmann postiert. Beim »Ping« der sich öffnenden Fahrstuhltüren hatte ich meinen Vater bereits gehört, bevor ich ihn sah.

»Endlich! Gottverdammte Scheiße. Das ist …« Er verstummte, als er aus dem Zimmer zu unserer Rechten kam und mich erblickte.

Er schluckte. Nur einmal hatte ich meinen Vater blass werden sehen, und das war in der Nacht gewesen, als meine Mutter starb.

Jetzt entwich seinem Gesicht erneut jegliche Farbe.

Verdammt! Ich wusste, was das bedeutete.

»Mein Sohn.« Sein Tonfall hatte sich geändert. Er klang jetzt viel angenehmer, aber ich hörte die Vorsicht darin.

Ich schüttelte den Kopf, als ich zum äußerst links gelegenen Schlafzimmer ging, und Wut stieg in mir auf. Ich spürte, dass ich den Kampf um meine Selbstbeherrschung verlor.

»Trace …«

»Nenn mich nicht so!« Im Weitergehen zeigte ich mit dem Finger auf ihn.

Ich war aufgewühlt. Sehr aufgewühlt.

Mir drehte sich der Magen um.

Der Wachmann trat zur Seite, aber ich ging nicht ins Zimmer, sondern schaute nur hinein.

Eine junge Frau lag auf dem Bett, hatte die Arme ausgebreitet und einer hing vom Bett herunter. Ihre Beine waren gespreizt. Sie trug einen BH und einen Rock, der bis zur Taille hochgeschoben war. Ihr Augen waren geschlossen. Ich schaute auf ihre Brust. Atmete sie noch? Nadeln entdeckte ich nirgendwo und auch kein weißes Pulver um ihre Nasenlöcher herum.

Verdammter Mist!

»Lebt sie?«

Der Wachmann schaute mich ausdruckslos an. »Ja. Ich habe vor einer Viertelstunde ihren Puls geprüft.«

Mein Blick fiel wieder auf ihren Brustkorb und ich zählte die Atemzüge. Sie waren langsam und kaum auszumachen.

»Habt ihr gewartet, bis ich komme, bevor ihr euch um das hier kümmert?« Mein Ton wurde schärfer, meine Angst ließ nach und ich verlor langsam die Beherrschung.

Marco war derjenige, der meine Frage beantwortete. »Wir haben Stephano angerufen. So etwas wird hier nicht noch einmal passieren.« Der Klang seiner Stimme änderte sich, wurde ein kleines bisschen distanzierter, und wenn ich mich nicht irrte, schaute er dabei meinen Vater an.

Und mein Vater, mein verdammter Vater sagte nichts dazu.

Er wartete. Auf den richtigen Zeitpunkt.

Ich hasste Dominic West.

Er war sowieso nie ein richtiger Vater für mich gewesen. Es war Onkel Stephano, der mit mir Ball gespielt hatte. Onkel Stephano, der mir das Autofahren beigebracht und mich zum Baseballtraining gebracht hatte. Er kam zu meinen Abschlussfeiern an der Highschool, der Columbia- und Yale-Universität. Und mein Vater? Keine Spur von ihm. Er war im Drogenrausch gewesen, hatte seine Frau betrogen und war ein Lügner. Ein Missbrauchs… Ich durfte nicht an ihn denken, musste die Vergangenheit unter Verschluss halten. Dann ging ich zum zweiten Schlafzimmer.

Dort war es nicht viel besser, nur dass die junge Frau wach war und kaum bekleidet. Sie kauerte in der Ecke, umklammerte ihre Knie und schaute mich an. Das Make-up war über das ganze Gesicht verschmiert. Sie war nur mit BH und Slip bekleidet. Das Bett war abgezogen worden. Ich nahm an, dass sie alles entfernt hatten, um keine weiteren Spuren zu hinterlassen. Sie halfen bei der Säuberung, und weil wir von der Mafia waren, war das ihr erster Gedanke gewesen.

Ashton hatte sich vor dem Aufzug nicht von der Stelle gerührt. Sein Blick war nur auf mich gerichtet.

Ich wusste, wie genau *er* wusste, dass ich schnell jegliche Selbstbeherrschung verlor.

Ich drehte mich um und wandte mich Marco und meinem Vater zu, die hinter mir standen. »Wer sind diese Mädchen?«

*Hoffentlich Prostituierte!* Nicht, dass ihr Schicksal weniger tragisch gewesen wäre – vielleicht war es sogar tragischer –, sondern nur, weil sie dann schon vorher dieses Leben geführt hatten, bevor sie an meinen Vater gerieten. Wenn er nicht der Erste gewesen war, der sie zu Opfern gemacht hatte, sondern der Letzte in einer langen Reihe von anderen, dann würde die Anspannung in mir ein kleines bisschen nachlassen, allerdings nicht genug.

Aber ernsthaft, wie schlimm und armselig war ein solcher Gedanke eigentlich?

»Dein Vater hat sie mitgebracht. Er hat die ganze Woche im Casino gespielt und den Rest der Zeit hat er sich im Hotel zugedröhnt und ist laut geworden. Wir mussten uns viel zu viele Beschwerden anhören. Die letzten Anrufe gingen direkt an die Polizei. Wir können es uns nicht erlauben, mehr als unbedingt nötig die Polizei im Haus zu …«

Ich hob die Hand und stoppte seinen Redefluss. Mir wurde einiges klar.

Ashtons Familie bestach hier und in der Stadt einen Großteil der Polizei, aber ihnen gefiel es nicht, Gefälligkeiten in Anspruch zu nehmen, wenn es nicht unbedingt nötig war. Und Gefälligkeiten wegen Blödmännern wie Dominic West schon gar nicht.

Ich starrte meinen Vater an. »Wer sind diese Mädchen?«

Dominic West war wie Stephano kräftig gebaut, aber während der sich fit hielt und jedes Gramm Übergewicht in Muskeln umwandelte, bezweifelte ich, dass mein Vater sich daran erinnern konnte, wann er das letzte Mal einen Fitnessraum von innen gesehen hatte. Er hatte eine Wampe und seine Haare wurden grau. Im Augenblick waren sie fettig und ungekämmt. Er hatte sich seit Tagen nicht rasiert. Die Tränensäcke unter den Augen hatten ungeahnte Ausmaße angenommen.

Unter seinen Nasenlöchern sah ich das weiße Pulver. Er hatte vor Kurzem Kokain geschnupft.

Außerdem hatte er meine Frage nicht beantwortet.

»Wer sind sie?«, blaffte ich ihn an.

»Ich kenne dich, mein Sohn …«

Ich kochte innerlich.

»Ich bin nicht dein Sohn. Dein Sperma war zwar an meiner Zeugung beteiligt, aber du und ich waren nie Vater und Sohn. Also komm mir jetzt nicht damit.«

Seine Augen weiteten sich und der Kopf zuckte ein wenig zurück.

In der Öffentlichkeit wahrte ich eigentlich den Anstand. Da ließ ich ihm das Vater-Sohn-Getue durchgehen, aber Stephano, meine Schwester und Ashton kannten die Wahrheit. Sie wussten, wie es wirklich um uns stand. Wie extrem wir uns entfremdet hatten. Dennoch benahm ich mich auch in ihrem Beisein und spielte meinen Part bei dieser Heuchelei, denn so wurde das in der Familie West gehandhabt.

Das war eine Regel.

Nichts wurde angesprochen. Alles wurde unter den Teppich gekehrt.

Aber wie sich mein Vater nun unsere Verwandtschaft zunutze machen wollte, wie oft er schon bekifft gewesen sein musste, an Sexpartys teilgenommen und eine Szene gemacht hatte, das war jetzt nur Thema, weil eine andere Familie die Nase voll hatte. Dominic hatte in unserer Familie die Kardinalssünde begangen. Nichts durfte die Geschäfte durcheinanderbringen, aber er hatte es getan. Wir brauchten die Familie Walden, wie sie uns brauchte. Gab es zwischen uns keine Harmonie, würden beide Seiten einen Schlag einstecken müssen. Es galt, unsere Verbindung unter allen Umständen zu schützen, und wegen dieser Regel konnten wir jetzt endlich etwas gegen meinen Vater unternehmen.

Der wusste ganz genau, dass er es nach allen Regeln der Kunst verbockt hatte. Die Zeit, in der er auf Kosten meiner Freundschaft mit Ashton Spaß gehabt hatte, war lange vorbei. Langsam begriff er das und ich wartete darauf, welchen Trumpf er als Nächstes ausspielen würde. Entweder machte er sich in die Hose oder er würde selbstgerecht werden.

Ich hoffte auf Letzteres, denn Ersteres wäre zu peinlich.

Er schluckte, trat einen Schritt zurück und hob die Hände. »Tra...«

Ich knurrte leise.

Er verbesserte sich. »Tristian...«

»Wer sind diese Mädchen?!«

Er seufzte. »Ich habe sie von Nemah.«

Nemah.

Ich wusste nicht, ob ich mich jetzt besser fühlen sollte oder nicht, aber immerhin hatte ich nun mehrere Optionen.

Nemah war bekanntermaßen im Sexgeschäft tätig, was bedeutete, dass diese jungen Frauen aus dem Milieu stammten.

»Das Mädchen da braucht ärztliche Hilfe«, sagte ich zu Marco.

Er nickte dem Mann vor ihrer Tür zu, der hineinging und kurz darauf mit dem Mädchen auf dem Arm wieder herauskam. Ashton drückte auf den Knopf am Fahrstuhl und die Türen öffneten sich.

»Nimm Josiah mit. Fahrt sie zum Hintereingang des Krankenhauses und ruft unseren Arzt an«, instruierte Marco ihn. Der Mann nickte ihm kurz zu, bevor sich die Fahrstuhltüren schlossen.

Ich wandte mich an den Mann vor der Tür des anderen Mädchens. »Gib ihr etwas zum Zudecken.« Er ging zum Schrank, holte eine Decke heraus und verschwand damit im Zimmer.

Marco trat an mich heran und flüsterte: »Was sollen wir mit ihr machen?«

Ich ignorierte seine Frage zunächst und konzentrierte mich wieder auf meinen Vater.

Obwohl Dominic West ein Versager war, blieb er ein West.

Trotz der allgemeinen Regel, sich nicht gegenseitig umzubringen, fragte ich mich tief im Innern, ob ich nicht den Befehl dazu geben sollte. Würde Marco meinen Vater hinrichten, wenn ich ihn beauftragte? Vielleicht. Ashton? Ja. Ashtons Familie? Ich war mir nicht sicher. Es würde sie gegen meine Familie aufbringen, aber würde Stephano mich etwas tun lassen, von dem uns beiden klar war, dass es irgendwann getan werden musste?

Ich wusste es nicht. Zwischen den beiden Brüdern gab es keine Zuneigung und ich hatte keine Ahnung, ob es die jemals gegeben hatte.

Ich war in Versuchung. So richtig schön in Versuchung.

Meine Mutter war seinetwegen nicht mehr am Leben. Er hatte mir regelmäßig die Seele aus dem Leib geprügelt, bis Stephano die Blutergüsse auf meinen Armen aufgefallen waren.

Danach hatte er mich nicht mehr geschlagen, aber ich wusste, dass meine Mutter es hatte ausbaden müssen.

Familienregeln. Ich durfte nichts sagen und sie auch nicht. Wann immer er tat, was auch immer er tat, so geschah es im stillen Kämmerlein und meine Mutter verlor nie ein Wort darüber.

Ich wünschte, sie hätte nicht geschwiegen.

Die *einzige* Gnade, die ihr Tod uns gewährte, war, dass mein Vater aufhörte, und ich wusste, dass er meine Schwester nie angefasst hatte. Hätte er es, wäre sie nicht zu diesem verhätschelten, privilegierten Gör herangewachsen. Ich liebte meine Schwester, aber so war sie nun einmal, und das beruhigte mich.

Ich sah, wie mein Vater mich beobachtete, meine Gedanken zu lesen versuchte und vielleicht ahnte, dass ich versucht war, den Befehl zu geben, von dem ich wusste, dass er meine Seele zerstören würde. Aber mein Gott, es war so verlockend.

Wenigstens hielt er einmal den Mund.

»Bobby ist unten. Er wartet auf ...«

»Verdammt noch mal, du elendes Stück ...« Mein Vater lief an seinem Bewacher vorbei, dessen Wachsamkeit kurz nachgelassen hatte, und kam direkt auf mich zu.

Marco stellte sich zwischen uns, während der Wachmann versuchte, nach meinem Vater zu greifen, und Ashton ebenfalls von der Seite hinzukam. Ich wich Marco aus, was Dominic vorausgesehen hatte. Er versuchte, mich frontal zu treffen, aber als er ausholte, wich ich aus, sprang hinter ihn und warf ihn zu Boden.

Dann schlug ich auf ihn ein. Für einen Augenblick blieb ihm die Luft weg, doch ich konnte und wollte nicht mehr aufhören.

Als er sich nicht mehr bewegte, zogen Ashton und Marco mich von ihm herunter.

»Hat dir das gefallen, Dad?« Ich atmete schwer, bemerkte es aber kaum. Ich hatte nichts abbekommen. Nicht einen Schlag, aber er blutete. »Das habe ich von dir gelernt, du kleines Stück Scheiße!«

Ashton erstarrte. Er hatte es gewusst, mich auf dem Schulhof in der Pause mit den Blutergüssen auf den Armen gesehen, aber keine Ahnung vom Ausmaß gehabt und nie gefragt. Jetzt konnte er sich ein Bild machen.

Es war das Einzige, über das er und ich nie sprachen.

Mein Vater wälzte sich jetzt auf dem Boden herum und versuchte aufzustehen, doch der Wachmann hielt ihn fest. Dominic starrte mich immer noch an, und in diesem Augenblick wusste ich genau, dass mein Vater mich umgebracht hätte, wäre er dazu in der Lage gewesen.

Mein Verhalten änderte sich augenblicklich. Der Hass war so deutlich zu sehen. Ich trat zurück und spürte, wie mich eine innere Ruhe überkam. Ich kniff die Augen zusammen und fragte, als sich die Türen des Fahrstuhls wieder öffneten und diesmal Bobby heraufkam: »Du bereust es, oder?«

Mein Vater beachtete Bobby kaum, der stehen blieb, sobald er den Fahrstuhl verlassen hatte. Buddha war bei ihm. Sie schauten sich um, bevor sie Dominic vom Boden hochzerrten. Jeder umklammerte einen Arm, doch bevor sie ihn hinausbringen konnten, widersetzte er sich seinem Abtransport. »Bereuen? Was denn?« Dabei hob er das Kinn.

»Dass du es damals, als ich ein Kind war, nicht zu Ende gebracht hast. Da wäre es möglich gewesen.«

Er wusste, was ich meinte, und seine Augen funkelten.

Bobby und Buddha versuchten, ihn weiterzuzerren, aber er wand sich aus ihrem Griff. Dann hob er die Arme, die die beiden Wachmänner sofort ergriffen. Mein Vater schaute mir direkt in die Augen. »Ja, das bereue ich.«

Ich hatte mich nicht getäuscht.

Mir fuhr es in den Magen, doch ich ignorierte das Gefühl.

Ich würde nicht zulassen, dass er mir noch mehr Schaden zufügte. Er war erledigt. Dermaßen erledigt, dass ich nicht wissen wollte, was Stephano mit ihm vorhatte.

»Wir nehmen ihn mit.« Bobby wies in Richtung des Fahrstuhls.

Ich hob kaum merklich das Kinn und nickte zustimmend.

Sie waren gerade gegangen, als Ashton krächzte: »Worum zum Teufel ging es da gerade?«

Unsere Blicke trafen sich und ein wenig von meiner Wut verflog. Doch es blieb noch einiges übrig, denn mein Vater und ich waren noch nicht miteinander fertig. »Was zwischen ihm und mir vorgefallen ist, bleibt besser unausgesprochen.«

Ashton schaute mich weiter eindringlich an, nickte jedoch kurz.

Marco räusperte sich. »Gut. Wir müssen uns noch um das andere Mädchen kümmern. Was schlägst du vor, Tristian?«

Ich hatte mich bereits entschieden.

»Wir nehmen es mit.«

* * *

Ashton widersprach nicht, als er hörte, was ich der jungen Frau vorschlug und dass wir ihre Freundin, falls sie es wünschte, aus dem Krankenhaus abholen würden, was wir auch taten. Ashtons Familie protestierte ebenfalls nicht. Sie hatte Nemah nicht verständigt, er wusste also nur, dass die beiden Frauen bei Dominic West waren. Nemah konnte es gegenüber Stephano zur Sprache bringen, doch das würde er nicht tun. Eine weitere positive Seite an meinem Onkel war, dass er Nemah hasste.

Es gab eine strikte Anweisung, dass Nemah, wenn er in unser Gebiet vordrang, sofort getötet werden sollte. Das machte die Sache noch einfacher.

Am nächsten Tag lieferten wir die Mädchen in einem Hotel ab und hätten eigentlich verschwinden sollen, aber Ashton und ich beobachteten von unserem SUV aus, der auf dem Parkplatz eines anderen Motels auf der gegenüberliegenden Straßenseite stand, was geschah.

Wir sahen, wie die Gruppe eintraf, die ich zuvor kontaktiert hatte. Ein paar Frauen machten sich auf den Weg zu den Mädchen.

Nach wenigen Minuten kamen sie alle heraus und fuhren weg.

Sie waren schnell und effizient und gut in dem, was sie taten.

Sie würden den Mädchen helfen, unterzutauchen. Das war der Sinn ihrer Tätigkeit, obwohl sie Ashton und mir gegenüber eigentlich nicht wohlgesinnt waren. Jedenfalls nicht, solange wir mit unseren Familien verbunden waren. Dennoch hatten sie geholfen, nachdem ich ihnen die Situation erklärt hatte, jedoch nur unter der Bedingung, dass wir nicht anwesend sein sollten.

»Wenn das zu einer unserer Familien durchdringt …«, begann Ashton.

Ich warf ihm einen Blick zu. »Das wird es nicht.«

Stephano würde davon ausgehen, dass ich mich um beide Mädchen »gekümmert« hatte, wie es im Familienunternehmen üblich war. Er wäre also zufrieden.

Ashton nickte mir seufzend zu. »Hast du jemals daran gedacht, nicht in das Familienunternehmen einzusteigen? Wir haben beide Cousins, die sich geweigert haben. Das könnten wir auch, wenn wir wollten.«

O Mann! Wenn das nicht die Eine-Million-Dollar-Frage für uns beide war.

Stephanos einziger noch lebender Sohn hatte dem Familienunternehmen den Rücken gekehrt und mein Onkel neigte zu männlich geprägten Ansichten: Meine Schwester zählte nicht und kam als Nachfolgerin nicht infrage. Nur ich, und ich allein, sollte alles am Laufen halten.

Meine Art, die Dinge zu betrachten, war, sie *nicht* zu betrachten. Das eröffnete mir Ideen und Möglichkeiten und Stephano war in vielerlei Hinsicht mein Vater.

Solche Ideen oder Möglichkeiten durfte ich eigentlich nicht haben.

Ich schüttelte einfach den Kopf. »Darüber zerbrechen wir uns den Kopf, wenn es so weit ist, falls es je dazu kommt.«

Ashton schaute mich an, musterte mich. »Und wenn es früher kommt, als du denkst?«

Ich hielt seinem Blick stand. »Dann werden wir darüber entscheiden.«

Er nickte, wie ich es erwartet hatte, denn so waren wir.

# Kapitel 12

## Jess

Ich hätte gern geglaubt, dass ich nicht mehr an ihn dachte, aber so war es nicht. Ich hatte es getan, versuchte aber immer noch, ihn aus meinen Gedanken zu verscheuchen. Doch er war immer da. Stets im Hintergrund. Ich hatte das Gefühl, dass mich der Gedanke an ihn verfolgte. Am Montag meinte ich, er würde mich hin und wieder berühren. Ebenso am Dienstag. Ab Mittwoch ging das Gefühl nicht mehr weg.

Es wurde sogar noch schlimmer.

Ich war auf dem Weg, um mich mit Kelly zum Mittagessen zu treffen, als ich aufschaute und einen schwarzen SUV sah, der am Straßenrand parkte. Ich blieb vor der Tür des Cafés stehen.

Die Tür des SUV wurde geöffnet.

Ich holte tief Luft, weil ich es nicht erwartet hatte, aber da war er. Und er schaute mich direkt an.

War er meinetwegen da?

Doch dann eilte ein Mann um mich herum und ging auf den SUV zu. Er stieg hinten ein. Die Tür wurde geschlossen und das Auto fuhr los.

Und ich? Ich blieb perplex zurück, denn das war doch kein Zufall.

Ich ging ins Café, wollte meine Bestellung am Tresen aufgeben, konnte jedoch den Blick nicht abschütteln, den er mir zugeworfen hatte.

Folgte sein Privatdetektiv mir immer noch?

Mir wurde heiß.

Aber wie er mich angeschaut hatte. Keine Überraschung, kein Ausdruck des Erkennens, und beides wäre da gewesen, wenn er nicht erwartet hätte, mich zu sehen.

Er hatte verschlossen gewirkt. Wütend.

Sein Kiefer war verkrampft gewesen. Er hatte keine Lust zu tun, was auch immer er gerade tat, getan hatte oder tun würde.

Mein Gott.

Ich musste diesen Mann vergessen.

Ich wusste nicht einmal, wie er hieß.

Ich brauchte ein Leben. Genau das brauchte ich.

Ein Leben.

Oder Sex.

Dann würde ich ihn vergessen.

* * *

»Ich bin gefeuert worden.«

Bei dieser Ankündigung verschluckte ich mich fast an meinem Kaffee. Kelly sagte es, als sie sich auf den Stuhl mir gegenüber fallen ließ. Im Café war viel los, aber sie hatte ihr Essen in der Hand, also musste sie am Tresen gewesen sein, bevor sie zu meinem Tisch gekommen war.

»Heute?« Ich griff nach meinem Kaffeebecher. Mein Mittagessen hatte ich mir auch vom Tresen mitgebracht.

Kelly antwortete nicht sofort. Ihre schmalen Schultern wirkten verkrampft, bevor sie sie hängen ließ und ihr Sandwich auswickelte. »Ich bin vor zwei Wochen entlassen worden.«

Fast ließ ich meinen Kaffeebecher fallen und starrte sie an. »Warum hast du nichts gesagt?«

Kelly arbeitete als Springerin in einer Agentur und wurde dort eingesetzt, wo sie als Vertretung gebraucht wurde. Deshalb hatte sie nie ein festes Einkommen. Sie kam immer über die Runden, hatte jedoch kein großes finanzielles Polster.

»Was kann ich für dich tun?«

Sie stellte bei meiner Frage das Kauen auf ihrer Unterlippe ein. »Könntest du Anthony aus dem *Katya* nach einem Job fragen?«

»Da sind nur am Wochenende Shot-Girls im Einsatz«, sagte ich.

»Das ist doch was. Die Trinkgelder sind dort gut.«

»Bist du dir sicher?«

Wieder kaute sie auf der Unterlippe. Kelly würde sich als Shot-Girl unter die Gäste mischen müssen. Manche von ihnen waren Grapscher. Die Geschäftsführung sollte zwar auf die Mädchen achtgeben, aber manchmal geschah das einfach nicht, und ab und zu wollten die Mädchen auch kein Aufhebens darum machen, deshalb ertrugen sie es stillschweigend. Ich hatte damit nichts zu tun, denn ich arbeitete hinter der Theke. Mein Zweitjob sprach sich herum, nachdem ich ein paar meiner Schützlinge nach dem Verstoß gegen ihre Bewährungsauflagen in mein Büro bestellt hatte. Mit mir legte sich niemand an, aber mir gefiel es nicht, dass Kelly vielleicht nicht die gleiche Behandlung erfahren würde.

Ich nickte und nahm mir vor, mit Anthony zu reden und nicht nur zu fragen, ob er sie einstellen würde. »Ich schicke ihm sofort eine Nachricht.«

Sie setzte sich auf und strahlte. »Wirklich?«

»Trinkgeld hilft bei der Miete.«

Sie schauderte und nickte. »Das musst du mir nicht zweimal sagen. Tut mir leid, dass ich dich damit reinziehe, aber ich bin ein bisschen verzweifelt.«

»Du ziehst mich in nichts rein. Wenn ich helfen kann, tue ich das gern.« Ich schickte eine Textnachricht ab.

**Jess:** Brauchst du immer noch zusätzliche Mädchen für die Tabletts mit den Schnäpsen?

**Anthony:** Bitte sag mir, dass du eins kennst. Und ja, sofort. Heute Abend.

**Jess:** Wie sieht's mit der Bezahlung aus?

**Anthony:** Du weißt doch, was sie bekommen. Das Trinkgeld gehört ihnen und ansonsten Standardtarif.

**Jess:** Sie ist meine Mitbewohnerin.

Er reagierte nicht.

Das würde die Sache verkomplizieren.

**Anthony:** Ich stelle sie ein, aber du musst mir versprechen, dass du nicht auf die Gäste losgehst, wenn die Jungs sich deiner Meinung nach nicht schnell genug weiterbewegen.

Ich grinste.

**Jess:** Werde ich nicht, es sei denn, sie lassen sich verdammt viel Zeit.

**Anthony:** O Mann. Na gut. Sie ist doch ein süßes Ding, oder?

**Jess:** Ja.

**Anthony:** Sie kann heute anfangen. Sechzehn Uhr dreißig in meinem Büro.

Ich hob den Blick. »Du hast einen Job.«

Kelly kreischte, sprang auf und schlang von hinten die Arme um meine Schultern. »Danke, danke, danke! Ich könnte dich knutschen!« Sie gab mir einen Schmatz auf die Wange, umarmte beziehungsweise schüttelte mich noch einmal und ging zurück zu ihrem Platz. Ihre Wangen waren gerötet. »Wann soll ich anfangen?«

Ich schaute auf meine Uhr. »Du hast noch drei Stunden.«

»Was?!«

# Kapitel 13

TRACE

Mein Vater bekam kaum Luft.

Ich starrte auf Dominic West im Krankenhausbett. Er war intubiert und ohne Bewusstsein. Man hatte ihn wegen eines möglichen Hirntraumas in ein künstliches Koma versetzen müssen.

Ashton fluchte neben mir. »Herrje. Dein Onkel macht keine halben Sachen.«

»Das kannst du laut sagen«, knurrte ich.

Es war schon ein paar Tage her, seit ich ihn im Hotel gesehen hatte und seit Ashton und ich die Mädchen mitgenommen und ihnen eine ganz andere Alternative im Leben geboten hatten. Aber vonseiten meines Onkels herrschte Funkstille. Jetzt wusste ich auch, warum.

Ich hatte vor einer Stunde den Anruf vom Krankenhaus bekommen.

Mein Vater war vor der Notaufnahme aufgefunden worden. Die Überwachungskameras funktionierten angeblich nicht, also wusste man nicht, wer ihn dort abgeladen hatte, was eine Lüge war. Meine Familie stellte in diesem Krankenhaus die

Wachmänner – deshalb war es ausgewählt worden – und die Hälfte des Personals wusste, wer wir waren.

Das war auch der Grund, weshalb bei diesem Vorfall keine Polizei hinzugezogen worden war. Die Polizei würde auch nie eingeschaltet werden, wenn es ein Mitglied unserer Familie betraf.

»Mr West.«

Ich schaute auf und sah, wie die Oberschwester auf mich zukam. Eine jüngere Krankenschwester ging mit einer Akte in der Hand und offensichtlichem sexuellem Interesse im Blick neben ihr. Oberschwester Sloane entriss ihr die Akte und schaute sie missbilligend an. Die jüngere Krankenschwester starrte zurück, senkte aber kurz darauf den Kopf und wandte sich ab. Sloane kam näher, doch die jüngere Schwester blieb stehen und schaute uns an. Zunächst mich mit einem sehr offenen Gesichtsausdruck, der erotische Anziehung verriet, aber als sie sah, dass ich überhaupt kein Interesse zeigte, wandte sie sich Ashton zu, der leise prustete, als er es mitbekam.

Wir wechselten einen amüsierten Blick, bevor Sloane vor uns stehen blieb.

»Meine Herren.« Sie stockte nicht, als sie Ashton neben mir stehen sah. Ich wusste, dass andere Krankenhäuser nur engen Familienmitgliedern Auskünfte gaben, aber Sloane kannte sich aus und wusste das Verhältnis zwischen Ashton und mir richtig einzuschätzen.

Sie warf mir einen strengen Blick zu, als sie sich auf die andere Seite des Krankenbetts stellte, in dem mein Vater lag.

Ashton schloss die Tür.

Zusammen mit dem Geräusch des Beatmungsgeräts erfüllte ein ständiges Piepen den Raum.

Sloane nickte in Richtung meines Vaters. »Sie scheinen nicht verärgert oder überrascht zu sein, Ihren Vater so vorzufinden.«

Ich ignorierte die Anspielung und blinzelte kaum. »Welche Verletzungen hat er?«

Sie schaute mich an und ihre Augen funkelten, bevor sie sich wieder der Akte widmete. »Sie wissen ja bereits von der eventuellen Hirnschädigung. Er hat mehrere Schläge auf den Hinterkopf bekommen und wird morgen aus dem künstlichen Koma geholt. Aber er hat drei gebrochene Rippen, ein gebrochenes Handgelenk und sein Knöchel sah zertrümmert aus, deshalb wurde er operiert, um so viel wie möglich wieder zusammenzuflicken. Seine Haut hat Verbrennungen zweiten Grades erlitten. Der Arzt hat zwar eine plastische Operation empfohlen, aber die Verbrennungen sind nicht großflächig und betreffen nur einen Teil der Haut. Letztendlich ist es entweder die Entscheidung Ihres Vaters oder desjenigen, der seine Rechnungen bezahlt. Sind Sie das?«

Ich presste die Lippen fest zusammen. »Wer ist der Arzt?« Ich streckte die Hand nach der Akte aus.

Sie reichte sie mir. »Sie hatten Glück, eine brandneue Ärztin zu bekommen, die sehr neugierig darauf ist, warum niemand der Mitarbeiter die Polizei gerufen hat.«

Ich hielt beim Öffnen der Akte inne und hob den Blick. »Ist sie neu und ehrgeizig?«

»Sie ist neu und *nicht* dumm.«

Eine Sie, neu und schlau. Das war keine gute Kombination für uns.

Ich wechselte einen Blick mit Ashton, der fragte: »Ihr Name?«

Sloane kniff sofort die Augenbrauen zusammen und wich einen Schritt zurück. »Warum sind Sie derjenige, der fragt?«

»Den Namen«, wiederholte Ashton.

Sie ging einen weiteren Schritt zurück und presste die Lippen zusammen.

Ich warf einen Blick in die Akte und las laut vor: »Dr. Sandquist. Nea.«

Ashton zog sein Handy aus der Tasche und nickte. »Alles klar.« Er drehte sich um und verließ das Zimmer.

Sloane schaute ihm nach und um ihren Mund bildeten sich Sorgenfalten, die sich zu den bereits vorhandenen Tränensäcken unter ihren Augen gesellten. »Sie ist eine gute Ärztin, eine nette Person.« Wieder traf ihr Blick auf meinen. Ihre Augen schauten finster, *sehr* finster. »Tun Sie ihr nicht weh, zu was auch immer Sie Ashton gerade aufgefordert haben.«

»Werden wir nicht.«

»Ich meine es ernst, Trace.« Ihre Worte klangen scharf und sie drehte sich, um mich direkt anzuschauen. »Seit dreißig Jahren habe ich mich um jedes Ihrer Familienmitglieder gekümmert. Ich respektiere Sie, und zwar genug, um zu wissen, was es bedeutet, Sie bei diesem Namen nennen zu dürfen, aber kommen Sie mir in dieser Sache nicht in die Quere. Nicht bei dieser Ärztin. Sie ist zu gut, um Teil eines Kollateralschadens zu werden.«

Ich starrte sie lange und eindringlich an. Die Botschaft war angekommen, aber meine Familie war meine Familie. Das bedeutete, dass wir taten, was getan werden musste. Und da ich Ashton geschickt hatte, konnte ich ihm nicht vorschreiben, wie er mit ihr umzugehen hatte. Seine Vorgehensweise war immer dieselbe. Er würde die Sache in Angriff nehmen, die Situation ausloten und dann den Weg einschlagen, der seiner Meinung nach die besten Ergebnisse brachte.

»Kein Grund zur Sorge, Sloane. Wir würden nie etwas tun, was auf Sie zurückfallen würde«, sagte ich mit einem angedeuteten Lächeln in kühlem Ton.

Ihr Gesicht verdüsterte sich. »Daraus höre ich aber keine Beschwichtigungen.«

Ich schaute zu meinem Vater. »Das werden Sie auch nicht, denn eigentlich wissen Sie doch, dass man mir oder meiner Familie nicht droht.« Ich hörte, wie sie leise die Luft einsog, und ignorierte es. »Sagen Sie mir, was mein Vater braucht, um gesund zu werden, damit ich dafür sorgen kann, dass er nicht mehr in der Obhut von Dr. Nea Sandquist ist, bevor sie so etwas Dummes tut, wie die Polizei zu rufen.«

Innerhalb von drei Stunden wurde mein Vater entlassen, bevor die gute Frau Dr. Sandquist ihre nächste Schicht antrat. Und nach alldem fuhr ich zu meinem Onkel, denn der hatte mir mitgeteilt, dass es Zeit sei für den zweiten Gefallen, den ich ihm tun sollte.

Diesmal brachte ich Ashton mit. Zwar bekam mein Onkel manchmal nur von mir allein Besuch, aber er wusste, dass Ashton und ich wie siamesische Zwillinge waren.

Beide Familien waren sich dessen bewusst. Keiner von beiden gefiel es.

# Kapitel 14

JESS

Das *Katya* war proppenvoll, aber das war normal. Freitagabend war immer die Hölle los. Ein DJ war gebucht worden und deshalb waren die Gäste besonders überdreht. Neonlichter blitzten überall auf. Schnapsgläser funkelten in der Dunkelheit und wurden herumgetragen.

Es gab ultraprivate Logen, von deren Existenz die Leute nichts wussten, es sei denn, sie waren bei eingeschalteter Beleuchtung im Club oder selbst in einer dieser Logen. Darüber hinaus gab es komplett private Etagen, die von den High Rollers belegt wurden. Sie hatten dort ihre eigenen Barkeeper, Go-go-Girls und Shot-Girls. Und dann gab es noch die VIPs und ich hatte keine Ahnung, was denen geboten wurde, denn ich durfte nie dort hinauf. Im Großen und Ganzen mochte ich das *Katya*. Zwar wusste ich, dass es zwielichtige Bereiche gab, aber bis jetzt war noch nichts direkt vor meinen Augen geschehen. Das größte Problem war, wenn ein Bewährungshäftling hereinkam, der nicht wusste, dass ich hier einen Zweitjob hatte. Dann musste ich sicherheitshalber seinen Bewährungshelfer benachrichtigen. Das gefiel mir genauso wenig wie dem Bewährungshäftling.

»Deine Freundin macht sich gut.« Einer der neuen Barkeeper, Justin, kam herüber. Ich schaute in die Richtung, in die er wies, und sah Kelly mit ihrem Tablett in einer Nische. Ich hatte sie ebenfalls beobachtet und musste Justin recht geben. Sie wusste, wie sie lächeln musste, um Kunden anzulocken, aber auch, wie man zurücktrat und auswich, wenn nötig. Ich vermute, dass Anthony ein paar zusätzliche Sicherheitsleute auf der Etage postiert hatte, auf der sie arbeitete, weil zwei Gäste ihre Abfuhr ignoriert und versucht hatten, sie zu begrapschen. Die Security-Jungs waren sofort da gewesen, noch bevor Kelly blinzeln konnte. Heute Abend griffen sie schnell ein und ließen nichts durchgehen.

»Sie hat diese Arbeit zwar schon mal gemacht, aber ich habe trotzdem ein Auge auf sie.«

Justin nickte.

Er hatte vor ein paar Wochen mit der Arbeit hier begonnen. Anthony hatte mich eines Abends gebeten, ihn anzulernen, aber das war nicht nötig gewesen. Er war ein Naturtalent, deshalb hatte es mich nicht gewundert, dass er bereits freitags eingesetzt worden war. Justin war schlank mit definierten Schultern, Armen und einer ebensolchen Brust. Er grinste gern und hatte obendrein goldbraune Locken, bei deren Anblick ich schon viele Mädchen hatte seufzen hören. Außerdem war er nett und witzig. Er war bereits beliebter als einige der anderen Jungs hinter dem Tresen. Die Gäste wussten, zu wem man ging und wen man besser mied. Justin war gefragt.

»Ich bin überrascht, dass du Zeit hast, zu mir zu kommen.« Ich deutete mit einem Nicken auf die Gäste, die darauf warteten, von ihm ihre Drinks zu bekommen. Er grinste mich an, und wäre die Beleuchtung besser gewesen, hätte ich wahrscheinlich sehen können, dass er ein bisschen rot wurde. Er beugte sich zu mir, wobei seine Stimme leiser wurde, aber immer noch laut genug war, dass ich ihn verstehen konnte. »Ich frage mich, ob deine Freundin noch ungebunden ist.«

Ich wich einen Schritt zurück und musterte ihn noch einmal, aber dieses Mal mit Absicht.

Er wappnete sich, holte Luft und hielt sie an.

»Du bist noch zu haben?«

Er senkte den Kopf und eine gewisse Schüchternheit überkam ihn. »Genau.« Er nickte in Richtung der Mädchen hinter ihm. »Das hier ist Arbeit. Ich strecke meine Fühler nie bei der Arbeit aus, aber ...« Sein Blick wanderte zurück zu Kelly und dann sah ich es. Er war völlig hin und weg.

Justin war ihr verfallen.

Und Kelly, so wie sie war ... Ich schaute ihn böse an. »Wenn du sie verarschst, bist du ein toter Mann.«

Ruckartig schaute er wieder zu mir und seine Augen weiteten sich kurz. Dann blinzelte er. Eine gewisse Vorsicht ergriff Besitz von ihm, aber ich sah immer noch die Entschlossenheit durchschimmern. »Das ist nicht der Plan. So bin ich nicht. Ich meine es ernst.«

Ich würde es wahrscheinlich bereuen, aber ich nickte. »Ja, sie ist Single.«

Das war alles, was ich preisgab. Auf keinen Fall würde ich ihn wissen lassen, dass Kelly eine Romantikerin war und dazu neigte, sich schnell zu verlieben. Wenn er so war, wie er behauptete, würde er das herausfinden und vorsichtig vorgehen. Oder mit höchstem Respekt.

Er neigte ein wenig den Kopf. »Danke, Jess.«

Und er ging, als Anthony sein Augenmerk auf uns richtete.

Unser Geschäftsführer drängelte sich um die auf mich wartenden Gäste herum, runzelte die Stirn darüber, dass Justin und ich uns unterhalten hatten, aber ruckte mit dem Kopf zur Seite. Als er dann noch mit einem Finger winkte, wusste ich, dass er es ernst meinte. Das Komische an Anthony war, dass er äußerlich aalglatt war. Das schwarze Haar war zurückgekämmt, sein Gesicht stets bis zur Perfektion mit entsprechenden Produkten gepflegt. Er hatte glatte Haut und volle Lippen. Ich wette, er verbrauchte jeden Tag einen Lippenpflegestift. Bei knapp einem Meter achtzig wog er vielleicht achtzig Kilo. Er hielt sich fit und in Form. Seidenhemden, nur halb zugeknöpft. Lässige Hosen. Slipper. Doch innerlich war er gestresst. Er schien immer wegen irgendetwas aufgebracht und angespannt zu sein. Ich hatte gelernt, halbwegs Vergnügen daran zu finden.

Ich runzelte die Stirn, ging jedoch zur Seite, damit er sich besser zu mir herüberbeugen konnte, um mit mir zu reden.

»Ich brauche dich heute Abend im VIP-Bereich.«

Ich lehnte mich zurück, um sicherzugehen, dass ich ihn richtig verstanden hatte. »Was?« Ich war noch nie da oben gewesen und wusste nicht einmal, wie ich dorthin kam.

Er machte eine Kopfbewegung nach oben. »Sag nichts. Fahr einfach hoch und bleib hinter der Bar. Das sind VIPs, also halt den Mund, lächle und spiel dich nicht auf.«

Ich war empört. Was meinte er denn mit »aufspielen«?

Er atmete lange aus, bevor er bis fünf zählte. Nicht zehn. »Diese Typen sind wichtig. Die Mädchen, die das sonst machen, sind nicht da, und ich kenne die beiden Männer.« Er warf einen Blick in Justins Richtung, bevor er hinzufügte: »Vermassle es nicht.«

»Ich arbeite jetzt seit vier Jahren für dich. Wann habe ich es je vermasselt?«

Seine Augen funkelten heftig und er schaute mich grimmig an. »Ich rede nicht von Drinks.«

Oh, du kannst mich mal. Im Moment war ich ihm nicht wohlgesinnt, aber ich hielt den Mund. Nachdem er mir diverse Anweisungen erteilt hatte, machte ich mich auf den Weg. Ich warf Kelly einen raschen letzten Blick zu. Bei ihr schien alles in Ordnung zu sein. Justin war zu seinem Thekenbereich zurückgekehrt, stand jedoch nahe genug, um mitzubekommen, wohin ich abkommandiert worden war. Er würde meine Gäste übernehmen. »Ich werde ein Auge auf Kelly haben.«

Normalerweise hätte ich eine Bemerkung darüber gemacht, dass ich genau davor Angst hatte, aber nicht dieses Mal. Justin schien es ernst zu meinen und mein Bauchgefühl sagte mir, dass er bereits verliebt war. Ich konnte sowieso nicht viel dagegen tun, also ging ich zu den Spinden. Ich machte mich ein wenig frisch und brachte meine Arbeitskluft in Ordnung, die aus einem schwarzen engen Top und, weil ich im Barbereich arbeitete, einer schwarzen Hose bestand, die elegant aussah, aber sich wie eine Yogahose anfühlte.

Dann machte ich mich auf den Weg zum mysteriösen VIP-Bereich.

Er befand sich in der sechsten Etage. Bis zur vierten war ich schon einmal vorgedrungen, weiter jedoch nicht.

Als ich auf den einzigen Fahrstuhl zuging, mit dem man in die Stockwerke oberhalb des vierten kam, sah ich, wie der Mann von der Security nach seinem Funkgerät griff. Eine Sekunde später meldete sich Anthonys Stimme. »Sie ist okay. Sechster Stock. Bring sie hoch, Monty.«

Monty. Fast hätte ich gegrinst, doch als ich seine versteinerte Miene sah, hatte ich keine Lust mehr, ihm zu erzählen, dass mein Nachname Montell lautete und ich in der Grundschule immer Monty genannt worden war. Diesem Monty schien das egal zu sein.

Er drückte auf den Knopf. Der Fahrstuhl kam und er stieg mit mir ein. Dann musste er einen besonderen Code eingeben, den ich mir für alle Fälle merkte.

Als wir oben ankamen, ging er voran.

Es war sehr übersichtlich hier. Drei Türen. Er deutete auf die erste auf der rechten Seite. »*Deine* Toilette.«

Ich nickte und bemerkte die Betonung auf »deine«.

Auf der linken Tür befand sich ein Schild, auf dem »Treppenhaus« stand, was selbsterklärend war.

Die mittlere Tür führte in eine Art große Wohnung. Monty deutete auf den Barbereich und ich begab mich sofort hinter den Tresen, um nachzuschauen, wo die Flaschen aufbewahrt wurden. Es gab auch ein Telefon. Ich sah die Anweisungen und wusste, dass ich damit Nachschub ordern konnte. »Rufe ich unten an, wenn ich noch etwas brauche?«

Monty nickte, bevor er den Raum durchquerte und in die anderen Zimmer ging. Als er zurückkam, setzte er sich an die Bar. »Diese Jungs sind zwar wichtig, aber anständig. Wenn du sie vögeln willst, kannst du das tun, aber du musst es nicht. Sie sind nicht so.«

Herrje! Hier gab es definitiv Schattenseiten. »So eine bin ich nicht. In *keiner* Situation.«

Er nickte kaum merklich in meine Richtung und schaute zur Tür. »Es ist normalerweise so, dass die Mädchen es wollen, nicht andersherum, nicht bei diesen Jungs, aber du machst, was du willst. Ich bin hier oben für die Sicherheit zuständig, nur für den Fall.«

*Für welchen Fall?*

\* \* \*

Wir warteten eine halbe Stunde. Nichts.

Weitere dreißig Minuten. Nichts.

Zwei Stunden später, eine Stunde bevor der Club schloss, knisterte Montys Funkgerät.

Ich saß mittlerweile auf dem Tresen, hatte mein Handy in der Hand und dachte über entgangenes Trinkgeld nach. Monty tat das Gleiche und beide schwiegen wir. Ich glaube nicht, dass es ihm etwas ausmachte. Mir definitiv nicht. Er steckte sich seine Kopfhörer in die Ohren und nickte mir zu. »Sie kommen.«

Er ging zur Tür und hielt sie auf.

Mit einem »Ping« kündigte der Fahrstuhl seine Ankunft an. Die Türen glitten auf und anstelle von Gelächter oder Gejohle, was man in diesem Club normalerweise hörte, war da nichts.

Ein Mann kam herein, der auf sein Handy schaute, bevor er mir einen geistesabwesenden Blick zuwarf. Als er mich sah, musste er noch einmal hinschauen und blieb abrupt stehen.

Ich runzelte die Stirn, denn ich kannte den Mann nicht, aber er sah umwerfend aus. Dunkler Typ. Schwarze Haare. Fast schwarze Augen. Er war schlank und durchtrainiert, und das Flair, das ihn umgab, verriet, dass er gefährlich und mächtig war. Mit diesem Mann legte man sich nicht an und ich wappnete mich, bevor er mich ausgiebig fixierte. Sein Blick wurde noch intensiver und ein Lächeln zeigte sich, bevor er sich zu dem zweiten Mann umdrehte, der hinter ihm hereinkam.

»Da hat jemand Mist gebaut«, sagte er zu dem anderen Mann, bevor ich sehen konnte, wer es war.

»Was ist los?«

Ich sog die Luft ein, mein ganzer Körper erstarrte, denn …

Ich kannte diese Stimme. Und als er um seinen Freund herumging, wurde ich von denselben Augen durchbohrt, die mich in der letzten Woche verfolgt hatten.

Es war *er*.

Und er starrte mich schockiert, aber auch etwas wütend an.

Es freute ihn *nicht*, mich zu sehen.

# Kapitel 15

## Trace

Ich starrte sie an, die Frau, von der ich die ganze Woche über besessen gewesen war und die ich gerade beschlossen hatte zu vergessen. Doch da stand sie und starrte genauso überrascht wie ich zurück. Dann wurde ihr Blick jedoch kälter, sie zuckte zusammen und wandte sich ab.

Verdammt!

Meinetwegen. Nur meinetwegen.

Ich warf ihr einen Blick zu und konnte es ihr nicht verübeln. Ich war wütend. Cody führte diesen Club für uns. Er hatte diskret sein sollen und allen, die es wissen mussten, mitteilen sollen, dass ich ihr nicht über den Weg laufen wollte – noch nicht.

Und ausgerechnet heute.

Ich brauchte eine Minute, eine verdammte Minute, denn ich konnte nicht ignorieren, was mein Onkel vor drei Stunden zu mir gesagt hatte.

»Wie du mit den Fehltritten deines Vaters umgegangen bist, war ein Test, den du mit links bestanden hast, mein Neffe. Mein Sohn. Jetzt musst du noch mehr für diese Familie tun.«

»Und das wäre?«

»Ich brauche dich, um das Familienunternehmen zu führen.«

Ich erinnerte mich an Ashtons Frage. »*Hast du jemals daran gedacht, nicht in das Familienunternehmen einzusteigen?*«

»*Darüber zerbrechen wir uns den Kopf, wenn es so weit ist, falls es je dazu kommt.*«

»*Und wenn es früher kommt, als du denkst?*«

»*Dann werden wir darüber entscheiden.*«

Als ich Stephanos Worte hörte, konnte ich das Bauchgefühl nicht ignorieren, das sich in diesem Moment einstellte. Ich hatte sie *nicht* hören wollen. Jedenfalls noch nicht. Ich brauchte Zeit.

Auszuhelfen war eine Sache, aber das ganze Imperium zu leiten, eine ganz andere.

Ich hatte meinen Onkel lange und intensiv angestarrt. Er legte eine Hand auf seine Brust. »Ich bin krank, Tristian. Eine andere Familie aus Maine versucht, in unser Gebiet hineinzudrängen. Sie wollen in die Stadt kommen, und meine Gesundheit … es ist schlimm. Ich traue keinem anderen zu, in meine Fußstapfen zu treten.« Und dann sagte er zu guter Letzt die drei Worte, die meine Schwachstelle waren und deretwegen ich ihm nie etwas abschlagen konnte.

»Ich brauche dich.«

Als ich sie jetzt anstarrte, wusste ich, mit wem sie verwandt war, und ich kannte das erste Problem, das ich für meinen Onkel lösen sollte … Ich war hin- und hergerissen, genau hier, genau jetzt.

Meine Familie oder … nein! Das war verrückt, aber für einen Moment, einen kurzen Moment, zog ich es in Betracht. Das musste ich, und ich musste zugeben, dass ich sie wollte. Der Drang war immer noch da, immer noch tief in mir vergraben, und je länger ich sie anstarrte, je mehr ich wusste, was mein Onkel von mir verlangte, desto mehr setzte sich dieses Verlangen nach ihr tief in mir fest.

Gottverdammt noch mal!

»Verschwinde!«, blaffte ich.

# Kapitel 16

## Jess

Meine Hände zitterten.

Der Ausdruck in seinem Gesicht. Wie er mich hasste.

»Verschwinde!«

Ich ging und wartete nicht darauf, dass Monty mich nach unten begleitete.

Mir war schlecht. Ich durfte nicht … Nein! Ich würde nicht weinen, nicht wegen dieses Arschlochs. Er war so ein Idiot.

Der konnte mich mal. Sein Freund auch. Alle.

Der Fahrstuhl hielt auf meiner Etage und ich drängte mich an wem auch immer vorbei. Ich wusste nicht, wer es war. Es war mir auch egal. Ich wusste nicht einmal, wohin ich gehen sollte. Spindraum? Nach Hause? Zurück zu meinem Tresen?

Okay, beruhige dich, Jess. Dich beschimpfen doch ständig Leute. Auf einen Typen mehr kommt es nicht an.

Richtig.

Ich war bei der Arbeit. Er wollte mich nicht, also gut. Ich ging zurück zu meinem üblichen Einsatzort.

Justin sah mich kommen und riss die Augen auf, aber er ging zurück zu seinem Thekenbereich und überließ mir wieder meinen.

Ich schenkte gerade ein Bier ein, als Anthony bei mir erschien. »Was zum Teufel hast du getan?«

Ich beruhigte mich und musste mich beherrschen, damit ich das Bier nicht nach ihm warf. Während ich das Glas vor den Gast stellte und den Preis nannte, starrte ich Anthony an. »Ich habe nichts getan.«

»Was ist verdammt noch mal passiert? Monty hat erzählt, dass die Männer reinkamen, dich gesehen haben und explodiert sind.«

Ich zuckte zusammen, sah wieder den Ausdruck äußerster Verachtung im Gesicht des Mannes, als er mich erblickte, und hörte noch einmal, was er dann gesagt hatte. »Ich weiß nicht, was ich dir erzählen soll, Anthony.«

Der Gast bezahlte und gab mir fünf Dollar Trinkgeld. Ich lächelte dankbar, denn der Gast war weiblich, und die Frau starrte Anthony meinetwegen empört an. Frauenpower! Ich nahm das Geld und machte mich an die zweite Bestellung. Anthony stellte sich auf die andere Seite meines nächsten Gastes. Er stützte sich mit einem Arm auf dem Tresen ab. »Ich habe eine andere für dich hochgeschickt, aber ich muss wissen, was passiert ist, sonst reißt man mir den Arsch auf. Es geht hier nicht nur um deinen Job.«

Fast hätte ich wirklich mein Glas nach ihm geworfen, aber ich umklammerte es nur und zwang mich, vernünftig zu denken, bevor ich nach der Rumflasche griff. Während ich einschenkte und die anderen Zutaten für den Cocktail bereitstellte, sagte ich: »Ich kenne ihn.«

»Wen?«

»Den Typen. Den, der mich aufgefordert hat zu verschwinden. Ich kenne ihn.«

Anthony blinzelte verwirrt. »Was?« Dann fuhr er sich mit der Hand durch die Haare. »Du kennst ihn? Tristian West?!«

Tristian.

Das war also sein Name.

Das war ... Tristian ... Mir gefiel der Name.

Das machte es noch schrecklicher.

Ernsthaft.

Ich war bescheuert.

Schwärmte von seinem gottverdammten Namen. Nach allem, was er mir gerade angetan hatte. Und jetzt war auch noch mein Job in Gefahr.

»Ich vermute es.«

»Du vermutest es?!«

Ich warf Anthony einen Blick zu. »Warum regst du dich so sehr darüber auf? Es war ein Fehler. Ich wusste nicht, wer hochkommen würde, und du wusstest nichts von meiner Verbindung zu ihm.«

»Du verstehst mich nicht.« Er fluchte erneut und fuhr sich ein zweites Mal durchs Haar, bevor er sich umdrehte und in sich zusammensackte. Ich bekam das Ende eines weiteren Fluches mit, bevor er sich wieder aufrichtete. »Ich muss das irgendwie geradebiegen.« Er drehte sich zu mir. »Welche Beziehung hast du zu ihm?«

Mir wurde von Kopf bis Fuß heiß. »Das erzähle ich dir nicht.«

»Warum nicht?«

»Darum nicht.«

Er schwieg und schloss kurz die Augen. »Du lieber Himmel! Du hast ihn gevögelt?«

Nie und nimmer würde ich ihm darauf eine Antwort geben, denn es ging ihn nichts an. »Das geht dich *nichts* an. Ich kannte nicht einmal seinen Namen, bis du ihn mir genannt hast.«

Seine Augen traten hervor. Mir wurde bewusst, was ich gesagt hatte und was er jetzt von mir dachte, aber ich wusste, dass es ein sinnloser Kampf sein würde. Er glaubte, was er glauben wollte.

Ich goss einen weiteren Drink ein, denn der Gast wartete immer noch auf den Rest seiner Bestellung. »Schick mich einfach nicht mehr rauf.«

»Du verstehst es nicht, aber du wirst es herausfinden.« Danach machte er sich aus dem Staub.

Der Gast schaute ihm nach und reichte mir zur Begleichung der Rechnung seine Kreditkarte. »Ihr Chef ist ein Arschloch.«

Ich schnaubte. »Wem sagen Sie das!«

\* \* \*

Justin schaute später nach mir.

Mit mir war alles okay, jedenfalls erzählte ich ihm das.

Kelly kam ebenfalls herüber und ließ sich ihre Schnäpse auffüllen.

Ich spürte ihre Sorge, denn sie wusste, dass etwas passiert war, aber sie kam einfach hinter den Tresen und umarmte mich.

Ich schaute auf und sah, wie Anthony zu uns herüberstarrte. Er sprach gerade mit einem Mann, den ich noch nie zuvor gesehen hatte. Wer auch immer er war, Anthony bekam momentan einen Anschiss.

Ich stieß Kelly an. »Du solltest weitermachen.«

Sie schnaubte, tat so ihre Meinung zu diesem Thema kund, nahm jedoch ihr Tablett und machte sich auf den Weg.

Mir entging nicht der kurze Blick, den sie Justin zuwarf und wie er ihn erwiderte.

Der Club schloss. Die Lichter gingen aus. Wir mussten unseren Getränkevorrat durchgehen, Kassensturz machen, und ich hatte meinen Thekenbereich geputzt, als ich mich auf den Weg zum Personalraum machte.

Anthony kam aus seinem Büro. »Kann ich dich kurz sprechen?«

Sein Tonfall war jetzt freundlicher, aber ich konnte sehen, dass der Stress seinen Tribut gefordert hatte. Sein Hemd hing teilweise aus der Hose. Sorgenfalten zeichneten sich um seine Augen und den Mund ab. Er kniff sich in den Nasenrücken, als ich an ihm vorbei in sein Büro ging.

Leise schloss er die Tür.

Mein Magen rebellierte und ich wusste nicht einmal, warum. Jedenfalls nicht genau.

Anthony deutete auf den Stuhl vor mir, als er hinter seinem Schreibtisch Platz nahm. »Setz dich.«

»Nein.«

»Bitte.« Er lehnte sich zurück und kniff sich ein zweites Mal in den Nasenrücken. »Setz dich einfach.«

In der Ecke stand ein kleines Sofa. Ich setzte mich auf die Armlehne, starrte ihn an und verschränkte die Arme vor der Brust. »Ich habe nichts falsch gemacht. Wenn du mich feuerst, dann …«

»Das tue ich nicht.« Er hob eine Hand. »Tut mir leid. Man hat mir die Situation ausführlicher erklärt und weder du noch ich können etwas für das Durcheinander, aber es ist geklärt worden. Ich habe dich reingerufen, weil ich mich bei dir entschuldigen möchte. Tristian West ist hier eine große Nummer. Die größte, die es gibt, und ich habe mich nicht richtig verhalten. Dafür möchte ich dich aufrichtig um Verzeihung bitten.«

Ich war verärgert.

Eigentlich sollte der Job hier im Club nicht stressig sein. Dafür hatte ich die Arbeit, die ich tagsüber ausübte. Ich musste mir diesen Schwachsinn nicht gefallen lassen.

»*Verschwinde!*«

Wieder zuckte ich zusammen, konnte nicht aufhören, daran zu denken, und hatte immer noch sein Gesicht vor Augen, seinen hasserfüllten Blick, als er dieses Wort ausgestoßen hatte.

»Ich muss das jetzt fragen.« Anthonys Blick war ernst und ruhte auf mir. »Welche Beziehung hast du zu ihm?«

»Keine.«

»Aber du hast doch gesagt ...«

»Da ist wirklich nichts. Wir haben uns ein paarmal zufällig getroffen und das letzte Mal habe ich zu ihm gesagt, er solle mich in Ruhe lassen. Das ist alles.«

Ihm fiel die Kinnlade herunter und sein Oberkörper schnellte vor. »*Du* hast *ihm* gesagt, er solle dich in Ruhe lassen?«

Ich verdrehte die Augen. Das hatte ich doch gerade gesagt. »Warum ist das so schockierend?«

»Weil ...« Er schüttelte den Kopf. »Egal. Es ist offensichtlich, dass du ihn nicht kennst, und da ich das jetzt weiß, denke ich, dass die Sache in Ordnung geht. Ich werde in Zukunft eine andere hochschicken und du bleibst auf deiner Etage.«

Gut. Super.

Aber ich war immer noch wütend über die ganze Sache.

Ich stand auf. »Kann ich jetzt gehen? Ich bin müde und muss noch nach meiner Mitbewohnerin schauen.«

»Oh, ja.«

Ich machte mich auf den Weg zur Tür, aber er rief mich noch einmal zurück.

»Was ist?«

»Kelly hat sich heute Abend wirklich gut gemacht, aber sag ihr, dass ich kein Drama toleriere, wenn sie sich mit dem neuen Barkeeper einlässt und das böse endet. Einer von ihnen wird dann gefeuert.«

Ich presste die Lippen zusammen und ahnte, wer von beiden den Laufpass bekommen würde.

»Du bist ein Blödmann. Bis morgen.«

Ich wartete seine Reaktion nicht ab und ging. Eigentlich war ich einer seiner Lieblinge, weil ich mir nichts gefallen ließ, aber heute Abend hatte ich mir einiges von *ihm* gefallen lassen.

Ich machte mich auf den Weg zum Personalraum und wollte nachschauen, ob Kelly noch da war. Mein Handy lag im Spind und sie hatte früher als ich gehen können. Shot-Girls hatten Feierabend, sobald der Club schloss. Sie mussten nicht putzen und ich hatte etwas länger gebraucht, um alles durchzugehen, weil Justin eine Zeit lang in meinem Bereich ausgeholfen hatte.

Es wunderte mich nicht, dass der Spindraum leer war, als ich ihn betrat.

Ich griff nach meiner Tasche und holte das Handy heraus.

Gerade war ich auf dem Weg zum Parkplatz hinter dem Gebäude, als ich hörte, wie Anthony meinen Namen rief.

Ich blieb stehen, drehte mich zunächst jedoch nicht um.

Konnte es heute Nacht überhaupt noch schlimmer kommen?

»Jess.«

Ich wirbelte mit erhobenem Kopf herum.

Mit einer Hand hielt er die Tür auf und war mit einem komischen Gesichtsausdruck halb auf den Flur hinausgetreten. »Da hinten wartet jemand auf dich.«

Meine Nasenflügel bebten. »Wo da hinten?«

»Ganz hinten. Auf dem Parkplatz. Das Auto dort ist für dich.«

Ich runzelte die Stirn.

Anthony nickte mir zu. »Bis morgen«, sagte er und verschwand wieder in seinem Büro.

Mein Handy summte und ich las die Textnachrichten.

**Kelly:** Hallo! Alles okay bei dir?

**Kelly:** Ich konnte dich nicht finden und Justin hat angeboten, mich zu Fuß nach Hause zu begleiten. Du hast doch normalerweise dein Auto. Oder soll ich bleiben?

**Kelly:** Jemand hat mir erzählt, dass Anthony mit dir redet. Ich warte.

**Ich:** Bist du noch hier?

**Kelly:** Ich bin bei Justin. Wir sind in seiner Wohnung. Er wohnt ganz in der Nähe des Clubs. Ich war mir nicht sicher, wie lange es bei dir dauern würde. Warte. Ich mache mich auf den Weg zurück.

**Ich:** Nein. Ist schon in Ordnung. Mir ist sowieso nicht nach Reden zumute.

**Kelly:** Bist du dir sicher?

**Ich:** Ja. Wirst du noch eine Weile bei Justin bleiben?

**Kelly:** Wäre das okay? Ich habe noch meine Jacke an. Gib mir ein paar Minuten und ich bin da.

**Ich:** Nein. Bleib ruhig noch bei Justin. Ich fahre nach Hause.

**Kelly:** Okay. Übrigens, ich liebe diesen Job!

Mein Handy summte noch einmal, aber ich nahm an, es sei Kelly, die »Tschüs« oder »Gute Nacht« schrieb, deshalb steckte ich es zurück in die Tasche und schob mich zur Tür hinaus. Ich hatte einen Schritt gemacht und war mir nicht sicher, wie ich mich fühlte, weil offensichtlich jemand auf mich wartete.

Als sich die Tür des SUV öffnete, blieb ich stehen, denn es war er.

Tristian West.

Er nickte in Richtung des leeren Sitzes neben ihm. »Steig ein.«

# Kapitel 17

TRACE

»Ich habe ein Problem und du musst es für mich lösen. Tust du das für mich?«

Mit dieser Frage hatte mein Onkel unser zweites Treffen begonnen.

»Ich dachte, ich hätte bereits gezeigt, dass ich ein Problem lösen kann. Das mit meinem Vater.«

»Ja, aber dafür warst du auch motiviert. Dein Vater ist dein Vater. Du und Ashton habt das gut gemacht. Ich bin stolz auf euch und habe von der neuen Ärztin gehört und auch davon, wie ihr um sie herummanövriert seid. Das ist nicht immer eine Option, aber dieses Mal war es clever.«

Ich warf Ashton einen Blick zu und wusste, dass er stinksauer war, aber er würde nichts sagen. Das hätte ich auch nicht getan, wenn es andersherum gewesen wäre. In unseren beiden Familien gab es eine Hierarchie. Die Oberhäupter waren Götter.

»Worum geht es denn eigentlich, Onkel Steph?«

»Um Billy Garretson.« Er warf eine Mappe auf den Tisch zwischen uns und ich starrte auf das Foto eines Mannes.

Ashton rührte sich nicht neben mir und ich erstarrte, denn das konnte garantiert kein Zufall sein. »Wer ist das?«

»Er arbeitet im Norden New Yorks. Es gibt da eine Verladestelle, zu der wir Zugang brauchen, und er könnte uns reinbringen. Bisher hat er sich geweigert und mir wurde berichtet, dass du seit Kurzem seine Nichte sympathisch findest.«

»Seine Nichte?«

»Er ist mit ihrer Tante verheiratet, Sarah. Sie ist eine Schwester von Chelsea Montell.«

*Montell?!*

Ich liebte meinen Onkel wirklich, aber im Moment stellte ich mir vor, wie ich ein langes, schmutziges Messer hervorzog und ihm damit den Bauch aufschlitzte, denn genau so fühlte sich das an, was er gerade mit mir machte.

»Du bist falsch informiert. Das ist vorbei, genauer gesagt, da gibt es nichts, was überhaupt begonnen hätte.«

Onkel Steph starrte mich lange und unnachgiebig an. Seine Kiefermuskeln spannten sich einmal, bevor er sich zurücklehnte. »Aus irgendeinem Grund habe ich das Gefühl, dass das kein Problem sein wird. Wir haben uns wegen ihres Vaters und der Tatsache, dass sie Bewährungshelferin ist, nicht auf deine neue Freundin konzentriert, aber du kennst sie. Wir haben jetzt eine Chance. Ich möchte, dass du das Mädchen einsetzt und mit ihr tust, was auch immer nötig ist, um ihren Onkel ins Boot zu holen. Ich muss zu dieser Verladestelle Zugang bekommen und du weißt, was passiert, wenn sich mir jemand hartnäckig in den Weg stellt.«

Er hatte natürlich Tote gemeint. Viele Tote.

Jetzt starrte ich sie an, als sie sich auf die Rückbank neben mich schob und die Tür schloss. Ihre Bewegungen waren ruckartig, steif.

Ich wollte ins *Katya*, um von meiner Familie wegzukommen, aber auch, weil *sie* dort war. Ich wollte sie bei der Arbeit beobachten, wie ich es letztes Wochenende getan hatte, als sie keine Ahnung gehabt hatte, dass ich da war. Und ich wollte darüber nachdenken, was ich tun würde. Aber ihr Vorgesetzter schickte sie anstelle unseres üblichen Barkeepers hoch.

Ich hatte keine Ahnung, was der Grund für diesen Wechsel war, aber ich kam herein, sah sie und wurde fuchsteufelswild.

Ich hatte noch einen Tag warten wollen, bevor ich loslegte. Ich brauchte die Zeit, um alle Optionen zu durchdenken; in meinem Job als Hedge-Fonds-Manager hatte ich diese Vorgehensweise gelernt. Man überdachte jede Möglichkeit, jeden Blickwinkel, jede Richtung, in die das Geld fließen konnte, und dann entschied man, was man verkaufte, was man kaufte und wann. Es war aufregend, wenn man es richtig gemacht hatte, und selbst wenn nicht, hatte man etwas gelernt.

Diese Zeit war mir genommen worden und ich hatte nicht richtig reagiert.

»Du bist Polizistin.«

Sie schaute mich an, blinzelte nicht und schaute auch nicht weg. Sie versteckte sich nicht. »Ich habe dich nicht gefragt, wer du bist. Glaubst du, dass es dafür einen Grund gibt? Ich habe nicht über dich recherchiert und dich nicht um einen Gefallen gebeten. Hätte ich tun können. Das ist einfach für mich, aber ich habe es nicht getan. Ich habe nicht gewusst, dass du dort oben auftauchen würdest. Was ich beim Bowling gesagt habe, meinte ich auch. Halt dich von mir fern!«

Fast grinste ich sie an, denn sie meinte jedes Wort ernst. Ihr Körper sprach jedoch eine andere Sprache. »Und trotzdem sitzt du in meinem Auto.«

»Du hast ›steig ein‹ gesagt.«

»Seit wann machst du, was man dir sagt?«

»Was willst du von mir, West?«

Von irgendjemandem wusste sie, wer ich war. »Du kennst jetzt also meinen Namen.«

»Nur Tristian West. Weiter nichts. Und um ehrlich zu sein, habe ich noch nicht entschieden, ob ich Nachforschungen über dich anstellen werde oder nicht.«

So sah es also aus, aber innerhalb der nächsten vierundzwanzig Stunden würde das keine Rolle spielen. »Dein Vater wurde getötet, als du auf der Highschool warst, und dein Bruder wurde für die Tat verurteilt.«

Sie fasste nach dem Türgriff. »Lass den Wagen anhalten.«

»Deine Mutter ist Alkoholikerin und du hast zwei Jobs, um ihre Schulden und die deines Bruders abzahlen zu können.«

Ich griff über sie hinweg nach dem Türöffner, bevor sie ihn betätigen konnte, oder zumindest versuchte ich es, aber sie packte mich am Arm und stieß mich zurück.

»Lass das.«

Es gelang ihr, die Tür zu öffnen, aber Pajn war bereits an den Straßenrand gefahren.

Sie hielt immer noch meinen Arm fest und beugte sich zu mir. »Rühr mich nicht noch mal an! Das hast du einmal gemacht. Ich werde nicht zulassen, dass es ein zweites Mal passiert.«

Ich zog meinen Arm aus ihrer Umklammerung und beugte mich langsam zu ihr. Sie wich nicht zurück.

Wir kamen uns nahe, wirklich sehr nahe, und das hatte ich nicht beabsichtigt. Ich starrte auf ihre Lippen.

Ich wusste, wie sie schmeckte, sehnte mich danach, sie wieder zu berühren.

Als ich noch näher an sie heranrutschte, holte sie tief Luft und wich zurück. Die Autotür stand immer noch offen und sie fasste nach dem Griff, sprang jedoch noch nicht hinaus.

Pajn wartete auf meine Anweisung, deshalb war ich gespannt, was sie jetzt vorhatte.

»Warum hast du auf mich gewartet?«

»Um mich zu entschuldigen.«

Ihre Augen trübten sich und sie schaute zu Boden. Sie sagte nichts mehr, bevor sie ausstieg und die Autotür zuwarf.

»Soll ich ihr folgen?«

Ich schüttelte den Kopf. »Bring mich zu meinem Büro in der Innenstadt.«

Ich hatte noch einiges an Arbeit zu erledigen.

Mein Onkel hatte gesagt, dass sie wegen des Jobs seiner Nichte und wegen ihres Vaters noch nichts gegen Billy Garretson unternommen hatten. Ich hatte nicht weiter nachgefragt, denn ein Teil von mir wollte es gar nicht wissen. Bis auf die Male, die mein Onkel mich gebeten hatte, etwas für ihn zu übernehmen, wollte ich nicht in diese Welt eintauchen. Aber das hier war etwas anderes. Es war etwas Persönliches und ich näherte mich einem Punkt, an dem ich alle Aspekte kennen musste, bevor ich weitermachte.

Vorerst würde ich das tun, was ich bei meiner normalen Arbeit am allerbesten konnte.

Recherchieren.

# Kapitel 18

### Jess

Ich starrte auf ein Collegefoto von Tristian West und hätte mich in den Hintern beißen können.

Nachdem ich letzte Nacht nach Hause gekommen war, hatte ich versucht, möglichst viel über ihn herauszufinden.

Wir waren in derselben Gegend aufgewachsen, aber während ich auf eine öffentliche Schule gegangen war, besuchte er eine Privatschule, und dabei war es nicht geblieben. Er war die ersten vier Jahren an der Columbia University gewesen und hatte dann für seinen Master in Betriebswirtschaft nach Yale gewechselt. Jetzt arbeitete er in der Wall Street.

Ich erinnerte mich daran, wie ich mich darüber lustig gemacht hatte, dass seine Schuhe ausgesehen hatten wie die eines Wall-Street-Typen, der zu einem Eishockeyspiel ging. Und genau so war es auch gewesen.

Und ihm gehörte das *Katya*. Das war ein ziemlicher Schock. Der Mann war mein zweiter Chef. Kein Wunder, dass Anthony Zustände gekriegt hatte. Tristian, oder Trace für seine Freunde, gehörte der Club zusammen mit seinem besten Freund Ashton Walden, der auf dieselben Schulen gegangen war wie Tristian.

Dieselbe Highschool. Columbia. Als Tristian in Yale war, ging Ashton mit ihm, aber er gründete sein erstes Unternehmen. Etwas im Bereich Cybersicherheit. Tristian machte seinen Abschluss und beide kehrten nach New York zurück.

Nachdem Tristian einen Job in der Wall Street bekommen hatte, gründeten er und Ashton ihr erstes gemeinsames Unternehmen und betrieben seitdem eine ganze Reihe von Firmen.

Jeder von ihnen war reich, aber zusammen waren sie regelrecht mächtig.

Über Tristian erfuhr ich sonst nicht viel, außer das Offensichtliche. In der Polizeidatenbank tauchte er auf, weil er mit sechzehn wegen Drogenmissbrauchs festgenommen worden war – zusammen mit Ashton. Ein Verfahren hatte es allerdings nicht gegeben. Ihre Anwälte waren aufgetaucht und hatten die Sache geregelt. Aber der Clou, der absolute Clou war sein Onkel.

Stephano West, Kopf der Mafiafamilie West.

Verdammt!

Tristian West war der Neffe und laut meinem Bericht wurde er praktisch als der Sohn des Mafiabosses angesehen. Ich drehte mein Handy um, denn die letzte Textnachricht von gestern Abend war nicht von Kelly gewesen.

**Unbekannt:** Ich würde dich gern wiedersehen. Hier ist meine Nummer.

»Morgen!«

Ich saß am Küchentisch und klappte meinen Laptop zu, als die Tür aufging und Kelly hereinkam. Sie war jedoch nicht allein. Justin folgte ihr. Er warf mir mit einem verlegenen Gesichtsausdruck einen Blick zu und steckte die Hände in die Taschen seiner Jacke.

Der Typ verlor keine Zeit.

Kelly hatte geduscht, rauschte zu mir herüber, schlang die Arme um meinen Hals und drückte ihre Wange an meine. Ich saß immer noch, sodass sie sich zu mir herunterbeugen musste, und ich roch Justins Shampoo. Head & Shoulders.

Sie verstärkte den Druck ihrer Arme ein wenig. »Hmm. Du riechst so gut.«

Ich musste kichern. Wenn Kelly eine Nummer geschoben hatte, dachte sie anfangs immer, alles sei perfekt und magisch. »Du hast aber gute Laune.«

Ich stand auf und nahm meine Kaffeetasse, um mir nachzuschenken.

Mir fiel auf, dass Kelly rot wurde, bevor sie nach ihrer Handtasche griff. »Ich muss mich umziehen. Bin gleich zurück!«

Nachdem ich mir Kaffee eingeschenkt hatte, stellte ich die Kanne zurück. »Brauchst du auch einen?«

Justin kicherte. »O ja. Puh, deine Freundin hat Ausdauer.«

Ich warf ihm einen Blick zu. »Halte dich zurück. Ich mag sie sehr, aber ich will keine Einzelheiten hören.«

Er kicherte erneut, holte sich eine Tasse und ließ sich von mir den Rest Kaffee einschenken. Ich nickte in Richtung des Küchenschranks. »Zucker ist da drüben, Kaffeesahne im Kühlschrank.«

»Danke.« Er schaute über seine Schulter, als ich zurück zum Tisch ging und wieder den Laptop aufklappte. »Was ist letzte Nacht passiert? Ich habe gesehen, wie Anthony dich in sein Büro zitiert hat.«

Daran wollte ich nicht erinnert werden. »Ach, nichts.«

Das schien ihn nicht zu überzeugen.

»Ehrlich.« Ich gestikulierte in Richtung von Kellys Zimmer. »Das ging aber schnell.«

Der verlegene Gesichtsausdruck kam zurück. Er scharrte mit dem Fuß, ging in der Küche herum und lehnte sich wieder an dieselbe Stelle der Arbeitsplatte. »Ich mag sie. Sehr.« Er warf mir einen vielsagenden Blick zu.

»Ich habe gesehen, wie du sie letzte Nacht angeschaut hast. Du bist ihr schon halb verfallen.«

Er riss die Augen auf und verschluckte sich fast am Kaffee, den er gerade trank. »Um Gottes willen. Erzähl ihr das bloß nicht!«

Wieder summte mein Handy.

**Weigerung, den Namen in die Kontakte aufzunehmen:** Wir müssen reden.

Mein Gott, war der penetrant!

**Ich:** BLOCKIEREN.

**Weigerung, den Namen in die Kontakte aufzunehmen:** Jetzt.

Ich blockierte ihn.

Ich musste vergessen, ihn getroffen, mit ihm geredet, ihn berührt und geküsst zu haben. Wie ich mich letzte Nacht in seinem Auto gefühlt hatte, als wir uns so nahe gekommen waren. Das alles. Vorbei.

Ende.

Mein Handy summte erneut.

**Leo:** Ich brauche dich im Haus deiner Mutter.

Solche Nachrichten bedeuteten nie etwas Gutes.

\* \* \*

Leo stand auf der Treppe zur Haustür, als ich ankam, und sah alles andere als glücklich aus. Er rauchte eine Zigarette, aber als er mich sah, warf er sie auf den Boden und trat sie aus. Er trug normale Kleidung. Jeans, ein Sweatshirt und darüber eine offene Jacke. Leo war oldschool. Wenn er nicht arbeitete, saß er in der Kneipe des Viertels, trank Bier und schaute jedes beliebige Spiel, das dort im Fernseher lief. Solange ich ihn kannte, hatte ich ihn nie betrunken gesehen, deshalb nahm ich an, dass er die ganze Zeit an einem Bier nippte.

Manchmal, wie offensichtlich heute, schaute er nach meiner Mutter.

Ich parkte und ging zum Bürgersteig hinüber. »Was ist los?«

Ich schaute hinter ihn. Die Tür war geschlossen und die Gardinen waren zugezogen. Geschrei war nicht zu hören.

Leo steckte eine Hand in die Jackentasche und deutete mit der anderen aufs Haus. »Warst du vor ein paar Tagen hier?«

Ich runzelte die Stirn. »Kurz am Montag. Warum?«

»Hast du ihre Verstecke durchsucht?«

Himmel! Ging es darum? »Ich habe eine neue Flasche Wodka in ihrem Badezimmer gefunden und sie mit Wasser verdünnt.«

»Das ist alles?«

»Ja. Was ist denn los?«

»Sie hat einen Wutanfall und behauptet, du hättest alle ihre Flaschen ausgegossen.«

Die Ironie, dass meine Mutter bei einem Bewährungshelfer einen Wutanfall bekommen hatte, weil eine andere Bewährungshelferin den Inhalt einer ihrer Flaschen verdünnt hatte, war einfach … Ich stand auf dem Schlauch. »Welche Art von Wutanfall? Welchen Schaden hat sie angerichtet?«

»Ich stehe hier draußen, um dich zu empfangen. Das sollte dir etwas sagen.«

Verdammt noch mal!

Ich ging die Stufen hinauf, um meiner Mutter entgegenzutreten.

»Ich warne dich. Sie … sie hat es heute übertrieben.«

Ich warf ihm einen weiteren Blick zu. Er wich einen Schritt zurück und sagte weiter nichts. Die Tür war abgeschlossen, deshalb holte ich meinen Schlüssel heraus und schloss auf. Ich wollte mich gar nicht weiter damit befassen, weshalb sie Leo ausgesperrt hatte. Schließlich war es Leo, der beste Freund meines Vaters. Er gehörte praktisch zur Familie.

Ich trat ein, aber drinnen war nichts zu hören.

Doch dann schlug mir der Geruch entgegen und ich wäre fast umgekippt. »Mom!«

Über mir hörte ich einen schwerfälligen Schritt, dann ein Stöhnen und ein dumpfes Geräusch.

Ich rannte los, nahm immer zwei Stufen auf einmal.

Auf dem Boden entdeckte ich Blut und eilte ins Schlafzimmer. Mehr Blut. Eine ganze Spur, die zu ihr führte. Meine Mutter lag auf dem Boden neben ihrem Bett. »Mom!« Sie trug ihren Bademantel und ich kniete mich, das Blut meidend, neben sie.

Sie stöhnte und bewegte ein wenig den Kopf.

»Mom! Mom!«

»Nein.« Wieder ein Stöhnen. Sie hob die Hand, versuchte mich wegzustoßen. »Hau ab! Will dich nicht hierhaben.«

Ihr Atem stank widerlich. Sie hatte exzessiv getrunken.

Vorsichtig rollte ich sie herum, wollte herausfinden, woher das Blut kam. Auf den ersten Blick schienen ihre Vitalfunktionen in Ordnung zu sein, aber ich suchte ihren Körper weiter ab, während ich nach ihrem Handgelenk griff und den Puls fühlte.

»O mein Gott ...« Leo kam herein und kniete sich neben meine Mutter. »In ... in dem Zustand war sie nicht, als ich nach draußen ging. Sie hatte getrunken und war wütend. Sie hat auf dich geschimpft. Unten liegen die Scherben von einigen Tellern auf dem Boden. Sie muss daraufgetreten sein.« Ich hob ihren Fuß an und sah das Blut. Es war ein tiefer Schnitt. »Das muss genäht werden.«

»Nein. Nicht nähen«, grummelte meine Mutter, bevor sie sich auf die Seite rollte und sich übergab.

Das Erbrochene landete dicht neben mir.

Ich sprang auf und fluchte, setzte jedoch gleich darauf meine Untersuchung fort. Sie hatte Schnitte in beiden Füßen und einen in der Handfläche. Keinen schien sie sich absichtlich zugefügt zu haben, was an diesem bescheuerten Samstag eine Erleichterung war.

»Hier.« Leo musste Verbandsmull geholt haben. Mit dem Erste-Hilfe-Kasten in der Hand kniete er sich wieder hin.

Ich drückte den Mull auf ihren Fuß. Sie sperrte sich dagegen, war aber so betrunken, dass sie eine Sekunde später besinnungslos wurde.

Ich hasste es, mich um Betrunkene zu kümmern, aber es war noch schlimmer, wenn es sich um die eigene Mutter handelte.

Leo und ich arbeiteten schweigend, als ich die Schnittwunden an den Füßen und der Hand säuberte, desinfizierte und dann verband. Gemeinsam hoben wir sie hoch und legten sie aufs Bett.

Ich trat einen Schritt zurück.

Sie atmete tief, aber gleichzeitig abgehackt, und ihr Bademantel war aufgegangen. Sie trug immer noch ihren Schlafanzug. »Sie muss genäht werden.«

Leo nickte und hatte bereits sein Handy in der Hand. »Ich weiß. Ich rufe an.«

Anrufen.

Richtig.

Es war einfacher, jemanden kommen zu lassen, als sie ins Krankenhaus zu bringen.

Ich hörte, wie Leo sagte: »Ja, ja. Danke, Ben. Sie hat das Bewusstsein verloren, deshalb je früher, desto besser.«

Er hatte einen der Sanitäter angerufen, mit denen er Poker spielte. Das ergab Sinn. Ben konnte Wunden nähen. Kein Problem. Und Ben würde nichts sagen. Das tat er nie. In dieser Beziehung waren wir eine eingeschworene Gemeinschaft, aber im Moment wünschte ich mir, er würde etwas sagen, denn es war nicht das erste Mal, dass Leo Ben wegen so etwas anrief.

Ich wusste, dass es auch nicht das letzte Mal gewesen sein würde.

Leo beendete das Telefonat und ging zum Bett. »Wir müssen ihr etwas anziehen. Er sollte sie nicht so sehen.« Und mit »so« meinte er das Erbrochene.

Ich legte ihm eine Hand auf den Arm. »Er kann sie ruhig so sehen.«

»Deine Mom wäre entsetzt.«

Ich deutete mit dem Kopf in ihre Richtung. »Offensichtlich nicht in diesem Zustand. Ben hat schon Schlimmeres gesehen.« Ich warf ihm einen Blick zu und ging zur Tür. »Wir haben alle schon Schlimmeres gesehen.«

Dann machte ich mich auf den Weg nach unten. Da ich nichts mehr tun konnte, um den Schlamassel *hier oben* zu beseitigen – es sei denn, ich wollte einen weiteren Aufenthalt in einer Entzugseinrichtung finanzieren –, ging ich zu dem Durcheinander, das ich aufräumen *konnte*. Als ich um die Ecke ins Esszimmer kam, sah ich die ganzen zerschlagenen Teller auf dem Boden.

Meine Mutter war in ihrem Rausch sehr zielstrebig vorgegangen und hatte das ganze teure Essgeschirr zerschlagen, das sie von ihrer Schwiegermutter bekommen hatte. Ich begann mit den Aufräumarbeiten.

Vielleicht war irgendetwas Witziges an der ganzen Sache, aber ich war zu müde, um das herauszufinden.

\* \* \*

Ben war gekommen und wieder gegangen.

Meine Mutter schlief ihren Rausch aus. Wir hatten ihr die Kleidung gewechselt und sie lag eingekuschelt im Bett. Leo stieß im Wohnzimmer auf mich, wo ich mit einem Bier in der Hand saß und im Fernsehen ein Footballspiel lief.

Er seufzte, nahm das zweite Bier, das ich ihm reichte, und ging an mir vorbei zum Klubsessel, in dem mein Vater immer gesessen hatte. Er sank hinein und legte die Füße hoch. »Spielstand?«

»Zwanzig zu sieben.«

»Viertes Viertel. Sie müssen in die Gänge kommen, oder?«

Ich ignorierte seinen Kommentar, denn wir gaben beide vor, das Team unserer Stadt zu unterstützen, obwohl Leo eigentlich Rams-Fan war und mein Herz für die Bengals schlug. Keines der Teams spielte heute. »War der Anlass für dieses Theater wirklich nur die Tatsache, dass ich den Inhalt einer ihrer Flaschen mit Wasser verdünnt hatte?«

Er zuckte mit den Schultern, griff nach seinem Bier und nahm einen großen Schluck. »Wer weiß? Sie erwähnte auch einen Anruf ihrer Schwester.«

»Was?« Ich war ganz Ohr. Das Spiel war vergessen. »Meine Tante?«

Leo schaute auf und riss seinen Blick vom Fernseher los, als er mitbekam, dass das für mich eine große Sache war. Eine wirklich große Sache. Seine Augen weiteten sich ein wenig. »Ja. Sie hat doch zwei Schwestern, oder?«

»Welche war es?« Meiner Mutter war die ältere egal. Über die meckerte sie immer, sie sei verwöhnt, aber mit der jüngeren war es etwas anderes. Die beiden hatten sich sehr nahegestanden, als sie aufwuchsen, bis meine Tante ihren jetzigen Mann kennenlernte und der Kontakt zum Erliegen kam. Das war nicht so gut. »Die, die weiter nördlich wohnt oder die aus Alabama?«

»Die aus dem Norden.«

Die jüngere Schwester also.

Ich setzte mich aufrechter hin. »Hat sie etwas gesagt? Wie das Telefonat gewesen ist? Was meine Tante wollte?«

Er schaute mich stirnrunzelnd an, und da wurde mir bewusst, dass wir nie über die Tante gesprochen hatten. Leo gehörte zwar zur Familie, aber ich nahm an, dass er nichts über sie wusste.

»Nein, nur dass sie angerufen hat. Mehr nicht. Sie fing sofort an, über dich zu lamentieren, und ich habe daraus meine Schlüsse gezogen.«

Mist!

Das war alles?

Verdammt!

Ich musste wiederkommen und mit meiner Mutter reden, wenn sie nüchtern war und mich nicht mehr hasste.

Ich zupfte an meinen Haaren herum und seufzte, weil ich es dabei bewenden lassen musste. Im Moment konnte ich nichts anderes tun. »Bleibst du hier?«

Er schwieg, bevor ein lang gezogenes »Jaaa, ich bleibe« kam.

Ich stand auf und griff nach meiner Jacke.

»Das war's? Du gehst?«

In der Tür drehte ich mich noch einmal um und zuckte mit den Schultern. »Wir wissen beide, wie es läuft. Ich weiß nicht, warum du dableiben willst, aber wenn du es tust, dann gehe ich. Ich muss sowieso heute Abend arbeiten.«

Sein ganzes Gesicht zuckte und er trank einen Schluck Bier. »Du solltest da nicht arbeiten. Wenn du mehr Geld brauchst, gibt es andere Möglichkeiten.«

»Was weißt du denn über den Club, in dem ich arbeite?«

Er hatte das Thema schon mehrmals angesprochen, aber ich war nie darauf eingegangen. Ich nahm immer an, es gefiel ihm nicht, dass ich in einem Nachtclub arbeitete, und es wäre ihm lieber gewesen, ich hätte einen Job in dem Pub, in dem er und andere aus unserer Branche verkehrten. Oder wusste er etwa auch, was ich wusste?

»Nichts. Nur … es gibt Gerüchte darüber.«

»Über Tristian West?«

Sein Gesicht erschlaffte und ich schwöre, er wurde ein kleines bisschen blass. »Was weißt du über den?«

»Nur dass er nicht weit von hier aufgewachsen ist und dass ihm das *Katya* gehört.«

Er musterte mich. »Er ist ein richtiger Hitzkopf, oder?«

Ich zuckte mit den Schultern. »Das nehme ich an, aber als Kinder sind wir uns nie über den Weg gelaufen, und ich glaube nicht, dass das jetzt wichtig ist.«

Oder etwa doch?

Aber Leo ließ das Thema auf sich beruhen. Ich sah es an seinem entschlossenen Gesichtsausdruck. Er würde nichts mehr sagen und ich musste meine Schicht antreten.

»Gut. Wir sehen uns später, alter Mann. Schlaf ein bisschen. Lass dich von meiner Mutter nicht zu sehr vereinnahmen.«

Er schmunzelte. Wir beide hatten den Witz verstanden. Er kümmerte sich um sie wegen meines Vaters, und die wenigen Male, die er über Nacht geblieben war, hatte ich ihn am nächsten Morgen schlafend auf der Couch vorgefunden.

»Pass auf dich auf, Kleine.«

# Kapitel 19

### Trace

Sie sah müde aus.

Ich beobachtete sie von einer der privaten Logen aus, von der man einen Blick über den Nachtclub hatte. Eigentlich war ich gekommen, um zu arbeiten, und hatte gehofft, dass das *Katya* mir helfen würde, einen klaren Kopf zu bekommen, aber irgendwann war ich hierher umgesiedelt, von wo aus ich sie sehen konnte, sie mich aber nicht.

Der Drang, sie zu besitzen, sie für mich zu beanspruchen, würde nicht aufhören, und die Gefälligkeit, die mein Onkel forderte, auch nicht. Es musste doch einen Kompromiss geben, aber bisher sah ich keinen.

Die heutige Nacht würde das Fass zum Überlaufen bringen. Wenn sie bisher nicht wusste, wer ich war, würde sie es herausfinden und mich hassen. Aber Familie war Familie.

Ich würde tun, was ich tun musste.

Hinter mir wurde eine Tür geöffnet. Die Geräuschkulisse des Clubs war zuerst deutlich zu hören, dann nur noch gedämpft.

Ich bewegte mich nicht, denn ich wusste, wer hereingekommen war, und eine Sekunde später stand Ashton neben mir. Er hatte einen Drink in der Hand. Ich sah, wie er sie ebenfalls beobachtete. Er nahm einen Schluck und das Eis klirrte im Glas. »Kommst du damit zurecht?«

Nein. »Das muss ich wohl.«

Er drehte sich zu mir und musterte mich. Ich richtete meine Aufmerksamkeit wieder auf sie. Sie war es, war es immer gewesen. Seitdem ich sie zum ersten Mal gesehen hatte.

»Vielleicht findet sie es nicht heraus. Intel sagte, sie seien nicht so eng miteinander gewesen.«

Ich schüttelte den Kopf. »Das bezweifele ich, aber wir werden uns darum kümmern.«

»Bist du dir sicher?«

Ich warf ihm einen strengen Blick zu. Er kannte die Lage. Wir hatten einen Auftrag.

Er nickte mit skeptischem Blick. »Dann lass es uns tun.«

Ich warf einen letzten Blick auf sie, einen lange verweilenden, denn alles würde sich ändern.

# Kapitel 20

JESS

Es war wieder viel los in dieser Nacht, aber ich brauchte die Ablenkung.

Kelly arbeitete auch und Justin ebenfalls. Ich war noch nicht zu Hause gewesen, sondern vom Haus meiner Mutter direkt ins *Katya* gefahren, aber ich schloss aus den verstohlenen Blicken, die die beiden sich zuwarfen, dass sie den Tag miteinander verbracht hatten.

Ich war mir nicht sicher, was ich davon halten sollte, aber ich hoffte einfach, dass es einvernehmlich sein würde, sollten sie sich eines Tages trennen, und dass Kelly nicht diejenige sein würde, die dann hier aufhören musste. Doch ich kannte Kelly und all ihre bisherigen Beziehungen. Die hatten nie gut geendet und sie würde diejenige sein, die kündigen musste oder gefeuert wurde. Ich dachte darüber nach und wartete, dass wir eine kleine Pause zwischen den zu bedienenden Gästen hatten, bevor ich zu Justin ging.

Er goss gerade einen Drink ein, hielt jedoch inne, als er mich sah.

Ich stellte mich mit dem Rücken zur Theke neben ihn. »Wenn du ihr wehtust ...« Er schaute mich direkt an und ich fuhr fort: »Dann mache ich etwas, was dich vor Gericht bringt. Hörst du? Verarsch sie nicht.«

Ich wartete nicht auf eine Antwort, sondern kehrte in meinen Bereich zurück.

Und dort stand Anthony und schaute mich mit starrem Blick an.

Ich runzelte die Stirn. »Was ist los?«

Er hatte die Arme vor der Brust verschränkt und schüttelte langsam den Kopf.

»Was gibt's?«

»Ich weiß nicht, was zwischen dir und dem West läuft, aber ich möchte klarstellen, dass es mir nicht gefällt.«

Ich schaute ihn finster an und erstarrte. »Was redest du da?«

Ein harter Blick traf mich. »Ich mag dich. Du bist taff und lässt dir nichts gefallen. Die Gäste respektieren dich und du erscheinst immer verlässlich zu deinen Schichten. Ich gebe dir jetzt ein einziges Mal ungebeten einen Rat, von dem ich nicht profitiere: Geh. Kündige. Verlass sofort deine Schicht und komm nie wieder hierher zurück. Was auch immer du und West miteinander habt, es wird nicht gut enden. Er hat Verbindungen, die dir nicht gefallen werden. Vertrau mir.«

Ein kalter Schauer ersetzte die Starre.

Dann fügte er mit einem grimmigen Gesichtsausdruck hinzu: »Vertrau mir in dieser Sache, Montell.«

Justin kam herüber und schaute uns kritisch an. »Alles okay bei euch?«

Anthonys Kiefermuskel spannte sich an. »Alles gut. Das hier geht dich nichts an.« Er warf mir einen letzten vernichtenden Blick zu. »Wenn die Sache aus dem Ruder läuft, behaupte nicht, ich hätte dich nicht gewarnt.« Und dann stampfte er davon. Justin schaute mich prüfend an und trocknete sich die Hände mit einem Handtuch ab. »Ich weiß ... Ich bin neu hier, neu im Leben deiner Mitbewohnerin, aber ich bin hier. Mein Bruder ist Polizist ...«

»Polizist?«

Sein Blick wurde vorsichtiger, gleichzeitig auch härter, bevor er mir kurz zunickte. »Detective Worthing. Er ist im 116ten.«

Ich kannte seinen Bruder nicht, aber der 116te war ein guter Bezirk. »Ich kenne Anthony schon lange, das ist alles. Gemeinsame Vergangenheit. Ich kann selbst auf mich aufpassen.«

»Kelly hat mir erzählt, was du beruflich machst. Für den Job muss man taff sein.«

Ich schaute ihn an. »Mir geht's gut.«

Er sah jedoch nicht überzeugt aus. Dann hob er das Kinn, ging zurück zu seinem Thekenbereich und ich fing den diskreten Blick auf, den er in die Richtung warf, in der Anthony verschwunden war. Der Rest der Nacht verging mit weniger Drama, was eine Menge hieß, wenn man bedachte, dass ich zwei Bewährungshäftlinge entdeckte, die direkt vor meinen Augen ihre Bewährungsauflagen verletzten. Einer sah, wie ich ihn beobachtete. Ihn erfasste Panik und er machte sich davon. Der andere kam herüber, baute sich vor meiner Theke auf und tat so, als wären wir dicke Freunde. Die Clubbesucher um ihn herum amüsierten sich über die strenge Ermahnung, die folgendermaßen klang: »Raus mit dir. Werde erst mal nüchtern. Und stell dich darauf ein, dass du einen Anruf von deinem Bewährungshelfer bekommst.«

Er blähte sich auf und griff gleichzeitig über die Theke nach mir. »Jetzt komm schon, du Schlam…«

Weiter kam er nicht, denn schon war ich vor der Theke, hatte ihm den Arm auf den Rücken gedreht und begleitete ihn aus dem Club. Die Sicherheitsleute sahen mich kommen und bemerkten das rote Gesicht des Typen, denn obwohl er gut dreißig Kilo mehr wog als ich, hatte ich ihn gut im Griff. Sie öffneten die Tür und ich stieß den Mann nach draußen. Als er wieder anfing zu argumentieren, schrie ich ihn an: »Hau ab! Für so was habe ich keine Zeit. Nicht heute Abend. Nicht hier.«

Wieder kam er auf mich zu und dieses Mal holte er aus.

Ich duckte mich, griff ihn mir, verdrehte ihm den Arm und stieß ihn auf die Knie. Als das geschah, schaltete eine Polizeistreife in der Nähe die Scheinwerfer ihres Autos ein. Ich kannte die Polizisten und sie kannten mich. Sie nahmen den Mann fest, aber er würde innerhalb einer Stunde wieder auf freiem Fuß sein.

Dennoch betrachtete ich Anthonys Warnung als das größte Drama des Abends.

Den Rest meiner Schicht nahm ich Bestellungen entgegen, wurde von ein paar Männern und auch einigen Frauen angemacht und sechsmal als »Schlampe« bezeichnet, weil ich nach Meinung einiger Gäste die Bestellung nicht schnell genug erledigte. Die ganze Zeit versuchte ich nicht darüber nachzudenken, ob er oben war. Ob er mich beobachtete. Ob eine andere hochgeschickt worden war, um ihn und seinen Freund zu bedienen.

Dann war Feierabend.

Ich tat das Übliche, machte Kassensturz, zählte mein Trinkgeld, wischte meinen Thekenbereich ab und ging die Bestandsliste durch. Kelly kam herüber, kicherte und hing an Justin, der mir einen reumütigen Blick zuwarf.

»Ich fahre heute mit zu Justin. Möchtest du mitkommen? Wir könnten uns bei einem Drink entspannen.«

Das war verlockend, denn ich war immer noch aufgekratzt. Ein Drink würde jedoch nicht helfen, dieses Gefühl zu beseitigen. Das konnte nur eine Sache.

»Ich fahre nach Hause.«

Kelly schaute mich traurig an, kam zu mir herüber und umarmte mich. »Bist du okay? Ich habe gesehen, dass Anthony vorhin bei dir stand. Das sah nach Spannungen aus«, flüsterte sie mir ins Ohr.

Ich drückte sie. »Mir geht's gut. Pass auf dich auf, ja?«

Als sie zurückwich, kicherte und seufzte sie wieder wie zuvor, aber sie legte ihre Stirn gegen meine. »Er ist nett, oder?«

Meine Anspannung ließ ein wenig nach. Kelly klang ängstlich, als sie diese Frage stellte, aber ich nickte langsam gegen ihre Stirn. »Er macht wirklich einen netten Eindruck.«

»Kannst du mal in eurer Kartei für mich nach ihm suchen?«

Ich lachte laut auf. »Das brauche ich nicht. Anthony hat ihm den Thekenbereich neben mir zugeteilt – das heißt, er ist sauber. Anthony hätte das nicht getan, wenn er nicht astrein wäre und ich in unserem System etwas hätte finden können. Meiner Meinung nach hat er sich ein bisschen zu schnell in dich verguckt.«

Mit großen Augen riss sie den Kopf zurück. »Er hat sich in mich verguckt?«

Ooooh. Ich wand mich. »Das nehme ich an.« Vielleicht hätte ich das nicht sagen sollen.

Aber egal. Kelly schwärmte wieder für jemanden und die ewige Romantikerin in ihr hatte sich auch verguckt.

Dann gingen beide. Justin winkte mir zu und hatte den anderen Arm um Kellys Schultern gelegt.

Sobald ich fertig war, machte ich mich auch auf den Weg und schaute nach langer Zeit mal wieder auf mein Handy.

Die Textnachricht sah ich, als ich fast bei meinem Auto war.

**Leo:** Ruf mich so schnell wie möglich an. Der Anruf deiner Tante war ein großes Ding.

Äußerlich sah man mir keine Reaktion an, aber innerlich zog sich alles in mir zusammen. Ich hatte schon früher gewusst, dass es ein großes Ding sein musste, ein wirklich großes, aber ich hatte mir auferlegt, nicht weiter darüber nachzudenken.

Ich rief Leo an, sobald ich im Auto saß.

Er nahm das Gespräch nach dem ersten Klingeln an. »Die Lage ist kritisch.«

Ich machte mich auf das Schlimmste gefasst. »Was ist los?«

»Weißt du, wo deine Tante lebt?«

»Meine Tante? Ja ...«

»Kannst du hinfahren und sie holen?«

»Was?« Panik ergriff mich. »Was ist passiert?«, stieß ich hervor.

»Eine häusliche Notlage. Deine Tante verlässt ihren Mann. Sie und die Kinder. Sie sind noch in einer Notunterkunft, aber ich habe mit jemandem gesprochen, den ich da oben kenne, jemandem, dem ich vertraue. Dein Onkel hat einen Ruf zu verlieren und er wird sich von der Unterkunft nicht fernhalten. Das Beste, was deine Tante machen kann, ist, so schnell wie möglich aus der Stadt zu verschwinden. Ich habe mich freiwillig angeboten, sie abzuholen, aber deine Mutter hat das Gespräch zufällig mitgehört und herumgeschrien. Sie ist nicht bereit, sich hier um deine Tante zu kümmern.«

»Mist, Leo. Warst du die ganze Nacht bei ihr?«

»Das ist doch egal«, meinte er barsch. »Ich habe heute sowieso nicht viel vor.«

Genau. Denn sich um eine Betrunkene zu kümmern, besonders um die betrunkene Frau des besten Freundes, die sich nicht gerade vorbildlich benahm, wenn sie abgefüllt war, war natürlich etwas, worauf jeder an seinem freien Tag Lust hatte. Aber Leo wollte es so.

»Ich weiß, wo sie wohnt, aber es gibt im Grunde keine Beziehung zu ihr. Doch ich fahre trotzdem hin und schaue, was ich tun kann.«

»Bist du fahrtüchtig?«

»Wie gemacht für einen Kampf, um ehrlich zu sein.«

Er kicherte und entspannte sich ein wenig. »Hoffen wir mal, dass es nicht so weit kommen wird.«

Ich lachte, startete den Motor und stellte fest, dass ich tanken musste und eine Menge Koffein brauchte, denn ich hatte eine zweistündige Fahrt vor mir.

# Kapitel 21

## Trace

Wir kamen an und der Plan war eigentlich gewesen, den Onkel zu packen und irgendwo anders zu befragen. Doch dann gingen wir ins Haus und stellten fest, dass es wie ein Schlachtfeld aussah.

Also wurde der Plan geändert.

Das Haus war leer. Ashton ging durch die restlichen Zimmer, während ich das größte Schlafzimmer unter die Lupe nahm. Die Kleidung der Frau war nicht mehr da, ein leerer Koffer lag auf dem Bett. Im Schrank schienen weitere Koffer zu fehlen.

Ashton kam herein. »Das Zeug der Kinder ist weg. Die Frau hat ihn verlassen.«

Ich nickte. »Wir warten. Er wird zurückkommen.«

»Und wenn sie bei ihm ist?«

Ich schaute ihn kühl an. »Sieht das hier aus, als käme sie zurück?«

»Häusliche Auseinandersetzung.« Er bemerkte die Löcher in der Wand, das zerbrochene Glas. »Die Frauen kommen oft zurück, bevor sie endgültig gehen oder getötet werden.«

»Wir bleiben und warten. Hier sind wir in einer Kleinstadt. Wenn wir nach ihm suchen, wird das auffallen.«

Ashton nickte.

Demetri, einer meiner Wachmänner, kam herein, als wir gerade in der Küche waren. Er deutete nach draußen. »Hinten haben sie einen Schuppen. Können wir ihn nicht dort reinbringen?« Er deutete auf eine andere Tür. »Oder in den Keller. Da gibt es einen Raum, der wie gemacht ist für das, was wir vorhaben.«

Demetri und Pajn. Meine beiden Wachmänner. Sie waren mit mir aufgewachsen, Jungs, die ich aus der Nachbarschaft kannte, Jungs, die als Teenager Ärger mit Ashton und mir bekommen hatten.

»Was soll das heißen? Ein Raum, der wie gemacht ist für das, was wir vorhaben.«

Er schaute mich lange und ernst an. »Komm und schau es dir selbst an, Boss.«

Ich ging mit ihm in den Keller, dicht gefolgt von Ashton.

Demetri führte uns durch einen Raum, in dem in der Ecke Stühle gestapelt waren. An der Wand hing eine Tafel. Da es keine Fenster gab, schien von draußen kein Licht herein. Der Fußboden bestand aus Zement. Von diesem Raum kamen wir in einen anderen, der genauso spärlich eingerichtet war. Es folgte ein weiterer, in dem Konservendosen in Regalen aufgereiht waren, und dann einer, in den nur eine niedrige Tür führte, durch die wir uns alle bücken mussten.

»Trace.«

Ich drehte mich um und sah in die Richtung, in die Ashton lebhaft gestikulierend zeigte. Die Tür öffnete sich und an der Außenseite befand sich ein Schloss.

Mir gefror das Blut in den Adern.

»Boss.« Pajn deutete auf einen Pfahl.

Eine Kette war darumgewickelt. Sie hatte Flecken und ich erkannte den Geruch von getrocknetem Blut. Der Pfahl war damit besudelt, aber an seinem Fuß entdeckte ich einen weiteren Fleck von Flüssigkeiten und ich glaubte nicht, dass der Gestank allein vom Blut herrührte. Die Flüssigkeit lief aus dem Pfahl heraus.

Pajn trat gegen einen Eimer. »Stinkt, als wäre der fürs Pissen und Scheißen gebraucht worden.«

»Mein Gott«, flüsterte Ashton.

Ich nahm das alles in mich auf.

An der Wand hing eine Peitsche.

Ein Messer.

Ein Beil.

Weitere Ketten.

Handfesseln, die aussahen, als wären sie aus dem Mittelalter.

»Scheiße.« Ashton starrte auf ein paar plüschige Handschellen und das war mehr als genug für mich.

Ich knurrte: »Wir machen es hier. Genau hier.«

Die anderen stimmten zu.

\* \* \*

Das Licht von Scheinwerfern blitzte durchs Haus, als ein Lastwagen abbremste und in die Einfahrt einbog. Ashton und ich warteten in der Küche.

»Er kommt.«

Demetri ging auf die eine Seite der Tür, Pajn auf die andere.

Sie waren kräftige Kerle und konnten irrtümlicherweise für Bodybuilder gehalten werden, aber sie waren darauf trainiert, auf sich selbst aufzupassen. Gelernt hatten sie das auf der Straße und jetzt bewegten sie sich wie Katzen. Schleichend und leise.

Ashton klopfte auf die Tischplatte, um meine Aufmerksamkeit zu erregen. »Ist er allein?«, formte er lautlos mit den Lippen.

Ich lehnte mich zurück und bewegte die Gardine kaum einen Zentimeter. Billy Garretson trottete auf die Hintertür des Hauses zu. Ich beantwortete Ashtons Frage mit einem Nicken und beobachtete den Mann weiter.

Er hatte den Kopf gesenkt und schöpfte keinen Verdacht.

Wir hörten Schlüssel rasseln.

Ein Schlüssel wurde ins Schloss geschoben und gedreht. Dann wurde die Tür aufgestoßen.

»Verdammte Scheiße ...« Er trat ein und uns schlug ein widerlicher Geruch entgegen, der von ihm kam. Dann fummelte er herum, fand und betätigte den Lichtschalter. Eigentlich hätte das Licht angehen müssen, aber im Keller waren die Sicherungen herausgedreht worden. »Was zum Teufel ist das denn?« Er schloss die Tür und betätigte mehrmals den Lichtschalter, bevor er knurrte: »Miststück. Sie hat die Sicherung ...« Er drehte sich um und machte ein erschrecktes Würgegeräusch, als er Pajn direkt gegenüberstand.

»Hallo«, kam es von Pajn und dann folgte ein Fausthieb.

Pajn hatte keine Zeit verloren.

Ashton und ich sprangen auf, denn wir erwarteten einen Kampf, doch nichts geschah. Pajn hatte einmal zugeschlagen und der Typ wankte, bevor er zu Boden ging.

Von Pajn war unterdrücktes Kichern zu hören. Er stieg über den Mann hinweg und sagte: »Der Typ ist bewusstlos.«

Pajn und Demetri gingen in die Hocke und hoben ihn auf.

»Darauf wirst du dir jetzt ewig was einbilden und behaupten, du seist der Vollstrecker«, brummte Demetri.

»Jaja. Fang gleich damit an und nenn mich ab jetzt nur noch ›der Vollstrecker‹.« Pajn kicherte. »Der Kerl stinkt. Hat er sich in die Hose geschissen oder was?«

»Wer weiß? Der Raum im Keller müffelt wie ein Abwasserkanal.«

Pajn knurrte und gemeinsam schafften sie den Mann in den Keller.

Ich wartete und gab ihnen Zeit, ihn dort unten abzulegen.

»Laut unseren Informationen ist er ein religiöser Spinner.« Ashton schaute sich um. »Ich sehe aber nichts Religiöses in diesem Haus.«

Er hatte recht. Nirgendwo Kreuze, Bibeln, Bibelverse. Keine Rosenkränze, falls die ein Teil seiner Religion waren. Die Wände waren kahl und die Zimmer spärlich möbliert. Ein paar Sessel im Wohnzimmer. In der Küche nur ein kleiner Tisch, an dem man höchstens Karten spielen konnte, und zwei Stühle. Der zweite Stuhl war zurückgeschoben und stand mit der Rückenlehne an der Wand, als würde sie dort sitzen und warten, wenn er aß.

Die eingebauten Regale waren ebenfalls leer.

Ich war vorhin in den Zimmern der Kinder gewesen und wusste, dass sie drei hatten, die jünger sein mussten. Auch dort das gleiche Bild. Matratzen auf dem Boden. Ein Kissen. Eine Bettdecke, wenn überhaupt. In einem der Wandschränke lagen in der Ecke ein paar Kinderbücher. Daneben eine Taschenlampe.

»Wir werden nicht mit diesem Mann zusammenarbeiten.«

Ashton drehte ruckartig den Kopf zu mir. »Dein Onkel ist aber entschlossen.«

Ich schüttelte den Kopf. Mir war flau im Magen. »Er verdient einen langsamen, qualvollen Tod. Wir werden seinen Vorgesetzten kontaktieren und sicherstellen, dass derjenige, der an seine Stelle tritt, mit uns zusammenarbeitet. Wir werden das regeln, wenn es sein muss.«

»Und wenn der Typ da unten verschwindet und jemand Fragen stellt?«

Ich schaute ihn lange finster an. »Glaubst du wirklich, dass jemand Fragen stellen wird?«

»Sie vielleicht.«

»Wenn, dann werde ich mich mit ihr unterhalten.« Mein Bauchgefühl sagte mir, dass es für jeden ein Segen sein würde, wenn dieser Typ verschwand.

Demetri rief aus dem Keller: »Er ist bereit.«

Jemanden zu befragen oder zu verhören war nichts Neues für uns, aber nur Ashton freute sich immer darauf. Er blühte angesichts der bevorstehenden Quälerei richtig auf. Ich stand nicht besonders darauf, aber dieses Mal war es anders.

Ich war genauso begeistert bei dem Gedanken daran, was ich diesem Mann antun würde.

# Kapitel 22

## Jess

Ich war nicht darauf vorbereitet, bei Weitem nicht, als ich meine Tante sah. Sarah war ein Schatten meiner Mutter und die war bereits ein Schatten ihrer selbst. Das sagte eine Menge. Dann hob ein kleines Mädchen den Kopf und ich schaute auf die weibliche Ausgabe meines Bruders.

Die gleiche Augenform, Augenfarbe und Hautfarbe sowie die gleichen strohblonden Haare. Mein Bruder hatte ein jungenhaftes Aussehen, zumindest wenn er nicht versuchte, grimmig zu gucken, und bei diesem Mädchen war es genauso. Man sah es an den Wangen. Beide hatten die gleichen runden Wangen.

Ich war sprachlos und mir schnürte es die Kehle zu, bevor ich die anderen beiden Kinder musterte. Ein kleiner Junge, der mit Lastwagen in der Ecke spielte, und ein weiteres Mädchen, dessen wuschelige rote Haare vom Kopf abstanden. Alle Kinder schauten mich an, waren aber weder ängstlich noch neugierig.

Sie starrten mich an, weil ich eine weitere Fremde für sie war.

Ich richtete den Blick wieder auf meine Tante, die mich ebenfalls anschaute und wartete.

Sie war klein und zierlich, ihre Augen glichen jedoch denen einer Siebzigjährigen.

»Du siehst aus wie deine Mutter.« Sie sprach leise.

Ich deutete ein Lächeln an. »Sag das bitte nicht noch einmal, sonst glaube ich, du meinst es ernst.«

In ihrem Blick flackerte etwas auf, nur ganz kurz, dann war es genauso schnell wieder verschwunden. »Sie wird uns nicht in ihrem Haus haben wollen.« Ihr Blick wanderte zu meiner Hand, die auf der Waffe unter meinem T-Shirt lag.

Mir war nicht bewusst gewesen, dass ich die Hand dort liegen hatte, und sofort zog ich sie weg. »Ich habe auf dem Weg hierher mit der Dame telefoniert, die dieses Haus leitet. Sie wird ein bisschen herumtelefonieren, um eine Unterbringung zu finden, die mehr im Zentrum liegt.«

Meiner Tante fiel natürlich auf, dass ich sie nicht in meine Wohnung einlud, und ich hätte beim besten Willen nicht sagen können, ob ihr das gefiel oder nicht. Nach einer kurzen Pause nickte sie mir zu. Dann beugte sie sich zu dem kleinen Mädchen hinunter, das sich an ihre Beine klammerte, und flüsterte ihr etwas ins Ohr.

Die Kleine starrte mich weiter an, bevor ihre Mutter sich wieder aufrichtete und sie sanft anstieß. »Na los, Schätzchen. Nimm deinen Bruder und deine Schwester mit.«

Sie ließ die Beine meiner Tante los, und nachdem alle drei Kinder den Raum verlassen hatten, fuhr sich meine Tante mit der Hand durch die Haare. »Sie kennen dich nicht. Ich dachte mir, dass es einfacher für sie ist, von nichts zu wissen, bis wir einen Platz gefunden haben und dann weitersehen werden.«

»Was glauben sie denn, wer ich bin?«

»Sie denken, ich kenne eine Frau aus New York, die Verbindungen zu allen wichtigen Polizeibehörden hat, die sie beschützen können. Das habe ich ihnen erzählt. Und du musst mir einen weiteren Gefallen tun, bevor wir fahren.«

Ich legte die Stirn in Falten, denn aus irgendeinem Grund drehte sich mir der Magen um, als ich sie das sagen hörte. »Welchen Gefallen?«

»Ich habe etwas im Haus vergessen und ohne das kann ich nicht fahren.«

Wieder ertappte ich mich dabei, wie ich die Hand auf die Waffe legte. Meine Finger umfassten langsam den Griff, doch ich wusste, dass das nicht an meiner Tante lag. »Was ist es?«

»Die Geburtsurkunden der Kinder und mein Ausweis. Ich hatte alle unsere Sachen in eine Reisetasche gepackt, außer diesen Papieren. Ich hatte zu große Angst, sie könnten abhandenkommen, wenn ich sie draußen liegen ließe. Sie befinden sich in einem Safe, von dem Billy nichts weiß.«

Toll.

Ich schaute auf die Uhr, aber ich konnte keine Verstärkung holen, und die Polizisten hier kannte ich nicht. Die Zusammenarbeit zwischen den Dienststellen war manchmal alles andere als leicht.

Ich war mir auch nicht sicher, ob ich dem Missbrauchstäter meiner Tante über den Weg laufen oder aus dem Weg gehen wollte. Aber die Dokumente wurden gebraucht. Je länger sie jetzt noch dort lagen, desto größer war die Gefahr, dass er sie fand.

# Kapitel 23

Jess

Das war mehr als ein schlechter Plan. Der schlechteste überhaupt.

Ich hatte einen Häuserblock entfernt geparkt und schlich nun an den rückwärtigen Gärten der Nachbarn vorbei zum Haus. Der Safe meiner Tante befand sich im Keller. Sie hatte mir den Grundriss ihres Hauses erklärt und mir gesagt, wo der Mistkerl schlief oder wo sie vermutete, dass er schlief.

»Du solltest durch ein Fenster an der Seite in den Keller gelangen. Das Gitter ist locker und unterhalb des Fensters steht drinnen ein Schemel. Der Safe befindet sich im angrenzenden Raum. Billy geht nicht in den Keller, es sei denn …« Sie schaute weg und ich konnte mir aus nächster Nähe einen Bluterguss auf ihrer Wange anschauen.

Missbrauchstäter hatten normalerweise keinen speziellen Raum, in dem sie ihr Opfer misshandelten, aber aus dem, was sie gesagt hatte, schloss ich, dass dort unten wirklich schlimme Sachen passiert waren.

Ich nahm den Schlüssel, den sie mir hinhielt. »Und er wird schlafen?«

»Sollte er eigentlich. Ich bin mir sicher, dass er die ganze Nacht herumgefahren ist und nach uns Ausschau gehalten hat.« Sie deutete auf den Schlüssel in meiner Hand. »Der ist für den Safe. Für das Haus wirst du keinen brauchen. Das Fenster ist nicht verschlossen und keiner würde in das Haus einbrechen. Alle unsere Nachbarn wissen Bescheid, weißt du?« Jetzt schaute sie zu Boden.

Ich wusste, was sie meinte, und bekam einen richtig guten Überblick über die ganze Situation. Bei Mistkerlen wie dem Mann meiner Tante überkam mich immer ein Würgereiz. Die Nachbarn wussten Bescheid. Die Polizei wusste Bescheid. Ich fragte mich mittlerweile, was meine Mutter wusste.

Als ich gehen wollte, hielt sie mich am Arm fest.

»Ich lasse dich nicht allein in dieses Haus gehen«, sagte sie.

Ich runzelte die Stirn und hielt den Schlüssel hoch. »Aber du hast mir diesen Schlüssel gegeben.«

Sie schüttelte den Kopf. »Ich kenne dich nicht, aber du bist meine Nichte. Ich komme mit.«

Es entbrannte ein Streit, denn ich wollte ein Missbrauchsopfer auf keinen Fall zu seinem Peiniger zurückbringen.

»Ich habe eine Waffe und kann mich schützen.«

Sie schüttelte immer heftiger den Kopf. »Ich weiß, wie die Polizei arbeitet, und ihr geht nie ohne Verstärkung in ein Haus, jedenfalls nicht, wenn ihr Hilfe bekommen könnt. Ich werde ...« Sie schaute sich mit wildem, panischem Blick um. »Ich werde im Auto bleiben. Wie wäre das? Ich gehe nicht rein, aber ich würde es mir nie verzeihen, wenn auch dir etwas passiert.«

Es wurde ein Kompromiss geschlossen.

Meine Tante kam mit, aber sie würde im Auto warten. Deshalb hatte ich so weit entfernt geparkt.

Ich preschte einen Gartenweg entlang und schaute mich um, um sicherzugehen, dass meine Tante sich an das hielt, was wir vereinbart hatten. Dann eilte ich weiter.

Die Garage und die Hintertür lagen auf der entgegengesetzten Seite des Hauses.

Es brannte kein Licht.

Ich lauschte, konnte jedoch nichts hören und hoffte, dass die Information meiner Tante richtig gewesen war.

Ich ging zum von ihr beschriebenen Fenster, tastete herum und stellte fest, dass das Gitter tatsächlich locker war. Ich hob es an und legte es vorsichtig neben mich. Dann stieß ich das Fenster auf, wie meine Tante es mir erklärt hatte. Eine Person mittlerer Größe passte ohne Weiteres durch die Öffnung. Mit den Füßen zuerst rutschte ich hinein, hielt mich am Fensterbrett fest und tastete mit den Füßen nach dem Schemel.

Vorsichtig verlagerte ich mein Gewicht darauf, aber er war stabil.

Meine Tante hatte recht gehabt und ich wollte gar nicht wissen, wie oft sie auf diesem Weg ihr eigenes Haus hatte verlassen müssen.

Im Raum war es dunkel. Ich zog meine Taschenlampe hervor und leuchtete den Boden ab, während ich mich auf die Tür zubewegte.

Ich öffnete sie. Es war immer noch dunkel. Kein Geräusch war zu hören und so ging ich, wie von meiner Tante beschrieben, zur Wand hinüber.

Ich tastete herum, bis ich eine kleine Spalte mit einem winzigen Widerstand darin fand. Ich drückte darauf und eine kleine, bisher unsichtbare Luke sprang auf, hinter der sich zwar kein Safe befand, aber ein Kasten mit einem Schloss am Deckel. Ich steckte den Schlüssel hinein, schloss auf, hob den Deckel an und leuchtete mit der Taschenlampe hinein.

Da lagen die Geburtsurkunden der Kinder und der Ausweis meiner Tante, aber auch Bilder, die die Kinder gemalt hatten. Ich nahm sie heraus und schaute den Rest durch. Kontoauszüge. Das war interessant ... Allerdings war ich mir nicht sicher, was ich damit machen sollte, denn sie waren an den Mann meiner Tante adressiert. Trotzdem steckte ich sie ein. Weitere Dokumente kamen zum Vorschein. Ein Brief, ein Blatt Papier mit einer darauf gekritzelten Nummer. Beides nahm ich an mich, und auf dem Boden des Kastens lag jede Menge Bargeld.

Auch das kam mit.

Ich leerte den Kasten aus und stopfte alles in meine Jackentaschen. Dann schloss ich ihn wieder ab, schob ihn zurück in die Aussparung in der Wand und drückte die Luke zu.

Ich drehte mich um und wollte gerade gehen, als ein markerschütternder Schrei durchs Haus hallte.

Ich zuckte zusammen, wirbelte herum und zog meine Waffe.

Mir lief es kalt den Rücken hinunter. Das kam nicht von oben, sondern von hier unten aus dem Keller. Ich nahm an, nur ein paar Räume entfernt.

Ein zweiter Schrei folgte dem ersten.

Dann ein dritter.

Ich ging ohne nachzudenken los, öffnete die Tür und sah eine Reihe weiterer Türen vor mir.

Weitere Schreie folgten.

Jetzt hörte ich Gebrüll. Ich blieb nicht stehen, denn ich hatte Angst, er könnte es sein. Was wäre, wenn er meine Tante oder eines der Kinder fand? Oder wenn er anstelle von ihnen jemand anderen quälte?

Spekulationen halfen jedoch nichts. Ich würde handeln, wenn ich mehr wusste.

Die Schreie kamen aus einem Raum, zu dem eine sehr kleine Tür führte.

Wieder setzten die Schreie ein. Sie klangen überhaupt nicht so, als ob sie von einem Menschen ausgestoßen wurden.

Eigentlich wollte ich über meine nächsten Schritte nachdenken, bevor ich handelte, doch das gelang mir nicht, denn jede Zelle meines Körpers war auf Kampf eingestellt.

Ich trat die Tür auf und erstarrte vor Schreck, denn die Schreie kamen von keinem Tier. Ich vermutete, dass es sich um den Peiniger meiner Tante handelte, aber während er an einen Pfahl gefesselt war und Körperflüssigkeiten aus ihm heraussickerten, erkannte ich eine andere Person im Raum.

Ein kräftiger Mann stand neben dem Schänder meiner Tante, aber da waren noch zwei weitere Männer.

Ich übersprang Ashton und mein Blick blieb an Tristian West hängen, der in der Ecke stand.

»Was machst du hier?«

Tristians Augen funkelten wild und er kam auf mich zu.

Ich wich zurück, riss den Arm hoch und richtete meine Waffe auf ihn.

Er blieb stehen, deutete aber hinter mich.

Ich bewegte mich zunächst nicht.

Mein Gott! Was machten sie hier mit ihm?

Dann ließ ich jedoch die Waffe sinken und Tristian griff nach meinem Arm und führte mich aus dem Raum. Ich ließ es zu oder, besser gesagt, mein Körper ließ es zu, denn er erkannte Tristians und machte, von Kopf bis Fuß in Flammen stehend, was er wollte.

Wir gelangten in den Raum mit dem geheimen Fach in der Wand und Tristian schaltete das Licht ein.

Der Raum interessierte ihn nicht. Sein Blick war auf mich gerichtet, fixierte mich. »Was machst du hier?«

Kurz war ich perplex, doch dann brodelte die Wut in mir. »Willst du mich veräppeln? Der Mistkerl dadrinnen ist mit meiner Tante verheiratet. Was machst *du* hier? Und was machst du mit *ihm*?«

Sie folterten diesen Tyrannen. Und ich war hereingeplatzt.

Jetzt steckte ich meine Waffe weg. Was zum Teufel tat ich?

Ich griff nach meinem Handy. Ich musste die Kollegen anfordern, denn ich verlor die Kontrolle über diese Situation.

»Nein.« Tristian riss mir das Telefon aus der Hand und steckte es ein.

»Gib es mir zurück.«

Er starrte mich wütend an. »Nein.«

Ich knurrte, bevor ich wieder meine Waffe zog. »Gib es mir zurück.«

Tristian starrte auf die Waffe, griff mich jedoch nicht an, tat aber auch nicht, was ich verlangt hatte. Seine Augen verengten sich und er beugte sich vor. »Nein.«

Ich knurrte erneut, dieses Mal bedrohlicher. »Dir ist offensichtlich nicht bewusst, in welchen Schwierigkeiten du steckst. Gib mir mein Handy zurück.«

Er musterte mich weiter, bevor er langsam den Mund zu einem Grinsen verzog und ihm ein Kichern entwich. Dann trat er einen Schritt zurück. »Das glaube ich nicht.« Mich verspottend zog er die Augenbrauen in die Höhe. »Wie willst du dich rechtfertigen? Du hast das Haus weder durch die Vorder- noch durch die Hintertür betreten. Das wüsste ich. Dort habe ich jeweils einen Wachmann postiert. Du bist eingebrochen. Jetzt frage ich mich, warum du hier bist, wenn meine Sache mit deinem Onkel nicht deine Sache ist.«

»Er ist nicht mein Onkel, nur der Mistkerl, der meine Tante missbraucht hat.«

»Was? Du meinst die Tante, die nicht hier ist?« Seine Stimme ging mir auf die Nerven, denn sie klang höhnisch, und ich verstand nicht, warum.

»Gib mir mein Handy.« Ich näherte mich ihm und der Abstand zwischen meiner Waffe und ihm war jetzt so gering, dass es unbehaglich wurde, aber er ignorierte es.

Und genau in diesem Moment ließ er die Maske fallen.

Nichts war mehr zu sehen von seiner Belustigung, und ich bekam einen flüchtigen Eindruck von der sehr realen und sehr heftigen Wut, die unter der Oberfläche brodelte.

Er senkte mit aufgeblähten Nasenflügeln den Kopf. »Genau deshalb wollte ich dich nicht in meiner Nähe haben. Ich hätte dich sofort vergessen sollen, als ich herausfand, dass du Polizistin bist.«

Er kam auf mich zu. Seine Brust berührte die Mündung meiner Waffe und ich verkniff mir einen Fluch, bevor ich eine Entscheidung traf. Ich würde ihn nicht erschießen. Das wusste er und das wusste ich.

Ich steckte die Waffe ins Holster und schon drängte er mich gegen die Wand. Er atmete schwer, starrte auf mich herab und sah aus, als wollte er mir geradezu den Kopf abreißen. Aber er sprach leise, was umso gefährlicher klang. Ein ganz neuer Schauer lief mir den Rücken hinunter. »Seit drei Jahren nervt dein Onkel meine Familie und weigert sich, mit uns zusammenzuarbeiten. Wusstest du das?«

Ich antwortete nicht, konzentrierte mich zu sehr darauf, was er mir noch sagen wollte, denn ich wusste, dass noch mehr kommen würde. Ich fühlte es und hatte keine Ahnung, ob ich es wissen wollte oder nicht.

Seine Hand wanderte nach oben, berührte meine Brust und strich langsam zu meinem Hals, dann zu meinem Nacken, den sie umfasste. Er richtete sich zu seiner vollen Größe auf und schaute mit nach hinten geneigtem Kopf auf mich herab. »Dann traf ich dich. Du hast mich verdammt noch mal in den Bann gezogen und irgendwie ist dieser Scheiß zu meinem Onkel durchgedrungen. Und nun rate mal, gegen wen ich *jetzt* seiner Meinung nach vorgehen sollte? Scheiß auf ihn, weil er eine Gelegenheit gesehen hat, die er sich zunutze machen wollte, und scheiß auf *deinen* Onkel, weil er ein Schwein ist, das vor keinem Missbrauch zurückschreckt. Scheiß auf *alle*, denn jetzt sitzen wir in der Zwickmühle. Wenn ich dich also frage, warum du hier bist, wirst du es mir sagen, weil du jetzt auch mit drinsteckst.«

Ein missbilligender Laut bildete sich in meiner Kehle und ich hob die Hände, um Tristian wegzustoßen.

Doch das taten sie nicht. Sie blieben auf seiner Brust liegen und bei der Berührung holte er tief Luft und schloss für einen Moment die Augen. Als er sie wieder öffnete, war ganz kurz ein heftiger Schmerz darin zu erkennen. »Du wirst mir nicht die Polizei auf den Hals hetzen und das weißt du. Ich bin mir sicher, es gibt einen triftigen Grund, weshalb du hergekommen bist, aber der wahre Grund ist, dass du gehofft hast, du könntest deinem Onkel etwas antun. Vielleicht das, was wir ihm gerade antun.«

Ich schaute weg. »Ihr foltert ihn.«

Sein Kopf kam näher, seine Schläfe berührte meine und dann flüsterte er: »Ich töte ihn langsam. Für dich. Denn er hat jemandem wehgetan, mit dem du blutsverwandt bist.«

Eine Welle von Gefühlen durchströmte mich und ich wollte wirklich nicht wissen, was das war. Ich riss mich los und ging in die gegenüberliegende Ecke.

Er folgte mir.

»Halt!«, krächzte ich.

»Von Anfang an war da etwas zwischen dir und mir. Du hast mich inzwischen überprüft. Ich bin nicht dumm. Du weißt, wer ich bin, und du weißt, wer meine Familie ist.«

»Du arbeitest in der Wall Street.«

»In letzter Zeit bin ich kaum noch dort.«

Mein Gott! Das war alles so trostlos. Warum hatte ich das Gefühl, durch eine kleine Öffnung hinaussehen zu können, die sich jedoch immer mehr schloss? Und zwar schnell.

Ich senkte die Stimme. »Was machst du hier tatsächlich?«

Er legte den Kopf in den Nacken und warf mir einen weiteren prüfenden Blick zu.

Standhaft begegnete ich ihm. »Ich muss es wissen.«

Er ließ die hochgezogenen Augenbrauen sinken und trat mit gesenktem Kopf einen Schritt zurück. »Wir sind hier, um eine neu zu besetzende Stelle zu schaffen.«

Mir entfuhr ein kurzer, leiser Fluch.

»Ich habe geantwortet. Jetzt bist du dran.«

Ich durchbohrte ihn mit meinem Blick und wich vor ihm zurück. »Das geht dich nichts an.« Ich machte einen Schritt in Richtung des Raums mit dem Fenster, als seine Hand blitzschnell nach mir griff. »Was hast du ...«

Mit einem ganz anderen intensiven Blick zog er mich an sich, als plötzlich ein Knall ertönte.

Wir rannten beide los.

Ich zog meine Waffe.

Ein Trommelfeuer von Schritten kam die Treppe herunter. Es waren Ashton und der andere Wachmann, die hinaufgegangen sein mussten.

Tristian fluchte.

Die Tür stand offen und ich rannte als Erste hinein, dicht gefolgt von Tristian. Abrupt blieben wir stehen. Er hielt seinen Arm vor mich, als wollte er mich schützen. Ich stieß einen Fluch aus, steckte meine Waffe ins Holster und wollte weitergehen.

Tristian hielt mich zurück. »Halt ...«

Ashton lief um uns herum und blieb stehen.

Ich wand mich aus Tristians Griff.

Vor uns stand Tante Sarah. Sie schaute mich an, ließ eine Waffe fallen und machte einen unsicheren Schritt in meine Richtung. Noch immer kam Rauch aus dem Lauf der Waffe. »Du bist nicht zurückgekommen. Ich habe mir Sorgen gemacht und dann ...« Sie schaute zurück zu ihrem Mann, dessen Kopf nach unten hing. Noch mehr Blut rann aus ihm heraus, aber mittlerweile war er sowieso nur noch ein blutiges Häufchen Elend. »Ich wusste, wo er seine Waffe aufbewahrt.«

Mein Gott. Sie hatte ihn erschossen.

Hinter ihr klaffte eine Öffnung in der Wand, in der sich ein Schrank verborgen hatte, dessen Tür offen stand.

»Bring sie raus.« Tristian deutete auf meine Tante und sein Wachmann stürzte herein, hob sie hoch und trug sie aus dem Raum. Sie wehrte sich nicht und hatte die Augen weit aufgerissen.

Ich wollte ihnen folgen, doch Tristian griff wieder nach meiner Hand und hielt mich zurück. »Sie steht unter Schock.«

Ich riss mich los. »Ich muss bei ihr bleiben.«

Dem Wachmann folgend lief ich die Treppe hinauf. Oben tauchte ein weiterer muskulöser Mann auf. Er wirkte nicht überrascht, mich zu sehen, aber seine Augenbrauen zuckten beim Anblick meiner Tante in den Armen seines Kollegen. »Bringen wir beide um?«

Der, der meine Tante trug, unterdrückte ein Lachen. »Das bezweifele ich. Der Boss will der da noch an die Wäsche.«

Der zweite Wachmann warf einen Blick auf mich und unterzog mich einer sorgfältigen Prüfung, bevor er flüsterte: »Der hat aber einen seltsamen Geschmack. Die ist doch eine Bulette.« Dann nickte er in Richtung meiner Tante. »Was machen wir mit ihr?«

»Mein Auto steht um die Ecke. Ich hole es.« Ich zog meine Schlüssel aus der Tasche, die mir genauso schnell abgenommen wurden wie mein Handy. Tristian war plötzlich da, riss sie mir aus der Hand und warf sie dem ersten Wachmann zu. »Kümmere dich um die Leiche und dann fahrt ihr Auto zurück in die Stadt.«

Der Mann nickte und war im Nu verschwunden.

»Halt! Wie oft muss ich das noch sagen, bis du mir zuhörst?«

Wieder ignorierte er mich und zog mich an seine Brust. »Bring ihre Tante zurück in die Stadt«, sagte er über meinen Kopf hinweg.

»Nein!« Erneut riss ich mich von ihm los. »Sie hat Kinder.« Ich warf einen Blick auf meine Tante, aber sie war aufgrund des Schocks völlig abwesend.

Alle Männer im Raum verstummten.

»Wo sind die Kinder?«

Ich blickte auf und hoffte, er bemerkte meine Entschlossenheit. »Das sage ich dir nicht und das wirst du auch nicht mit Gewalt aus mir herausbekommen. Ich muss allein gehen, um die Kinder zu holen. Und wenn ich nicht mit meiner Tante auftauche, wissen sie, dass etwas passiert ist.«

Tristian schätzte ab, ob ich die Wahrheit sagte.

»Ich nehme nur meine Tante mit. Ich will nicht, dass die Kinder noch einen fremden Mann im Auto sehen, wenn sie einsteigen. Sie haben bereits Angst. Meine Tante hat ihren Mann verlassen. Deshalb bin ich hier. Ich wollte einige Spielsachen von ihnen holen, bevor wir zurück in die Stadt fahren.«

Tristians Kiefermuskeln spannten sich an und seine Augen funkelten. »Du wolltest dich allein hineinschleichen? In der Annahme, er sei hier?«

»Den Grund dafür hast du bereits erraten.«

Wieder funkelten seine Augen, bevor er hörbar ausatmete.

»Lass sie die Kinder holen, aber sie kann mit einem unserer Autos zurückfahren. Wir haben die Schlüssel für ihr Auto und auch die Waffe, mit der ihre Tante ihren Mann getötet hat. Sie wird uns nicht verpfeifen«, mischte Ashton sich ein.

Machte er sich darüber Sorgen?

Richtig. Ich sah es in Tristians Augen.

Er hielt den Blick auf mich gerichtet, aber er neigte den Kopf in Ashtons Richtung. »Sie steht ihrer Tante nicht besonders nahe. Mein Privatdetektiv hat gründlich gearbeitet.«

Ich ließ mir nichts anmerken. Durfte es nicht. Das hier war jetzt eine Art Unentschieden.

»Sie gehören zu einer Familie. Sie ist nach ihrem Job hierhergekommen. Denk mal drüber nach, Bruder«, meinte Ashton.

Tristian sah mich weiter durchdringend an, bevor er seufzte. »Na gut.« Dann nickte er dem noch anwesenden Wachmann zu, der meine Tante trug. »Hilf ihr in den Wagen und gib Jess die Schlüssel zu deinem SUV.«

»Werden sie keine Fragen stellen, wenn ich mit einem SUV anstelle meines Autos vorfahre?«

»Ich bezweifle, dass sie überhaupt wissen, mit welchem Fahrzeug du hierhergefahren bist, aber Jess …«

Ashton warf uns beiden noch einen letzten Blick zu, bevor er in den Keller hinunterging.

Tristian trat dicht an mich heran. Ich spürte die Wärme seines Körpers. »Lass dein Handy eingeschaltet. Ich werde dir Anweisungen durchgeben. Mach die Blockierung meiner Nummer rückgängig.« Er gab mir mein Handy und ich warf ihm einen letzten wütenden Blick zu, bevor ich das Haus verließ. Dieses Mal durch die eigentliche Hintertür.

Ich würde *nicht* über den Scheißhaufen nachdenken, in den ich gerade getreten war.

Über meine Tante. Über Trace.

Über nichts und niemanden. Ich befand mich in einer Situation, über die ich nicht nachdenken wollte. Hätte ich es getan, hätten mir die Gedanken womöglich nicht gefallen.

# Kapitel 24

TRACE

Wir beobachteten aus der Ferne, wie Jess parkte und die Kinder holte. Es dauerte nur eine Minute, bis die Tür aufsprang und ein kleines Mädchen auf den SUV zulief. Die Beifahrertür wurde geöffnet. Jess' Tante stieg aus, fing ihr Kind auf und beide setzten sich auf den Rücksitz.

Kurz darauf kamen zwei weitere Kinder aus der Tür. Jedes trug unbeholfen eine Tasche, die halb auf dem Boden schleifte. Der Junge hatte einen Arm in seinem Jackenärmel und kämpfte damit, den zweiten Arm in den anderen zu bekommen. Ich beobachtete, wie Jess ihn festhielt, sich hinkniete und ihm langsam und sehr geduldig half, seinen Arm durch den Ärmel zu stecken. Dann zog sie den Reißverschluss hoch und nahm ihm die Tasche ab, die er zu tragen versucht hatte. Er dankte ihr nicht, schaute sie aber kurz an, bevor er zum Auto lief und hinten einstieg. Das zweite Mädchen hatte rote Haare, war bereits korrekt angezogen und trug zwei Taschen.

Jess schaute sich um und sah nach ihr. Das Mädchen blieb stehen. Jess streckte eine Hand aus und sagte etwas, aber das Mädchen senkte den Kopf und schüttelte ihn. Jess schaute sie kurz an, dann flitzte das Mädchen um sie herum und kletterte ebenfalls auf den Rücksitz.

»Gibt es nicht gesetzliche Bestimmungen über Kindersitze?«

Ich warf Ashton einen Blick zu. »Hast du heute keine anderen Probleme?«

Er zuckte mit den Schultern und grinste ein wenig. »Ich will nur nicht, dass sie angehalten wird.«

»Ich glaube, Jess bekommt das geregelt, sollte der Fall eintreten.«

»Bullen sind Arschlöcher.«

»Sagt der, der wie viele davon auf der Gehaltsliste seiner Familie stehen hat?«

»Deshalb kann ich das auch sagen. Ich *weiß* es.«

»Jess ist Bewährungshelferin.«

»Da gibt es einen Unterschied, falls du mal darüber nachdenken würdest.«

Ich kniff die Augen zusammen. »Was willst du damit sagen?«

Jetzt beobachtete er, wie die Rückfahrleuchten angingen, als Jess den SUV aus der Einfahrt auf die Straße lenkte. »Ich weiß, wohin das führt, du weißt, wohin das führt, und sie weiß es auch. Könnte einfacher sein, wenn du sie nicht mehr als Polizistin betrachtest.«

Ich hatte ein flaues Gefühl im Magen. »Wenn ich das nicht mehr tue, wird jemand auffliegen.«

»Du hast sie doch schon in der Tasche. Ihre Tante hat ihren Peiniger ermordet. Demetri vertuscht das gerade. Wir haben die Waffe. Wir wissen, wo die Leiche vergraben ist. Entspann dich. Sie hätte sofort Alarm geschlagen, wenn sie es gewollt hätte.«

Ich dachte darüber nach.

»Und wenn sie nicht mit uns zusammenarbeiten will, haben wir immer noch den Bruderjoker im Ärmel.«

Jetzt reichte es. »Hör auf!«

Er prustete, fügte sich jedoch.

Ich würde Jess anrufen, während wir ihr folgten.

Ein Teil von mir wollte nicht, dass sie den Anruf annahm. Er wollte, dass sie direkt zum nächsten Polizeirevier fuhr und alles von dort aus geregelt wurde, aber ich wusste, dass sie das nicht tun würde, weil es zu spät war. Wenn sie das täte, würden ihre Kollegen zum Haus fahren. Unsere Vertuschungsaktion wäre nicht abgeschlossen und meine Familie mit hineingezogen. Ich wusste, was mein Onkel dann tun würde. Aber, und das war ein großes Aber, alles konnte noch gestoppt werden. Es wäre zwar unschön, aber machbar, und irgendwie würde ich dafür sorgen, dass Jess es lebend herausschaffte. Ihre Tante allerdings nicht. Ich wusste nicht, wen Stephano noch umbringen würde, aber Jess nicht. Jess hätte dann immer noch ihre Seele. Sie könnte immer noch ihren Job machen und wäre nicht kompromittiert, aber es gäbe kein »wir« mehr.

Vielleicht sollte es auch kein »wir« geben.

Wenn ich einen guten Kern in mir hätte, würde ich ihr aus dem Weg gehen. Ich würde sie jetzt anrufen und ihr sagen, dass sie zum Revier fahren solle, und von dort aus würde alles seinen Gang gehen.

Doch das tat ich nicht, denn ich war ihr bereits zu sehr verfallen. Und ich war egoistisch.

Es war zu spät für mich. Also warum zum Teufel dachte ich darüber nach?

Als Jess auf die Hauptstraße einbog, zog ich mein Handy aus der Tasche und wählte ihre Nummer.

Sie nahm das Gespräch an. »Ja?«

»Fahr von dieser Straße ab.«

Es überraschte mich ein wenig, als sie den rechten Blinker setzte und langsamer wurde. Sie befolgte alles, was ich sagte, und bog in eine kleinere Straße ein.

Rechts und links der Straße standen Häuser. »Fahr weiter«, wies ich sie an.

»Wie weit?«

»Fahr einfach weiter.«

Als wir die Stadt verlassen hatten und die Straße trostlos aussah, sagte ich ihr, sie solle anhalten.

Auch wir hielten an.

Ashton war im Nu aus dem Auto. Er ging auf ihre Seite, öffnete die Tür und gab ihr ein Zeichen auszusteigen, was sie auch tat. Er nickte kurz in Richtung meines Autos und sie kam langsam und widerwillig auf meinen SUV zu. Ich stieg aus und ging um den Wagen herum, bedeutete ihr, sich auf den Beifahrersitz zu setzen, und sie befolgte meine Aufforderung. Sie warf dem anderen SUV einen sehnsüchtigen Blick zu, als ich hinter dem Lenkrad Platz nahm.

»Diese Kinder kennen dich auch nicht. Sie werden sich an deiner Tante orientieren und die ist nicht dumm. Sie wird tun, was man ihr sagt.«

Jess schaute mich an und ihre Augen funkelten, bevor sie die Lippen zu einer harten Linie zusammenpresste. Mit mehr Schwung als nötig schloss sie die Tür.

Mein Handy summte.

**D:** Alles erledigt. Wir fahren jetzt zurück.

**Ich:** Fahr ihr Auto durch die Waschanlage und bring es dann zu ihrer Wohnung.

**D:** Wird gemacht.

»Und was jetzt?« Sie hatte mich dabei beobachtet, wie ich Nachrichten schrieb.

Ashtons SUV war bereits außer Sichtweite.

Ich schrieb an ihn.

**Ich:** Bring sie zum geheimen Unterschlupf der Familie.

**Ashton:** Sie sagt, man habe eine Unterkunft für sie organisiert.

**Ich:** Das ist mir egal.

**Ashton:** Verstanden, Kumpel. Vielleicht solltest du dein Handy ausschalten. Onkel Steph will sicher wissen, wo der Onkel ist.

**Ich:** Melde mich später noch mal.

Er wusste, was das bedeutete, und nach dem Gespräch schaltete ich mein Handy aus.

Sobald wir in der Stadt ankamen, würden Jess und ich ein *viel* ausführlicheres Gespräch führen. Ich schob den Schalthebel auf D und fuhr los. »Du kannst schlafen, während wir zurückfahren.«

»Was ist mit meiner Tante?«

»Darüber reden wir, wenn wir da sind.«

»Tristian ...«

»Trace.«

»Was?«

»Ich hasse den Namen Tristian. Nenn mich Trace.«

Sie antwortete nicht. Ich hörte nur, wie sie leise seufzte, und ein paar Minuten später war sie eingeschlafen. Den Schlaf hatte sie sicher gebraucht.

# Kapitel 25

## Jess

Trace brachte mich zu einem Hochhaus in der Innenstadt. Ich wachte auf, als wir auf einen Parkplatz fuhren. Als er aus dem Auto ausstieg, wartete ich. Ich konnte mich nicht dazu aufraffen, mich zu bewegen. Noch nicht. Die Ereignisse der letzten Nacht spielten sich immer und immer wieder in meinem Kopf ab.

Was meine Tante getan hatte und dass das verständlich war.

Verständlich war allerdings nicht, dass ich dabei half, es zu vertuschen. Ich hatte sie nicht angezeigt und das war meine Schuld. Ich war jetzt Mittäterin.

Mein ganzes Leben würde sich von diesem Tag an ändern. Ich wusste es. Ich spürte es. Es war ein Bauchgefühl, aber da war noch ein anderes Gefühl, das ich nicht einordnen konnte, nicht einordnen wollte. Es widersprach jedem moralischen Wert, den ich in mir trug und weshalb ich Bewährungshelferin geworden war.

Ich war so fertig, dass ich es nicht begriff, aber ich wusste, dass ich langsam den Fokus verlor.

Die Tage würden ineinander verschmelzen. Die Grenzen waren unscharf und würden es bleiben. All das würde immer wieder passieren, bei jedem Schritt, den ich machte, nachdem ich das Haus verlassen hatte, bis zu dem Tag, an dem ich mich selbst nicht mehr erkennen würde, aber trotzdem.

Ich hob den Kopf und sah, wie Trace mich von draußen beobachtete. Er hatte angehalten, aber nichts gesagt. Er wartete einfach auf mich und sah aus, als wüsste er genau, was in mir vorging.

Einem Teil von mir gefiel das, aber ein anderer Teil hasste es.

Ich verabscheute es und trotzdem brauchte ich es. Alles zur gleichen Zeit. Ihn hasste ich nicht dafür, aber mich verachtete ich ganz sicher deswegen.

In einer Welt, in der die Dinge entweder falsch oder richtig waren, vergaß man, dass Menschsein bedeutete, nie auf nur einer Seite der Gleichung zu stehen. Was tat man dann? Offensichtlich, was ich tat. Man traf eine Entscheidung und versuchte, deren Folgen zu überleben.

Mit fast tauben Händen und einem gefühllosen Körper löste ich den Sicherheitsgurt und stieg aus.

Trace drehte sich um und ich folgte ihm.

Er brachte mich zu einem Fahrstuhl.

Als die Türen sich öffneten und wir einstiegen, ertönte eine Stimme über den Lautsprecher. »Guten Morgen, Mr West. Haben Sie einen Wunsch?«

Trace musterte mich, bevor er einen Knopf drückte und sagte: »Nein, danke.«

»Schönen Tag noch, Mr West.«

»Den wünsche ich Ihnen auch, Gervin.«

Kurz darauf hielt der Fahrstuhl und ich war nicht überrascht, dass sich die Türen direkt zu seinem Apartment öffneten. Es erstreckte sich über die gesamte Etage und hatte an allen Außenwänden Fenster vom Boden bis zur Decke. Trace verfügte über eine Kücheninsel im Wasserfalldesign und einen Gaskamin, der bereits für ihn eingeschaltet worden war. Seine Wohnung sah aus wie eine industrielle Kunstgalerie. Sie war gleichzeitig stilvoll, teuer und männlich.

»Du hast auf der ganzen Rückfahrt geschlafen. Möchtest du einen Kaffee oder weiterschlafen?«

Ich ignorierte ihn, ging durchs Wohnzimmer bis zu den bodentiefen Fenstern. Wir waren so hoch oben, dass ich ganz Manhattan sehen konnte. Auf beiden Seiten seiner Wohnung hatte man einen Blick aufs Wasser, aber ich schaute direkt nach unten, wo die Straße so weit entfernt war.

Dann spreizte ich die Finger und legte meine Hand auf die Glasscheibe.

Würde sie zerbrechen, wenn ich fest genug drückte? Würde ich hinunterfallen?

Die eigentliche Frage war allerdings, würde ich das wollen?

Meine Tante hatte einen Mann ermordet.

»Deine Männer haben heute auf deine Anordnung hin eine Leiche verschwinden lassen. Daraus, dass das so schnell und leicht ging, schließe ich, dass sie es nicht zum ersten Mal gemacht haben. Du hilfst deiner Familie bei ihren Geschäften. Sehe ich das richtig?«

Ich hatte meine Tante nicht verhaftet. Ich hatte den Vorfall nicht gemeldet.

Trace biss die Zähne zusammen. »Manchmal, ja«, stieß er hervor.

»Illegale Sachen? Diese Art von Hilfe?«

Wieder mahlten seine Kiefer. »Nicht immer.«

Also richtig.

»Für mich gibt es bei dem, was ich im Leben tue, nur richtig oder falsch, Recht oder Unrecht. Dazwischen gibt es nichts.« Ich holte Luft. »Und deshalb möchte ich *niemals* wissen, was du für deine Familie tust. Ich *darf* es nicht wissen. Verstehst du mich?«

Seine Augen funkelten mich an. »Du hast aber gerade gefragt.«

Das stimmte.

Aber es war mir egal. Mir schwirrte der Kopf. Scham und Angst vor drohendem Unheil erfüllten mich, drohten mich zu ersticken, und für einen kurzen Moment spielte ich mit dem Gedanken, das Glas zu zerbrechen.

Doch ich verwarf ihn.

»Mein Vater ist tot.« Ich erzählte ihm nichts, was er nicht schon wusste. »Mein Bruder wurde wegen des Mordes an ihm verurteilt. Meine Mutter ist Alkoholikerin und wegen dieser Sucht hat sie alle Brücken zu ihrer Familie abgebrochen. Die Tante ist die erste Verwandte, die ich in zwanzig Jahren kennengelernt habe. Ich hatte in meinem Leben ein paar Beziehungen – meistens sexueller Natur. Jetzt bin ich neunundzwanzig und trotz dieser Katastrophen immer gern Bewährungshelferin gewesen. Das ist eigentlich überraschend, weil es jetzt fast wie ein Witz klingt. Neue Leitlinien, neue Ansätze. Selbst wenn ein Häftling auf Bewährung gegen die Auflagen verstößt, erhält er als Belohnung eine neue Maßnahme. Einige lassen sich wieder in die Gesellschaft eingliedern, die meisten jedoch nicht. Und die sind dann da draußen unterwegs und man kann nur hoffen, dass sie niemanden verletzen, bevor sie wieder gegen genügend Auflagen verstoßen haben und zurück ins Gefängnis müssen. Obwohl ich deswegen oft frustriert bin, liebe ich meinen Job immer noch. Ich mag die Gemeinschaft, meine Kollegen und Kolleginnen, aber heute könnte mir das alles genommen werden. Die Integrität, die ich hatte, wurde mir genommen.« Trace hatte sich keinen Zentimeter von der Stelle bewegt, seitdem ich zu reden begonnen hatte. »Ich gebe dir nicht die Schuld, aber ich bin auch nicht blöd. Ihr wart aus einem bestimmten Grund dort. Ich weiß, dass der Peiniger meiner Tante in einer großen Spedition gearbeitet hat. Aber ich möchte nicht wissen, warum ihr bei ihm wart. In diesem Bereich gibt es keine halben Sachen. Du bist kein halber Krimineller, sondern ein ganzer, und heute bin ich auch zu einer Kriminellen geworden.«

Er schaute mich grimmig und emotionsgeladen an. Dann legte er los. »Ich werde dir nichts über meine Familie erzählen. Die Grenze ist verdammt klar und ich will dich in nichts hineinziehen. Stattdessen lasse ich dir die Wahl. Du kannst deiner Tante anbieten, dass wir ihr helfen, zu verschwinden. Ihr und den Kindern. Wir verhelfen ihr zu einem neuen Leben mit Geld und sonstigen Mitteln. Und wir besorgen ihr einen Job und stellen sicher, dass alle sich von dieser schlimmen Zeit erholen und wieder ein normales Leben führen, bevor wir unsere Jungs abziehen, die bis dahin auf sie aufpassen werden. Ich biete dir das an. Für sie, aber auch für dich.«

»Warum?«, krächzte ich. Meine Kehle war völlig ausgetrocknet und fühlte sich an wie ein Reibeisen.

»Weil du hier nicht die Einzige bist, die unter einem Fluch steht.« Er machte einen Schritt auf mich zu. »Trotz deines Hohns bin ich *immer noch* verdammt scharf auf dich. Und weil ich dich nicht aus dem Kopf bekomme, will ich dir stattdessen etwas Gutes tun.«

»Was erwartest du als Gegenleistung?«

»Nichts.« Er hob beide Hände. »Ehrlich.«

»Das Verschwinden meines Onkels wird doch auffallen.«

»Darum wird sich bereits gekümmert. Ich werde dir keine Einzelheiten erzählen, aber auf unserer Gehaltsliste stehen eine Menge Leute.«

»Man wird auch nach meiner Tante suchen.«

»Nein.« Er klang so sicher. »Das wird man *nicht*. Man wird annehmen, dass sie aus einem bestimmten Grund verschwunden ist. Keiner wird nach ihr suchen, es sei denn, du tust das.«

In meinem Hals bildete sich ein Kloß, der immer größer wurde. »Ist es so einfach für dich, ganze Leben auszuradieren?«

»Das ist es nicht. Man braucht dazu Geld, Intelligenz und Planung. Eine Menge Planung. Viel Geld. Die Sache mit deiner Tante ist bloß irgendeine traurige Geschichte, aber diesmal verschwindet sie aus freien Stücken und nicht durch seine Hände. Das ist alles.«

Sein Handy summte und er las die Nachricht. »Sie hat sich schon entschieden. Sie werden heute Abend weg sein.«

Ich sog die Luft ein und erschrak darüber, wie viel Kraft in dieser letzten Aussage steckte.

Eine ganze Familie, ausgelöscht durch sein Tun.

Ich schüttelte den Kopf und merkte, wie mich totale Panik erfasste. »Was machen wir hier?«

Grimmig senkte er den Blick. »Du weißt, was wir hier machen.«

Sex.

Mir wurde sofort am ganzen Körper heiß. Nein! Ich verdrängte es.

»Nein«, stieß ich hervor und verdrängte *alles*. Ich ging um ihn herum. »Ich gehe. Das Gespräch ist beendet.«

»Jess.«

Er hatte es auf meinen Arm abgesehen. Ich wusste es und sah es voraus. Und ein Teil von mir wollte, dass er mich berührte. Wollte, dass er mich an sich zog. Die Macht, die er über mich hatte, ließ mir das Blut in den Adern gefrieren.

Doch das durfte ich nicht zulassen und machte daher einen Bogen um ihn. »Nach dieser Sache haben wir nichts mehr miteinander zu tun. Hast du mich verstanden?«

Ich ging zum Fahrstuhl und drückte auf den Knopf. Als die Türen sich öffneten, stieg ich ein. Ich starrte geradeaus, ohne ihn anzuschauen, und fuhr in die Lobby hinunter.

Den Heimweg würde ich schon finden.

# Kapitel 26

## Trace

Es war eine Woche danach und ich beobachtete sie.
Ich beobachtete sie *immer*, näherte mich ihr jedoch nicht.
Und während sie arbeitete und ich in meiner privaten Loge stand, geisterte mir wieder ein Gespräch im Kopf herum.
»Gab es Kollateralschäden?«
Stephano hatte mehr wissen wollen. Er war mit dem ersten Bericht über Jess' Tante und ihren Peiniger nicht zufrieden gewesen.
Ich hatte mich gewappnet und das Kinn gehoben. »Was möchtest du wissen, Onkel?«
Seine Augen flackerten nur einmal, bevor sich sein Gesicht verfinsterte. »Du hast den Onkel getötet?«
Diese Frage beantwortete ich nicht. »Meine Männer haben seine Leiche verscharrt. Er ist tot.«
Sein Kiefer verkrampfte sich. Er wusste, dass ich um den heißen Brei herumredete, etwas, was auch ich in letzter Zeit immer öfter tat. Ich sah die Wut in seinem Blick, bevor er sie unterdrückte. »Und die Tante?«

»Sie und die Kinder sind weg. Ashton hat herumtelefoniert und sie hatte sich an dem besagten Tag im Frauenhaus gemeldet. Wir glauben, dass sie ihn verlassen hatte.«

»Wo ist sie jetzt?«

»Verschwunden. Vielleicht versteckt sie sich vor ihm.« Ich musterte ihn. Er war immer noch nicht zufrieden. Ich musste ihm noch etwas liefern. »Sie wird nie erfahren, dass sie sich nicht zu verstecken braucht, weil er tot ist. Er hätte uns sowieso nicht geholfen. Er war ein Missbrauchstäter und das hätte ihn zu einer Belastung gemacht. Wäre er wegen häuslicher Gewalt verhaftet worden, hätte er Beweise gegen uns vorlegen können. Du kennst doch diese Sorte. Wir haben jetzt jemanden, der seine Stelle einnimmt, und den können wir kontrollieren. Das ist für jeden eine Win-win-Situation.«

Das reichte. Ich sah, wie etwas von seinem Misstrauen schwand und er nickte.

Ich entspannte mich.

Bis er sagte: »Wir haben ein Problem. Die Familie, die sich in unsere Geschäfte einmischen will, lässt nicht locker, und meine Gesundheit verschlechtert sich weiter. Du musst die Geschäfte der Familie übernehmen.«

Ich knirschte mit den Zähnen. »Wann?«

Stille. Er musterte mich erneut. »Ich möchte, dass du innerhalb der nächsten drei Monate alles übernimmst.«

Drei Monate. Drei Monate, bevor sich alles ändern würde.

Das war nicht genug Zeit.

# Kapitel 27

Jess

Ich sah, wie mein Bruder auf der anderen Seite der Plexiglasscheibe auf mich zukam. Er hatte abgenommen, aber an Muskelmasse zugelegt, und er hatte sich die Haare abrasiert. Ich hielt Ausschau nach Tätowierungen, entdeckte aber keine, und das beruhigte mein aufgewühltes Inneres ein wenig. Aber trotzdem. Ich hatte unsere Cousine vor Augen, diejenige, die er noch nie getroffen hatte, und ich bezweifelte, dass er je erfahren würde, wie ähnlich sie ihm sah. Das runde Gesicht, die prallen Wangen und die Augen, die ein wenig zu dicht beieinanderstanden.

Sie hatten sogar die gleichen Sommersprossen.

Isaac hatte schon immer ein bisschen grobschlächtig ausgesehen. Er lief mit breitem Gang, hielt den Kopf gesenkt und die Schultern hochgezogen. Wenn ihn jemand nicht kannte, hätte man ihn auf den ersten Blick für einen Schläger oder Verbrecher halten können. Doch dann geschah immer dasselbe.

Er lächelte und alle um ihn herum mussten ebenfalls lächeln. Er hatte diese Wirkung auf Menschen und war so sehr das Gegenteil von einem Schläger, dass es mich zu Tränen rührte, wenn ich daran dachte, wie er hier gelandet war.

Ich liebte ihn so sehr, dass der Kloß in meinem Hals immer größer wurde. Genauso wie auf der Fahrt hierher und auch später nach Hause.

Er lächelte mich an, nahm Platz und drückte auf den Knopf der Sprechanlage. »Hey! Du siehst gut aus. Hast also die Besuchserlaubnis bekommen.«

Ich nickte und sog gleichzeitig alles in mich auf, denn in diesen Tagen brauchte ich jeden Glücksmoment, den ich bekommen konnte. »Selber hey. Du siehst auch gut aus.«

Er lachte und sein Lächeln wurde noch breiter. »Hast du heute frei genommen? Hat Leo dich geärgert?«

Ich lächelte bloß und beschloss, ihm nicht zu erzählen, dass Leo ein nahezu fester Bestandteil unseres Hauses geworden war, denn unsere Mutter trank jeden Tag. Oder dass sie nie nach unserer Tante fragte, obwohl Leo ihr in einem nüchternen Moment erzählt hatte, dass ich ihr half. Leo hatte am nächsten Tag angerufen und gefragt, wie es gelaufen sei. Ich erzählte ihm so viel von der Wahrheit, wie ich konnte. Dass sie in einen Bus gestiegen sei und mir nicht gesagt habe, wohin sie fahren würde.

Er verstand und fragte nie wieder. Trace hatte recht gehabt. Meine Tante würde nicht vermisst werden.

Mein Gott. Trace. Seit einem Monat hatte ich ihn nicht gesehen.

Ich ignorierte das Gefühl, das mich beim bloßen Gedanken an ihn überkam, und wollte es nicht benennen.

»Erzähl mal. Was gibt's Neues bei dir? Arbeitest du noch? In diesem Club? Ist Kelly immer noch Single und so verdammt heiß?«

Ich erzählte ihm von Kelly. Ein Gespräch über sie war leichter zu führen.

»Und ich arbeite noch im Club.«

Isaac verzog das Gesicht. »Ich kenne jemanden hier drin, der Anthony kennt. Er sagt, dass der Eigentümer Verbindungen hat zur …«

»Ich weiß.«

Er zog die Stirn in Falten und ließ die Augenbrauen sinken. »Das weißt du?«

Ich nickte, aber bedächtig, denn hier wurde gerade die Büchse der Pandora geöffnet.

»Warum arbeitest du dann noch dort?«

»Darum.« Weil ich Anthony mochte. Weil ich schon so lange dort arbeitete. Weil ich keinen Kontakt mehr mit Trace hätte, wenn ich kündigen würde, obwohl er sich an meine Forderung hielt und sich von mir fernhielt. Aber ich war mir sicher, ganz sicher, dass er da war und mich beobachtete. Ich fragte jedoch nie und suchte nicht nach ihm. Mittlerweile war ich wie besessen. »Du weißt doch, wie das ist. Wenn man so lange irgendwo arbeitet, ist alles so vertraut, dass man nicht einfach geht. Ich kenne die anderen Angestellten, ich mag meinen Vorgesetzten. Jedenfalls meistens.«

Isaac knurrte. »Der Typ, von dem ich dir erzählt habe. Der, der Anthony kennt, sagt, er wisse über deinen Vorgesetzten Bescheid. Er ist nicht der nette Kerl, für den du ihn hältst.«

Ich warf ihm einen Blick zu. »Anthony? Ein netter Kerl?« Ich hob eine Augenbraue.

Isaac lachte und lehnte sich zurück. Er ließ die Schultern hängen und beugte sich wieder vor, wobei sein Kopf auf und ab wippte. »Jaja. Ich weiß. Du kennst ihn. Ich habe dem Typen allerdings nichts über dich erzählt, denn ich will nicht, dass sich das rumspricht …«

Ich drückte auf den Knopf der Sprechanlage. »He.«

Er verstummte und schaute auf.

»Ich weiß.« Jeder hatte Verwandte, aber manchmal brauchte jemand nur etwas zu suchen, um einen anderen ins Visier zu nehmen, und wenn er dann herausfand, dass die Schwester des anderen auf der Gegenseite arbeitete, war der ein leichtes Ziel. »Schon gut.«

Er wippte wieder mit dem Kopf, was aussah wie ein ständiges Nicken, und dann stützte er einen Ellbogen auf dem Tisch ab und fuhr sich mit der Hand über den Kopf. »Es gibt hier drin Gerede und das dreht sich um die Familie deines anderen Chefs. Anthonys Chef. Sie hat eine Schutzanordnung für mich herausgegeben.«

»Was hat sie gemacht?«

Er hielt inne und riss bei meinem Tonfall die Augen auf. »Ich dachte, du wüsstest das. Sie wurde einen Tag, nachdem ich herausgefunden hatte, wer deine wirklichen Chefs im Club sind, herausgegeben. Ich dachte ... Habe ich mich geirrt?«

Mein Magen verkrampfte sich wieder. Verdammter Mist! Ich hatte nicht die geringste Ahnung.

*Wer einmal lügt, dem glaubt man nicht, und wenn er auch die Wahrheit spricht.*

Ich verfluchte meine eigene innere Stimme, die mich herausforderte.

*Du weißt es doch. Er sagte, er werde deiner Tante helfen. Er hilft auch deinem Bruder.*

»Alles okay, Jess?«

Mir wurde klar, dass ich stumm dasaß und meinen Bruder anstarrte, während ich in meinem Kopf einen Streit mit mir selbst führte. »Ja. Entschuldige. Es geht mir gut. Ich weiß nicht, warum die Familie das getan hat.«

Er schaute über seine Schulter und beobachtete die Häftlinge und ihre Besucher neben uns. Keiner achtete auf uns und deshalb beugte er sich näher an die Plexiglasscheibe. »Glaubst du, es hängt mit Dad zusammen? Weil er sich mit ihnen eingelassen hat?«

Mir drehte sich der Magen um. Ich wollte an damals nicht erinnert werden und schüttelte den Kopf. »Nein. Das ist zu lange her.«

»Aber …«

»Wenn das der Fall wäre, hättest du schon vom ersten Tag an im Gefängnis unter ihrem Schutz gestanden. Das war doch nicht so, oder?«

Er schüttelte den Kopf. »Nein. Nur dieser eine Wärter, der deinetwegen auf mich aufpasst.«

Ich nickte einmal kurz, denn das musste hier nicht laut ausgesprochen werden. Es war ein Vollzugsbeamter. Ich kannte ihn, weil wir beide dieselbe Bewährungshelfer-Schulung absolviert hatten. Ich hatte die Prüfungen bestanden, er jedoch nicht. Wir waren uns sofort sympathisch gewesen, weil wir aus der gleichen Gegend stammten. Ich rief ihn an, als mein Bruder in dieses Gefängnis gesteckt wurde. Er hatte mich gebeten, seine Familie im Auge zu behalten. Also war es so eine Art Eine-Hand-wäscht-die-andere-Abkommen. Seine Frau war eine ganz Liebe und das einzige Mal, dass ich auf ein Familienmitglied achtgeben musste, war, als ihr kleiner Sohn in der Schule Ärger bekam. Ich konfrontierte ihn, ohne Regeln zu brechen, mit einer Art Scared-Straight-Szenario, dem Dokumentarfilm aus dem Jahr 1978, in dem Jugendliche, die zum ersten Mal für ihre Straftaten verantwortlich gemacht werden, in mehrstündigen Sitzungen von Gefängnisinsassen erfahren, wie das Leben hinter Gittern so ist. Er traf sich mit einigen Häftlingen, die auf Bewährung entlassen worden waren, ihre Auflagen nie verletzt hatten und in guter Beziehung zu uns standen. Aber der Junge hatte davon keine Ahnung, als er mit ihnen sprach.

»Erzähl mal. Wie läuft es bei dir?«

»Erzähl mir lieber von Ma und Kelly. Fragt sie noch nach mir?«

Ich lachte und berichtete, ließ aber den Teil über Justin und Moms Alkoholabstürze weg.

Als es Zeit für mich war zu gehen, hielt er mich zurück. »He.«

»Ja?« Wieder verkrampfte sich alles in mir, denn seine Stimme klang ernst.

»Beende diese Arbeit im Nachtclub. Sie schützen mich hier aus irgendeinem Grund und den kenne ich nicht. Deshalb habe ich ein schlechtes Gefühl.«

Mein kleiner, vier Jahre jüngerer Bruder machte sich Sorgen um mich. Ich legte die Hand auf die Plexiglasscheibe und konnte nicht sagen, was er gern hören wollte.

Nach kurzem Zögern legte auch er die Hand auf die Scheibe. Ich lächelte ihn an. »Hab dich lieb.«

Ruckartig senkte er den Kopf. »Ich dich auch.«

\* \* \*

Auf der ganzen Fahrt zurück in die Stadt gingen mir seine Worte immer wieder durch den Kopf, und das schlechte Gefühl, das er hatte, stellte sich auch bei mir ein.

Und es wurde immer größer, je mehr ich mich der Stadt näherte, aber es war erst Donnerstag. Ich hatte mir den Tag freigenommen und meine Schicht im *Katya* stand nicht vor morgen an.

Anstatt nach Hause zu fahren und mit Justin und Kelly abzuhängen, machte ich mich auf den Weg zu einem Ort, an dem ich lange nicht gewesen war. Zu lange.

Ich fuhr zu einem Kunstatelier, in dem ich früher ab und zu gemalt hatte, denn bevor mein Vater starb, meine Mutter mit dem Trinken begann und mein Bruder im Gefängnis landete, hatte ich Kunst studieren wollen. Die Besitzerin des Ateliers war in der Highschool meine Kunstlehrerin gewesen. Sie hatte mir vor Jahren einen Schlüssel gegeben und gesagt, ich könne das Atelier und ihre Materialien jederzeit benutzen. Selten war ich auf ihr Angebot zurückgekommen und wenn doch, hatte ich ihr das benutzte Material erstattet.

Das war zwar schon Ewigkeiten her, aber heute Abend juckte es mir in den Fingern.

# Kapitel 28
## Trace

Ich hatte sie genau beobachten lassen, aber dieser Ort war neu. Sie war abgewichen.

Ashton war derjenige, der mich informierte, wo sie war, und da in den Berichten des Privatdetektivs nichts davon gestanden hatte, wollte ich selbst herausfinden, was das für ein Haus war und *wem* es gehörte.

Also saß ich in meinem Auto, das ich auf der Straße geparkt hatte, und traute meinen Augen nicht.

Sie malte. Es war ein Kunstatelier und so eingerichtet, dass man von draußen zuschauen konnte, wenn ein Künstler sich seiner Arbeit widmete. Es lag etwas jenseits des Bürgersteigs, sodass es von der Fahrbahn aus im Vorbeifahren nicht ganz einsehbar war, aber ich saß im parkenden Auto und konnte Jess nach Herzenslust beobachten.

Sie hatte den Kopf geneigt und Farbe auf den Händen, den Armen und den Schultern. Als sie sich einmal umdrehte, sah ich noch mehr in ihrem Gesicht. Sie schaute nicht nach draußen. Ich glaube, ihr war nicht einmal bewusst, dass man sie sehen konnte, aber sie musste Musik hören, denn sie bewegte den Kopf ständig von einer Seite zur anderen. Dann tauchte sie ihre Hand in die Farbe und wandte sich wieder der Leinwand zu.

Sie malte mit den Händen. Nicht mit Pinseln oder Stiften oder Kohle. Nur mit den Händen. Die Leinwand stand schräg zum Fenster, sodass ich das Gemälde nicht erkennen konnte, aber es war größer als sie. Mehr als einmal stand sie auf den Zehenspitzen, um den obersten Teil zu erreichen. Da die Leinwand auf dem Boden stand, musste sie sich nach unten bücken. In diesen Momenten verschwand sie aus meinem Blickfeld. Ein Schrank oder Tisch versperrte mir die Sicht.

Ich wollte das Bild sehen. So sehr, dass ich aus dem Auto stieg und mich dem Gebäude näherte.

Ich ging auf die Seite, stützte mich mit einer Schulter an der Wand ab und drehte mich so, dass ich einen Blick auf sie werfen konnte. Was sie malte, sah ich immer noch nicht, aber ich konnte sie anschauen.

Sie war faszinierend und bewegte sich in einem tranceähnlichen Rhythmus.

Ich blieb dort stehen, auch wenn die Kälte durch meine Jacke drang und bis in die Knochen kroch. Vielleicht waren es Stunden, ich wusste es nicht, aber plötzlich ging das Licht aus und ich streckte mich, zitterte vor Kälte. Ich machte mich auf den Weg zu meinem Auto.

»Das letzte Mal, als ich dich gesehen habe, habe ich dich gebeten, mich in Ruhe zu lassen.«

Ich drehte mich langsam um und fand, dass ihr Ton sehr gut zum Wetter passte. Verdammt kalt.

Sie stand vor einer Hintertür in der Gasse, der ich den Rücken zugekehrt hatte. Mit einem Fuß hielt sie die Tür auf. Sie starrte mich an.

»Du sagtest, wir hätten nichts mehr miteinander zu tun.«

»Was ist der Unterschied?« Ihre Nasenflügel bebten, denn sie wusste, dass es einen gab. »Bei einer anderen Gelegenheit habe ich dich ebenfalls gebeten, mich in Ruhe zu lassen.«

Ich ging langsam auf sie zu. »Du sagtest, ich *solle* dich in Ruhe lassen.«

Solle.

Ich ging weiter. Sie schloss nicht die Tür.

*Sollen* hatte eine ganz andere Assoziation, denn sie hatte recht. Ich hätte sie in Ruhe lassen sollen, doch das hatte ich nicht, und ich sah das Verlangen in ihren Augen. Es war da. Schnell verbarg sie es, aber ich sah es immer noch.

Ich ging weiter, wohl wissend, dass ich mich wie ein Idiot benahm, doch wenn sie mir nicht die Tür vor der Nase zuschlug, musste ich sie wieder berühren.

Ihre Augen weiteten sich, als sie mich auf sich zukommen sah, sie bewegte sich jedoch nicht. Sie lief nicht hinein und ich war mir der Grenze, auf der ich mich hier bewegte, durchaus bewusst.

Noch knapp zwei Meter.

Sie blieb stehen, wo sie war.

Eineinhalb Meter.

Sie war immer noch da.

Ein Meter.

Ich konnte sie fast berühren.

Ein halber Meter. Sie ging hinein, aber ich bekam die Tür zu fassen.

»Tristian …« Sie wich zurück.

»Trace.« Ich folgte ihr. Im Schein einer Lampe in der Ecke konnte ich den Weg hinein erkennen. Meine Hand griff nach ihrer Hüfte, zog sie zurück.

Verflucht noch mal, ich brauchte das.

»Wa…?«, stieß sie hervor. Ihre Augen waren so lebendig und in ihnen brannte ein neues Licht.

Gleich würde sie wütend werden, Funken sprühen und, mein Gott, ich war ihr verfallen, in diesem Moment war es mir klar. Ihr Temperament führte dazu, dass mein Schwanz zuckte. Ich stöhnte und in der Hoffnung, sie würde mich nicht mit dem Hammer oder einem anderen Werkzeug erschlagen, landete mein Mund auf ihrem. Ich ließ ihr Handgelenk los, denn wenn sie wirklich vorhatte, mich zu erschlagen, hätte ich es verdient. Aber nach einem überraschten Keuchen, nach einem Moment, in dem mein Körper sich bei der bloßen Berührung von ihr vor Erleichterung entspannte, fegte die Leidenschaft durch uns beide.

Jess entbrannte und ihr Mund öffnete sich unter meinem. Ihre Hände drückten gegen meinen Hinterkopf. Sie versuchte, an mir hochzuklettern.

*Endlich!*

Ich hob sie hoch. Sie riss an meiner Kleidung, als ich den Kopf schief legte und meine Zunge ihre Mundhöhle erkundete. Ich musste von ihr kosten und wusste, dass es himmlisch sein würde. Und das war es tatsächlich.

Doch ich brauchte mehr.

Sie hatte mir das Hemd hochgeschoben und jetzt erkundeten ihre Hände meinen Körper. Ein kurzer Blick sagte mir, dass die Tür geschlossen war. Mein Gott, ich musste sie haben und wusste nicht, ob sie mich noch einmal von ihr kosten lassen würde.

Mein Mund wanderte an ihrem Hals hinunter. Sie warf den Kopf in den Nacken und drückte ihre Brüste gegen mich. Ich schob meine Hand in ihre Leggings, ertastete ihren Tanga, den ich ignorierte, und fand, wonach ich gesucht hatte. Mein Finger glitt in sie.

Verdammt! Ich hatte das Paradies gefunden.

Ich gab einen zischenden Laut von mir, als ich merkte, wie eng sie war. Als Reaktion erhöhte sie den Druck ihrer Beine um meine Taille. Sie hielt still und keuchte in mein Ohr, als ich einen zweiten Finger in sie schob. Zunächst ging ich langsam vor, ließ mir Zeit, doch dann erhöhte ich das Tempo und drang mit jedem Stoß tiefer in sie ein.

Ich wusste nicht, woher, aber ich kannte diese Frau, kannte ihren Körper. Vielleicht aus einem anderen Leben. Ich hätte es geglaubt, wenn es mir jemand in diesem Moment erzählt hätte, denn es kam mir vor, als hätte ich bereits seit Ewigkeiten ihren Körper angebetet.

Ich verwöhnte sie weiter, ließ meine Finger in sie hinein- und wieder herausgleiten, während ich mit dem Daumen über ihre Klitoris strich. Langsame kreisende Bewegungen ließen sie in meinen Armen stöhnen. Sie hielt es kaum mehr aus. Ihr Körper fiel nach hinten und sie lehnte den Kopf an die Wand hinter ihr. Ein wenig öffnete sie die Augen, über denen ein Schleier zu liegen schien, als sie mich anstarrte. Doch ich brauchte mehr. Ich setzte sie auf einem Tisch ab, griff mit der anderen Hand nach ihrem T-Shirt und zerriss es. Dann schob ich den BH nach oben und senkte den Mund über eine ihrer Brüste. Ich musste von ihr kosten. Jeden Zentimeter, doch ich gab mich zunächst mit dieser Berührung zufrieden.

Sie schauderte, als ich mit den Zähnen über ihre Brustwarze strich, und umklammerte mit der Hand meinen Hinterkopf. Meine Zunge fuhr um die Warze herum, sog sie ein, liebkoste sie, aber das reichte nicht. Ich musste in diese Frau eindringen.

Jetzt.

Gestern.

Vor einem Jahr.

Ihre Atmung hatte sich beschleunigt. Sie klammerte sich an mir fest und ich erhöhte noch einmal das Tempo, merkte, wie sie sich dem Höhepunkt näherte. Es folgte eine kleine Pause, in der ihr Körper für den Bruchteil einer Sekunde innehielt und sie leise in mein Ohr stöhnte. Ich hob den Kopf, fand ihren

Hals und dann ihren Mund. Meine Zunge bahnte sich ihren Weg, ergriff Besitz von ihr, als sie zum Höhepunkt kam. Ihr ganzer Körper zuckte, sie bäumte sich auf, hob den Po vom Tisch an und schrie in meinen Mund.

Ich fing ihren Schrei auf, schluckte ihn und kostete auch davon.

Als sie sich ein wenig erholt hatte, trat ich einen Schritt zurück und zog mein Portemonnaie aus der Hosentasche.

Ich erwiderte ihren Blick, als ich ein Kondom herausholte. Bei seinem Anblick spiegelte sich in ihren Augen eine dunkle Begierde und sie biss sich auf die Lippe. Dann griff sie danach und riss die Verpackung auf.

Ich zog die Hose zusammen mit den Boxershorts herunter und sie griff nach mir.

Verdammt!

Ich hielt die Luft an, als ihre Hände mich berührten, meinen Schwanz umfingen und ich den Kopf auf ihre Schulter sinken ließ.

Sie steigerte meine Erregung, indem sie mit der Hand hinauf- und hinunterfuhr und ihr Daumen die Spitze liebkoste, aber ich stöhnte ihr ins Ohr: »Genug. Streif es mir über.«

Ein leises Glucksen entwich ihrer Kehle, doch sie folgte meiner Aufforderung und rollte das Kondom mit beiden Händen über mein bestes Stück. Das war für mich das Startzeichen. Ich umfing ihr Hinterteil, zog sie zur Tischkante und brachte mich in Stellung. Sanft ging ich nicht mit ihr um, aber sie stöhnte und schloss verzückt die Augen. Dann spreizte ich ihre Beine weit und war endlich am Ziel.

Ich drang in sie ein und wir verschmolzen zu einer Einheit.

Alles Bisherige wurde in den Schatten gestellt. Es war der Himmel auf Erden.

Zuerst war es ihr Mund gewesen, dann meine Finger in ihr, doch das hier war das ultimative Paradies.

Ich konnte mich nicht länger zurückhalten.

Sie hob den Kopf, schaute mich an und knurrte: »Fick mich, du Mistkerl.«

Ich zog mich aus ihr zurück und versenkte mich mit einem Stoß erneut in ihr. Dabei starrte ich sie an und sah jetzt, dass sie es ebenso brauchte, aber sie war nicht glücklich darüber.

Immer wieder stieß ich in sie und wandte den Blick nicht von ihr ab.

Sie hasste mich wirklich, doch in ihren Augen war der gleiche Hunger zu erkennen, den auch ich für sie empfand. Wir waren getrieben. Das war das richtige Wort. Diese gottverdammte Besessenheit hatten wir beide in uns, aber jetzt war ich hier und berührte sie und sie gab sich mir hin.

Ich würde es bei jeder Gelegenheit tun, das schwor ich mir. Hier und jetzt.

Jedes Mal, wenn ich sie haben konnte, würde ich sie nehmen.

Sie drückte das Kreuz durch und war jetzt völlig nackt, damit ich mich an ihrem Anblick ergötzen konnte. Farbkleckse auf ihrem Körper und auf meinem. Ich ertrank in dieser Augenweide. Sie brannte sich in meinem Verstand ein und ich wusste, dass ich sie für den Rest meines Lebens nicht mehr vergessen würde.

Sie bäumte sich auf, rutschte vom Tisch und ich trat ein wenig zurück, damit wir den Kontakt behielten. Jetzt benutzte sie den Tisch, um sich abzustützen und meinen Stößen zu begegnen. Sie war genauso gierig auf diesen Liebesakt wie ich.

Ich war versucht innezuhalten und ihre stoßenden Bewegungen zu genießen, entschied mich jedoch dagegen. Das Bedürfnis, sie zu dominieren, war in mir, und ich ließ mich in ihren Körper fallen, stützte sie mit einer Hand am Rücken ab und stieß immer wieder in sie.

Ihr Körper zersprang in Millionen Stücke, als sie zum Höhepunkt kam. Ich wartete, hielt inne, bis die letzten Wellen abgeklungen waren. Dann nahm ich sie auf den Arm und drückte sie ein paar Schritte weiter mit dem Rücken gegen die Wand. Sie hatte ihre Beine um meine Taille und ihre Arme um meinen Nacken geschlungen. Ihre Brüste drückten gegen meinen Oberkörper. Das war die ideale Position. Ich war begeistert und stöhnte, während ich an ihrem Hals knabberte und gleichzeitig in sie stieß. Meine Hände umfassten ihre Pobacken und am liebsten hätte ich meine Abdrücke dort eintätowieren lassen.

Laut stöhnend erlebte ich meinen eigenen Orgasmus und die danach eintretende Erlösung, die meinen Körper durchströmte.

Und in diesem Augenblick wusste ich, wie verloren ich war, denn so etwas würde ich nie mit einer anderen Frau erleben. Keine würde mich auf drei verschiedene Arten ins Paradies befördern können.

Ich knurrte, weil ich wusste, dass sie mich danach hassen würde, und gleichzeitig war ich so verdammt frustriert, weil ich es verstand. Ich brauchte sie einfach mehr als sie mich.

Sie ließ sich noch eine Minute lang von mir halten, bevor ihre Hände zu meiner Brust wanderten und sie mich von sich schob. Sie stellte die Füße wieder auf den Boden und starrte mich völlig nackt an. Ich schaute mich um, konnte mich nicht erinnern, ihr die Leggings ausgezogen zu haben, aber das war ihr egal.

»Was zum Teufel soll das, Tristian?«

»Trace«, fauchte ich zurück.

»Was?«

Ich beugte mich über sie. »Ich habe dich gerade heftig gevögelt. Da kannst du mich verdammt noch mal bei dem Namen nennen, den ich nicht hasse. Für dich heiße ich Trace.«

Sie wich ein wenig zurück, körperlich und emotional, und ich spürte, wie sich zwischen uns erneut eine Distanz aufbaute. Gleich würde mich das Gefühl überkommen, mein Auto nie verlassen zu haben. Schnell errichtete sie wieder eine Mauer zwischen uns.

»Was machst du hier, Trace?« Misstrauisch schaute sie mich an, bevor sie ihre Kleidung vom Boden aufsammelte.

Auch ich zog mein Hemd herunter und die Boxershorts und Hose wieder hoch. Wo war meine Jacke? Ich schaute mich um und entdeckte sie ein wenig entfernt auf dem Boden. Ich hob sie auf und beobachtete, wie sie ihren BH zuhakte. Ihre Leggings trug sie bereits wieder.

Sie schaute auf und ich entdeckte einen Anflug von Verärgerung in ihrem Blick. »Würdest du mir vielleicht die Frage beantworten?«

Sie war aufgewühlt. Das war der einzige Grund, warum sie nicht darüber nachdachte, wo ich sie gefunden hatte, und warum sie nicht wissen wollte, woher ich wusste, dass sie hier war.

Ich rollte die Schultern zurück und wechselte das Thema. »Von deiner Tante gibt es Neuigkeiten. Ich dachte mir, du würdest sie vielleicht hören wollen.«

Sie sah besorgt aus und richtete sich auf, nachdem sie sich fertig angezogen hatte. Mit der Hand fuhr sie sich durch die Haare, die wieder über ihre Schultern fielen. »Welche Neuigkeiten?«

»Sie sind alle in Kanada und richten sich dort in einem kleinen Haus ein. Deine Tante hat genug Geld für einen Neustart. Ich habe ihr ein Programm vermittelt, das Frauen wie ihr hilft, von ihren gewalttätigen Männern loszukommen.«

»Okay …«

»Der Nachteil ist, dass meine Familie nicht mehr weiß, wo sie sich aufhält, sobald sie in das Programm aufgenommen wird.

Die Leute sind nicht besonders offen für die Zusammenarbeit mit meiner Familie.«

»Weshalb nehmen sie meine Tante dann in ihr Programm?«

»Ich habe mit ihnen Kontakt aufgenommen und ihnen die Situation deiner Tante erklärt. Sie waren bereit, sich für sie einzusetzen, aber wollen sie vor uns verstecken. Bevor wir uns zurückziehen, muss ich wissen, ob das okay für dich ist.«

»Ja.« Dieses eine Wort kam ihr schnell über die Lippen und ihre Augen leuchteten. »Ja. Das wäre toll. Wie heißt diese Organisation?«

»Das Netzwerk 411.«

Sie wich überrascht zurück. »Das gibt es tatsächlich? Ich dachte, es wäre nur ein Mythos oder so was.«

Ich nickte. »Doch, das gibt es.«

Sie wirkte erleichtert. Ihre Schultern entspannten sich und dann war ein leises Kichern zu hören. »Welche Ironie, dass sie meine Tante vor deiner Familie verstecken. Dann agieren sie wirklich im Verborgenen. Wie bist du an sie herangekommen?«

Mir fuhr es in den Magen. »Ich habe kürzlich wegen zweier anderer Personen mit ihnen zusammengearbeitet. Das hat sie mir gegenüber zugänglicher gemacht.«

»Zweier anderer?«

»Es ist nicht so, dass ich es nicht will, aber ich darf dir nichts darüber erzählen. Es hat mit meiner Familie zu tun.«

Sie erstarrte, als ich das sagte, aber das hatte ich erwartet. Es war die Abmachung zwischen uns. Sie war das Recht und ich war halb und halb. Ich fürchtete den Tag, an dem das Verhältnis kippen würde.

Ich erstarrte ebenfalls, denn ich hörte, was sie nicht sagte. *»Dann agieren sie wirklich im Verborgenen.«* Auch ich würde nichts erfahren. Sie würde keine Verbindung mehr zu mir brauchen.

»Danke, Trace.«

Ich schaute auf und war überrascht über die Aufrichtigkeit in ihrer Stimme.

Doch dann funkelten ihre Augen wieder heftig. »Aber ich meine es ernst. Halte dich fern von mir.«

»Du arbeitest immer noch für mich.«

Sie hatte sich wegdrehen wollen, hielt jedoch inne und wandte sich mir wieder zu. »Willst du, dass ich kündige?«

Ich schnaubte und schüttelte den Kopf. »Willst *du* kündigen?«

Ich sprach sie darauf an, denn sie wollte diese verdammte Sache zwischen uns genauso wie ich. Was das betraf, war ich zumindest ehrlich. Vielleicht würde dieses elende Verlangen vergehen, wenn wir beide nachgaben.

Ihre Augen funkelten und sie wusste, worauf ich sie ansprach.

»Das hier«, sie deutete abwechselnd auf mich und auf sich und ihr Blick wurde unnachgiebig, »das muss aufhören. Meine Arbeit gibt mir einen Sinn im Leben und du untergräbst das. Ich kann nicht ändern, was ich bereits getan habe, aber das darf nicht noch einmal geschehen. Wenn es das tut, werde ich das *Katya* verlassen. Ich möchte das nicht, aber ich werde es tun, wenn es nötig ist.«

Ihre Worte zerrissen mich innerlich. Es war, als würde sie mir Stück für Stück die Eingeweide herausschneiden.

Trotzdem würde ich nicht das sagen, was sie hören wollte.

Bevor ich ging, musste ich noch eine Sache sehen.

Ich drückte auf den Lichtschalter neben der Tür und der ganze Raum erhellte sich.

Dann sah ich das Gemälde.

Es zeigte mich.

# Kapitel 29

## Jess

Eine Woche verging. Kein Trace. Kein Drama mit meiner Mutter. Es war im Wesentlichen ruhig.

Mir gefiel das, aber … irgendetwas fehlte.

Justin schlief an den Wochenenden nach den Schichten im *Katya* bei uns und Kelly während der Woche bei ihm. Ich hatte mir angewöhnt, von der Arbeit ins Fitnessstudio und dann ins Kunstatelier zu fahren.

Als Trace das Bild von sich gesehen hatte, war mir das Herz fast aus der Brust gesprungen. Ich hatte nie vorgehabt, es irgendjemandem zu zeigen, aber ich musste ihn aus meinem Kopf bekommen. Der tägliche Stress bei der Arbeit hatte es nicht geschafft. Im *Katya* beschäftigt zu sein, machte es nur noch schlimmer. Okay, ich gebe es zu, es gab jetzt noch drei Gemälde von ihm und jedes hatte eine andere Textur, andere Farben. Jedes fing eine andere Stimmung ein.

Verdammt noch mal, das war ärgerlich.

Vielleicht war ein One-Night-Stand die richtige Wahl. Jemand, der mich Trace vergessen ließ.

Es wäre einen Versuch wert.

»Hey, Montell. Warte mal.«

Es war zwei Wochen her, dass ich Trace das letzte Mal gesehen hatte. Ich versuchte, nicht an ihn zu denken, aber es gelang mir nicht.

Als ich meinen Namen hörte, drehte ich mich um und sah einen anderen Bewährungshelfer auf mich zukommen. Groß. Gebaut wie ein Cornerback. Hübsches Gesicht. Blaue Augen. Sandbraunes Haar.

Ich nickte ihm zu. »Was ist los?«

Officer Reyo war der neueste Zugang in der Abteilung der Bewährungshelfer. Ich hatte bei ein paar Hausbesuchen mit ihm zusammengearbeitet und er war ein zuverlässiger Officer. Hielt den Mund. Folgte dem Protokoll.

»Machst du heute Hausbesuche?«

Ich nickte und zog ein wenig die Stirn in Falten. »Ja, meine Kollegin begleitet mich.«

Er schüttelte den Kopf, stand jetzt neben mir und schenkte mir ein halbes Grinsen. »Valerie hat angerufen und mich gebeten, sie zu vertreten.«

»Was?« Ich zog mein Handy aus der Tasche, denn die Besuche waren seit gestern geplant.

»Sie ... äh ...« Er neigte den Kopf, hustete und trat näher an mich heran. »Sie, äh, irgendetwas ist dazwischengekommen. Ich hatte frei und sie bat mich, sie heute zu ersetzen.«

Ich schaute auf unsere Textnachrichten, doch so etwas hatte sie nicht erwähnt. »Was ist los?«

Er machte den Mund auf und ich konnte förmlich den Quatsch sehen, den er mir gleich erzählen würde.

Ich ließ ihn nicht zu Wort kommen. »Erzähl mir jetzt keinen Mist, sondern auf der Stelle, was los ist.«

Er machte den Mund wieder zu und bekam einen reumütigen Gesichtsausdruck. Dann schloss er die Augen und seufzte leise. »Na gut.« Er rieb sich über den Kopf, schaute sich um und trat noch näher an mich heran. Leise sagte er: »Hör mal. Ihr ist schlecht, okay? Wir nehmen an, morgendliche Übelkeit oder so was ...«

Ich taumelte ganze drei Schritte rückwärts.

Es war, als wären Officer Reyo drei Köpfe gewachsen. Man musste kein Rechengenie sein, um eins und eins zusammenzuzählen. »Val ist schwanger?«

»Ja.« Er legte einen Finger auf seine Lippen und schaute sich noch einmal um. Dann kam er wieder näher. »Kannst du es, du weißt schon, für dich behalten? Es ist alles so neu ...«

Wie ihre Beziehung.

»Du hast meine Kollegin geschwängert?«

Einen Moment stand ihm der Mund offen, bevor er ihn wieder schloss. »Ja. Ich meine, es war nicht geplant, aber ...« Er richtete sich auf, dann duckte er sich. »Verdammt. Das meinte ich nicht. Nur ... hör mal.« Er hielt eine Hand hoch. »Das kommt alles falsch rüber. Ist es okay, dass ich anstelle von Val zu den Hausbesuchen mitkomme, oder nicht?«

»Oh. Ja. Warum hast du das nicht gleich gesagt?«

Ich verkniff mir ein Grinsen, als ich zum Auto ging, und hörte, wie er ein Stöhnen unterdrückte.

Ich hob eine Hand. »Ich fahre, Officer Reyo.«

Er setzte sich auf den Beifahrersitz und ich wartete, bis ich den ersten Häuserblock hinter mir gelassen hatte. »Du und Val also?«

Er hatte den Ellbogen an der Tür abgestützt und hielt sich mit der Hand locker am Griff in Kopfhöhe fest. Doch bei meiner Frage ließ er den Griff abrupt los und den Kopf gegen die Kopfstütze fallen. »Mist.« Er verzog das Gesicht und schaute mich skeptisch an. Ein dramatischer Seufzer folgte. »Ich weiß nicht, was es bedeutet, aber ja. Es ist ganz frisch zwischen uns. Wir lassen es ... langsam angehen.« Er strich mit der Hand durch die Luft, als er die letzten beiden Worte sagte.

Ich lachte und bog nach rechts ab. »So langsam nun auch wieder nicht. Sie ist schwanger!«

Er fasste wieder nach dem Griff und nahm sich zusammen. »Wir werden … So etwas wie heute wird nicht wieder vorkommen. Wir finden eine Lösung.«

Ich warf ihm einen Blick zu. »Du kennst doch die Kollegin, die du flachgelegt hast, oder? Wenn Val krank ist und sie dich heute an ihrer Stelle schicken musste, wird sie garantiert bis zum Ende des Tages alles geklärt haben. Du kannst von Glück sagen, wenn du dann herausfindest, ob du immer noch Vater wirst oder ob du im Leben des Kindes vorkommen wirst, wenn sie sich entsprechend entscheidet. Val hat nie Kinder gewollt, also weiß ich, dass sie gerade tausend Tode stirbt und wahrscheinlich gleichzeitig deine Ermordung plant.«

Er verzog noch einmal das Gesicht, als hätte er etwas Vergammeltes gerochen, aber ich nahm an, es war wegen der Realität, die ich ihm gerade vor Augen geführt hatte. Reyo war jung. Valerie in den Vierzigern. Und sie war noch mehr mit ihrem Job verheiratet als ich.

Ich fuhr fort: »Wie seid ihr überhaupt im Bett gelandet?«

»O mein Gott!« Er ließ den Kopf hängen und murmelte leise: »Sie hat mir gesagt, dass du so sein würdest.«

Ich lachte, bog scharf nach links und hupte gleichzeitig. Aber ich war noch nicht fertig. »Wirklich, Reyo. Ich will das wissen. Wie hast du sie ins Bett bekommen?« Ich musterte ihn von der Seite, denn er schien sich für diese Art der Befragung zu wappnen. »Val datet nicht oder zumindest keine Kollegen. Ich vermute, sie war betrunken, oder? War es ein One-Night-Stand?« Plötzlich machte es klick bei mir. »Diese Hochzeit vor drei Monaten! Als Barkie und Papi geheiratet haben. Val hat Tequila in sich hineingeschüttet. Du hattest sie im Visier.«

Er riss ein wenig die Augen auf und schaute zu mir. »Hast du das gemerkt?«

»Val ist meine Kollegin. Außerdem ist sie die einzige Polizeibeamtin, die Travis genauso hasst wie ich. An jenem Tag hatte Travis von unserem Teamleiter einen Einlauf bekommen und ich war diejenige, die Val Tequila eingeschenkt hat. Ja, du kannst dir verdammt sicher sein, dass es mir aufgefallen ist, weil es ihr aufgefallen ist. Sie hat mich nämlich gefragt, ob es eine gute Idee wäre, mit dir ins Bett zu gehen.«

»Was hast du geantwortet?«

»Auf gar keinen Fall.«

Wieder ließ er den Kopf gegen die Kopfstütze fallen und schüttelte kaum merklich den Kopf. »Das war klar.«

Mir gefiel das Ganze ein bisschen zu sehr. »Für den Fall, dass sie der Hafer zu sehr sticht, habe ich ihr geraten, zur Wall Street zu fahren und einen dieser Typen in einem der vielen angesagten Nachtclubs aufzureißen, in denen sie sich herumtreiben und …« Ich hielt inne, denn die Ironie war mir nicht entgangen.

Außerdem war es verdammt schmerzhaft.

Reyo schaute zu mir. »Und was?«

»Und nichts«, gab ich kurz angebunden zurück.

# Kapitel 30

## Jess

»O mein Gott! Was ist mit deinem Auge passiert?«, schrie Kelly, nachdem sie am Abend einen Blick auf mich geworfen hatte. Sie zog mich unter unsere hellste Lampe und bog nicht gerade sanft meinen Kopf nach hinten. Dann betastete sie den Bluterguss unter meinem Auge.

»Autsch!« Ich wich zurück. Ein Ersthelfer hatte mich bereits untersucht. Das gehörte zum Protokoll, zusammen mit einer Menge Papierkram, den ich ausfüllen musste, weil mich die Schwester einer meiner Schützlinge einfach nicht verstanden hatte, nachdem ich ihr lang und breit erklärt hatte, dass überraschende Hausbesuche keine Seltenheit waren, besonders, wenn der Bewährungshäftling sich bereits zweimal nicht in meinem Büro gemeldet und zwei Urinanalysen nach einer positiven geschwänzt hatte. Dieser Schützling war *mehr* als fällig für einen Besuch von mir und meiner Meinung nach hätte er darauf vorbereitet sein müssen. Der Wohnsitz seiner Schwester war derjenige, den er in den Akten angegeben hatte, und da er dort lebte, musste ich mir die Wohnung anschauen.

Die Schwester fühlte sich angegriffen und als zwei laute Nachbarn mich einen Moment ablenkten, kam ihr die glorreiche Idee, mir einen Faustschlag zu verpassen.

Jetzt saß sie hinter Gittern.

Ich legte wieder den Beutel tiefgefrorener Erbsen auf mein Auge. »Mir geht's gut. Nur so eine dumme Sache bei der Arbeit.«

»Trittst du heute Abend trotzdem deine Schicht an?«

Ich hätte ihr einen Blick zugeworfen, aber da das schmerzhaft gewesen wäre, warf ich stattdessen den Beutel Erbsen nach ihr.

Sie fing ihn auf und schaute ihn an, als wüsste sie nicht, was das war.

Ich runzelte die Stirn und holte ihn mir zurück. »Na klar. Abgedunkeltes Licht und Make-up vertuschen das.«

Kelly starrte auf den Beutel Erbsen in meiner Hand, bevor ihr Blick wieder nach oben huschte. »Justin wird ausflippen, wenn er dein Auge sieht. Er will uns doch beide beschützen.«

Ich ließ das auf sich beruhen. Sicher, Justin würde wahrscheinlich eine Bemerkung machen. Das war seine Art zu zeigen, dass er sich Sorgen machte.

»Apropos Justin, wird es zwischen euch beiden ernst?«

Kelly wurde ein bisschen rot, lief dann in der Küche herum und holte Sachen aus den Schränken. »Ja.« Mitten im Griff nach dem Pfannenwender hielt sie inne und »ErhatdieMöglichkeitangesprochenzusammenzuziehen«, sprudelte aus ihr heraus.

Mit dem Kaffee in der Hand vollführte ich eine Drehung und starrte sie eindringlich an.

Lange brauchte ich nicht zu warten. Der Blick eines Spatzes konnte Kelly in die Knie zwingen.

Plötzlich warf sie den Pfannenwender auf die Arbeitsplatte. Er prallte auf, stieß gegen die Pfanne und fiel zurück auf die Arbeitsplatte.

In Kellys Gesichtsausdruck spiegelte sich Panik. »Ich weiß nicht, was ich tun soll! Er hat vor zwei Tagen die Bombe platzen lassen und ich bekomme Schnappatmung, wenn ich darüber nachdenke, was das bedeutet. Bedeuten könnte. Bedeuten würde. Ich habe keine Ahnung. Ich habe einen schrecklichen Geschmack, was Männer anbelangt. Du scheinst ihn zu mögen, aber was, wenn wir beide falschliegen? Was ist, wenn mein schlechter Geschmack bei Männern auf dich abgefärbt hat und …«

Ich stellte meinen Kaffeebecher ab. Wenn sie nicht atmete, würde sie ohnmächtig werden. Also griff ich nach ihren Armen und unterbrach sie. »Atme.«

Ihr Brustkorb hob sich und dann hielt sie die Luft an.

Und hielt sie an.

Und an.

»O mein Gott! Atme aus!«

Das tat sie und würgte und hustete am Ende, bevor sie den Kopf schüttelte und ihr eine Träne über die Wange lief. »Ich habe solche Angst, aber ich glaube, die meiste Angst habe ich davor, von dir wegzuziehen.«

Ich schmolz dahin und zog sie in eine Umarmung, die sie aber missverstand, denn sie legte ihre Stirn auf meine Schulter und beugte sich in einem etwas merkwürdigen Winkel vor. Ich klopfte meinem Riesenbaby auf den Rücken, als wollte ich es zum Aufstoßen bewegen. »Alles wird gut. Justin ist ein prima Kerl und ich komme klar.«

»Das sagst du immer, aber das stimmt nicht. Du redest nur nicht darüber.«

Ich wich einen Schritt zurück und runzelte erneut die Stirn. »Wie meinst du das?«

Sie schaute mich lange an, bevor sie seufzte. Dann fuchtelte sie mit den Händen herum und nahm beiläufig den Pfannenwender wieder an sich. Ich glaube, sie merkte es gar nicht. Jetzt schwenkte sie ihn herum. »Dir geht's nicht gut.

Das merke ich doch. Du bist nie hier, es sei denn, Justin und ich sind hier. Seit drei Wochen bist du nicht mehr zu unserem Sonntagsbowlen gekommen. Justin hat deinen Platz übernommen, aber keiner ist darüber glücklich.«

»Was?« Mir wurde flau im Magen, aber um ehrlich zu sein, hatte ich dieses Gefühl, seitdem ich Trace getroffen hatte.

Trace.

Das war alles seinetwegen.

Oder nein. Wegen meiner Familie. Meines Dads. Meines Bruders. Meiner Mutter. Nein. Meinetwegen. Typisch.

Kelly hatte recht. Ich kam nicht klar. »Ich glaube, ich bin verflucht.«

»Ja!« Der Pfannenwender schoss nach oben, bevor Kelly ihre Arme wieder sinken ließ. »Warte. Was? Nein. Du bist nicht verflucht. Du bist einfach … nicht glücklich.« Sie wich zurück. Näher kam sie nicht mehr an die Arbeitsplatte heran, es sei denn, sie würde hinaufklettern. Sie holte tief Luft und ihre großen Augen betrachteten mich mit einem Ausdruck, den ich nicht gern sah. Angst. »Ich mache mir Sorgen um dich. Was geschieht mit dir, wenn ich ausziehe? Früher, als es nur dich und mich gab, da haben wir unser Ding gemacht. Du sollst keine Schuldgefühle kriegen, und ich will nicht, dass du es falsch verstehst, aber meine Aufgabe war es, dich zu erden. Und das habe ich getan. Ich kenne deine Familienprobleme, aber du hast gelächelt und wir haben mit Freunden rumgehangen. Seitdem ich Justin kennengelernt habe, ist das immer weniger geworden. Und das gefällt mir nicht. Was passiert, wenn ich mit Justin zusammenziehe?« Eine weitere Träne lief ihr über die andere Wange. »Werde ich dich dann ganz verlieren?«

*Der Pokal für die schlechteste Freundin geht an mich.*

»Hey.« Ich griff nach dem Pfannenwender, bevor sie sich damit verletzen konnte. Ihrem Gesichtsausdruck nach zu urteilen, hatte sie gar nicht gemerkt, dass sie ihn in der Hand hielt.

Ich warf ihn weit weg von ihr auf die Arbeitsplatte und stellte mich wieder vor sie. Da Kelly besser auf leise und beschwichtigende Töne reagierte, sagte ich mit sanfter Stimme: »Ich mache gerade etwas durch. Es hat mit meiner Familie zu tun, nicht mit dir, und ich möchte nicht, dass du dir meinetwegen Sorgen machst. Ich bin doch auch klargekommen, als du verheiratet warst. Erinnerst du dich?«

Sie hob ein wenig den Kopf. Auch ihre Schultern entspannten sich ein bisschen. »Das stimmt. Du hattest diesen Latin Lover, der sooo heiß war. Halleluja! Ich musste mir jedes Mal Luft zufächeln, wenn ich ihn gesehen habe.«

Ich grinste und erinnerte mich an Eduardo. »Er war sehr hübsch anzusehen.«

Sie riss die Augen auf und nickte auf übertriebene Weise. »Die Untertreibung des Jahres.«

Ich unterdrückte ein Lachen und fuhr fort: »Dein Glück ist dein Glück. Über meins gibt es keinen Vertrag und keine Urkunde. Okay? Verstehst du mich? Wenn du mit Justin zusammenziehen möchtest, dann mach das. Ich möchte, dass du glücklich bist. Wenn ich herausfinden würde, dass du es meinetwegen nicht bist, dann weißt du, wie ich mich fühlen würde. Nämlich schrecklich.«

»Ja.« Ihre Mundwinkel bogen sich langsam nach oben.

»Ich bin ein großes Mädchen und ich trage die meiste Zeit eine Waffe bei mir. Außerdem habe ich einen Schlagstock. Ich bin nämlich taff.«

Noch ein bisschen höher und sie würde grinsen. »Und du hast eine Dienstmarke.«

Ich lachte. »Genau. Und glaub mir, ich habe keine Angst, sie einzusetzen.«

»Stimmt.«

Noch ein paar aufmunternde Sätze und sie würde wieder zum Pfannenwender greifen und jubelnd damit in der

Luft herumwedeln. Kelly war so ungeschickt, dass solche Alltagsgegenstände in ihren Händen schnell zu einer Waffe wurden. Ich schaute sie an und legte den Kopf zur Seite. »Wirst du mit dem Mann zusammenziehen, mit dem ich von ganzem Herzen einverstanden bin?«

Kelly strahlte mich verhalten an und neigte auf eine schüchterne Art den Kopf. »Das *bist* du, nicht wahr? Du warst sonst mit keinem meiner Männer einverstanden.«

»Justin ist der Richtige. Er ist ein guter Junge und ich denke, wenn du mit ihm zusammenziehst, wirst du glücklich und bekommst viele Babys.«

Sie rang nach Luft. »Glaubst du wirklich?!« Ihre Stimme rutschte eine Oktave höher.

»Klar.« Kellys Traum was es, Mutter zu werden. »Justin wird bestimmt ein toller Vater.«

»Meine Güte! Meine Güte!« Wieder fuchtelte sie mit den Händen in der Luft herum, versuchte, die Tränen wegzuwischen, die ihr in die Augen stiegen, und suchte gleichzeitig nach einem neuen Pfannenwender, den sie in die Hand nehmen konnte. Ich glaube, nichts davon war ihr wirklich bewusst. »Babys. Ich … ich habe nicht gewagt, darauf zu hoffen, weißt du? Ich hatte einfach solche Angst. Justin ist so toll und OmeinGottBabysomeinGottBabys.«

Au Backe. Runde zwei. Aber ich wusste, dass Kelly ihr Sielebten-glücklich-bis-ans-Ende-ihrer-Tage bekommen würde, von dem sie immer geträumt hatte. Also griff ich ein und unterbrach ihren Redefluss mit einer Umarmung.

Das war doch ein guter Grund zum Feiern.

\* \* \*

Ich kam absichtlich ein bisschen zu spät zu meiner Schicht. Nur ein paar Minuten, denn ich wollte verstohlene Blicke im Spindraum vermeiden. Kelly hatte bei mir mit ihrer Schminkkunst Wunder bewirkt und ich wusste, dass die Beleuchtung im *Katya* den Rest verbergen würde. Das sollte also kein Problem sein, aber das Neonlicht im Spindraum war nicht vorteilhaft. Es zeigte alles. Mein Bluterguss war zwar keine große Sache – ich hatte schon viel schlimmere gehabt –, aber ich wollte von keinem eine weitere Reaktion à la Kelly.

Justin bedachte mich mit einem langen Blick, als ich an meinem Thekenbereich auftauchte.

Ich hob den Kopf zu einem kurzen männlichen Nicken. Es schien zu funktionieren. Er hörte auf, mich zu mustern, nickte ebenfalls und dann gingen wir beide an die Arbeit.

Der Club hatte einen neuen DJ, dessen Namen sogar ich kannte. Er war bereits in einer Reality-Show gewesen. Auf der Fahrt hierher hatte Kelly mich informiert, aber ich war mit meinen Gedanken woanders gewesen. Mir war heute aufgefallen, dass es schon lange still war an der Mom-Front. Ich hatte sie gemieden, denn ich wollte mich nicht mit Fragen über ihre Schwester beschäftigen. Doch jetzt kam mir der Gedanke, dass sie mich vielleicht auch mied, und das wäre mir nicht recht gewesen.

Ich nahm mir vor, morgen zu ihr zu fahren, ob es ihr passte oder nicht.

Doch zurück zum DJ.

Im Club war mehr los als sonst, und nachdem unzählige Mädchen an meiner Theke fast zerquetscht worden waren, hatte ich genug.

Ich ging zu Justin. »Kannst du kurz meinen Bereich mit übernehmen?«

»Klar.« Er war abgelenkt, schenkte gerade einen Drink ein, schaute mich jedoch über die Schulter an. Er musste zweimal hingucken. »Was ist mit deinem Gesicht passiert?«

Kelly war offensichtlich noch nicht zu ihm vorgedrungen, was nicht verwunderlich war. Ich hatte sie in der ersten Stunde auch nicht gesehen, was bedeutete, dass sie von der Menge verschluckt worden war und arbeitete.

»Das ist nichts. Eine Sache bei der Arbeit.«

»Hier?«

»Nein. Bewährungshelferarbeit.«

Langsam verstand er und nickte. »Okay. Ja, ich werfe ein Auge auf deinen Bereich. Wohin gehst du?«

»Ich will mit Anthony reden. Hier werden für meinen Geschmack gerade zu viele Brandschutzverordnungen verletzt.«

»Na, dann viel Glück.«

Jaja. Ich bemerkte seinen Sarkasmus, aber dieser Club *schrie* quasi nach dem Besuch eines Brandschutzbeauftragten. Ich drängte mich durch die Menge und entdeckte zwei der Rausschmeißer vor Anthonys Büro. »Ist er da?«

Sie tauschten einen Blick, bevor einer von ihnen vortrat. »Äh, der Boss ist beim Boss. Er will nicht gestört werden.«

Wie süß! »Wie lange sind sie schon dadrin?«

Sie wechselten einen weiteren Blick.

Ich wartete nicht darauf, bis sie entschieden hatten, wer antworten sollte, sondern wies mit dem Daumen hinter mich. »Ich habe keine Zeit. Ihr seht doch, was da draußen los ist. Lasst mich rein, damit ich mit Anthony reden kann, oder dieser Club bekommt Besuch vom Amt. Da draußen läuft es aus dem Ruder.«

Wieder wechselten sie einen Blick und meine Geduld war am Ende.

Ich schob mich zwischen ihnen hindurch, öffnete die Tür und trat ein.

Ich warf keinen Blick auf die zweite Person im Büro, sondern drehte mich um und verriegelte die Tür. Nicht, dass die beiden Typen draußen versuchen würden, mich gewaltsam zu entfernen. Sie kannten mich und dieses Affentheater veranstalteten sie mehr für sich selbst als für mich. Anthony sollte nicht zu sauer darüber sein, wie leicht es gewesen war, an ihnen vorbeizukommen.

Ich schaute mich um und sah, dass Anthony eine Augenbraue gehoben hatte. Er saß hinter seinem Schreibtisch. »Ich wette, sie haben dich einfach an sich vorbeilaufen lassen.«

Na prima, die Show war also umsonst gewesen. Ich zuckte mit den Schultern. »Liegt an meinem Auftreten.« Ich war darauf vorbereitet gewesen, Trace in Anthonys Büro anzutreffen, und hatte dem Drang widerstanden, ihn anzuschauen, aber es war nicht Trace. Es war der andere. Ashton Walden. Und er musterte mich auf unheimliche Weise.

Ich warf ihm einen finsteren Blick zu. »Was ist los?«

Ashtons Augen verengten sich. Er deutete auf mich. »Du hast da was im Gesicht.«

Zuerst glaubte ich, es wäre ein Insekt oder Glitter, aber dann begriff ich, dass er meinen Bluterguss meinte. »Das ist nichts.«

Er schaute mich kühl an. »Aha.«

Dann wandte er sich wieder an Anthony, der unseren verbalen Schlagabtausch mit gehobenen Augenbrauen beobachtet und sich so weit wie möglich auf seinem Stuhl zurücklehnt hatte.

»Du tust, was du für richtig hältst«, sagte Ashton zu ihm.

Dann ging er an mir vorbei zur Tür.

Als ich nicht hörte, dass sie geöffnet wurde, drehte ich mich um.

Ashton starrte mich mit kaltem Blick und zusammengekniffenen Lippen an. »Das wird er mit eigenen Augen sehen wollen.«

Die Tür wurde aufgeschlossen, geöffnet und er verschwand.

Ich schloss für einen kurzen Moment die Augen und behielt das Schimpfwort für mich.

»Okay.« Anthonys Schreibtischstuhl quietschte, als er aufstand und kapitulierend die Hände hochhielt. »Ich will es nicht wissen. Ich will nicht wissen, was auch immer da zwischen euch beiden ist oder warum du ein blaues Auge hast. Du bist taff und Furcht einflößend und es ist nicht meine Aufgabe, mir um dich Sorgen zu machen. Kurzum: Warum bist du hier?«

»Ich will dir Furcht einflößen.« Dann deutete ich nach draußen. »Du weißt, wie voll es da draußen ist? Deine Türsteher halten sich nicht an die Kapazitätsgrenze.«

»Für heute Abend haben wir eine Ausnahmegenehmigung. Der DJ ist eine Berühmtheit.«

»Deine Ausnahmegenehmigung ist Blödsinn. Reduziere die Gästezahl, sonst hat das Konsequenzen.« Ich griff nach der Türklinke.

»Welche? Willst du uns anzeigen?«

Ich ließ die Türklinke wieder los und verschränkte die Arme vor der Brust. Dann warf ich ihm einen kühlen Blick zu. »Willst du mich verarschen? Es sollte mich nicht wundern, wenn nicht schon ein paar Leute niedergetrampelt oder fast niedergetrampelt worden sind. Ich musste bereits Mädchen über die Theke ziehen. Da draußen sind viel zu viele Leute. Wenn die Brandschutzbeauftragten auftauchen und mitbekommen, dass ich sie *nicht* gerufen habe, dann wird das garantiert Auswirkungen auf meinen anderen Job haben. Also unternimm was. Ich spiele da nicht mit.«

Dann riss ich die Tür auf.

Die beiden Rausschmeißer stoben auseinander und ich marschierte zurück. Keiner stellte sich mir in den Weg, deshalb nahm ich an, mir stand die Wut ins Gesicht geschrieben.

Zunächst geschah nichts, doch dann gingen die Türsteher durch die Menge und zogen Leute heraus. Die Menschenmenge dünnte so weit aus, dass ich mir keine Gedanken mehr um die Brandschutzauflagen machen musste.

Ich arbeitete weiter und sah sogar Kelly ein paarmal.

Irgendwann kam Justin zu mir herüber. »Ich habe keine Ahnung, was du gemacht hast, aber mir ist das Timing aufgefallen. Danke.«

Ich schnaufte und reckte das Kinn.

Er hielt beide Daumen nach oben und grinste mich an wie ein Honigkuchenpferd.

Fast vermisste ich unsere normale, eher maskuline Art des Umgangs miteinander, aber es war jetzt leichter zu arbeiten. Deshalb entspannte ich mich genug, um auch ihm ein halbes Grinsen zu schenken.

Nicht lange danach tauchte Anthony auf, der immer noch eine Augenbraue gehoben hatte. »Zufrieden?«

Mir verging das halbe Grinsen. »Ja.«

Er verdrehte die Augen, setzte aber seine Runde durch den Club fort.

Ich schaute ihm nach. Er überprüfte alles und Justin warf mir einen Blick zu, als er auch an seinem Thekenbereich vorbeikam. Wahrscheinlich hatte er Anthony noch nie auf einer Inspektionstour durch den Club gesehen. Meine Warnung, dass Gäste niedergetrampelt werden konnten, musste ihn aufgerüttelt haben.

Wie auch immer, der DJ war gut und die Gäste wurden nicht zerquetscht. Für den Rest des Abends war ich zufrieden. Eine Stunde später hatte ich kaum noch Wodka. Die Leute, die eigentlich dafür sorgten, dass uns Barkeepern die Getränke nicht ausgingen, kamen offensichtlich nicht nach. Ich griff nach einer Flasche und hielt sie hoch, um Justin auf mich aufmerksam zu machen. Er schaute zu mir herüber und ich schüttelte die Flasche, um zu zeigen, dass sie leer war.

Er nickte mir zu und hielt dieses Mal *einen* Daumen hoch.

So machte ich mich auf den Weg nach hinten, wo wir den Vorrat lagerten. Da ich selten dort zu tun hatte, irrte ich ein wenig herum. Die Geräusche des Clubs wurden leiser. Als ich den Raum gefunden hatte, ging ich hinein.

Es war dunkel.

Ich tastete nach dem Lichtschalter und drückte darauf. In dem Moment wurde die Tür erneut geöffnet.

Trace schob sich herein.

»Wa…?«

Er verriegelte die Tür. Dann lagen seine Hände auf mir und er zischte: »Still.« Doch als ich mich darauf gefasst machte, dass er mich küssen würde, wurden seine Hände zärtlicher und strichen mir übers Gesicht. Er beugte sich über mich und schob mich unter die Lampe, um mein Gesicht besser betrachten zu können. Kein Wort kam ihm über die Lippen, aber seine Berührung war sanft und wohltuend. Er fuhr den Rand des Blutergusses nach, bevor er meinen Kopf behutsam von einer Seite zur anderen drehte.

Er suchte nach weiteren Blutergüssen und beschränkte sich nicht nur auf mein Gesicht, sondern drehte mich vorsichtig um, hob meine Haare hoch und inspizierte den Nacken. »Mir geht's gut.«

Nachdem er mich einmal um die eigene Achse gedreht hatte, konzentrierte er sich wieder auf den Bluterguss im Gesicht. »Wer war das?«

Ich wurde rot und schüttelte den Kopf. Dann wich ich zurück, aber er zog mich an den Hüften wieder zu sich heran. Er lehnte sich mit dem Rücken an der Tür, spreizte die Beine und zog mich dazwischen.

Ich sollte den Raum verlassen oder zumindest zurückweichen.

Doch verdammt, ich spürte, wie mir immer heißer wurde und mein Inneres bebte. Seine Nähe machte mich verrückt.

»Wer hat dich angefasst?«

Mir entfuhr ein gereizter Laut. »Das war die Schwester einer meiner Schützlinge. Was hast du vor? Willst du ihr drohen?«

»Wer war das?« Seine Augen funkelten und seine Finger gruben sich fester in meine Hüften, doch seine Daumen fanden den Weg unter mein T-Shirt und streichelten mich. »Ich kann das herausfinden.«

Ich schwieg.

Herrgott. Ich wusste, dass sie Leute auf ihren Gehaltslisten hatten, wusste von der Fahrt in den Norden, aber es so leicht dahergesagt direkt von ihm zu hören, jagte mir eine Gänsehaut über den Rücken.

»Schützt du meinen Bruder?«

Er sagte kein Wort.

Mein Kopf wich nur wenige Zentimeter zurück und ich musterte ihn. Sein Gesichtsausdruck war beherrscht, aber nicht überrascht. Ich wusste sofort Bescheid.

»Warum beschützt du meinen Bruder?«

Er seufzte so leise, dass ich es fast nicht hörte. »Weil du ihn liebst. Können wir es nicht dabei belassen?«

Mein Herz schlug Purzelbäume, aber verdammt! Hatte er das wirklich gerade gesagt?

Ich war wütend auf ihn, vergaß allerdings nach und nach, warum. Doch dann fiel es mir wieder ein. Er hatte mich zu einer Kriminellen gemacht.

Ich machte einen entschiedenen Schritt zurück.

Als er versuchte, mich festzuhalten, wich ich ihm noch energischer aus. »Danke.«

Ich entdeckte den Wodka, dessentwegen ich eigentlich gekommen war.

»Wofür?«

Ich nahm mir zwei Flaschen und ging um ihn herum. »Dafür, dass du mich daran erinnert hast, warum du mich nicht anfassen sollst.«

Als ich nach der Türklinke griff, ging er zur Seite. »Jess.«

Ich schloss die Tür auf, öffnete sie, warf ihm aber einen eindringlichen Blick zu. Zumindest hoffte ich das, denn in meinem Inneren herrschte ein heilloses Durcheinander. Daran war er schuld. Jedes Mal. Richtig und falsch, gut und böse. Er machte mich fertig.

»Du bist verletzt worden.«

»Das ist nicht das erste Mal.«

Er runzelte die Stirn. »Was heißt das?«

»Nur …« Ich hob eine Hand und fluchte innerlich, als mir die Stimme versagte. Was ich eigentlich sagen wollte, kam mir nicht mehr über die Lippen.

Ich war nicht bei der Sache, weil er hier war und sich Sorgen machte und …

Ich ging und spürte, wie mir das Herz auf eine Weise brach, wie ich es nie für möglich gehalten hätte.

Auf dem Flur begegnete ich Leuten, aber ich ignorierte sie und ging direkt zurück zu meinem Thekenbereich. Und zum ersten Mal dachte ich ernsthaft darüber nach, ob heute hier für mich nicht der letzte Abend sein würde.

Justin kam zwanzig Minuten später in einer kurzen Pause zu mir herüber. »Bist du okay? Du siehst gestresst aus.«

»Ja. Mir geht's gut.« Seitdem ich Trace getroffen hatte, lief ich auf Autopilot. Ich gab mir Mühe, Justin anzulächeln, aber ich tat nur so. Ich wusste, dass mein Lächeln sich nicht in meinen Augen widerspiegelte. Justin durchschaute mich und drückte leicht meine Schulter, bevor er zu seinem Thekenbereich zurückging. »Halte durch, ja?«

Ich hatte keine andere Wahl, aber Anthony wollte mir unbedingt noch vor Schließung des Clubs sagen, dass *er* nicht mehr da sei, und da wurde mir bewusst, dass ich schon den ganzen Abend gewusst hatte, dass etwas in der Luft lag.

Und mir wurde klar, dass ich enttäuscht war.

# Kapitel 31
## Jess

Ich hatte in jeder Hand einen Kaffee, als ich am nächsten Morgen das Haus meiner Mutter betrat und frisch gebrühten Kaffee roch. Fast ließ ich die beiden Becher fallen.
»Ma?« Hatte ich das Haus verwechselt?
»Hallo, mein Schatz.«
O mein Gott! Beinahe hätte ich den Kaffee wieder fallen lassen. Meine Mutter lag auf der Couch unter einer Decke, aber sie hatte sich vor Kurzem die Haare gewaschen. Sie glänzten. Sie trug sogar normale Kleidung – einen Pullover –, und als sie aufstand, um mich zu begrüßen, sah ich, dass sie Jeans anhatte. Turnschuhe. Sie nahm mir einen der Kaffeebecher ab und küsste mich auf die Wange. »Wie süß von dir, Jess. Du bist eine gute Tochter.«
Mir blieb vor Staunen der Mund weit offen stehen, als sie in die Küche ging.
»Möchtest du frühstücken, Schatz? Leo hat vorhin Pfannkuchen gemacht.«
Über mir hörte ich Schritte. Die Treppenstufen knarrten, als Leo herunterkam und seinen Pullover anzog. Er sah aus, als

hätte er gerade geduscht, und er trug Jeans und Sneaker. »Jess!« Er breitete die Arme aus.

Zischend stieß ich die Luft aus, als er mich an seine Brust drückte. »Welches Hexenwerk hast du vollbracht? Wessen Seele an den Teufel verkauft?«

Er erstarrte kurz, bevor er mich losließ und zurückwich. »Nichts dergleichen.« Aber er warf einen Blick zur Küche und zog mich in Richtung Haustür. »Lass uns rausgehen.«

Ich wusste es.

Sobald die Tür hinter mir ins Schloss fiel, deutete ich nach drinnen. »Wer ist das? Das ist nicht meine Mutter.«

»Jess.« Er seufzte und setzte sich auf die Verandaschaukel.

»Sie hat mich ›mein Schatz‹ genannt. So hat sie mich nicht mehr genannt, seit …« O du lieber Gott! »Gehst du mit ihr ins Bett?«

»Was?!« Er sprang wieder auf und die Schaukel schlug hinter ihm gegen die Hauswand. »Nein! Warum fragst du das?«

»Weil das das letzte Mal war, als sie mich ›Schatz‹ genannt hat. Als sie flachgelegt wurde. Da war Dad noch am Leben. Was geht hier vor sich? Du bist in letzter Zeit ständig hier.«

Begleitet von einem resignierten Gesichtsausdruck wurde er sachlich. »Das bin ich nicht. Du bist zufällig die paar Mal vorbeigekommen, die ich nach deiner Mutter geschaut habe. Du weißt doch, dass meine Stammkneipe Bears Pub ist. Eine Menge unserer Freunde hängen da rum. Für mich ist es einfach, zwischen den Spielen herzukommen.«

»Ähm.« Ich befand mich in einem alternativen Universum. »Es ist acht Uhr morgens. Da gibt es kein ›zwischen den Spielen‹. Du hast heute Morgen Pfannkuchen gemacht. Wann? Ich bin früh hier.«

»Du bist lange nicht vorbeigekommen«, sagte er mit sanfter Stimme. »Deine Mutter hat mich eines Abends völlig unerwartet angerufen. Ich war überrascht, aber sie wollte plötzlich wieder

›gesund werden‹. Ich habe keine Ahnung, was die Veranlassung dazu war. Habe auch nicht gefragt. Ich frage nie. Nicht in dieser Familie. Ich unterstütze und helfe. Das ist meine Aufgabe und das, was dein Vater gewollt hätte, deshalb mache ich es. Viermal die Woche komme ich morgens vorbei und wir walken um sechs Uhr.«

»Um sechs?«

Er nickte.

»Hier in der unmittelbaren Umgebung?« Wir waren nicht gerade in SoHo.

Wieder ein Nicken.

»Die Gangs hier verfluchen mich gern. Das ist unsere Nachbarschaft.«

Ein drittes Nicken und ein Seufzer. »Das ist mir klar. Ich werde genauso verflucht. Warum glaubst du wohl, begleite ich sie? Sie sagte, sie werde mit mir oder ohne mich gehen. Also bin ich dabei und achte darauf, dass meine Waffe zu sehen ist.«

Auweia. Meine Mutter war in einer Walking-Phase.

»Ich muss mich setzen.« Langsam bekam ich Kopfschmerzen. »Von ihren Stimmungsschwankungen bekomme ich posttraumatische Belastungsstörungen. Bei einem Besuch hasst sie mich, jetzt bin ich ›mein Schatz‹ und ›Liebes‹ und sie walkt. Sie macht einen nüchternen Eindruck.«

»Sie *ist* nüchtern, zumindest seit diesem neuen Gesundheitskick.«

Ich warf ihm einen Blick zu. »Jeden Tag?«

»An jedem Tag, den ich sie sehe. Und wir walken viermal die Woche. Du weißt ja, dass ich auch oft an den Wochenenden hier bin. Da war sie auch nüchtern, ich schwöre es.«

»Ich kann nicht. Ich kann das einfach nicht.« Ich stand auf, musste gehen.

Ich hatte schlimme Déjà-vus von anderen Zeiten, in denen sie auf einem Gesundheitstrip gewesen war. Es würde immer so weitergehen. Ich würde denken, ihr ginge es gut und sie sei glücklich, und dann würde ich von Textnachrichten aufwachen, die lauteten, ich sei die Tochter des Satans. Wie könne ich nur existieren? Ich sei der Grund für den Tod meines Vaters. Ich würde statt Isaac ins Gefängnis gehören.

»Ich mache da nicht mehr mit.«

Mit diesem Schleudertrauma kam ich nicht zurecht. Die posttraumatische Belastungsstörung war echt.

»Nein. Was? Bleib doch.«

»Nein. Ich weiß, wie das endet, und ich lasse mich nicht verarschen. Nicht von meiner eigenen Mutter. Nicht noch mal.«

Ich ging auf die Verandatreppe zu.

»Jess! Komm schon. Bleib zum Frühstück. Bleib ... einfach. Bitte.«

Ich ging die Treppe hinunter. »Nein. Viel Glück. Obwohl sie ja nicht dich beleidigt, wenn sie wieder trinkt. Es tut mir leid, dass sie stets dich anruft, aber du kommst immer wieder her, und das verstehe ich nicht. Mein eigener Vater wäre mit ihr nicht so geduldig gewesen wie du, aber toll. Viel Spaß mit dieser neuen Chelsea Montell. Genieß es, solange diese Phase anhält, denn sie wird irgendwann vorbei sein. Und wenn dieser Zeitpunkt kommt, ist sie ein Miststück.«

»Du hast mir nie erzählt, wie es mit deiner Tante gelaufen ist.«

Ich war bereits bei meinem Auto und streckte die Hand nach dem Türgriff aus, hielt jedoch inne. Ich schaute über das Autodach zu Leo. »Vergiss die Tante. Viel Glück mit ihr. Du wirst es gebrauchen können.«

Ich stieg ein und fuhr los.

Vor meiner Schicht hatte ich noch einen ganzen Tag für mich. Das bedeutete freie Zeit, um nachzudenken. Oder schlimmer noch: Gefühle zuzulassen. Ich ging die Liste meiner Möglichkeiten durch.

Bar. Irgendwo gab es immer ein Spiel. Das bedeutete trinken.

Ich belog mich selbst.

Das Atelier? Nein. Das bedeutete auch Gefühle und die wollte ich nicht zulassen.

Fitnessstudio? Das wäre eine Idee. Mein Entschluss stand fest. Ich stand an einer roten Ampel, als mein Handy klingelte. Kelly rief an.

»Was gibt's?«

»Wo bist du?«

Ich kannte diese Stimmlage bei Kelly. Irgendetwas war geschehen oder sie hatte eine Idee im Kopf und war auf einer Mission. In der Vergangenheit hatte ich gelernt, immer bei Kelly zu sein oder es zu versuchen, wenn sie so klang. Normalerweise kam ein Riesenspaß dabei heraus. Manchmal hatte ich ein schlechtes Gewissen, weil Kelly wie meine eigene Reality-Show war, die sich vor meinen Augen abspielte, aber dann verdrängte ich dieses Gefühl und genoss, was auch immer mir geboten wurde.

»Ich fahre gerade von meiner Mutter weg. Was ist los?«

»Justins Cousine hat gerade angerufen und ihn zu einer ganztägigen Party in dieser Villa eingeladen. Bist du dabei?«

»Wir arbeiten heute Abend.«

»Wir werden pünktlich zurück sein. Ich verspreche es. Justin hat angeboten zu fahren. Bitte, bitte, bitte. Wir haben ewig nicht zusammen abgehangen. Ich weiß, ich weiß … Das ist teilweise meine Schuld, weil ich so oft bei Justin bin. Aber Jess, wie wird es werden, wenn ich ausziehe? Das heute könnte quasi unsere Abschiedsvorstellung sein.«

Das stimmte. Außerdem hatte man mit Kelly immer Spaß und heute war ein perfekter Tag dafür.

»Wo findet diese Party statt und wer veranstaltet sie?«

»Der Chef von Justins Cousine. Ich kenne sie nicht, aber Justin sagte, sie arbeite für irgendein hohes Tier auf Führungsebene und es werden wahrscheinlich einige bekannte Sportler dort sein.« Sie senkte die Stimme. »Ich bin ehrlich. Ich möchte wirklich mal ein bisschen raus aus der Stadt. Es ist noch früh. Wir schaffen es rechtzeitig, um dort einen schönen Nachmittag zu verbringen, und diese Villa soll unglaublich sein. Wer würde da nicht hinwollen?«

Ich. Aber ... Kelly.

»In Ordnung.«

Sie kreischte: »O mein Gott! Das wird grandios werden! Wir holen dich in einer halben Stunde ab.«

»Warte ...«

Sie hatte aufgelegt.

Ich würde es in der vorgegebenen Zeit nur gerade bis nach Hause schaffen, aber egal. Ich drückte aufs Gaspedal und zeigte den Jugendlichen, die am Ende des Blocks meiner Mutter mit Marihuana dealten, den Mittelfinger, als ich vorbeifuhr.

# Kapitel 32

## Jess

Die Party fand auf einem Landsitz statt, nicht in einer Villa. Wir fuhren auf das Anwesen und vorbei an Ferraris, Rolls-Royces und etlichen BMWs. Ein Helikopter stand im hinteren Bereich ... neben einem anderen Helikopter. Ich beugte mich vom Rücksitz vor. »Wer sind diese Leute?«

Kelly kicherte auf dem Beifahrersitz.

Justin, der fuhr, begegnete meinem Blick im Rückspiegel. »Ich hätte erklären sollen, dass die Hälfte meiner Familie Polizisten sind oder in einer ähnlichen Position wie du. Und die andere Hälfte sind Unternehmer. Eine Seite dieser Familie ist im Ölgeschäft tätig.«

»Und du?«

»Ich bin das schwarze Schaf. Ich habe einen Abschluss in Wirtschaftswissenschaften, bin während der Woche Unternehmer und abends Barkeeper.«

Ich knurrte, lehnte mich zurück und ließ die Szenerie auf mich wirken. Eines war sicher: Das war nicht meine Welt. »Und lass mich raten. Vom Gehalt als Barkeeper bestreitest du deinen Lebensunterhalt.«

»Im Augenblick.« Er schaute auf und unsere Blicke begegneten sich wieder im Rückspiegel. »Ich habe einiges in Planung, aber es eilt nicht.« Verliebt schaute er Kelly an. »Im Augenblick genieße ich mein Leben.«

Von Kelly war wieder ein Kichern zu hören und das kannte ich nur zu gut. Es war eine Mischung aus Seufz-ich-habe-meinen-Traumprinzen-gefunden und Ich-bin-ein-völlig-hoffungsloser-Fall-auch-wenn-er-sich-irgendwann-als-Blindgänger-entpuppt. Ich hatte keine Ahnung, dass Justin dermaßen gut vernetzt war, aber nachdem wir geparkt hatten, ging ich neben Kelly. »Kanntest du diesen Teil von ihm?«

Justin ging vor uns und wies uns den Weg, als eine Frau aus einer großen weißen Scheune kam, um ihn zu begrüßen.

»Er hat's mir vor Kurzem erzählt.«

»Wie kurz?«

»Gestern Abend, als er mich offiziell gefragt hat, ob ich mit ihm zusammenziehe.« Sie biss sich auf die Lippe und wartete auf meine Reaktion.

Na ja … okay. Innerlich war ich ein wenig angespannt. »Und was hast du gesagt?«

Sie holte tief Luft und schaute mich immer noch an. »Ich habe Ja gesagt. Dass wir darüber gesprochen haben, du und ich, und dass es für dich in Ordnung ist. Das ist es doch, oder? Ich meine …« Sie blickte sich mit großen wehmütigen Augen um. »Schau dir das an, Jess. Als er mich das erste Mal gefragt hat, ob ich mit ihm ausgehe, dachte ich, er sei nur ein süßer Barkeeper. Jetzt ist es, als würde ein Traum wahr werden.«

»Kelly!« Justin, der bei der Frau stand, die ich jetzt als Model erkannte, winkte. Ihr Gesicht war einen ganzen Monat lang auf dem Times Square zu sehen gewesen.

Kelly kreischte, bevor sie Justin winkte. »Wir kommen!« Sie zog mich mit sich oder versuchte es zumindest und flüsterte: »Das ist seine Cousine. Vivianna Harper. Ihrem Chef gehört dieses Anwesen, aber sie arbeitet mit dem Rest der Familie zusammen. Ich weiß nicht, was. Vielleicht im Investmentgeschäft.« Sie beeilte sich mit den Informationen, denn wir kamen in Hörweite. Ihr Mund verzog sich zu einem breiten Lächeln, sie ließ mich los und streckte der Frau die Hand entgegen.

Justin stellte uns vor.

Ich knurrte ein »Hallo« und als Justin gerade sagen wollte, womit ich meinen Lebensunterhalt verdiente, fiel ich ihm ins Wort. »Ich bin auch Barkeeperin im *Katya*.«

»Oh!« Vivianna horchte auf. »Ich wusste nicht, dass du *da* arbeitest, Justin.« Ihre Hand ruhte auf seinem Arm, aber sie wandte sich an mich. »Ich kenne die Besitzer.«

Oh – eine Vielzahl von Flüchen ging mir durch den Kopf. Und nicht nur durch den Kopf. Mein ganzer Körper war erfüllt davon.

Justins Husten hörte sich gezwungen an.

Ich krächzte: »Was du nicht sagst.«

»O ja! Und sie sind hier …« Das Stichwort für die Wiederholung meiner Flüche. Sie fuhr fort und hatte keine Ahnung. »Oder zumindest einer von ihnen. Ich weiß, es sind zwei, aber ich kenne Ashton. Von Tristian habe ich nur gehört, aber mit Ashton habe ich während der Collegezeit gemodelt. Wir haben uns irgendwie miteinander verbunden gefühlt, weil wir beide gegen den Willen unserer Familien gehandelt haben, weißt du? Für eine Weile haben wir unser eigenes Ding gemacht, aber dann sind wir für einige Jahre nach Kalifornien gegangen. Vor Kurzem haben wir uns wiedergetroffen. Welch schöne Überraschung. Justin …« Sie wandte sich an ihn. »Ich wette, er weiß nicht, dass du mein Cousin bist.«

Na, das konnte ja heiter werden.

Daraus musste ich für die Zukunft lernen. Wenn ich meinte, eine tolle Idee zu haben, musste ich einfach das Gegenteil machen. Ich hätte bei der gesundheitsverrückten

Chelsea Montell frühstücken und mich durch einen anstrengenden Morgen quälen sollen. Das wäre besser gewesen als das, was mich hier erwartete.

»Kommt schon. Justin, du wirst wahrscheinlich die meisten hier kennen ...« Als sie sah, wie Justin den Arm um Kellys Taille legte, kam sie ins Stocken. Sie blinzelte ein paarmal, bevor sie wieder lächelte. Dieses Mal weicher, sanfter. »Wer ist das?«

Justin hatte uns bereits einander vorgestellt und deutete mit dem Kopf auf Kelly. »Das ist meine Freundin.«

Ein völlig neuer, verwunderter Ausdruck erschien auf Viviannas Gesicht. Wieder blinzelte sie ein paarmal und ihr Blick huschte zu Kellys Hand, bevor sie Justin anschaute. »Eine ernste Sache?«

Justin verstärkte den Druck um Kellys Taille. »Genau. Wir werden zusammenziehen.«

»Oh.« Wieder Geblinzel und dann schluckte sie, wobei sie den Hals reckte. »Also ist das hier kein willkürlicher oder zufälliger Besuch, oder?«

»Ist es nicht. Nein.«

Kelly warf mir einen Blick zu und biss sich auf die Lippe.

Viv konnte ihre Verachtung nicht verbergen, als sie zuerst Kelly und dann Justin anschaute. »Du bist den ganzen Weg hierhergefahren, um uns *das da* zu präsentieren?« Ihr Tonfall war scharf und mit der Hand gestikulierte sie in Kellys Richtung, als sie »das da« sagte.

Schluss mit Nettigkeiten.

Justin nahm die Hand von Kellys Taille und trat einen Schritt vor, während Kelly einen Schritt zurückwich, mir einen flüchtigen Blick zuwarf und den Kopf senkte.

Oh verdammt! Ich hoffte, ich verstand meine beste Freundin richtig, und ging davon aus, dass sie von diesem plötzlich bizarr gewordenen Dialog eine Verschnaufpause brauchte. Ich räusperte mich. »Also, ähm, Viv. Wo, sagtest du, ist unser Chef? Vielleicht können wir für den Rest des Abends freibekommen.«

Sie schien verwirrt zu sein, denn es entstand eine Pause, bevor sie antwortete: »Warte. Heute Abend?«

Ich nickte.

Sie schaute nach Bestätigung suchend zu Justin und Kelly, und Justin erklärte: »Wir müssen eigentlich alle heute Abend im Club arbeiten.«

Sie verlagerte ihr Gewicht auf ihre Absätze. Ihre sehr hohen Absätze. Warum trug sie überhaupt High Heels? Ach ja, sie war Model. Du liebe Zeit! Darauf war ich wirklich nicht eifersüchtig. Es war nämlich nicht so, dass mir längere Beine in meinem Leben je geholfen hätten.

»Viv …«, setzte Justin an.

»Hey! Vivianne«, grätschte ich dazwischen.

Sie starrte Justin an, sog jedoch scharf die Luft ein, bevor ihr Kopf in meine Richtung schnellte. Ihre Augen funkelten verärgert. »Ich heiße Vivianna.«

»Richtig.« Ich lachte. »Du solltest vielleicht wissen, was ich tagsüber mache. Ich bin Bewährungshelferin und hoffe, dass ich hier keinen meiner Schützlinge treffen werde. Falls doch, dürfen sie keinen Alkohol trinken oder mit Drogen erwischt werden. Ich weiß, dass einigen das Trinken von Alkohol erlaubt ist, aber das kommt ziemlich selten vor. Wenn ich also welche erwische, muss ich sie melden.«

Jetzt blinzelte sie noch schneller. »Verzeihung? Was hast du gesagt?«

In ungezwungenem Tonfall sprach ich weiter. »Normalerweise mache ich an meinem freien Tag in Situationen wie dieser keinen großen Aufstand, aber da du so gehässig zu meiner besten Freundin bist, mache ich eine Ausnahme. Wenn du dich nicht am Riemen reißt, werde ich hier die Polizistin raushängen lassen, denn du gehst mir gewaltig auf die Nüsse.«

»O Gott, Jess!«, flüsterte Justin und ließ den Kopf hängen. Vivs Blick war auf meinen geheftet. Sie starrte mich an. Ich war mir ziemlich sicher, dass sie uns rausschmeißen würde, oder zumindest hoffte ich das. »Du bist Bewährungshelferin.«

»Genau. Entschuldige mein Benehmen. Wenn ich nicht gerade so stinksauer wäre, hättest du von mir wahrscheinlich zwei Daumen nach oben bekommen. Aber als du angefangen hast, meine beste Freundin als ›das da‹ zu bezeichnen, da hatte ich plötzlich Lust, dir die Zähne zu zeigen, die immer noch sehr scharf sind.«

»Du bist hier nicht in deinem Zuständigkeitsbereich.«

»So funktioniert das nicht bei Bewährungshelfern. Da gibt es Unterschiede, aber der Hauptunterschied ist, dass ich dir keinen Strafzettel ausstellen darf. Du kannst also direkt vor mir die Geschwindigkeit überschreiten.« Ich lächelte, während ich sprach, und hörte mich immer noch ungezwungen an. So, als hätte ich gerade mit ihr übers Wetter gesprochen.

»Zu schade, dass Justin dich nicht zu seiner anderen Hälfte der Familie mitgenommen hat. Zu denen würdest du gut passen.«

»Nun, das hätte den Zweck des Tagesausflugs zunichtegemacht, weißt du?«

Sie starrte mich böse an, bevor ihr Blick zu Kelly und dann zu Justin wanderte. »Ich stelle fest, du hast dich tatsächlich nicht sehr verändert, Justin. Mischst dich immer noch unters gemeine Volk.« Sie machte auf dem Absatz kehrt, schaute aber über die Schulter und sagte: »Ihr kommt sicher allein zurecht. Danke.«

Justin stand immer noch der Mund offen, aber ein unterdrücktes Lachen bahnte sich den Weg aus seiner Kehle. Er verschränkte hinter dem Kopf die Finger miteinander. »Ich kann nicht glauben, dass das gerade passiert ist.« Mit großen Augen schaute er mich an. »Das alles. Sie ist jetzt nur gegangen, weil sie sicherstellen will, dass keine Drogen offen herumliegen. Meine Cousine kann mit einem Zickenkrieg umgehen, das ist kein

Problem für sie, aber die kleine Drohung war eine gute Idee.«
Justin lachte und griff nach Kelly. Er zog sie an sich und vergrub seinen Kopf zwischen ihrem Hals und ihrer Schulter. »Bitte verlass mich nicht, weil ein Teil meiner Familie reiche Arschlöcher sind. Ich versuche, keinen Umgang mit ihnen zu pflegen.«

Kelly legte die Arme um seinen Nacken und lachte jetzt ebenfalls.

Justin hob den Kopf, ließ seine Hände auf ihre Hüfte wandern und hielt sie immer noch an sich gedrückt. »Ich möchte euch aber darauf aufmerksam machen, dass der Rest meiner Familie genauso schlimm ist. Ich wollte sie eigentlich mit dir, Kelly, überraschen, aber wie ich Viv kenne, hängt die bereits am Telefon und ruft sämtliche Familienmitglieder an, die noch nicht hier sind, damit sie so schnell wie möglich kommen.«

Kellys Lachen verstummte. »Wirklich?«

Er nickte und sah jetzt nicht mehr ganz so fröhlich aus. »Macht nichts. Die Einzige, der ich dich wirklich vorstellen möchte, ist meine Tante. Sie ist alles, was diese Seite meiner Familie nicht ist. Nämlich nett. Und sie ist der hauptsächliche Grund, warum ich bin, wie ich bin. Ich habe die meiste Zeit meines Lebens bei ihr gewohnt.«

»Wirklich?«, flüsterte Kelly.

»Nur sie ist mir wichtig. Ich schwöre es. Ich mache den ganzen Familienmist nicht mit und muss niemandem in den Arsch kriechen, weil ich nicht auf ihr Geld angewiesen bin. Das macht sie alle wahnsinnig.«

Kelly geriet wieder in Verzückung. »Dann kann ich es gar nicht erwarten, deine Tante kennenzulernen.«

Justins Miene wurde ernst und er senkte den Kopf. Da kapierte ich, was gleich geschehen würde. Ich drehte mich um, hustete und gestikulierte in Richtung der Scheune. »Äh, ich gehe dann mal dorthin.«

Sie küssten sich immer noch, als ich an der Scheune ankam.

# Kapitel 33

Jess

Überall waren reiche Leute.

Ich erkannte es am gekünstelten Lachen, den übertriebenen Begrüßungen und dem häufigen Gebrauch von Ausdrücken wie »meine Liebe/mein Lieber«, »entzückend« und »ach, du ahnst es nicht«. Unnatürlich, gezwungen und hochnäsig. So sprach man in diesen Kreisen und ich war von solchen Leuten umzingelt.

Deshalb hielt ich mich an das Büfett und die Bar.

Ich war gerade bei meinem zweiten Martini angelangt – ich weiß, dass ich heute vorgab, zu den Reichen zu gehören, aber die Martinis waren *wirklich* gut –, als ich plötzlich neben mir hörte: »Officer Montell. Ich bin über dein Eintreffen informiert worden, wollte es aber nicht glauben. Dasselbe Vögelchen hat mir ins Ohr gezwitschert, dass du mit zwei weiteren meiner Angestellten hier bist.«

Oooh Mist!

Ashton Walden stand am Ende des Tresens, hatte den Kopf auf die Seite gelegt und die Augen zusammengekniffen.

Ich versuchte herauszubekommen, was er dachte oder fühlte, aber das war unmöglich. Vielleicht war er nur neugierig.

Es schien ihn nicht zu beunruhigen, dass ich hier war, und ich wollte auch nicht glauben, dass es ihn amüsierte.

»Bitte sag mir, dass deine andere Hälfte nicht hier ist.«

Das amüsierte ihn jetzt aber doch. Ich sah es, weil er versuchte, sich ein Grinsen zu verkneifen. »Bei diesem Tempo scheint er mehr *deine* andere Hälfte zu sein.«

»Du weißt, was ich meine.«

»Das tue ich. Ja.« Er schaute hinter uns und ich sah, wie Vivianna uns mit großem Interesse beobachtete. Dann kam er näher, umfasste meinen Ellbogen mit leichtem Griff und sagte zum Barkeeper: »Einen Bourbon, bitte.« Er warf einen Blick auf meinen Drink. »Ist das dein erster Martini?«

Ich trank den Rest aus und stellte das leere Glas auf den Tresen. »Hoffentlich bald mein dritter.«

Der Barkeeper beäugte uns, während er unsere Drinks eingoss.

Ashton wich einen Schritt zurück, ließ dabei meinen Ellbogen los und drehte sich zu mir. »Du wirkst auf mich nicht so, wie Trace von dir spricht.«

»Wie spricht er denn von mir?«

»Er hat nie erwähnt, dass du witzig bist.«

»Das nehme ich ihm übel. Ich habe trockenen Humor. Das ist wie bei Wein. Man muss ihn schätzen.«

Ashton verbarg wieder ein Grinsen, bevor er vom Barkeeper seinen Bourbon entgegennahm. »Ich lerne und finde dich seltsamerweise amüsant.«

»Das ist dieser Weinhumor. Du musst Klasse haben.«

Er verschluckte sich an einem weiteren Kichern, während er einen Zwanzigdollarschein aus der Tasche fischte und in die Trinkgelddose steckte. »Ich bin mir sicher, dass ich die habe.« Er hob den Kopf, drehte sich um und stand jetzt mit dem Rücken zum Tresen neben mir. »Was hast du vorhin zu Viv gesagt?«

Der Barkeeper schob mir den Martini zu. Ich hob das Glas und lächelte ihn an. »Das Trinkgeld war von mir.«

»Danke, Miss.«

Ashton drehte sich wieder um, schaute mich schief an und steckte einen weiteren Zwanziger in die Dose. »Den lasse ich mir später von Trace wiedergeben.«

»Da bin ich mir sicher.«

Ich lächelte und trank, sah nach außen lässig und cool aus, aber innerlich flippte ich aus. Was zum Teufel machte ich hier? Das war mir eine Lehre. Häng nicht mit neuen Leuten rum. Hör auf zu denken, ein Abenteuer wäre eine feine Sache. Bleib bei dem, was du kennst, dann wird dir das Leben vielleicht nicht auf einem umgedrehten Spieß gereicht. Ich hoffte immer noch, dass Letzteres nicht eintrat, aber bei meinem Glück bezweifelte ich das.

Ashton deutete mit dem Kopf nach vorn. »Komm mit. Erzähl mir von deinem Dialog mit Viv. Der sah äußerst unterhaltsam aus.«

Das war ein weiteres, von Reichen häufig gebrauchtes Wort. Äußerst. Das mochten sie.

Wir gingen zur Seite, durch die Scheune in den hinteren Bereich. Ich schaute ihn kurz an. »Du hast uns beobachtet?«

»Ich habe mich vor der Scheune auf der seitlichen Terrasse des Hauses mit jemandem unterhalten, als ihr ankamt. Das Vögelchen, das mir etwas ins Ohr gezwitschert hat, war ich selbst.«

»Hast du auch zu schätzenden Humor?«

Er lachte und trat als Erster auf die hintere Terrasse. Jenseits davon begannen unzählige Wege mit Kopfsteinpflaster. Eine große Fontäne befand sich in der Mitte. Dahinter erkannte ich eine Pferdeweide, die mit weißen Pfählen umzäunt war. Flüchtig erhaschte ich an der Seite einen Blick auf einen Tennisplatz.

Warum gab es hier keinen Swimmingpool? Vielleicht auf der anderen Seite des Anwesens.

Ich war sarkastisch.

»Ich warte, Officer Montell.«

Richtig. Er wollte Infos. »Es war nichts Besonderes. Sie hat meine Freundin beleidigt und das hat mir nicht gefallen. Ich habe sie über meinen Beruf in Kenntnis gesetzt und davon, dass ich ein Faible dafür habe, Anzeige zu erstatten, wenn ich irgendwo Drogen sehe. Das war wirklich alles.«

Ashton blieb stehen und legte den Kopf in den Nacken, warf mir einen weiteren prüfenden Blick zu. Wir waren in der Mitte von einem dieser Kopfsteinpflasterwege und gingen um die Fontäne herum. Ich hoffte, dass wir weitergingen und ich sehen konnte, welche Art von Pool diese Leute hatten. Wahrscheinlich einen gigantischen.

»Viv hat Kelly beleidigt?«

Ich runzelte die Stirn. Witze zu machen, war nicht mehr so verlockend. »Du kennst den Namen meiner Freundin?«

Er warf mir einen Blick zu. »Natürlich. Trace ist mein bester Freund. Ich war derjenige, der den Privatdetektiv für dich angeheuert hat.«

Mir fuhr es in den Magen. »Das bedeutet …«

»Das bedeutet, dass ich die Berichte ebenfalls bekommen habe. Mir ist durchaus bewusst, dass deine Mitbewohnerin und gleichzeitig beste Freundin, die wahrscheinlich bald nicht mehr deine Mitbewohnerin sein wird, auch meine Angestellte ist. Und ich kenne ihren Namen.« Er legte den Kopf zur Seite. »Ich kenne Justins familiäre Beziehungen. Wegen der Tätigkeiten eines Teils seiner Familie habe ich ihm den Platz neben dir zugewiesen. Dachte mir, dass ihr euch deswegen gut verstehen würdet.«

Aha. Das gefiel mir gar nicht. »Ich wusste nicht, dass du im *Katya* so viel mit den Angestellten zu tun hast.«

»Trace kümmert sich ums Geld, ich um unsere Geschäfte.«

»Und eure Familien?« Ich hatte *tatsächlich* gefragt, aber ich musste es einfach wissen. »Ihr seid doch beide Vasallen eurer Familien, oder? Läuft das so? Geht ihr tagsüber einer geregelten Arbeit nach und fungiert nachts als Handlanger eurer Familien? Wart ihr deshalb im Haus meiner Tante und …«

»Vorsicht! Ich bin nicht wie Trace. Außerdem gehe ich nicht davon aus, dass du verkabelt bist, oder?«

»Ich frage nach euren Familien.«

»Unsere Familien gehen dich nichts an.« Sein ernster werdender Tonfall passte zu meinem.

Ich reagierte gereizt. »Weiß Viv, welchen Geschäften eure Familien nachgehen?«

»Wenn du glaubst, dass Vivs Familie nicht auch Beziehungen hat, dann bist du nicht die pfiffige Polizistin, für die ich dich gehalten habe und von der ich annehme, dass sie meinen besten Freund vögelt.«

Ich wollte mich auf ihn stürzen, fing mich aber noch.

Er wich mit funkelnden Augen zurück und hob eine Hand, aber sein Kopf bewegte sich in eine andere Richtung. »Habe ich einen Nerv getroffen? Vielleicht habt ihr ja auch noch nicht gevögelt.«

»Ich glaube, das geht dich nichts an.«

»Trace ist nicht nur mein bester Freund, sondern auch wie mein Bruder. Er ist mehr Familie für mich als meine eigentliche Familie, und deshalb geht mich eine gewisse Bewährungshelferin, die ihn an der Nase herumführt und mit seinen Gefühlen spielt, sehr wohl etwas an. Darauf kannst du dich verlassen.« Ein kühler Blick traf mich. »So amüsant diese Unterhaltung auch war, ich muss dir einschärfen, meinen besten Freund nicht zu verarschen. Ich mag es nicht, wenn er leidet.«

Heiliger Bimbam!

Ich wich einen Schritt zurück. »Willst du mich veräppeln? Er mischt sich in meine Angelegenheiten ein, in die Angelegenheiten meiner Familie. Spürt mich auf, wenn ich male, und ich habe seit Jahren nicht mehr gemalt. Aber *ich* soll *ihn* vögeln? Für wen zum Teufel hältst du dich?«

Er grinste. »Ich bin mir ziemlich sicher, dass du genau weißt, wer ich bin.«

»Du solltest vielleicht vorsichtig sein, wem du hier drohst.«
»Weil du Polizistin bist?«
»Weil du glaubst, mich zu kennen, und überhaupt keine Ahnung hast, wer ich wirklich bin.« Ich senkte die Stimme.

Das tat er ebenfalls. »Geh mir aus den Augen, solange ich noch keine Mordgedanken habe.«

Ich reagierte, ohne nachzudenken. Das war eine Drohung. Ich warf meinen Drink weg und griff nach meiner Waffe, die ich fast immer bei mir trug. Gleichzeitig schrie jemand und plötzlich war eine andere Person an meiner Seite. Eine Hand schloss sich über meiner und, Herrgott noch mal, diese Hand kannte ich.

Trace drückte zu, hielt meine Waffe fest, wo sie war, und sprach schnell. »Ich weiß nicht, was gerade in euch gefahren ist, aber es ist vorbei. Ashton, verzieh dich.«

»Tra…«

»Verzieh dich!« Er verlor keine Zeit, stellte sich so hin, dass meine Sicht auf seinen besten Freund versperrt war und sein Blick sich in meinen bohrte. »Ich lasse deine Hand los und gehe ein Stück zurück, um dir Raum zu geben. Erschieß mich aber nicht.«

Und genau das tat er, hob sogar ein wenig die Hände.
Ich atmete ein, war verblüfft, dass Trace hier war.
Meine Hand kribbelte.
Er blieb stehen, nachdem er sich zwei Schritte entfernt hatte. »Bist du okay?«

Ich schaute weg und schluckte den Kloß hinunter, der sich in meinem Hals gebildet hatte. »Er hat mich bedroht.«

»Dazu neigt er.« Er machte einen Schritt auf mich zu.

Ich schüttelte den Kopf und wich zurück.

Er blieb wieder stehen. »Okay, okay. Ich komme nicht näher, aber ich schlage vor, wir gehen raus oder irgendwohin, wo uns nicht so viele anstarren. Man kennt Ashton und mich hier und es wird Gerede geben. Ich würde gern jeden Tratsch vermeiden, weil ich sonst einen Anruf von meinem Onkel bekomme, verstehst du?«

Er hatte recht.

Verdammt recht.

Ich schwankte immer noch ein wenig angesichts dessen, was fast geschehen wäre.

Als würde Trace spüren, dass es in Ordnung war, kam er wieder auf mich zu. Leicht berührte er meinen Arm und führte mich weg. »Was ist zwischen euch beiden vorgefallen?«

»Er meinte, ich solle ihm aus den Augen gehen, solange er noch keine Mordgedanken habe. Das war eine Drohung.«

Trace fluchte leise. »Nun ja, das ist Ashton.«

»So etwas kann man nicht zu jemandem wie mir sagen.«

»Ich glaube, das hat er jetzt auch begriffen.« Er ließ meinen Arm los, klopfte mir aber auf den Handrücken. Dann wies er mit dem Kopf zum Bürgersteig, der auf der anderen Seite des Hauses verlief. »Mit wem bist du hier?«

»Mit meiner Mitbewohnerin und ihrem Freund.«

»Komm.« Er ging voran, bis wir die Seite des Hauses hinter uns gelassen hatten, und zog seine Schlüssel hervor, während er zu den Autos ging.

Ich blieb stehen. »Was? Nein.«

Auch er blieb stehen. »Jess, hör mir zu. Du solltest nicht hier sein. Auf dieser Party sind Leute, die Verbindungen zu meiner Familie haben, und wir wollen nicht, dass sie etwas über dich erfahren. Je länger du hier bist, desto eher werden sie dich auf dem Schirm haben. Ich weiß, dass du mir schon oft genug gedroht und mich angefleht hast, dich in Ruhe zu lassen, aber ich bin jetzt ganz offen. Ich kann dich *hier* nicht in Ruhe lassen. Du solltest gehen.«

»Und was ist mit Kelly und Justin?«

»Justin steht unter Schutz. Solange Kelly mit ihm zusammen ist, gilt das auch für sie. Aber nicht für dich. Und ich meine nicht deine Sicherheit, sondern die Tatsache, dass mein Onkel Fragen über dich stellen wird und dann über deine Tante und dann über ihren Mann. Verstehst du, worauf ich hinauswill?«

Ich spürte einen Druck auf der Brust, aber ja, ich wusste, was er meinte.

Ich schaute zu den geparkten Autos. »Welches ist deins?«

Er führte mich zu einem SUV und stieg auf der Fahrerseite ein. Ich nahm auf dem Beifahrersitz Platz. Als er den Motor startete, zog ich mein Handy aus der Tasche.

»Wen rufst du an?«

Genau in dem Augenblick, als er das fragte, nahm Kelly ab. Ich hob die Stimme, um ihn zu übertönen. »Hey!«

Er verzog das Gesicht, trat jedoch aufs Gaspedal und wir brausten davon.

»Wo bist du?« Kelly senkte die Stimme und flüsterte. »Okay, kann ich dir erzählen, wie total erschrocken ich gerade bin? Justin ist unglaublich, aber seine Familie ist Furcht einflößend. Wirklich. Ich habe das schon einmal mit meinem Ex-Mann durchgemacht und du weißt ja, wie das geendet ist. Er hat mich mit siebzehn Frauen betrogen. Mein Ex hatte nicht die familiären Beziehungen, die Justin hat, aber die Familie war trotzdem wohlhabend und hatte Erwartungen. Ich mag Familien nicht, die Erwartungen haben. Ich bin ab jetzt eine erwartungshassende Freundin oder wäre es gern, aber Mensch! Jess. Es ist Justin! Warum muss er so toll sein? Aber wo bist du eigentlich? Hier gibt es Martinis und die sind umsonst! Habe ich das schon erwähnt? Ich habe bereits zwei getrunken und werde betrunken sein, bevor mich Justin seiner Tante vorstellen kann. Und dann? Sie wäre sicher nicht beeindruckt. Ich werde traurig und rührselig, wenn ich Martinis trinke. Wo bist du?«

»Ähm.« Das war eine Menge zu verdauen. Ich tauschte einen Blick mit Trace, der ebenfalls telefonierte. »Ich hab ... äh ... ich habe einen Anruf bekommen und muss zurück in die Stadt.«

»Was? Was ist passiert? Musst du los? Ich hole Justin.«

»Nein, nein, nein. Ich ... äh ... ich bin schon auf dem Weg und sitze bereits im Auto.« So belog ich also die beste Freundin auf der ganzen Welt.

Ich würde in der Hölle schmoren.

»Du sitzt im Auto?«

»Jemand ist mit dem Taxi gekommen und ich konnte es für die Fahrt zurück nehmen. Das war perfekt.«

»Scheint so.«

»Wir treffen uns dann später, ja?«

»Ich glaube, Justin wird unseren Chef tatsächlich fragen, ob wir heute Abend freibekommen. Dann sehen wir uns erst morgen. Bitte versprich mir, dass du am Sonntag zum Bowlen kommst. Du hast so viel verpasst. Alle vermissen dich.«

Wieder verspürte ich diesen Druck auf der Brust, doch dieses Mal wegen der Schuldgefühle. »Ich werde da sein. Bleibst du bis dahin bei Justin?« Ich spürte, wie Trace mich beobachtete, und wusste, dass er den letzten Teil meiner Unterhaltung mitgehört hatte.

»Ich weiß nicht, wie es hiernach weitergeht, also ja. Wenn überhaupt, dann fahren wir zu ihm nach Hause. Wir müssen über vieles reden.«

»Geht's dir gut?«, fragte ich mit einfühlsamer Stimme.

Sie seufzte. »Ich glaube schon. Es ist nur so beängstigend. Wenn man sich in jemanden verliebt, ist es das ja immer.«

»Ja.« Ich warf einen Blick auf Trace und spürte einen innerlichen Schmerz. »Ob wir das wollen oder nicht.«

Wir verabschiedeten uns voneinander und legten auf.

»Alles okay mit deiner Freundin?«

Bevor ich antwortete, presste ich die Lippen aufeinander. »Sie werden Ashton fragen, ob sie heute Abend freibekommen.«

Trace prustete. »Das werden sie bestimmt. Er wird seine helle Freude daran haben, wenn sie ihn vor Viv fragen.«

»Kennst du Viv?«

»Ich weiß von Viv. Sie ist seit dem College hinter Ashton her. Er wird das Spektakel genießen. Ich wette, dein Freund Justin wird sowieso nicht mehr lange im *Katya* arbeiten, und ich glaube, er wird auch nicht wollen, dass sein Mädchen weiterhin dort jobbt, wenn er nicht mehr da ist.«

Ich verkrampfte mich. »Warum?«

»Weil er bis zum Ende des Abends herausgefunden haben wird, wenn er das nicht schon getan hat, dass Ashton ihm nur wegen seiner familiären Verbindungen den Job gegeben hat, und er außerdem gesehen hat, dass wir zusammen weggefahren sind.«

»Was?«

Er schaute mich stirnrunzelnd an. »Er weiß, wer wir sind, wer unsere Familie ist. Deshalb arbeitet er im Club. Sein Bruder hat ihn dazu angestiftet. Er beobachtet uns. Oder ich nehme an, dass es so ist. Er kann arbeiten, wird bezahlt, bekommt Trinkgelder, lernt ein nettes Mädchen kennen, und wenn er zufällig etwas hört oder sieht, gibt er es weiter. Aber es ist nicht so, dass er nach etwas sucht, was er berichten kann. Dein Freund ist dafür zu schlau und sein Bruder würde Justin auch nicht unnötigerweise in Gefahr bringen. Und sie glauben außerdem nicht wirklich, dass sie etwas erfahren werden, sonst würde sein Bruder auf keinen Fall zulassen, dass dein Freund in einem meiner Unternehmen arbeitet.«

Mir fuhr es in den Magen, aber ich war auch sauer, dass ich das alles nicht allein herausgefunden hatte.

»Er hat mir erzählt, dass sein Bruder ebenfalls Kriminalbeamter sei.«

Trace warf mir einen Blick zu. »Da warst du wohl abgelenkt.«

Trotzdem. Ich war von mir enttäuscht. Ich hätte es wissen müssen. »Er hat uns zusammen wegfahren sehen?«

»Ja, aber Ashton ist der Einzige, der etwas weiß, und er wird kein Wort sagen.«

»Kelly weiß Bescheid.«

»Was?«

»Sie hat uns in der Bowlingbahn gesehen. Ich hatte ihr von dem Typen aus dem Treppenhaus des Eishockeystadions erzählt und mir ist rausgerutscht, dass du das warst. Wenn sie dich gesehen hat, weiß sie Bescheid. Sie könnte etwas sagen.«

Die nächsten Minuten schweigen wir.

»Ich vermute aber, dass sie nichts gesehen hat, sonst hätte sie beim Telefonieren etwas gesagt, und Justin wird es nicht zur Sprache bringen. Wer würde das auch, wenn er hofft, seine neue Freundin seiner Familie vorstellen zu können? Männer wie Justin sagen nichts, wenn sie es nicht müssen.«

Er hatte recht. Justin würde warten und zuerst mir auf den Zahn fühlen, bevor er handelte. Ich nickte und lehnte mich zurück. »Ich werde etwas erfinden, es vertuschen.«

»Wird das Beste sein.«

Das war also geklärt und jetzt hatte ich immerhin eine Stunde Fahrt im selben Auto wie Trace vor mir.

Die Erkenntnis kam mir, als ich ihn anschaute und er meinen Blick erwiderte, bevor er wieder auf die Straße achten musste. Eine ganze Stunde oder mehr, abhängig vom Verkehr.

Das wäre in Ordnung.

Alles wäre in Ordnung.

Mein Körper würde nicht auf ihn reagieren.

Ich würde nicht daran denken, ihn küssen oder berühren zu wollen oder ... ja. Es würde alles gut sein.

Warum glaubte ich mir selbst nicht?

»Viv sagte, du seist nicht da, als wir ankamen. Wann bist du gekommen?«

Er verzog das Gesicht, bevor er antwortete. »Ich hatte nicht weit entfernt eine Familiensache zu erledigen. Ashton hat mir eine Nachricht geschrieben, als er dich entdeckt hat, und eigentlich wollte ich nicht kommen, sondern deine Wünsche respektieren. Aber ich bin froh, dass ich das nicht gemacht habe.«

Ich schloss die Augen. »Warum bist du gekommen?«

Zunächst antwortete er nicht.

Auch in der nächsten Minute nicht oder in den nächsten fünf.

Zehn.

Erst nach geschlagenen dreißig Minuten. Seine Stimme klang heiser, als er schließlich sagte: »Weil ich verdammt noch mal absolut keine Kontrolle über mich habe, wenn es um dich geht.«

Ich wünschte, ich hätte nicht gefragt.

Aber ich war froh, dass ich es getan hatte.

# Kapitel 34

### Trace

Ich ging gerade in mein Büro im Stadtzentrum, als mein Handy klingelte.

»Hallo Mr West.« Der Portier nickte mir zu und öffnete mir die Tür. Ich zückte mein Telefon, bereit für einen kompletten Tag im Büro, als ich sah, wer anrief.

Onkel Steph.

Ich blieb nach ein paar Metern im Foyer stehen. Die Rezeptionistin wartete auf mich. Sie begrüßte uns immer, wenn wir kamen, und ich kam nur selten zu den üblichen Bürozeiten. In letzter Zeit hatte ich von zu Hause aus gearbeitet, aber heute wollte ich einen normalen Bürotag verbringen. Ich wollte mich mit meinen Kollegen unterhalten und die schwachsinnigen Geschichten darüber hören, wie viel Geld sie am Vortag verdient hatten. Die Hälfte dessen, was da geredet wurde, war Blödsinn. Die andere Hälfte war ein Test, ob wir etwas gehört hatten. Und dann ging es noch darum, sich einfach zu vernetzen. Die meisten der Männer, die diesen Job machten, lebten dafür. Sie tranken, aßen und dachten auch auf dem Klo an Aktien, aber einige waren wie ich. Sie recherchierten gründlich, und wenn einer von uns ausfindig gemacht worden war, bekamen wir immer »Besucher«, die vorbeikamen, um »ein bisschen zu quatschen« oder einen Drink zu nehmen.

Doch wenn mein Onkel anrief, wusste ich, dass es sich nicht um so etwas handelte.

»Mr West?«

Ich hob eine Hand, näherte mich aber nicht weiter der Rezeptionistin. Ich wusste es. Ich wusste es einfach – Arbeit oder Familie.

Sie stand von ihrem Schreibtisch auf, schaute mich immer noch an und runzelte leicht die Stirn. Dann trat sie hinter dem Tisch hervor, glättete ihren Rock und ihre Bluse und kam durch die Lobby auf mich zu. Andere Leute kamen herein und gingen um mich herum.

»Hey, Kumpel! Lange nicht gesehen.«

»Wie geht's? Gemeinsame Mittagspause um vierzehn Uhr?«

»Tristian, Alter! Die Drinks gehen heute Abend auf mich. Bist du dabei?«

Ich antwortete nicht und dann verstummte mein Handy. Einen Fluch unterdrückend ging ich auf die Seite und drückte auf das Rückruf-Icon.

»Mr West?«

Ich hob die Hand. »Eine Minute, bitte.«

Sie hustete genau in dem Moment, als mein Onkel sich meldete. »Mein Neffe! Mein Junge. Wie geht's dir?«

»Mr West.« Sie hob die Stimme und neigte ihren Kopf in meine Richtung.

Ich warf ihr einen finsteren Blick zu und sprach ins Handy. »Warte kurz, Onkel Steph.« Dann drückte ich das Telefon an meine Brust und hob eine Augenbraue. »Ja?«

»Sie haben eine Besucherin.«

»Eine Besucherin?«

Sie nickte mir knapp zu. »In ihrem Büro. Sie war *sehr* hartnäckig und sagte, sie seien verwandt und ihr Name sei Remmi.«

Dieser Tag wurde immer trostloser, aber ich erkannte die Zeichen, die auf Remmi hinwiesen. Wo auch immer sie auftauchte, hinterließ sie gern eine Schneise der Verwüstung, und nun ergab es einen Sinn, dass die Rezeptionistin mich unbedingt über ihre Anwesenheit informieren wollte.

Ich verzog das Gesicht. »Wenn sie Sie auf irgendeine Weise bedroht hat, dann bitte ich in ihrem Namen um Entschuldigung.«

Die Rezeptionistin nickte kurz und lächelte mich gezwungen an, bevor sie zurück zu ihrem Schreibtisch ging.

Ich hielt mir wieder das Handy ans Ohr und sagte: »Ich freue mich normalerweise über einen Anruf von dir, Onkel Steph, aber ich habe gerade erfahren, dass mich in meinem Büro ein Desaster erwartet.«

Onkel Steph schmunzelte hörbar. »Das habe ich mitbekommen. Aber hör mal, du musst heute noch bei mir vorbeikommen.«

»Wann?«

»Besser früher als später. Wir müssen noch einmal auf das Gespräch zurückkommen, das wir vor einer Weile geführt haben. Über meine Gesundheit und was das für dich bedeutet. Aber auch über andere Angelegenheiten.«

Mist, Mist, Mist. Mir war sehr wohl bewusst, dass die Telefonleitung meines Onkels angezapft war. Das FBI hörte ständig mit und deshalb hatten wir einen Code. Bei gewissen Telefonleitungen benutzten wir einen sehr strengen Code, aber Onkel Steph posaunte gerade an die, die mithörten, heraus, dass sie sich auf mich konzentrieren mussten.

Warum tat er das?

Es gab einen Grund. Ich liebte meinen Onkel, aber es gab einen Grund für alles, was er tat.

»Ich muss mich erst um Remmi kümmern und dann komme ich vorbei.«

»Komm zum Mittagessen. Ich koche uns etwas.«

»Hört sich großartig an.« Doch das tat es nicht.

Wir legten auf und als ich in mein Büro kam, hatte ich schlechte Laune.

Einen Moment blieb ich stehen und war wieder zurück im Auto mit Jess am Samstag.

Die Fahrt zu ihrer Wohnung war wie eine Blase gewesen. Ein kurzer Moment, in dem wir uns zwischen dem, wer sie war, und dem, wer ich war, befanden und in der Lage waren, uns für ein gemeinsames Anliegen zu verbinden. Ich fühlte mich beschenkt, denn sie war in meiner Gegenwart nicht angespannt gewesen. Es war, als erteilte sie sich während dieser Fahrt die Erlaubnis, sie selbst zu sein, und es war die beste Autofahrt, die ich je erlebt hatte.

Wir lachten. Wir unterhielten uns. Wir waren Freunde, und als ich bei ihrer Wohnung ankam, sagte sie lange nichts. Sie stieg nicht aus und deshalb fuhr ich an die Seite. In einer Stunde begann ihre Schicht und ich bot ihr an, sie zum Club zu fahren. Ich hatte erwartet, sie würde Nein sagen, aber nach kurzem Zögern willigte sie ein. Während sie hochging, um sich umzuziehen, wartete ich im Auto. Das war ihr Wunsch gewesen. Fünfzehn Minuten später kam sie wieder herunter, doch als ich losfahren wollte, bat sie mich zu warten.

»Können wir nicht … Es ist …« Sie verschluckte die Worte und schaute aus dem Fenster, bevor sie mich mit traurigen Augen wieder ansah. »Können wir noch ein bisschen länger so stehen bleiben?«

Das taten wir. Dieses Mal sprachen wir nicht miteinander. Aber für einen Moment gab es nur uns beide.

Und jetzt sehnte ich mich so sehr nach diesem Augenblick.

»Was machst du da?«

Meine Bürotür wurde geöffnet und Remmi stand auf der Schwelle. Sie wirkte verärgert. Ihre dunklen Augen waren stark geschminkt. Sie trug eine schwarze Lederhose und einen schwarzen eng anliegenden Pullover. An den Ohren baumelten diese Creolen, die ich schon aus der Collegezeit an ihr kannte. Ich wusste nicht, warum ich das alles registrierte. Vielleicht, um Zeit zu schinden. Weil ich wusste, dass es gleich danach von einem Streit zum nächsten gehen würde. Es mochte nicht wie ein Streit aussehen und auch nicht wie einer klingen, aber es wäre einer. Unter der Oberfläche herrschte eine Push-Pull-Dynamik. Remmi würde etwas wollen, ich wäre wahrscheinlich nicht bereit, es ihr zu geben. Und das Gleiche stand mir mit Onkel Steph bevor, aber bei ihm gab ich immer nach.

Ich gab ihm, was er wollte, weil ich es musste, und ich hatte nie erleben wollen, was passierte, wenn ich nicht tat, was Onkel Steph wollte. Wenn ich Remmi jetzt anschaute, wusste ich nicht, warum, aber heute war der erste Tag, an dem ich mich fragte, *wann* dieser Tag kommen würde.

»Hallo Schwesterherz.«

# Kapitel 35
## Jess

Ich lag Montagabend im Bett, aufgedreht vom Tag, aber entschlossen zu schlafen, als mein Handy summte.

**Trace:** Hast du die Blockierung meiner Nummer aufgehoben?

**Trace:** Ich weiß, dass du es getan hast, aber die Umstände waren zu dem Zeitpunkt nicht so toll, also tue ich so, als wäre es das erste Mal, dass du die Blockierung aufgehoben hast. Hi.

Ich verkniff mir ein Grinsen, denn er hatte recht.

**Ich:** Ich hab's gemacht.

Es war schön gewesen, ihn am Samstag zu sehen. Die Fahrt zurück in die Stadt war noch schöner gewesen.

Die Mauer, die ich gegen ihn errichtet hatte, bekam am Samstag einen Stoß. Es bildete sich ein Riss und ein Stück bröckelte am Sonntag ab, ein weiteres heute, nur weil ich ihn vermisste.

Wir chatten doch nur, redete ich mir ein.

Schreiben uns lediglich Nachrichten.

Ich spürte ein beklemmendes Gefühl in der Brust und wusste, dass ich mich selbst belog. Meine Entschlossenheit ließ nach.

**Ich:** Warum schreibst du mir heute Abend?

**Trace:** Weil ich einen Scheißtag hatte und mir das Gerücht zu Ohren gekommen ist, dass deine Mitbewohnerin ausgezogen ist.

Ich runzelte die Stirn.

**Ich:** Woher weißt du das?

**Trace:** Es war ein großes Thema auf der Party am Samstag. Viv hat es Ashton erzählt und Ashton mir. Geht's dir gut?

**Ich:** Sie ist noch nicht ausgezogen, aber es fühlt sich schon so an, weil sie immer bei Justin übernachtet. Nach ihrem Auszug werde ich nur weniger Möbel haben.

**Trace:** Wird aber trotzdem eine große Umstellung werden, oder?

**Ich:** Ja. Aber wird schon gehen. Kelly bleibt meine beste Freundin. Das wird sich nicht ändern. Warum hattest du einen beschissenen Tag?

**Trace:** Familie.

**Ich:** Möchtest du nicht darüber reden?

**Trace:** Habe ich doch. Familie. Das Wort allein bedeutet nichts Gutes.

Ich lachte laut auf und hielt mir die Hand vor den Mund.

**Ich:** Ich verstehe das Mantra.

**Trace:** Siehst du. Ich wusste, dass es eine gute Idee sein würde, mit dir zu chatten. Ich fühle mich verstanden.

**Ich:** Das freut mich.

**Trace:** Ich würde dich gern fragen, was du gerade trägst, aber ich nehme an, das wäre zu …

Ich stöhnte, denn mir wurde am ganzen Körper heiß.

**Ich:** Eine Waffe.

**Trace:** Willst du damit sagen, dass das alles ist? Deine Waffe? Das ist heiß.

Ich verkniff mir ein Lachen und atmete tief durch, denn das entwickelte sich von einer schlechten Idee zu einer noch schlechteren.

**Ich:** Das meinte ich nicht, aber ich werde jetzt schlafen. Gute Nacht. Tut mir leid, dass du einen schlechten Tag hattest.

**Trace:** Du hast mir den Abend versüßt.

**Trace:** Kann ich dir morgen Abend wieder schreiben?

Ich antwortete erst am nächsten Morgen.

**Ich:** Ja.

# Kapitel 36

## Jess

Drei Abende später leuchtete mein Handy auf. Ich griff danach und schaute nicht aufs Display, denn ich hoffte, es wäre Trace.

»Hallo?« Ich lag im Bett und versuchte zu schlafen, aber das war eine weitere Lüge, die ich mir einredete. Ich war im Bett, aber ich hoffte auf einen weiteren Abend mit Textnachrichten.

»Warum lebst du? Warum habe ich dich nicht abgetrieben, als ich es noch konnte?«

Ich hörte das Lallen, das Zischeln, und wusste, dass ich einen fatalen Fehler begangen hatte.

Mir wurde eiskalt und ich war wie erstarrt.

Das Herz schlug mir bis zum Hals und dröhnte in den Ohren.

Soso, die Gesundheitsphase war eher vorbei, als ich gedacht hatte.

»Wenn du wieder nüchtern bist, ruf mich an, um dich zu entschuldigen.«

Ich legte auf und mein Finger schwebte über der Taste »Blockieren«.

Obwohl ich es eigentlich so sehr wollte, brachte ich es nicht über mich. Es wäre so einfach und würde das Leben leichter machen.

Aber sie war meine Mutter.

»Mom ruft an«, stand auf dem Display, als das Telefon erneut summte.

Ich lehnte den Anruf ab, setzte mich auf, zog die Knie vor die Brust und hielt einfach das Handy fest.

Ich wusste, dass ich das nicht tun sollte. Es war dumm von mir. Buchstäbliche Selbstbestrafung, aber das Telefon meldete sich erneut. Das Display leuchtete auf und das Handy vibrierte.

»Mom ruft an.«

Ich lehnte wieder ab.

Und wieder.

Und wieder.

Dann kamen die Textnachrichten.

**Mom:** Ich wünschte, Isaac wäre hier bei mir, nicht du. ICH HASSE DICH.

**Mom:** Wenn ich dich hätte umbringen können, hätte ich es getan. Du hättest anstelle deines Vaters sterben sollen.

**Mom:** Du bist nicht eine meiner Fehlgeburten.

**Mom:** Du bist dick. Du bist dumm. Du bist wertlos. Kein Mann wird dich lieben. Du bist der Grund, weshalb ich allein bin.

Mein Handy summte weiter, also schaltete ich ihren Kontakt stumm. Wenn ich sie nicht auf diese Weise blockierte, würde ich nicht zur Ruhe kommen. Sie würde weitermachen, bis sie ohnmächtig wurde.

Ich schrieb an Leo.

**Ich:** Bist du zu Hause?

Er antwortete nicht, deshalb nahm ich an, er schlief bereits. Während der Woche ging er nach den Lokalnachrichten ins Bett.

Neben Leo gab es einen weiteren Freund meiner Mutter, der manchmal half, sich um sie zu kümmern. Bear Rivera. Er war der Besitzer der Kneipe, in der Leo und so viele unserer Kollegen abhingen, und ich wusste, dass die beiden sich gelegentlich darüber absprachen, wer nach meiner Mutter schaute. Doch während Leo ein Freund meines Vaters gewesen war, sprach Bear nie davon, schöne Zeiten mit ihm verbracht zu haben. Einmal fragte ich ihn, woher er meine Eltern kenne, und Bear erzählte mir, dass er mit beiden zur Highschool gegangen, aber nur mit meiner Mutter befreundet gewesen sei.

Er nahm das Gespräch an und die Hintergrundgeräusche sagten mir, dass er noch bei der Arbeit war. »Jessi, mein Mädchen! Wie geht's dir?«

»Bear. Hallo. Kannst du mir einen Gefallen tun?«

»Klar. Worum geht's?« Seine Stimme bekam einen ernsteren Klang.

»Meine Mom randaliert zu Hause. Macht es dir etwas aus, nach ihr zu schauen, nachdem du den Pub zugemacht hast? Ich weiß, es ist ein kleiner Umweg, aber …«

»Das ist doch keine Frage. Du weißt ja, dass ich immer nach ihr schaue. Mach dir keine Sorgen, kleine Jessi. Ich schicke dir eine Nachricht, wenn ich bei ihr bin.«

Bear war einige Male Zeuge gewesen, als meine Mutter auf mich losging. Wir hatten nie darüber gesprochen, denn es war, wie es war. Ich hatte lediglich die Möglichkeit, mich aus der Ferne um sie zu kümmern oder sie machen zu lassen. Aber ich konnte sie nicht einfach machen lassen; vielleicht war das mein Untergang.

Oder vielleicht war es auch mein Muster. Leute nicht loszulassen, die mich nur verletzten.

»Danke, Bear. Wirklich.«

»Dafür brauchst du dich nicht zu bedanken. Ich habe mich schon vor allen anderen um deine Mutter gekümmert. Kein

Problem für mich. Und du, Schätzchen, solltest heute Nacht ein bisschen schlafen. Ich weiß, dass du morgen früh wieder voll da sein musst. Vergiss den Mist mit deiner Mutter.«

Wir legten auf und ich versuchte zu schlafen. Dreiundfünfzig Minuten später leuchtete mein Handydisplay wieder auf.

**Bear:** Alles in Ordnung. Sie ist weggetreten. Sieht aus, als wäre sie auf einer Sauftour gewesen. Hat sich aber nicht verletzt und im Haus auch keinen Schaden angerichtet. Schlaf gut.

Ich seufzte und hätte erleichtert sein sollen. Das war ich aber nicht. Ich fühlte mich einfach nur leer.

Eine halbe Stunde später wälzte ich mich immer noch im Bett herum, fluchte und griff nach meinem Handy.

Scheiß auf alles! Scheiß auf meine Mutter! Scheiß auf jeden!

Ich benutzte meine Wut als Entschuldigung dafür, dass ich Trace' Namen aufrief und auf »Anruf« drückte, ohne darüber nachzudenken, was ich tat.

*Kling…*

Ich legte auf und schaltete das Handy aus, bevor ich etwas wirklich Dummes machte.

Was tat ich nur?

Ich wollte, dass er, wie an den letzten Abenden, wieder mit mir chattete.

Ich hatte vorhin gedacht, es wäre er. Ich war so glücklich gewesen, hatte nach meinem Handy gegriffen, aber er war es nicht gewesen. Es war sie gewesen und jetzt war sie hier, in meinen vier Wänden, und ihr Hass vergiftete mich.

Verdammt!

Verdammt! Verdammt!

Als ich nach einer unruhigen Nacht am nächsten Morgen mein Handy wieder einschaltete, entdeckte ich dreiundzwanzig Nachrichten meiner Mutter, die sie ungefähr zehn Minuten vor Bears Eintreffen geschrieben haben musste. Ich las sie nicht, sondern schaute lediglich auf die Zeitstempel. Und eine Nachricht war von Trace.

**Trace:** Tut mir leid, dass ich dir gestern keine Nachricht geschrieben habe. Hab gesehen, dass du angerufen hast. Ist alles in Ordnung?

Das war alles von ihm, aber dennoch konzentrierte ich mich auf dem Weg zur Arbeit auf diese eine Nachricht und nicht auf die dreiundzwanzig von meiner Mom.

# Kapitel 37
## Jess

Heute machte ich mit meiner Arbeitskollegin Hausbesuche.

Ich wartete bis nach dem ersten Besuch, bevor ich das Thema ansprach. »Also du und Reyo?«

Val hatte von ihrem Kaffee genippt und mir war aufgefallen, dass das ihre einzige kleine Koffeinzufuhr pro Tag war. Ich kannte ihre täglichen Gewohnheiten, aber seitdem ich vom Braten in ihrer Röhre wusste, passte ich besonders auf. Val wusste, dass ich es wusste. Ich wusste, dass sie wusste, dass ich es wusste, und deshalb hatte ich ihr Zeit gegeben, sich an die neue Situation zu gewöhnen.

Aber ich fand, dass sie jetzt genug Zeit gehabt hatte.

Sie verschluckte sich an ihrem Kaffee und spuckte ihn beinahe aus, bevor sie ihn hinunterschluckte. Dann starrte sie mich an. »Das hast du mit Absicht gemacht.«

Ich schenkte ihr ein selbstgefälliges Lächeln und nahm ganz gelassen und ungezwungen einen Schluck von meinem Kaffee. »Und ob. Das war auch perfektes Timing von mir. Ich würde mir vier Komma fünf Punkte von fünf geben.«

»Vergiss es.« Sie versuchte selbstbewusst zu wirken und stellte ihren Kaffee zurück in den Becherhalter in ihrem Auto, bevor sie den Motor startete.

Ich wartete, bis wir uns in den Verkehr eingefädelt hatten, damit sie nicht unvermittelt aufs Gas- oder Bremspedal trat. »Du behältst es also?«

»Du kannst es nicht lassen, oder?«

»Ich habe zwei Fragen gestellt.«

Sie gab einen knurrenden Laut von sich, während sie den Blinker setzte und auf die andere Fahrspur wechselte. »Du sagst besser nichts zu Leo. Ich weiß, dass ihr beide wie Familie seid, aber er ist auch mein Teamleiter.«

Mein Grinsen war wie weggewischt. »Heißt das, du denkst noch darüber nach, es nicht zu behalten?«

Ich sprach aus Respekt vor meiner Kollegin nicht von dem Baby als dem »Baby«. Val handelte nach dem Motto »alles oder nichts« und die Tatsache, dass ich von der kleinen Bohne wusste, besagte, dass sie »es« behalten würde. Wahrscheinlich hatte sie das unterbewusst in dem Augenblick beschlossen, als sie eine Schwangerschaft vermutet hatte, aber Val brauchte Zeit, um sich mit ihrer Entscheidung anzufreunden. So war es bei ihr in allen Lebenslagen. Ein Kind zu haben, änderte die Dinge für uns, und damit meinte ich nicht unsere Jobs. Ich hatte andere Frauen mit Kindern beobachtet. Sie wurden menschlich. Ich glaubte nicht, dass Val bereit war, menschlich zu werden.

Ein weiteres frustriertes Knurren und ein Schlag mit der Handfläche aufs Lenkrad, bevor sie sich beruhigte. Dann brummte sie: »Ich weiß es nicht, okay? Ich will nur, dass es erst mal nicht herumposaunt wird. Dass du es weißt, ist in Ordnung für mich. Du kannst den Mund halten, aber kannst du dir vorstellen, was passiert, wenn es jemand anders herausfindet? Zum Beispiel Travis?« Sie schauderte. »Dann könnte ich einpacken.

Innerhalb von zwei Minuten wüsste es jeder im Büro. Er würde garantiert ein TikTok-Video darüber drehen.«

»Erzähl mir lieber etwas über Reyo.«

Sie verdrehte die Augen und grummelte wieder vor sich hin. »Was gibt es über ihn zu erzählen?«

»Habt ihr es damals auf der Hochzeit miteinander getrieben?«

Sie wurde schweigsam. »Ja.«

»Er muss ganz schön hartnäckig sein.«

Sie prustete und langsam zeichnete sich ein Lächeln auf ihrem Gesicht ab. »Hör bloß auf! Das weißt du doch. Sonst hätte ich schon das Weite gesucht.«

Ich grinste zurück. »Er scheint ein guter Partner zu sein.«

Sie warf mir einen Blick zu, als ich das Wort gebrauchte, und seufzte. »Das ist er. Fast schon ein Streber. Und außerdem total süß mit seinen kleinen Grübchen in den Backen.«

Auf dieses Thema würde ich *nicht* eingehen, denn ich hatte mitbekommen, wie der Mann lächelte. Er hatte jedenfalls keine Grübchen in den einzigen Backen, die ich sehen wollte.

»Verdammter Mist! Siehst du, was ich sehe?«

Zwei Typen liefen in der Nähe einer Schule auf dem Bürgersteig und einer dieser Männer sollte einen gewissen Abstand zu Schulen halten. Val scherte aus und fuhr auf einen Parkplatz direkt vor ihnen. In Windeseile waren wir aus dem Auto. Einer der Bewährungshäftlinge war wegen einer Sexualstraftat verurteilt und Val zugeteilt worden.

»Mr Bertram, warum befinden Sie sich in fußläufiger Entfernung zu einer Grundschule, die nur einen Block entfernt ist?«

»Oh, hallo Officer Hartman.«

Unser Tag hatte offiziell begonnen.

# Kapitel 38

### TRACE

Ich saß hinten in meinem SUV und parkte einen Block vom Haus meines Onkels entfernt, denn das Treffen, das er letztens angeregt hatte, fand heute statt. Ich konnte es nicht weiter hinausschieben, aber ich war hier und es war abends und ich hatte den ganzen Tag nichts von Jess gehört. Letzte Nacht hatte sie mich angerufen, jedoch aufgelegt.

Jetzt wurde meine Tür geöffnet und jemand huschte schnell und gewandt herein.

Ich griff nach meiner Waffe, erkannte dann aber das Gesicht. Mein Atem ging stoßweise.

»Jess!«

Sie trug schwarze Kleidung. Ich nahm an, zur Tarnung, denn es war dunkel. Sie hatte die Jungs überrumpelt. Die undurchsichtige Scheibe, die den Fond des Wagens von der Fahrerkabine trennte, war noch hochgefahren.

»Trace?« Das war Demetri. Er war heute Abend mein Fahrer.

Pajn war aus dem Auto gesprungen und öffnete die Tür auf ihrer Seite, als ich die Taste der Gegensprechanlage drückte.

Jess hielt ihre Waffe in der Hand. Sie zielte damit nicht auf Pajn, hatte sie aber gezogen.

Sie war nervös und verletzlich.

»Alles in Ordnung.« Dann ließ ich die Taste los und nickte Pajn zu, der zurückwich und sich wieder auf den Beifahrersitz begab.

Jess warf mir einen düsteren Blick zu, bevor sie ihre Tür schloss.

»Darüber sind wir doch hinaus.« Ich schaute auf ihre Waffe, die sie immer noch gezogen hatte. »Außerdem kenne ich mich mit Waffen aus. Sie ist nicht entsichert.«

Ihre Augen verengten sich, aber sie schob die Waffe wieder ins Holster.

»Warum hast du mich letzte Nacht angerufen?«

Ihr Kiefer verkrampfte sich.

Bei mir wuchs die Anspannung. Ich wartete …

Dann ein Seufzer von ihr. »Warum ist das wichtig?«

Ich achtete auf einen sanften Tonfall. »Es ist wichtig für mich. Du bist mir wichtig.«

Ich wusste nicht, warum sie mich ausfindig gemacht hatte. Sicher gab es einen Grund dafür, aber sie sah nicht aus, als wäre sie bereit, ihn mir zu verraten. Also verfolgte ich weiter meinen Kurs.

»Warum hast du mich angerufen, Jess?«

Sie senkte den Kopf, schaute jedoch immer noch nicht zu mir, sondern zur Tür. »Es ist eine Familienangelegenheit. Das ist doch unser Codewort für ›beschissene Tage‹.«

Etwas ließ sie heraus.

Ich wollte mehr. Brauchte mehr.

»Was ist passiert?«, fragte ich.

»Nur … meine Mutter, die wie immer ein Miststück war. Sie hat mich angerufen.«

Okay. Ein Teil meiner Anspannung verwandelte sich in Mitleid. Doch dann durchfuhr mich ein dumpfer Schmerz.

»Als du über mich recherchiert hast, stand da, was mit meiner Mutter passiert ist?«

Sie drehte sich halb in meine Richtung, hielt inne, dachte darüber nach und schaute mich dann an.

So fühlte ich mich besser. Noch besser fühlte ich mich, als ich keine Verachtung in ihrem Blick sah. Nur Neugier. »Sie hat sich das Leben genommen. Ich war zu der Zeit in Kalifornien, aber meine Schwester war hier. Sie hatte gerade mit der Highschool begonnen und es hat sie völlig aus der Bahn geworfen.«

»Warum hat deine Mutter das getan?«

»Sie hat keinen Abschiedsbrief hinterlassen, aber ich glaube … mein Vater hatte genug Mist gebaut und sie hatte einfach die Nase voll. Er ist ein Mistkerl, falls das auch nicht in deinem Bericht steht.«

»Doch, das über deinen Vater schon, aber nichts von deiner Mutter. Oder deiner Schwester.«

»Remmi. Sie will nicht über diese Zeit sprechen. Keiner will das. Deshalb weiß ich auch nicht genau, was passiert ist. Ich wusste, dass mein Vater meine Mutter fertiggemacht hat. Jedes Jahr, jeden Monat, jeden Tag. Am Ende war sie nur noch ein Schatten ihrer selbst. Verbittert und verärgert. Ich bekam viele Anrufe, in denen sie ihre Wut an mir ausließ. Und ich kann mir gar nicht vorstellen, was Remmi durchgemacht hat.«

»Erzählst du mir das alles, damit ich mich noch mehr mit dir verbunden fühle?«

»Ich sage nur, dass ich in etwa weiß, wie beschissen es sich anfühlt, von einem Anruf geweckt zu werden, in dem die eigene Mutter einen beschimpft. Das ist alles.«

Sie antwortete nicht, sondern starrte mich nur eindringlich an, bis ich eine Veränderung spürte.

Für mich tat sich eine Tür auf.

»Der Fehler meiner Mutter war, sich meinen Vater auszusuchen, aber wenn sie es nicht getan hätte, wäre mein Bruder nicht geboren und … das kann ich ihr nicht vorwerfen. Was danach passiert ist, ist halt passiert.«

»Dich hat sie auch geboren.«

Sie hob wieder den Kopf und ihre Kiefermuskeln verkrampften sich. Sie griff nach dem Türöffner. »Na ja. Vielleicht war das ihr anderer Fehler.« Sie öffnete die Tür und verschwand, ohne sie zu schließen.

Ich stieg aus, schaute in beide Richtungen des Gehwegs, aber sie war nirgendwo zu sehen. Ein Geist.

»Dein Onkel hat gerade angerufen. Er wollte wissen, wo wir sind.« Demetri war ebenfalls ausgestiegen und wollte die hintere Tür schließen.

Ich nickte resigniert. »Sag ihm, wir kommen jetzt.«

Dann stieg ich wieder ein und machte mich bereit für das Treffen. Es war mir jedoch nicht entgangen, was gerade passiert war. Etwas, was das Spiel verändert hatte.

Jess war zu *mir* gekommen.

# Kapitel 39

JESS

Kelly war weg.

Der Umzug hatte diese Woche begonnen. Die meisten ihrer Sachen waren bereits bei Justin. Ihre Kleidung am Dienstag. Ihre Küchenutensilien und ihre Fotos am Mittwoch. Ihr Bett und ihre Couch gestern. Viel mehr hatte sie nicht in unserer Wohnung gehabt. Aber in Anbetracht der Tatsache, dass sie den Umzug selbst machten, hatte ich gedacht, Kelly würde mehr mit mir reden. Sie war die ganze Woche über sehr schweigsam gewesen. Deshalb fragte ich mich, ob Justin ihr erzählt hatte, dass er mich mit Trace gesehen hatte. Wie auch immer, ich arbeitete im *Katya* und behielt ihn im Thekenbereich neben mir im Auge.

Bisher war er ganz normal gewesen. Er hob zur Begrüßung das Kinn, kam herüber und machte ein bisschen Small Talk, bevor die erste Welle von Gästen kam. Wir hatten heute etwas Zeit zum Durchatmen, aber das würde nur eine Stunde anhalten, und danach würde ein Gast nach dem anderen vor dem Tresen stehen.

Vielleicht kam er deshalb zehn Minuten später zu mir, lehnte sich mit dem Rücken an die Theke und schaute mir beim Arbeiten zu. »Also ... können wir reden?«

Oha.

Ich nickte kurz. »Klar. Hier?«

»Wir können ja schlecht beide weg.« Er gestikulierte in Richtung seines Thekenbereichs.

Das wusste ich, deshalb arbeitete ich mit einem Seitenblick auf ihn weiter. »Geht's um letztes Wochenende?«

»Ähm.« Er holte tief Luft und fuhr sich mit der Hand durchs Haar. Dann stieß er sich vom Tresen ab und kam näher zu mir. »Hör mal, ich weiß, mit wem du weggefahren bist.«

Richtig. Darüber wollte er mit mir reden. Für einen kurzen Moment hatte ich gehofft, es ginge darum, dass er mir meine Mitbewohnerin wegnahm. Ich schaute ihn immer noch an, während ich arbeitete. »Ja?«

»Ich weiß, wer er ist. Unsere Familien … es gibt da eine Verbindung, und ich habe herausgefunden, was Viv getan hat. Sie hat es mir nie gesagt, aber sie hat mich benutzt, um an Walden ranzukommen.«

»Okay.« Ich wartete immer noch darauf, dass die Bombe platzte.

»Du weißt ja, was mein, äh, Bruder macht.«

Ich hörte auf, Bestellungen entgegenzunehmen, und richtete mich auf.

Das tat auch Justin und rückte ein wenig von mir ab, aber nicht viel. Er deutete weiter nach hinten, damit die Gäste nicht mithören konnten. Dann senkte er die Stimme und beugte den Kopf zu mir. »Ich weiß nicht, warum ein West dich in die Stadt zurück mitgenommen hat oder warum du Kelly deshalb belogen hast, aber ich kann es mir vorstellen und hoffe, dass ich damit falschliege. Ich habe mit meinem Bruder über West und Walden gesprochen. Also, alle Karten auf den Tisch? Ich habe ihm von diesem Job erzählt und er sagte, wenn ich zufällig etwas mitbekäme, sollte ich es ihm sagen. Das war alles. Ich bin nicht hier, um für ihn zu spionieren. Ich will nicht, dass du das denkst.«

Besorgniserregend war eher, dass er mir erklärte, er sei kein Spitzel.

»Hör mal, was ich zu sagen versuche, ist, dass ich hier kein gutes Gefühl mehr habe. Das ist heute Abend meine letzte Schicht. Und Kellys auch. Ich hatte ein langes Gespräch mit ihr darüber, wer die Besitzer des Clubs sind, aber ich habe verschwiegen, mit wem du letzten Samstag weggefahren bist, obwohl ich mir nicht sicher bin, warum ich das verschweigen sollte. Da du diejenige bist, die gelogen hat, und sonst immer grundehrlich gewesen bist, nehme ich an, dass du deine Gründe hattest. Mein Bruder hat mir erzählt, dass eine andere Familie versucht, in New York Fuß zu fassen. Das bedeutet, dass sie gegen unsere beiden Chefs vorgeht. Ich weiß nicht genau, wie sehr unsere Clubeigentümer mit ihren Familien verbunden sind, aber ich weiß, dass sie involviert sind. Und das reicht, um mir Sorgen zu machen. Ich möchte, dass du auch kündigst. Wir können doch alle drei zusammen woanders hingehen. Kelly wäre begeistert. Sie ist schon die ganze Woche aufgebracht und will dich nicht zurücklassen. Es ist doppelt schlimm für dich, weil sie bei dir auszieht und jetzt auch noch hier kündigt. Ich kenne jemanden im *Octavia*. Der kann für uns ein gutes Wort einlegen …«

»Die Eigentümer vom *Octavia* sind nicht in New York aktiv, aber glaub nicht eine Sekunde lang, dass sie keine Verbindungen haben.«

Erschrocken über meine Aussage verstummte er. »Ernsthaft?«

Ich nickte. »Ich nehme an, dein Bruder hat dir nichts über das *Octavia* erzählt.«

»Verdammt, nein.« Er schüttelte den Kopf und fuhr sich erneut mit der Hand über den Kopf. »Das macht nichts. Wir kündigen. Komm mit uns.«

Mein Gott.

Das sollte und das müsste ich eigentlich.

Der gesunde Menschenverstand gebot mir, genau das zu tun, aber ... Selbst jetzt wollte ich zu seiner Privatloge hinaufschauen. Ich wollte auf meinem Handy nachsehen, ob er mir eine Nachricht geschickt hatte. Und ich konnte nicht aufhören, mir vorzustellen, wieder im Auto mit ihm zu sitzen.

Meine Kehle fühlte sich an wie ein Reibeisen, als ich Justin auf den Arm klopfte. »Ich habe eine Schwäche für das, was mir vertraut ist. Das ist mein Verhängnis. Ich bin schon so lange hier und werde durchhalten. Ich arbeite gern im *Katya*, aber es bedeutet mir viel, dass du mich mitnehmen möchtest.«

Ein Ausdruck des Bedauerns war in seinem Gesicht zu erkennen und er presste die Lippen zu einer geraden Linie zusammen. »Bist du dir sicher?«

Ich neigte den Kopf. »Ich komme schon klar, Justin.« Dann deutete ich auf Kelly, die uns von einer höheren Ebene aus beobachtete. »Du gibst auf sie acht, ja?«

Er holte tief Luft und ließ vor Resignation die Schultern hängen. Dann hob er den Kopf, schaute jedoch nicht zu Kelly, sondern weiter zu mir. »Ich kann dich nicht umstimmen?«

Kurz schüttelte ich den Kopf.

Justin nickte und gab nach. »Na gut. Komm her und lass dich drücken.«

Ich protestierte nicht, als er mich an sich zog und umarmte. »Sei vorsichtig. Ich weiß nicht, warum du in diesem Auto mit ihm warst, aber bitte pass auf dich auf. Und sei klug.«

Ich konnte ihm nicht versprechen, klug zu sein, aber auch ich drückte ihn. »Ich werde auf mich aufpassen. Mach dir keine Sorgen.«

Er ließ mich los und wich zurück. »Du bist Familie geworden, deshalb werde ich mir Sorgen machen.«

Ich schenkte ihm ein schiefes Grinsen. »Ich kann mir denken, was das bedeutet.«

Er grinste ebenfalls schief. »Ich liebe sie. Sehr.«

»Ich vermute auch, dass das der Grund für unseren Ausflug letztes Wochenende war.«

»Meine Tante ist ganz vernarrt in sie. Ich wollte, dass sie Kelly kennenlernt, bevor ich ihr einen Heiratsantrag mache, aber den Ring habe ich bereits.«

»Gib mir Bescheid, wenn es so weit ist, ja? Ich will sichergehen, dass ich dann in der Nähe meines Telefons bin.«

Er prustete und wollte zurück zu seinem Thekenbereich gehen. »Äh, du wirst dabei sein und ich werde bei der Planung der ganzen Sache deine Hilfe brauchen.«

Das war natürlich totaler Blödsinn, aber mir gefiel, dass er vorgab, meine Hilfe zu benötigen. »Ich habe Kelly von Anfang an gesagt, dass du ein guter Kerl bist, weißt du?«

Er bedachte mich das letzte Mal mit einem Grinsen. »Ich weiß.«

Dann wandte er sich seinen Gästen zu und ich tat das Gleiche, aber ich wurde das Gefühl nicht los, dass heute Abend das erste Ende von einer ganzen Reihe anderer Enden war. Ich wusste nicht, was die anderen Enden waren, und das Grauen, das mich erfasste, wusste es auch nicht.

* * *

In meiner Pause schaute ich auf mein Handy und entdeckte eine Nachricht.

**Trace:** Soll ich dich nach der Arbeit nach Hause fahren?
**Ich:** Ich bin mit meinem eigenen Auto hier.

Er hatte seine Nachricht vor einer Stunde geschickt, antwortete jetzt jedoch sofort.

**Trace:** Vielleicht könntest du stattdessen mich mitnehmen. Oder du lässt dein Auto über Nacht hier. Wir haben einen sicheren Parkplatz.

**Trace:** Anthony sagte, Justin sei vorhin in seinem Büro gewesen.

Er wusste es also.

Mir wurde das Herz schwer und ich beendete den Chat. Dann entdeckte ich dreizehn weitere Nachrichten von meiner Mutter. Ich tippte ihr Profil an, um sicherzugehen, dass alles in Ordnung war, und als ich sah, dass die ersten Worte ihrer letzten Nachricht »du Schlampe« waren, verließ ich ihr Profil.

Ich antwortete Trace, obwohl ich wusste, dass ich einen Fehler machte.

Aber ich würde ihn sowieso machen.

**Ich:** Ich würde gern bei dir mitfahren.

\* \* \*

Kelly kam am Ende ihrer Schicht bei mir vorbei. »Justin sagte, er habe mit dir gesprochen.«

Bei mir standen immer noch viele Gäste und so hörte ich nicht auf zu arbeiten. »Ja. Ich bleibe.«

Sie nickte mit traurigem Blick. »Ich kann dich nicht umstimmen?«

Ich grinste sie an und sah, dass mein Entschluss sie mitnahm. Als ich die Bestellung des Mannes vor der Theke erledigt hatte, ging ich zu ihr und umarmte sie. Sie schlang die Arme fest um mich und drückte mich. »Wir müssen uns öfter treffen. Nicht nur am Sonntag zum Bowlen.«

Ich ließ sie los. »Wir werden viel mehr machen, als nur am Sonntag zu bowlen.«

Sie wischte sich mit der Hand über die Augen und blinzelte. »Warum habe ich dieses Mal das Gefühl, dass es für immer sein wird?«

»Weil es das hoffentlich ist.« Ich bemerkte, dass Justin uns aus dem Augenwinkel beobachtete, während er Bestellungen abarbeitete. Ich schenkte ihm ein Lächeln und er nickte mir zu. »Ihr gehört zusammen. Wir waren eine prima Wohngemeinschaft und noch bessere Freundinnen und du kannst Gift darauf nehmen, dass ich an unserer Freundschaft festhalten werde. Ich brauche sie. Du gleichst den ganzen anderen Mist in meinem Leben aus.«

»Ich mache mir Sorgen um dich.«

Oh. Das berührte mein Herz. Ich zog sie in eine weitere Umarmung. »Schreib mir morgen und lass uns dann einen Termin festlegen, wann wir uns das nächste Mal treffen. Wir werden jede Woche etwas zusammen machen.«

»Versprochen?«

Ich nickte, als ich hinter mir hörte: »Das glaube ich einfach nicht!«

Kelly reagierte sofort und wirbelte herum. Sie hatte schon einige Kämpfe mit Frauen hinter sich, also war sie die Erste, die zurückschlug: »Können wir Ihnen helfen, *Ma'am*?«

Ma'am! Ich fing beinahe an zu lachen. Dieses Küken, wer immer es auch sein mochte, war offensichtlich jünger als wir. Und außerdem clever, denn sie bemerkte die Beleidigung. Die junge Frau hatte glatte dunkle Haare und lange Beine wie ein Model. Sie trug hüfthohe hautenge Jeansleggings und ein schwarzes Korsettbustier. Außerdem Creolen, von denen ich angenommen hatte, sie wären schon während meiner Collegezeit außer Mode gewesen, doch an ihr sahen sie gut aus. Ihr Make-up war perfekt, aber die an mich gerichtete höhnische Bemerkung lenkte von allem anderen ab.

»Ich weiß, wer du bist.« Sie schlug mit der flachen Hand auf die Theke und ihre langen roten Fingernägel lenkten sogar mich ab. Außerdem waren sie für einen Kampf alles andere als geeignet. Auf die würde ich mich sofort stürzen.

»Entschuldigung?«

Kelly wollte sich vor mich stellen, aber ich hielt sie zurück. »Das ist meine Angelegenheit.«

Justin schaute herüber und ich signalisierte ihm, Kelly wegzuholen. Er nickte mir zu und folgte meiner Aufforderung, während ich mich um die Kindfrau kümmern konnte und nicht befürchten musste, dass meine beste Freundin einen Fingernagel ins Auge bekam.

»Ma'am.« Ich gebrauchte meine Polizistinnenstimme. Sie war laut und selbstbewusst und hatte eine Wirkung auf alle um mich herum. Sie setzten sich auf und lehnten sich zurück.

Dann starrte ich das Mädchen böse an. Bei den meisten Straftätern wirkte das Wunder. »Wenn Sie ein Problem mit mir haben, dann sagen Sie es. Aber ich warne Sie. Wenn Sie mir gegenüber weiterhin so aggressiv sind, werden wir eine andere Art der Unterhaltung führen.«

»Ach ja?« Ihr Spott hatte nachgelassen, als ich zu reden begonnen hatte, aber er kam zurück. Sie verschränkte die Arme vor der Brust. »Welche Art der Unterhaltung würde das denn wohl sein?«

»Das werden Sie herausfinden. Jetzt. Was ist Ihr Problem mit mir?« Der Hass in ihren Augen erreichte die nächste Stufe. Es sah aus, als hätte ich persönlich ihre Kindheit zerstört, oder … Moment mal. Vielleicht hatte ich das. »Kennen Sie jemanden, der im Knast sitzt?« Die bessere Frage wäre gewesen, ob ich einen Anteil daran gehabt hatte, den- oder diejenige hinter Gitter oder wieder hinter Gitter zu bringen. Das hätte Sinn ergeben.

»Nein. Also ja, aber deshalb werde ich dich heute Abend nicht um deinen Job bringen.«

»Sie wollen meinen Job, Ma'am?«

Sie errötete und eine gewisse Verwirrung verdrängte die Verachtung. »Was? Nein! Um Gottes willen! Wer bist du denn?«

»Ich glaube, dass das die eigentliche Frage ist. Wer bin ich für Sie und warum haben Sie ein Problem mit mir?«

»Willst du mich verarschen? Du weißt nicht, wer ich bin?« Wieder schlug sie mit der flachen Hand auf die Theke und beugte sich darüber. Sie tat ihr Bestes, um mich einzuschüchtern. Groß genug war sie und es hätte vielleicht bei jemandem funktioniert, der nicht erst heute Nachmittag bei jedem Wort verflucht worden wäre.

»Ma'am, wenn Sie nicht sagen, was Sie wollen, müssen Sie gehen.«

Sie stieß ein hässliches Lachen aus und trat mit vor der Brust verschränkten Armen wieder zurück. »Das ist höchst amüsant, besonders angesichts der Tatsache, dass meinem Bruder dieser Laden gehört.«

Wa…? Oh. Oh nein!

Ich erinnerte mich und ein früheres Gespräch mit Trace kam mir wieder in den Sinn.

Er hatte von seiner Schwester gesprochen.

Scheißtag. Familie.

»Wer ist Ihr Bruder?«

»Tristian West, aber das ist eigentlich egal, denn Ashton ist genauso ein Bruder für mich.« Sie genoss es, mir das zu sagen, und zog es mit einem süffisanten Grinsen in die Länge. »Vertrau mir, du Schlampe. Du wirst es noch bereuen, diesen Laden betreten zu haben. Bis zum Ende der Nacht habe ich deinen Job und dann werde ich mir auch diese Hure von Mutter vorknöpfen. Ich werde es mir zur Aufgabe machen, dich und deine Schlampe von Mutter auf die Straße zu setzen.«

Das war Trace' Schwester. Und die kannte irgendwie auch meine Mutter.

Na gut. Wenn wir schon alle Karten auf den Tisch legten … Ich zog an der Kette um meinen Hals, bis die Marke auftauchte.

Dann nahm ich die Kette ab und legte die Marke auf die Theke. Die Wirkung, die sie auf die anderen Gäste um uns herum hatte, ignorierte ich. Mir war nur ihre Reaktion wichtig. Der Schock, der schnell verborgen und zurückgedrängt wurde, war alles, was ich sehen wollte. Sie hatte keine Ahnung, wer ich tatsächlich war. Voller Emotionen und ohne Plan war sie auf mich losgegangen.

»Mal sehen, wie du mich obdachlos machen willst. Und wenn du schon dabei bist, warum klärst du mich nicht darüber auf, woher du meine Mutter kennst? Das ist nämlich neu für mich.« Auch ich duzte sie jetzt.

Ich schaute über ihre Schulter und sah Ashton auf uns zukommen. Ich wusste zwar nicht, wie er drauf war, aber als er an Justins Thekenbereich vorbeiging, sah ich, dass Kelly in meine Richtung diskret zwei Daumen in die Höhe streckte.

Die Kindfrau wich zurück und warf mir einen prüfenden Blick zu, aber alles, was sie sagte, erstarb, weil Ashton bei mir auftauchte. Sie drehte sich zu ihm um. »Ash… Was machst du hier?«

Ihre Stimme wurde zu einem Kreischen, als er knapp unter dem Ellbogen nach ihrem Arm griff und leicht mit dem Kopf ruckte. »Entschuldige uns.« Er führte sie weg wie ein Vater ein Kind, das einen Wutanfall bekommen hatte.

»Ashton! Was tust du? Weißt du, wer das ist?«

Sie entfernten sich immer weiter, vorbei an Justin und Kelly, und dann übertönte die Musik alles, was sie sagte.

Ich schaute ihnen nach, denn was zum Teufel war das gerade gewesen?

»Ist die echt?« Einer meiner Gäste inspizierte meine Marke. Ich riss sie an mich, hängte sie mir wieder um den Hals und ließ sie in mein T-Shirt gleiten.

Seine Frage ignorierte ich. »Was möchten Sie trinken?«

\*\*\*

Der Club hatte geschlossen und ich wischte gerade meine Theke ab, als Ashton zurückkam. Ich richtete mich mit dem Lappen in der Hand auf.

»Was sollte das?«

Seine Augen verengten sich. »Weißt du das wirklich nicht?«

»Nein.« Ich war fertig. Nachdem ich meinen Putzlappen in die Spüle geworfen hatte, ging ich auf ihn zu und blieb kurz vor ihm stehen. Dann verschränkte ich die Arme vor der Brust. »Sie hat meine Mutter eine Hure und Schlampe genannt und gedroht, uns obdachlos zu machen. Solche Spielchen kann ich nicht ab. Worum ging es da?«

Ich wollte das Wichtigste zuerst wissen.

Ashton würde es mir erzählen. Das wusste ich. Oder zumindest vertraute ich darauf.

Er starrte mich lange und eindringlich an. Ich wusste, dass wir die Aufmerksamkeit der anderen Angestellten erregten, denn es kam selten vor, dass die Eigentümer nach Feierabend auf unserem Stockwerk auftauchten oder sich überhaupt irgendwo blicken ließen. Wie bereits erwähnt, arbeitete ich hier schon ziemlich lange und hatte keine Ahnung gehabt, wem das *Katya* eigentlich gehörte. Das sprach Bände.

»Deine Mutter hatte eine Affäre mit Dominic West. Bevor dein Vater gestorben ist, und nein, Trace hatte keine Ahnung, aber jetzt weiß er Bescheid. Es wurde ihm vorhin erzählt. *Deine* Mutter war der Grund dafür, dass *seine* Mutter sich das Leben genommen hat. Sie hat von der Affäre Wind bekommen.« Ashton kam näher. »Das ist der Grund, warum dein Vater nicht mehr für Trace' Familie gearbeitet hat.«

Herrje.

Ich war erschüttert.

Alles drehte sich im Kreis.

Meine Mutter ... ihre Mutter.

Ich hörte immer wieder Trace' Worte von vor ein paar Stunden.

Das konnte kein Zufall sein, aber … mein Vater hatte für seinen gearbeitet. Einzelheiten wurden mir nie erzählt. Ich wurde absichtlich herausgehalten und meine Mutter hatte mehr als einmal gesagt, dass ich mir keine Gedanken über solche »Sachen« machen solle. Den Ausdruck hatte sie gebraucht. Sachen.

Aber sie hatte Affären gehabt. Das wusste ich und er hatte es auch gewusst. Mein Vater.

Er war Teil dieser Welt gewesen, bevor er starb.

Es konnte wahr sein. Es konnte alles wahr sein.

»Wenn du mich fragst, ist Dominic ein Mistkerl. Mir wurde erzählt, deine Mutter sei aus demselben Holz geschnitzt. Mein Rat? Hör auf, dich dagegen zu wehren, und geh einfach mit Trace ins Bett. Es wird langsam langweilig, diese ganze Tortur, der ihr beide euch unterzieht.« Er wich zurück und sein Gesichtsausdruck wurde wieder härter. »Remmi wird dich nicht mehr belästigen und wir waren so frei, dein Auto auf den gesicherten Platz zu stellen. Dein Fahrer wartet draußen, wenn du hier fertig bist.«

Ich war immer noch erschüttert von der Mutter-Vater-Sache, aber richtig. Zurück zur Tagesordnung.

Trace wartete auf mich, denn ich hatte ihm zuvor geschrieben, dass ich mitfahren würde.

»Jess.«

Ich richtete mich auf und konzentrierte mich wieder auf Ashton. Er wartete.

»Ja?«

»Mir ist egal, welche Dienstmarke du trägst. Du sollst nur wissen, was ich tue, wenn du ihm wehtust. Meinem besten Freund. Ich werde dich umbringen.«

Dann lächelte er, winkte mir zu und ging.

Na dann.

**Trace:** Kommst du?

# Kapitel 40

### Trace

Ich wartete im hinteren Bereich des Parkplatzes.

Seit einer halben Stunde.

»Sollen wir fahren?«

Ich überprüfte mein Handy. Sie hatte auf meine letzte Nachricht, in der ich fragte, ob sie komme, nicht geantwortet. »Lass uns noch warten.«

Wir warteten weitere zwanzig Minuten, bis die Hintertür geöffnet wurde und sie herauskam. Sie blieb stehen, entdeckte mein Auto und steckte die Hände in die Taschen. Dann starrte sie auf die Autotür. Meine Fenster waren getönt, aber sie schaute mich direkt an, als könnte sie mich sehen.

O Gott.

Sie war traurig.

Alles in mir wollte die Tür öffnen und zu ihr gehen. Sie festhalten.

Ich wollte, dass sie ins Auto einstieg.

Ich wollte sie nach Hause fahren. Jede Nacht.

All das wollte ich, und es tat sich etwas.

Sie fasste Vertrauen. Langsam, ganz langsam, aber immerhin.

Und jetzt Remmi – daran durfte ich nicht denken. Noch nicht.

Ich wollte nur Jess.

Also suggerierte ich ihr herzukommen und die Tür wurde geöffnet.

Wie neulich Abend stieg sie ein.

Sie schaute mich nicht an, sondern starrte geradeaus, und dann schloss sie die Augen.

Sie sackte nach vorn.

»Jess?«

Sie zuckte zurück und drehte sich zu mir. »Warum sagst du nichts?«

Verdammt … Frauen! Wie ein Peitschenhieb. Ich musste ein bisschen blinzeln. »Worüber?«

»Über unsere Eltern. Meine Mutter! Deine Mutter. Trace …« Ein lauter Schluchzer entfuhr ihr. Sie runzelte die Stirn und schüttelte den Kopf. »Stimmt das? Bitte sag mir, dass es nicht stimmt. Meine Mutter … o Gott!«

Ich öffnete den Mund, schloss ihn wieder und legte die Stirn in Falten. Dann hielt ich mich an die Wahrheit. »Ich habe keine Ahnung, aber ich kann dir Folgendes sagen: Meine Mutter war krank, lange bevor mein Vater eine Affäre hatte. Es würde mich nicht wundern, wenn er auch eine mit deiner Mutter hatte. Ich weiß nicht, was deine Mutter von Treue hält, aber mein Vater hält nichts davon. Immer noch nicht. Er poppt Stripperinnen, Sekretärinnen, Assistentinnen, Köchinnen. Dein Vater hat mit meinem zusammengearbeitet. Die Art der Beziehung kenne ich nicht, aber die werde ich nach heute Nacht herausfinden. Ich war im College, als es passierte. Was ich dir sagen kann, ist, dass meine Mutter sich nicht wegen deiner Mutter das Leben genommen hat.«

»Ashton hat das behauptet. So, als wäre es eine Tatsache.«

»Er hat dir nicht die Wahrheit gesagt, sondern es so erzählt, wie Remmi es sieht.«

»Woher weißt du das?«

Meine Mundwinkel zuckten. Wie konnte ich ihr das Verhalten meines besten Freundes erklären? »Weil er mein bester Freund ist. Er hat es dir aus zwei Gründen so erklärt. Erstens, weil es Remmis Meinung ist, und zweitens, weil er gegen dich stichelt. Du bist Polizistin.« Ich drückte es noch einfacher aus. »Du bist der Feind.«

»Warum bist du dabei so ruhig? Wenn das wahr ist, ist das eine große Sache.«

Wieder zuckten meine Mundwinkel. »Weil ich meinen Dad kenne. Und ich kannte meine Mom. Ich habe Berichte über *deine* Mom gelesen und ihr Foto gesehen. Sie ist eine gut aussehende Frau. Es ist nicht ausgeschlossen, dass sich die Wege deiner Mutter und meines Vaters gekreuzt haben, und ich kann verstehen, warum mein Vater sich zu deiner Mutter hingezogen gefühlt hat. Sie ist eine schöne Frau, immer noch, und ich bin ziemlich besessen von ihrer Tochter. Du ähnelst deiner Mutter.«

Sie seufzte. »Du meinst also, du und dein Vater habt einen ähnlichen Frauengeschmack?«

Ich verkniff mir das Lachen, aber das war auch die einzige Gemeinsamkeit, die ich zugeben würde, mit meinem Vater zu haben. »Du bist atemberaubend. Deine Mutter ist schön. Ich habe nur gesagt, ich könnte ihm nicht vorwerfen, dass er sich zu deiner Mutter hingezogen gefühlt hat, wenn das der Fall gewesen ist. Alles andere, nein. Ich habe vor langer Zeit gelernt, mich von den Verfehlungen meines Vaters in Bezug auf Frauen, Glücksspiel und so weiter zu distanzieren. Er ist als Person eine Enttäuschung und als Vater noch mehr. Wenn meine Schwester ihre Wut an dir auslassen will, dann macht sie einen Fehler und es wird sich darum gekümmert werden. Aber das sagt mir auch, dass sie in Bezug auf unseren Vater noch nicht den Grad der Ernüchterung erreicht hat, den ich habe.«

»Du bist sehr ... direkt, was diese ganze Sache anbelangt.«

Ich presste die Lippen zusammen, denn das ließ sich einfach erklären. »Er ist mein leiblicher Vater, aber das ist alles. Für einen Abfalleimer bringe ich mehr Gefühle auf als für ihn.«

Ihre Augen leuchteten, aber ich glaubte nicht, dass es vor Freude war. Sie unterdrückte eine Emotion. Ich erhaschte einen flüchtigen Blick darauf, bevor sie den Kopf wegdrehte.

»Ich sollte gehen«, murmelte sie.

»Bleib«, sagte ich leise.

»Warum, Trace?« Übermannt von einem Gefühl, brach ihre Stimme. »Wir bekommen buchstäblich jeden Stein in den Weg gelegt, und wo sind wir? Immer noch hier. Immer noch zusammen in diesem Auto. Wir sind wahnsinnig. Das ist die Erklärung.«

Wahrscheinlich. »Eine Autofahrt, Jess. Das ist es. Ich würde dich gern nach Hause bringen und, wenn du willst, morgen hierher zurück, damit du dein Auto holen kannst.«

»Aber warum?«, flüsterte sie und ließ den Kopf hängen.

»Ich möchte Zeit mit dir verbringen. Das ist alles. Eine Autofahrt ... das bedeutet mehr Zeit mit dir in einem vom Rest der Welt abgeschirmten Raum. Ich bekomme dich für diese kleine Auszeit und ich werde sie jeden verdammten Tag genießen, wenn du mich lässt.«

Mit Tränen in den Augen schaute sie mich an und öffnete die Lippen. Sie blinzelte, starrte mich immer noch an, aber ihr Blick klärte sich, und sie nickte.

Erleichterung überkam mich.

Ich lehnte mich auf meinem Sitz zurück und machte es mir bequem. »Wir können losfahren.«

Der SUV fuhr an und Jess bewegte sich. Sie ließ den Arm auf den Sitz zwischen uns sinken. Er streifte meinen und als ich hinunterblickte, sah ich, dass ihre Hand halb zu meiner gedreht war. Ich blickte auf und bemerkte, dass sie mich beobachtete. Als ein kleines Lächeln ihre Lippen umspielte, nahm ich ihre Hand in meine.

Ich hielt sie auf der ganzen Fahrt zu ihrer Wohnung.

Als wir parkten, starrte sie mich lange und intensiv an. Dann nahm sie ihre Schlüssel. »Danke, dass du mich nach Hause gebracht hast.«

»Darf ich dich morgen zu deinem Auto fahren?«

Sie hielt inne, doch bevor sie ausstieg, nickte sie.

Ich würde wieder ihre Hand halten dürfen.

# Kapitel 41
## Jess

Mein Wecker klingelte um sechs Uhr. Ich schlug darauf, um ihn auszustellen, und rollte mich leicht keuchend auf den Rücken.

Ein Sextraum.

Wie alt war ich? Alles nur, weil er meine Hand gehalten und dies am nächsten Morgen auf der Fahrt zu meinem Auto noch einmal getan hatte?

Was hatte ich mir dabei gedacht, damit einverstanden zu sein?

Ich wusste es. Ich hatte für eine Nacht nicht stark sein wollen.

Ich hatte eine Fahrt nach Hause gewollt, aber das war es nicht einmal gewesen. Ich hatte eine Fahrt mit *ihm* gewollt. Wie blöd war ich eigentlich?

Mein Handy summte und ich griff danach.

**Val:** Wir gehen nach dem Schießtraining noch etwas trinken. Bist du dabei? Der kleine Micky wird versetzt. Wir wollen ihn gebührend verabschieden.

Au ja. Das war perfekt. Ein Abend mit meinen Kollegen und Kolleginnen.

**Ich:** Klar. Bin dabei. Wo?
**Val:** In Bear's Pub.

Verdammter Mist! Das war Bears Kneipe und ich dachte »verdammter Mist« nicht, weil sie ihm gehörte, sondern, na ja ... weil sie ihm gehörte. Es würde ein Gespräch zwischen ihm und mir geben, in dem es um meine Mutter ging, und ich würde an die Enthüllung von Trace' Schwester denken. Ich hatte weder das Bedürfnis, meine Mutter zu sehen, noch den Wunsch, über sie oder mit ihr zu reden. Seit Samstag hatte sie keinen Telefonterror mehr betrieben. Warum sollte ich also mehr über sie erfahren wollen? Trotzdem. Ich stöhnte, als ich zurückschrieb.

**Ich:** Hört sich gut an. Uhrzeit?
**Val:** Keine Ahnung. Wenn jeder seine Schicht beendet hat.
**Ich:** Warum gehst du eigentlich hin? Du darfst doch nicht trinken.
**Val:** Aber riechen. Ich kann so tun, als ob. Nimm mir das nicht. Ich brauche es.
**Ich:** Wird Officer Reyo anwesend sein?
**Val:** Leck mich! Wir sehen uns beim Training.

Ich lachte und stöhnte dann wieder.

Dieser Sextraum hatte mich immer noch im Griff. Was war los mit mir? Ach, richtig! Ich hatte in Bezug auf Männer einen schrecklichen Geschmack, aber Trace war nicht schrecklich. Er war unglaublich. Was seine Familie tat, wobei er manchmal half ... Ich musste aufhören, darüber nachzudenken.

Heute Morgen würde ich ein hartes Work-out brauchen.

\* \* \*

Bear stand hinter dem Tresen, als ich hereinkam.

In gewisser Weise ähnelte er seinem Pub. Er war eher klein, sicher unter einem Meter siebzig, aber gebaut wie ein Fass. Er rasierte sich den Schädel, der immer glänzte. Genauso wie seine Kneipe. Die war klein und hatte innen und außen Ziegelwände. Bei der Renovierung hatte er darauf geachtet, den Charme des alten Gebäudes zu erhalten. Er war ehemaliger Soldat, und als er nach Hause zurückgekommen war und das Lokal gekauft hatte, hatte sich das herumgesprochen. Hier trafen sich Veteranen, Polizisten, Feuerwehrleute, Sanitäter und manchmal auch Krankenhausangestellte.

Bear sah mich und hob zur Begrüßung leicht das Kinn. Ich erwiderte den Gruß, ging aber an ihm vorbei zu dem Tisch, den Val bereits belegt hatte. Wir saßen weit hinten, und wie ich Val kannte, hatte sie mit Bear unter vier Augen besprochen, dass er ihr nur alkoholfreies Bier bringen sollte. Und wie ich Bear kannte, würde er ihr die Getränke wahrscheinlich nicht einmal in Rechnung stellen.

So war er nun mal.

»Officer Montell.« Val saß nicht allein am Tisch. Brian Wittel war da, und dem nicht sehr subtilen Wackeln von Vals Augenbrauen nach zu urteilen, war dies ein Date.

Ich schob mich auf einen Hocker, nickte ihm zu und lächelte verhalten. »Officer Wittel.«

Ich mochte Brian. Wir hatten in der Vergangenheit schon einmal etwas miteinander gehabt. Er war ein guter Polizist, hielt sich fit und im entscheidenden Moment die Klappe. Immer, wenn er wegen einem meiner Schützlinge vor Ort war, wusste ich, dass ich mir keine Sorgen zu machen brauchte, dass noch etwas Unvorhergesehenes passierte, denn er war äußerst professionell. Außerdem war er hübsch anzuschauen. Gut aussehend. Vom Typ her dunkel und gut im Bett. In unserer gemeinsamen Vergangenheit gab es nichts Ungeklärtes. Wir hatten uns darauf geeinigt, dass wir uns einfach eine Nachricht schicken würden, sollte es einer von uns noch einmal versuchen wollen. Keine Bedingungen. Nichts. Val wusste von unserer früheren

Verbindung und ich nahm an, dass das hier ihre Rache dafür war, dass ich sie wegen ihres jungen Hengstes aufgezogen hatte.

Ich schaute mich um, entdeckte ihn aber nicht. »Wo ist der kleine Romeo?«

Brian lachte, während Val mich anknurrte. »Halt die Klappe, ja?«

Ich runzelte die Stirn. »Habe ich da etwa einen wunden Punkt getroffen? Habt ihr schon Schluss gemacht?«

Sie fauchte leise vor sich hin, richtete sich halb von ihrem Stuhl auf und beugte sich über den Tisch zu mir. Dann tat sie so, als wollte sie mir eine Ohrfeige verpassen. »Das ist noch immer geheim.« Ihr Blick huschte zu Brian. »Nur Brian weiß es, sonst niemand. Verstanden?«

Ich lachte, als Bear an unserem Tisch auftauchte und ein Glas Bier vor mich stellte. »Ich dachte mir schon, dass Brian etwas weiß, war mir aber nicht ganz sicher. Deshalb der Codename ›kleiner Romeo‹.«

Sie warf mir einen vernichtenden Blick zu. »Brian weiß es, weil er uns erwischt hat, als wir aus meinem Wohnblock kamen.«

Brian lachte. »Vorteil, wenn man im selben Gebäude wohnt.«

Ich wandte mich an Bear. »Danke dir.«

Er nickte mir kurz zu. »Ist schon eine Weile her, dass du hier warst, aber ich dachte, du würdest das wollen, was du normalerweise trinkst.« Bear wusste, dass ich alles trinken würde, was er mir brachte. Das geschah aus Respekt vor ihm, aber sein Blick schweifte über den Tisch, bevor er wieder auf mir landete. Er deutete mit dem Kinn in eine Ecke und senkte die Stimme. »Ein Wort unter vier Augen?«

Alles Lachen verstummte und ich rutschte von meinem Hocker.

»Klar.« Ich warf Val einen Blick zu, bevor ich ihm in die hintere Ecke des Pubs folgte. Er ging voran in seine Küche und blieb nicht stehen. Der Koch hob das Messer und rief: »Hallo, kleine Jessie!«

»Hallo Tony. Das Essen duftet heute wieder vorzüglich.«

»Das tut es immer, aber heute Abend ganz besonders, weil ich jetzt weiß, dass du zu Gast bist.«

Ich grinste zurück, bevor ich Bears Büro betrat.

Bear schloss hinter mir die Tür.

Das Büro hatte zwei Fenster mit Vorhängen, die zugezogen waren, einen Schreibtisch, einen Schreibtischstuhl und ein Zweisitzersofa, das an der Wand stand. Auf dem Sofa lagen Ordner und Papiere und Bear setzte sich nicht, was mir sagte, dass es schnell gehen oder unangenehm werden würde.

Ich machte mich auf alles Mögliche gefasst und wartete, was er mir zu sagen hatte.

»Geht's um Mom?«

Er schüttelte den Kopf und sah für einen Moment traurig aus. Dann enttäuscht und das versetzte mir einen Schlag in die Magengrube. Bear nickte und schüttelte dann den Kopf. »Ja und nein. Sie war ein Wrack, als ich letztens vorbeigefahren bin.«

Ich verlagerte mein Gewicht auf die Fersen. »Welche Art von Wrack?«

»Sie war besinnungslos, als ich eintraf, aber sie wachte wieder auf, als ich gerade gehen wollte. Sie fing an, auf dich und mich zu schimpfen, bis sie merkte, wer ich war. Daraufhin beschimpfte sie mich nicht mehr, aber dich. Was sie sagte, hat mich beunruhigt, Jessie.«

Ich wappnete mich, wollte nichts an mich heranlassen.

»Das ist nicht richtig, Jess«, sagte er und schüttelte den Kopf. »Nicht, was sie gesagt hat, nicht, was du gerade machst. Du schottest dich ab und ich verstehe, dass das ein Bewältigungsmechanismus ist. Ich weiß genug über Psychologie, um den Grund dafür zu kennen, aber es ist nicht richtig.«

»Ich weiß nicht, was du erwartest. Was soll ich dagegen tun? Du warst oft genug dabei. Du weißt doch, was sie über mich denkt. Ich schaue nach ihr, aber ich versuche, mich so oft wie möglich von ihr fernzuhalten. Sie ist Alkoholikerin. Manchmal ist sie schlimmer als zu anderen Zeiten.«

»Ich sage nicht, dass du mehr machen sollst.«

Er sprach behutsam mit mir. Ich spürte sein Mitleid und hasste es.

»Vielleicht solltest du dich komplett zurückziehen«, fügte er mit einem barscheren Unterton hinzu. »Deine Mom haben Dinge in der Vergangenheit zu der gemacht, die sie heute ist. Das ist nicht deine Schuld. Keiner glaubt das, nicht einmal sie selbst, aber sie ist wütend. Das macht sie verbittert und hart. Und sie wird noch schlimmer werden.« Er schaute weg und da merkte ich, dass er wegen dieses Gesprächs nervös war. Sein Adamsapfel bewegte sich einmal auf und ab, bevor er wieder zu mir schaute. »Ich habe den einen Abend mit Leo gesprochen. Er sagte, er sei deinetwegen besorgt und merke, dass etwas im Gange sei.«

Ich biss die Zähne zusammen. »Meint er, dass meine Arbeitsleistung schlechter geworden ist?«

»Nein. Deine Arbeit erledigst du wie immer überdurchschnittlich gut. Das steht außer Frage, aber wir haben so ein komisches Gefühl. Du kennst das doch. Bei mir hat sich das in Übersee entwickelt und Leo hat es auch. Irgendetwas stimmt nicht mit dir. Wir denken, es ist an der Zeit, dass du dich völlig von deiner Mutter zurückziehst und nicht mehr bei ihr nach dem Rechten schaust. Lass uns das übernehmen.«

Sie dachten, es wäre meine Mutter, die mir Sorgen bereitete.

Mich überkamen Erleichterung und Schuldgefühle gleichzeitig.

»Was schlägst du vor?« Meine Stimme überschlug sich.

»Mach dir um sie keine Sorgen mehr. Leo und ich werden jeden Tag nach ihr schauen. Ich bin unverheiratet und er auch. Wir sind alte Junggesellen und wissen, dass das für den Rest unseres Lebens so bleiben wird. Wir haben tagsüber immer ein bisschen Zeit. Er und ich haben deine Mutter gern. Ich habe mich um sie gekümmert, seitdem wir in der sechsten Klasse waren. Jetzt ist das nicht anders, aber du sollst einfach wissen, dass ich auf sie aufpassen werde. Du hältst dich zurück. Sorge dich nicht mehr um sie und mach einfach dein Ding. Wir werden dir den Rücken freihalten.«

Der Gedanke, mir keine Sorgen mehr um sie machen zu müssen, war verlockend, denn es belastete mich. Jeden Tag. Schon vor langer Zeit hatte ich es aufgegeben, sie dauerhaft vom Alkohol wegzubekommen, aber ich hatte sie immerhin dazu gebracht, nicht mehr auszugehen. Sie trank zu Hause. Somit war sie *nur* eine Gefahr für sich selbst, aber auch in diesem Fall konnte ich noch so viel für sie tun.

Sie hasste mich, machte mich für alles verantwortlich, was in ihrem Leben falsch gelaufen war.

Vielleicht war es wirklich das Beste.

Ich nickte steif. »Na gut.«

Er schloss die Augen und ließ die Schultern hängen. »Wir werden dich informieren, wenn wir dich brauchen, aber das wird eine Zeit lang dauern. Zunächst werden wir versuchen, sie zu einer Entziehungskur zu bewegen. Wir werden nicht nur nach ihr schauen, sondern auch versuchen, ihr zu helfen.«

Richtig. Das hatte ich ja nicht gemacht. Sie würden es besser hinbekommen.

Das saß, aber was sollte es.

Ich blinzelte dumme, ärgerliche Tränen weg und meine Kehle fühlte sich an wie ein Reibeisen.

Sie würden ihr helfen. Sie würden tun, was ich nie gekonnt hatte.

Meine Stimme klang rau, als ich krächzte: »Danke, Bear. Ich weiß das zu schätzen.«

»Sie ...«

Ich musste gehen und war weg, bevor ich hörte, was Bear noch sagte.

In der Küche hob ich die Hand. »Schönen Abend, Tony!«

Er erwiderte etwas, einen fröhlichen Gruß, aber den hörte ich nicht. In meinen Ohren dröhnte es, als ich in den Schankraum zurück zu unserem Tisch ging. Ich hatte meine Jacke dort gelassen.

Val fragte mich etwas, aber ich verstand sie nicht.

Eine Wand aus Emotionen stand zwischen mir und allen anderen und ihre Stimmen klangen gedämpft.

Ich sagte etwas, wusste aber nicht, was, doch ich gab mir größte Mühe, alle Gesichter anzuschauen. Die Männer, die mich nicht kannten, grinsten mich an und nickten. Nur Val merkte, dass etwas nicht stimmte. Und Brian. Sein Blick war ungetrübt, er beobachtete mich aufmerksam und zog die Augenbrauen ganz leicht zusammen.

Ich winkte allen zu, legte für mein Bier etwas Geld auf den Tisch und ging.

Ich war gerade aus der Tür und halb über den Parkplatz, bevor mir auffiel, dass mir jemand folgte.

»Jess ... hallo! Jess.« Eine Hand berührte meinen Arm und ich wirbelte in Abwehrstellung herum, doch dann sah ich, dass es Brian war.

Er hob sich ergebend die Hände und zog dann den Reißverschluss seiner Jacke hoch. Danach steckte er die Hände in die Taschen und reckte das Kinn. »Was ist los mit dir?«

Ich schaute an ihm vorbei zur Tür. »Kommt Val auch noch?«

Er runzelte die Stirn, schüttelte jedoch den Kopf. »Sie hat gesehen, dass ich dir nachgegangen bin, und ist drinnen geblieben. Was hat Bear von dir gewollt? Was ist los?«

Ich wippte auf den Füßen, fühlte mich innerlich ruhelos.

Vielleicht sollte ich es ihm sagen. Brian war ein lieber Kerl, aber verdammt. Zwischen uns gab es ein distanziertes Einvernehmen und das war das Stichwort. Distanziert.

Nein. Ich konnte es ihm nicht erzählen. Das wäre falsch. Er und ich machten so einen emotionalen Mist nicht, aber ich musterte ihn jetzt auf eine andere Art. Der One-Night-Stand, den ich vorgehabt hatte, aber zu feige gewesen war durchzuziehen. Dafür konnte ich Brian gebrauchen.

Ich streckte die Hand nach ihm aus, bevor ich merkte, dass ich meine Entscheidung getroffen hatte.

Als ich nach seiner Jacke griff und ihn zu mir zog, schnellte sein Kopf zur Seite. Brian bewegte sich nicht, nur seine Hand griff nach meiner, die seine Jacke festhielt. Er starrte mich eindringlich an und dann ging es blitzschnell.

Sein Körper prallte gegen mich, seine Lippen lagen auf meinen und ich wurde zurück gegen den Lastwagen hinter mir gedrängt.

Ja. Ja. Ja!

Mir wurde heiß, aber dann … Nein. Nein.

Ein fremdes Gefühl überkam mich.

Ich kannte seine Lippen. Mein Körper reagierte auf sie, aber mich überkam eine Abwehrreaktion.

Das waren nicht die Lippen, die ich auf meinen spüren wollte, nicht der Körper, der sich an mich drängen sollte.

Ich versuchte, Brian leidenschaftlicher zu küssen, zwang mich dazu. Er reagierte darauf, indem er meinen Hinterkopf umfasste und mir seine Zunge in den Mund schob.

Nein!

Ich drängte ihn mit offen stehendem Mund zurück, denn was hatte ich gerade getan? Warum? Warum nicht er?

Er passte viel besser zu mir.

Mit ihm konnte ich dieses Leben weiterführen, wie ich wollte.

Aber ich zitterte am ganzen Körper und eine Kälte durchdrang mich.

»Was ist los?«, keuchte er. »Ich dachte, du willst es.«

Ja, aber nicht mit ihm.

Wieder fühlte ich mich so leer und glaubte, dass mich dieses Gefühl nie wieder verlassen würde.

»Ja, aber ... Ich bin im Moment völlig durcheinander. Ich muss nach Hause.« Ich gestikulierte in seine Richtung. »Bevor ich etwas tue, was ich bereue.«

Er zuckte zusammen und wich zurück. »Hätte nicht gedacht, dass es ein Problem gibt, aber ich verstehe den Wink.« Er ging zurück zum Pub. »Pass auf dich auf, Jess.«

Ich lief ihm nach. »Brian ...«

Aber er ignorierte mich und ließ die Tür hinter sich ins Schloss fallen.

Verdammt! Ich vermasselte einfach alles.

Dann summte mein Handy.

**Trace:** Wo bist du?

Ich schloss die Augen, denn eine einfache Textnachricht führte dazu, dass mir wieder am ganzen Körper heiß wurde. Er. Es war er für mich und mein Körper hatte die Wahl getroffen. Ich war völlig verloren.

Aber ich antwortete, gab wieder nach.

Bewegte mich auf die Tore der Hölle zu.

Begrüßte die Glut, die mich verschlingen würde.

**Ich:** Bin jetzt auf dem Weg zu mir nach Hause.

# Kapitel 42

TRACE

**Ich:** Schläfst du?

Mein Handy summte, als sich die Fahrstuhltüren zu meiner Wohnung öffneten.

**Jess:** Nein.

**Ich:** Wo genau bist du?

**Jess:** Im Bett, aber noch wach.

Ich ging zur Bar, goss mir einen Whiskey ein und nahm ihn mit ins Badezimmer. Nachdem ich die Dusche angestellt hatte, zog ich mich aus.

**Ich:** Ich möchte, dass du dich nackt ausziehst.

Ich begann mich zu streicheln, wartete auf ihre Antwort, stellte mir vor, wie sie dalag und darüber nachdachte.

**Jess:** Ich kann das nicht.

**Ich:** Zieh dich aus und befeuchte deine Lippen, Baby. Jetzt.

**Jess:** Diese Textnachrichten könnten uns verraten.

**Ich:** Ich bin schon hart und werde immer härter. Tu es. Jetzt.

Mit nach hinten geneigtem Kopf und geschlossenen Augen machte ich weiter. Stellte mir vor, wie sie ihre Schlafanzughose auszog, dann ihren Slip.

**Jess:** Ich bin jetzt nackt.

**Ich:** Liegst du unter der Bettdecke?

**Jess:** Soll ich mich zudecken?

**Ich:** Nein. Ich will, dass nichts deinen Körper bedeckt. Lutsch an deinen Fingern, Baby. Lass einen in dich gleiten.

**Jess:** Ich habe einen Finger in mir.

**Ich:** Spiel mit dir. Zieh ihn heraus, lass ihn wieder in dich gleiten, beweg ihn in dir. Schaffe Raum und dann steck einen zweiten Finger in dich.

**Ich:** Machst du das? Sag's mir.

**Jess:** Ja, ich tue es. Ich besorge es mir mit zwei Fingern.

**Ich:** Mach weiter.

**Ich:** Fester.

**Ich:** Schieb sie ganz in dich hinein, so weit du kannst. Drück das Kreuz durch. Heb die Hüften, dann geht es leichter. Tu es für mich.

**Jess:** Ja. Und es fühlt sich so gut an.

**Ich:** Mach weiter. Schneller jetzt. Ein bisschen grober.

Meine Hand lag wie ein Vakuum über meinem Schwanz. Heiliger Bimbam. Ich sah alles vor mir, was sie auf mein Kommando hin tat. Sie folgte meinen Anweisungen.

**Jess:** Ich komme mir komisch vor.

**Ich:** Das brauchst du nicht. Es sind nur wir beide. Mach weiter oder ich komme zu dir und übernehme es.

Ich stöhnte, während ich mich ihrem Tempo anpasste. Ich hatte den Kopf gesenkt und mein Herz raste. Herrgott! Der Gedanke daran, dass sie es sich selbst besorgte, während sie an mich dachte, würde dazu führen, dass ich zu früh kam.

Ich musste innehalten und fester zudrücken, um den Höhepunkt hinauszuzögern.

Der Drang, zu ihr zu fahren und das zu tun, was ich ihr angedroht hatte, tobte in mir. Warum tat ich es nicht? Warum konnte ich nicht noch einmal Anspruch auf ihren Körper erheben? Sie würde es zulassen. Eine Berührung und sie würde einknicken, doch für mich wäre es das Gleiche. Ein Gedanke an sie und ich hätte ihr am liebsten meinen Stempel aufgedrückt, damit sie für den Rest ihres Lebens nur noch mich in sich spürte.

**Jess:** Ich komme gleich. Ich spüre es.

**Ich:** Warte kurz. Ich will, dass wir beide zusammen kommen. Machst du das für mich?

**Jess:** Ich warte. Beeil dich.

Ich grinste und kicherte dann leise.

**Ich:** Noch ein Stoß, Baby. Für mich.

**Jess:** Okay. Los …

**Ich:** Kommst du?

**Jess:** Ja!

Noch zweimal herauf- und hinuntergestrichen und ich explodierte. Ließ es heraus bis zum letzten Tropfen, dann lehnte ich mich zurück an die Wand.

**Ich:** Bist du gekommen?

**Jess:** Ja. Und du?

**Ich:** Ich auch. Wie fühlst du dich jetzt?

**Jess:** Komisch.

Ich grinste.

**Ich:** Scheint das Thema des heutigen Abends zu sein.

**Jess:** Es ist einfach schwer, das mit dir, aber ohne dich zu tun. Und einhändig zu schreiben. Ich habe heute Abend versucht, jemanden zu küssen, um dich aus meinem Kopf zu bekommen.

Ich drückte auf »Wählen« und eine Sekunde später nahm sie atemlos ab. »Hallo?«

»Was hast du getan?«, knurrte ich.

»Es hat nicht funktioniert.« Sie klang gleichzeitig schlaftrunken und traurig. »Er war nicht du. Du hast mich für Männer verdorben und verstehst das nicht.«

Ich beruhigte mich. »Was verstehe ich nicht?«

»Du und ich, wenn wir das hier tun … dann ändert sich alles für mich. Einfach alles.«

Doch. Das verstand ich. »Die Alternative ist, verrückt zu werden. Ich bin gerade dabei, Jess. Und du?«

Sie antwortete nicht.

Ich drängte sie nicht, aber es fühlte sich richtig an, splitterfasernackt mit aufgedrehter und auf mich wartender Dusche in meinem Badezimmer zu stehen und sie durchs Telefon atmen zu hören. Ich hatte es nicht eilig, dem ein Ende zu setzen.

»Wenn ich dich wähle, verliere ich alles andere.«

»So muss es nicht sein.«

»Doch, und das weißt du. Die Frage an dich ist deshalb: Ist es okay für *dich* zu wissen, was es *mich* kosten wird, mit *dir* zusammen zu sein?«

Danach legte sie auf und ich brauchte lange, bis ich das Handy von meinem Ohr nahm.

Sehr lange.

# Kapitel 43
## Jess

Seltsame Dinge passierten in der nächsten Woche.

Zum einen hielt Trace sich von mir fern. Kein Kontakt. Keine Textnachrichten. Keine Anrufe. Anthony legte Wert darauf, mir mitzuteilen, dass »er« nicht im Gebäude sei und es während meiner Schichten auch nicht sein werde. Zum anderen benahmen sich meine männlichen Bewährungshäftlinge tadellos. Mir gegenüber fast wie Gentlemen. Die Frauen nicht. Die wollten mir immer noch die Augen auskratzen. Einer der Männer schlug mir versehentlich die Tür vor der Nase zu und entschuldigte sich danach so übertrieben, dass mir der Kragen platzte.

Ich stürmte in seine Wohnung und die Tür knallte hinter mir zu.

»Hey!«

Durch die geschlossene Tür schrie ich nach draußen: »Gib mir eine Sekunde, Officer Hartman!«

»Was?«

»Eine Sekunde. Bitte.«

Ich hörte Val maulen. »Wirklich verdammt merkwürdig, aber okay. Eine Sekunde. Mehr nicht.«

»Äh, Officer Montell, ich will keinen Ärger.« Mit erhobenen Händen wich er zurück. Er war ein Riese von einem Mann, der locker neunzig Kilo mehr wog als ich und nur aus Muskeln zu bestehen schien. Seine Verhaltensweise hatte sich völlig geändert. Er war erst vor Kurzem aus dem Knast gekommen und hatte die vielen Möglichkeiten, die ihm im Gefängnis zur Verfügung gestanden hatten, nicht genutzt. Manchmal war das ein Indikator dafür, wie kooperativ sie mit uns draußen sein würden. Dieser Mann war tatsächlich unkooperativ und jedes Mal unausstehlich gewesen, wenn ich auf ihn traf.

»Was zum Teufel ist los? Du bist mein siebter Bewährungshäftling mit einem magischen Gesinnungswandel mir gegenüber. Verstehe ich nicht. Ist euch allen der Heilige Geist erschienen? Ich will wissen, was los ist und warum.«

Er musterte mich und runzelte die Stirn. Verwirrt verzog er das Gesicht, bevor er die Hände sinken ließ. »Ehrlich? Sie wissen es nicht?«

»Nein. Aber du wirst mich gleich aufklären.«

Ihm fielen fast die Augen aus dem Kopf und er suchte nach einem Ausweg.

»Jetzt!«

Als ich ihn anherrschte, machte er einen Satz. »Es gibt Gerüchte, dass Sie protektiert werden.«

Mit fest auf ihn gerichtetem Blick senkte ich ein wenig den Kopf. »Und was bedeutet das?«

»West-Mafia. Sie haben verbreitet, dass man Sie nicht anfassen darf. Sie werden als ihr Eigentum betrachtet.«

»Ihr Eigentum? Erklär mir das.«

Er neigte den Kopf nach hinten und musterte mich von oben bis unten, aber nicht auf anstößige Art, sondern eher, als würde er nicht erkennen, wer vor ihm stand. »Was reden

Sie denn da? Sie wissen doch, was das bedeutet. Es heißt, dass Sie auf ihrer Gehaltsliste stehen oder dass Sie einen von ihnen vögeln.« Er machte einen Schritt zur Seite und schielte auf seine eigene Verandatür. »Muss zugeben, dass ich das nie von Ihnen erwartet hätte. Dachte immer, Sie wären total aufrichtig und ehrlich, so auf dieser Schiene.«

Ich würde Trace umbringen.

»Das bin ich auch«, fauchte ich. »Ich habe keine Ahnung, warum zum Teufel diese Anordnung erlassen wurde, aber sie ist falsch.«

Er ließ die Arme sinken und hatte den Kopf immer noch nach hinten geneigt. »Warten Sie. Meinen Sie, die tun das, um Sie lahmzulegen?« Er entspannte sich und stieß einen leisen Pfiff aus. »Kann mir nicht vorstellen, dass die das mit Ihnen machen. Man kennt Sie als harte Nuss. Ich wurde vor Ihnen gewarnt, aber ich dachte mir, ich werde wohl trotzdem tun, was ich will. Allerdings verbreitete sich dann diese neue Anordnung und die West-Mafia ist eng mit den Waldens verbandelt. Mit denen will ich keinen Ärger haben. Verstehen Sie?«

Ich sah rot. Ich fühlte rot.

Ich war buchstäblich durch und durch rot.

Ich holte mein Probenset heraus und gestikulierte in Richtung Badezimmer. »Du hast deinen Urintest geschwänzt. Wir machen ihn jetzt.«

»Was? Hier?!« Er wurde etwas lauter.

»Hier, und versuch keine Tricks, denn ich lasse nicht zu, dass du das vermasselst. Stell dir vor, du pisst Wasserfälle, und währenddessen hole ich meine Kollegin rein, damit sie das bezeugt. Und du wirst nichts über den Scheiß rauslassen, den du mir gerade erzählt hast. Du wirst verbreiten, dass die mich betreffende Anordnung falsch ist.«

»Nichts werde ich über Sie verbreiten, was mit den Wests zusammenhängt. Das müssen *Sie* regeln.«

Ich knurrte und deutete auf das Badezimmer. »Los jetzt.«

Er kam meiner Aufforderung nach, während ich Val hereinließ. Nachdem wir die Urinprobe an uns genommen hatten und das Haus verließen, fragte sie mich: »Klärst du mich darüber auf, was das gerade war?«

»Nein. Ist besser, wenn du es nicht weißt.«

»Warte.« Wir waren an meinem Auto angekommen und sie hinderte mich daran, die Tür zu öffnen. Sie senkte die Stimme. »Ich habe auch bemerkt, dass hier etwas im Gange ist. Es wäre ein Leichtes für mich, mich umzuhören und es selbst herauszufinden. Wäre aber besser, wenn du es mir erzählst.«

Sie hatte recht, aber verdammt, ich konnte mich nicht dazu durchringen, es auszusprechen. Sobald ich es täte, wüsste sie Bescheid. Sie wäre sensibilisiert und würde anfangen, weitere Fragen zu stellen.

»Es wäre besser, wenn ich es wüsste. Das weißt du. Ich kann helfen, es nicht bekannt werden zu lassen, was immer es auch ist. Was, wenn Travis es herausfindet? Du weißt, was er tun würde.«

»Er wird es nicht herausfinden, denn glaub mir, die Bewährungshäftlinge wollen selbst auch nicht darüber sprechen.«

»Dann ist es noch wichtiger, dass du mich aufklärst. Ich bin deine Kollegin. Komm schon, Jess.«

Wut und ein Gefühl der Hilflosigkeit bemächtigten sich meiner in rasantem Tempo. Ich würde es bereuen. Das wusste ich, aber er hatte mir das angetan.

»Die West-Mafia hat eine Anordnung herausgegeben. Ich stehe unter Protektion.«

Val sog scharf die Luft ein.

»Unter ihrer.«

»Im Ernst?«, zischte sie und ließ den Kopf auf die Seite fallen.

»Ja.«

»Warum sollten sie das machen? Warte. Dein Vater hatte doch früher mit ihnen zu tun. Ist es das oder etwas Aktuelleres?«

Ich schaute sie eindringlich an, wollte sie nicht noch mehr belügen, als ich es ohnehin schon getan hatte. »Ich habe vor, es herauszufinden.«

»Okay. Und was soll ich für dich tun?«

»Halt mir einfach den Rücken frei, wenn du irgendetwas über mich hörst.«

»Das kann ich machen.« Sie schaute zum Auto. »Du willst es sofort herausfinden, oder?«

»Ich werde damit anfangen und du solltest nicht dabei sein, wenn ich es tue.«

»Willst du keine Rückendeckung?«

»Es reicht, wenn einer von uns im Dreck wühlt. Ich will nicht, dass dieser Mist auch noch auf dich abfärbt.«

Sie nickte mir zu und nahm mir die versiegelte Urinprobe ab. »He, Jess.«

Ich öffnete die Autotür und schaute noch einmal zu ihr.

Ihr Blick war fest auf mich gerichtet. »Sei einfach klug bei dem, was du tust.«

Klug? Ich würde es versuchen. Alles andere konnte ich nicht versprechen.

Ich deutete auf die Urinprobe. »Kannst du die für mich abgeben?«

»Klar. Und ich rufe jemanden an, der mich abholt.«

»Bist du dir sicher?«

»Bin ich. Geh und kümmer dich um diesen Mist, bevor er sich weiterverbreitet.«

»Danke, Val.«

Wieder ein ernstes Nicken von ihr. »Denk einfach daran, was ich gesagt habe. Sei klug.«

Sie hatte recht. Wenn ich Trace umbrachte, musste ich beim Verscharren seiner Leiche *sehr klug* vorgehen.

# Kapitel 44

## Trace

»Mr West, eine Officer Montell ist hier für Sie. Sie sagte, sie brauche keinen Termin.«

Ich runzelte die Stirn, weil ich so etwas nicht erwartet hatte, als ich vom Empfang angerufen wurde.

»Schicken Sie sie rauf.«

»Wird gemacht, Mr West.«

Ich verließ das Programm mit den Wertpapierdepots, die ich gerade analysiert hatte, als das »Ping« des Fahrstuhls ihr Eintreffen ankündigte. Das Personal am Empfang hatte sicher meine Assistentin benachrichtigt, die Jess den Weg in mein Büro weisen würde. Sie sah mich durch die Glaswände, die wir in diesem Gebäude hatten. Normalerweise hatte ich kein Problem damit, von Wänden aus Glas umgeben zu sein. Es war ein Trend gewesen, als man dieses Gebäude gebaut hatte. Jeder wollte sehen, was der andere tat. Das verhinderte auch jeglichen dubiosen, zwielichtigen Scheiß, was, wie ich immer glaubte, der eigentliche Grund für die Konstruktion war. Alle hatten Abdeckungen für ihre Computer, sodass die Privatsphäre gewahrt blieb, aber Jess' warnender, stechender Blick ließ mich in diesem Moment die durchsichtigen Wände verfluchen.

Als sie hereinkam und die Tür hinter sich schloss, drückte ich auf einen Knopf, und somit waren wir immerhin schallisoliert. Die Fenster verdunkelten sich. Wir wurden immer noch gesehen, aber unser Gesichtsausdruck würde verschwommen sein.

Jess war direkt an der Tür stehen geblieben, sodass fast der ganze Raum zwischen uns lag. Ihre Hand hatte sie auf der Hüfte, wo sie, wie ich wusste, ihre Waffe trug.

Ich stand von meinem Schreibtischstuhl auf. »Was ist los?«

»Du hast für mich eine Schutzanordnung erlassen? Mit Absegnung der West-Mafia?«

*Was?!*

Das würde sie in Verruf bringen und wäre genau das Gegenteil von dem, was ich für sie wollte. »Das habe ich nicht, Jess.«

»Hast du doch!« Sie kam strammen Schrittes auf mich zu, trat dann jedoch auf die Bremse und ihr Oberkörper neigte sich leicht nach hinten. »Hast du eine Ahnung, was das für mich bedeutet?«

»Ja, das habe ich! Und das würde ich dir *nie* antun. Was nicht heißt, dass ich es nicht wollen würde, aber ich täte es nicht. Jess.« Das hier war das Worst-Case-Szenario. Ich hatte so viel getan, um nicht an sie zu denken. »Was du bei unserem letzten Gespräch zu mir gesagt hast, war richtig und ich habe mich von dir ferngehalten.«

»Wer hat es dann zum Teufel getan? Ich erwecke den Eindruck …«

»Ich weiß, welchen Eindruck du dadurch erweckst. Ich *weiß* es. Aber ich war es nicht.«

Ihre Augen sprühten Feuer und ihr ganzer Körper war wie erstarrt. Sie war kampfbereit.

Ich holte ein Wegwerf-Handy hervor und wählte Ashtons Nummer. Das Handy war genau für solche Gespräche gedacht. Als er sich meldete, stellte ich auf Lautsprecher. »Nur dass du es weißt, ich habe dich auf laut gestellt. Ich bin in meinem Büro mit Jess.«

Er schwieg. »Na ja, diese Art von Anruf habe ich nicht erwartet. Hätte ich aber vielleicht angesichts der Tatsache, dass du eines dieser Handys benutzt. Was kann ich für euch beide tun?«

»Jess hat mich gerade darüber informiert, dass für sie eine Schutzanordnung seitens der West-Familie erlassen worden ist.«

Er fing an zu lachen, was zu einem Hustenanfall führte, als er versuchte, das Lachen zu unterdrücken. »Entschuldigung. Ich … wollte nur … was zum Teufel soll das denn?!«

Ich entspannte mich, als ich das hörte. Er hatte es nicht in meinem Namen getan. Ich setzte mich und lehnte mich auf dem Stuhl zurück. »Wer hat das gemacht, Ashton?«

»Was fragst du mich? Es ist deine Familie!«, fluchte er.

Ich warf dem Telefon einen Blick zu. »Du weißt genau, warum ich dich frage. Wer hat das deiner Meinung nach getan?«

Jess stand immer noch steif da. Sie hatte den Kopf in den Nacken gelegt und die Augen geschlossen. Ihr Brustkorb hob und senkte sich kaum und sie hatte die Hände in die Hüften gestemmt, aber die rechte Hand befand sich nicht mehr in der Nähe der Waffe.

»Ich weiß es wirklich nicht, aber … kannst du den Lautsprecher ausschalten?«

Jess machte die Augen auf. Ihr Gesichtsausdruck war verhalten, aber sie erhob keinen Einspruch, als ich Ashtons Bitte nachkam.

Ich stand auf und ging mit dem Telefon am Ohr zum Fenster. Jess kehrte ich den Rücken zu. »Was denkst du?«

»Du hast das gemacht, damit sie meine Reaktion hört, oder? Um sicherzugehen, dass sie auch glaubt, du seist es nicht gewesen?«

»Genau.«

Er atmete über das Telefon aus. »Mach das nicht noch einmal.«

»Das werde ich nicht. Aber wer, denkst du, hat das getan? Du weißt doch, was das für sie bedeutet.«

»Ja. Sie ist auf der Straße gebrandmarkt. Kein Wunder, dass sie bei dir im Büro aufgetaucht ist.«

»Ashton«, knurrte ich. Er hatte ein besseres Gefühl für die Straßen als ich. Sie waren sein Fachgebiet. »Wer hat das getan?«

»Nur jemand, der als Familie betrachtet wird, kann die Anordnung herausgegeben haben. Ich selbst, da ich oft in deinem Namen für deine Familie spreche, oder dein Onkel oder dein Vater. Die Frage ist allerdings: Warum würde einer von ihnen das tun? Dein Vater weiß nichts von ihr und dein Onkel würde dich nicht so unter Druck setzen wollen. Ihm gefällt es, dass du vielleicht eine Beziehung mit ihr eingehst. Die wollte er schon früher nutzen, bevor du Jess aus der Schusslinie genommen hast.«

»Das würde keinen Sinn ergeben. Er würde sie später nutzen, nicht jetzt.«

»Genau.«

Was auf ein anderes Familienmitglied hindeutete, eines, das Jess schaden wollen *würde*.

»Trace.« Nach Ashtons tiefer Stimme zu urteilen, hatte er dieselbe Vermutung.

»Denkst du an diejenige, an die ich denke?«

Immer noch mit tiefer Stimme fluchte er: »Ich dachte, ich hätte sie im Griff. Ich habe sie zurück nach Vegas geschickt. Dort sollte sie bleiben.«

»Sie kann von Vegas aus telefonieren.«

»Ich weiß, aber ...« Es folgten weitere Flüche von ihm. »Das heißt, dass sie jemanden hat, der Fragen über Jess stellt. Das ist nicht gut für dich, Bruder.«

»Das ist mir klar.« Jede Zelle meines Körpers war in Habachtstellung. Dass meine Schwester sich in meine Angelegenheiten einmischte, war ganz sicher nicht gut. Sie war launisch und unberechenbar und sie hatte keine Ahnung, wen sie in die Luft jagen würde.

»Ich werde verbreiten, dass Jess Montell nicht zu uns gehört. Die Aufforderung war falsch, aber die Ohren sind jetzt gespitzt und der Blick ist geschärft.«

Was bedeutete, dass es unglaublich dumm wäre, wenn Jess weiterhin für mich arbeitete und überhaupt in diesem Büro war. Es sei denn, die Dinge würden eine drastische Wendung nehmen. Ich hatte ihr Gesicht gesehen, als sie hier hereingeplatzt war. Das war ihr schlimmster Albtraum.

»Dessen bin ich mir völlig bewusst.« Ich drehte mich um und wollte Jess gerade einbeziehen, indem ich sagte: »Dein Job wird ...«

Ich verstummte, denn sie war nicht mehr da.

Die Tür stand offen. Die Fahrstuhltüren schlossen sich gerade.

Jess war weg.

»Ashton.«

»Ja?«

Ein ausgesprochen ungutes Gefühl überkam mich. »Finde meine Schwester.«

»Um sie einzuschüchtern?«

»Nein.« Ich setzte mich in Bewegung, weil ich wusste, was Jess tun würde. Diesmal hatte man sie zu weit getrieben. Sie hatte nur noch eine Sache in ihrem Leben und das war ihr Beruf. Sie würde ausrasten. »Um sie zu schützen. Vor Jess.«

»O Mist! Mache ich.«

Wir legten auf und ich packte alles zusammen. »Wenn ich heute noch Meetings habe, sagen Sie sie bitte ab. Die ganze Woche.« Ich sauste an meiner Assistentin vorbei zu meinem privaten Fahrstuhl. Als ich auf dem Parkdeck ankam, hatte Pajn einen Finger am Ohr. Er sah mich kommen und richtete sich auf. »Ich habe den Anruf bekommen, dass du wegwillst. Was ist los, Chef?«

»Ruf meine Schwester an.«

Er wollte gerade nach seinem Handy greifen, hielt dann jedoch mit einem merkwürdigen Gesichtsausdruck inne. »Chef?«

»Mit deinem Handy. Ich nehme an, sie wird bei mir oder Ashton nicht abnehmen, aber bei einem von euch beiden schon. Sie wird zu neugierig sein.«

Der Ernst der Lage wurde ihm bewusst und er suchte meine Schwester in seinen Kontakten. Dann drückte er auf »Wählen« und reichte mir das Telefon. Nach dem ersten Klingeln nahm sie ab.

»Pajn? Ist Trace okay?«

»Nein«, stieß ich hervor und bedeutete Pajn, sich hinter das Steuer zu setzen. Ich nahm das Handy mit auf den Rücksitz und ließ die Trennscheibe herunter. Demetri saß auf dem Beifahrersitz und schaute von einem zum anderen, schwieg jedoch. »Wo zum Teufel bist du, Remmi?«

Sie antwortete nicht sofort, sagte dann jedoch mit zitternder Stimme: »Du klingst, als seist du wütend auf mich, Trace. Warum bist du wütend? Ich mag es nicht, wenn du böse auf mich bist.«

»Es wird dich völlig überraschen, aber ich bin tatsächlich deinetwegen geladen. Wo zum Teufel bist du? Eigentlich solltest du zurück in Vegas sein, aber ich gehe davon aus, dass du dort nicht bist.«

Ich bekam Jess' Gesicht nicht aus dem Kopf. Wie blass sie gewesen war, als sie in mein Büro kam.

Wie sie ohne ein Wort gegangen war.

»Du machst mir Angst, Trace.«

»Du solltest auch Angst haben. Du hast dich mit der falschen Polizistin angelegt.«

Scharf sog sie die Luft ein. »Woher weißt du davon?« Ihre Stimme wurde schrill. »Und warum interessiert sie dich überhaupt?!«

Himmelherrgott. Sie steckte tatsächlich dahinter.

Ich nahm mein Wegwerf-Handy und schickte Ashton eine Nachricht.

**Ich:** Sie war es.

Er antwortete sofort.

**Ashton:** Ich bin dabei, Remmis Mist zu korrigieren. Meine Kontakte sagen, sie würden es verbreiten, aber ein gewisser Schaden sei bereits angerichtet. Werde es irgendwie drehen, damit Jess geschützt ist. Willst du, dass ich mich um deine Schwester kümmere?

**Ich:** Nein, das mache ich.

**Ashton:** Versündige dich nicht an deinem eigen Fleisch und Blut.

Ich antwortete absichtlich nicht auf diese Nachricht, sondern blaffte ins Handy: »Sag mir jetzt sofort, wo du bist, Remmi!«

»Okay, okay! Ich bin in eurem Club«, kreischte sie erschrocken.

»Wo bist du?«

»Im *Katya*. Ich bin hier, um ihr zu drohen. Arbeitet sie nicht heute Abend?«

Es war der folgende Dienstag, aber das bedeutete, dass Remmi nur Vermutungen anstellte, und es bedeutete ebenso, dass Anthony sich ihr gegenüber nicht kooperativ zeigte. »Ist Anthony da?«

»Er ist gerade auf den Flur gegangen, um einen Anruf entgegenzunehmen. Ich glaube, es ist Ashton.«

»Du bleibst, wo du bist.«

Ihre Stimme zitterte, als sie sagte: »Warum habe ich gerade solche Angst? Sie ist Polizistin und sollte hier sowieso nicht arbeiten. Was habe ich denn falsch gemacht?«

»Bleib, wo du bist, und mach nichts Dummes. Verstanden?«

»Ja.« Sie schluchzte und bekam einen Schluckauf. »Trace, was habe ich denn vermasselt? Ich weiß es nicht.«

Ich verkniff mir einen Fluch, weil ich verdammt noch mal nicht dafür gesorgt hatte, dass man sie vorher richtig in den Griff bekommen hatte. Ich wechselte zu meinem Wegwerf-Handy und rief Ashton an.

Nach dem ersten Klingeln nahm er ab. »Sie ist im *Katya*.«

»Ich habe gerade mit ihr telefoniert. Was hast du ihr erzählt, als sie Jess zum ersten Mal im *Katya* gesehen hat?«

»Ich habe sie zum Flughafen gefahren, sie in den Flieger nach Vegas gesetzt und ihr gesagt, sie solle vergessen, dass diese Frau existiert. Außerdem habe ich ihr geraten, sich nicht mit Jess anzulegen, weil sie sich sonst in Familienangelegenheiten einmischen würde.«

»Hat sie irgendetwas darauf erwidert? Hast du Jess' Namen genannt?«

»Nein, habe ich nicht. Damit hätte ich Öl ins Feuer gegossen, und nein, Remmi hat nichts gesagt. Sie hat angefangen zu weinen, aber sie ist ins Flugzeug eingestiegen. Das habe ich tatsächlich gesehen. Und auch, wie das Flugzeug abgeflogen ist.«

»Das bedeutet, sie ist sauer und schmollend nach Vegas geflogen und hat dort wahrscheinlich den nächsten Flieger zurück genommen.«

»Ja«, stöhnte Ashton. »Ich dachte, ich hätte das geregelt. Remmi ist …«

»Sie ist meine Schwester. Ich hätte das mit ihr regeln sollen und nicht du.«

»Wir kümmern uns die ganze Zeit gegenseitig um unsere Familien. Manchmal hört Remmi auf mich, wenn sie dir keinen

Glauben schenkt. Wir beide wissen das. Deine Schwester ist einfach unberechenbar. Wer hätte gedacht, dass sie etwas so Extremes tun würde?«

»Such meinen Vater. Dass sie überhaupt hinter Jess her ist, ist verdächtig. Wenn sie seit dem Tod unserer Mutter über Jess' Mutter herziehen würde, hätten wir davon gehört.«

»Was denkst du?«

»Ich glaube, dass ihr jemand etwas eingeredet hat, jemand, der Grund hat, wütend auf mich zu sein.«

»Dieser Mistkerl. Wenn er das getan hat!«

»Wir haben ihn an Onkel Steph übergeben und hinter ihm aufgeräumt. Ich nehme an, er war nicht sehr dankbar dafür, wie wir die Sache geregelt haben.«

»Hätte er aber sein sollen. Dieses Arschloch nimmt sich zu viel raus. Wenn du recht hast und er dahintersteckt, was wirst du dann machen? Dann mischt er sich in Familienangelegenheiten ein und deine Familienangelegenheiten sind meine Familienangelegenheiten. Ich weiß nicht, was Stephano tun wird, aber ich kann dir sagen, was meine Onkel mit ihm machen werden. Zumal sie ihn deinetwegen und meinetwegen seit Jahren mit Samthandschuhen anfassen.«

Mein Vater war ein toter Mann, wenn er vorhatte, uns zu schaden, das mit Jess herausgefunden hatte und davon profitieren wollte. Das bedeutete, er hatte Remmi ausfindig gemacht, sie manipuliert, ihr Lügen eingeredet und das war jetzt das Ergebnis. Jess' Karriere stand auf dem Spiel.

Er steckte dahinter und das bedeutete, dass er von Jess und mir wusste.

Ganz leise sagte ich: »Das hat *er* getan und ich werde ihn dafür selbst umbringen.«

Die Konsequenzen waren mir völlig egal.

# Kapitel 45

JESS

»Val.« Ich rief sie an, sobald ich im Fahrstuhl stand und sobald ich gehört hatte, wer dahintersteckte. Ich war nicht mehr in der Lage, mich zu beherrschen. Diese kleine Ratte wollte mein ganzes Leben versauen? Verflucht seien ihre verdammten Familiengene. Ich war erledigt.

»Hey.« Sie klang verhalten. »Wo bist du?«

»Remmi West. Das ist diejenige, die die Anordnung herausgegeben hat.«

»Was?« Val lachte. »Die Mafiaprinzessin? Wohnt die nicht die Hälfte der Zeit in Vegas? Warum sollte sie das tun? Sie muss doch wissen, was das für dich bedeutet.«

»Das weiß sie. Sie hat die verrückte Idee, dass ihr Vater und meine Mutter eine Affäre hatten und dass ihre Mutter sich deshalb das Leben genommen hat.«

»Wow!«

Die Fahrstuhltüren öffneten sich und ich trat hinaus, ignorierte jeden, der mir im Weg stand, und ging direkt zu meinem Dienstwagen. »Genau.«

»Was wirst du tun?«

»Ich muss wissen, wo sie ist.« Ich saß im Auto und drückte auf die Lautsprechertaste, um mein Handy mit dem Auto zu koppeln.

»Möchtest du, dass ich sie suche?«

»Ich will sie finden, bevor das jemand anders tut.«

»Und dann?«

Stoßweise atmend fädelte ich mich in den Verkehr ein. »Im Moment weiß ich das noch nicht. Festnehmen vielleicht?«

»Sie wird alles leugnen. Und aus welchem Grund willst du sie festnehmen?«

»Weil sie mein Leben in Gefahr gebracht hat? Eine Meldung gefälscht hat?«

Val lachte, aber nicht lange. »Ich weiß nicht, ob du das ernst meinst, aber die Protektionsanordnung war doch nichts Offizielles. Die wurde unter der Hand für die Straße ausgegeben. Und keiner wird gegen eine West aussagen. Das weißt du doch. Lass uns zu Plan B übergehen.«

»Ich versohle ihr den Arsch.«

»Damit kann ich leben.«

Ich hätte gelacht, wenn die Lage nicht so bedenklich gewesen wäre. »Val, ich meine es ernst. Ich will die Erste sein, die sie findet. Kannst du deinen Cousin fragen? Er arbeitet doch in der ›Abteilung für Organisiertes Verbrechen‹.«

»Und wenn er mich fragt, warum ich das wissen will?«

»Ich wette, er wird den Grund ganz genau kennen, aber wenn du dieses Gespräch führst, kannst du bitte mit einem Urteil warten, bis du mich angehört hast?«

Val schwieg einen Augenblick, bevor sie mich leise fragte: »Warum bittest du mich jetzt darum?«

»Weil er den Spieß umdrehen und wissen wollen wird, in welcher Beziehung ich zu Trace West stehe.«

»Und warum sollte er das fragen?« Ihre Tonlage wurde etwas schriller.

»Weil ich ihn noch nicht aus dem Kopf bekommen habe und er dort immer noch herumschwirrt.«

»O nein! Jess!«

Ich setzte den Blinker und fuhr auf die Autobahn. »Du weißt doch, dass ich zwei Abende pro Woche im *Katya* arbeite.«

»Ja. Das sind deine Extraeinkünfte. Was hat das mit Trace West zu tun?«

»Er ist einer der Besitzer.«

Sie sog scharf die Luft ein. »Und wer ist der andere?«

»Ashton Walden.«

»Willst du mich veräppeln?! Walden? Du weißt doch, dass die Familie eine Menge Polizeibeamte besticht, oder?«

»Ja, ich weiß. Zu meiner Entschuldigung kann ich nur vorbringen, dass ich bis vor ein paar Monaten gar nicht wusste, wer die Besitzer des Clubs sind.«

»Du arbeitest jetzt seit drei Jahren dort. Wie konntest du das nicht wissen?«

»Weil die Besitzer als eine standardmäßige Gesellschaft mit beschränkter Haftung aufgetreten sind.«

»Der Club war schon immer ein wenig zwielichtig.«

»Welcher Nachtclub ist das nicht?«

»Ja, das stimmt.« Sie seufzte. »Ich werde das unangenehme Gespräch mit meinem Cousin umgehen, denn wie ich ihn kenne, wird er nur darauf warten, mich bei unserem nächsten Familienfest in die Enge zu treiben. Er mag die direkte, persönliche Befragung. Ich werde ihm eine Textnachricht schicken.«

»Du wirst sein Radar auslösen.«

»Du behauptest ja nichts, was wir nicht bereits wissen. Du musst mir nicht erzählen, wie dumm das ist, aber ich mache es trotzdem. Eines Tages wirst du nämlich die Patentante meiner Tochter werden.«

Fast hätte ich eine Vollbremsung gemacht. »Du behältst es? *Sie?*«

»Ich weiß nicht, ob es eine Sie oder ein Er wird, aber ich stelle mir vor, es wird ein Mädchen. Und du wusstest bereits an dem Tag, an dem ich nicht zur Arbeit gekommen bin und stattdessen Reyo geschickt habe, dass ich sie behalten würde.«

Genau. Ich kannte meine Kollegin. »Du wirst eine tolle Mutter sein.«

»Jaja.« Wir hörten beide ihr Handy summen und sie seufzte. »Sie ist im Moment im *Katya* und offensichtlich hat sie mit der Nummer eines Wegwerf-Handys telefoniert, das sie schnellstens zu orten versuchen. Ich nehme an, dass der große Bruder Trace sie ausfindig gemacht hat. Das Rennen hat begonnen. Schnapp sie dir zuerst.«

Ich hatte, was ich brauchte, und betätigte den Blinker, denn die nächste Ausfahrt war meine. »Danke dir, Val.«

»He.«

»Ja?«

»Wie werden sie sich rächen, wenn du die Schwester aufmischst?«

»Das ist die falsche Frage. Sie sollten hoffen, dass ich sie *nur* aufmische.«

Wieder stöhnte Val. »Sei einfach vorsichtig.«

Vor Kurzem hatte sie mir geraten, klug zu sein. Meine Kollegin kannte mich, wusste, dass wir die Phase längst hinter uns hatten, in der dieser Ratschlag noch hilfreich gewesen wäre.

»Ich gebe mir Mühe.« Ich legte auf und trat aufs Gaspedal, denn eines wusste ich bestimmt.

Ich würde als Erste bei Remmi West sein.

# Kapitel 46

## Trace

Anthony war in großer Aufregung. Er empfing mich am Eingang zum *Katya* und sah aus wie achtzig statt Ende dreißig. Die Türsteher waren bei ihm. Irgendetwas war bereits im Busch.

»Sie ist ein guter Mensch und eine großartige Barkeeperin. Ich betrachte sie als eine Freundin.«

Ich blieb abrupt stehen. »Was redest du da?«

Er antwortete nicht, sondern trat zur Seite.

Ashton kam aus einer Tür. »Trace. Hier hinten.«

Das hörte sich nicht gut an und Anthonys Kiefer verkrampfte sich, als er wegschaute und demonstrativ verschwand. Ashton sah nicht viel anders aus, aber er nickte in Richtung der Tür. »Sie hat dich geschlagen.«

»Wann warst du hier?«, fluchte ich.

»Zehn Minuten nach ihr. Wir müssen sie fragen, wie sie Remmi so schnell gefunden hat, denn das hätte nicht sein dürfen.«

Ich rauschte an ihm vorbei und warf ihm einen Blick zu. »Machst du Witze? Bei den Mitteln, die ihr zur Verfügung stehen?«

Sein Blick huschte zur Decke und er fuhr sich mit der Hand über den Kopf. »Wir sind ganz schön am Arsch, wenn sie Gefallen eingefordert hat.«

»Darüber sind wir schon weit hinaus.«

Ich ging durch die Tür, die zu einem hinteren Bereich und einer weiteren Reihe von geschlossenen Türen führte. Einige von Ashtons Leuten versuchten hineinzukommen, was eine Menge sagte, denn Ashton brachte normalerweise nicht seine Männer mit. Er zog es vor, allein unterwegs zu sein oder meine Leute zu nehmen, aber er hatte alle *Katya*-Mitarbeiter von diesem Bereich ferngehalten. Das war klug gewesen.

Tim drehte sich um und sah uns kommen. »Sie hat die Tür verrammelt und wir hören dahinter Schläge. Wir wissen nicht, was sie dadrinnen macht.«

Mein Gott. Es wurde immer schlimmer und hatte jetzt das Niveau von kaum noch handhabbar erreicht. Wenn meiner Schwester etwas zugestoßen sein sollte, war ich mir nicht sicher, was ich tun würde. Remmi war Familie. Jess …

»Geht zur Seite, Jungs. Lasst es ihn versuchen.«

Ich hämmerte gegen die Tür. »Lass mich rein, Jess.«

Nichts.

*Watsch*. Oder wie klangen Ohrfeigen?

Sonst war nichts zu hören. Kein Geschrei, kein Geheule, kein Gejammer.

Irgendetwas stimmte da nicht.

»Gibt es Kameras dadrin?«

»Nein.« Ashton erschien mit einem iPad neben mir und drückte eine Taste. »Aber schau mal hier.«

Es waren die Überwachungskameras, die zeigten, wie Jess den Club betrat. Sie bewegte sich ruhig, aber zielstrebig, und als sie den Flur erreicht hatte, der zu Anthonys Büro führte, trat Remmi heraus. Sie sah Jess und erstarrte. Plötzlich stürzte Jess sich auf sie. Sie packte sie, drehte ihr den Arm auf den

Rücken, legte die andere Hand auf Remmis Schulter und schob sie durch die nächsten Türen.

Die Übertragung schaltete auf den Raum um, in dem wir uns befanden, und zeigte, dass niemand in der Nähe gewesen war, als Jess Remmi durch die jetzt verbarrikadierten Türen führte. Remmi setzte sich nicht einmal zur Wehr. Es geschah alles mit äußerst professioneller Effizienz.

»Spul zurück.«

Ashton kam meiner Aufforderung nach und ich betrachtete das Gesicht meiner Schwester. Mir fiel auf, dass sie nur überrascht aussah. Sie weinte nicht und zuckte auch nicht vor Schmerzen zusammen. Sie war lediglich schockiert.

Das zerstreute einige meiner Bedenken.

Ashton hatte sich mit mir zusammen die Stelle noch einmal angeschaut. »Sie ist gut. Keiner wusste, dass sie dadrin waren, bis ich aufgetaucht bin und nach ihr gesucht habe.«

»Gibt es Aufnahmen vom hinteren Teil des Raumes?«

»Der hintere Teil führt nirgendwohin …« Er verstummte und bekam einen merkwürdigen Gesichtsausdruck. »Aber von dort gelangt man in einen Keller, den wir nie benutzt haben.«

»Lass mich raten. Von dort unten gibt es auch keine Aufnahmen.«

Ashton knurrte. »Ich kann nicht glauben, dass wir daran nicht gedacht haben.«

»Aber ich glaube, *sie* hat es getan. Warum zum Teufel haben wir eigentlich einen Keller, den wir nicht benutzen?«

Ashton zuckte mit den Schultern. »Das ist New York. Er ist wahrscheinlich noch aus der Zeit der Prohibition zugemauert.«

Wir wechselten einen Blick. Warum hatten wir diesen Keller nicht schon längst wieder benutzt? »Ich bezweifle sehr, dass sie sie verhört oder was auch immer. Wenn sie da runtergegangen sind, gibt es einen Ausgang.«

»Du redest, als würde sie deine Schwester als Geisel nehmen. Das ist Jess Montell. Wir wissen, was sie tagsüber macht. Sie wird tun, was sie tun muss, und dann wird sie das beenden. Sie wird es nicht in die Länge ziehen.«

Und das beunruhigte mich noch mehr. Ich schaute mich um und entdeckte eine Tür, die nach draußen führte. »Komm schon.«

»Wohin gehst du?«

»Sag deinen Leuten, sie sollen die Tür zerlegen.« Ich nahm mein Handy und schickte eine Nachricht an Demetri und Pajn, um ihnen mitzuteilen, dass sie kommen und die anderen Türen blockieren sollten, damit kein Personal hereinkam. Das war der Punkt, an dem wir nicht wollten, dass unsere Mafiageschäfte sich mit unseren Nicht-Mafiageschäften überschnitten. Sollte das Personal etwas sehen, würde genau das eintreten. Anthony bezog ich nicht mit ein, denn er war abgehauen, als wir aufgetaucht waren. Er wusste, wie es lief.

Sobald die Nachricht abgeschickt war und die Rückmeldung kam, dass sie sie bekommen hatten, war ich schon durch die Tür auf dem Weg nach draußen.

Ashton war direkt hinter mir und wir kamen in einer Seitengasse heraus, in der einige unserer Angestellten, die mit dem Auto zur Arbeit fuhren, parkten.

»Was machen wir jetzt?«

Ich schaute mich um. »Ich weiß nicht, aber ich kann nicht drinnen bleiben und ich kann nicht nichts tun.«

Ashton grunzte und ging neben mir her, als wir uns zur Rückseite des Gebäudes begaben. »Du suchst nach einem Eingang zu unserem eigenen Keller, zu dem, von dem wir nicht wussten, dass wir ihn haben.«

»Genau.« Ich hatte mir zwar noch keinen konkreten Gedanken dazu gemacht, aber ja, das hatte ich mit Ashton vor.

Die Rückseite unseres Gebäudes endete mit der seitlichen Ausgangstür, durch die wir hinausgegangen waren, aber es gab hinten noch einen weiteren Parkplatz. Die am weitesten entfernte Tür, die hierherführte, war diejenige, die die meisten Mitarbeiter benutzten, nämlich die vom Hauptflur. Hier hatte ich in der Nacht gewartet, als ich Jess nach Hause gefahren hatte. Sie war aus dieser Tür gekommen, aber es musste noch einen Eingang geben. Warum war sie in diesen Raum gegangen?

»Hey.« Ashton war auf die andere Seite der Gasse gegangen, auf die völlig entgegengesetzte Seite unseres Gebäudes. Er stand direkt über einer Reihe kleiner Sturmtüren. Sie sahen aus, als würden sie in das andere Gebäude führen, nicht in unseres. Er deutete darauf. »Ich habe mir alle Baupläne unserer Nachbarn angesehen und diese hier waren nicht eingezeichnet. Ich habe nur nie genau genug hingeschaut.«

Ich fluchte. »Du schlägst ernsthaft vor, dass wir versuchen sollten, sie zu öffnen, um in einen möglichen Keller hinabzusteigen, von dem wir nicht wissen, ob er tatsächlich ins *Katya* führt?«

Er legte den Kopf in den Nacken und hob die Arme. »Na ja, wenn du es so ausdrücken willst …«

»Wir machen es.«

Das sagte ich zur gleichen Zeit, wie er seinen Satz mit »aber genau das meine ich« beendete.

Wir grinsten uns an, doch dann holte mich die Realität ein. »Was zum Teufel machen wir eigentlich hier?«

Ashton sprang herunter, stützte sich auf beiden Seiten der Türen ab und grinste wieder. Er sah für das, was wir vorhatten, viel zu fröhlich aus. »Wir sind auf Entdeckungstour. Nenn uns die New York Goonies.« Er beugte sich hinunter, griff nach einer der Türen und hob sie an.

Sie ließ sich nicht öffnen, aber ein kleiner Spalt tat sich auf.

Ich ging in die Knie, nahm all meine Kraft zusammen und griff nach der anderen Tür. Gemeinsam hoben wir sie an, denn sie mussten beide gleichzeitig geöffnet werden.

Vor uns völlige unheimliche Dunkelheit.

»Ich höre schon die Ratten herumflitzen.«

»Dann lass uns mal hoffen, dass da keine New Yorker Alligatoren unterwegs sind, von denen wir nichts wissen.«

»Du weißt schon, dass die Leute manchmal Schlangen als Haustiere halten, Schlangen, die durch die Toilette entkommen.«

Ich unterdrückte ein Schaudern. »Und du könntest ein Serienmörder sein, denn du wirkst so geisteskrank und befremdlich.«

Er lachte, zog eine Taschenlampe hervor und gab sie mir.

»Läufst du immer damit herum? Für Tage, an denen du einen unheimlichen Keller erkunden musst?«

Wieder ein Grinsen und dann zog er die zweite Taschenlampe hervor und steckte sie sich in den Mund. Ein erneuter Griff und er förderte seine Waffe zutage. Darüber positionierte er mit der anderen Hand die Taschenlampe. Er senkte die Stimme. »Ich trage Taschenlampen mit mir herum, weil wir nie wissen, was wir mal wieder für unsere Familien erledigen müssen. Du gehst voran.«

»Allzeit bereit, was?« Aber ich schindete Zeit und wusste, dass wir die nicht hatten.

Ich richtete meine Taschenlampe nach unten und sah, dass vor uns eine grob behauene Treppe lag, die in diesen Tunnel/Keller hinunterführte.

Ich unterdrückte ein Schaudern und ging los.

Erst als Ashton mir folgte, wurde mir klar, dass er mit seiner Waffe eigentlich vor mir gehen müsste.

»Du solltest das Ding lieber nach unten richten.«

»Klar, falls ich ein paar New Yorker Alligatoren töten muss.«

»Blödmann.«

»Ähm, ich bin doch hier der Clevere. Ich hab dich dazu gebracht, voranzugehen.«

Das stimmte. Offensichtlich war *ich* der Blödmann.

# Kapitel 47
## Jess

»Wo sind wir?«

»Im Kellerraum unter dem Nachtclub deines Bruders.«

Remmi schauderte und schaute sich um. Nicht, dass ich ihr das vorwerfen würde, denn der Raum war voller Ekelfaktoren. Ich hatte ihn vor einem Jahr entdeckt, als ich meinen Alkoholvorrat auffüllen wollte und gehofft hatte, hier eine Überraschung zu finden. Eines Tages wurde ich abenteuerlustig und erkundete den Raum genauer. Es war offensichtlich, dass niemand aus dem Club von ihm wusste. Die Spinnweben schienen aus einer anderen Dimension zu stammen, so groß waren sie.

Damit Remmi nicht ausflippte, wurde ich etwas genauer: »Wir sind direkt unter Anthonys Büro.«

»Oh.« Sie riss die Augen auf, aber das tat sie eigentlich die ganze Zeit, seitdem ich aufgetaucht war.

Ich verbarrikadierte die eine Tür und schaltete einen riesigen Ventilator ein, in der Hoffnung, er würde jeden aufhalten, der trotzdem bis hierher vordrang.

»Wirst du mir wehtun?«

Ich ging nicht weit von ihr entfernt in die Hocke, konnte sie jedoch definitiv nicht berühren oder gar angreifen. So ganz traute ich mir selbst nicht. »Muss ich das?«

»Das hier ist eine Straftat. Du hältst mich gegen meinen Willen fest.«

»Und das sagt das Mädchen, das unter den Kriminellen verbreitet hat, ich würde unter dem Schutz der West-Mafia stehen? Willst du mich auf den Arm nehmen? ›Schutz‹-Anordnungen haben im kriminellen Milieu eine völlig andere Bedeutung als im Justizwesen.«

»Nicht wirklich, nicht, wenn man darüber nachdenkt. Es ist das Gleiche – bleib weg –, aber es richtet sich gegen alle, außer gegen die betreffende Person. Verstehst du? Das andere im Justizwesen ist ein Kontaktverbot, das gegen eine Person und nicht gegen alle erwirkt wird. Die, die ich ausgegeben habe, ergibt mehr Sinn und ist außerdem viel effektiver.«

Sie redete frei und ohne Angst. Und das machte mich wütend. Ich verspürte den Wunsch, sie an etwas zu erinnern. »Ich trage eine Waffe bei mir und wir beide wissen, dass du nicht die Justiz gegen mich einsetzen wirst. Anstatt darüber zu reden, erklär mir doch mal, wer dir eingeredet hat, dass meine Mutter der Grund für den Selbstmord deiner Mutter war.«

Sie erstarrte und kauerte sich auf einen Stuhl. »Sprich nicht über meine Mutter.«

»Deine Mutter ist der Grund, weshalb wir hier sind, denn Neuigkeiten verbreiten sich schnell. Ich hatte keine Ahnung, dass dein Vater und meine Mutter etwas miteinander hatten. Ich habe aber das Gefühl, dass ich es gewusst hätte, wenn das so gewesen wäre, weil ich, wie du weißt, bei der Polizei bin.«

Es war dunkel im Raum – meine Taschenlampe war das einzige Licht –, aber ich sah immer noch, dass sie in meine Richtung starrte.

»Ich weiß das auch erst seit Kurzem. Mein Vater hat es mir erzählt und ich glaube, er ist eine bessere Quelle als du.«

Das hörte ich nicht gern, denn … war es wahr?

Ich saß immer noch in der Hocke, rückte aber etwas näher an sie heran. »Das hat er dir vor Kurzem erzählt?«

»Ja. Warum?«, fauchte sie mich an. »Ist das alles, was wir hier unten machen? Du verhörst mich einfach nur? Ich dachte, du würdest mich verprügeln oder so was.«

»Ich denke noch darüber nach«, gab ich zu.

Sie schnaufte.

»Ich hab mich noch nicht entschieden.«

Sie begann ein wenig zu wimmern und ich kaufte ihr das nicht ab, aber sie gab sich Mühe. »Mein Vater wird dich dafür umbringen.«

»Das ist fraglich.« Ich stand auf, denn ich musste auf und ab gehen und nachdenken. »Hätte dein Vater meinen Tod genehmigt bekommen, dann hätte er nicht den Kopf seiner Tochter mit jahrzehntealtem Blödsinn vollstopfen müssen.«

»Dann eben mein Bruder«, stieß sie hervor.

»Das bezweifele ich ebenfalls. Dafür, dass du etwas so Waghalsiges getan hast, warst du nicht sehr klug. Du hast die wahren Zusammenhänge nicht erfasst. Sonst hättest du dich gefragt, warum Ashton dich weggebracht und mich nicht gefeuert hat. Hast du mal darüber nachgedacht? Hast du dich mal gefragt, warum dein Vater vor Kurzem dir gegenüber den Selbstmord deiner Mutter zur Sprache gebracht hat? Vielleicht lehne ich mich zu weit aus dem Fenster, aber ich glaube nicht, dass ein Suizid innerhalb der Familie Stoff für eine normale Unterhaltung ist.«

Sie schniefte und setzte sich auf ihrem Stuhl zurecht. »Ich habe keine Ahnung, was ›Stoff‹ heißen soll.«

»Der springende Punkt ist, dass es keine alltägliche Unterhaltung ist. Sprichst du oft mit deinem Dad?«

Sie antwortete nicht.

Ich erwartete es auch nicht, denn es passte nicht zu ihrem Profil. Zwar war ich kein Profiler, aber ich kannte mich in Psychologie genügend aus, um zu wissen, dass Dominic West nicht der Ruf eines großartigen Vaters vorauseilte. Wenn er das gewesen wäre, wenn da etwas anderes dahintergesteckt hätte als das, was ich langsam als völlige Manipulation empfand, dann hätte Trace reagiert.

Das hatte er jedoch nicht. Er hatte überhaupt nicht reagiert.

»Ich habe darüber mit deinem Bruder gesprochen.«

Ihr Schniefen hörte auf und sie hob den Kopf.

Unsere Blicke trafen sich, soweit ich das im Licht der Taschenlampe sehen konnte. »Er hat nicht einmal gezwinkert, sondern es mit einem Achselzucken abgetan. Wundert dich das auch wieder? Du hast eine gute Beziehung zu deinem Vater? Du vertraust ihm? Oder vertraust du deinem Bruder? Es scheint, dass deren unterschiedliche Reaktionen einiges aussagen.«

Sie schaute weg und rümpfte die Nase, bevor ihr Mund sich seltsam verzog. »Ich habe mit Trace nicht über unsere Mutter gesprochen. Er hat sie gehasst, also weshalb sollte er sich dafür interessieren?«

»Was ist mit Ashton? Er könnte im Namen deines Bruders sprechen. Wie hätte er reagiert, wenn du ihm erzählt hättest, weshalb du mich bedrohst?«

Sie antwortete nicht.

Ich machte einen Schritt auf sie zu und erhob die Stimme. »Was würde er sagen?«

»Überhaupt nichts. Er hat mich zum Flughafen gebracht, mir einen Flug nach Vegas gebucht und gesagt, ich solle aufhören, über etwas zu reden, von dem ich keine Ahnung hätte.«

Verdammt noch mal. Genau! Sie sagte das ohne einen Hauch von Reue in der Stimme. Das Wimmern war vorgetäuscht. Ich trat zurück und hörte meine eigene Stimme. Sie passte zu dem, was ich innerlich fühlte. Kälte. »Du glaubst es nicht einmal selbst.«

»Was?« Diesmal war sie beunruhigter, tat aber nicht mehr so, als habe sie Angst.

Ich runzelte die Stirn und verließ mich auf mein Bauchgefühl. »Du hast keine Emotionen, bist nicht verängstigt. Du hast nicht ein einziges Mal versucht zu gehen oder darum gebeten, dass ich dich freilasse. Du tust nur so. Und du wirkst fast gelangweilt. Vorhin hast du gegen ein Gähnen angekämpft.« Ich hatte recht. Ich wusste es und ging zur Seite, versuchte, sie mehr aus dem Gleichgewicht zu bringen, als sie ohnehin schon hätte sein müssen, aber sie hatte keine Angst. Das war für mich völlig offensichtlich. »Warum hast du diese Anordnung erlassen? Du wolltest meine Karriere ruinieren, denn das tun solche Schutzanordnungen in meinem Beruf.« Ich machte einen weiteren Schritt, den Kopf ganz zur Seite geneigt, und erkundete immer noch, wohin mich mein Bauchgefühl führte. »Ich denke, man braucht schon eine Menge Mut, um das zu tun, was du getan hast.«

Ihre Augen verengten sich. »Wovon redest du?«

»Auf der Straße zu verbreiten, dass eine Bewährungshelferin unter Schutz steht. Du musst doch gewusst haben, welches Licht das auf mich wirft! Dass meine Kollegen denken, ich sei korrupt. Dass ich entweder eine Informantin bin oder jemanden aus deiner Familie vögele.«

Ihre Augen wurden zu Schlitzen und sie wurde unheimlich still.

Ihr Mund öffnete sich.

»Menschen sterben aufgrund von Schutzanordnungen wie der, die du erlassen hast. Ich bin hier und versuche, mir das zusammenzureimen, weil ich nicht sterben will und niemanden töten will, um mich zu verteidigen. Das richtet dieser Mist an. Verstehst du das jetzt?«

Ein echtes Keuchen war zu hören. Es war leise und kam tief aus ihrer Kehle. Remmi machte den Eindruck, als würde sie es gar nicht registrieren. Sie schaute mich nicht an, sondern starrte vor sich hin.

»Wer hat dir das vorgeschlagen?«

Wieder öffnete sie den Mund, diesmal weiter, doch dann schloss sie ihn abrupt und warf mir einen vernichtenden Blick zu. »Einen Scheißdreck werde ich dir erzählen. Du sollst in der Hölle schmoren für das, was deine Mutter meiner angetan hat.« Sie hob das Kinn. »Ich hoffe, du verreckst, du Polizistenschlampe. Dann wird deine Mutter vielleicht ansatzweise fühlen, was ich ihretwegen durchgemacht habe. Der Teufel soll dich holen!«

Plötzlich wurde die Tür hinter mir aufgestoßen.

Ich reagierte kaum, als Remmi aufschrie, vom Stuhl aufsprang und an mir vorbeirannte.

»Das reicht«, erklang Trace' Stimme und hallte im Raum wider.

»Trace!«

Ich schaute nicht hin, sondern hörte ein Schlurfen und dann von ihr: »Was zum Teufel machst du hier, Trace?«

Seine eigene Kälte fand bei mir kaum Widerhall. »Geh mit Ashton.«

»Aber … was ist los?! Trace!«

»Lass uns gehen.« Auch Ashtons Ton klang schroff und ungeduldig.

Wir hörten, wie sie sich entfernten. Remmi fragte ununterbrochen, was los sei und warum Ashton wütend auf sie sei. Sie sei das Opfer. Verdammt noch mal. Die letzten drei Worte hörte man immer wieder.

Nachdem sie weg waren, sagte ich: »Ich habe sie nie festgehalten. Kein einziges Mal. Ich habe sie aufgefordert, mit mir zu kommen, und sie hat es getan. Wenn sie hätte gehen wollen, hätte ich sie nicht aufgehalten.«

»Das interessiert mich einen Scheißdreck! Eigentlich liebe ich meine Schwester, aber im Moment nicht. Meine Schwester wurde bei vielen Dingen geschont, weil sie der Selbstmord unserer Mutter so mitgenommen hatte. Ich sehe aber, dass man ihr damit keinen Gefallen getan hat, und glaub mir, sie wird ihre saftige Lektion daraus lernen. Nämlich, dass man meinem Vater nicht trauen darf.«

Ich drehte mich um und zuckte zusammen, als ich sah, mit welcher Sanftheit er mich anschaute.

Ich wollte diesen Gesichtsausdruck nicht bei ihm sehen.

Ich wollte sein Mitleid nicht.

Ich straffte die Schultern und hob den Kopf. »Euer Vater ist eine Bedrohung. Er weiß, dass du mich gernhast, und deshalb hat er deine Schwester gegen mich aufgehetzt, um mir und dir wehzutun.«

»Ich weiß.« Seine kaum zurückgehaltene Wut sagte mir, dass er ebenfalls sämtliche Puzzleteile zusammengesetzt hatte.

»Hast du mitgehört?«

»Ich habe es mir durch den Kopf gehen lassen, als wir auf einer Erkundungstour durch Flure und Kellertreppen waren, die ich nie wieder in meinem Leben sehen möchte. Weißt du, welche Kreaturen es hier unten gibt?«

»Im Moment?« Aus irgendeinem Grund konnte ich nur an das Schlimmste denken, was wir getan und bei dessen Vertuschung wir geholfen hatten. Was unterschied uns denn von seiner Schwester oder seinem Vater? Selbst seinem Onkel. »Zwei Menschen, die wegen Beihilfe zum Mord verurteilt werden könnten.«

Ich ging an ihm vorbei und er streckte die Hand aus. »Jess.«

Ich zog den Arm weg und ging weiter auf die Tür zu. »Lass es. Lass es einfach. Nicht jetzt.«

# Kapitel 48

JESS

*Klopf, klopf.*

Es wurde leise und vorsichtig geklopft. Das war der erste Hinweis darauf, wer auf der anderen Seite stand, aber ich schaute durch den Spion, um sicherzugehen. Es war tatsächlich Trace.

Ich seufzte, öffnete die Tür und trat zurück, damit er hereinkommen konnte. »Du hast einen ganzen Tag gewartet. Ich bin beeindruckt.« Ich schloss die Tür und verriegelte sie. Dann überprüfte ich mein Handy. Es war ausgeschaltet. Das war es, seitdem ich nach Hause gekommen war und nachdem ich Leo darüber hatte informieren müssen, was vorgefallen war. Er brauchte eine Vorwarnung, denn ich wusste nicht mehr, was auf der Straße so alles geredet wurde.

»Es ist verbreitet worden, dass die Schutzanordnung falsch sei.«

»Wie hast du das hinbekommen? Wenn so etwas erst mal raus ist, ist es raus.«

»Ashton hat das übernommen. Der hat Mittel und Wege.«

Ich schüttelte den Kopf und ging in die Küche. »Der Schaden ist angerichtet. Mein Teamleiter weiß Bescheid. Meine Kollegin auch. Die Abteilung ›Organisiertes Verbrechen‹ ist vorgewarnt.«

Trace' Blick wurde stechender, als er mich in der Küche beobachtete. »Organisiertes Verbrechen?«

»Was denkst du denn, wie ich herausgefunden habe, wo deine Schwester war?«

Er presste die Lippen zusammen. »Glaubst du, das war klug?«

»Nein, Trace! Nein, aber was erwartest du denn von mir? Willst du es vertuschen? Sie vor mir verstecken?«

»Glaubst du, das würde ich dir antun?«

»Ja. Sie ist Familie. Letztendlich wirst du dich immer auf die Seite der Familie stellen. Auch wenn es für dich nicht gut ist, wirst du immer denjenigen wählen, der von Anfang an da war.« Mir versagte die Stimme. Ich wurde von Bildern meiner Mutter heimgesucht, von dem Abend, an dem Bear mir gesagt hatte, ich könne mich zurückziehen, er würde sich um sie kümmern.

Ich drehte langsam durch. »Ich habe alles verloren. Das Einzige, was mir geblieben ist, ist meine berufliche Karriere. Du drohst, sie mir wegzunehmen. Du verstehst das nicht …«

»Doch, ich verstehe das! Was glaubst du denn, worum ich mich bemühe? Ich habe mich von dir ferngehalten oder habe es versucht, aber dieses letzte Mal war ich nicht da. Ich war nicht bei dir. Ashton wollte sich in den Nächten, in denen du arbeitest, um den Club kümmern, aber wir haben ja gesehen, wohin das geführt hat.« Er klang so frustriert. »Körperlich sehne ich mich jeden gottverdammten Tag nach dir, aber du hast recht. Ich schade dir, deshalb habe ich mich bemüht, mich von dir fernzuhalten, aber nicht heute Abend. Ich muss hier sein. Ich … wenn es um die Frage geht, wem gegenüber ich loyal bin, dann muss ich sagen, dass du meine Schwester als Geisel genommen hast. Es ist egal, ob ihr das bewusst war oder nicht, aber du hast es getan und ich bin hier. Ich bin hier, Jess.«

Ich war in einem verdammten Zwiespalt.

Hart. Weich.

Wütend. Verletzt.

Abgestumpft und hoffend?

Er war es. »Du machst mich wahnsinnig.«

»Bei Gott, das liegt mir fern. Ich bin genauso durcheinander.«

Meine Gedanken wanderten zu dem Abend zurück, als er im Atelier aufgetaucht war.

Wie er mich berührt hatte.

Mich geküsst hatte.

Ich konnte ihn spüren. Seine Hände auf meinem Körper. Wie er von mir kostete, mich auf den Tisch hob, sich in mir ergoss.

Ich erinnerte mich an jeden Moment und mir wurde wieder von Kopf bis Fuß heiß.

Ich wollte ihn, aber ich konnte ihn nicht haben. *Was zum Teufel mache ich dann?*

Ich musste kündigen. Bald. Ja, das war die Lösung. Ich musste meine Arbeit im Club aufgeben. Das war längst überfällig. Es war wirklich dumm von mir gewesen, nicht dort aufzuhören. Aber dann war's das auch. Kein Trace mehr. Dafür gäbe es danach keinen Grund mehr.

Ich musterte ihn eindringlich, sah, dass seine Haare zerzaust waren. Er hatte dunkle Ringe unter den Augen, aber er war hier. Und er musterte mich ebenfalls. Ich wollte ihn einfach wieder.

Eine letzte Nacht? Könnte ich danach aufhören, ihn zu begehren?

Noch hatte ich nicht die Willenskraft, vor ihm wegzulaufen. Doch das würde ich tun. Ich musste es, sonst wäre ich ruiniert.

Ich schaute mich um und versuchte mich daran zu erinnern, was ich vor seinem Auftauchen getan hatte. »Möchtest du … äh … etwas trinken?«

Er trat hinter mich. Ich konnte die Wärme seines Körpers spüren. »He.« Er ging immer so einfühlsam mit mir um. »Sieh mich an.«

Ich schüttelte den Kopf und wich ihm aus. »Das kann ich nicht. Wenn ich es tue, drehe ich durch.«

»Möchtest du, dass ich gehe?«

Ich hätte die Frage bejahen sollen. »Nein«, flüsterte ich stattdessen.

Und da war sie, die Entscheidung.

Weiter sagte ich nichts, sondern ging den Flur entlang zu meinem Zimmer. Er folgte mir und stand in der Tür, während ich im Zimmer herumging. Er sah mir dabei zu, wie ich meine Kleidung bis auf den Slip auszog und in ein ärmelloses Top schlüpfte. Darin schlief ich immer. Ich ging ins Badezimmer, um mich zu waschen, und als ich wieder herauskam, stand er nicht mehr in der Tür.

In meiner Wohnung ging ein Licht aus. Noch eins und noch eins. Er schaltete sämtliche Lichter aus. Ich hörte, wie er überprüfte, ob die Tür abgeschlossen war, und dann kam er zurück. Er sah, dass ich auf ihn wartete, blieb in der Tür stehen und streckte die Hände aus. Das Flurlicht war ausgeschaltet und mit einem leisen Seufzen kam er herein.

Keiner sagte ein Wort.

Ich wusste nicht, warum. Vielleicht weil es nichts zu sagen gab. Oder weil wir es schon so oft gesagt hatten, aber immer noch nicht das taten, von dem uns klar war, dass wir es tun mussten. Und was sagt man schon darüber? Nichts. Der Körper traf die Entscheidung und ich konnte mich nicht dazu durchringen, Trace rauszuschmeißen. Der Gedanke schmerzte und er schnürte mir die Luft ab.

Trace ging an mir vorbei, berührte mich mit der Hand an der Hüfte, strich mir über den Rücken und verschwand in meinem Badezimmer. Ich mochte das Gefühl, auf ihn zu warten, zu wissen, dass er heute Nacht nicht gehen würde.

Ich schlüpfte ins Bett unter die Decke, als er wieder herauskam.

Er blieb stehen und starrte zu mir hinab.

Ich drehte mich auf den Rücken und schaute ihn ebenfalls an.

Seine Augen verengten sich, bevor er sie schloss, und er schien eine Entscheidung zu treffen.

Er fing an, sich auszuziehen und seine Sachen auf den Stuhl neben dem Bett zu legen. Als er bei den Boxershorts angelangt war, machte er eine Pause, betrachtete mich noch einmal eingehend und ließ sie an, bevor er die Lampe auf dem Nachtschrank ausschaltete. Die Bettdecke wurde angehoben und die Matratze sank ein, als er sich neben mich legte.

Wir drehten uns einander zu und er schlang die Arme um mich und zog mich an sich.

Meine Hand strich über seinen Arm und wanderte weiter zu seinen Boxershorts, wo ich einen Finger unter den Taillenbund schob. »Lässt du die an?«

Er strich mit einer Hand über meinen Arm, zu meiner Taille und berührte meinen Slip. »Wenn du den auszieht, folgen meine Boxershorts.«

Ich drehte mich wieder auf den Rücken und sah, wie er sich über mir aufrichtete und auf einem Arm abstützte. Obwohl die Nachttischlampe ausgeschaltet war, sah ich ihn im Mondlicht, das durch die Vorhänge schien. Ich warf ihm einen düsteren Blick zu.

Eine letzte Nacht? Ich dachte darüber nach und mir wurde am ganzen Körper heiß, als ich ihn wieder spürte.

Ich konnte nicht mehr aufhören.

»Schlaf einfach.« Mit dem Arm über meinem Bauch und der Hand auf meiner Hüfte legte er sich wieder neben mich.

»Okay«, flüsterte ich.

Langsam begann sich ein Muskel nach dem anderen zu entspannen. Ich kam zur Ruhe und bald wurden auch meine Augenlider schwer.

Am nächsten Morgen war er weg.

\* \* \*

Ich ging am nächsten Tag zur Arbeit und erwartete eine Katastrophe. Doch die blieb aus.

Leo warf mir bei unserem morgendlichen Meeting einen eindringlichen, abschätzenden Blick zu, sagte jedoch nichts.

Val und ich hatten einen Tag mit Hausbesuchen geplant. Wir mussten noch zu denen, die wir gestern nicht geschafft hatten, und sogar sie war still, zumindest stiller als sonst. Sie fragte nicht, was passiert war, aber ich war wieder zurück bei der Arbeit und wie gestern folgte ein Besuch dem nächsten.

Bei unserem letzten wurden wir aufgefordert, uns unsere Schlagstöcke in den Arsch zu schieben, wenn neben unseren Schwänzen noch Platz sei.

Val fing an zu lachen und ich fiel mit ein. Nie hätte ich gedacht, dass ich einmal so erleichtert sein würde wie jetzt, wenn mich jemand aufforderte, es mir selbst zu besorgen.

Wir kamen gerade zurück in unser Bürogebäude, als Travis plötzlich neben mir ging.

Wenn hier irgendjemand etwas sagen würde, dann er. Er hasste mich immer noch.

Val blieb stehen. Ich ebenso.

Travis ging weiter, warf uns beiden jedoch einen sonderbaren Blick zu. »Montell, du bist ja sowieso ein hoffnungsloser Fall, aber Hartman, was soll der verkniffene Blick? Hat dich

Officer Reyo letzte Nacht zu sehr rangenommen? Hast du jetzt Verdauungsprobleme?«

Val wirbelte herum. »Ich fasse es nicht, was du da gerade zu mir gesagt hast.«

Er blieb stehen und zog die Stirn in Falten. »Was denn?«

Ich schlug ihr auf den Arm und schob sie weiter. »Ignorier ihn.«

»Fick dich, Travis.« Sie ging um mich herum. »Geh weiter deinen Kollegen auf den Sack. Eine großartige Philosophie in unserer Branche. Ich bin sicher, das wird dir guttun.«

»Da du so eng mit Officer Montell bist, kannst du mich mal gernhaben.«

»Welches Problem hast du mit mir, Travis?«

Sein Blick glitt über mich hinweg, landete jedoch wieder auf mir und er grinste. »Nichts. Ich mag nur keine korrupten Polizisten.«

Ich erstarrte, schaute dann aber hinter mich. Leo stand dort und blickte uns stirnrunzelnd an. Am liebsten hätte ich Travis ein paar Dinge angetan, doch das konnte ich nicht riskieren. Val kochte vor Wut und starrte Travis an. Sie sah aus, als würde sie sich auch am liebsten auf ihn stürzen, deshalb drängte ich sie in den Flur.

Ich blickte zurück und sah, wie er uns mit zusammengekniffenen Augen nachschaute. »Du bist ein kleines Stück Scheiße, Travis. Ich hoffe, du beleidigst weiterhin alle. Dann wirst du dich am Ende des Tages selbst ins Knie ficken. Viel Spaß dabei.«

Ich schob Val weiter. Andernfalls hätte ich mich wahrscheinlich selbst auf ihn gestürzt und es hinterher bereut.

»Was soll das?« Val schlug meine Hand weg.

»Er weiß es nicht.«

»Wovon redest du? Er hat gerade gesagt …«

»Er war verwirrt, als du reagiert hast. Damit hat er nicht gerechnet. Er hat einen Witz gemacht oder etwas rausgehauen, um zu sehen, ob er dich damit schikanieren kann.«

Sie begriff, was ich gesagt hatte, und warf den Kopf zurück, wobei ein leises Knurren aus ihrer Kehle drang. »O Mann. Und schau mich an. Ich habe praktisch seinen Verdacht bestätigt, wenn er einen gehabt hat.« Sie verzog das Gesicht. »Normalerweise schikaniert er doch dich – bin ich jetzt etwa dran?«

Ich presste die Lippen fest zusammen. »Glaub mir, wenn du es heute abbekommen hast, dann hat er noch was für mich aufgehoben.«

»Ich habe es heute noch nicht gefragt, seitdem du aufgetaucht bist, aber geht's dir gut?«

Ich nickte einmal. »Mir geht's gut. Ich hoffe, die Sache legt sich.«

Das hoffte ich wirklich inständig, aber mein Bauchgefühl sagte mir etwas anderes. Sie würde sich nicht legen.

\* \* \*

Er tauchte am Abend auf, ein leises Klopfen wie beim letzten Mal.

Ich ließ ihn herein.

Ich konnte nicht anders.

\* \* \*

Donnerstagabend.

Wir hatten einen harten Arbeitstag gehabt und Trace kam vorbei.

Ich konnte nicht über meinen Tag reden und wollte auch nicht, dass er über seinen sprach, aber er hielt mich wieder fest.

Am Morgen war er weg und ich würde nicht weiter nachdenken.

\* \* \*

Ich fuhr zu meiner Schicht ins *Katya* und spürte, dass er da war.

Er beobachtete mich. Ich wusste nicht, wo er war, aber ich wusste, dass er da war.

Nach meiner Schicht fuhr ich nach Hause und zehn Minuten später ...

*Klopf, klopf.*

Ich ließ ihn herein.

Wieder war er weg, als ich am nächsten Morgen aufwachte, aber es war Samstag und ich hatte nichts zu tun.

Ich wusste gar nicht, was ich mit einem Tag anfangen sollte, an dem ich nichts zu tun hatte.

# Kapitel 49

TRACE

Es war das achte Treffen.

Bei meinem Onkel verliefen sie immer nach dem gleichen Muster. Ich kam herein. Wir machten Small Talk. Er fragte mich nach meiner Schwester, dann nach meiner Arbeit. Ich beantwortete sämtliche Fragen und wartete auf den wahren Grund unseres Treffens. Er würde darauf zu sprechen kommen und die letzten Male war es dieselbe Bitte oder Warnung gewesen. Ich betrachtete es als eine Art Vorwarnung. Um seine Gesundheit war es schlecht bestellt. Er brauchte mich, damit ich die Geschäfte der Familie übernahm.

Die verbleibende Zeit wurde immer kürzer. Mir blieben nur noch ein paar Wochen.

Natürlich drückte er es nie als Bitte aus. Er sagte einfach, dass er wolle, dass ich die Geschäfte übernahm. Es war eine klassische Onkel-Stephano-Methode, bei der er zuerst den Weg mit seinen Plänen ebnete und dann, wenn alles klar war, einfach durchmarschierte.

Doch dieses Treffen war anders.

Ich bemerkte das beim Aussteigen aus meinem Auto sofort daran, dass seine Männer aufrecht dastanden. Sonst lümmelten sie immer nur herum. Nickten. Winkten manchmal und manchmal auch nicht. Deshalb waren mir die Männer meines Onkels auch egal. Sie kannten nur Gewalt und wendeten Gewalt an, um zu bekommen, was sie wollten.

Heute sah ich Angst in ihren Augen.

»Tristian.« Stephanos erster Mann, Bobby, nickte mir respektvoll zu, öffnete die Tür und ging voran ins Haus. Wir gingen an der Küche vorbei, in der mein Onkel bevorzugt seine Treffen abhielt, und dann brachte er mich in den Keller, in das hintere Fernsehzimmer, wo Stephano auf einer Couch saß. »Tristian ist hier.«

»Ah, sehr gut.« Mein Onkel stand auf und kam herüber.

Er legte die Hände auf meine Arme und beugte sich vor. Ein Kuss auf meine linke Wange, ein Kuss auf meine rechte, und dann umklammerte er noch einmal beide Arme und lächelte, bevor er zurückwich. Nachdem er ein paarmal geblinzelt hatte, wandte er sich ab.

»Was ist los, Onkel Stephano?«

Er räusperte sich und schüttelte den Kopf. »Dazu kommen wir gleich. Setz dich erst mal hin. Bobby, hol uns etwas zu trinken. Mir ist heute Abend nach Wein. Den besten Roten, den wir haben.«

Bobby nickte, bevor sein Blick zu mir wanderte und auf mir verweilte. Dann ging er.

Ich runzelte die Stirn. Was ging hier vor sich? »Mir wäre es lieber, wir kämen gleich zur Sache. In den letzten beiden Wochen hatten wir genug dieser Treffen, Onkel Stephano.«

»Was? Oh. Ja. Äh ...« Er winkte zur Couch hinüber, von der er gerade aufgestanden war. »Setz dich. Entspann dich ein wenig. Alles zu seiner Zeit.«

Eigentlich wollte ich mich gar nicht setzen, kam aber seiner Aufforderung nach.

Er ging zu einem Tisch, auf dem ein Stapel Papiere lag, und blätterte einige durch, bevor sein Handy summte. »Ja?« Er wurde still. »Ja. Mache ich. Ja. Danke.«

Mein eigenes Handy summte.

**Ashton:** Bin im Katya. Die frühere Mitbewohnerin ist hier und redet mit Jess.

**Ich:** Danke, dass du Bescheid sagst.

**Ashton:** Soll ich irgendwelche Mitteilungen an sie weitergeben? Sie ist allein.

**Ich:** Ich komme nach diesem Treffen vorbei.

**Ashton:** Was denkst du, warum die frühere Mitbewohnerin aufgetaucht ist? Ich hoffe, sie fangen wieder mit dem Bowlen an.

**Ich:** ?

**Ashton:** Ich mag Bowling. Dein Mädchen ist schon eine Weile nicht mehr dort gewesen.

**Ich:** Magst du Bowling oder diejenige, der die Bowlingbahn gehört?

**Ashton:** Gibt es da einen Unterschied?

**Ich:** Woher weißt du das eigentlich? Hast du ihre Freundinnengruppe sonntagabends beobachtet?

**Ashton:** Vielleicht.

**Ich:** Ashton!

**Ashton:** Ich bin ein paarmal vorbeigegangen. Nur um auf dem Laufenden zu bleiben, obwohl dein Mädchen nicht dabei war.

**Ich:** Hat dich die Besitzerin wiedererkannt?

**Ashton:** Nein.

»Bitte sehr.« Bobby brachte eine Weinflasche, zwei Gläser und einen Korkenzieher. Nachdem er alles in meiner Nähe auf den Tisch gestellt hatte, öffnete er die Flasche und goss ein. »Tristian.« Er reichte mir ein Glas und füllte das zweite.

Ich hielt es nur in der Hand, würde nicht eher daraus trinken, bis mein Onkel aus seinem getrunken hatte. Zwar waren wir Familie, aber auch immer noch die Mafia. Alles an diesem Treffen ließ meine Alarmglocken läuten.

»Danke, Bobby.«

»Möchten Sie, dass ich ...« Er deutete auf die Tür und Onkel Stephano nickte.

»Ja. Ja. Schließ sie. Lass uns allein. Ich brauche jetzt Privatsphäre mit meinem Neffen.«

»In Ordnung.« Bobby warf mir noch einen Blick zu, bevor er ging und die Tür hinter sich schloss.

»Onkel Stephano ...«

Er unterbrach mich und gestikulierte mit der Hand in Richtung Tür. »Schau nach, ob sie alle weg sind.«

Was? Das war neu für mich. »Gibt es etwas, was ich über deine Männer wissen sollte?«

»Was?« Er beobachtete weiter die Tür und lauschte. Sobald wir stampfende Schritte die Treppe hinauf hörten, entspannte er sich. »Ah. Gut. Alles gut.« Er schwenkte sein Glas in meine Richtung. »Man weiß nie. Aber jetzt. Wie geht's dir? Erzähl mir, was mein Lieblingsneffe macht. Scheffelst du immer noch all dieses Geld mit deinem Job und deinen Geschäften?«

Jetzt fielen wir in alte Muster zurück. Ich entspannte mich ein wenig, rutschte nach vorn, stellte mein Weinglas zurück auf den Tisch und stützte mich mit den Armen auf den Knien ab. »Onkel Stephano, du weißt, dass es mir gut geht. Bei mir ist alles in Ordnung.«

»Ja?« Er setzte sich in einen der tieferen Sessel mir gegenüber. »Und die Frau? Triffst du dich immer noch mit dieser Polizistin? Montell.«

»Sie ist Bewährungshelferin und ja. Die Sache zwischen uns ist ... fragil.«

Seine Augenbrauen schossen nach oben. »Fragil? Was bedeutet das?«

»Es bedeutet, dass wir es langsam angehen lassen, aber ich treffe mich immer noch mit ihr. Oder versuche es. Sie ist im Grunde die Feindin – das weißt du.«

»Das tue ich. Ja. Aber du hast die Sache mit ihrem Onkel gut gemacht oder mit dem Neuen, der ihn ersetzt. Er hat sich für uns als guter Mitarbeiter erwiesen. Dank ihm haben wir eine Menge Lieferungen durch das Lagerhaus geschleust. Deine Entscheidung war gut.«

»Ja. Danke.«

Er bemerkte meinen Wein und sein Blick schärfte sich. Dann beugte er sich vor und deutete darauf. »Ist der Wein nicht gut?«

»Doch. Ich habe schon einen Schluck genommen.«

»Ach so. Gut, gut.«

Er dachte nach. Und da ich ihm fast beim Nachdenken zusehen konnte, bedeutete das eine Menge für mich. Er war müde. Er war unaufmerksam. Er war … überreizt? Alles wegen seiner Gesundheit? Ich hielt mich an meine eigene Regel, meinen Onkel niemals zu belügen, aber ich versuchte, ihm so wenig wie möglich zu erzählen. Vage zu sein, ihn zu beschwichtigen. Früher hatte er gern das Gefühl gehabt, alles unter Kontrolle zu haben, aber jetzt machte mein Onkel nicht mehr den Eindruck, als sei dies der Fall. Und bei seinem Handlungsspielraum machte ihn das besonders gefährlich.

»Onkel Stephano.« Ruhig. Bedächtig. Ich musste es langsam angehen.

»Hmm? Ja?«

»Was ist los? Warum wolltest du mich heute Abend sprechen?«

Er hörte auf nachzudenken und konzentrierte sich auf mich. Nur mich.

Ich wusste, dass mein Onkel gefährlich war, obwohl ich mich eigentlich nie vor ihm gefürchtet hatte. Aber in diesem Moment kam ich der Angst vor ihm am nächsten. Er machte mich nervös. »Onkel Stephano?«

»Unsere Probleme spitzen sich zu.«

»Welche?«

»Einige unserer Lieferungen kommen nicht an. Gehen verloren. Werden gestohlen. Und es gibt andere Auseinandersetzungen. Immer mehr Unternehmen weigern sich, uns zu bezahlen. Einige unserer anderen, eher unappetitlichen Geschäfte haben auch einen Schlag abbekommen.« Er fuchtelte mit einer Hand in der Luft herum. »Einem, zweien geht es gut. Da läuft es normal. Mit denen kommen wir klar, aber wir werden von allen Seiten bedrängt, und das hat mich zum Nachdenken gebracht. Verstehst du das?«

»Sicher.« Es würde mir nicht gefallen, worauf er hinauswollte. Ich wusste es.

»Und ich denke: Was ist anders? Und dann fällt mir ein, dass alles sich verändert hat, als du anfingst, diese Polizistin zu vögeln.«

O mein Gott.

»Das hat nichts mit Jess zu tun.«

»Aber sie ist eine Montell. Du weißt doch, was mit dem anderen Montell passiert ist. Ihrem Dad. Dieser kleine verkümmerte Schwanz. Der kleinste, den ich je gesehen habe, aber er wollte nicht, dass andere das mitbekamen, deshalb hat er überkompensiert. Ist das das richtige Wort? Großspuriges Auftreten. Große Klappe. So in der Art, aber er war ein Schwachkopf.« Onkel Stephano fuchtelte unaufhörlich mit der Hand herum. »Ein kompletter Idiot, aber er gehörte zur Mannschaft. Er hat einiges für uns erledigt, ein paar Köpfe eingeschlagen, dann die Sache mit deinem Daddy. Weißt du davon?«

Mir war das alles nicht geheuer. Ich schüttelte den Kopf. »Die genaue Geschichte kenne ich nicht, nein.«

»Ja, ja. Okay.« Mit einem Schluck trank er die Hälfte seines Weins aus und wieder fuchtelte er herum. »Ich erzähle sie dir. Lehn dich zurück und entspann dich. Möchtest du noch Wein? Ich kann Bobby noch eine Flasche holen lassen.«

»Nein, danke, Onkel Stephano. Ich möchte die Geschichte hören.«

»Oh, richtig. Deine Freundin. Willst du etwas über ihren Vater wissen?« Er schüttete mehr Wein in sich hinein, stand auf und goss sich den Rest ins Glas. Seine Bewegungen waren unsicher, als er zurückkam und sich in seinen Sessel sinken ließ. Dabei schwappte der Wein über den Glasrand. Er bemerkte es nicht. »Gut. Wo war ich? Oh, richtig. Dein Vater und ihr Vater arbeiteten zusammen, aber sie mochten sich nicht. Dominic hat die Mutter deiner Freundin gevögelt. Sie ist eine gut aussehende Frau. Ich sehe sie manchmal noch. Sie walkt in unserer Straße und denkt immer daran, den Jungs zuzuwinken, wenn sie vorbeikommt. Du weißt schon, warum sie das tut, oder?« Er lachte und seine Augenbrauen wackelten dabei ein wenig. »Sie wünscht sich ein paar Besucher, aber keine Sorge. Das tue ich dir nicht an, nicht, wenn du ihre Tochter flachlegst.« Er lachte laut und lange.

Irgendetwas stimmte nicht mit Onkel Stephano.

Ich hatte dem zunächst keine Bedeutung beigemessen, als er anfing, über seine Gesundheit zu reden, aber er war nicht er selbst. So benahm er sich nie. Eigentlich war er immer reserviert, vorsichtig, schlau. Im Moment war er jedoch wie sein Bruder, mein Vater. Die Reaktion seiner Männer vorhin ergab jetzt mehr Sinn.

»Was ist mit Jess' Vater passiert?«

»Oh ja. Ich vergaß. Ja, ja. Es gab einen Kampf. Weißt du, ihr Vater wollte mehr Macht in unserer Familie, in der

Hierarchie aufsteigen. Deshalb hat er gegen deinen Vater intrigiert. Aber Blut ist nun mal dicker als Wasser. Verstehst du? Er kam zu mir und erzählte mir alles, was dein Vater tat, und ich möchte betonen, wirklich alles. Die Huren, die Polizisten, die er schmierte. Er hatte seine Finger überall drin und ihr Daddy wusste davon. Er machte mir einen Vorschlag. Er würde deinen Vater aus dem Verkehr ziehen, wenn er dafür seinen Job bekam, den er dann besser erledigen würde.« Onkel Stephano begann zu lachen und seine Schultern bebten. »Und weißt du, was witzig daran war? Ich wette, er hatte recht. Er war kein völlig verblödeter Idiot, sondern die meiste Zeit halbwegs clever. Doch nicht in diesem Fall. Was dachte er sich dabei? Dass ich ihn meinem eigen Fleisch und Blut vorziehen würde?«

Ich machte mich auf alles gefasst. »Was ist mit ihm geschehen?«

»Ich ließ ihn umbringen. Das ist geschehen.«

»Wirklich?« Mein Tonfall war scharf. Alles in mir war in höchster Alarmbereitschaft. Jess' Bruder war für den Tod ihres Vaters verurteilt worden.

»Also wir haben alles arrangiert, es aber nicht durchgeführt, weil es sein Sohn getan hat. Er brauchte nur eine ordentliche Motivationshilfe, aber ja. Wir brachten den Sohn dazu, den Vater zu töten, und jetzt ist es fast Karma, dass du die Tochter vögelst. Schon lustig, wie sich das alles entwickelt hat, oder? Vor allem, weil Dominic darauf geachtet hat, dass du nie hier warst. Er wollte nicht, dass du dem Mädchen begegnest, sagte, du würdest dich in sie verlieben. Sie sah schon damals verdammt gut aus, aber wir haben verbreitet, dass man sie nicht anfassen darf. Das war ein Versprechen an den Vater, sie in Ruhe zu lassen. Aber wie du siehst, kann ich mein Versprechen nicht halten, wenn sie uns verpfeift.«

»Das tut sie nicht«, stieß ich hervor.

Verdammter Mist!

Ich stand auf. »Warum bin ich heute Abend hier?«

»Was meinst du?«

Ich zog mein Handy hervor.

**Ich:** Ich möchte, dass einer der Männer die ganze Zeit ein Auge auf Jess hat. Ich glaube, mein Onkel will etwas gegen sie unternehmen.

Onkel Stephano starrte auf mein Handy und deutete mit seinem Weinglas darauf. »Was machst du da? Genau jetzt. Hast du eine Nachricht an jemanden gesendet? An wen?«

»An Ashton.«

Er nickte und lehnte sich wieder in seinem Sessel zurück. »Das ist gut, denn du bist aus zwei Gründen hier. Erstens, ich muss wissen, ob die Frau, die du vögelst, Beweise gegen uns sammelt, und wenn sie es nicht tut, dann haben wir ein ganz anderes Problem am Hals.«

»Jess macht das nicht. Ich hatte Männer auf sie angesetzt und einen Peilsender angebracht. Sie tut nichts dergleichen.«

Die eventuell vom Wein hervorgerufenen Wahnvorstellungen waren vorbei und mein Onkel wieder so, wie ich ihn kannte. Klar und wachsam, und er musterte mich wie seinen Feind. Dann nickte er, dieses Mal langsamer, und sprach mit ernster Stimme: »Hoffen wir mal, dass es nicht deine Freundin ist, denn wenn sie es wäre, müsste ich ihre Familie töten. Ich kann nicht noch eine aus dem Weg räumen und die anderen beiden schmoren lassen.«

»Sie ist es nicht, also wer kann es noch sein?«

Lange und intensiv starrte er mich an. »Eventuell die Familie aus Maine. Sie könnte hinter allem stecken.«

»Was soll ich deiner Meinung nach tun?«

Er stand von seinem Sessel auf und nahm einen Schluck Wein, bevor er zurück zum Tisch ging. Dort verweilte er und starrte auf etwas, bevor er sein Weinglas abstellte. Er nahm eine Mappe und brachte sie herüber. »Du hast dich um deinen Vater gekümmert. Du hast die Sache mit dem Onkel geregelt. Und jetzt …« Er nickte in Richtung der Mappe, als ich sie öffnete. Ein Foto starrte mich an und ich wusste, wer die Person war. »Das ist der Rädelsführer der Maine-Familie. Ich habe dir von ihnen erzählt. Sie wird die Worthing-Mafia genannt, aber du kennst den einen Cousin. Er hat mal für dich gearbeitet.«

Justin Worthing.

Ich nahm das Foto in die Hand. »Ist das dein Ernst?«

»Ja. Er hat einen Bruder bei der Polizei, einen gewissen Detective Worthing. Sie benutzen ihn, um gegen uns vorzugehen, und sie werden nicht aufhören.«

»Was soll ich dagegen tun?«

»Ich möchte, dass du dich darum kümmerst.« Er ging zurück und nippte an seinem Wein. »Regele es so, wie du die anderen Angelegenheiten geregelt hast, die ich dir übertragen habe. Du wirst Ashton einspannen müssen, denn seine Familie kontrolliert die Polizei in der Stadt. Die Worthings dringen auch in ihr Gebiet ein.«

Er wollte, dass ich mich um weitere Leute »kümmerte«.

»Vielleicht solltest du auch nach dem Grund fragen, warum du einen Worthing in deinem Club hattest, wenn du schon dabei bist.«

»Bitte?«

»Du hattest einen Worthing, der für dich gearbeitet hat. Glaube nicht, ich hätte nicht daran gedacht, dass du gegen mich intrigierst.«

Das sollte doch wohl keine Drohung sein! »Sag mal, willst du mich veräppeln?«

Jetzt wurde er auf unheimliche Weise still und im Raum breitete sich eine eisige Kälte aus.

»Warum zum Teufel sollte ich gegen dich intrigieren, wenn du willst, dass ich die Leitung für dich übernehme?« Seine

Augen funkelten wild. Ich sah es, registrierte es und es wurde immer heftiger.

Mein Onkel war ein Problem.

Der Mann, der zu meinen Sportveranstaltungen gekommen war. *Er* war der Vater für mich gewesen. Meine Geburtstage. Er war derjenige, der mein Foto am Kühlschrank hängen gehabt hatte. Er war da gewesen für mich. Als sein Sohn gegangen war, war ich an seiner Seite gewesen. Als der andere gestorben war, hatte ich geholfen, die Beerdigung zu organisieren. Er war völlig durch den Wind gewesen. Seine Frau hatte ihn vor Jahren verlassen. Sie war weg. Spurlos verschwunden. Es hatte geheißen, sie habe genug von ihm gehabt und sei abgehauen, wolle nichts mehr mit dieser Familie zu tun haben. Das hatte ich nie infrage gestellt, aber jetzt tat ich es. Hatte er ihr das angetan? Hatte er gedroht, sich gegen sie zu wenden?

Oder schlimmer noch, *hatte* er sich gegen sie gewendet?

Ich starrte meinen Onkel an und fragte mich, ob ich gerade zum ersten Mal sein wahres Gesicht sah.

Das verzog sich zu einem Lächeln und dann fing er an zu lachen. »Reingelegt! Ich hab dich reingelegt!« Er kam herüber und klopfte mir auf die Schulter, aber die Hand, die das Weinglas hielt, war immer noch so ruhig.

»Onkel.«

»Ja?« Er lachte immer noch. »Warum lachst du nicht? Es war ein Witz. Ich wollte die Anspannung lösen. Ich weiß, dass ich mit deinem Mädchen und dann mit deinem Angestellten hart ins Gericht gegangen bin, aber man weiß nie.« Er deutete auf seinen Rücken. »Eine Menge Leute wollen mir ein Messer zwischen die Rippen rammen.«

»Du hast mich gerade bedroht. Du hast die *Familie* bedroht.«

Noch behauptete ich mich und beobachtete alles, was er tat, hörte auf jedes einzelne Wort, das er sagte, jeden Tonfall.

Alles brannte sich in meinen Verstand ein, denn dieser Tag veränderte alles, was noch kommen würde. Er zeigte mir die Karte, die er gegen mich einsetzen konnte. Ich wäre dumm, wenn ich nicht glauben würde, dass er das täte.

»Es war nichts. Du bist mein Neffe. Ich würde dir niemals etwas antun.« Er kam zu mir, umklammerte meinen Nacken und drückte seine Stirn gegen meine. »Ich liebe meinen Neffen. Du bist der Einzige, der mir gegenüber loyal ist. Ich wäre ein Narr, wenn ich dich verlieren würde. Es war ein Witz, Tristian. Bitte vergib mir. Es war ein schlechter Witz.«

Es war kein Witz. Es war ein Test. Er wollte sehen, wie ich reagierte.

Ich wich vor ihm zurück, sagte jedoch nichts, denn ich wusste nicht, was ich sagen sollte.

Er schwankte und runzelte die Stirn. »Trace?«

Ich wich noch einen Schritt zurück und noch einen und schwieg.

»Trace? Ich habe Spaß gemacht.«

»Das hast du nicht«, krächzte ich. »Ich habe dir nie Anlass gegeben, mir nicht zu vertrauen. Niemals. Ich habe dir meinen Vater übergeben und gesehen, was du mit ihm gemacht hast. Und jetzt das?« Ich deutete auf ihn. »Justin Worthing ist nicht Teil der Geschäfte seiner Familie. Für den Rest seiner Familie kann ich nicht sprechen, aber ich weiß, dass er es nicht ist. Außerdem ist er kein Angestellter mehr von mir.«

Stephano hob langsam das Kinn. »Sein Mädchen ist gerade in deinem Nachtclub und spricht mit deinem Mädchen. Du siehst, dass ich Grund zur Sorge habe, wenn man bedenkt, dass dein Mädchen sich noch nicht für eine Seite entschieden hat. Sie arbeitet immer noch für die andere.«

»Wie bitte?«

Er hatte Spitzel in meinem Club. In meinem Club! Ich war nicht überrascht über das, was er über Justin und auch über Jess wusste. Ich hatte es fast erwartet, aber dieses Verhör und jetzt das? Er hatte brandaktuelle Informationen.

»Mir wurde *gerade* berichtet, dass sie da ist. Woher weißt du es?«

Ich schaute mich um.

Er war zu seinem Tisch gegangen. Hatte auf die Papiere geschaut.

Bobby hatte den Wein hereingebracht – und genau da hatte ich die Nachricht von Ashton erhalten. Ich ging seine Schritte durch.

Stephano hatte im Sessel gesessen, hatte getrunken, mich auf die Probe gestellt und auf gewisse Weise herausgefordert. Dann war er aufgestanden, zum Tisch gegangen und dort stehen geblieben.

Ich ging zum Tisch.

»Was machst du da?«, fragte er in scharfem Ton.

Ich hielt mein Handy hoch. »Du hast keine Spitzel in meinem Club, jedenfalls nicht zurzeit. Aber ich habe Informanten und ich wurde *gerade* informiert. Das bedeutet …«

»Trace! Bleib da weg.«

Ich ignorierte ihn und las die Papiere.

Es waren Akten. Wertpapiere. Hingekritzelte Nummern. Fotos.

»Lass das, Trace. Ich meine es ernst«, blaffte er.

Ich schob einen Stapel beiseite und sah ein Handy. Berührte das Display. Mein Hintergrundbild. Mit dem Handy in der Hand drehte ich mich um. »Entsperre es.«

»Trace.« Er senkte den Kopf und versuchte, die Fassung zu bewahren.

»Entsperre es. *Jetzt!*« Ich warf ihm das Handy zu.

Er fing es im letzten Moment auf und drückte es mit dem Arm an seine Brust. Mit einem verärgerten Blick und zusammengekniffenen Lippen fuhr er mit dem Daumen über das

Display und warf das Handy zurück. Ich machte mich sofort daran, den Passcode zu ändern, indem ich die Zahlen eingab, die ich ihn gerade benutzen sehen hatte, und dann meine eigenen, bevor ich den Inhalt durchsah.

Es war meins. Alles war meins.

Er hatte ein Duplikat meines Telefons erstellt.

Ich überprüfte meine Nachrichten und sah Ashtons vor Kurzem gesendete.

Sah meinen Sexchat mit Jess.

Ich drehte mich um und eine kalte Wut erfasste mich, die schnell und ungezügelt zunahm. »Was hast du noch gegen mich in der Hand?«

»Trace ...«

»*Was noch?!*«

Er zuckte zusammen und schluckte. Trank seinen Wein aus – Gott sei Dank – und stellte das Glas neben sich auf den Tisch. Dann hielt er beide Hände hoch. »Hör mir zu, Trace ...«

»Du hast *ein* Telefon; du könntest noch andere haben. Ich mag es nicht, wenn man in meine Privatsphäre eindringt.« Das war scheinheilig von mir, denn ich war immer wieder in Jess' Privatsphäre eingedrungen. Jetzt verstand ich das, aber im Moment musste ich mich um diesen Flächenbrand kümmern.

Ich hatte noch nicht entschieden, ob ich Benzin hineinschütten oder ihn ersticken sollte.

»Raus mit der Sprache. Jetzt.«

Er legte den Kopf in den Nacken und sein Adamsapfel bewegte sich rasch auf und ab. An der Haltung seiner Schultern konnte ich seine Resignation erkennen. »Ich muss zugeben, dass dieses Treffen aus dem Ruder gelaufen ist. Ich wollte nicht, dass so etwas passiert, und es ist meine Schuld. Ich musste das einfach wissen. Deine Freundin, sie liegt dir am Herzen. Und zwar sehr. Das merke ich, und sie arbeitet fürs Gesetz. Ich musste es wissen, Tristian. Ich musste Vorsichtsmaßnahmen ergreifen. Verstehst du das nicht?«

»Du hast mein Telefon geklont. Im Moment verstehe ich überhaupt nichts.«

»Du hast eine Untersuchung gegen mich eingeleitet.«

»Wovon redest du?«

»Ich weiß, dass du das getan hast. Ich habe Computerspezialisten. Sie haben einen Alarm eingerichtet und mich darüber informiert, dass du dich in mein System eingewählt hast. Das hast du vor einer Weile gemacht, und zwar an einem Freitagabend. Ich weiß sogar, wo du warst. In deiner Wohnung in dem schicken Hochhaus in der Innenstadt. Ich konnte es nicht glauben, als sie sagten, dass es die IP-Adresse deines Computers gewesen sei, die meine Finanzen durchsucht hat. Ich dachte, es wäre ein Scherz, aber dann wurde es ernster mit deiner Polizistin, und was sollte ich da machen? Hm? Du bist die einzige Familie, die ich habe.«

»Vielleicht gibt es dafür einen Grund.«

Sein Gesicht zuckte, bevor er sich aufrichtete und knurrte. »Hör auf, du undankbares kleines Stück ...«

Ich musste weg.

Ich durfte meinen Onkel nicht schlagen. Wenn ich es getan hätte, hätte ich nicht mehr aufhören können. Die andere Wahl, die ich hatte, war zu gehen.

Er beendete den Satz nicht, schrie aber, als ich aus der Tür war und auf die Treppe zuging: »Wohin gehst du? Trace?!«

Ich lief die Treppe hinauf, drängte mich durch die Kellertür und ging auf die Haustür zu. »Trace?«

Ich blieb stehen und sah Bobby im vorderen Wohnzimmer. Es war als Besprechungszimmer meines Onkels eingerichtet, in dem er Besucher empfing, wenn er nicht wollte, dass jemand weiter ins Haus vordrang. Er benutzte es jedoch nur selten, denn die meisten seiner Geschäfte wickelte er in der Küche ab oder in seinem Lager zwei Straßen weiter.

»Lass mich in Ruhe.« Ich ging weiter auf die Tür zu.

»Trace, warte!«

Ich öffnete die Tür.

»Trace.« Bobby eilte auf mich zu und dann drückte er mir etwas in die Hand. »Lies das.«

Ich schloss die Hand um das, was er mir gegeben hatte, und schon war ich zur Tür hinaus.

Demetri sah mich kommen, eilte herbei und öffnete die hintere Tür des Autos.

Ich stieg ein und rief Ashton an. »Lösch alles. Wir brauchen neue Telefone. Neue Computer. Alles.«

Demetri stieg ein, hörte, was ich sagte, und schaute mich durch den Rückspiegel an.

»Was ist passiert?«, fragte Ashton.

»Mein Onkel hat uns ausspioniert, und das macht mich *echt* wütend. Lösch alles.«

»Kannst dich drauf verlassen.«

Ich faltete das Stück Papier auseinander, das Bobby mir in die Hand gedrückt hatte.

*Deine Mutter lebt. Er weiß es nicht.*

# Kapitel 50
## Jess

Er kam nicht.

Ich verließ den Club und dachte, wir würden unsere Routine der letzten Nächte beibehalten. Eigentlich wollte ich nicht zugeben, dass ich auf ihn wartete, aber zehn Minuten nachdem ich zu Hause ankam, klopfte es nicht.

Ich wartete eine Stunde, aber es klopfte immer noch nicht.

Das Display meines Handys neben mir leuchtete auf und erhellte das Zimmer. Ich rollte mich herum und griff danach.

**Trace:** Kontaktiere mich nicht über dieses Handy. Es ist nicht sicher. Erkläre es dir später.

Abrupt setzte ich mich mit klopfendem Herzen auf. Ich wollte ihn anrufen, ihm eine Nachricht schicken, wissen, was los war, aber er hatte gesagt, sein Telefon sei nicht sicher.

Ich sprang aus dem Bett und lief bereits herum, bevor ich einen Plan ausgearbeitet hatte. Aber das spielte keine Rolle, denn ich war schon auf dem Sprung.

Die Kleidung war in Windeseile angezogen. Socken. Schuhe.

Ich hatte meine Jacke an, meine Schlüssel in der Hand, als ich die Haustür öffnete und stehen blieb.

»Kelly!«

Sie zitterte und ihr Augen-Make-up lief ihr übers Gesicht. Schneeflocken hingen noch in ihren Wimpern, ihre Jacke war völlig durchnässt, aber sie hob die Hand. »Hallo.«

»Was machst du ... komm rein. Komm rein.«

Zunächst zögerte sie ein wenig, aber sobald sie durch die Tür war, brach sie zusammen. Sie ließ die Schultern hängen, ihre Knie knickten ein und ein Schluchzer entfuhr ihr.

»Oh ... hey! Hey.« Ich fing sie auf und half ihr zu einem der Stühle an unserem Küchentisch, auf den sie sich fallen ließ. Mehr Schluchzer bahnten sich ihren Weg aus ihrer Kehle und sie legte die Stirn auf den Tisch. Ich schloss die Wohnungstür, verriegelte sie und ging zu ihr. »Hey.« Ich rutschte auf den Stuhl neben sie. Im *Katya* war sie nicht so gewesen. Bei ihrem Besuch dort hatte ich zwar einen sehnsuchtsvollen Blick bemerkt, jedoch gedacht, sie vermisse die Arbeit mit mir. Mehr nicht. »Was ist los? Was ist passiert?«

Bei einem weiteren erstickten Schluchzer hob sie den Kopf. Sie sah völlig fertig aus und griff nach meinem Handgelenk. »Kann ich heute Nacht hierbleiben? Bitte.«

»Natürlich. Aber erzähl mir erst mal, was los ist. Du bist meine beste Freundin, Kelly. Ich muss es wissen.«

Sie schüttelte den Kopf. »Ich kann es dir nicht sagen. Ich ... ich kann es einfach nicht. Aber ich möchte hierbleiben. Eine Nacht und dann muss ich es rausfinden. Ja. Dann werde ich es rauskriegen.«

»Warte.« Ich kniete auf einem Bein vor ihr. »Kelly, was ist los? Ich mache mir Sorgen. Sag's mir.«

»Kann ich nicht. Ich kann es wirklich nicht. Ich möchte nur eine Nacht hier schlafen. Ist das okay?«

»Äh …« Ich war drauf und dran, sie noch einmal zu drängen, aber da summte mein Handy.

**Unbekannt:** Ich bin unten. Kann ich raufkommen?

Ich stand auf und schrieb zurück. Kelly beobachtete mich und ihre Schluchzer wurden ein kleines bisschen leiser.

**Ich:** Wer ist da?

**Unbekannt:** Trace. Neues Handy. Erkläre ich dir später. Kann ich raufkommen?

**Ich:** Kelly ist hier.

»Ähm.« Zwei Krisen zur selben Zeit. »Kelly, kann ich … ich muss schnell mal runter an die Tür. Bin gleich zurück …«

»Ja, völlig in Ordnung.« Sie stand auf und ihr Stuhl schrammte über den Boden. Dann schlang sie die Arme um sich. »Ich muss sowieso ins Badezimmer und mich bettfertig machen. Kann ich, äh … ich habe ja kein Bett mehr hier. Aber ich kann auf der Couch schlafen. Ich weiß, wo alles ist.«

»Ja, aber warte. Ich bin gleich wieder da.«

»Lass dir Zeit, ja?« Sie ging den Flur entlang zu ihrem einstigen Badezimmer. Ich hatte es nicht benutzt, seitdem sie ausgezogen war. Ihre Stimme klang plötzlich besser, ruhiger. »Ich meine es ernst. Ich dusche und mache mich fertig. Ich sehe ja furchtbar aus.« Sie gestikulierte in Richtung der Tür. »Was oder wer auch immer da wartet, beeile dich meinetwegen nicht.«

Ich öffnete den Mund, aber ich war mir nicht sicher, was ich sagen sollte.

Sie schloss die Badezimmertür hinter sich und ich konnte hören, wie sich die Lüftung einschaltete. Als Nächstes wurde die Dusche angestellt.

**Unbekannt:** Soll ich gehen?

**Ich:** Nein. Ich komme runter.

\* \* \*

Unten erwartete mich Trace und er nickte in Richtung seines SUV. Wir stiegen beide ein.

»Demetri, wir brauchen etwas Privatsphäre.«

»Natürlich.« Sofort stieg er aus und stellte sich neben die Tür, wo er sich eine Zigarette anzündete. Trace legte die Hand auf meinen Rücken, während er die Trennwand hochfuhr, damit auch von vorn niemand hereinsehen konnte.

Ich berührte seinen Arm, umschloss ihn mit meiner Hand und hielt mich an ihm fest. »Hallo.«

»Hallo.« Er lächelte sanft. Dann rutschte er zu mir herüber, umfasste meine Wangen und legte seine Stirn gegen meine. Eine kurze Sekunde, dann senkten sich seine Lippen und streiften über meinen Mund, bevor sie fordernder wurden. Sein Körper schmiegte sich an meinen und ich spürte, wie er sich entspannte. Sein Kuss wurde intensiver und seine Zunge wanderte in meinen Mund.

In mir begann ein Feuer zu lodern, das durch meine Venen pulsierte.

Diese Reaktion löste er in mir aus. Immer.

Er stöhnte, wich zurück und atmete unregelmäßig. »Mein Gott. Am liebsten würde ich dich für immer festhalten.«

Ich umfasste seine Arme, schob ihn noch ein wenig zurück und hob den Kopf, um ihn besser anschauen zu können. »Was ist los? Ein neues Telefon. Warum war das alte nicht sicher?«

Sein Blick wurde ernst und die Sanftheit verschwand. Eine Mauer brach zusammen, bevor er sich ganz von mir zurückzog. Meine Hände sanken auf den Sitz zwischen uns. Kälte breitete sich im Auto aus und ich kämpfte gegen das Zittern an, konnte es jedoch nicht unterdrücken.

Trace' Blick wanderte nach oben, als könne er meine Wohnung sehen. »Warum ist Kelly hier?«

»Ich weiß es nicht, aber hey ...« Ich berührte seine Wange und drehte sein Gesicht zu mir. »Was ist los?«

Wieder machte er dicht. »Das kann ich dir nicht sagen. Es sind Familienangelegenheiten.«

Ich ließ die Hand sinken. »Oh.«

Trace schaute wieder auf. »Ist irgendwas mit ihr und Justin? Hat sie etwas erzählt?«

»Nein.« Warum war ihm das so wichtig? »Wahrscheinlich haben sie sich nur gestritten. So ist Kelly. Sie wird schnell emotional. Ich bin mir aber sicher, dass sie spätestens heute Nacht wieder zu ihm zurückgeht. Für sie ist das normaler Beziehungskram. Sie ist sehr gefühlsbetont.«

»Ja. Vielleicht.«

»Familienangelegenheiten? Bei dir? Deshalb hast du ein neues Handy?«

Er konzentrierte sich wieder auf mich, nahm mich wieder wahr. Sein Blick schärfte sich. Dann beugte er sich vor und umfasste meine Wange. Sein Daumen strich leicht über meinen Mundwinkel. Er legte den Kopf schief und seine Augen verdunkelten sich. Begierde war in ihnen zu erkennen. Sein Daumen lag auf meiner Unterlippe und zog sie nach unten. Er schauderte, dann nahm er die Hand zurück. »Ich muss mich eine Weile von dir fernhalten. Zu deiner eigenen Sicherheit.«

Mir lief es kalt den Rücken hinunter. »Aus geschäftlichen Gründen?«

Natürlich. Ich wäre dumm, auf etwas anderes zu hoffen, etwas Normales wie … ich wusste es nicht. Eine Scheidung zum Beispiel, aber das ergab keinen Sinn. Jedenfalls so etwas in der Art. Etwas, womit normale Leute zu kämpfen hatten, doch das war es nicht. Es erinnerte mich wieder daran, dass ich auf der einen Seite stand und er auf der anderen.

»Tu das nicht. Ich merke, wie du dich zurückziehst.«

Ich legte den Kopf gegen die Stütze und starrte ihn an. Die Distanz war fühlbar. Sie war kalt, aber daran war ich gewöhnt.

Und einsam machte sie auch. »Es ist so, wie es sein soll, oder? Du machst Mafiakram, ich Gesetzeskram.«

Seine Augen waren jetzt tiefdunkel und sein Blick war auf meinen Mund gerichtet. Ein Knurren war zu hören.

Dann lag sein Mund auf meinem, das Feuer war wieder da und loderte immer stärker. Ich fühlte es, denn es verschlang mich. Vielleicht, weil es der letzte Abend war, bevor ich ihn eine unbestimmte Zeit lang nicht mehr sehen würde. Eine Nacht? Zwei Nächte? Einen Monat? Wenn überhaupt jemals wieder. Das war alles im Bereich des Möglichen. Ich hatte eine weinende beste Freundin dort oben, die wahrscheinlich mit dem Duschen fertig war, aber der Schmerz hatte sich ganz tief in meine Brust gegraben, dicht am Herzen, und ich brachte es nicht fertig, mich von ihm loszureißen.

Sein Mund auf meinem.

Bedürfnis, Verlangen. Lust.

Begierde.

Sie schlang sich um meinen Körper, ließ mich lebendig fühlen, wärmte mich und ich konnte sie nicht unterdrücken. Ich brauchte ihn, nur ihn. Nichts weiter.

Er zog mich zu sich heran und ich kletterte ohne nachzudenken, ohne auf irgendetwas zu achten, auf seinen Schoß.

Meine Hand fuhr durch sein Haar, während seine meinen Körper hinunterwanderte und meine Hüften gegen seine zog. Wir hielten bei dieser Berührung inne.

Mein Gott!

Das fühlte sich so gut an. So verdammt gut.

Ich bewegte mich auf ihm, während seine Hände zu meinem Hinterteil wanderten. Er umfasste es und bewegte mich in seinem Takt. Unsere Münder fanden sich und die Zungen umschlangen einander. Er hob eine Hand, griff in mein Haar und zog meinen Kopf nach hinten. Ich stieß einen kehligen

Laut aus, als sein Mund leckend und von mir kostend an meinem Hals hinunterwanderte.

Seine Hand ließ meine Haare los und landete in meinem Schoß, wo sie sich einen Weg in meine Hose und zu meiner Unterwäsche bahnte.

Ich zuckte bei der Berührung zusammen, denn sie fühlte sich so verdammt gut an.

Mit der anderen Hand umfasste er immer noch mein Hinterteil.

»Heb den Po an«, stieß er hervor und knabberte an meinem Hals.

Ich kam seiner Aufforderung nach, woraufhin seine Hand meinen Slip beiseiteschob und an meiner empfindlichsten Körperstelle in Position ging.

Ich senkte unter Führung seiner anderen Hand den Po ab und seine Finger glitten in mich.

Dann landete sein Mund auf meinem und ich begann mit langsamen, stetigen Bewegungen auf und ab. Meine Hüften bewegten sich nach vorn und fanden einen guten Rhythmus. Sein Daumen rieb in deliziösen Kreisen langsam und mit leichtem Druck über meine Klitoris und die in mir wirbelnden Gefühle entlockten mir ein Keuchen. Sie legten sich um jedes meiner Organe, wanden sich um die Wirbelsäule und krochen in mir empor. Die Begierde war einfach unbeschreiblich. Ich schrie auf und meine Hüften stießen immer fester gegen ihn.

Sein Mund fing meinen Schrei auf, schluckte ihn und dann zog Trace mich mit Nachdruck nach unten, sodass seine Finger noch tiefer in mich glitten. Mein ganzer Körper zuckte und ich explodierte.

Die Wellen schossen durch mich hindurch, waren fast brachial in ihrer Stärke, und ich schauderte und zitterte beim Nachbeben meines Orgasmus, bis ich mit Trace verschmolz.

Er hielt mich fest und strich mir beruhigend über den Rücken.

Ich wollte mich nicht bewegen. Mein ganzer Körper fühlte sich an, als wäre er aus Gummi, knochenlos.

Trace drängte mich nicht, von seinem Schoß herunterzusteigen. Er streichelte mich einfach weiter und hielt mich fest.

Vielleicht wäre ich sogar eingeschlafen. Ich wusste es nicht. Die Zeit war stehen geblieben an diesem kleinen Zufluchtsort.

Trace drückte mir einen Kuss auf die Stirn und strich mir einige Haarsträhnen hinters Ohr. »Ich möchte dir eigentlich so viel sagen, aber ich kann es nicht. Ich wage es nicht, aber … bitte glaub an mich. Das ist alles, was ich sagen kann. Wenn es sicherer ist …« Seine letzte Aussage hing zwischen uns, und sosehr ich es auch hasste, sie zu hören, sosehr sie auch die Kälte wieder hereinließ, wusste ich doch, dass er sie aus einem bestimmten Grund geäußert hatte.

Ich lehnte mich zurück und nickte. Dann wollte ich von ihm klettern, aber er hielt mich wieder fest und drückte mir einen harten Kuss auf die Lippen. Erst dann ließ er mich los. »Ich melde mich wieder. Versprochen.«

Im Moment dachte ich nicht an meinen Job. Ich war ganz Frau. Vielleicht war das mein ewiger Kampf. Zwischen dem, was ich tat, und der, die ich war – aber das war im Moment alles nicht wichtig, als ich ihn anstarrte, bevor ich die Autotür öffnete. Es gab Worte, die ich sagen wollte, Dinge, die ich fühlte, aber nicht aussprechen konnte, und deshalb und auch wegen dem, was wir beide getan hatten, ließ ich sie ungesagt.

Ich öffnete die Tür, stieg aus und ging ins Haus.

Ich schaute nicht zurück und brach kein einziges Mal zusammen.

Erst drinnen.

Erst als ich sah, dass Kelly fest auf dem Sofa schlief.

Da ging ich in mein Zimmer, schloss leise die Tür und ging weiter ins Badezimmer.

Ich drehte die Dusche an und erst dann verlor ich die Fassung.

# Kapitel 51

JESS

Der März verging.
 Er meldete sich nicht.

# Kapitel 52

## Jess

Der April verging.
 Ich versuchte anzurufen. Alle seine Leitungen waren tot.

# Kapitel 53

## Jess

Mai.
Ich hätte ihn blockiert, wenn ich eine Nummer gehabt hätte, die ich blockieren konnte.
Also tat ich es nicht.

# Kapitel 54

## Jess

Tja, scheiß auf Trace.

Es war drei Monate her und ich hatte nichts von ihm gehört. Mein Leben war ruhig. Still. Gleichförmig. Val bot jeden Tag Unterhaltung durch ihre morgendliche Übelkeit und nahm langsam zu. Sie hatte das Osterfest ihrer Familie geschwänzt, also hatte sie auch nichts von ihrem Cousin gehört. Außerdem hatten Kelly und Justin das Problem gelöst, das sie miteinander gehabt hatten.

Ich war wieder regelmäßig jeden Sonntagabend beim Bowling in der Easter Lanes.

Bear und Leo meldeten sich bei mir und behaupteten, meiner Mutter ginge es gut. Natürlich glaubte ich ihnen kein Wort, aber es war, wie es war. Immerhin wurde ich nicht mehr wöchentlich übers Telefon beschimpft.

Ich war geradezu überglücklich.

Bei der Arbeit war es wie immer. Dieselben Leute, die auf Bewährung entlassen wurden, und die meisten hassten mich. Travis war immer noch ein Vollidiot.

So war's. Vertrautheit war gut. Langweilig. Langeweile war gut.

Fade.

Eintönig.

Furchtbar.

Zum Teufel mit Trace.

»Hast du das gesehen?« Eine Zeitung landete vor mir auf dem Tisch, als Kelly sich auf dem Stuhl mir gegenüber niederließ.

Wir waren Freundinnen, die sich wieder zum Mittagessen trafen. Das war nicht langweilig, sondern etwas Beständiges, Solides.

Ich wurde zu einem einigermaßen normalen Menschen.

»Was ist das?«

»Seite drei. Ich muss mir ein belegtes Baguette schnappen, bevor Mrs Kappaleweitz das letzte bekommt. Sie werden heute verlieren, Mrs Kappaleweitz. Garantiert.« Und schon war sie weg und drängte sich durch die Menge am Tresen. Wir waren nicht in einem normalen Diner, denn ich brauchte etwas Aufregung. Im Deli an der Fünfundsiebzigsten waren laute Kunden, Bestellungen wurden gebrüllt und an manchen Tagen gab es eine Schlägerei. Ich hoffte auf die Schlägerei.

Ich blätterte auf Seite drei und wollte wissen, was Kelly mir hatte zeigen wollen.

*Neuer Mafia-Chef?*

Die Schlagzeile war groß und fett gedruckt, darunter ein Foto von Trace und Ashton.

*Ach du Scheiße!*

Abrupt beugte ich mich vor und überflog den Artikel. Es hieß, dass es in den beiden Mafiafamilien West und Walden jeweils einen großen Umbruch gegeben habe. Es werde angenommen, dass neue Köpfe an die Spitze treten, da es kürzlich

Schießereien in einem Lagerhaus gegeben habe, das angeblich von der West-Familie kontrolliert wurde.

Trace war ausgiebig unter die Lupe genommen worden. Sein offizieller Vorname Tristian wurde verwendet, denn offensichtlich kannten die Zeitungsleute die von ihm bevorzugte Kurzform nicht. Es wurde von seiner Schullaufbahn und seiner Arbeit in der Wall Street berichtet. Er war in der Rudermannschaft von Yale gewesen. Warum überraschte mich das nicht?

Es gab noch mehr Fotos von ihm, zum Beispiel wie er einen anderen Nachtclub verließ. Mit einer Frau neben ihm.

Ein weiteres Foto, eine weitere Frau.

Nach der dritten Frau drehte ich die Zeitung um.

Mistkerl.

Hinter meiner Stirn kündigten sich Kopfschmerzen an.

Das waren tolle Neuigkeiten. Er ging offensichtlich seiner Wege und hatte eine Entscheidung getroffen, als ich sie nicht hatte treffen können, aber gut. Prima. Wunderbar. Dieser Hundesohn! Möge ihn der Schlag treffen und er in der Hölle schmoren.

»Kaum zu glauben, oder?« Kelly war mit ihrem belegten Baguette in der Hand zurück und deutete auf die Zeitung.

»Was hast du getan? Mrs Kappaleweitz umgebracht? Das war Rekordzeit.«

»Äh.« Sie grinste, biss ein großes Stück von ihrem Baguette ab und deutete damit über ihre Schulter zum Tresen. »Sal und ich sind jetzt beste Kumpel. Ich habe ihm von den Tauben erzählt, die ich auf Justins Terrasse füttere, und er hat für mich ein belegtes Baguette zur Seite gelegt. Um Mrs Kappaleweitz brauche ich mir keine Sorgen mehr zu machen.«

»Wer ist Sal?«

»Der Typ, dem der Laden hier gehört. Er hat eine Schwäche für Tauben. Ich hatte vergessen, dass ich mich letzte Woche lange mit ihm unterhalten habe, als wir hier waren. Er sagte, er habe gewusst, dass er mit meinem Baguette anfangen müsse, als du hereingekommen seist. Er habe die ›furchterregende Frau mit der Dienstmarke‹ erkannt.« Kelly kicherte und lehnte sich zurück. Eine ältere Frau ging an unserem Tisch vorbei und Kelly biss ein riesiges Stück von ihrem Baguette ab, bevor sie der Dame zuwinkte, die missbilligend brummte, als sie das Deli verließ.

Ich nahm an, dass es sich um Mrs Kappaleweitz handelte.

Kelly beugte sich wieder vor. »Wir kommen doch jeden Donnerstag hierher. Ich werde Fotos von den Tauben machen und sie nächste Woche Sal zeigen. Er wird dahinschmelzen und er hat mir erzählt, dass er auf YouTube einen Tauben-Video-Kanal hat. Den werde ich so was von abonnieren.« Sie schaute mit gerunzelter Stirn auf die Zeitung. »Ach ja, richtig. Ich vergaß. Arbeitest du noch im *Katya*?«

Ich nickte.

Sie verstummte, bevor sie auf die Zeitung deutete. »Glaubst du, dass das stimmt?«

Mir brannte die Kehle und mein Brustkorb fühlte sich an, als würde eine Faust darauf gedrückt, die mit aller Kraft auf und ab rieb, um langsam mein Brustbein zu brechen, aber ich zuckte mit den Schultern. »Ich weiß nicht.«

»Es heißt, der eine Typ arbeitet in der Wall Street. Glaubst du, das wird ihm schaden? Es heißt, er sei auch da ein wichtiger Mann.«

»Es wird ihm wahrscheinlich sogar helfen.«

Sie knurrte. »Ja. Lustig, wie das manchmal läuft. Du hast ihn nicht im *Katya* gesehen, oder?«

»Schon lange nicht mehr.«

Ich hatte Kelly nie erzählt, dass der Besucher an meiner Tür an dem Abend, als sie sich bei mir über Justin ausgeheult hatte, er gewesen war. Und sie war nie damit herausgerückt, worüber es in ihrem Streit gegangen war. Es war ein Abend gewesen, über den sie nicht sprechen wollte, deshalb war es einfach gewesen, Trace nicht zu erwähnen.

»Ich kann nicht glauben, dass der Typ aus dem Treppenhaus vom Hockeystadion die ganze Zeit unser Chef gewesen ist. Irre, oder? Und den anderen kennt Justins Familie. Kaum zu glauben, was? Alles verrückt. Hätte man sich nicht ausdenken können.«

Ich runzelte die Stirn. »Was meinst du mit dem anderen Typen?«

»Der andere Chef. Ashton. Er war letztens auf der Party und Justins Cousine hat sich die ganze Zeit an ihn rangemacht. Ich glaube, sie hat ihn sogar wegen Justin gefragt. Deshalb wurde er auch im *Katya* eingestellt.«

»Wann hast du das alles herausgefunden?«

»An jenem Abend. Als ich vorbeigekommen bin.« Sie biss ein großes Stück von ihrem Baguette ab und schaute mich an. Dann hörte sie auf zu kauen, lehnte sich zurück und schluckte alles. Auf einmal. Ich beobachtete, wie es ihre Kehle hinunterrutschte. »Was? Habe ich dir das nie erzählt?«

»Nein. Hast du nicht.« Und da sie nun einmal diesen Abend erwähnt hatte ... »Hast du deshalb geweint?«

Sie öffnete den Mund, starrte mich verdutzt an und schloss ihn wieder. »Äh. Wie lautete noch mal deine Frage?«

»Was hat dir Justin an jenem Abend noch erzählt?«

Sie schaute sich um.

»Kelly.« Ich beugte mich vor und legte eine Hand auf die Zeitung. »Was hat dir Justin erzählt?«

Sie schüttelte den Kopf und ihre Augen trübten sich. Dann beugte auch sie sich mit gesenktem Kopf vor und sagte leise: »Das kann ich dir nicht sagen. Ich würde es gern. Wirklich. Aber ich kann es nicht und es hat weder mit mir noch mit Justin zu tun. Aber Justins Familie ... er hat eine große Familie, hat sich rausgestellt. Groß und rücksichtslos. Er hat mir den wahren Grund genannt, weshalb wir im *Katya* gekündigt haben. Nicht, weil seine Cousine ihm den Job verschafft hat, obwohl ich glaube, dass das zum Teil auch eine Rolle gespielt hat. Er mag Vivianna wirklich nicht, aber er meinte, die beiden Eigentümer seien in dubiose Geschäfte verwickelt und mehr könne er mir deinetwegen nicht sagen. Er wollte mich und dich nicht in eine missliche Lage bringen. Deshalb habe ich nichts davon erwähnt. Bist du sauer?«

War ich sauer? O Mann.

Ich war saurer, diese Frauen mit Trace zu sehen. Jeden Abend eine anderen, so schien es.

Ich schüttelte den Kopf. »Ich bin nicht sauer.«

»Aber …« Sie senkte den Kopf noch etwas mehr, hatte den Blick aber immer noch auf mich gerichtet. Wenn das so weiterging, würde sie bald mit dem Kinn auf dem Tisch aufkommen. »Ich wusste, dass deine Chefs zwielichtig sind, und habe dir das nicht erzählt. Das war gemein von mir.«

Jetzt fühlte ich mich so richtig wie eine miese Freundin. »Das wusste ich bereits.«

»Du wusstest das?« Sie setzte sich auf.

»Aber du arbeitest dort nicht mehr …« Ich log, um meinen Arsch zu retten. Ich hatte bewusst entschieden, Kelly nichts zu sagen, als sie dort noch gearbeitet hatte. Ja. Ich blöde Kuh.

»Ich schätze, du hast recht, aber was ist mit dir? Du bist immer noch dort nach all der Zeit.«

Das stimmte. Und Trace hatte sich *offensichtlich* umorientiert.

Es war an der Zeit, dass ich das auch tat.

# Kapitel 55

## Trace

**Ashton:** Sie hat die zwei Wochen eingehalten.

Ich wusste sofort, wer »sie« war und »welche« zwei Wochen sie eingehalten hatte.

Ich war ihr so lange ferngeblieben, weil ich die Familienangelegenheiten in den Griff bekommen musste. Mein Onkel wusste von ihr. Mein Vater ebenso. Remmi. Es hatte eine konzertierte Aktion gegeben, die alle von ihr ablenken sollte. Ich war so viele verdammte Abende hintereinander zu Dates gegangen und alle hatten mich kaltgelassen. Jedes einzelne.

All das war für sie gewesen, damit sie sicher war, aber sie blieb im *Katya*. Es hatte mir Hoffnung gemacht, dass sie sich noch nicht umorientiert hatte.

Doch das tat sie jetzt.

Mein Handy klingelte unmittelbar nach der Nachricht. Ashton rief an.

Ich nahm ab und stellte das Telefon auf Lautsprecher, denn ich war in meinem Büro im Zentrum.

»Heute ist dieser Zeitungsartikel erschienen«, sagte er anstatt einer Begrüßung.

»Ich hab's gesehen.«

»Es waren Fotos dabei von dir mit verschiedenen Frauen.«

»Auch das habe ich gesehen.«

Er lachte. »Das bedeutet, dass die Aufmerksamkeit von ihr abgelenkt ist. Du könntest dich mit ihr treffen. Ist jetzt schon Monate her.«

Sich mit ihr treffen? Mein Gott, ja. Mit jeder Faser meines Seins wollte ich sie sehen, aber es war sinnlos. »Dieser Mist wird nie vorübergehen.«

»Wir haben alles bereinigt. Geschäfte, Telefone, Computer. Neue Sicherheitssysteme. Wir haben Männer auf unsere Verwandten angesetzt und jetzt die Oberhand. Remmi ist in Vegas und muckst sich nicht. Wenn es einen Zeitpunkt gibt, dich mit deiner Freundin zu treffen, dann ist er jetzt.«

»Sie arbeitet immer noch für die Gegenseite.«

»Wir haben alle unser Kreuz zu tragen.«

»Ach, halt doch die Klappe.«

Wieder lachte er. »Triff dich mit ihr. Du wirst langsam zu einem Griesgram und brauchst mal wieder ein bisschen Sex. Erinnere dich daran, wie das war. Und danach können wir uns endlich mit Bobby befassen.«

Richtig. Bobby mit dem Zettel, auf dem stand, dass meine Mutter noch lebte. Meine Mutter. O Mann. Wenn *das* stimmte! Welche Büchse der Pandora würde damit geöffnet werden?

So lange hatten wir warten müssen, bis wir diese Sache angehen konnten. Bei Onkel Stephano waren das Misstrauen und die Alarmbereitschaft groß. Ich hatte nicht gewagt, Bobby auf meine Mutter anzusprechen, aber Ashton hatte recht. Die letzten drei Male, die ich meinen Onkel gesehen hatte, hatte er so getan, als hätte sich nichts geändert. Es hatte keinen Streit mit ihm gegeben. Er kümmerte sich um seine Gesundheit, ich übernahm die Geschäfte für ihn, aber es war keine Rede mehr von einem Zeitrahmen. Alles in allem schien sich nichts verändert zu haben.

Dieser Mist war jetzt mein Albtraum.

»Triff dich mit ihr. Wir reden hinterher darüber.«

Wir legten auf und ich meldete mich bei unserem neuen Sicherheitsdienst, der speziell für Jess engagiert worden war. Die Männer wurden am selben Tag eingestellt, an dem wir ihren Peilsender abnehmen ließen. Sie hatten darum gebeten und erklärten, man werde den Peilsender finden, bevor man sie entdeckte. Sie waren ausreichend spezialisiert und besonders im Umgang mit Strafverfolgungsbehörden geschult.

Wenn es um Jess ging, machte ich keine halben Sachen, ob sie davon wusste oder nicht. Sie sollte mich ruhig hassen, solange sie am Leben war, um mich hassen zu können.

**Ich:** Wo ist sie?
**Teamleiter 1:** In einem Atelier.
Seine zweite Nachricht enthielt die Koordinaten.

# Kapitel 56

JESS

Alle Lichter waren aus, nur eine Lampe in der Ecke brannte. Düstere Folkmusik lief und ich trank. Gut. Ich brauchte eine Pause von meinem Leben, deshalb war ich hier. Malte wieder. Fühlte mich beschissen. Her mit den Gefühlen!

Hier gab es keine Regeln und Vorschriften. Keine unterdrückten Emotionen. Keine Schublade, in die ich gestopft werden konnte.

Keine Mitbewohnerin. Keine Gedanken an Trace oder unsere letzte gemeinsame Zeit.

Ich und Farbe und Wodka und meine Gefühle.

Zum Teufel mit meinen Gefühlen. Ich musste diesen Mist aus mir herausbekommen. Das war immer der beste Weg. Wer brauchte schon Gesprächstherapie? Das hier war schneller, billiger und reinigender.

Als ich zurückwich und schwarze Farbe von meinen Händen tropfte, starrte ich auf die Leinwand.

Offensichtlich schien es auch zu wirken, denn es war eine riesige Sturmszene. Immerhin hatte ich Trace' Abbilder aus mir herausgemalt. Jetzt wollte ich nur noch Stürme malen. Immer und immer wieder, denn sie zogen auf. Ich konnte sie spüren. Sie waren bereits am Horizont auszumachen, und es waren keine Wetterstürme, sondern Lebensstürme.

Ich hätte solche Gefühle nicht haben sollen. Mein Leben war langweilig. Es war so verdammt sauber, dass es kein Drama darin gab. Blitzsauber. Vielleicht vermisste ich die Stürme. Vielleicht war es das, was ich spürte … oder? Zur Hölle!

Ich vermisste Trace.

Mein Gott.

Ich hasste ihn. Ich vermisste ihn. Ich wollte ihn hierhaben, aber ich hasste ihn auch.

»Das ist wunderschön.«

Oh, zur Hölle, nein!

Ich drehte mich um und mein ganzer Körper verkrampfte sich. Es war Trace. Er war hier und sah auch noch verdammt gut aus. »Raus hier!«

Zum Teufel mit meiner Stimme. Die hörte sich an wie ein Krächzen.

Er trug einen Anzug. Breite Schultern. Schlanke Taille. Und diese Wangenknochen! Die markante Kieferpartie. Er sah müde aus. Seine Haare waren zerzaust, aber so sah er noch besser aus.

Zum Teufel mit ihm.

»Jess«, murmelte er mit leiser Stimme, die ebenfalls heiser klang.

Mein Herz zog sich zusammen und auch das nervte mich.

»Verschwinde!«

»Jess.«

»Drei Monate und kein Lebenszeichen. Du hast um Zeit gebeten und ich habe das verstanden. Familienangelegenheiten. Dein Familienkram ist ziemlich ungewöhnlich, aber es kamen ja nicht einmal Anrufe! Deine Nummern gab es nicht mehr. Ich habe damit abgeschlossen.« Ich log nach Strich und Faden.

Schon sein Anblick versetzte alle meine Nervenenden in höchste Alarmbereitschaft.

»Ich weiß, dass du lügst.«

»*Du* lügst.«

Er schwieg und runzelte die Stirn. Dann entschlüpfte ihm ein leises Lachen. »Sind wir im Kindergarten?«

»*Du* bist im Kindergarten.« So ein Blödsinn. Es war mir jedoch egal.

Ich drehte mich wieder zur Leinwand um. Der Sturm war nicht dunkel genug. Es fehlte an Textur. Ich war versucht, meine Hand komplett in den Farbtopf zu tauchen und die Farbe auf die Leinwand zu schleudern. Immer wieder, bis sie mit schwarzer Farbe völlig bedeckt wäre.

Er seufzte. »Du gibst die Stelle im Nachtclub auf.«

Ich stand mit dem Rücken zu ihm. »Ich gebe dich auf. Du bist nur mit dem Nachtclub verbunden, deshalb gehe ich.«

»Ich konnte keinen Kontakt mit dir aufnehmen.«

»Das ist mir egal.« Ich reagierte immer noch wie ein störrisches Kind.

»Das ist dir nicht egal. Jess, mein Vater wusste von dir. Mein Onkel. Meine Schwester. Du bist zu einer Zielscheibe geworden. Das konnte ich nicht zulassen. Vor allem nicht, wenn wir in einen Krieg ziehen.«

Jetzt drehte ich mich wieder um. »In einen Krieg?« Ich erinnerte mich an den Artikel. »Es hieß, auf euer Lagerhaus sei geschossen worden.«

Er nickte und schaute grimmig. »Eine Familie drängt sich rein. Das ist ein weiterer Grund, warum ich mich von dir ferngehalten habe.«

Das verstand ich. Logisch betrachtet verstand ich alles. Es ergab einen Sinn und, mein Gott, wir hatten es beide so lange versucht.

Aber die ganze Logik war zum Teufel, wenn das Herz dabei war.

Die Gefahren beiseitegelassen, gingen mir die Bilder dieser Frauen nicht aus dem Kopf.

Der Druck auf mein Herz nahm wieder zu.

Warum diese Frauen?

»Hast du sie angefasst?«

»Wen?«

»Diese Frauen.«

»Nein. Das wollte ich auch nicht. Es war alles nur fürs Image.« Er trat hinter mich. So nah, dass ich die Wärme seines Körpers spürte.

»Jess.« Seine Stimme klang tief und rau.

»Was?« Ich drehte mich nicht um, aber bei Gott, ich wollte …

»Warum malst du? Warum kommst du hierher und machst das?«

»Hier bin ich nicht die Bewährungshelferin. Ich bin nicht Chelsea Montells Tochter oder die Schwester meines Bruders. Ich bin niemand. Das Malen befreit mich von allem und ich kann wieder atmen.« Mir klopfte das Herz bis zum Hals. »Ich male, weil ich es muss, und wenn ich es nicht tue, kann ich nie wieder so weitermachen. Ich bin keine geborene Künstlerin, aber ich glaube, dass ich es irgendwo tief in meiner Seele doch bin. Das Malen hilft mir dabei, diesen Teil von mir wieder hervorzubringen.«

Am liebsten hätte ich die Augen geschlossen, den Kopf zurückgelegt.

Ich wollte mich an ihn lehnen, mich von ihm halten lassen. Der Wunsch war so stark, so heftig, aber ich konnte es nicht. Wir waren wieder am Anfang angelangt. Die gleichen Sorgen und Gefühle. All die Angst und das Drama und die Sehnsucht.

Der gleiche Schmerz, aber ich wollte ihn einfach nur berühren.

Er senkte die Stimme und den Kopf. Ich spürte, wie seine Lippen fast über meine Schultern strichen. »Ich möchte mit dir darüber reden, wäre froh, wenn ich es könnte, aber ich kann es nicht. Du weißt, wer ich bin und was ich tue, und daran führt kein Weg vorbei. Selbst wenn ich diese Welt verlassen wollte, gäbe es Schritte, die ich einhalten müsste.«

Er hatte recht. Mit allem.

Warum fühlte ich mich in den letzten paar Minuten, in denen er hier war, lebendiger als in den drei Monaten, in denen er weg gewesen war? Und warum spürte ich auch den Schmerz, der mit ihm kam?

»Weißt du …« Ich nahm Abstand von ihm und ging zur Leinwand. Tauchte die Hand in die Farbe und begann zu arbeiten. »Ich habe einmal einen überwachten Besuch beaufsichtigt. Ein Typ, einer meiner Bewährungshäftlinge, wollte seine Kinder sehen. Ich musste dabei sein, aber auch ein Therapeut. An den und an das, was er sagte, denke ich manchmal.«

»Was hat er gesagt?« Trace klang weiter weg.

Ich fuhr mit dem Malen fort. »Er sagte, dass Menschen manchmal süchtig nach Krisen seien. Sie wachsen in einer auf und das ist alles, was sie kennen. Und wenn ihr Leben irgendwie gut läuft, dann tun sie Dinge, damit wieder Drama in ihr Leben kommt. Ich frage mich, ob das bei dir und mir so ist.« Ich hielt inne und schaute ihn kurz über die Schulter an. Er starrte mit verschleiertem Blick zurück.

Ich bekam einen trockenen Mund, konzentrierte mich jedoch wieder auf mein Bild. Oder versuchte es zumindest. Er war wieder da. In meinem Kopf. Unter meiner Haut. Ich konnte ihn spüren und auch meine Bewegungen veränderten sich. Ich war nicht mehr so unstet in dem, was ich schuf. Bewegte mich langsamer, weicher. Vorsichtig, aber gleichzeitig auch sinnlich.

»Du redest von Selbstsabotage.«

»Vielleicht. Ich weiß es nicht. Unterbewusst bestimmt. Ich glaube, das liegt an dir, aber es ist mehr. Es geht darum, wie ich in meiner Familie aufgewachsen bin. Ich erinnere mich zunehmend an Momente aus meiner Kindheit. Zum Beispiel, dass mein Vater fremdgegangen ist und ich mich bis vor Kurzem nicht daran erinnert habe. Meine Mutter und mein Vater haben sich einmal gestritten, als ich in meinem Zimmer war. Ich habe mich herausgeschlichen und sie belauscht. Sie redeten über eine Frau aus der Nachbarschaft. Und meine Mutter hat getrunken, als ich klein war. Ich dachte, sie hätte erst nach dem Tod meines Vaters damit angefangen, aber das stimmt nicht. Da fing sie wieder an zu trinken. Und mein Bruder.« Ich hatte Isaac so lange nicht mehr besucht. Fast hätte ich ihn vergessen. Was für eine schreckliche Schwester war ich? Er war im Gefängnis und ich hatte das eine ganze Woche lang vergessen. Dann eine zweite.

»Er hat schon als Jugendlicher Drogen genommen. Ist schon komisch, sich jetzt an diese Dinge zu erinnern. Ich wusste, dass das damals passiert ist, aber irgendwie hatte ich es vergessen. Mein Bruder war clean, als er ins Gefängnis kam, also habe ich die ganze Zeit so getan, als wäre nichts gewesen. Er war zwar clean, aber das ist nicht die Wahrheit. Er hat in der Highschool eine Menge Drogen genommen. Ich war im College, als es passierte, als er – du weißt schon. Mein Vater. Als alles zusammenbrach, oder so sehe ich es zumindest.« Ich hörte auf zu malen, als weitere Erinnerungen auf mich einströmten – zusammen mit dem alten Schmerz. »Früher habe ich mir die Schuld gegeben. Ich glaube, ich habe mir so viele Vorwürfe gemacht, dass sie ein Teil von mir wurden. Sie bildeten den Grundstock meiner Persönlichkeit. Seltsam, wie ich anfing, diese Dinge zu erkennen, weißt du?«

»Du hast dir die Schuld dafür gegeben, dass dein Dad gestorben ist?«

O ja. Ein Kloß bildete sich in meinem Hals. Da war der alte brennende Schmerz, den ich immer spürte. Er hatte sich tief eingegraben und direkt neben meinem Herzen festgesetzt.

»Ich war im College und dachte darüber nach, etwas anderes zu machen. Kunsttherapie. Ich wollte mit gefährdeten Jugendlichen arbeiten, aber dann starb mein Vater. Mein Bruder kam deshalb ins Gefängnis und das hat alles geändert. Glaube ich. Wenn ich da gewesen wäre, wäre das alles nicht passiert.« Eine weitere Erkenntnis traf mich hart. »Meine Mutter gibt mir die Schuld und ich habe sie immer gewähren lassen. Habe mir auch die Schuld gegeben. Deshalb habe ich …« Habe ich zugelassen, dass sie diese Dinge zu mir sagte. O Gott. Ich glaubte ihr, also habe ich es akzeptiert. Ich stieß einen langen Atemzug aus. »Ich fange an zu verstehen, warum manche Leute nicht mit Stille umgehen können. Weil sie dann hören, was in ihrem Kopf vorgeht. Das ist verrückt.«

»Ich denke, das ergibt sehr wohl einen Sinn.«

Ich schaute ihn an. Er hatte die Hände in die Hosentaschen gesteckt und den Kopf an die Wand gelehnt. Seine Augen funkelten, sein Blick traf auf meinen und sein Kopf bewegte sich nach vorn, aber Trace verließ seinen Platz nicht. Er blieb dort, in dieser schrägen Haltung, war jetzt jedoch mehr auf mich konzentriert.

»In diesen drei Monaten habe ich mehr gelernt.«

»Worüber?«

»Über mich und dich.«

Sein Mund öffnete sich und seine Augen blickten leer. »Ja? Und was hast du gelernt?«

»Dass ich dich aufgeben könnte, wenn ich es müsste. Es würde sehr lange dauern, viel länger als drei Monate. Vielleicht ein Jahr, vielleicht mehr, aber ich könnte es tun. Alles andere in meinem Leben ist in Ordnung. Meine Mutter ist nicht mehr mein Problem. Mein Bruder kommt zurecht. Ich auch. Ich habe Freunde und einen guten Job, bei dem ich an manchen Tagen das Gefühl habe, dass ich etwas bewirke. Es sind nur kleine Erfolge, aber das eine Mal, an dem ein Bewährungshäftling die

Kurve kriegt, ist all die anderen wert, die es nicht schaffen. Ich habe Menschen, die mich gernhaben, also würde ich auch ohne dich zurechtkommen.«

Er stieß sich von der Wand ab und kam auf mich zu. Langsam. Seine Augen waren dunkel und ein gefährliches Glitzern lag in ihnen. »Das ist komisch.«

»Wieso?« Ich behielt ruhig Blut und wich nicht zurück, als er mir zu nahe kam, mich bedrängte.

Seine Hände umfassten meine Taille, wanderten unter mein T-Shirt und er schob mich rückwärts gegen die Wand. Direkt neben uns stand die Leinwand.

Ich hatte Farbe an den Händen. Das war ihm egal, denn er starrte einfach nur auf mich herab.

»Wieso ist das komisch?« Ich hatte ein kleines Problem beim Atmen. Das gefiel mir nicht. Es offenbarte, wie sehr ich ihn und mich selbst belog.

Oder auch nicht.

Vielleicht hätte ich ihn wirklich verlassen können. Wahrscheinlich. Jeder musste irgendwie klarkommen, egal, wie viel Zeit verging, aber es würden Schäden bleiben. Nachwirkungen. Ja, ich könnte nach ihm mit dem Leben weitermachen, aber ich wäre gezeichnet. Von diesem Teil wollte ich ihm nichts erzählen.

»Ich sagte doch, du sollest warten. Dass ich Zeit brauchen würde und alles nur dazu diene, es für dich sicher zu machen.«

»Das hast du gesagt, aber du wolltest mich wegstoßen, und das weißt du auch.«

Er beobachtete mich weiter und ich spürte, wie er mir immer noch unter die Haut ging. Er wusste, dass ich recht hatte, so wie ich wusste, dass er meinte, was er sagte, aber in Gesprächen ging es nicht immer darum, was gesagt wurde, sondern auch, was sich hinter den Worten verbarg.

»Vielleicht.«

Ich riss meinen Blick los und konzentrierte mich auf seine Brust, die sich in einem langsamen Rhythmus hob und senkte. »Und du konntest mir nicht mehr fernbleiben, weil ich heute von meiner zweiwöchigen Kündigungsfrist Gebrauch gemacht habe.«

Er antwortete nicht. Das war okay. Ich kannte die Wahrheit.

Er gab als Erster nach, weil ich den letzten Schritt machen und mich trennen wollte. Falls das einen Sinn ergab. Aber das war jetzt alles vergessen, weil er hier war und mich berührte und mir am ganzen Körper heiß wurde, denn sobald er zu sprechen begonnen hatte, wusste ich, wohin das führen würde.

Ich legte den Kopf in den Nacken und sah, dass er meinen Mund betrachtete. »Sind wir jetzt fertig mit dem Unsinn?«

Er hob den Blick und traf auf meinen. Und was auch immer er in meinen Augen sah, er verfluchte es. »Du lieber Himmel.« Aber er beugte sich vor, seine Hände umfassten mein Gesäß und er hob mich hoch.

Ich wusste, dass das geschehen würde.

Er war hier. Bei mir.

Sein Mund fand meinen.

Bei allem Unsinn war das das Einzige, was glasklar für uns war.

Ich könnte ihn verlassen, aber ich würde es nicht tun.

# Kapitel 57

### Trace

Ich brachte sie an jenem Abend nach Hause und blieb.
Am nächsten Abend kam ich zurück.
Den darauf ebenfalls.
Dann tauschten wir und sie schlief in meiner Wohnung.
Auch die folgende Nacht.
Und die danach.
Wir waren beide so verkorkst, aber ich konnte nicht von ihr fernbleiben.
Ich war es leid, dagegen zu kämpfen.

# Kapitel 58

Jess

Ein neuer Tag, ein neuer Morgen, eine neue Ära.
Nur ein Scherz.
Ich war wieder bei einem Hockeyspiel der New York Stallions, aber einiges hatte sich geändert. Ich war nicht *nur* mit Kelly hier. Justin war auch dabei. Bei mir hatte es sich so entwickelt, dass der Typ aus dem Treppenhaus des Eishockeystadions jetzt mein heimlicher Lebensgefährte war und Kellys nicht heimlicher Lebensgefährte mit uns das Spiel anschaute.
Eine Entwicklung. Richtig? Ich glaubte nicht, dass das das richtige Wort war, aber es war mir auch egal.
Außerdem würde ich nächste Woche dreißig werden. Mir gefiel der Gedanke, dass Trace mein Freund war. Dadurch fühlte ich mich jung und frisch. Hip. Das war das richtige Wort.
Ich war glücklich. Und das sollte ich nicht sein, aber ich gab nach. Trace und ich waren Trace und ich. Ich würde heute Abend nicht allein zu meiner Wohnung zurückfahren. Wer hätte das gedacht? Mir standen so viele Möglichkeiten offen.

Ich konnte mich mit Trace dort treffen oder ich konnte sogar zu ihm fahren. Denn das war *auch* eine Option.

Ich hatte ein Leben. Nun, ich hatte schon vorher ein Leben gehabt ... eigentlich ein ziemlich aktives. Viele Freunde, obwohl die Hälfte davon aus unserer Bowlingtruppe bestand, aber ich hatte Leo. Val.

Kelly war gerade Bier holen gegangen und Justin auf ihren Platz gerutscht.

»Dir scheint es gut zu gehen.« Er grinste mich an, deshalb grinste ich zurück.

»Danke. Mir geht's tatsächlich gut. Dir aber auch, oder? Kelly und du, ihr scheint glücklich zu sein.«

Sein Grinsen verstärkte sich. »Das sind wir. Es gab zwar ein Drama mit meiner Familie, aber das haben wir überwunden.«

»An dem Abend, als sie bei mir aufgetaucht ist.«

»Genau. An dem Abend.« Er schenkte mir ein zaghaftes Lächeln. »Danke, dass du dich ... äh ... nicht eingemischt hast.«

»Eingemischt?«

»Einige Freundinnen springen gern auf den Zug auf. ›Oh, was hat er getan? Welch ein Mistkerl.‹ So was in der Art. Du hast das nicht gemacht. Danke.«

Ich zuckte mit den Schultern. »Sicher, aber das wäre dumm gewesen. Danke, dass du ihr nichts von meiner Heimfahrt mit Trace erzählt hast.«

»Darüber weiß ich nichts und auch nicht, warum du deinen Chef Trace nennst.«

Wie nett von ihm.

»Okay!« Kelly war zurück und ließ sich auf Justins leeren Platz fallen. »Ratet mal, wen ich am Getränkestand getroffen habe. Molly! Kaum zu glauben, oder? Sie schaut sich auch das Spiel an.«

»Echt?«

»Ja!« Sie lächelte übers ganze Gesicht, strahlte richtig. »Sie sitzt auf der anderen Seite und ihre Cousine vertritt sie im Easter Lanes.«

»Mit wem ist sie hier?«

»Sie war allein. Sagte, sie habe das Ticket in letzter Minute geschenkt bekommen und wolle das Spiel nicht verpassen. Molly kommt nie raus, deshalb dachte ich, wir könnten hinterher noch tanzen gehen. Vielleicht im *Octavia*. Oder, Jess?«

Tanzen im *Octavia*? Ich war dabei. Das klang nach einer Menge Spaß.

\* \* \*

Das *Octavia* war einer der angesagtesten Nachtclubs, jedoch in einer verrufenen Gegend. Ich war mir ziemlich sicher, dass wir auf der Suche nach einem Parkplatz an zwei Gruppen von Typen vorbeigefahren waren, die gerade versuchten, Autos zu klauen. Und als wir an ihnen vorbeilaufen mussten, um in den Nachtclub zu kommen, zog ich meine Dienstmarke heraus und vergewisserte mich, dass sie gut zu sehen war.

Zwei der Typen kamen auf uns zu, sahen meine Marke und traten den Rückzug an. Schnell waren sie außer Sichtweite. Als wir am Club ankamen, rief ich in der Dienststelle an, um eine Streife anzufordern.

»Das war aber ziemlich cool.« Justin sah verlegen aus und hatte den Kopf ein wenig eingezogen.

Ich ließ die Marke wieder unters T-Shirt rutschen, als wir an den Türstehern vorbeigingen. Beide nickten uns zu. Einer sagte: »Worthing.«

Justin zuckte zusammen und seine Augen verengten sich, bevor er mich mit der Hand auf meinem Rücken vor sich herschob.

Was hatte das zu bedeuten?

Doch dann waren wir drinnen, in der gewohnten Dunkelheit, und er zeigte mir das Display seines Handys.

**Molly:** Haben uns einen Tisch in einer Nische in der hintersten rechten Ecke geschnappt.

Kelly war mit Molly mitgefahren.

Ich nickte. Die Musik war lauter als normalerweise und der Club rappelvoll. Justin manövrierte uns durch die Menschenmenge. Ein paarmal versuchte eine Hand, uns beide zu packen, aber entweder wehrte er sie ab oder ich tat es.

Als wir uns der Nische näherten, blieb Justin abrupt stehen.

Ich lief in ihn hinein, aber er bemerkte es gar nicht. Er war wie zur Salzsäule erstarrt, und als ich um ihn herumging, sah ich, dass Kelly und Molly nicht allein waren. Zwei Männer waren bei ihnen.

Ich ging näher heran, um einen besseren Blick auf sie zu bekommen.

Kelly sprach mit ihnen, fuchtelte mit den Händen in der Luft herum und hatte ein breites Lächeln im Gesicht. Sie verhielt sich, als würde sie sie schon ewig kennen. Molly war von beiden abgerückt und gab ihnen Raum. Der eine Typ war ganz auf Kelly fixiert, während der zweite ihr zwar zuhörte, aber Molly ein paar Blicke zuwarf.

Die Männer sahen gut aus. Muskelbepackt. Groß. Breite Schultern. Enge weiße Hemden, sodass sie wirklich auffielen, wenn die Neonlichter auf der Tanzfläche aufblitzten. Kantige Kieferpartien. Entweder waren sie Personal Trainer oder Kriminelle. Als ich mich näherte, entdeckte mich der eine und seine Augen verengten sich.

Sein Blick klebte auf mir und ich fasste nach der Kette, an der meine Dienstmarke hing. Sein Gesichtsausdruck verhärtete sich.

Seinen Namen kannte ich nicht, aber er war ein Krimineller.

Justin ging um mich herum und ich schaute auf und erhaschte einen flüchtigen Blick auf sein Gesicht. Es war wie versteinert. Noch nie hatte ich eine solche Wut bei Justin gesehen. Ich hielt ihn am Arm fest. »Wer sind diese Typen?«

Er entdeckte meine Kette und griff danach. Dann steckte er sie unter mein T-Shirt, bevor ihm klar wurde, dass er mich angefasst hatte. »Entschuldigung. Es ist nur – du musst mir heute Abend einen Gefallen tun.«

»Welchen?«

»Ich habe über dich und Tristian West geschwiegen. Ich möchte, dass du das Gleiche über deine Chefs tust und darüber, womit du dein Geld verdienst.«

Mein Bauchgefühl war also richtig gewesen. »Woher kennst du diese Typen?«

»Familie, aber nicht die Familie, die ich dir vorstellen möchte.«

Er wollte weitergehen, doch ich schob mich wieder vor ihn. »Was haben sie mit Kelly zu tun?«

»Sie hat sie auf der Party getroffen, die du verlassen hast. Sie kamen später und seit sie bei mir eingezogen ist, sind sie ein paarmal vorbeigekommen. Sie sind ... sie weiß nicht, dass sie keine braven Jungs sind, okay? Ich bin noch nicht dazu gekommen, ihr alles zu erzählen.«

»Das musst du aber.«

Seine Augen blitzten auf. »Richtig. Sobald du es tust.«

Ich sagte nichts.

Er machte sich über mich lustig. »Das dachte ich mir. Hör mal, das wird nicht ewig so gehen, okay? Entweder ziehen Kelly und ich um oder ... ich weiß nicht. Ich habe noch nicht darüber nachgedacht.«

Ich spürte, wie mein Handy vibrierte, und zog es aus der Tasche. Das Display leuchtete auf.

Trace rief an.

Ich schickte ihm eine Textnachricht.

**Ich:** Bin mit Freunden im Octavia. Würde dich nicht verstehen, wenn ich ans Telefon ginge.

**Trace:** Geh irgendwohin, wo du mich verstehst. Jetzt sofort. Ich meine es ernst, Jess.

Ich runzelte die Stirn, doch als ich merkte, dass keiner in meine Richtung schaute, schlich ich mich hinaus in einen hinteren Gang. Dort war die Musik nicht ganz so laut. Dann fand ich eine unverschlossene Tür, was noch besser war. Es war eine Abstellkammer, aber hier würde ich Trace verstehen können.

Ich rief ihn zurück.

»Warum bist du im *Octavia*?«

Ich runzelte die Stirn. »So etwas nennt sich ›mit Freunden ausgehen‹. Schon mal davon gehört?«

Er knurrte ins Telefon. »Mit wem bist du da?«

»Mit Kelly, Justin und einer Freundin vom Bowlen.« Ich runzelte weiterhin die Stirn, denn es war nicht das erste Mal, dass ich im *Octavia* war. Trace wusste das und soweit ich mich erinnerte, gab es zwischen ihm und dem Eigentümer keine Unstimmigkeiten. »Was ist los? Warum bist du so?«

»Ich bekomme Informationen, dass du dort mit anderen bist.«

Moment. »Informationen? Wovon redest du?«

Er stieß ein weiteres Knurren aus. »Hör mal, wo genau bist du jetzt?«

»In einer Abstellkammer, damit ich mit dir telefonieren kann.«

»Bleib da. Ashton ist dichter dran als ich. Er ist auf dem Weg zu dir.«

»Ashton? *Was* ist los?«

»Es ist zu viel, um es zu erklären. Ich habe versucht, dich wegen deines Jobs da rauszuhalten, aber du bist in Gefahr.«

»Bin ich das?« Ich griff nach der Türklinke. »Wenn ich es bin, dann ist es Kelly auch. Und meine anderen Freunde.«

»Nein. Sie nicht. Nur du.«

»Das ergibt keinen Sinn. Ich gehe.« Schon war ich aus der Tür und legte auf.

»Warte! Je…« So viel hörte ich noch und blieb stehen. Aber wenn Kelly oder Molly oder Justin in Gefahr waren, musste ich gehen. Es hing damit zusammen, wer ich war und was ich beruflich machte.

Ich drängelte mich zurück durch die Menge, bis ich sie in der Nische sah.

Molly saß in einer hinteren Ecke, halb verdeckt von Kelly.

Justin stand vor Kelly, seine Haltung war jedoch anders als sonst. Halb schützend, halb abschirmend, aber er versuchte es zu verbergen. Es war verwirrend und die beiden Typen standen Seite an Seite. Die Hände in den Taschen. Der eine unterhielt sich angeregt mit Justin. Er lachte, aber sein Blick huschte immer wieder zu Kelly hinter Justin.

Der andere Mann stand auch da, aber seine Aufmerksamkeit galt voll und ganz Molly. Er grinste sie anzüglich an und sie versuchte so zu tun, als würde sie es nicht bemerken, doch das tat sie.

Ich ging weiter, bis ich eine Hand auf meinem Arm spürte. »Was …« Gerade wollte ich mich auf denjenigen stürzen, der mich zurückhielt, aber dann sah ich, dass es Ashton war, und riss meinen Arm in letzter Sekunde los. »Fass mich nie wieder so an.«

Es war ihm egal. Er hatte der Nische den Rücken zugekehrt, stand vor mir und drängte mich zurück. »Du musst mir zuhören. Die Phase des ›Rummachens‹ ist offiziell für dich vorbei. Wenn du mit Trace zusammen bist, musst du dich entscheiden, denn diese beiden Typen hinter mir stehen uns nicht freundschaftlich gegenüber. Wenn sie herausfinden, mit wem du zusammen bist, werden sie nicht zögern, dich zu töten. Sie tun alles, um uns Schaden zuzufügen. Verstehst du mich?«

»Warte.« Ich ließ mich von ihm weiter außer Sichtweite der anderen drängen, blieb dann jedoch stehen. Ich bemerkte drei andere Typen, die um uns herumgingen und sich auf die Nische zubewegten. Ich versuchte, sie zu beobachten, aber Ashton blockierte die Sicht, deshalb schob ich ihn beiseite. »Ich habe eine Waffe dabei. Glaub nicht, ich würde sie nicht benutzen, wenn ich mich bedroht fühle.«

»Das weiß ich«, fauchte er zurück und seine Augen funkelten. »Du hattest die Erlaubnis, hier mit deiner Waffe reinzugehen.«

»Die Erlaubnis? Von wem?«

»Von uns. Wir sind mit Cole Mauricio befreundet. Das hier ist sein Club und seine Mitarbeiter wissen genau, wer du bist. Sie haben uns auch gewarnt, wer außer dir noch hier ist.«

»Warte.« Herrgott. Ich kam nicht mehr mit. »Von wem sprichst du?«

»Von der Familie Mauricio.«

»Ich weiß, wer Cole Mauricio ist. Seine Familie ist hier nicht aktiv, sondern in Chicago.«

»Nein, hier nicht, aber sie machen immer noch Geschäfte und das hier ist *unser* Gebiet. Wir haben schon seit Langem eine Vereinbarung mit ihnen, aber sie haben keine mit der Familie Worthing.«

Worthing.

Ich ging wieder einen ganzen Schritt zurück.

Justin Worthing.

»Wovon redest du?«

»Das ist der Grund, warum du und Trace aufhören müsst, rumzumachen. Entweder bist du mit ihm zusammen oder nicht. Dazwischen gibt es nichts. Wenn du es nicht bist, musst du verdammt noch mal aus unserem Leben verschwinden. Dein

Freund da hinten ist mit der Familie verwandt, die versucht, in unser Gebiet einzudringen. Die Schüsse, über die in dem Artikel berichtet wurde, die waren von ihnen.«

»Warte kurz.« Was bedeutete das alles? Panik stieg in mir auf. Kelly. Justin. »Justin ist involviert?«

»Nein. Wir haben Justin überprüft, bevor wir ihn eingestellt haben. Beziehungsweise ich habe das gemacht. Trace war damit einverstanden. Justin ist unschuldig, gefangen zwischen dubiosen Familienmitgliedern. Er ist mit denen verwandt, das ist alles. Wir wussten nicht, dass die Worthing-Familie in unsere Stadt eindringen würde.«

»Welche Seite seiner Familie gehört zur Mafia? Ich dachte, er hätte eine reiche Seite und eine nicht salonfähige.«

»Es sind Mitglieder der reichen Seite, die im Geschäft sind.«

»Die Seite, mit der ihr befreundet seid.«

»Nein, doch. Sie haben entfernte Cousins in der Branche. Mir war bis zur Party nicht so richtig bewusst, wie mächtig sie geworden sind. Sie sind aufgetaucht, als ich da war, und es lief nicht gut. Trace war bereits weg, ansonsten hätte es schlimm geendet. Sehr schlimm.«

»Justins Bruder ist Detective.«

»Das wissen wir.«

»Ist er involviert?«

Darauf antwortete Ashton nicht und das war an sich schon eine Antwort.

»Ich dachte, ihr habt Polizisten auf eurer Gehaltsliste.«

»Das haben wir, und je länger du hier stehst und mit mir redest, desto höher ist die Wahrscheinlichkeit, dass dein Name auf einer Liste auftaucht, auf der du nicht stehen möchtest. Also.« Wieder funkelten seine Augen und er beugte sich vor. »Um weiter die Energie und das Leben aller zu schonen, musst du dich entscheiden. Entweder mit Trace zusammen zu sein – und ich meine das ernst, es also auch publik zu machen – oder ihn verdammt noch mal in Ruhe zu lassen. Hast du mich verstanden?«

Ich verstand, war aber im Moment mit anderen Dingen beschäftigt. Also trat ich zur Seite, suchte nach unserer Nische und stellte fest, dass die Aufmerksamkeit aller auf *uns* gerichtet war. Ich nahm an, wir waren nicht weit genug aus ihrem Blickfeld verschwunden.

Kellys Augenbrauen waren zusammengezogen, die Mundwinkel hingen nach unten.

Molly hatte die Augen weit aufgerissen und sah aus, als würde sie gleich in unsere Richtung marschieren. Justin hatte eine Hand auf ihrem Arm und sein anderer Arm hielt Kelly zurück.

Ashton murmelte einen Fluch, stieß ein wildes Knurren aus und ging direkt auf sie zu.

Ich folgte ihm dicht auf den Fersen.

Die beiden Typen kamen auf Ashton zu und sahen aus, als wollten sie ihn angreifen, wichen aber einen Schritt zurück, als sie mich hinter ihm sahen.

Von Ashton war ein unterdrücktes Lachen zu hören, bevor er seinen Blick Justin und dann dessen Hand auf Mollys Arm zuwandte. »Hände weg. Sofort.«

Justin ließ sie los und seine Augenbrauen schossen in die Höhe.

Molly wich ein paar Schritte zur Seite und rieb sich mit der anderen Hand die Stelle, an der Justin sie festgehalten hatte, aber es schien halb so schlimm zu sein. Ihre eigenen Augenbrauen waren zusammengezogen und ihr Blick wanderte von Ashton zu Justin, zurück zu Ashton, zu mir und wieder zu Ashton. Einer der Jungs, von dem ich vorhin mitbekommen hatte, dass er mit Ashton angerückt war, ging auf sie zu und berührte sie leicht am Arm. Er beugte sich hinunter, sagte etwas zu ihr und mit einem kurzen Nicken und einem weiteren

Blick auf Ashton, der das Ganze beobachtete, verschwand sie mit dem Mann.

Was zum Teufel war das denn?

Dann kam Kelly auf mich zu. »Was ist los? Jess, wohin gehst du?«

»Sie …«, begann Ashton, aber dann lag von der anderen Seite eine Hand auf meinem Arm, und die war mir wohlbekannt.

Ich schaute auf und sah, wie Trace' Blick über mich wanderte. Er hatte den gleichen harten Gesichtsausdruck wie Ashton und schob mich hinter sich. »Geh mit den Männern.«

»Aber …«

»Bitte.« Er deutete auf denselben Mann, der Molly aus der Gruppe gezogen hatte. Der hatte sie an einen anderen übergeben und kam jetzt auf mich zu.

Anzugtyp. Ich hielt ihn für einen vom Sicherheitsdienst und bemerkte die Ausbuchtung an seiner Seite, die von der im Holster steckenden Waffe herrührte.

Ich fällte eine Entscheidung und trat vor. »Nein, Trace.«

»Jess.« Seine Kiefer mahlten.

»Nein. Nicht, wenn Kelly noch hier ist.«

Am Arm zog er mich wieder zurück. Kelly reckte den Kopf und versuchte, zu uns zu schauen, aber Ashton und der Sicherheitstyp traten dazwischen und versperrten ihr die Sicht.

Trace' Hand wanderte zu meiner Taille und er kam näher, wobei sein Körper meinen streifte. »Bitte. Damit ich mir keine Sorgen um dich machen muss.«

»Ich bin bewaffnet.«

»Ich weiß, aber ich versuche dich vor einer Entscheidung zu bewahren, die du vielleicht nicht treffen möchtest.«

Ashtons Warnung. Ich musste wählen. Da wurde mir klar, was Trace tat. Er versuchte immer noch, mich vor den anderen Männern zu verstecken, aber er verstand nicht. Die Entscheidung war getroffen.

Ich berührte seine Brust. »Sie ist meine beste Freundin. Wie meine einzige Schwester. Ich gehe nicht.«

Er schaute mich mit durchdringendem Blick an und legte den Kopf schief. »Gut, aber du gehörst zu mir. Ich werde nicht so tun, als wäre es anders.«

Ich nickte und mein ganzer Körper fühlte sich plötzlich schwer an. »Okay. Ich verstehe.«

Ich entschied mich für ihn. Ob ich dadurch verdammt war oder nicht, aber ich konnte mich nicht mehr verstecken.

Ich musste es nehmen, wie es kam.

# Kapitel 59

### TRACE

Penn und Crispin Worthing.

Beide extreme Schwachköpfe.

Ashton sah mich kommen und wich einen Schritt zurück. Ich übernahm die Gesprächsleitung. »Meine Herren.«

Crispin war der Wortführer der beiden. Er trat vor und knackte mit den Fingerknöcheln. »West. Das ist nicht dein Club.«

»Stimmt, aber im Gegensatz zu deiner Familie hat meine Familie eine Abmachung mit den Eigentümern.«

Die beiden Männer warfen sich einen Blick zu.

Justin trat vor, einen Arm in Richtung seiner Cousins und den anderen in meine Richtung ausgestreckt. »Wir sind nur hier, um Spaß zu haben. Das ist alles.«

Ich ignorierte ihn und starrte Crispin an. »Haut ab, Worthing. Und zwar sofort.«

Er hob das Kinn, doch dann wanderte sein Blick neben mich.

Ich wusste, dass Jess dort stand, spürte sie. Sie nahmen sie in Augenschein, aber sie bemerkten auch meine anderen Männer.

Die, die mit mir gekommen waren. Ich hatte mein Team um weitere fünfzehn Leute aufgestockt.

»Ihr seid allein hier.«

Crispin reckte das Kinn. »Woher willst du das wissen?«

Alles Angeberei. Typisch Worthing – das war ihr Markenzeichen. Sie waren Hitzköpfe und wurden von einem hitzköpfigen Onkel angeführt, der aus Sizilien herübergekommen war und glaubte, sich hier einen Namen machen zu können, und der nicht beachtete, dass die Territorien schon vor Jahrzehnten aufgeteilt worden waren.

»Geh, Worthing, und wir werden dich heute Nacht nicht töten.«

Ich spürte sofort Jess' Anspannung.

Sie hatte sich entschieden. Ich hatte sie aufgefordert zu gehen, aber sie hatte ihre Entscheidung getroffen. Sie war an meiner Seite.

Crispin grinste. »Neben dir steht immerhin eine Polizistin, es sei denn, du schmierst sie.«

Ich sagte nichts dazu und machte einen Schritt auf ihn zu. »Haut ab, solange ihr noch aufrecht gehen könnt.« Auf meinen Befehl hin rückten meine Männer an. Diesmal wich Crispin zurück. Ich spürte sein Zögern, aber er knurrte, schlug seinem Cousin auf den Arm und neigte den Kopf in Richtung Ausgang.

Als sie nach Justin griffen, schaltete Ashton sich ein. »Er bleibt.«

»Wie bitte?« Penn wollte vorstürmen, aber Crispin hielt ihn zurück.

Ashton deutete auf Justin. »Ihn werden wir nicht töten. Aber euch beide. Haut ab, solange ihr es noch könnt.«

Ich hörte Jess neben mir stöhnen und griff nach ihrem Arm. Sie schwieg, doch sobald die beiden Männer gegangen waren, trat sie mir blitzschnell gegenüber. Kelly begann zu schluchzen. Justin sah hin- und hergerissen aus und war sich nicht sicher, ob er sich um seine Partnerin kümmern oder uns den Weg versperren sollte. Jess nahm ihm die Entscheidung ab, schloss ihre ehemalige Mitbewohnerin in die Arme und führte sie weg. Ich sah, wie meine Männer sie hinausbegleiteten.

Als ich mitbekam, dass Jess ihnen folgte, entspannte ich mich. Kelly hatte den Kopf auf Jess' Schulter und ihren Arm um sie gelegt.

Justin fing an zu fauchen, sobald seine Cousins weg waren und Jess seine Freundin außer Hörweite geführt hatte. »Was zum Teufel war das?«

Ashton schmunzelte, bevor er prustete: »Das nennt sich organisiertes Verbrechen. Manchmal führen wir Revierkämpfe. Das solltest du googeln, bevor du in die Schusslinie gerätst, Worthing.«

Mit großen Schritten ging er davon und es hörte sich an, als würde er pfeifen.

Jetzt wandte Justin sich an mich.

»Ihr habt das Leben von Mitgliedern meiner Familie bedroht.«

Ach, guck an. Ich trat näher an ihn heran, damit er mich klar und deutlich hören konnte. »Jess hat sich heute Abend entschieden. Ich glaube, wenn du dich nicht entscheidest, wirst du sterben, und lass mich das *ganz* klar sagen: Es wird nicht durch unsere Hand sein.« Ich ließ das erst einmal in ihm sacken, bevor ich hinzufügte: »Ich gebe dir eine Nacht. Du hast eine Verbindung zu meiner Freundin, die ich nicht ignorieren kann. Wenn du jedoch die Seite deiner Cousins wählst, verlässt du lieber die Stadt. Hast du mich verstanden?«

Justin schluckte und reckte das Kinn. »Du bringst mich in eine unmögliche Lage.«

»Pech gehabt. So läuft das Geschäft. Wähle oder stirb. Wenn du dich nicht entscheidest, wirst du sterben, und ich werde nicht zulassen, dass du die Schwingtür bist, an der meine Freundin sich verletzen könnte.«

»Sie ist Polizistin.«

Ich war bereits am Gehen, drehte mich aber noch einmal um. »Keiner ist unbesiegbar.«

* * *

Ashton wartete im hinteren Flur auf mich. Er passte sich meinen Schritten an. »Das erste Team wartet auf dich. Das zweite Team wartet darauf, dass Worthing seinen Hintern hochbekommt. Sie werden ihn und seine Freundin nach Hause bringen, und wenn du willst, dass die Jungs dableiben und ihre Wohnung im Auge behalten, werden sie das tun.«

»Was ist mit Molly Easter?«

»Sie ist bei Team drei, das sie bereits nach Hause gebracht hat.«

Ich schaute ihn an. »Sie hat ziemlich wenig mit dieser ganzen Angelegenheit zu tun und sollte eigentlich in Sicherheit sein.«

»Das ist egal. Meine Familie hat ihren Vater in der Hand, also ist sie mein Problem.«

»Und Jess?«

»Sie wartet in deinem Auto, weil sie bei Team eins ist.«

Das tat sie … Ich ließ es auf mich wirken und konnte nicht leugnen, dass die Mitteilung, sie würde in meinem Auto bei meinen Leuten warten, in mir ein gewisses Wohlgefühl hervorrief. »Wohin willst du danach?«

»Ich muss noch ein paar Dinge überprüfen, aber dann fahre ich zu meinem Onkel. Die Worthings waren hier. Sie breiten sich aus und wir müssen etwas unternehmen. Besser früher als später.«

Das bedeutete, dass er und ich unsere eigenen Entscheidungen treffen mussten, denn obwohl ein gewisser

Zeitungsartikel erschienen war, in dem es hieß, wir seien die neuen Chefs, war das nicht der Fall. Wir hatten selbst die Grenze überschritten. Die Entscheidung für dieses Leben hatte etwas Endgültiges und ich war mir nicht sicher, ob ich für diese Endgültigkeit bereit war. Noch nicht, aber bald. Keiner von uns beiden konnte es noch lange hinauszögern.

Mein Handy klingelte.

Ashton, der gerade gehen wollte, hielt inne.

Anruf von Unbekannt.

Ich zeigte ihm das Display und dann ging ich weiter den Flur entlang, damit wir ungestörter waren. Ashton folgte mir, als ich das Gespräch annahm.

»Wer ist da?«

»Ist da Tristian West, Neffe von Stephano West, Sohn von Dominic West? Ich nehme an, ich spreche mit genau dieser Person?«

»Wer sind Sie?«

»Hier ist Nicolai Worthing. Ich bin gerade darüber informiert worden, dass Sie meine Cousins Crispin und Penn getroffen haben.«

Ashton hob eine Augenbraue und steckte ungezwungen die Hände in die Taschen.

»Interessante Namen in Ihrer Familie.«

Nicolai stieß ein Lachen aus. »Ja, ich denke mal, Tristian und Stephano folgen der gleichen Familientradition. Sie sind Grieche. Ist das korrekt?«

»Was wollen Sie, Nicolai Worthing?«

»Hmm. Ja. Sie kommen gleich zur Sache. Ich habe gehört, Sie sind nicht wie Ihr Onkel. Das ist eine angenehme Überraschung. Ihr Onkel konnte stundenlang Geschichten erzählen, bevor er auf den Punkt kam.«

»Und worum geht es Ihnen bei diesem Telefonat? Ich warte immer noch.«

»Ich glaube, ich habe einen interessanten Vorschlag für Sie.«

Ashton prustete, ohne sich darum zu kümmern, ob Nicolai ihn hören konnte oder nicht.

»Ich vermute, dass Ashton Walden im Hintergrund zuhört. Seine Großmutter ist doch aus Argentinien.«

Ashtons Blick wurde kalt. Er beugte sich vor, als ich ihm das Handy hinhielt, und sagte: »Meine familiäre Abstammung geht Sie nichts an. Verstanden?«

»Im Gegenteil. Ich glaube, dass wir, die wir in diesem Geschäft tätig sind, ihm wegen unserer Großeltern oder der Großeltern unserer Großeltern nachgehen. Alles hängt mit Geschichte und Abstammung zusammen.«

Ich zog das Telefon zurück. »Und Ihre Familie hat nicht die Geschichte, die unsere vorzuweisen hat.«

»Nein. Sie haben recht. Wir sind relativ neu, aber ich habe großen Respekt vor denjenigen …«

»Kommen Sie auf den Punkt, Worthing. Sie bringen mich dazu, es zu bereuen, Ihre Cousins lebend und unversehrt zu Ihnen zurückgeschickt zu haben.«

»Sehen Sie, deshalb wende ich mich auch mit diesem Vorschlag an Sie. Ich habe erfahren, dass Sie und Ashton beide eigene Geschäfte betreiben. Legale Geschäfte. Sie sind erfolgreich in Ihren Bereichen. Ich habe die Akten über Ihren Onkel mit eigenen Augen gesehen und er wird bald sterben. Er hat einen Hirntumor, und wenn meine Quellen stimmen, wurde er an dem Tag, an dem er Ihnen zum ersten Mal von seinen gesundheitlichen Problemen erzählt hat, auf diese Möglichkeit des tödlichen Ausgangs hingewiesen. Ich bin mir sicher, dass es einen Grund gibt, warum er hin- und hergeschwankt ist zwischen Verleugnung, Abwiegeln und Wut. All das sind übliche Phasen der Trauer, wenn man ein solches Urteil erhält wie er. Liege ich mit dem, was mir berichtet wurde, richtig?«

Wer zum Teufel war die Quelle dieses Kerls? Die Krankenakten meines Onkels?

»Wie lautet Ihr verdammter Vorschlag? Ich gehe davon aus, dass Sie das neue Oberhaupt Ihrer Familie sind.«

»Auf den Punkt gebracht. Wie immer bleiben Sie Ihrem Ruf treu. Mein Vorschlag an Sie ist der Folgende: Wenn Ihr Onkel stirbt, überlassen Sie mir die Leitung des Familienunternehmens. Sie wiederum werden für mein Geld zuständig sein und können es investieren, wie Sie es für richtig halten. Sie können weiterhin Ihren legalen Geschäften nachgehen – wobei ich mich frage, ob das nicht auch Ihrer Freundin helfen wird, wenn man ihre Berufswahl bedenkt –, aber Sie sind für das Geld zuständig. Der Name in Ihrer Stadt, und es ist *Ihre* Stadt, wird weiterhin die West-Mafia sein, denn Sie werden sämtliche finanziellen Angelegenheiten regeln. Ich liebe Ihre Stadt. Sie haben wunderbare Krankenhäuser und Ärzte hier, aber betrachten Sie uns als Franchise. Wir kommen hinzu und übernehmen die eigentliche Arbeit, aber alles fließt nach oben, dorthin, wo Sie stehen werden: an der Spitze. Und mit Ihrem Segen werden wir Hand in Hand mit der Familie Walden arbeiten, denn im Gegensatz zu Ihnen haben die Walden-Onkel kein Interesse daran, sich aus dem Geschäft zurückzuziehen, was ihr gutes Recht ist. Sie haben lange und hart für ihren Platz in Ihrer Stadt gekämpft, aber Sie, den ich hoffentlich eines Tages als Freund bezeichnen darf, haben Interessen, die in der legalen Welt liegen. Was sagen Sie dazu, Mr Tristian West? Brauchen Sie Zeit, um das Angebot zu überdenken? Zeit, um Ihre eigenen Nachforschungen anzustellen? Denn obwohl Ihr erster Impuls darin bestehen wird, mein Angebot abzulehnen, hoffe ich *wirklich*, dass Sie das nicht tun werden. Ich hoffe auch, dass Sie mich nicht aufgrund Ihres Zusammentreffens mit meinen beiden Cousins verurteilen, die ich zwar liebe, die aber Schwachköpfe sind. Sie haben die

›Muckigene‹ unserer Familie, während ich selbst das Aussehen, einige Muskeln und den Verstand geerbt habe.«

»Außerdem«, seine Stimme hatte jetzt einen ernsten Klang, »habe ich in Cambridge studiert und hoffe, dass Sie, wenn Sie sich näher mit mir beschäftigen, die Ähnlichkeiten zwischen Ihnen und mir erkennen werden. Beide dazu ausgebildet, in der zivilen Welt erfolgreich zu sein, aber beide mit Familien, die uns in ihre Welt gezogen haben. Das ist sicherlich eine schwierige Lage, in der wir uns befinden, nicht wahr?«

Ashton hörte dem Anrufer mit zusammengekniffenen Augen und gesenktem Kopf zu. Als Nicolai schwieg, hob er den Kopf, aber ich konnte nicht erkennen, was er dachte.

»Ich werde Ihren Vorschlag in Betracht ziehen.«

»Es war mir ein Vergnügen, Tristian West. Bis zu einem persönlichen Treffen.«

Ich beendete das Gespräch. »Was hältst du davon?«

»Ich denke«, Ashton starrte immer noch auf das Telefon, »dass du tun wirst, was du immer tust. Du wirst recherchieren. Du wirst alle Antworten bekommen und dann wirst du auf der Grundlage dieser Recherchen spekulieren, wo du dein Geld anlegen willst, wie ich es von meinem besten Wall-Street-Freund gewohnt bin.«

Ich grummelte vor mich hin, denn er hatte recht. Obwohl es ein verlockendes Angebot war.

»Er sagte Hirntumor.«

Ashtons Gesicht verdüsterte sich. »Ja, das hat er gesagt. Und das würde ein paar Dinge erklären.«

In der Tat.

# Kapitel 60

## Jess

Ich telefonierte gerade mit Kelly, als Trace in seine Wohnung kam.
Ich hatte mit seinem Team gewartet, aber irgendetwas war geschehen und sie hatten mich ohne ihn hierhergefahren. Kaum hatte ich die Wohnung betreten, rief Kelly mich an und die letzte Stunde hatte ich damit verbracht, sie zu beruhigen.
»Ich muss auflegen, Kelly. Rufe dich später wieder an.«
Sie schluchzte und hatte einen Schluckauf. »Okay. Pass auf dich auf.«
»Du auch.« Ich beobachtete Trace ununterbrochen. Wie er hereingekommen war, seine Anzugjacke ausgezogen und dann zwei Waffen hervorgeholt hatte, von denen ich nicht gewusst hatte, dass er sie mit sich führte. Eine legte er in die Schublade, die andere brachte er zu einer Wand, wo er ein Foto zur Seite schob und einen Safe öffnete.
»Seit wann hast du die?«
»Seit dem Tag, an dem mein Onkel dich bedroht hat.«
Das ließ mich aufhorchen. »Was?«
»Es war auch der letzte Tag, an dem ich dich gesehen habe. Außerhalb deiner Wohnung.«

Oh. Richtig.

»Er hat mich an dem Abend bedroht?«

»Damit du dich besser fühlst, er hat an jenem Abend jeden bedroht, der mir etwas bedeutet. Er machte mir unmissverständlich klar, dass er von dir wusste. Deshalb habe ich mich, solange ich konnte, von dir ferngehalten.« Er schloss die Tür des Safes und kam auf mich zu, wobei er sich mit der Hand durch die Haare fuhr. »Möchtest du einen Drink?«

»Was ist heute Abend geschehen?«

»Ich genehmige mir einen.« Er kam herüber, blieb stehen, drückte mir einen Kuss auf die Stirn, ging dann aber an mir vorbei zum Spirituosenschrank. Wo seine Hand beiläufig meine Taille berührt hatte, spürte ich noch immer ein Kribbeln. »Geht's Kelly gut? Hast du gerade mit ihr telefoniert?«

»Sie möchte etwas über dich und mich wissen, genauer gesagt, wann du und ich du und ich geworden sind.«

Er grinste mich an. Es war ein müdes Grinsen, aber immerhin ein Grinsen. In meinem Magen hatte sich ein riesiger Kloß der Anspannung gebildet, aber ein kleines Stück davon brach bei seinem Anblick ab. Nicht alles war komplett verkorkst.

»Justin hat ihr die ganze Wahrheit über seine Familie erzählt, aber er hat ihr auch von dir und Ashton berichtet. Das war's.«

»Und Kelly ist ausgeflippt.«

Ich bestätigte es mit einem Nicken, ging zu ihm hinüber, als er Bourbon in ein Glas goss und es mir reichte. »Genau. Kelly ist ausgeflippt.«

Er nahm einen Schluck aus seinem Glas und schaute mich über den Rand hinweg an. »Ich habe heute Abend ein Angebot bekommen.«

Auch ich nahm einen Schluck und hob die Augenbraue. »Hört sich interessant an.«

»Ich nehme an, Nicolai Worthing ist irgendwie mit Justin verwandt. Er hat mich angerufen und gesagt, seine Cousins seien Schwachköpfe.«

»Das macht ihn mir sympathisch.«

Trace ignorierte mich. »Und er hat mir eine Art Franchise-Angebot gemacht. Er übernimmt sämtliche Geschäfte und ich verwalte das Geld. Die West-Familie kontrolliert immer noch alles, aber ich bin nicht in die schmutzigen Geschäfte verwickelt.«

»Außer in den finanziellen Teil.«

»Genau.«

Ich deutete auf mich und hob die andere Augenbraue. »Und das erzählst du mir? Einer Polizeibeamtin? Zwar mehr im Bereich Bewährungshilfe, aber trotzdem. Das ist mein Metier. Und dann wäre da noch die Sache, dass ich nicht korrupt bin. Ich vögele dich einfach nur gern.«

Er grinste.

Ich grinste zurück. »Warum erzählst du mir von diesem neuen Akteur?«

Er ließ den letzten Rest Bourbon im Glas kreisen, bevor er einen leisen Seufzer ausstieß. »Ich wollte ehrlich zu dir sein. Bin davon ausgegangen, dass du Fragen haben würdest, und ich möchte diese Beziehung nicht mit Lügen beginnen. Ich bin mir sicher, dass später kleine Lügen ins Spiel kommen werden, aber jetzt noch nicht. Und als er mir dieses Angebot gemacht hat, ist mir außerdem etwas klar geworden.«

»Und das wäre?«

Er hatte ein Schimmern in den Augen, ein Leuchten, und er grinste mich immer noch auf eine Weise an, die mein Herz höherschlagen ließ, was dieser Blick noch verstärkte. Er war glücklich und das machte mich glücklich, und ich war mir nicht sicher, ob überhaupt jemand von uns in der momentanen Situation glücklich sein sollte.

Aber es war, wie es war, und deshalb akzeptierte ich es.

»Mir ist heute Abend klar geworden, als du dich für mich entschieden hast, dass ich mich auch gern für dich entschieden hätte.«

Meine Augenbrauen sanken wieder. »Wie meinst du das?«

Das Grinsen war verschwunden. Er stellte das Glas auf den Frühstückstresen, nahm mir meines aus der Hand und stellte es daneben. Dann kam er auf mich zu und legte mir die Hände auf die Hüften. »Mir ist heute Abend klar geworden, dass ich mich in dich verliebt habe.«

Er hob mich hoch, bevor ich reagieren konnte, und ich kreischte, schlang die Beine um seine Hüften und hielt mich an seinen Schultern fest. Dann lehnte ich mich zurück, um ihm ins Gesicht zu sehen. »Was?«

»Ja.« Er wurde ernst und seine Stimme zu einem Flüstern. Sein Blick glitt über mein Gesicht, wanderte zu meinem Mund, verweilte dort und bewegte sich dann zu meinen Augen. Ich nahm einen ganz neuen Ausdruck an ihm wahr. Einen ernsten, aber da war auch ein Leuchten. Ein neues Leuchten. Als hätte man in ihm eine Glühbirne eingeschaltet. Mit mir auf dem Arm setzte er sich in Bewegung. »Das war mir nach dem Telefonat mit dir im *Octavia* nicht klar. Ich habe es erst gemerkt, als du neben mir standest und wir diesen Typen entgegengetreten sind, aber dann kam der Anruf, und obwohl ich kein Interesse daran hatte, das Angebot dieses Mannes anzunehmen, habe ich etwas anderes erkannt.«

»Und das wäre?« Ich schlang meine Hände um seinen Nacken und lehnte mich zurück.

Seine Hände wanderten zu meinem Po, aber ich rutschte so weit zurück, dass ich auf und ab wippen konnte. Das war seltsam und etwas, was ich nur als Kind gemacht hatte. Aber es gefiel mir. Es fühlte sich so sorglos an. Machte Spaß. Trace grinste mich fast reuevoll an, als er meine Pobacken umfasste und mich beim Wippen unterstützte. »Ich will raus.«

Ich hielt inne. »Raus? Aus …?«

»Aus den Geschäften der Familie.«

Ich schwieg. War angespannt. »Du meinst …« Das Herz schlug mir bis zum Hals.

Er nickte. Langsam und angestrengt. »Ich will raus. Mein Onkel wird sterben und wenn es so weit ist, werde ich das Geschäft mit ihm sterben lassen.«

»Ist das dein Ernst?«

»Ja.«

»Und Ashton?«

Wir waren inzwischen im Schlafzimmer angekommen. Er machte keine Anstalten, das Licht einzuschalten, und als wir das Zimmer betraten, gingen alle anderen Lichter aus. Sie waren mit Bewegungsmeldern ausgestattet. Seine Fenster waren angeschrägt, sodass niemand hereinschauen konnte, es sei denn, er drückte einen speziellen Knopf, aber das hatte er noch nie getan. Wir konnten hinausblicken, aber niemand herein. Er trug mich zum Bett, stellte mich darauf und fing an, mich auszuziehen. Seine Hände griffen nach meiner Hose und zogen den Reißverschluss herunter. »Ashton ist mein Bruder. Er wird mir entweder folgen oder nicht, aber er wird mich weiter unterstützen. Das ist eine Abmachung, die wir immer miteinander hatten. Wenn einer aussteigen will, wäre das für den anderen in Ordnung. Unsere Freundschaft stand und steht immer an erster Stelle.«

Er schob meine Hose nach unten und streifte dabei mit den Händen an meinen Beinen entlang. Eine Berührung, die meine Haut glühen ließ.

Dann zog er mir den Slip herunter. Ich hob einen Fuß, dann den anderen. Hose und Slip warf er beiseite. Seine Hände strichen meine Beine hinauf, umfassten meine Pobacken und schoben mich auf ihn zu. Er legte den Kopf in den Nacken, damit er mich im Schein der Straßenlaternen, der Lichter von anderen Gebäuden und des Mondes sehen konnte. Sogar ein paar Schiffe fuhren draußen vorbei, doch von ihnen kam nur Hintergrundlicht, das mir erlaubte, sein Gesicht zu betrachten.

»Liebst du mich?«

Seine Stimme klang belegt, als er das fragte. Eine Hand schob sich unter meinem T-Shirt nach oben und hob es dabei an, bis die Hand zwischen meinen Brüsten innehielt. Er beugte sich vor, zog den BH nach unten und sein Mund schloss sich um eine meiner Brustwarzen, die seine Zunge umkreiste. Dann wechselte er zur anderen Brust und zog mir das T-Shirt und den BH über den Kopf. Beides warf er zu den anderen Sachen.

Nun stand ich völlig nackt vor ihm, aber er legte wieder den Kopf in den Nacken und schaute mich an. »Ja?«

Ich konnte nicht antworten. Nicht, weil ich es nicht wusste oder nicht wissen wollte, sondern weil seine andere Hand sich auf meine Scham gelegt hatte. Sein Daumen drückte auf meine Klitoris und begann mit langsamen und sinnlichen Bewegungen, während er gleichzeitig zwei Finger in mich schob.

Ich zuckte zusammen und mir blieb der Atem weg.

»Hmm, Jess?« Leicht berührte er die Innenseite meiner Brüste, indem er seinen Kopf bewegte. Er rieb seine Kieferlade an mir und ließ mich aufs Bett sinken, während seine Finger sich immer noch in mir bewegten. Hinein, kurz innegehalten und mit einer Drehung wieder heraus. Sein Daumen strich weiter mit dem perfekten Druck über meine Klitoris. So langsam. So quälend langsam.

»Du hast noch nicht geantwortet. Liebst du mich?« Er zog seine Finger aus mir heraus, hob mit beiden Händen meine Hüfte an und stopfte ein Kissen darunter. Eine Stellung, in der er mich problemlos nehmen konnte. Dann tauchte sein Mund ein. Ich keuchte und meine Hände griffen in seine Haare, als die Zunge seine Finger ersetzte.

Er ergötzte sich an mir und ich konnte nichts sagen, konnte kaum atmen.

Ich stöhnte und krümmte mich, während er nicht aufhörte, mich zu erforschen. Er ließ sich Zeit, genüssliche, köstliche

Zeit, bis er den Kopf wieder hob. An meinem Körper entlangschauend begegnete er meinem Blick. Dann lächelte er. »Liebst du mich, Jess?«

Ich zerfloss zu einem Strudel aus Gefühlen und Lust.

»Ja«, hauchte ich meine Antwort und er schenkte mir ein strahlendes Lächeln, bevor sein Kopf wieder verschwand.

Den Rest der Nacht fehlten mir die Worte.

* * *

Später, viel später wachte ich auf. Die Uhr zeigte fast sieben Uhr morgens – 6.43 Uhr, um genau zu sein. Trace' Arm lag unter meinen Brüsten. Er hatte sich an meinen Rücken geschmiegt und ein Bein zwischen meine Beine geschoben. Sein Kopf lag eingebettet zwischen meinem Nacken und den Schultern, aber nicht er hatte mich aufgeweckt.

Was war das gewesen?

Ich sah mein Handy auf dem Nachtschrank neben dem Bett liegen und das rote Licht blinkte.

Ich hatte eine Nachricht bekommen.

Ich schaute nach hinten, wollte ihn nicht wecken und löste mich vorsichtig von ihm. Er ließ mich los, jedoch nicht ganz. Sein Kopf sank nach unten und drückte jetzt in meinen Rücken. Sein Arm legte sich um meine Taille und sein Bein schob sich weiter nach oben.

Noch ein bisschen höher und ich würde ihn aus einem ganz anderen Grund wecken.

Aber jetzt kam ich zumindest an mein Handy heran.

Ich entsperrte es und sah die erste Nachricht.

**Bear:** Erschrick nicht. Deine Mutter ist stabil, aber wenn du diese Nachricht liest, solltest du ins Krankenhaus kommen. Chelsea hat heute Nacht eine Überdosis genommen.

# Kapitel 61

Jess

Ich drängte mich durch die Türen, zückte meine Dienstmarke und rauschte am Empfang vorbei.

Trace war dicht hinter mir. Es war mir egal gewesen, ob er mitkam. Er hatte versucht, mich zu fragen, um sich zu vergewissern, dass es mir recht war, während ich mich anzog, aber ich hatte kaum reagiert.

Meine Mutter. Ich musste zu meiner Mom. Das war meine einzige Sorge und jetzt waren wir hier und ich rannte den Flur entlang, dorthin, wohin sie sie gebracht hatten. Ich war schon so oft hier gewesen, dass das Personal meinen Namen kannte.

Schliddernd kam ich zum Stehen, als ich eine der ranghöchsten Krankenschwestern sah. Sie hielt eine Hand hoch. »Moment mal, Je…« Sie blieb stehen und sah, wer mir dicht auf den Fersen war. Dann hob sie den Kopf und richtete sich zu ihrer vollen Größe auf. »Schön, Sie hier zu sehen.« Ihr Blick huschte zu mir und wieder zurück. »Und sogar mit einer Gesetzeshüterin.«

Trace legte mir seine Hand auf den Rücken, als er neben mich trat. »Wie geht es ihrer Mutter, Sloane?«

Zunächst antwortete sie nicht. Ihr Blick fiel auf die Stelle, an der Trace mich berührte, dann auf mich und langsam wieder auf ihn. »Nichts für ungut, Trace, aber ich muss sagen, dass ich das nicht gutheiße.«

Seine Hand drückte fester auf meinen Rücken und die eine Seite seines Körpers gegen meine. Ich konnte seine Anspannung spüren. »Sparen Sie sich doch die Verurteilung und sagen uns, wie es ihrer Mutter geht.«

»Sie lebt.« Ihr Ton wurde freundlicher und sie wich einen Schritt zurück, bevor sie sich umdrehte und uns bedeutete, ihr zu folgen. »Der Krankenwagen hat uns Bescheid gegeben, deshalb waren wir vorbereitet. Patrick war bei ihr und hatte auch das Fläschchen von dem dabei, was sie genommen hatte.« Sie ging in ein Zimmer und zog den Vorhang beiseite. Mir entwich ein erschrockener Aufschrei, bevor ich meine Gefühle wieder unter Kontrolle hatte.

Meine Mutter lag im Bett. Sie war intubiert und ihre Haut ungewöhnlich blass.

Sie sah so klein aus. Man hätte sie für sechzehn halten können.

Trace trat noch näher an mich heran und stützte mich, bis meine Knie nicht mehr nachgaben. Ich nickte ihm zu, bevor ich mich dem Bett näherte. Ihre Hand schaute unter der Bettdecke hervor. Ich sah mich um, aber sonst war niemand hier. »Wo …«

»Pat muss rausgegangen sein. Er war vorhin noch hier.«

Pat war Bears Vorname. Oder Patrick. Ich hatte vergessen, dass einige Leute seinen Vornamen bevorzugten. Das hatte für mich nie einen Sinn ergeben.

Ich nickte und war plötzlich so verdammt müde. »Er hat mich benachrichtigt und gemeint, sie sei stabil.«

»Das ist sie auch. Sie wird schon wieder. Wir haben ihr Naloxon gegeben. Sie schläft jetzt einfach ihren Rausch aus.

Wenn sie aufwacht, wird es ihr nicht gut gehen, aber Sie wissen ja, wie es läuft.«

Das hatte ich bereits bei Bewährungshäftlingen gesehen. Schon mehr als genug.

Ich ging zum Stuhl neben dem Bett and nahm die Hand meiner Mutter in meine. Meine Stirn legte ich daneben. Wenn ich zu ihr ins Bett hätte kriechen können, hätte ich es getan, aber nur solange sie in diesem Zustand war. Sobald sie aufwachen würde, wäre alles garantiert wie immer. Beleidigende Worte und Hassgefühle. Alle waren schuld. Immer das Gleiche.

Doch im Moment sah sie verletzlich und friedlich aus.

Mir zog es das Herz zusammen. Was sagte das über mich aus? Dass ich mir wünschte, sie möge noch ein bisschen länger so aussehen, bevor ihr Kampfgeist sie wieder zum Leben erweckte?

»Das soll wohl ein Scherz sein.«

Eine neue Stimme, ein neuer Ankömmling. Einer, der nicht zufrieden war.

Ich hob den Kopf – alles an mir war so schwer – und sah Leo, der mit zwei Kaffeebechern in der Hand dastand. Er starrte Trace an, bevor er seinen Blick losriss und zu mir schaute, dann zu meiner Mutter. Sein Blick wurde ein wenig milder, doch dann kehrte er zu Trace zurück und verhärtete wieder. »Machen Sie, dass Sie rauskommen, West. Ich gebe Ihnen nur diese eine Chance, sonst hole ich die Handschellen raus.«

»Er ist mit mir hier, Leo.«

Mein Chef, Mentor und Ersatzvater richtete seinen Blick wieder auf mich. Der milde Gesichtsausdruck war verschwunden. Er stürmte an Trace und Sloane vorbei und stellte einen der Kaffeebecher auf den Nachtschrank. Dann ging er auf die andere Seite des Betts, drehte sich wieder zu den beiden und sagte: »Raus jetzt hier.«

Trace ignorierte ihn und schaute zu mir. »Brauchst du etwas?«

Ich registrierte die Haltung aller Anwesenden. Sloane wirkte ertappt, was keinen Sinn ergab, aber meine Mutter war hier. Sie schlief. Mir ging es im Moment gut.

Ich hielt noch immer ihre Hand und sagte zu Trace: »Ich bleibe noch ein bisschen.« Dann gestikulierte ich zu Leo. »Redet miteinander.«

Trace' Blick wanderte zu Leo, der sich kaum noch zusammenreißen konnte. Er schnaufte. »Wenn ich nur irgendeinen Knüppel dabeihätte, wären Sie schon tot, West. Verschwinden Sie. Ich sage es nur noch einmal und es ist mir egal, wessen Waffe dann gezogen wird. Verstanden?«

Trace musterte ihn, bevor sein Blick zu mir wanderte. »Ruf mich an, wenn du etwas brauchst. Ich meine es ernst. Egal, was.«

Ich nickte und seine Augen verdunkelten sich.

Ich wollte, dass er zu mir kam, mir einen Kuss gab oder mir zumindest mit der Hand übers Haar strich, doch das tat er nicht. Noch nicht. Und seinem Zögern nach zu urteilen, wollte er genau das tun, aber es war noch zu früh. Ich beobachtete Leo, als Trace ging und Sloane leise anmerkte: »Der hört nie auf, mich zu verblüffen. Also dann, Leute. Jess. Leo. Ich habe heute Dienst, bin also hier, falls ihr etwas braucht. In der Zwischenzeit gebe ich dem Arzt Bescheid, dass ihr beide ein Update wollt.«

Kaum war sie weg, hörte ich von der anderen Seite des Betts: »Vögelst du jetzt die Mafia?«

»Toll, dass du nicht urteilst und stattdessen auf einen Zeitpunkt wartest, an dem du ein ordentliches Verhör durchführen kannst. Gute Entscheidung, Leo. Ich bin wirklich geneigt, dir über meinen Bettgenossen Rechenschaft abzulegen.«

»Das solltest du auch. Ich bin dein Chef.«

»Und meine Mutter liegt wegen einer Überdosis in einem Krankenhausbett, obwohl du und Bear mir gesagt habt, ich solle die Verantwortung an euch abgeben.«

»Sie ist Alkoholikerin.«

»Genau. Alkoholikerin. Keine Drogenabhängige. Sie hat eine Überdosis genommen, Leo. Was zum Teufel heißt das?«

Der Vorhang wurde beiseitegeschoben und diesmal hörte ich die Stimme, die ich erwartet hatte. »Oh, oha, oha! Ich konnte euch beide schon auf halbem Weg den Flur entlang hören.« Bear kam mit einer Essenstüte in der Hand herein. Er musterte mich und meine Hand, die die meiner Mutter hielt, und er musterte Leo, bevor er auf meine Seite des Betts kam. Er stellte die Tüte auf den Nachtschrank und umarmte mich kurz. Dann strich er mir mit der Hand über den Kopf, beugte sich vor und gab mir einen Kuss auf die Stirn. »Hey, Kleine. Wie geht's dir?«

Leo gab einen genervten Laut von sich, lehnte sich zurück und schüttelte den Kopf. Dann kniff er sich in den Nasenrücken. »Du kannst dir nicht vorstellen, wer sie vorhin begleitet hat.«

Ich griff nach Bears Hand und drückte sie kurz, ließ dabei jedoch nicht die Hand meiner Mutter los. »Ich bin müde, aber es geht mir gut, solange sie durchkommt.«

Er nickte und seine Mundwinkel deuteten ein trauriges Lächeln an. »Ganz sicher.« Über meinen Kopf hinweg warf er Leo einen strengen Blick zu. »Und ja, ich kann es mir vorstellen, denn ich habe ihn hier rauskommen sehen. Wir haben kurz miteinander geredet.«

Ich war angespannt und legte den Kopf in den Nacken. »Du hast mit Tristian West gesprochen?«

Er begegnete meinem Blick und hob eine Augenbraue. »Mit Trace West. Ich kenne ihn noch aus der Nachbarschaft. Er ist nicht wie sein Onkel oder sein Vater. So viel weiß ich.« Er schaute sich um, bevor er zurück zum Vorhang ging. »Bin gleich zurück. Hole mir nur einen Stuhl. Wäre gut, wenn ihr euch in der Zwischenzeit nicht umbringt.« Er deutete auf uns beide, bevor er ging.

»Trace?«, fauchte Leo mich an. »Mich hat nicht überrascht, dass du den Namen gebraucht hast, aber Bear? Vielleicht sollte ich mich mit dem zukünftigen Oberhaupt der West-Mafia auch auf die Spitznamenbasis begeben. Oder *ist* er laut einem kürzlich erschienenen Zeitungsartikel bereits das Oberhaupt?«

Dass Bear kaum reagiert hatte, überraschte mich nicht. Er war klug und gutmütig und wartete geduldig, bevor er in einer Sache Stellung bezog. Leos schnelle Reaktion überraschte mich ebenfalls nicht. So hätte ich auch reagiert, aber es war, wie es war. Ich hatte gestern Abend meine Entscheidung getroffen und gewusst, worüber ich entschied. Ich meinte es ernst. Die Würfel waren gefallen.

Aber hier, in diesem Zimmer, waren Trace und ich nicht das akute Problem.

Ich lehnte mich auf meinem Stuhl zurück und ließ die Hand meiner Mutter nicht los. »Erzähl mir, was passiert ist.«

\* \* \*

Kurz darauf kam Bear mit einem Stuhl zurück.

Gerade, als er sich setzte, betrat auch der Arzt das Zimmer.

Wir wurden alle auf den aktuellen Stand gebracht.

Meine Mutter hatte eine Überdosis Schmerzmittel genommen, und obwohl man glaubte, dass sie sich vollständig erholen würde, würde ein Sozialarbeiter sie beurteilen.

Der Arzt schaute uns alle streng an. »Das war ein Suizidversuch. Lassen Sie uns das klarstellen. Wir werden sie in die psychiatrische Abteilung verlegen, sobald sie stabil ist. Wenn Sie ihr psychiatrisches Team nicht unterstützen, könnte sie es wieder tun. Mir wurde berichtet, dass die Schwestern in diesem Zimmer bereits einen Streit gehört haben. Mein Rat? Ziehen Sie in Bezug auf Mrs Montell alle am selben Strang und tun Sie alles, um sie an Bord zu holen. Je kooperativer sie mit ihrem psychiatrischen Team zusammenarbeitet, desto bessere Ergebnisse können Sie erwarten. Hoffen wir, dass Mrs Montell mit einer neuen Lebensperspektive aufwacht, aber wenn ich Sie mir so anschaue, schätze ich, dass die Wahrscheinlichkeit gering ist. Viel Glück, Officers.«

Er ging und hinterließ eine bedeutungsvolle Stille.

Leo stieß einen Seufzer aus, ging zu seinem Stuhl zurück und nahm den zweiten Kaffee mit. »Ich habe ihr erzählt, was passiert ist, Bear.«

»Verdammt!«, brauste Bear auf. »Warum hast du das getan? Ich habe ihr gesagt, wir hätten das im Griff.«

Leo verdrehte die Augen, aber ich stürzte mich genervt auf Bear.

»Vor ein paar Minuten warst du noch nett zu mir, aber jetzt weiß ich den wahren Grund, und denk bloß nicht, dass ich dich vom Haken lasse.«

Die Rollen wurden wirklich schnell getauscht, denn Leo hatte mir mitgeteilt, dass sie nicht so nach meiner Mutter geschaut hatten, wie sie mich hatten glauben lassen. Sie hatten ihr ein Ultimatum gestellt, nachdem sie wieder einmal rückfällig geworden war. Ich wusste, dass das eintreten würde, denn ich hatte bereits die Hälfte meines Lebens Rückfälle mit ihr erlebt.

Bear hielt beide Hände hoch und ein frustrierter Laut entwich ihm. »Wir ... sie lässt sich nicht belehren. Wir haben es versucht. Sie ... sie wird sich nicht ändern, bevor sie nicht den absoluten Tiefpunkt erreicht hat.«

»Also dachtet ihr, ihr könntet es beschleunigen, indem ihr sie einfach sitzen lasst? Was habt ihr getan? Habt ihr mein Telefon genommen und sie auf meinem eigenen Handy blockiert, damit sie mich nicht kontaktieren konnte? Ihr wisst, dass sie das getan hätte, da ihr beide ihre Anrufe nicht angenommen habt.«

Ich war erschüttert, mir schwirrte der Kopf wegen dem, was sie mir gerade erzählt hatten.

Es waren keine Drogen. Es war ein Suizidversuch gewesen.

Meine Mutter … was hatte ich getan? Ich hatte Leo und Bear die Sache übernehmen lassen. Ich hatte mich nicht dagegen gewehrt, hatte meine Mom im Stich gelassen.

Es dauerte eine Weile, bis mir auffiel, dass keiner von beiden antwortete. Ich schaute sie an. Beide wichen meinem Blick aus.

»Was ist los?«, stieß ich hervor.

Bear weigerte sich standhaft, meinen Blick zu erwidern, doch Leo tat es, und zum ersten Mal sah ich, wie sein Gesichtsausdruck milder wurde. »Wir haben sie nicht in deinem Handy gesperrt, Jess.«

Weiter sagte er nichts.

Meine Knie gaben nach, ich griff nach dem Bett und fiel auf den Stuhl hinter mir.

Meine Mutter hatte mich nie angerufen. Sie hatte es nicht versucht. Sie hatte einfach …

# Kapitel 62

## Jess

Danach stand die Zeit still, verging jedoch auch schneller. Es war total verrückt.

Als meine Mutter aufwachte, wollte sie nichts mit mir zu tun haben. Sie hatte auch keine neue Lebensperspektive. Die Wünsche des Arztes wurden nicht wahr, aber sie wurde in die psychiatrische Abteilung verlegt, und mir wurde gesagt, dass Bear und Leo sie von da an übernehmen würden. *Erneut.*

Ich hatte diesbezüglich auch keine guten Prognosen, aber während sie versorgt wurde, hatte ich andere Sachen zu erledigen. Vor allen Dingen in Bezug auf Leo und Kelly.

Der Unterschied zwischen den beiden war, dass ich von der Kelly-Sache zunächst nichts wusste. Sie informierte mich darüber im Laufe der Woche und bat mich um ein Gespräch. Von meiner Mutter hatte ich ihr noch nicht erzählt. Und als ich zu ihr stieß, hatte ich nicht das Gefühl, dass dieses Gespräch ein gutes werden würde.

»Justin und ich hatten eine sehr erleuchtende Besprechung und ...«

O Mann. Ich hasste diese unvollendeten Sätze; dieses Schweigen danach war grausam. Das war mir irgendwann aufgefallen.

Ich machte mich bereit, denn wer wusste schon, was noch alles auf mich zukommen würde?

Kellys Hände lagen auf dem Tisch, ihr belegtes Baguette in einer Tüte neben ihr. Das hätte mein erster Hinweis sein müssen. Dass das Baguette in einer Tüte steckte. Das war ein völlig anderer Ablauf. Es sah nicht so aus, als würde sie es hier oder auf dem Weg nach draußen essen, wie sie es normalerweise tat. Es bedeutete, dass sie es irgendwo *anders* essen würde. Hier lief etwas *völlig* aus dem Ruder.

»Justin ist der Meinung, dass es für uns, also für ihn und mich, gefährlich sein könnte, wenn wir zwischen dem stehen, was zwischen unseren alten Chefs oder deinem … äh … Mr West und Justins Familie läuft.«

Mir blieb die Spucke weg. »Wirklich?«

Ich hätte es wissen müssen. Das Baguette in der Tüte.

»Ja, wirklich.«

Ich runzelte die Stirn, aber okay. Es wurde Zeit, meinen Verstand in Bezug auf meine Mutter auszuschalten und mich in den meiner besten Freundin hineinzuversetzen. Es ergab Sinn, was sie sagte. Mit mir zusammen zu sein, war manchmal auch gefährlich.

»Ich glaube, das ist eine gute Idee.«

Sie starrte mich an und blinzelte ein paarmal. Dann griff sie nach ihrer Baguette-Tüte und zog sie wie ein Schutzschild vor sich. Ein Baguette-Schutz vor mir. »Wirklich?«

Ich runzelte die Stirn. »Ja. Ich meine, Justin hat doch mit dieser Seite der Familie nichts zu tun, oder?«

»Stimmt.« Sie ruckte nach vorn und ihr Kopf bewegte sich in schnellem Tempo auf und ab. »Das hat er nicht. Und sein

Bruder auch nicht, weil er Detective ist. Er hat einfach das Gefühl, in alle Richtungen gezogen zu werden, und das verstehe ich. Wirklich. Ich meine, ich liebe dich. Du weißt das, aber ich denke, Justin wird meine Zukunft sein. Du weißt doch, wie das ist.«

Eine Träne löste sich und lief ihr über die Wange. Eine zweite folgte.

Ich glaubte nicht, dass sie es merkte.

Dann griff ich nach der Hand, die nicht die Tüte umklammerte, und drückte sie. »Ich verstehe das, Kelly, wirklich.«

Mehr Tränen flossen.

Bald würde sie schluchzen.

Sie schniefte. »Tust du das?«

»Na klar. Ich habe im Moment meine eigenen Probleme. Ich will nicht, dass du in irgendetwas hineingezogen wirst. Du weißt doch, dass ich dich in Sicherheit wissen will.«

Das Schluchzen wurde schlimmer. »Ich fühle mich wie die allerschlechteste Freundin. Du warst bei so vielem für mich da und jetzt das. Jetzt hast du einen großartigen Mann und ...« Sie legte eine Schluchzpause ein und streckte eine Hand aus. »Der Mann ist wirklich *großartig*. Der absolute Wahnsinn. Und du warst an seiner Seite. Aber Justin ... Ich ... er sagte, es sei gefährlich, und du erzählst mir immer, alles sei gefährlich, und deshalb denke ich, dass ich dieses Mal auf euch hören sollte. Hasst du mich dafür? Bitte hass mich nicht. Ich hasse mich ja selbst.«

Ich schob meinen Stuhl neben ihren.

Die anderen Gäste flüsterten bereits über uns. Ich wusste, dass uns nur noch ein paar Minuten blieben, bis Sal herüberkommen würde, um nach seiner besten Taubenliebhaberfreundin zu schauen. Sie schickte mir jedes Mal seine Videos, wenn er auf YouTube ein neues gepostet hatte. Und ich musste zugeben, dass die Tauben süß waren, wenn man inspirierende

Hintergrundmusik dazu laufen ließ. Ich bejubelte sogar eine, von der ich mir ziemlich sicher war, dass sie mir vor zwei Tagen auf den Kopf geschissen hatte.

»Alles wird gut, glaub mir.«

Entschieden verdrängte ich den Schlamassel mit meiner Mutter, weil ich keine Ahnung hatte, wie ich das in Ordnung bringen sollte oder was ich überhaupt in der Beziehung tun konnte.

Sei stark. Mach weiter. Verteile Arschtritte, falls nötig. Das war mein Lebensmotto. Male, wenn dir alles zu viel wird.

Ich umarmte Kelly und hielt sie fest. Sie ließ das belegte Baguette in der Tüte los – das mir gezeigt hatte, dass sie es ernst meinte – und griff nach meinem Arm.

»Ich liebe dich. Ich werde dich immer lieben. Wir sind Schwestern und im Moment passieren zwischen den Familien und unseren Männern einige gefährliche Dinge. Pass auf dich auf. Du weißt, dass mir das immer wichtig ist«, sagte ich.

Sie nickte, aber ich spürte, wie einige Tränen auf meinen Arm fielen. »Ich weiß. Ich weiß. Ich habe das Gefühl, als müsste ich dich etwas fragen, etwas mit dir besprechen, aber ich weiß nicht, was es ist. Hast du irgendwelche Probleme?« Sie löste sich aus meiner Umarmung und drehte sich zu mir, um mich direkt anzuschauen.

Kelly tat gerade das Richtige. Ich hatte nicht vor, irgendetwas über meine Mutter zu erzählen, um sie nicht zu belasten, also schüttelte ich den Kopf. »Nein. Da gibt es nichts. Gar nichts. Noch eine Umarmung, Süße.«

»Ooh. Du hast das Kosewort benutzt. Es war schon immer mein Traum, dass du mich ›Süße‹ nennst.«

Ich lachte und umarmte sie. Doch jetzt war ich diejenige, die die Tränen zurückhalten musste. Deshalb stand ich auf und gab ihr einen dicken Kuss auf die Stirn. Ich stellte fest, dass ich eine Vorliebe für Stirnen hatte, und drückte sanft ihre Schulter. »Hab dich lieb. Wenn du dich verlobst, ruf mich an.«

»Ach du. Gleich werde ich wieder emotional.«

»Bloß nicht.« Kelly würde trotz des eingepackten Baguettes nicht als Erste gehen. Ich kannte meine Freundin. Ihr Bauchgefühl sagte ihr, dass sie bleiben sollte, also ging ich zuerst. Eine letzte Berührung ihrer Schulter, ein Lächeln von mir und ich ging zur Tür.

»Tschüs, Officer Montell.« Sal winkte mir mit einem Brotlaib zu.

Ich deutete auf ihn, als ich an seinem Tresen vorbeikam. »Grüßen Sie die Tauben von mir und machen Sie ein zweites belegtes Baguette für meine Freundin. Ich glaube, sie hat das erste völlig zerdrückt.«

»Das haben wir gesehen. Wir werden es zukünftig ›emotionales Stützbaguette‹ nennen.«

Ich lachte laut auf, während mein Inneres in zwei Hälften zerteilt wurde, aber so war es nun mal.

Ich hatte das Gefühl, dass das nur der erste der Trace-Jess-Fallouts gewesen war.

\* \* \*

Und ich hatte recht. Es vergingen nur zwei Wochen, bis es passierte.

\* \* \*

»Du bist suspendiert.«

»Was?« Mir blieb der Mund so weit offen stehen, dass ich Angst hatte, ich könnte auf meine Unterlippe treten, wenn ich mich bewegte.

Ich wusste, dass es ein Treffen mit Leo geben würde, aber das hatte ich nicht erwartet. Zumindest nicht ohne eine Vorwarnung oder ein Gespräch. Ich betrat sein Büro und setzte mich und er fing gleich damit an.

Leo schüttelte den Kopf und legte sein Funkgerät auf den Tisch. »Ich habe keine Zeit, das mit dir zu diskutieren, aber du hast eine sexuelle Beziehung mit jemandem, der bekanntermaßen Verbindungen – und zwar sehr starke – zu einer Familie des organisierten Verbrechens hat. Wir haben einen ethischen Kodex. Du kannst hier nicht arbeiten, solange du mit ihm ins Bett gehst.«

Ein Teil von mir hatte das erwartet. Ich hatte nur gehofft, dass es ein bisschen länger dauern würde, bevor es passierte, bevor die Bombe platzte.

»Hast du nichts zu sagen? Wirst du die Suspendierung einfach hinnehmen?«

»Ich …« Verdammt! Ich konnte nicht sprechen. In meiner Kehle brannte es. »Er steigt aus.«

Leo lachte und prustete gleichzeitig. »Na klar.«

»Wirklich.«

Er schob sich hoch, wobei sein Stuhl durch die Heftigkeit der Bewegung quietschte, und schlug mit der Hand auf den Schreibtisch. »Er ist der Kronprinz dieser verdammten Familie! Was tust du, Jess? So habe ich dich nicht erzogen.«

»Du hast mich nicht erzogen. Das hat keiner!«

»Blödsinn.« Ein weiterer Schlag auf den Schreibtisch und er stieß mit dem Finger in der Luft nach mir. »Blödsinn! Ich habe dich erzogen. Bin eingesprungen, nachdem dein Vater gestorben war. Und im Moment kümmere ich mich um deine Mutter! Erzähl mir nicht diesen Blödsinn, ich hätte dich nicht erzogen. Ich erziehe deine gesamte Familie. Rate mal, auf wessen Couch dein Bruder nach seiner Entlassung landen wird. Auf meiner!«

»Er steigt aus …«

Seine Stimme übertönte meine. »Er steigt nicht aus. Er übernimmt die Geschäfte.« Leo deutete auf das Telefon. »Ich habe gerade einen Anruf von der Abteilung ›Organisiertes Verbrechen‹ bekommen. Die haben sich erkundigt, ob ich einen verdeckten Ermittler im Syndikat der Familie West habe. Einen verdeckten Ermittler! Was für ein hirnloser Blödsinn *das* wohl wäre. Willst du mich verarschen? Willst du mich *wirklich* verarschen?!«

Seine Stimme wurde mit jedem Satz, den er schrie, eine Oktave höher, aber es gab nichts, was ich erwidern konnte.

Befehlskette. Man nahm sie hin. Ich nahm sie hin.

»Ich habe dir zwei Wochen gegeben, als du am Bett deiner Mutter, das fast ein Totenbett geworden wäre, aufgetaucht bist. Ich dachte, du würdest aufwachen. Das bist du aber nicht. Ich bekomme Berichte, dass du jeden Abend in seiner Wohnung verschwindest. Dass er dir morgens Kaffee bringt und ihr zusammen essen geht. Es war schon schlimm genug, als du für ihn gearbeitet hast, aber da war noch keine Rede von einer Beziehung. Da habe ich aber auch schon Ärger bekommen. Wusstest du das?«

Ich war fassungslos, aber vielleicht hätte ich das nicht sein sollen. »Wirklich?«

»Ja. Die Abteilung ›Organisiertes Verbrechen‹. Die haben mir die Hölle heißgemacht. Sie wollten dich als verdeckte Ermittlerin einsetzen, aber ich habe Nein gesagt. Das habe ich *immer wieder*. Ich sagte, es sei ein legaler Nebenjob. Dass du die Schulden deines Bruders und deiner Mutter abzahlen würdest. Plus deine eigenen. Bei jemand anderem hätten sie schon längst auf Korruptheit geprüft. Nicht, bevor du angefangen hast, mit dem organisierten Verbrechen ins Bett zu gehen, aber jetzt. Mein Gott! Jetzt muss ich dich suspendieren. Ohne Bezahlung! Krieg den Hintern hoch! Verlass den Typen, und wenn du zurückkommst, fangen wir mit der Schadensbegrenzung an, denn glaub nicht, dass das nicht rauskommt. Das ist es bereits.«

»Leo …«

»Ich will nichts hören. Ehrlich. Und jetzt raus aus meinem Büro. Ich will deine Waffe, deine Marke und die Schlüssel zu deinem Dienstauto.«

»Leo …«

»Die Waffe. Jetzt. Dann Marke. Schlüssel. Oder muss ich dafür noch einen zweiten Zeugen heranziehen?«

Verdammt!

Das war ein Schlag in die Magengrube. So eine Scheiße!

Ich zog die Schlüssel aus der Tasche. »Da sind noch Sachen von mir drin.«

»Das ist okay. Dienstmarke und Waffe.«

Meine Kehle brannte und der Druck auf meiner Brust war unerträglich. Aber ich konnte nichts ändern.

Ich legte meine Waffe auf den Tisch. Dann meine Dienstmarke.

»Lass bloß nicht Travis meine Jungs übernehmen.«

»Für deine Jungs werde ich einsetzen, wen *ich* will. Du weißt doch, dass du nichts mehr zu melden hast.« Er schüttelte den Kopf. »Himmelherrgott, Jess. Ich hätte nie gedacht, dass du so etwas machst. Nie im Leben. Nicht du.«

Ich blinzelte Tränen zurück, denn ich wollte um nichts in der Welt vor ihm heulen.

Mit einem erstickten Laut räusperte ich mich und ging auf die Tür zu, aber kurz vor dem Verlassen seines Büros fragte ich: »Wie geht es ihr?«

Wieder ein leises Ausstoßen der Luft. »Sie kommt zurecht.«

»Ist sie irgendwo untergebracht? In einem Krankenhaus? In einer Klinik? Ich habe wirklich keine Ahnung, was ich ihr angetan habe, aber *das* muss ich wissen. Du weißt, dass ich versucht habe, mich immer um sie zu kümmern.«

»Ich weiß.« Er gab einen Ton von sich, der nach Zerrissenheit klang und von dem ich mir nicht erklären konnte, wie er zustande gekommen war. »Sie ist in einer psychiatrischen Klinik in Therapie. In Intensivtherapie. Sie machen diese duale Sache mit ihr, was immer das auch ist. Wo sie all den Mist behandeln, der gleichzeitig geschehen ist. Ich kenne diese psychiatrischen Ausdrücke nicht, aber du weißt bestimmt, was ich meine.«

Das wusste ich und an einem anderen Tag hätte ich wahrscheinlich darüber gelacht, wie unbeholfen seine Erklärung war, aber das war Leo. In gewisser Weise oldschool. »Ich würde sie gern sehen, wenn das möglich ist. Ich würde mich freuen.«

Leo nickte zunächst, wollte dann den Kopf schütteln, hielt inne und wandte sich ganz ab. »Ein anderer Mann, Jess. Es gibt andere Männer. Such dir einen aus. Verknall dich in ihn. Gib deine berufliche Karriere nicht für diesen einen auf. Er ist nicht gut für dich – oder warte, bis er *tatsächlich* ausgestiegen ist.«

Das war das Schlimmste an der ganzen Sache.

Ich hatte meine Wahl bereits getroffen.

»Sag mir Bescheid wegen meiner Mutter.«

Ich verließ sein Büro und sah niemanden auf dem Flur. Sie waren da, aber ich beachtete sie nicht. Ich wollte einfach nur weg, aber hinter mir ertönte ein lautes Krachen, ein dumpfer Aufschlag.

Ich blieb stehen und hörte Leo brüllen: »Verdammt noch mal!«

»Jess.« Val rief meinen Namen und kam den Flur entlang auf mich zu.

Ich hob eine Hand. »Ist besser so. Lass mal.«

»Jess! Komm schon!«

Ich ging weiter.

Mit gesenktem Kopf einen Fuß vor den anderen setzend.

So verließ ich das Gebäude.

# Kapitel 63

Trace

**Anthony:** Jess hat mich gerade darum gebeten, diese Woche mehr Schichten übernehmen zu dürfen. Was soll ich tun?

Ich runzelte die Stirn und las die Nachricht, als ich mit Ashton zu einem unserer Lager unterwegs war.

»Was ist los?«

Ich zeigte ihm die Nachricht, bevor ich zurückschrieb.

**Ich:** Sie ist eine normale Angestellte. Glaube, es würde ihr ganz und gar nicht passen, wenn sie mitbekäme, dass du mich fragst, wie du reagieren sollst.

Ashton hatte sich herübergebeugt und gelesen, was ich geantwortet hatte. Er prustete, nahm mir das Handy aus der Hand, scrollte herum und drückte eine Taste. Dann hielt er sich das Telefon ans Ohr.

»Warum bittest du um mehr Schichten in meinem Nachtclub?«

O Gott! Er rief Jess an. Mit meinem Handy.

»Er ist hier bei mir, aber du hast mich am Telefon. Ja.« Pause. »Anthony wollte wissen, wie wir darüber denken. Du solltest froh darüber sein, dass dein Freund gesagt hat, du seist eine normale Angestellte und müssest als solche behandelt werden. Er hat den schwarzen Peter Anthony zugeschoben, aber ich bin neugierig. Ich weiß aus zuverlässiger Quelle, dass deine Abende normalerweise damit ausgefüllt sind, dass du fla...«

Ich schnappte mein Handy und lehnte mich zurück. »Bitte erschieß meinen besten Freund nicht. Ich habe ihn schon als Schwachkopf übernommen.«

»Schon gut.«

Nichts war gut. Ihre Stimme klang kühl. Das war nie gut.

Ich senkte die Stimme. »Was ist los?«

»Ich nehme mir eine kleine Auszeit von der Arbeit und könnte die Stunden gebrauchen.«

»Was heißt das? Auszeit.«

»O verdammt«, flüsterte Ashton.

Ich ignorierte ihn. »Jess. Was ist los?«

»Ich möchte nicht darüber reden.«

»Jetzt mache ich mir Sorgen.«

Sie seufzte ins Telefon. »Hör mal, kannst du mir den Gefallen tun und Anthony sagen, er soll mich jeden Abend einsetzen?«

»Und was ist mit mir?«

Eine Mischung aus Lachen und Prusten drang von ihr durchs Telefon. »Du bist mit Dingen beschäftigt, von denen ich nichts wissen will, aber ich weiß, dass du beschäftigt bist. Ich bin ein Workaholic, Trace, und mein Vollzeitjob wurde gerade ein bisschen auf Eis gelegt. Ich werde verrückt, wenn ich so viel Zeit für mich habe.«

Das war nicht gut. Nicht, weil sie nicht wusste, wie man mit Auszeiten umging, sondern die Sache mit ihrem Job. »Das tut mir leid, Jess. Ich weiß, wie sehr du deine Arbeit liebst.«

»Tja. Ich muss im Moment einfach beschäftigt sein. Die Sache mit Mom und so.«

»Ich sage Anthony Bescheid. Er wird deinen Terminkalender füllen.«

»Danke. Und, äh, wann kommst du heute Abend nach Hause?«

»Da du arbeiten wirst, später als beabsichtigt.«

»Vielleicht kannst du vorbeikommen und mich vom *Katya* abholen?«

»Das klingt gut. Ich freue mich darauf.«

»Ich mich auch.«

Ich wünschte, Ashton wäre nicht bei mir in diesem Auto, aber ich wünschte mir auch, ich wäre nicht in diesem Auto, das bereits eine Stunde aus der Stadt herausfuhr. »Möchtest du, dass ich zurückkomme? Ashton kann das hier auch übernehmen. Es ist nicht zwingend notwendig, dass ich dabei bin.«

»Hey!« Ashton schaute mich finster an.

Ich ignorierte ihn und wartete auf ihre Antwort.

»Ich denke, arbeiten ist im Moment das Beste für mich. Wir sehen uns, wenn du zurückkommst.«

Sie legte auf und ich starrte kurz aufs Handy.

»Was? Kein Tschüs? Noch kein ›ich liebe dich‹?«

»Halt den Mund.«

»Mann«, maulte Ashton. »Wenn ihr beide euch nicht beeilt, sterbt ihr wie die Dinosaurier.«

»Und was zum Teufel soll das heißen?«

»Weiß ich selber nicht. Ich war nur blöd.«

»Wann bist du das nicht?«

»Wenn ich …«

»Das war keine Frage. Nur eine Feststellung.«

Was ich gehört hatte, war gar nicht gut. Jess und ich lernten uns gerade erst so richtig kennen, aber ich wusste bereits, dass sie beschäftigt sein musste. Sie verstand nicht, wie Leute an ihrem freien Tag ausschlafen konnten. Sie wusste zwar, dass es viele taten, aber sie verstand nicht, *warum* sie es machten.

Sie hatte mir immer wieder von ihrer Arbeit erzählt, aber jetzt ahnte ich etwas.

»Was ist mit ihrem Job? Wurde sie gefeuert?«

Wir wussten, dass das passieren würde, obwohl Jess und ich uns nicht hingesetzt und darüber geredet hatten, wie wir im Ernstfall damit umgehen würden.

»Ich nehme es an. Sie sagte, sie werde eine Auszeit nehmen. Das ist eine nette Umschreibung für …«

»Gefeuert worden.«

»Oder suspendiert?«

Ashton dachte darüber nach. »Wahrscheinlich ist sie suspendiert worden. Die Kündigung kommt erst, wenn sie herausfinden, dass sie immer noch jede Nacht bei dir ist.«

»Wenn dem so ist.«

Mir drehte sich der Magen um. Ich hatte damit gerechnet, aber ich hörte es nicht gern, und ich wusste nicht, wie ich mit ihrer Entscheidung umgehen würde. Sie erzählte einiges, aber nicht alles. Würde sie später mehr erzählen? War sie jemand, der über seine Gefühle sprach? Das bezweifelte ich bei Jess. Sie war immer in Aktion, immer beschäftigt. So ging sie durchs Leben.

»Du liebst sie, oder?«

Auf diese Frage war ich nicht vorbereitet. »Ja. Warum?«

Ashton hatte sein eigenes Handy herausgeholt und scrollte herum. »Sie ist nicht wankelmütig. Sie wusste, was sie tat, als sie sich für dich entschieden hat. Das hat sie deutlich gesagt. Worum es jetzt auch gehen mag, lass dich davon nicht kopfscheu machen.« Er hielt beim Scrollen inne und schaute mich an. »Sie ist eine der taffesten Frauen, die ich kenne. Absolut verlässlich. Ihr Job wäre nichts für dich. Das wirst du noch rausfinden. Du brauchst dir um sie keine Sorgen zu machen. Sie wird alles geregelt haben, bis du sie abholst. Sie hat dich doch darum gebeten. Das ist ihre Art, dir zu sagen, dass sie dich braucht, aber erst heute Nacht. Erst, wenn ihr beide eure Arbeit erledigt habt. Sie mag verdammt nervig sein, was ihren Beruf angeht, aber du, mein Bruder, hast eine Gute abbekommen.«

Ich grinste. »Da hast du's. Du bist nervig und ein Blödmann und erzählst mir nichts, was ich nicht schon weiß.«

Er grinste zurück.

Ashton wusste, dass ich dankbar dafür war.

**Anthony:** Sie hat gerade Schichten für jeden Abend außer Sonntag angenommen. Bitte bring mich nicht um. Sie sagte mir, dass sie das wolle, und du hast mir aufgetragen, sie wie eine normale Angestellte zu behandeln. Es wäre dumm von mir, ihr Angebot nicht anzunehmen, aber ich bin auch froh, einen Job zu haben, deshalb erschieß nicht den *Ü*berbringer der Nachricht.

**Anthony:** Bitte.

# Kapitel 64

## Jess

Während der Woche war abends anderes Personal da. Irgendwie komisch, aber Anthony teilte mir meinen üblichen Thekenbereich zu. Ich hatte ein höheres Dienstalter als die Barkeeperin neben mir, die mir die ganze Schicht über böse Blicke zuwarf. Sie war von all dem genervt. Ich nicht und die meisten anderen Barkeeper erzählten mir, wie sehr es sie störe, dass es mich nicht interessierte.

Die andere Sache, die mir auffiel, war, dass sie ihren Spirituosenbestand nicht aufstockte. Bei mir gingen fünf Flaschen zur Neige, die eigentlich nie zur Neige gehen sollten. Ich war bereits unterwegs gewesen, um Patrón zu holen, aber ich würde noch einmal losgehen müssen. Es war erst kurz vor dreiundzwanzig Uhr, ich hatte noch drei volle Stunden vor mir und würde garantiert Wodka brauchen. Ich schickte Anthony eine Nachricht und ließ ihn wissen, wo ich ein paar Minuten sein würde.

**Anthony:** Bin auf dem Weg, um dich zu vertreten.

Ich musste lachen. Er hätte anbieten können, den Nachschub zu holen, aber so ein Geschäftsführer war Anthony nicht. Er würde an der Theke aushelfen, bis ich wieder zurück war. Typisch Anthony.

Das war der dritte Punkt, weshalb ich mich nicht wohlfühlte – kein Justin, aber der vertrat mich ja schon eine Weile nicht mehr.

Es lag an mir. Ich war komisch. Die ganze Sache war komisch.

Als ich Anthony in meine Richtung kommen sah, hob ich die Hand, winkte ihm zu und machte mich auf den Weg. Ich ging in einen der hinteren Räume, griff nach meiner dritten Flasche und hörte, wie die Tür wieder geöffnet wurde.

»He.« Ich kam von hinten nach vorn und sah, wer hereingekommen war.

Er sah aus wie Justin. Gleiche Größe, gleiches Haar, aber sein Körperbau war definierter. Er trainierte regelmäßig und schaute mich mit starrem Polizistenblick an.

Ich brauchte seine Dienstmarke nicht zu sehen, denn ich wusste, dass das hier Detective Worthing war.

»Was wollen Sie hier?«

Er nickte kurz. »Gut. Sie wissen, wer ich bin.« Er kam einen Schritt näher.

Ich musterte ihn. Wo trug er seine Waffe? Sein Hemd war in die Hose gesteckt und glatt, wo es nicht hätte glatt sein sollen. Vielleicht hinten? Ein Schulterholster unter dem Hemd? Seine Dienstmarke war auch nicht zu sehen.

»Ich bin aus beruflicher Höflichkeit hier.«

Das klang nicht gut. »Ich bin heute suspendiert worden.«

»Das weiß ich. Ein Vögelchen hat es mir ins Ohr gezwitschert, aber soweit es mich betrifft, sind Sie immer noch eine von uns.«

»Warum sind Sie hier?« Normalerweise musste ich nicht zweimal fragen, nicht bei dieser Art »beruflicher Höflichkeit«.

»Ich wurde zum ›Organisierten Verbrechen‹ versetzt. Sie machen eine Razzia bei Ihrem Typen. In seiner Wohnung im Stadtzentrum, in seinem Büro, in Lagerhäusern, die der Familie West gehören. Und hier auch.«

Herrje, das volle Programm also.

Ich stellte den Alkohol zurück. »Wann?«

»In einer Stunde.«

Eine Stunde. »Warum erzählen Sie mir das?«

»Mein kleiner Bruder schwört, Sie seien sauber, aber der Typ, mit dem Sie das Bett teilen, ist es nicht. Ich möchte wissen, auf wessen Seite Sie stehen. Wenn Sie es ihm sagen, werden wir es wissen. Wenn Sie es nicht tun, werde ich das Ihrem Chef mitteilen. Haben Sie mich verstanden?«

Nein, aber ich nickte trotzdem.

Er ging rückwärts zur Tür und beobachtete, wie ich ihn beobachtete. Keiner von uns zeigte Emotionen. Keine Verwunderung. Keine Panik. Nichts. Eiskalte Gleichgültigkeit. Dann blinzelte er und griff nach der Türklinke. »In einer Stunde. Wenn ich Sie wäre, wäre ich nicht hier.«

Was mich für alle anderen verdächtig machen würde. Sie würden ihre Arbeit tun und herausfinden, dass ich das eigentlich auch müsste. Wenn ich nicht hinter dem Tresen stand, würden das beide Seiten bemerken. Ich war geliefert, egal, was ich tat. Auf jeden Fall würde es Fragen geben.

Hier sein, wenn meine Kollegen und Kolleginnen an meinem Arbeitsplatz eine Razzia durchführten? Oder gehen?

Das Komische war, dass ich nicht darüber nachdenken musste, ob ich Trace warnen sollte oder nicht. Seine Familienangelegenheiten waren seine Familienangelegenheiten. Nicht meine. Er kannte die Abmachung zwischen uns. Jetzt musste ich herausfinden, ob er sich daran erinnerte.

Ich schrieb eine Nachricht an Anthony.

**Ich:** Auf dem Weg nach draußen. Kam etwas dazwischen. Vertritt mich bitte.

**Anthony:** Was?! Bist du verrückt? Ruf mich an. Und dann sag mir am besten, dass deine Mutter … oh, Mist. Vergiss es. Ich erinnere mich. Hoffe, alles ist okay. Halt mich auf dem Laufenden.

Ja. Würde ich nicht.

# Kapitel 65

Jess

Ich ging meine Optionen durch.

Ich wollte Überwachungskameras auf mich gerichtet haben, damit die Leute wussten, dass ich nichts Zwielichtiges vorhatte. Das bedeutete, ich musste wegen eines Alibis öffentliche Verkehrsmittel benutzen. Aber ich wollte nirgendwohin, wo ich in eine Razzia geriet. Ich ging ein großes Risiko ein, hatte jedoch immer betont, dass ich Trace zwar liebte, was für mich immer noch neu war, aber seinem Job weder jetzt noch in Zukunft etwas abgewinnen konnte. Die Razzien fanden also statt und ich war nicht involviert, obwohl der Zeitpunkt interessant war, zu dem Leo mich suspendiert hatte. Abgesehen davon hätte ich auch kein Alibi, wenn ich zu meiner eigenen Wohnung fahren würde. Wäre ich irgendwo allein, könnte sich keiner für mich verbürgen.

»Nicht, dass ich es nicht toll finde, dich an einem anderen Abend als Sonntagabend bei mir zu sehen, aber ich bin ein wenig beunruhigt. Du trinkst hier und hast Kelly keine Nachricht geschrieben, dass sie auch kommen soll.«

Ich war zur Bowlingbahn gefahren. Molly Easter, die so fern von allem und so grundehrlich war, würde mir ein Alibi geben.

Molly hatte sich auf liebenswerte Weise auf die Lippe gebissen, geseufzt und mir mein erstes Bier eingeschenkt.

Heute war Bierabend für mich. Mittlerweile war ich bei meinem sechsten angelangt.

Molly schob mir gerade das siebte zu, als ich die Schweigsamkeit bemerkte, die sie überkommen hatte.

Sie hatte den Blick hinter mich gerichtet.

Ich drehte mich um und mein Magen verkrampfte sich, weil ich wusste, dass derjenige, der dort stand, nicht gut für mich sein würde.

Es war Ashton. Sein Blick war so grimmig und voller Abscheu, dass mir schlecht wurde. Er hatte zwei Männer dabei, aber das waren nicht die, an die ich mich in Trace' Nähe gewöhnt hatte. Diese hier waren vom Militär.

Alle drei starrten mich an, bis Ashton vortrat.

»Hände weg!«, schrie Molly, als er nach mir griff.

Er blieb stehen, aber ich wusste, dass ich kein Glück haben würde. Ich hatte nicht damit gerechnet, dass sie vor vier oder fünf Uhr morgens bei mir auftauchen würden. Das bedeutete, dass Trace wahrscheinlich noch auf der Polizeiwache saß, während Ashton bereits aus dem Verhör entlassen worden war.

»Halt dich raus«, knurrte er sie an. Dann packte seine Hand meine Schulter und er zerrte mich vom Barhocker. »Komm nicht auf dumme Gedanken. Diese Jungs sind ehemalige Ranger. Also *halt dich zurück*.«

Ich nickte. »Hab's schon gesehen.«

Er hielt inne und kniff die Augen zusammen, bevor er ein weiteres tiefes Knurren hören ließ und mich mit sich zerrte.

»Wohin bringt ihr sie?«, rief Molly hinter uns her. Sie sah aus, als wollte sie sich mit dem Schlagstock in der Hand über die Theke stürzen. »He!«

Ashton schob mich vor sich her, bis mich die anderen beiden Typen übernahmen und er zurückblieb. Aber ich hörte ihn noch, bevor sich die Tür schloss. »Halt dich da raus!«

In den Straßen war es still, als sie mich auf die Rückbank eines SUV verfrachteten.

Es war ein komisches Gefühl. Als würde gleich die nächste Hiobsbotschaft eintreffen. Ich wusste nur noch nicht, welche.

# Kapitel 66

Jess

Sie brachten mich an einen Ort außerhalb der Stadt.

Ashton starrte mich auf dem Weg dorthin die ganze Zeit an. »Warum bist du so schweigsam?«

»Bin betrunken. Und außerdem, was habt ihr vor?«

»Sie haben heute Abend in unserem Lager eine Razzia durchgeführt. Anthony hat mir eine Nachricht geschickt, dass du beim Auffüllen der Vorräte abgehauen bist, und es dauerte nicht lange, bis ich das Überwachungsmaterial gesichtet hatte und Detective Worthing identifizieren konnte.«

»Noch einmal: Was habt ihr vor?«

»Du wusstest eine Stunde vor Beginn der Razzien Bescheid.«

»Und du bist superschnell hier, also haben sie offensichtlich nicht viel gefunden.«

Er gab ein Knurren von sich, griff nach mir und zog mich zu sich. »Du hast es gewusst und hättest Trace warnen können!«

Ich griff nach seiner Hand an meinem T-Shirt und schrie zurück, denn die Trunkenheit begann zu schwinden und ich wurde langsam sauer. »Und warum sollte ich das tun? Ich bin Polizistin!«

»Du bist mit Trace zusammen.«

»Ja, ich bin mit Trace zusammen. Aber ich bin nicht damit einverstanden, wie er seinen Lebensunterhalt verdient, und auch nicht mit den Geschäften seiner Familie. Ich werde das *niemals* absegnen.«

»Dann kannst du nicht mit ihm zusammen sein, denn er ist, was seine Familie ist.«

Ich hatte genug davon, dass er an meinem T-Shirt zerrte. Deshalb verdrehte ich ihm die Hand, schubste ihn von mir und starrte ihn an. »Fass mich nicht noch mal an oder du wirst kennenlernen, was mir in der Grundausbildung beigebracht worden ist, du Mistkerl!«

Die anderen beiden ehemaligen Militärangehörigen saßen vorn. Der auf dem Beifahrersitz drehte sich zu uns um. »Brauchen Sie Hilfe?«

Ich schnaubte: »Auf gar keinen Fall!«

Ashtons Reaktion war eher gedämpft. »Alles in Ordnung. Wir warten, bis wir da sind.«

Ich verdrehte die Augen, würde aber nicht schon wieder fragen, was sie mit mir vorhatten. Er würde wollen, dass ich das tat, und es würde ihm Spaß machen, es mir nicht zu sagen.

Ich wollte außerdem ganz andere Sachen wissen. »Geht's ihm gut?«

»Als ob dich das interessieren würde.«

»Es interessiert mich sehr wohl, aber ich bin keine Kriminelle und werde auch keine werden.«

»Du wurdest vor den Razzien gewarnt und hast nichts unternommen.«

»Ich musste eine Entscheidung treffen. Ich kann Trace lieben und nicht das, was er beruflich macht.«

»Es sei denn, du hättest verhindern können, dass er ins Gefängnis geht.«

Ich warf ihm einen Blick zu. »Komm schon. Ihr seid doch Profis. Eure Familien machen das seit Jahrzehnten. Ich wette, dass nichts, was bei den Razzien gefunden wurde, Trace hinter Gitter bringen könnte. Und noch einmal: Du bist hier. Das heißt, wenn du zum Verhör geschleppt wurdest, bist du jetzt wieder draußen. Sie haben es nur auf Trace abgesehen und ich bezweifle sehr, dass sie bei ihm etwas finden werden.«

»Ach ja? Und wie kommst du darauf?«

»Weil Trace clever ist.«

»Und ich etwa nicht?«

»Ihr beide ...« Warum tat ich das? »Egal. Verhör mich, wenn wir da sind, wo wir hinfahren.«

Wir schwiegen und fuhren weiter gen Norden, bis sie in eine Einfahrt einbogen, die zu einem Blockhaus führte. Die Stelle war abgelegen und befand sich mitten im Wald. Es war verdammt gruselig. In einer anderen Situation hätte es ein romantischer Rückzugsort sein können. Wie auch immer, als wir parkten und ich hineingeführt wurde, hatte ich jedenfalls das Gefühl, dass es jetzt ernst werden würde.

Ashton brachte mich in ein Hinterzimmer, schob mich hinein und deutete auf das Bad. »Wasch dich. Dusch. Wie du willst. Schmeiß deine Klamotten auf den Flur und zieh neue an.«

Sie wollten sichergehen, dass ich nicht verkabelt war.

Eigentlich sollte ich nicht überrascht sein, dass sie diesen Verdacht hegten, aber aus irgendeinem Grund versetzte es mir einen Stich. Dennoch folgte ich Ashtons Anweisungen. Ich hatte nichts zu verbergen und zwanzig Minuten später kam ich in einem Sweatshirt, einer Jogginghose und kuscheligen Socken wieder aus dem Zimmer.

Keiner war in der winzigen Küche oder im Wohnraum. Ich ging nach draußen und entdeckte ein zweites Auto zusammen mit zwei weiteren Männern, die wohl auch einmal dem Militär angehört hatten. Beide sahen danach aus, entdeckten mich, kamen aber nicht auf mich zu.

Na dann.

Ich ging zurück ins Haus und diesmal kam einer der Männer aus dem Keller. Er sah mich und flüsterte: »Sie ist hier.«

»Bring sie runter.« Das war Ashton.

Der Mann bedeutete mir durch eine Kopfbewegung, zur Treppe zu kommen. »Hier lang.«

Ich bewegte mich nicht und schaute kritisch zur Treppe.

Anfangs hatte ich keine Angst gehabt, mit Ashton zu gehen oder mit den Männern aus der Stadt zu fahren, aber jetzt erfüllte mich eine ganz andere Art von Beklemmung. Ich mochte Keller nicht.

Keller hatten die Tendenz, dass sich in ihnen Leichen ansammelten.

Ich wollte nicht eine von ihnen sein.

»Er wird dich nicht umbringen.«

»Ja?« Ich warf dem Mann einen Blick zu. »Kennen Sie sich mit solchen Situationen gut aus?«

»Leider ja. Das ist ein Verhör mit gepolsterten Handschellen, wenn das weiterhilft.«

Das tat es nicht. Sacht mit mir umzugehen bedeutete nicht, dass es nicht so endete, wie ich befürchtete.

»Ist Trace hier?«

»Glaubst du wirklich, er würde ihn kommen lassen?«

Ich warf dem Kerl noch einen Blick zu, weil ihm seine Antworten so sehr gefielen, aber sein Gesichtsausdruck war nichtssagend. Neutral.

Ashton kam die Treppe herauf. »Komm schon. Je schneller das hier erledigt ist, desto schneller können wir uns wichtigeren Dingen zuwenden.«

Das Unbehagen bemächtigte sich meines ganzen Körpers, wanderte die Beine hinunter bis in die Zehen und hinauf in die Brust. Es verteilte sich in Armen, Händen, Fingern und kroch hinauf zu den Schultern. Nirgendwo war mehr ein gutes Gefühl, aber ich bewegte mich die Treppe hinunter. Meine Beine fühlten sich an wie Blei.

Als ich den Raum sah, blieb ich stehen und wich zurück.

»Nein. Das geht nicht.«

Ashton trat neben mich und griff nach meinem Arm. Der andere Typ packte den anderen und so wurde ich zum einzigen Stuhl in der Mitte des Kellerraums halb gezerrt und halb getragen. Die Wände, der Boden und die Decke waren mit Plastikplane bedeckt.

»Um Himmels willen, Ashton. Ist das dein Ernst?«

Sie drückten mich auf den Stuhl und hielten meine Arme fest, während der dritte Mann mich mit Kabelbindern an den Stuhl fesselte. Als Nächstes wurden meine Knöchel festgezurrt.

Ich hätte mich wehren sollen. Ich war mir zu achtundneunzig Prozent sicher, dass ich es nicht geschafft hätte, sie zu überwältigen, aber ich hätte es versuchen sollen. So war ich einfach den Anweisungen gefolgt und hatte mich am Stuhl fesseln lassen. Doch ich wusste, warum.

Hoffnung.

Unterbewusst war mir klar, dass ich sofort in die Kategorie »Feind« rutschen würde, wenn ich gegen sie anginge. Ashton würde mich vielleicht nicht einmal verhören. Sie würden mich umbringen oder einfach gehen lassen, aber Trace darüber informieren, dass ich … Ich wusste es nicht. Ich hatte keine Ahnung, was sie im Augenblick dachten. Das hier war genauso mein Verhör wie ihres.

Daran musste ich denken.

Trotzdem hätte ich mich verdammt noch mal wehren sollen.

»Willst du mich umbringen, Ashton? Das ist ein bisschen übertrieben als Strafe dafür, dass ich euch nicht vor den Razzien gewarnt habe.«

Er stellte sich vor mich und es war, als hätte ich den wahren Ashton nie gekannt. Während er mich anschaute, sah ich, wie langsam eine Schicht von ihm abblätterte. Es gab kein Grinsen mehr. Keine Neckereien. Kein Schmunzeln. Keine Freundlichkeit. Keine Geduld. (Nicht, dass ich viel davon bemerkt hätte, aber all das war da, wenn er mit Trace sprach.) Jetzt gab es nichts mehr davon.

An die Stelle des alten Ashton war jemand getreten, der Grausamkeit mochte.

Ich sah die finstere Freude. Ashton ließ etwas Böses in diesen Keller und dieses Böse war er.

»Wirst du mich foltern?«

»Du bist nicht hier, weil du uns nichts von den Razzien erzählt hast. Das war die Ausrede. Du bist hier, weil wir einen Maulwurf haben und es meine Aufgabe ist herauszufinden, ob du das bist.«

Dann fing er an.

# Kapitel 67
Jess

Ich wurde Stunden später hinausgetragen. Sie brachten mich nach oben, warfen mich auf eines der Betten und gingen. Ich wusste, ohne nachzuschauen, dass das Fenster verriegelt und die Tür abgeschlossen war. Es gab ein Badezimmer, das ich benutzen konnte, aber ich zitterte und mein Inneres verkrampfte sich.

Er hatte mich nicht angefasst, aber Ashtons Fragen und der Ton …

Wenn er mich hätte töten können, hätte er es getan.

Nie würde ich seinen Gesichtsausdruck vergessen, als sie mir ein Tuch über den Kopf warfen, meinen Stuhl nach hinten kippten und mir Wasser in die Kehle schütteten.

»Arbeitest du für jemanden in der Worthing-Familie?«

»Hast du Abhörgeräte in Trace' Telefon oder irgendwo in seiner Wohnung installiert?«

»Welche Informationen über uns hast du an deinen Teamleiter weitergegeben?«

»Arbeitest du mit der Polizei zusammen, um Beweise gegen Trace zu sammeln?«

»Hast du unsere Aufenthaltsorte an jemanden aus einer Behörde weitergegeben? Wurdest du zu einer Befragung über uns herangezogen?«

Immer wieder stellte er die Fragen. Über alles. Einfach alles. Stundenlang, wenn sie mich nicht mit Waterboarding folterten. Die Erfahrung, immer wieder fast zu ertrinken, hat eine Wirkung auf den Menschen. In den letzten drei Stunden war ich um zwanzig Jahre gealtert.

Ich wusste nicht, wie spät es war, aber es wurde langsam hell draußen. Ich schätzte, es war fünf oder sechs Uhr morgens.

Ich berührte meine Nägel, spürte, wie kalt sie von meiner eigenen Berührung waren.

»Hast du vor, als Zeugin gegen Trace aufzutreten?«

»Hilfst du dabei, einen Fall gegen ihn zu konstruieren?«

»Hast du eingewilligt, undercover gegen die Familie West zu ermitteln?«

Sie überprüften jedes Mal meinen Puls, wenn sie fragten.

Und sie verabreichten mir Waterboarding.

Dann stellten sie wieder Fragen, überprüften meinen Puls.

Das wiederholten sie immer und *immer* wieder, bis ich begriff, was sie taten.

Ich wurde so konditioniert, dass sich mein Puls bei dem Gedanken an das Waterboarding beschleunigte, wenn sie eine Frage stellten, von der ich wusste, dass sie mich in Schwierigkeiten bringen würde. Es dauerte lange, war aber effektiv. Ich hatte nichts zu verbergen, aber wenn ich es gehabt hätte, wäre ich nicht in der Lage gewesen, es zu verschweigen.

* * *

Ich war wahrscheinlich eingeschlafen.

Als ich aufwachte, lag ich unter einer Bettdecke in Fötusstellung auf der Seite, und als ich die Tür knarren hörte, hätte ich fast ins Bett uriniert. Ich hatte Angst, zu viel Angst, um das Bett zu verlassen und meine Blase zu leeren.

Wenn Ashton mich nicht schon vorher gehasst hätte, wäre es jetzt auch egal gewesen, denn ich hasste *ihn*.

Er hatte mich wieder in die Sechsjährige von früher verwandelt und war zu meinem Vater geworden.

Ich biss die Zähne zusammen, schmeckte meine eigenen Tränen und dachte: Zur Hölle mit ihm. Zur Hölle mit ihnen allen.

Ich bewegte mich nicht, als ich hörte, wie jemand sich dem Bett näherte.

Die Person berührte weder das Bett noch mich. Es war Ashton. »Lass Trace in Ruhe. Wenn du zurückkommst, triff dich nicht mehr mit ihm. Ruf ihn nicht an. Tauche nirgendwo auf, wo er sein könnte. Du bist aus dem Nachtclub gefeuert.«

Mein Gott!

Es fühlte sich an, als zöge er mir bei lebendigem Leib die Haut vom Körper.

»Trace weiß nichts von dem hier und du wirst es ihm auch nicht erzählen. Letzte Nacht hast du bewiesen, dass du ihn nicht von dem trennen kannst, was er macht.« Er drehte sich um und steuerte auf die Tür zu. Der Boden unter ihm knarrte, bis ich hörte, dass er wieder stehen blieb. »Du bist nicht die Informantin, aber du bist auch nicht weit davon entfernt.«

Ich hielt die Luft an und mein Herz hämmerte gegen die Brust, bis ich hörte, dass er das Zimmer verließ.

Vor meiner Tür folgte eine Unterhaltung.

Und ich hörte Stimmen von draußen.

Dann mehr Stimmen und eine Tür, die so laut geschlossen wurde, dass es das Haus erschütterte.

Ich traute mich nicht, mich zu bewegen. Konnte es nicht. Noch nicht.

Der Motor eines Autos wurde gestartet.

Autotüren wurden geöffnet und dann zugeschlagen.
Reifen fuhren über Kies.
Dann Stille.
Nichts.
Ich stürzte ins Badezimmer, fiel in die Dusche und meine Blase entleerte sich im selben Moment, wie ich mich übergab. Alles, was ich in mir hatte, würgte ich heraus. Mich eingeschlossen.

# Kapitel 68

### Jess

*Einen Monat später.*
Mein Handy klingelte, als ich einen Karton auf den Armen balancierte und gerade auf die vordere Veranda trat.

Molly kam, zog mein Telefon aus der hinteren Hosentasche und zeigte mir das Display.

Trace rief an.

»Ignorier ihn.«

Sie drückte auf »Ablehnen«, schob mir das Handy wieder in die Tasche und öffnete die Tür für mich.

Ausgerechnet hier zog ich wieder ein. Kaum zu glauben. Unerklärlich.

»Das ist heute schon der dritte Anruf von ihm und ich bin erst seit einer Stunde hier.«

Ich schaute Molly an und brachte den Karton in die Küche meiner Mutter.

Ja. Es war das Haus meiner Mutter. In so vielerlei Hinsicht ging der Witz auf meine Kosten.

Molly schaute sich im Haus um und bemerkte den muffigen Geruch. »Wo ist deine Mutter noch mal?«

Ich zögerte, als ich den Karton auf den Tisch stellte und mich umdrehte, um weitere zu holen.

Molly folgte mir und nahm einen der leichteren Kartons. »Sie macht eine Entziehungskur«, sagte ich, als ich den Bürgersteig entlang zurück zum Haus ging.

»Du ziehst ein, um dich um das Haus zu kümmern. Außerdem wusste ich von der Entziehungskur, aber du hattest es mir nicht offiziell gesagt, deshalb wollte ich taktvoll sein.«

Ich grinste sie an und bedeutete ihr, den Karton auf den Boden zu stellen. Auch ich stellte meinen ab und dann gingen wir wieder zurück. Keine Ahnung, wie oft wir noch hin und her laufen würden. Ich wollte lieber keine Mutmaßungen anstellen.

»Na ja, sie ist nicht hier und ich kann meine Miete nicht mehr zahlen, jedenfalls nicht allein. Deshalb ziehe ich ein und hoffe, dass meine Mutter mich nicht rausschmeißt, wenn sie dahinterkommt.«

Molly grunzte. »Echt jetzt? Mein Vater hat das mal mit mir gemacht. Er hat sogar mit einer Schrotflinte auf mich gezielt. Das komplette Programm. Unser Frühstück am Samstagmorgen war danach nie wieder das, was es mal gewesen war.«

Ich warf ihr einen Blick zu, denn … wie bitte? Außerdem hoffte ich, dass sie mehr darüber erzählte. Es würde mich von der Traurigkeit und Armseligkeit ablenken, die an die Stelle meines Lebens getreten waren. Wenn man suspendiert, gefeuert, verhört und gefoltert worden war, aus Sicherheitsgründen auf Distanz zur besten Freundin gehen musste und zuletzt kein Geld hatte, dann musste man erwachsen sein und wissen, was die Stunde geschlagen hatte. Das heißt, ich musste etwas für meinen Lebensunterhalt tun oder ich würde in ein paar Monaten in ernsthaften Schwierigkeiten stecken.

Ich betete wirklich, dass meine Mutter mich nicht rausschmeißen würde. Sie hatte mich aus dem Krankenhaus verbannt, dann war sie in eine Klinik gegangen und befand sich jetzt in einer Entzugseinrichtung. Mir wurde berichtet, sie würde ein ganz neuer Mensch werden. Ich musste einfach darauf vertrauen und beten, dass meine Mutter nicht mehr so verbittert und ausfällig sein würde, wenn sie nach Hause kam.

Das war's bisher. Ganz zu schweigen von dem, was Ashtons letzter Besuch bei mir bewirkt hatte, und dass ich Trace völlig aus dem Weg ging.

Er rief an. Ich lehnte den Anruf ab.

Er schrieb Textnachrichten. Ich löschte sie.

Er tauchte vor meiner Wohnung auf und ich zog um. Er war der andere Grund, weshalb ich umzog, und ich war mir sicher, dass er jemanden beauftragt hatte, mich zu beschatten. Neulich war mir eine Person aufgefallen, also musste ich dem Kerl einen gehörigen Schrecken einjagen. Bis dahin hoffte ich, dass er hier nicht auftauchen würde, glaubte aber nicht daran. Leo kam trotzdem vorbei, um nach dem Haus zu sehen.

Leo, der nicht wusste, dass ich einen Entschluss gefasst hatte und hier einzog. Ich ging davon aus, dass ich immer noch das Recht dazu hatte, da meine Mutter die Schlösser nie hatte auswechseln lassen. Bear hatte mir angeboten, in seinem Pub zu arbeiten, wenn ich zusätzliches Geld brauchte, aber wenn man bedachte, dass die Hälfte seiner Kunden meine Kollegen und Kolleginnen waren, die sicher wussten, mit wem ich das Bett geteilt hatte, war ich nicht allzu erpicht darauf. Noch nicht.

Etwas Stolz hatte ich immer noch in mir.

Molly war die einzige Freundin, mit der ich noch in Kontakt stand. Val ließ ich nicht an mich heran. Ich wollte nicht, dass irgendetwas auf sie zurückfiel und sie in ihrer beruflichen Karriere in Schwierigkeiten brachte. Das passierte manchmal. Auch bei Kelly hatte ich mich nicht gemeldet. Ich hatte ihr und Justin zugestimmt, als sie sagten, sie würden sich von mir fernhalten.

Wenn bei mir wieder alles seinen Gang ging, würde ich mich melden. Allerdings war ich sehr weit davon entfernt, wieder in die Spur zu kommen. Molly hatte mir einen Aushilfsjob angeboten. Ich dachte darüber nach. Wer würde schon einen Barkeeperjob in einer Bowlingbahn ablehnen?

Zwei Stunden später waren wir fertig. Mir taten die Waden weh und Molly hatte sich prima beim Aufhalten der Tür gemacht.

»Okay.« Sie zog mich in eine Umarmung. »Lass mich wissen, wenn du etwas brauchst, und auch, wann du bei mir anfangen kannst oder, um ehrlich zu sein, wann ich Sebastian feuern kann. Das war ein schlechter Schachzug von mir, weil ich gehofft hatte, ich würde im Geheimen den Schneesoldaten anheuern. Er sieht dem Kerl irgendwie ähnlich. Allerdings ist er extrem langsam und ich habe meine Lektion gelernt. Ich stelle nur noch Freunde ein oder Leute mit Barkeepererfahrung. Dann bis später.« Sie salutierte mit dem Zwei-Finger-Gruß und ging.

»Nochmals vielen Dank!«

Wieder winkte sie mir zu, als sie die Straße entlang zu ihrem Auto ging.

Ich hatte den geliehenen Umzugswagen zwar noch bis morgen früh, aber ich ging schon mal durchs Haus und schaute mich um.

Es war unbewohnt mit einer Menge Kram darin. Kram meiner Mutter, aber trotzdem Kram. Überall lag Staub. Die Teppiche mussten gereinigt werden. Schimmel saß wahrscheinlich in den Wänden und auf den nicht entsorgten Lebensmitteln. Ich wusste, dass ich die nächste Woche wohl durch leere Schnapsflaschen waten würde, aber warum war ich so gerührt?

Die Treppenstufe war auch nie repariert worden. Was hatten Bear und Leo hier die ganze Zeit gemacht?

Da ich mich nicht mit *diesen* Gefühlen auseinandersetzen wollte, machte ich mich auf die Suche nach Alkohol. Zehn Minuten später war ich mit einer vollen Flasche Wein auf dem Weg zum Mietwagen.

Ich wollte das machen, was ich schon den ganzen letzten Monat gemacht hatte: Malen und trinken.

* * *

Zwei Tage später rief Kelly mich an.

# Kapitel 69

### Trace

**Jess:** Ich möchte mich mit dir treffen.

Ich war beim Atelier gewesen.

Ich hatte jedes Bild gesehen, das sie gemalt hatte. Sah jedes neue, wenn ich das nächste Mal dort war.

Ich war in ihrer Wohnung gewesen. War hindurchgegangen, wenn sie nicht da war.

Es war verdammt offensichtlich, dass sie nichts mit mir zu tun haben wollte.

Welch ein Dilemma!

Mein Onkel rief an und wollte wissen, was los sei. Wer hatte mit dem FBI, mit dem NYPD, mit wem auch immer gesprochen? Die Razzia war von einem gemeinsamen Einsatzverband durchgeführt worden. Und dann Ashton! Der Scheiß, den er abgezogen hatte.

»Du hast was getan?« Ich musste Ashton falsch verstanden haben. Was hatte er mit Jess gemacht?

Sein Gesicht verdüsterte sich und er hob das Kinn. »Das hast du doch gehört. Ich habe getan, was ich tun musste. Wir mussten herausfinden, ob sie es war …«

»Sie war es nicht! Das habe ich dir gesagt.«

»Ich musste es selbst herausfinden.« Sein Kiefer mahlte.

Sein gottverdammter Kiefer. Der, den ich zertrümmern würde, der, den er würde operieren lassen müssen, damit er ihn wieder gebrauchen konnte. »Das hast du ihr verdammt noch mal nicht angetan!«

»Doch, das habe ich, Trace. Und ich würde es wieder tun. Ich musste es überprüfen!«

»Nein! Du hast mir nicht geglaubt.«

»Ich habe es für *dich* gemacht!«

»So ein Quatsch!«

»Nein, Trace, nein! Wir müssen es wissen. Bei unserem Leben müssen wir es wissen. Jeder kann sich gegen uns wenden und das weißt du. Jeder. Sogar die Frauen, die wir lieben. Sie sind diejenigen, die es zuerst tun würden. Ich habe es für dich gemacht.« Ein Feuer loderte in seinen Augen. Jedes Wort, das er sagte, meinte er ernst, aber er hatte mir meine Freundin genommen.

Ich drehte mich um, schaute ihn direkt an und griff nach oben. Meine Jacke wurde zuerst ausgezogen.

Ashtons Augen funkelten jetzt. Er fluchte und senkte den Kopf, aber er sah mich ebenfalls an.

Er hatte Jess mitgenommen. Hatte sie an einen Stuhl gefesselt.

Ashton musterte mich. Er kniff die Augen zusammen und wusste, was kam.

Es interessierte mich nicht mehr, was in seinem Kopf vorging, denn er hatte die Frau gequält, die ich liebte.

»Wenn jemand sie hätte befragen sollen, dann wäre ich das gewesen.«

Er schloss die Augen und stieß einen derben Fluch aus.

Ich hob eine Augenbraue. Ja. Er hatte es versaut und das bekam er jetzt zu spüren.

»Meine Freundin. Meine Befragung.«

»Du hättest nicht …«

»Erzähl mir nicht, was ich nicht getan hätte. Es gibt immer Wege, ohne dass man ihr das Gefühl geben muss, *zu ertrinken*!«

Ich hatte genug von Worten.

Ich wusste genau, was er getan hatte, und er würde dafür bezahlen.

Sie würden alle bezahlen, aber Jess war weg.

Keine Anrufe. Keine Textnachrichten. Sie war aus dem Club verschwunden.

Jetzt war sie auch nicht mehr in ihrer Wohnung.

Sie war hierhergekommen, ins Haus ihrer Mutter, der Mutter, die ihr so viel Hass entgegengebracht hatte. Ich wusste nicht, mit wem die Frau, die ich liebte, sich umgab, aber es waren nicht ihre Freunde. Sie waren nicht ihre Verbündeten.

Leo Aguila.

Patrick Rivera, auch bekannt als Bear.

Sie logen. Versprachen ihr etwas und taten das Gegenteil.

Und dann Kelly. Sie ergab Sinn. Justin ergab Sinn, aber sie waren beide gefangen, während der Kampf zwischen der Worthing-Familie und der meinen weiterging. Er eskalierte, weil Jess nicht der Maulwurf war. Jemand anders war es. Ich musste nur herausfinden, wer.

Aber Jess. Ich war fast schon krankhaft besessen von ihr und lief in diesem Augenblick durch den Keller ihrer Mutter, weil sie dort ihre Leinwände abgestellt hatte. Das Atelier, in dem sie gearbeitet hatte, wurde abgerissen. Ich hatte die Kündigung des Mietvertrages selbst gesehen.

Ich blieb bei der letzten Leinwand stehen und sah, dass es eine neue war. Vor zwei Tagen hatte sie dieses Bild noch nicht gemalt.

Ich hockte mich hin und betrachtete es.

Zuerst hatte sie mich gemalt. Dann Sturmlandschaften. Jetzt malte sie sich selbst. Das letzte Bild war sie als Kind. Sie saß in der Ecke und hatte die Arme um ihre Beine geschlungen. Die Schatten waren groß, bedrohlich, zeichneten sich über ihr ab. Zwei männliche Schatten waren außerhalb der Fenster zu sehen. Die Tür stand einen Spalt offen, das Licht schien herein und dort, wo der Türknauf hätte sein müssen, war stattdessen eine Hand zu sehen.

Wer war das? Was würden die Männer tun? Sie trösten? Sie terrorisieren?

Ihr Schaden zufügen?

Ich hatte das unbändige Bedürfnis zu erfahren, was in jener Nacht geschehen war. Wollte herausfinden, wer sie gezwungen hatte, sich in die Ecke zu kauern, und wollte denjenigen zerreißen.

Dieses Gefühl hatte ich in letzter Zeit sehr oft.

*Klick, knarr.*

Das Geräusch einer Pistole, die entsichert wurde, und eine Stufe, die unter dem Gewicht von jemandem protestierte, sagten mir, dass das Spiel vorbei war.

Jess' Stimme drang die Treppe herunter. »Keine Bewegung. Ich habe die Po… Oh.« Sie kam drei Stufen herunter und ging in die Hocke, damit sie mich sehen konnte. »Wa… was suchst du in meinem Keller?!«

Ich hob eine Augenbraue. »Du hast mir doch eine Nachricht geschickt, dass du mich treffen wolltest.«

»Nicht in meinem eigenen Haus.«

»In dem deiner Mutter.«

Sie kam die letzten paar Stufen herunter und steckte die Waffe weg. »Willst du mich verarschen?«

»Nein.« Na gut. Sie wollte einen Kampf. Den konnte sie haben!

Ich brauchte das, denn der letzte Monat war die Hölle gewesen.

Ich fuhr sie an. »Wo warst du?«

»Was?« Sie kam ins Stocken und trat einen Schritt zurück. »Ich lasse die Schlösser austauschen. Und wovon redest du?«

»Die Razzia. Wo warst du?«

»Hat Ashton dir das nicht erzählt?«

»Ich weiß, was er getan hat, und glaube mir, ich bin darüber auch nicht glücklich. Aber wo warst du während der Razzia?«

»Ich wurde gewarnt.«

»Ich weiß.«

»Warum fragst du dann?«

Verdammt. Ich wollte sie vögeln.

Ich wollte sie packen, umdrehen, gegen den Pfosten drücken und meinen Schwanz in ihr versenken. Bis nächste Woche. Stattdessen senkte ich den Kopf, sodass ich nur ein paar Zentimeter von ihr entfernt war, und fragte sie erneut. »Wo zum Teufel warst du?«

»Ich konnte dich nicht warnen. Ich arbeite im Gesetzesvollzug.«

»Wo warst du?«, brüllte ich.

Sie zuckte nicht zusammen. Es war ihr egal. Sie richtete sich auf und erhob ihre Stimme. »Ich war in der Bowlingbahn.«

»Warum?!«

»Weil ich mich versteckt habe. Okay? Ist es das, was du hören willst? Ich habe mich versteckt, weil ich sichergehen wollte, dass du weißt, dass ich mich nicht für sie entschieden habe, aber auch nicht für dich. Ich arbeite im Gesetzesvollzug. Das ist mein Moralkodex. So bin ich durch und durch und ich werde mich nicht verstellen.«

»Quatsch!«

»Wie bitte?«

»Quatsch. Das ist kein moralischer Wesenszug, der in dir verankert ist. Wenn es so wäre, gäbe es kein du und ich. Du hättest alles darangesetzt, mich zu verhaften, sobald du herausgefunden hättest, wer ich bin. Das hast du aber nie in Betracht gezogen.«

»Doch.«

»Durch den Beruf der Bewährungshelferin hast du die Möglichkeit, der Welt einen Sinn zu geben. Das verstehe ich. Wirklich. Dein Vater war ein Krimineller, deine Mutter ist Alkoholikerin und dein Bruder war drogenabhängig und sitzt im Gefängnis. Du bist gegen den Strom geschwommen, weil du es musstest. Das hat dir eine gewisse Kontrolle gegeben, aber erzähl mir nicht, dass du jemand bist, der du nicht bist. Ich kenne dich. Ich bin dir sehr, sehr nahgekommen.«

Sie machte einen abgehackten Atemzug, aber sie hörte zu, obwohl sie wegschaute.

»Und bevor du allmächtige Züge bekommst, lass mich dir sagen, dass es mir egal ist. Du könntest Bundesrichterin sein und ich würde Himmel und Hölle in Bewegung setzen, um an deiner Seite zu sein. Aber weißt du, wo du in dieser Nacht warst? *Nicht* an *meiner* Seite.«

Sie zuckte zusammen und schnitt eine Grimasse. »Trace.« Sie streckte die Hand nach mir aus.

Ich wich zurück. »Mir ist es egal, dass du mich nicht gewarnt hast. Du weißt, dass ich schlau bin, aber mir ist nicht egal, dass du dich versteckt hast, als jemand eine Menge getan hat, um mir den Boden unter den Füßen wegzuziehen. Du warst weder da, um zu helfen, noch um mich zu unterstützen, noch um mir Handschellen anzulegen. Es ist mir egal, welche Rolle du spielst. Ich will nur dich. Ich liebe dich. Das hat sich für mich nicht geändert. Ich bin besessen von dir.«

»Hör auf!« Sie weinte. Tränen liefen ihr übers Gesicht. Sie tat nichts, um sie wegzuwischen. Ihre Hand zitterte. »Es tut mir leid. Ich wusste nicht, dass du so fühlst. Nächstes Mal …«

Ich stieß ein Lachen aus, das selbst in meinen Ohren gehässig klang. »Nächstes Mal? Ein nächstes Mal wird es nicht geben, denn ich werde herausfinden, wer meine Informationen an die Polizei weitergibt, und denjenigen auslöschen. Genau das werde ich tun, ob du an meiner Seite bist oder nicht.«

Sie schloss kurz die Augen, und als sie sie wieder öffnete, sah ich, wie angeschlagen sie aussah. Gehetzt.

Verdammt!

In mir wurde ein Schalter umgelegt.

Ich griff nach ihr, fast blindlings, denn, mein Gott, sie gehörte mir und sie lag nicht in meinen Armen und so sollte es nicht sein. Ich berührte ihren Arm und wartete. Würde sie mich wegstoßen? Sie rang nach Luft und ihre Hand fand meine. Kurz hielten wir still. Einen Moment lang. Ihr Blick war auf meinen gerichtet, meiner auf ihren, und ich sah die abgrundtiefe Verzweiflung, kurz bevor sie sich mir entgegenwarf.

Ihr Mund auf meinem.

Mein Gott. Ich konnte sie wieder einatmen. Fühlen. Von ihr kosten.

Wir waren hektisch, grob. Rasend.

Überall Hände, überall Berührungen. Münder. Zungen. Ich riss ihr die Hose herunter, als sie gleichzeitig meine öffnete und hineingriff. Sie fand mich und schlang ihre Finger um meinen Schwanz. Ich erstarrte, denn es fühlte sich so gut an. So richtig. Dann fing sie an, mich zu streicheln.

Ich stöhnte und legte den Kopf auf ihre Schulter, während sie weitermachte.

Ihre andere Hand umfasste meinen Hinterkopf und hielt mich fest. Dann sprang sie mich an und legte ihre Beine um meine Taille. Ich fing sie auf, bewegte mich, setzte sie auf etwas, irgendetwas. Ich hatte keine Ahnung, was es war. Ein Tisch? Es hielt unser Gewicht aus, deshalb war es mir egal.

»Baby«, krächzte ich, hob den Kopf und schaute sie an.

Ihre Augen waren glasig und sie konnte nicht mehr sprechen.

Ich schob einen Finger in sie. Sie stöhnte und ließ den Kopf in den Nacken fallen.

Ein zweiter Finger.

Ich liebte es, wie eng sie war, und schob die Finger hinein und heraus.

Sie hielt inne und genoss, was ich mit ihr machte, aber ich musste selbst in sie eindringen. Es war zu lange her.

Ich zog ihr die Hose ganz aus, schob meine herunter und brachte mich in Position. Kurz verharrte ich und schaute sie an. Sie beobachtete mich, biss sich auf die Lippe und ihre Augen waren dunkel, glühten. Ein kaum wahrnehmbares Nicken von ihr und ich glitt in sie.

Stieß zu.

Ich hielt inne, als ich tief in ihr war, und wir begannen beide zu zittern.

Ich musste mich bewegen. Unbedingt.

Langsam zog ich mich aus ihr zurück, um erneut zuzustoßen. Sie bewegte ihre Hüften im Takt mit mir.

Es war ein Moment der Gegensätzlichkeit. Langsam und liebevoll, aber auch hektisch und grob. Ich bewegte mich weiter in ihr und sie umklammerte meinen Schwanz und verstärkte den Druck ihrer Beine um meine Taille. Sobald ich spürte, dass ihr Körper zu beben begann und sie sich dem Höhepunkt näherte, stieß ich ein Knurren aus und begann, in schnellem Tempo in sie zu stoßen.

Sie klammerte sich an meine Schultern und zog mich zu sich. Ihre Beine hielten mich fest, und als der Höhepunkt sie durchströmt hatte, begann sie, mir entgegenzukommen, mir zu helfen.

Mein Gott!

Bitte!

Verdammt!

Ich knurrte, als die Erlösung durch mich hindurchpeitschte, und hielt sie fest, als die Wellen der Lust abebbten. Auch ihre spürte ich noch, denn ihr Körper zuckte weiterhin leicht. Sie lag ausgestreckt auf dem Tisch und ich richtete mich auf, als ich wieder zu Atem gekommen war, und schaute auf sie herab.

Mir fehlten die Worte, aber ich berührte die Seite ihres Mundes, wo sie zugebissen hatte.

Ihr Brustkorb hob sich und sie schloss bei der Berührung die Augen. Eine neue Zärtlichkeit durchströmte mich, eine Zärtlichkeit, die mir selbst Jess gegenüber neu war. Als ich mich aus ihr zurückzog, drehte ich mich um und sah ihr Gemälde. Es stand in Sichtweite.

Ein kleines Mädchen saß in der Ecke. »Was ist da passiert? In jener Nacht?«

Eine Tür öffnete sich und durch den Spalt drang Licht herein, das auf sie schien. In der Ecke des Gemäldes öffnete ein Arm diese Tür.

Mir zog es den Boden unter den Füßen weg. Ich konnte den Blick nicht von dem Bild abwenden.

»Was meinst du?« Ihre Stimme wurde zu einem Flüstern.

»Das bist du. Ich weiß, dass das eine Erinnerung ist und dass es diese Nacht wirklich gegeben hat. Was ist passiert, als wer auch immer in dein Zimmer gekommen ist?«

»Ich ...« Sie stockte wieder. »Ich erinnere mich nicht.«

»Was heißt das?«

Sie schüttelte den Kopf. »Ich habe im letzten Monat gemalt und so langsam kommen die Erinnerungen zurück. Bei diesem hier weiß ich nicht genau, was passiert ist, aber ich erinnere mich, dass zwei böse Männer vor meinem Haus standen. Und ich weiß, dass in jener Nacht etwas passiert ist, etwas Schlimmes.«

In mir erwachte das Verlangen, denjenigen zu ermorden, der auf ihrem Bild zu sehen war. Es wirbelte mit all dem anderen Mist in mir herum. Einiges davon war Wut auf sie, aber auch Wut auf mich selbst. »Du hast mich ausgeschlossen.« Ich senkte die Stimme.

»Ich habe versucht, das Richtige zu tun. Ashton …«

»Es ist mir scheißegal, was Ashton zu dir gesagt hat. Er ist mein bester Freund. Ich werde ihn immer lieben, aber im Moment könnte ich ihm den Kopf abreißen. Er hat dich mir weggenommen.«

Sie zuckte zusammen und riss den Kopf zurück.

Da war wieder dieser gequälte Gesichtsausdruck.

Ich war daran schuld, aber nicht nur ich.

»Glaub mir, ich finde es nicht okay, was er getan hat.«

Ihre Augenbrauen zogen sich zusammen. Leichte Falten bildeten sich um ihren Mund. »Was hast du getan?«

»Ich habe ihn ins Krankenhaus befördert.«

»Was?«

»Er ist inzwischen wieder draußen, war aber ein paar Tage dort. Wir haben geredet, aber Worte haben nicht gereicht, also haben wir einen Gang höher geschaltet. Ihm ist jetzt klar, dass er bleibende Schäden davontragen wird, wenn er dir noch einmal etwas antut.«

»O Gott, Trace. Ein Schlag hätte gereicht.«

»Nein.« Die Wut von jenem Tag kehrte zurück und sie hatte tödliche Züge. »Hätte es nicht. Es tut mir leid, was er getan hat.«

Der gequälte Blick war immer noch da, aber er veränderte sich ein wenig und wirkte jetzt leer. Sie fuhr sich mit der Hand übers Gesicht. »Deshalb wollte ich mich mit dir treffen. Jedenfalls ist das zu einem Teil der Grund. Kelly hat mich heute angerufen. Sie sagte, dass etwas passiert sei. Justin habe große Angst vor seiner Familie. Sie konnte mir am Telefon nicht alles erzählen, aber sie sagte, es sei nicht sicher, sich zu treffen. Sie war der festen Überzeugung, dass sie nichts gegen dich unternommen haben, und ich glaube ihr. Ich weiß es. Kelly ist vieles, aber keine Lügnerin. Wenn sie mal versucht zu lügen, dann ist sie schrecklich darin. Sie bekommt einen Schluckauf, wenn sie etwas vertuschen will.«

Einen Schluckauf bekommen, wenn man lügt. Manchmal sicher eine lustige Geschichte. An einem anderen Tag hätte ich gegrinst, heute jedoch nicht.

Ich war heute mehr als erschöpft.

»Was willst du von mir?« Als sie mich anschaute, stellte ich klar. »Du hast dich nicht bei mir gemeldet, um wieder mit mir zusammenzukommen. Deine beste Freundin hat dich angerufen. Brauchst du etwas von mir?«

»Kelly hat gefragt, ob ich jemanden kenne, der ihr und Justin helfen kann, sich zu verstecken. Die Stadt zu verlassen und einfach zu verschwinden. Die einzige Person, die ich kenne und die helfen könnte, bist ...« Sie deutete auf mich. »Wenn sie verschwinden müssen, kann ich nur vermuten, dass etwas Schlimmes mit Justins Familie passiert ist. Kelly hätte mich nicht angerufen, wenn sie sich nur vor dir verstecken müssten. Sie würden einfach abhauen, wahrscheinlich nach Mexiko. Du hast das Netzwerk 411 erwähnt. Kennst du jemanden, der Kelly und Justin helfen könnte?«

»Normalerweise verstecken sie keine Leute aus so einem Grund. Nur solche, die missbraucht werden.« Sie öffnete den Mund. »Aber ich werde mich umhören. Ich habe einen anderen Ruf als mein Onkel. Sie haben bereits mit mir zusammengearbeitet.«

Sie stieß etwas Luft aus, die sie zurückgehalten hatte. »Danke. Das meine ich ernst.«

Der Grund für das Treffen war somit enthüllt.

Der nächste Teil war, dass ich ging.

»Es ist gruselig, dass du in meinem Keller bist.«

Jetzt lächelte ich, denn sie hatte gerade das Gesprächsthema gewechselt. Das verschaffte mir Zeit. So konnte ich noch ein wenig bleiben.

»Das ist mir egal.«

Sie schaute sich stirnrunzelnd um. »Ich habe die Bilder gerade erst hier runtergebracht. Wie konntest du wissen …?« Sie schnaufte. »Du hast doch jemanden, der mich beobachtet, oder? Ich dachte, ich würde verrückt werden, aber du hast einen, stimmt's?«

»Ich habe immer jemanden, der dich beobachtet.«

»Trace!«

»So machen wir das in meiner Welt. Ich mache mir Sorgen um dich. Ich will dich beschützen. Bitte mich nicht darum, ihn abzuziehen. Nicht noch einmal. Nicht nach dem, was Ashton dir angetan hat. Ich kann das nicht. Ich *werde* es nicht tun. Ich werde nie aufhören, mir Sorgen um dich zu machen. Das tut man, wenn man jemanden liebt.«

»Trace«, flüsterte sie.

Sie holte tief Luft, aber die Gefühle waren da. Tränen schimmerten in ihren Augen, sammelten sich auf ihren unteren Augenlidern. Sie schloss die Augen und ein paar wurden herausgedrückt und liefen ihr über die Wangen. »Ich hasse es zu weinen. Wirklich.«

Ich streckte die Hand nach ihr aus und betete, dass sie nicht zurückwich.

Ich musste sie berühren.

Meine Hand strich über ihr Gesicht und sie sog die Luft ein, aber sie stieß mich nicht weg. Sie kam näher, öffnete die Augen und ich sah den Schmerz und auch die Bitte. Und das war alles, was ich brauchte, als sie nach mir griff.

Ich brauchte sie, aber sie brauchte mich genauso.

Wir waren einander verfallen.

# Kapitel 70

## Jess

Sechs Uhr am Morgen und ich konnte nicht mehr schlafen.

Die Sonne schien durch den Vorhang in mein Schlafzimmer. Mein altes Kinderzimmer. Softball-Trophäen standen im Regal. Ein paar vom Basketball. Volleyball. Was auch immer, ich hatte es gespielt. Und dann die Fotos von meinen Mannschaften. Sie waren gerahmt und hingen an der Wand, ebenso wie einige Fotos von meinen Freundinnen und mir.

Trace drehte sich im Bett um, schlang den Arm um meine Taille und küsste meine Schulter. »Geht's dir gut?«

Nein. Ja.

Ich legte meine Hand auf seine und verschränkte unsere Finger. »Ich habe keine Ahnung.«

Er verkrampfte sich und hob den Kopf. Musterte mich.

»He.« Er richtete sich auf, stützte sich ab und blickte auf mich herab. Ich drehte den Kopf auf meinem Kissen, um ihn anzuschauen. Seine Hand, die immer noch unter meiner lag, legte sich auf meinen Bauch.

»Was ist los?«, fragte er.

Ich griff nach meinem Handy und zeigte ihm eine Nachricht. »Die habe ich vor einer Stunde bekommen.«

**Bear:** Deine Mutter kommt heute nach Hause. Sie würde dich gern sehen. Vielleicht könntest du heute Abend vorbeikommen.

»Er weiß nicht, dass du schon hier bist?«

Ich zuckte mit den Schultern. »Wie's aussieht, nein. Das überrascht mich nicht. Niemand hat sich um dieses Haus gekümmert.«

Er gab mir das Handy zurück und strich mit der Handfläche über meinen Bauch. »Sie ist deine Mutter und hat eine monatelange Behandlung hinter sich. Wenn sie so lange dabeigeblieben ist, bedeutet das, dass sie sich dafür entschieden hat. Ich denke, es wird alles gut werden.«

Er kannte meine Mutter nicht. »Sie hasst mich und ich weiß nicht, warum. Es sei denn, sie ist wütend, weil ich zur Polizei gegangen bin und Isaac im Gefängnis sitzt. Vielleicht macht sie mich dafür verantwortlich.«

»Alles wird gut werden.«

»Woher willst du das wissen? Du hast keine Ahnung, ob es gut wird oder nicht.« Ich musste mich bewegen. »Tut mir leid. Ich bin einfach nervös.«

Ich musste etwas tun. Irgendetwas. Ich konnte hier nicht herumliegen und nichts tun.

Ich konnte nicht rumliegen und mich mit *Gefühlen* befassen.

Also setzte ich mich auf und schwang die Beine über den Bettrand.

Trace setzte sich ebenfalls auf. »Was machst du?«

Ich schüttelte den Kopf und stand auf. Dann griff ich nach einem Pullover und zog ihn an. »Keine Ahnung. Duschen? Dann Kaffee? Und dann werde ich wahrscheinlich jedes verdammte Zimmer in diesem Haus putzen, bis sie auftauchen.«

Barfuß ging ich ins Badezimmer, zog den Duschvorhang zurück und stellte das Wasser an.

Ich konnte nicht warten, bis es warm wurde.

Ich konnte auf nichts warten.

Also ging ich auf die Toilette, wusch mir die Hände, putzte die Zähne und schaute mich um, wartete darauf, dass das Wasser warm wurde. Ich sah keine Handtücher. Wo waren die Handtücher?

Die Dusche lief noch. War das Wasser jetzt warm?

Ich atmete lange aus und musste mich zusammenreißen.

»He.« Trace trat hinter mich. Er legte mir die Hand auf den Rücken und diese einfache Berührung beruhigte mich. Etwas von seiner Gelassenheit ging auf mich über. Er beugte sich um mich herum, prüfte das Wasser und drehte am Regler, bis die Temperatur stimmte. Während er wartete, schmiegte er seinen Körper an meinen.

Ich atmete ihn ein, brauchte etwas von dem, was er besaß und was mich zu beruhigen schien.

»Okay.« Seine Stimme klang heiser. »Alles bereit.«

Ich nickte, bevor ich anfing, meine Sachen auszuziehen, aber ich bewegte mich jetzt langsamer. Träger. Das Bedürfnis zu »fliehen« war nicht mehr so präsent. Trace half mir dabei, den Pullover, das Trägerhemd und den Slip auszuziehen, und als ich in die Dusche trat, lachten seine Augen.

Ich zog den Duschvorhang nicht zu, sondern stellte mich unter den Wasserstrahl.

Trace lehnte sich gegen die Wand und verschränkte die Arme. Er beobachtete mich, während ich duschte.

Wie ich meine Haare nass machte und dann schamponierte.

Sein Blick wanderte meinen Körper hinauf und hinunter, als ich das Shampoo ausspülte und Conditioner auftrug. Danach folgte die Körperwäsche, zu der Trace hinzukam. Seine

Hände lagen auf meinen, als ich den Waschlappen über meinen Körper bewegte und sich Blasen des Duschgels daraus lösten.

Niemand sagte ein Wort.

Mein ganzer Körper stand in Flammen, aber gleichzeitig war ich immer noch ruhig.

Das hatte ich vermisst.

Ich hatte nicht bemerkt, dass er das mit mir machte. Er gab mir das gute Gefühl, beschützt und geliebt zu werden. Nur dadurch, dass er bei mir war. Dieses Gefühl hatte nie zuvor jemand bei mir ausgelöst und ich wusste, dass das auch niemals mehr geschehen würde.

Trace gehörte zu mir. Ich war nicht der Typ, der sein Herz für den nächsten Mann öffnete. Einen nächsten Mann würde es nicht geben. Trace hatte mein Herz erobert und das allein war schon ein Naturereignis. Als er anfing, mich zu waschen, griff ich nach seinen Boxershorts und zog sie herunter. Sie fielen auf den Boden der Dusche und er trat heraus. Dann waren seine Hände überall.

Ich griff nach ihm.

Sein Mund landete auf meinem und ein paar Minuten später drückte er mich gegen die Wand und glitt in mich. Er hielt mich fest, während er sich in mich hinein- und wieder herausschob. Ich umklammerte ihn und unsere Münder kosteten voneinander.

Meine Mutter würde über die Wasserrechnung meckern, aber das war es mir wert.

Trace war es wert.

# Kapitel 71

## Jess

Das ganze Haus war sauber. Ich hatte mir jedes Zimmer vorgenommen. Jedes Regal. Sachen wurden aussortiert, abgelaufene entsorgt und leere Behälter kamen in die Recyclingtonne. Trace half mir. Sein Hemd war am Nachmittag nass geschwitzt und klebte an seinem sehr muskulösen und *sehr* durchtrainierten Rücken und ich begann, die Motivation bei dem zu verlieren, was wir taten.

Ich erinnerte mich daran, wie er sich heute Morgen in der Dusche und letzte Nacht angefühlt hatte.

Mein Gott, es war schlimmer als zuvor. Ich begann gerade erst zu spüren, wie sehr ich ihn liebte, aber seit gestern Abend war die Liebe hellauf entbrannt. Er half bei allem. Kein Gemecker. Er bat um nichts, sondern sah, was ich tat, und unterstützte mich.

»Hast du heute keine wichtigen bösen Mafia-Sachen zu erledigen?«, fragte ich irgendwann, während ich mich auf meine Fersen setzte, denn ich kniete auf dem Küchenboden, den ich von Hand schrubbte, weil der Dreck zwischen den Fliesen nicht mehr herausging. Er war zur Tür hereingekommen, hatte gesehen, was ich tat, und sich auf der anderen Seite der Küche mit einem Putzlappen an die Arbeit gemacht.

Er warf mir einen kurzen Blick zu. »Wenn du glaubst, dass ich gehe, wenn du Angst hast, deine Mutter wiederzusehen, dann hast du wirklich keine Ahnung, was Liebe für mich bedeutet.« Er hielt inne. »Sie bedeutet, in Tagen wie diesen an deiner Seite zu sein.«

»Und wenn Ashton dich braucht …«

»Ich bin hier. Hör auf zu überlegen, ob du mich hier haben oder wegjagen willst. Ich werde mich nicht vertreiben lassen.«

Mein Inneres war ganz zittrig und verkrampft. Ich schenkte ihm ein unsicheres Lächeln und griff wieder nach meinem Lappen. »Ich bin ein bisschen durcheinander.«

»Das wäre ich auch. Ist schon in Ordnung. Heute kannst du das sein.«

Mein Lächeln war nicht mehr so zittrig. »Danke.«

Sein Blick wurde sanfter. Dann nickte er. »Ich weiß, dass du sauer sein wirst, wenn du nicht jeden Zentimeter dieser Fliesen geschrubbt hast, also lass uns das erledigen. Dann können wir mit einer anderen unmöglichen Aufgabe weitermachen, bevor deine Mom auftaucht. Ich hoffe, wir können uns später noch frisch machen. Vielleicht noch mal duschen?« Er hob die Augenbrauen und grinste mich an.

Wir widmeten uns wieder unserer Arbeit.

# Kapitel 72

## Jess

Das Licht von Scheinwerfern blitzte durchs Haus, als ein Auto in die Einfahrt einbog.

O Gott.

Verdammt.

Hilfe.

Ich sprang von Trace' Schoß, auf den er mich auf der Couch gezogen hatte. Oder besser gesagt, ich *schnellte* empor. Was taten wir?

Richtig. Das Haus. War alles in Ordnung? Sauber?

Das war es. Das Haus funkelte, so sauber war es. Alle Decken waren zusammengefaltet und in den Deckenkorb gelegt worden, den sie in der Ecke stehen hatte. Wir hatten alle leeren Schnapsflaschen entsorgt, wirklich alle. Trace erzählte mir, dass er extra für alles, was wir heute aussortiert hatten, eine Recycling- und Müllabfuhr organisiert habe.

Das Haus sah aus, als wäre es zur Hälfte renoviert worden, so sehr hatte es sich verändert.

Und verdammt, ich zitterte fast.

Ich konnte sie die Einfahrt hochkommen sehen. Bear ging hinter ihr und trug ihre Taschen.

Sie hatte an Gewicht zugelegt. Ich drehte mich zu Trace um und fragte mich, ob er es auch sah. Gewichtszunahme war normalerweise ein gutes Zeichen. Die Haut würde ebenfalls strahlen. Aber Trace schaute mich an und die Liebe, die er ausstrahlte, verschlug mir den Atem.

Für einen Augenblick vergaß ich, wo wir waren. Was gerade passierte. Da waren er und ich und ich spürte, was er für mich empfand.

Meine Lippen öffneten sich, mein ganzer Körper fühlte sich an, als würde er glühen, aber dann hörte ich die Veranda knarren.

Sie kamen herein.

Es konnte sich nur noch um Sekunden handeln.

Der Schlüssel wurde ins Schlüsselloch geschoben.

Ich hörte, wie meine Mutter etwas zu Bear sagte, verstand es jedoch nicht. Das Hämmern in meinen Ohren dämpfte alles andere, aber die Tür schwang auf.

Ich ging in die Mitte des Wohnzimmers und wischte mir die Hände an der Hose ab. Sie waren schweißnass.

Mom kam herein und blieb stehen. Ihr Mund öffnete sich, als sie sich umschaute. Ihr Blick wanderte nach oben, rundherum und langsam, ganz langsam zu mir.

»Hallo.« Ich wollte auf sie zugehen, zuckte aber zurück, weil das zu viel war.

Ich wollte sie nicht erschrecken.

»Hallo.« Sie blinzelte. In ihrem Gesicht war keine Reaktion zu sehen. Sie schaute sich um, sah Trace und ihr Blick verweilte auf ihm. »Hi.«

Er trat neben mich und legte mir eine Hand auf den Rücken. »Willkommen.«

Bear kam herein, sah uns und ging zur Treppe, wo er die Taschen abstellte. Sein Blick richtete sich auf mich, fiel dann aber auf Trace' Hand, und sein Adamsapfel hüpfte auf und ab. »Ich sehe, du hast meine Nachricht bekommen.« Er schaute sich im Haus um. »Nehme an, du hast das gemacht. Musst den ganzen Tag damit beschäftigt gewesen sein.«

»Trace hat mir geholfen.«

»Oh«, kam es lediglich überrascht von meiner Mutter. Keine Kritik.

Bears Blick wurde strenger, aber er sagte nichts.

»Pat«, meine Mutter berührte ihn am Arm. »Ich glaube, ich brauche Zeit mit meiner Tochter. Ist das okay?«

»Willst du, dass ich bleibe und dir ein bisschen Freiraum gebe?« Die Worte waren an meine Mutter gerichtet, aber sein Blick ruhte immer noch auf Trace.

»Nein. Mir geht's gut. Ich glaube, Trace wäre bereit, das Gepäck in mein Zimmer zu bringen, oder?«

»Natürlich.«

Bear starrte Trace nach, als er hinüberging, die Taschen nahm und sie nach oben trug.

»Chelsea ...«, setzte Bear an.

»Nein.« Ihre Hand lag immer noch auf seinem Arm, aber sie konzentrierte sich auf mich.

Ich schluckte den Kloß in meinem Hals hinunter. Diesen Blick hatte ich seit Jahren nicht mehr bei ihr gesehen, nicht seit ich klein war. Sie war meine Mutter und ich wusste nicht, wie ich das verarbeiten sollte. Wut stieg in mir auf, was jedoch seltsam war. Ich drängte sie zurück. Mom runzelte ein wenig die Stirn. »Mir geht's gut, Patrick. Es war nett von dir, dass du mich abgeholt und den langen Weg hierhergebracht hast, aber ich brauche Zeit mit meiner Tochter.«

»Chelsea.«

»Bear.« Diesmal wurde sie bestimmter. »Mir geht's gut.«

Er öffnete den Mund, aber sie warf ihm einen Blick zu und er schloss ihn wieder. Dann schaute er zu mir. »Die Auszeit scheint dir zu bekommen, Jessie, Mädchen. Du siehst gut aus. Du und deine Mutter, ihr seht beide gut aus.« Er kam herüber, umarmte mich und flüsterte mir ins Ohr: »Wenn er irgendetwas macht, sag mir Bescheid, ja? Mir ist egal, wen er kontrolliert, aber keiner legt sich mit meiner Familie an.«

Ich drückte ihn. »Danke, Bear.« Auf den Rest wollte ich nicht eingehen, denn zwischen ihm und mir herrschte schlechte Stimmung. Vor allem von meiner Seite aus, denn er hatte mich verdrängt und dann meiner Mutter ein Ultimatum gestellt. Andererseits, vielleicht hatte es funktioniert. Sie schimpfte nicht mit mir, suchte nicht nach Alkohol und warf mich nicht raus. Oder sie tat es *noch* nicht.

Die Zeit würde zeigen, ob sich tatsächlich etwas geändert hatte.

Bear ging und dann waren meine Mama und ich unter uns. Meine Mom. Mutter. Wie zum Teufel sollte ich sie jetzt nennen? Ich hatte keine Ahnung.

Ich beschloss, sie mit Chelsea anzureden.

Sie sah traurig aus, bevor sie seufzend den Kopf senkte. »Ich denke, ich verdiene das. Nein. Das tue ich. Ich weiß, dass ich das tue.«

Panik erfasste mich. »Was?«

Sie hob den Kopf und dieser Mom-Blick war wieder da.

Ich mochte ihn nicht. Er fühlte sich falsch an. Als sähe sie mich in der falschen Kleidung. Meine Haut fühlte sich an, als hätte sie sich meinem Körper nicht richtig angepasst.

»Du hast das Haus geputzt?«

Ich nickte. »Mit Trace' Hilfe, wie schon gesagt.«

Ihr Blick wurde distanziert und sie nickte. »Das verstehe ich.« Sie schaute sich um und dann lachte sie. »Mein Gott. Schau uns an. Du tust so, als wärst du beim Klauen von Geld für das Schulessen erwischt worden, und ich bin nervös, als würde ich zu meinem ersten Date gehen. Ich würde dir etwas zu trinken anbieten, aber ich weiß nicht mehr, was noch in meiner eigenen Küche ist.«

»Wir haben alles ausgeräumt.«

Ihre Augen verengten sich.

»Du bist gerade aus der Entziehung gekommen, Mom.«

Sie lächelte traurig. »Ich dachte eher an Tee oder Mineralwasser. Es ist gut, dass ihr alles ausgeräumt habt.«

»Oh.« Mein Gott. Ich machte die Sache so viel schlimmer, als sie sein musste. »Ich bleibe hier.«

»Was?«

»Ich …« *So* ein Schlamassel. »Ich … ich bin ohne Bezahlung suspendiert worden. Und ich habe meinen Job im Nachtclub verloren. Ich versuche, klug zu sein, vorausschauend zu denken und mit dem bisschen Geld, das ich gespart habe, vorsichtig umzugehen. Du warst nicht hier und ich wusste nicht, wann du zurückkommen würdest. Ich hoffe … o Mann. Ich hoffe, du schmeißt mich nicht raus.«

»Du hast all das hier gemacht, weil du eine Bleibe brauchtest?«

*Was?* »Nein! Ich habe das alles getan, weil ich Angst hatte, dass du zurückkommst, sauer bist, dass ich hier eingezogen bin, und mich wieder hasst. Wenn du mich nicht hierhaben willst, sag es mir. Dann überlege ich mir etwas anderes. Ich darf nicht der Grund sein, dass du wieder mit dem Trinken anfängst.«

Sie riss die Augen auf. »Du glaubst, ich würde dir die Schuld geben, wenn ich wieder mit dem Trinken anfange?«, flüsterte sie.

»Mom.« Verdammt! Meine Stimme klang ganz heiser. Emotionen schnürten mir die Kehle zu. »Du hast versucht, dir das Leben zu nehmen. Ich konnte nicht … tu das nie wieder.

Bitte nicht. Ich kann nicht …« Der Kummer übermannte mich und nahm überhand. Ich verlor die Kontrolle.

Wer war diese Person? Ich mochte sie nicht besonders. Sie war ich. Ich redete von mir selbst.

»Okay. Zuerst einmal.« Die Stimme meiner Mutter wurde lauter und schriller. »Ich habe nicht versucht, mich umzubringen.«

Ich hielt inne, weil … was?

»Nicht?«

Sie schüttelte den Kopf und warf mir einen weisen Blick zu. Ich wusste, dass ich *diese* Seite noch nie an ihr gesehen hatte. Entziehungskuren konnten tatsächlich Wunder bewirken. »Nein«, sagte sie entschieden. »Das habe ich nicht getan. Ich war betrunken und wusste nicht mehr, welche Medikamente ich mit Alkohol einnehmen durfte und welche nicht. Ich hatte rasende Kopfschmerzen, die nicht weggehen wollten, also lagen die Ärzte mit ihrer ersten Einschätzung falsch, aber auch wieder nicht, weil ich mich tatsächlich fast umgebracht hätte. Aus Versehen. Ich habe viele Therapien gemacht, um zu wissen, dass ich nicht selbstmordgefährdet bin. So bin ich nicht veranlagt, aber ich bin wütend, verbittert und werde älter. Ich bedauere vieles und, ja, verdammt, ich dachte, ich hätte etwas Zeit, bevor ich das mit dir kläre.«

Ich zuckte zusammen. Schon wieder war es mein Fehler. Wieder war ich das Problem.

»Okay. Ich werde …« Was würde ich tun?

Zu Trace gehen?

»Du wirst was?«

Ich schüttelte den Kopf. »Ich weiß nicht. Trace und ich sind wieder zusammen oder das glaube ich jedenfalls. Ich kann zu ihm ziehen.«

»Nein. Ich weiß nicht, wovon du redest. Mein Gott. Haben wir irgendetwas zu trinken hier?« Sie ging in die Küche. Ich kam hinterher, als sie den Kühlschrank öffnete. »Und alle können sich entspannen, denn ich frage nicht nach Alkohol. Tee? Irgendetwas.« Sie schaute in den Kühlschrank. »Oh. Du hast zwar gesagt, dass du alles ausgeräumt hast, aber nicht, dass du alles wieder aufgefüllt hast. Viele grüne Säfte. Was ist das hier?« Sie holte eine Getränkeflasche heraus.

»Ein gesundes probiotisches Getränk.«

»Wie zum Teufel spricht man das aus? Komb-uch-har?«

Ich lachte. »Nah dran.« Ich ging um sie herum und schob das Mineralwasser beiseite. »Da ist Limonade und ich habe einen ganzen Krug mit Tee.«

Sie schaute mich an.

Ich wich zurück. »Ich habe mich daran erinnert, dass du Tee geliebt hast, als ich klein war.«

»Das weißt du noch?«

Ich zuckte mit den Schultern, schaute weg und wusste nicht, was hier vor sich ging. Wo war Trace? Man brauchte doch nicht eine halbe Stunde, um Gepäck hochzubringen. »Du hast ihn immer gekocht. Kalten Tee im Sommer und dann heißen Tee im Herbst und Winter. Mir hat er auch geschmeckt.«

»Danke.«

Ich hielt inne, hörte den Bruch in ihrer Stimme.

Sie kämpfte mit den Tränen und berührte meine Wange mit der Hand.

Ich erstarrte und konnte mich nicht daran erinnern, wann sie das das letzte Mal gemacht hatte. So liebevoll.

»Damals hast du dich immer um mich gekümmert. Schön, dass du es erneut tust. Ich habe im Therapiezentrum wieder damit begonnen, Tee zu trinken. Ich glaube, er tut meiner Seele gut oder so ähnlich.«

Ich grinste und erhaschte einen Blick auf meine Mutter von früher. »Das ist schön zu hören, Mom.«

Wieder füllten sich ihre Augen mit Tränen und sie zog ihre Hand weg. »Du hast sauber gemacht, du hast dich daran erinnert, dass ich früher Tee gemocht habe, und jetzt nennst du mich wieder Mom. Wie konnte ich so viel Glück haben, eine Tochter wie dich zu bekommen?«

Oookay. Ich war zur Salzsäule erstarrt. Die alte Chelsea Montell würde gleich damit loslegen, wie ich ihr Leben ruiniert hatte. Oder so etwas in der Art. Ich wartete und machte mich innerlich darauf gefasst.

»Ich muss mich für vieles entschuldigen, vieles bedauern, was mich für immer verfolgen wird. Aber dass du hier bist. Dass du dich immer noch um mich kümmerst. Das habe ich nicht verdient, Jess. Und das meine ich ernst.« Jetzt liefen ihr die Tränen über die Wangen.

Ich runzelte die Stirn. »Mom?«

Sie ignorierte die Tränen und in ihrem Blick spiegelte sich Bedauern. »Ich würde mich freuen, wenn du so lange bleibst, wie du willst. Dieses Haus wird immer dir gehören, und das meine ich ernst. Ich habe während der Behandlung mein Testament geändert. Ich habe meine Anwälte eingeschaltet und das Haus auf deinen Namen überschreiben lassen. Du bist die Eigentümerin. Dein Freund hat geholfen, das alles zu ermöglichen.«

Sie sagte das fast beiläufig, ganz unvermittelt, während sie nach dem Teekrug griff und ihn mit zum Schrank nahm. Sie holte eine Tasse heraus und fragte, während sie eine zweite herausnahm: »Möchtest du auch einen?«

Ich ließ die Kühlschranktür hinter mir zufallen. »Was hast du gerade gesagt?«

Sie stellte die zweite Tasse auf die Arbeitsfläche. »Ich habe dich gefragt, ob du auch Tee möchtest.«

»Nein«, stieß ich hervor. »Das andere.«

»Das Haus? Es gehört dir. Du hast die Rechnungen bezahlt. Es ist dein Haus. Schau es dir doch mal an. Du hast es aufgeräumt und ihm schon deinen Stempel aufgedrückt. Es ist deins.«

»Nein.« Alles in mir verkrampfte sich. »Über das andere. Darüber, dass mein Freund das alles möglich gemacht hat.«

Sie zog die Stirn in Falten. »Hat er dir das nicht erzählt?«

»Nein.« Meine Stimme klang heiser, denn was bedeutete das alles? »Hat er nicht.«

»Sie haben ihr nicht geholfen.« Trace stand in der Tür und er wirkte, als habe er schon eine Weile zugehört. »Leo und Bear haben ihr nicht geholfen. Ich habe die Fäden gezogen und mir die vorgeschlagene Behandlung für sie angesehen. Dreißig Tage, aber sie wäre nicht in einer Einrichtung gewesen. Sie wäre hiergeblieben und hätte jeden Tag zur Einzel- und Gruppentherapie gehen sollen. Das hätte nicht funktioniert. Sie brauchte mehr, also habe ich es möglich gemacht.«

»Du hast das bezahlt?«

»Ich habe gezahlt und alles organisiert. Sie brauchte eine intensive Langzeittherapie und die ist noch nicht abgeschlossen. Sie ist noch nicht fertig, wird täglich Gruppentherapie haben und dreimal pro Woche zu einem Suchtberater gehen. Auch wird sie gemeinnützige Arbeit leisten. Ich glaube, ehrenamtlich in einem örtlichen Tierheim.«

Ich wusste nicht, wie ich das alles verarbeiten sollte. Also wandte ich mich an meine Mutter, die ebenfalls völlig erstarrt war. Sie zuckte mit den Schultern und hielt eine Hand hoch. »Ich dachte, du wüsstest das.«

»Ein Tierheim?«

»Ich liebe Tiere. Erinnerst du dich noch daran, dass wir diesen Hund hatten, als du klein warst?«

»Barnabee.«

»Ja. Dieser kleine Tollpatsch. Keine Ahnung, welcher Rasse er angehörte, aber das war egal. Er war das Beste, was wir in diesem Haus hatten. Abgesehen von euch Kindern natürlich.«

»Eines Nachts ist er abgehauen. Ich wusste nie, warum.«

»Er ist nicht abgehauen. Ich habe ihn weggegeben«

»Was? Warum?« Wie viele Schläge musste ich heute noch einstecken?

»Dein Vater hätte ihn umgebracht. Er hat immer damit gedroht. Es missfiel ihm, wie gern wir den Hund hatten. Sogar Isaac liebte ihn. Dein Vater konnte es nicht ertragen, dass jemand oder etwas mehr Liebe bekam als er. Ich habe ein gutes Zuhause für ihn gefunden, damit du nicht in dem Wissen aufwachsen musstest, dass dein Vater ihn getötet hat.«

All das erschütterte mich. »Welches Zuhause?«

»Er ist vor ein paar Jahren gestorben, aber wir können dort vorbeigehen. Die Familie schickt mir jedes Jahr eine Weihnachtskarte. Ich kann dir die Fotos zeigen, die sie von Barnabee geschickt haben. Sie haben drei Kinder. Das kleine Mädchen hatte schlimme Depressionen und Barnabee hat ihr sehr geholfen – das haben sie mir erzählt. Den Fotos nach zu urteilen scheint das zu stimmen. Er liegt immer halb auf dem Schoß des Mädchens.«

Ein erstickter Schluchzer entfuhr mir.

Ich konnte das alles nicht begreifen.

»Ich muss gehen. Ich muss ...« Irgendwas. Ich durfte hier nicht sein. »Ich weiß nicht, aber hier kann ich gerade nicht bleiben.« Ich wollte gehen, doch Trace griff nach mir.

»Hey.« Er hielt mich fest. Seine Hand legte sich auf meine Hüfte.

Meine Haut brannte, wo er mich berührte. Eigentlich wollte ich gerade nicht angefasst werden, aber genau genommen war das nicht die Wahrheit. Ich brauchte es, doch ich war es nicht wert, berührt zu werden. Die Pille war schwer zu schlucken, aber ich kämpfte dagegen an und ließ seine Berührung zu.

Ich sog sie in mich auf, brauchte sie, und ich berührte ihn ebenfalls, indem ich mich an ihn lehnte.

»He. He.« Die Stimme meiner Mutter klang nachdrücklich. »Hör mir zu, ja? Hör einfach zu.«

Langsam drehte ich mich um.

Jetzt sah sie aus, wie ich mich noch vor wenigen Augenblicken gefühlt hatte. Unbehaglich. Nervös. Vorsichtig.

Auch in ihrer Stimme lag ein Hauch von Verzweiflung. »Hör mir zu. Ich dachte wirklich, du wüsstest, dass dein Freund mir geholfen hat.«

»Ich wollte dich besuchen kommen, für dich da sein, aber du hast mich von deiner Besucherliste streichen lassen.«

»Ich weiß.« Sie verzog das Gesicht zu einer Grimasse. »Ich habe viel durchgemacht. Die Therapie holt alles wieder hoch. Ich wollte nicht, dass du kommst und siehst, was ich durchmache, weil ich nicht noch mehr Schaden anrichten wollte. Ich weiß, wie ich bin, wie ich sein kann. Ich bin nicht richtig mit allem umgegangen, weißt du, habe keine Verantwortung übernommen. Es ist leicht für mich, um mich zu schlagen, besonders nach dir, aber es ist falsch. Ich musste alles verarbeiten und mich in den Griff bekommen, bevor ich dich wiedersehen konnte. Ich will dich einfach nicht mehr verletzen, habe dir schon so viel angetan. Es tut mir leid, Jessie. Wirklich.« Wieder liefen ihr Tränen übers Gesicht, aber ihre Stimme klang gefestigt.

»Ich bin froh, dass du hier bist, und bitte geh nicht. Bleib. Ich ... ich muss viele Jahre bei dir gutmachen. Lass mich anfangen mit, ach, ich weiß nicht. Indem ich frischen Tee koche? Ich mache dir dieses Chai-Zeug, das du so magst.«

Das war so skurril, dass ich lachen musste. »Ich hasse Chai. Issac mochte den Tee.«

»Wirklich? Er war das? Du nicht?«

»Nein. Nie. Ich mag den süßen Tee, den du immer gekocht hast.«

»Oh. Das habe ich nicht gewusst.«

O du lieber Gott. Und ich wandte mich im Stillen wirklich an *ihn*. Ein Teil meiner Anspannung ließ nach. So viel Unschönes war passiert, hatte sich angesammelt wie Herbstblätter, die einen Gully verstopften. Aber langsam verrotteten sie und das Wasser lief wieder ab.

»Bleibst du? Der Tee, den du gekauft hast, ist gut. Ich kann dir den süßen daraus machen.«

»Okay.«

»Du bleibst also?«

Ich nickte. »Ja, ich bleibe.«

Sie strahlte übers ganze Gesicht.

Ich kannte diese Frau nicht. Ich glaubte nicht, dass ich ihr jemals im Leben begegnet war. Aber ich wechselte einen Blick mit Trace und setzte mich an den Tisch, während meine Mutter sich in der Küche betätigte.

Ich glaube, ich wollte sie kennenlernen.

# Kapitel 73

## Trace

**Ashton:** Ich weiß, dass du noch wütend auf mich bist, aber du musst mich anrufen. Es ist etwas im Gange und ich bin mir nicht ganz sicher, was es damit auf sich hat.

Ich bekam die Nachricht und verließ das Wohnzimmer. Jess und ihre Mutter hatten zusammen ein Essen gekocht. Ein gutes Gespräch folgte am Esstisch und jetzt saßen sie beide auf der Couch. Im Fernseher lief ein Film. Jede hatte eine Decke auf dem Schoß und eine Schüssel Popcorn in der Hand. Außerdem gab es süßen Tee. Viel süßen Tee, der von beiden getrunken wurde.

Ich wusste, dass Jess Fragen an mich hatte, weil ich die Behandlung ihrer Mutter forciert hatte, aber alles in allem war das egal. Ich hatte große Hoffnungen, dass sich ihre Beziehung bessern würde.

Ich rief Ashton mit dem Wegwerf-Handy an, als ich nach oben in Jess' Zimmer ging.

»Wo bist du?«, fragte er, als er abnahm.

»Was ist da im Gange?«

»Eine unserer Lagerhallen steht in Flammen. Und ich habe gerade einen Anruf bekommen, dass jemand am *Katya* vorbeigefahren ist und hineingeschossen hat.« Wir hörten beide einen Piepton bei ihm.

Er fluchte.

»Was ist los?«

Doch dann piepte auch mein Handy und ich las die gesendete Nachricht.

**Pajn:** Schüsse wurden auf das Haus deines Onkels abgefeuert.

**Pajn:** Wir werden angegriffen.

Ashton fluchte erneut, aber ich machte mich auf den Weg. Es waren Angriffe, die so koordiniert waren, dass sie zur gleichen Zeit stattfanden. Ich schnappte mir meine Waffe, meine Jacke und meine Schlüssel. »Ich bin auf dem Weg.«

»Wo bist du?«

»Ist das nicht egal?«

»Nein, ist es nicht. Ich weiß, dass ich es mit Jess vermasselt habe, aber ich bin immer noch dein Bruder. Also, wo bist du? Ich kann dir niemanden zu deinem Schutz schicken, wenn ich nicht weiß, wo du bist.«

Ich runzelte die Stirn. »Das musst du nicht wissen. Ich komme zu dir und rufe dich an, wenn ich auf dem Weg bin.«

Ich hörte ihn noch schimpfen, als ich auflegte und nach unten ging.

Am Fuß der Treppe traf ich auf Jess. »Was ist los?«

Ich zwang mich, einen Moment innezuhalten, bevor ich näher kam. Ich berührte ihre Schultern, beugte mich vor und drückte ihr einen Kuss auf die Stirn. Ihre Mutter beobachtete uns von der Couch aus. Ihre Decke, die sie umklammerte, hing halb auf dem Boden. Sie war blass im Gesicht.

Ganz kurz lehnte ich meine Stirn an die von Jess. Ich brauchte diese Berührung. Musste mich daran erinnern.

»Wir werden angegriffen.«

»Was?« Jess wollte einen Satz nach hinten machen.

Ich hielt sie fest und meine Finger umklammerten ihre Schulter. »Bitte.«

Sie stieß einen kurzen Fluch aus, blieb aber stehen. Ihre Hand berührte meine Brust. »Trace. Lass mich helfen.«

»Das kannst du nicht und das weißt du auch. Ich muss los und mich darum kümmern, aber ich habe für Kelly und Justin einen Anruf getätigt. Dir habe ich nichts davon gesagt, weil ich dachte, du könntest einen schönen Abend mit deiner Mutter verbringen, aber ein Vertreter von 411 hat mich zurückgerufen. Sie haben zugestimmt, Kelly und Justin zu verstecken. Ihnen wird nichts passieren.« Ich neigte den Kopf und schaute sie an. »Das Treffen ist morgen. Ruf Kelly an. Sag ihr, sie sollen nur eine Tasche packen und um neun Uhr bereitstehen. Wenn ich weitere Anweisungen erhalte, werde ich dich informieren, aber du solltest auch wissen, dass das Netzwerk 411 manchmal nach seinem eigenen Zeitplan vorgeht. Das bedeutet, dass sie vielleicht anrücken und sie mitnehmen, bevor ich es weiß, du es weißt oder sonst irgendjemand. Das ist ja der Sinn des Versteckens von Leuten. Es würde mich nicht wundern, wenn sie bereits auf dem Weg hierher sind und Kontakt aufnehmen, bevor jemand von uns benachrichtigt wird.«

Mein Telefon summte weiter. Ich musste gehen.

»Ich liebe dich.«

Sie nickte und blinzelte die Tränen weg. Dann stellte sie sich auf die Zehenspitzen und berührte mit ihren Lippen meine. »Ich liebe dich auch. Sei vorsichtig.«

Ich machte mich auf den Weg, musste aber noch ein letztes Mal stehen bleiben. Ein letzter Blick, denn die Wahrheit war, dass ich keine Ahnung hatte, was heute Abend passieren würde. Ich wusste nur, dass es Zeit für einen Krieg war.

**Ich:** Bin auf dem Weg.

Ashton rief an.
Ich nahm ab und stieg ins Auto. »Wa…«
»Tr…« Peng!
Ich erstarrte. »Ashton?«
Nichts.
Stille.
… peng, peng!

# Kapitel 74

Jess

Das Geräusch von zersplitterndem Glas weckte mich.

Ich erinnerte mich an meine Ausbildung und lag auf dem Boden, bevor ich völlig begriff, was ich da hörte.

Mehr zersplitterndes Glas.

Himmelherrgott! Da brach jemand ein.

Ich war barfuß, aber Mom. Wo war Mom?

Wir waren beide im Obergeschoss. Ihr Schlafzimmer lag am Ende des Flurs.

Jetzt herrschte Stille, aber ich wusste nicht, was das bedeutete. Ich griff nach meinem Handy, wählte 911 und steckte es in meine Gesäßtasche. Dann griff ich nach meiner Waffe – nicht nach meiner Dienstwaffe, die ich hatte abgeben müssen, sondern nach meiner eigenen. Ich hatte keine Dienstmarke, keine Weste, aber das hier war mein Haus. Meine Mutter.

Ich schlich über den Flur und konnte sie jetzt im Haus hören. Sie waren im Erdgeschoss. Keine Stimmen. Sie sprachen nicht, aber sie bewegten sich schnell.

Profis, vermutete ich.

Ich schlich in das Zimmer meiner Mutter und legte ihr eine Hand auf den Mund. Als sie aufwachte, rang sie nach Luft, aber ich hielt sie fest. Sie bewegte sich nicht mehr, ihre Augen traten hervor und sie griff nach ihrer Decke.

Weiteres Rascheln.

Verdammt. Sie waren schnell und bereits an der Treppe.

Ich legte einen Finger auf meinen Mund, aber Mom hörte sie. Ihr Kopf bewegte sich ruckweise in Richtung Tür.

Ich zog sie zu und dankte Trace, dass er die Scharniere geölt hatte. Ich hatte mich über alles beschwert, was quietschte. Dann drehte ich den Schlüssel im Schloss.

Meine Mutter kletterte aus dem Bett.

Ich gab ihr ein Zeichen, zu mir zu kommen. Dann öffnete ich die Tür des Wandschranks und bedeutete ihr hineinzugehen. Es gab einen versteckten Kriechgang, der sich über die gesamte Länge des Hauses erstreckte. Er führte an der Treppe vorbei, war mit meinem Zimmer verbunden und mündete in meinen Kleiderschrank. Wenn jemand das Haus kannte, wusste er, dass es diesen Gang gab. Wenn nicht, hatte er keine Ahnung.

Ich hoffte, dass hier Einbrecher am Werk waren, die keine Ahnung vom Haus hatten, aber für alle Fälle schlich ich auf die andere Seite des Zimmers, hatte die Pistole gezogen, aber die Mündung nach unten gerichtet. Ich öffnete das Fenster, ging zurück und folgte meiner Mutter in den Schrank.

Ich warf einen Blick zurück, konnte aber nichts entdecken.

Ich hörte, wie meine Mutter etwas wegschob, und betete, dass sie sich im Kriechgang befand. Eine Sekunde später, als ich die Kerle in den ersten Stock kommen hörte, spürte ich ein Tippen an meinem Fuß. Mom war tatsächlich im Kriechgang. Ich tastete ein wenig herum, fand den Eingang und schob sie ein Stück zurück. Dann griff ich nach der Abdeckung, um diese wieder an ihren Platz zu setzen.

»Nein«, flüsterte Mom, als sie sah, was ich tat.

Ich verschloss den Eingang. Sie würden vor mir Halt machen. Ich hatte nicht vor, sie an mir vorbeizulassen. Dann schlich ich zurück zur Schranktür.

Es war eine Person, nicht zwei. Ich hörte nur ein Paar Füße, das sich bewegte.

Diese Person war kein Einbrecher. Sie hätte gestohlen und das Haus wieder verlassen. Aber hier suchte jemand nach meiner Mutter, war aber zuerst in mein Zimmer gegangen. Er wusste von mir, wusste, dass ich da war.

Jeder, der in freundlicher Absicht gekommen wäre, hätte meinen Namen gerufen. Ich nahm an, diese Person war hier, um mich, meine Mutter oder uns beide zu töten. Trace steuerte auf etwas zu, von dem ich wusste. Ich hatte ihn gehen lassen, weil das sein Leben war, nicht meins. Aber das hier war ein Kampf, der buchstäblich vor meiner Haustür ausgetragen wurde. Diesmal wollte ich mitmischen. Ich war voll und ganz dabei. Wer auch immer durch die Tür hereinkam – ich entsicherte meine Waffe und hob sie an.

In dieser Situation würde ich schießen, um zu töten.

Ich schob die Schranktür ein kleines Stückchen auf, damit ich sehen konnte, eine Schusslinie hatte, und wartete in dieser Position.

Die Tür war abgeschlossen.

Ich hörte nicht mehr als eine Person.

Das leise Spielchen war vorbei. Er konnte nicht durch die Tür stürmen, ohne uns zu alarmieren, aber ich war nicht in meinem Bett gewesen. Wenn er klug war und wusste, auf wen er es abgesehen hatte, dann war die Wahrscheinlichkeit groß, dass ich mich in diesem Zimmer befand.

Er hatte nur eine Möglichkeit und ich wartete, denn er würde auf das Schloss schießen, die Tür aufstoßen und dann wahrscheinlich mit einer Waffe hereinstürmen.

Ich wartete darauf, dass er eine Entscheidung traf.

Ich hatte die Arme gehoben und zielte, war bereit. Hinter mir war niemand.

Ein Knall!

Jetzt.

Er trat die Tür auf und stürmte mit gezogener Waffe herein. Dann schaltete er das Licht ein.

Ich sah ihn im Spiegel der Kommode meiner Mutter.

Er war ganz in Schwarz gekleidet und trug eine Sturmhaube. Vierschrötig, mittelgroß, breite Schultern. Seine Waffe auf das Bett gerichtet, kam er herein und fluchte.

Ich runzelte die Stirn. War das nicht …

Er fluchte noch lauter und ging zum geöffneten Fenster, dann wirbelte er mit erhobener Waffe zu mir herum.

Ich schoss auf ihn, bevor er auf mich schießen konnte, und ich schoss wieder und wieder auf ihn, bis er am Boden lag. Seine Waffe fiel ihm scheppernd aus der Hand und ich rannte hinüber und trat sie weg.

Dann kniete ich mich neben ihn und fühlte seinen Puls.

Er lebte noch, aber der Puls war schwach.

»Du lieber Himmel!«, ertönte es hinter mir.

Ein zweiter Mann?

Ich wirbelte herum, ein Knie auf dem Boden und die Arme vorgestreckt. Meine Waffe hatte ich immer noch gezogen, und als er sie sah, wich Leo mit erhobenen Händen zurück. »Ich bin unbewaffnet. Herrgott! Nimm die Waffe runter, Jess.«

Leo!

Es war Leo. Er kam in friedlicher Absicht.

Das ergab alles keinen Sinn, aber er war mein Chef, mein Mentor. Er hatte nichts in den erhobenen Händen.

Ich ließ meine Waffe sinken und entfernte mich von dem Mann am Boden.

»Jess?!« Die Stimme meiner Mutter erhob sich zu einem schrillen Schrei. Leo fluchte und warf mir einen kurzen Blick zu, bevor er in den Schrank stieg.

Ich ging hinüber, unfähig, meine Waffe loszulassen, und beobachtete, wie er meiner Mutter aus dem Kriechgang half.

Leo schaute von ihr zu mir und wieder zu ihr. Dann schüttelte er den Kopf. »Was zum Teufel ist heute Nacht hier passiert, Jess?«

»Was machst du hier?«

Wieder schüttelte er den Kopf und sah noch immer schockiert aus. Den Arm um meine Mom gelegt, schaute er von ihr zu mir zu dem Mann am Boden. »Ich … ich kam gerade rüber und hörte über den Polizeifunk von einem Einsatz. Die Adresse kannte ich. Die Haustür stand offen.«

Plötzlich wurde mir alles klar.

Das Glas. Ein Einbruch. Meine Mutter. Meine Waffe. Das Fenster. Der Schrank. Der Kriechgang. Wo ich entschieden hatte, wie ich mich verhalten würde. Für meine Mutter hätte ich mein Leben gegeben. Ich war voll und ganz auf ein Feuergefecht eingestellt gewesen. Es war meine Aufgabe, sie zu beschützen, und zwar nicht, weil sie meine Mutter war, sondern eine Zivilistin.

Das war mein Job, aber jetzt zitterte ich und musste mich einen Moment hinsetzen. Nur einen Moment.

»Jess. Mein Gott.«

Ich winkte ab, ging zurück und stellte mich neben den Mann am Boden. Job. Mein Job. Ich würde meinen Job machen. Es spielte keine Rolle, dass es in meinem Haus geschehen war.

»Jess. Ich habe verstanden.« Er deutete auf meine Mutter, die im Türdurchgang kauerte. »Bring sie hier raus und warte ab.«

»Ich muss meinen Anruf beenden.«

»Was?«

Leo hatte seine Waffe gezogen und auf den Kerl gerichtet, bereit zu schießen, falls er sich bewegen würde.

Ich steckte meine ins Holster und zog mein Handy aus der Gesäßtasche. »Hier ist Officer Montell.« Ich gab meine Dienstmarkennummer durch und wo ich arbeitete und nannte meinen Standort.

Die Telefonistin antwortete: »Wir haben noch andere Anrufe bekommen. Ihre Adresse wurde weitergegeben und die Einsatzkräfte sollten jeden Moment bei Ihnen eintreffen.« Sie hatte kaum ausgesprochen, als draußen vor dem Fenster rote und blaue Lichter aufblitzten. Ich ging hinüber zum Fenster und sah zwei geparkte Streifenwagen. Vier Beamte waren auf dem Weg zum Haus.

Ich ging in den Flur, um sie hereinzuwinken und ihnen den Weg nach oben zu weisen.

»Jess. Kein Puls mehr.«

Ich blieb stehen und drehte mich um.

Leo kniete neben dem Kopf des Mannes, seine Hand dort, wo ich sie nicht sehen konnte.

»Hallo! Hier ist die Polizei. Ist jemand im Haus?«

»Jess, ich will es wissen.«

Ich runzelte die Stirn, aber als sie begannen, das Haus im Erdgeschoss zu durchsuchen, zog Leo dem Mann die Sturmhaube vom Kopf.

Meine Mutter schrie auf.

Leo fluchte.

Und ich, ich hatte keine Ahnung, wie ich reagieren sollte, denn *jetzt* stand *ich* unter Schock.

Es war Bear.

# Kapitel 75

## Jess

Ich ...
 ... Bear.

* * *

Ich hatte Bear getötet.
 Es war Bear ...

* * *

Bear!
 Es war *Bear*, und ich hatte ihn *getötet*!
 Die Zeit musste stehen bleiben.
 Ich musste die Gefühle ausschalten.
 Genau jetzt.
 Aufgaben.
 Mich um meine Mutter kümmern.
 Trace – Trace!

Ich musste herausfinden, was mit Trace geschehen war, es Trace sagen und mich dann darum kümmern.

Später.

\*\*\*

»Sie haben meinen Onkel erwischt und sie haben versucht, Ashton umzubringen.«

»Was sagst du da?« Ich telefonierte, aber dieses Mal bei Leo zu Hause in seinem Arbeitszimmer, während er mit meiner Mutter im Wohnzimmer saß. Ich brauchte etwas Zeit und wollte mich bei Trace melden. Außerdem wollte ich einfach seine Stimme hören, denn das war jetzt der kitschig-albernverliebte Teil von mir. Offensichtlich musste ich mich mit diesem Verhaltensmuster abfinden. Irgendetwas passierte und ich brauchte die Verbindung zu ihm, damit ich gefestigter war.

Darüber hinaus machte ich mir Sorgen. »Die Kollegen haben mir erzählt, dass sie Anrufe aus allen Teilen der Stadt bekommen hätten und etwas vorgefallen sei.«

»Stephano ist tot und sie haben versucht, Ashton zu töten. Remmi hat angerufen und erzählt, dass zwei Typen versucht hätten, sie zu erschießen. Wir sind noch dabei, eine Bestandsaufnahme zu machen, wen sie alles erwischt haben.«

Sein Onkel? Der Kopf der Familie West?

Ich wusste nicht, wie ich das verdauen sollte, und runzelte die Stirn. »Sie haben versucht, deine Schwester in Vegas zu erschießen?«

»Nicht in Vegas. Sie ist offensichtlich schon die ganze Zeit hier und wohnt bei meinem Vater.«

»Bei deinem Vater?«

»Sie sagte, er sei nicht da gewesen und sie wisse nicht, wo er sei, aber ihre Sicherheitsleute hätten ein paar Schüsse abgefeuert.

Die unbekannten Angreifer seien entkommen und man habe nichts Wesentliches gegen sie in der Hand.«

Mir kam ein wirklich schrecklicher Gedanke. »Trace.« Mir wurde schlecht, wenn ich daran dachte.

»Was?«

»Du hast gesagt, da sei irgendwo eine undichte Stelle. Und wenn es Bear gewesen ist?«

»Ich wüsste nicht, wie das möglich sein sollte, es sei denn, er hat mit jemand anderem aus meiner Familie zusammengearbeitet. Bear ist mit der alten Nachbarschaft verbunden, aber die Informationen, die über unsere Lagerhäuser durchgesickert sind, waren alles neue Infos. Darüber konnte er nichts wissen, es sei denn, er bekam diese Informationen von jemandem aus dem inneren Kreis.«

»Du hast gesagt, dass Informationen an die Strafverfolgungsbehörden weitergegeben wurden. Er könnte der Mittelsmann gewesen sein.«

»Könnte sein, aber wenn er es war, dann suchen wir immer noch nach einer zweiten undichten Stelle. Ich kannte Bear nicht. Ashton kannte ihn nicht. Die undichte Stelle ist jemand, den wir kennen. Das ist im Grunde das Einzige, was wir tatsächlich wissen.« Er senkte die Stimme. »Geht's dir gut? Ich mache mir Sorgen um dich.«

Ich holte tief Luft und begann, innerlich zu zittern. »Ich bin okay. Ich meine, ich habe Bear getötet. Meine Mutter ist ein Wrack und im Moment konzentriere ich mich nur auf sie und tue, was ich tun muss. Das mit Bear werde ich später verarbeiten. Jetzt hoffe ich nur, dass meine Mutter nicht wieder anfängt zu trinken.«

»Wie geht sie damit um?«

»Sie hat nicht aufgehört zu schluchzen. Wenn Leo sich von ihr entfernt, bricht sie immer wieder zusammen. Sie ist in seinem Wohnzimmer und will, dass wir alle zusammen dort schlafen. Sie hat zu viel Angst und braucht immer einen von uns in ihrer Nähe.«

»Woher wusste Leo, dass er zu eurem Haus kommen musste?«

»Ich habe die Dienststelle informiert und er behauptet, er habe es über den Polizeifunk mitbekommen.«

»Das ging aber schnell.«

»Er meinte, er sei sowieso auf dem Weg gewesen.« Zittrig atmete ich aus. »Was machst du heute Abend?«

Zuerst schwieg er, dann senkte er die Stimme. »Fragst du, weil du es wissen willst? Oder fragst du, weil … Ich weiß nicht. Was machen wir da?«

Ich schüttelte den Kopf, lehnte mich zurück und ließ ihn gegen die Rückenlehne des Sessels sinken. »Ich weiß es nicht, Trace. Ich weiß nur, dass meine Mutter lebt, ich ihren besten Freund aus Kindertagen erschossen habe und du der Erste bist, den ich so schnell wie möglich angerufen habe. Was immer das für dich bedeutet, bedeutet es auch für mich.«

Er lachte leise in sich hinein. »Ich bin froh, dass du mich angerufen hast. Das bedeutet etwas. Ich glaube, es wird langsam ernst mit uns.«

Ich grinste und hielt ein Lachen zurück, denn das wäre unangebracht gewesen. »Sag so etwas nicht. Ein Mädchen könnte auf alle möglichen Ideen kommen.«

»Vielleicht möchte ich, dass dieses spezielle Mädchen auf solche Ideen kommt.«

»Dann solltest du vielleicht mehr sagen.«

Er lachte laut auf. »Ich liebe dich, aber ich nehme an, da du bei Leo bist, wäre es unpassend, vorbeizukommen und mit dir ins Bett zu hüpfen.«

Ich lächelte und stand auf. »Ich will keine Neuauflage dessen, was gerade im Haus meiner Mutter passiert ist, also ja, es wäre unpassend. Sehen wir uns morgen?«

»Ja, das tun wir.«

»He, Trace.« Ich ging zur Tür und schaltete das Licht aus, bevor ich sie öffnete.

»Ja?«

»Es tut mir leid, was euch heute Abend passiert ist, aber ich bin froh, dass sie nicht versucht haben, dich zu erschießen.«

»Sie wussten nicht ...« Er hielt inne und stieß einen Fluch aus.

»Was wussten sie nicht?«

»Sie wussten nicht, wo ich war. Keiner wusste das. Ich bin meinen Wachmännern entwischt, weil ich dich sehen und nicht mit dem Geschäft belästigt werden wollte.«

Wir schwiegen beide und ließen das Gesagte sacken.

»Du warst den ganzen Tag bei mir«, murmelte ich.

»Ja. Bear brachte deine Mutter am späten Nachmittag nach Hause. Er wusste, dass ich dort war.«

»Du warst bis zum späten Abend da.«

Wir kamen beide zum gleichen Schluss.

»Er war nicht die undichte Stelle ...«

»... sonst hätten sie gewusst, wo ich war.«

»Ja.« Verdammt! Verdammt!

»Was bedeutet das?«

Ich schüttelte den Kopf. »Keine Ahnung.«

»Bist du sicher, dass du bei Leo bleiben möchtest? Mir wäre wohler, wenn ich wüsste, dass du nicht die ganze Nacht über von Kugeln durchlöchert wirst.«

»Mir auch, aber ja. Ich muss bei meiner Mutter bleiben. Das ist in Ordnung. Leo ist Familie.«

»Na gut. Ich liebe dich.«

»Ich dich auch«, sagte ich und legte auf. In Gedanken ging ich das Gespräch noch einmal durch und öffnete die Tür. Auf dem Flur war es dunkel. Im Wohnzimmer sah ich einen Lichtschein vom Fernseher.

»Jess?«

Ein Schatten huschte durchs Wohnzimmer und meine Mutter kam zur Tür und blieb dort stehen. Überall war es dunkel, außer im Wohnzimmer, also trat ich einen Schritt vor.

»Mom?«

»Ah, da bist du.« Ihre Erleichterung war deutlich zu spüren und sie legte die Hand auf ihre Brust. »Ich muss eingenickt sein und bin gerade aufgewacht.«

»Ach so.« Ich hielt das Handy hoch. »Ich habe Trace angerufen, dachte aber, Leo wäre bei dir.«

»Nein. Ist er nicht. Ich habe Angst bekommen. Ihr wart beide weg.«

Ich blieb wie angewurzelt stehen. »Was sagst du da?«

Sie schaute mich an. »Was meinst du?«

»Leo hat dich allein gelassen?«

Sie nickte und deutete hinter sich. »Er ist weg und ich weiß nicht, wohin.«

Das war … Das war nicht in Ordnung.

Mein Bauchgefühl sagte mir, dass irgendetwas nicht stimmte.

Etwas, was ich nicht genau benennen konnte. Er hätte Mom nicht einfach allein gelassen. Vielleicht wäre er in ein anderes Zimmer gegangen, aber in Hörweite geblieben. Er wäre nicht völlig verschwunden in dem Wissen, dass niemand in der Nähe war, wenn sie aufwachte.

»Mom«, murmelte ich abgelenkt und schaute mich um.

»Hmm?«

»Tust du mir einen Gefallen?« Ich schob sie rückwärts. »Geh ins Badezimmer.«

»Ins Badezimmer?«, wiederholte sie verwundert.

»Ja. Nur damit du sicher bist.«

»Sicher?«

Ich drängte sie zurück, fand die Tür zum Badezimmer und schob sie hinein. »Bleib drinnen.«

»Jess ...« Sie ließ meine Hand nicht los, klammerte sich an mir fest.

Ich musste Leo suchen. Irgendetwas stimmte nicht und das musste ich herausfinden. »Ich schließe jetzt diese Tür. Alles wird gut werden«, sagte ich zu ihr und versuchte beruhigend zu klingen.

»Was hast du vor, Jess?«

Ich konnte es ihr nicht erklären. Es war keine Zeit dafür. Ich verließ das Bad, schloss die Tür und flüsterte von draußen. »Schließ ab. Nur damit du sicher bist, Mom.«

»Jess ...«

»Schließ ab!«

Ich hörte, wie der Schlüssel gedreht wurde, und wandte mich ab.

Leo gehörte zur Familie.

Im Haus schien er nicht zu sein.

Ich ging nach hinten und grübelte.

Leo gehörte zur Familie, aber Bear auch.

Und Bear war nicht die undichte Stelle gewesen, aber jemand hatte Informationen an die Polizei weitergegeben. Das konnte jeder gewesen sein.

Was machte ich? Aus einer Mücke einen Elefanten.

Doch wo war Leo? Er wäre nicht einfach so verschwunden.

Leo hatte mir versichert, dass er nach meiner Mutter schauen würde. Bear hatte das Gleiche gesagt. Beide hatten gelogen. Trace hatte es selbst gesagt.

*»Welches Problem hast du mit mir, Travis?«*

*»Nichts. Ich mag nur keine korrupten Polizisten.«*

Dabei hatte er Leo angeschaut.

Leo.

Nicht mich.

Leo.

Leo war korrupt.

Aber nein. Der Gedanke war verrückt.

Oder?

Ich schaute nach unten.

In der Hand hielt ich meine Waffe. Ich erinnerte mich nicht daran, sie gezogen zu haben, aber ich hielt sie mit beiden Händen fest und schaltete meinen Verstand ein.

Herrgott! Wie gern wollte ich mich täuschen. Ich *musste* mich täuschen.

Er würde dorthin gehen, wo man ihn nicht hören konnte. Nach draußen. In seine Garage. Er hatte dort einen Kühlschrank stehen. Eine perfekte Ausrede, falls er eine brauchte.

Dort musste er sein. Ich war mir ziemlich sicher und mein Herz klopfte heftig.

Das hier war nicht wie beim letzten Mal, das ich gerade hinter mir hatte. Da hatte mich die Adrenalinwelle, die meinen Körper geflutet hatte, dazu befähigt, meine Mutter zu beschützen. Der Schock hatte mich erst später erwischt, war dann abgeklungen, und jetzt war mein Körper müde. Ich wollte das nicht noch einmal durchmachen, aber als ich zur Seitentür des Hauses schlich, nahm mein Herz Fahrt auf.

Es hallte laut in meinen Ohren.

Mein Atem klang, als würde mich jemand erdrosseln.

Ein Schritt. Zwei. Drei. Ich ging weiter, griff nach der Klinke und stellte fest, dass die Tür nicht abgeschlossen war.

Ich hatte recht. Er war hier hinausgegangen.

Ich öffnete die Tür. Sie gab kein Geräusch von sich. Deshalb hatte er sie wahrscheinlich gewählt.

Dann schlich ich hinaus. Draußen brannte kein Licht, aber ich sah eines in der Garage, auf die ich mich zubewegte.

Mit gezogener Waffe. Diesmal hatte ich mein Handy nicht dabei. Es gab also keinen Rückhalt. Ich war auf mich allein gestellt.

Nachdem ich mich zur Seite des Gebäudes geschlichen hatte, machte ich mich so klein wie möglich und ging auf die Garagentür zu.

Ein Fenster war geöffnet und ich blieb direkt darunter stehen.

»... nein! Sie sind hier. Ja. Sie ist hier. Nein. Das weiß ich nicht. Er kam vor mir. Wahrscheinlich war er da, um mich aufzuhalten. Wer zum Teufel weiß das schon? Das ist mir bewusst, Chef!«

Chef.

Er war da, um ihn aufzuhalten? Meinte er damit Bear?

Die Luft um mich herum wurde plötzlich drückend heiß. Mein Körper begann sich zu bewegen, zu winden.

Halt! Ich fühlte das drohende Unheil kommen, aber nein. Auf keinen Fall. Ich verdrängte den Mist. Ich hatte eine Aufgabe zu erledigen.

»Es ist nicht meine Schuld, dass alles vermasselt wurde. Bobby hat auch Mist gebaut. Dein Sohn hat den Mom-lebt-Köder nie geschluckt. Diese ganze Idee war für die Katz. Und jetzt das. Du hast einen Vorstoß gemacht und nichts ist passiert. Jess umzubringen ergibt keinen Sinn. Ja. Okay! Ich mache es. Ich weiß. Ich weiß! Ich tue es, aber ich muss mir etwas überlegen, was ich ihrer Mutter sage. Es war nie meine Aufgabe, beide umzubringen. Immerhin habe ich bereits den Vater getötet! Der war mein bester Freund.«

Ich wirbelte herum.

Leo war der Maulwurf.

Er ... Ich umklammerte meine Waffe fester und achtete darauf, sie nicht fallen zu lassen.

»Okay. Okay! Ich kümmere mich darum. Ich werde mich darum kümmern. Sage, ich hätte eine Nachricht bekommen und müsse ihr etwas zeigen. Sie wird mit mir gehen. Sie vertraut mir, das hat sie immer getan. Ja, ja. Um ihre Mutter kümmern wir uns später. Gut.« Er fluchte vor sich hin und ging in der Garage umher. Eine Tür wurde geöffnet und wieder geschlossen, jedoch nicht seine.

Ich wich zurück und wartete, aber – ich hatte eine andere Idee.

Scheiß drauf. Ich war es leid.

*Absolut leid.*

Also öffnete ich die Tür und ging in die Garage.

Er erstarrte und hob seine Waffe.

Ich schoss darauf. Nicht auf ihn, sondern auf seine Hand. Er ließ die Waffe fallen und schrie auf. In der anderen Hand hatte er eine Milchtüte, die er nach mir warf, als er sich auf den Boden stürzte und mit dieser Hand nach der Waffe griff.

Ich sprang zur Seite, wich der Milch aus, und sobald er die Waffe berührte, schoss ich auch auf diese Hand.

»Aaah! Warum tust du das? Hör auf, Jess!«

Er blutete aus beiden Händen und hatte keine Option mehr, es sei denn, er überlegte, sich auf mich zu stürzen. Ich hob meine Waffe. »Mach das nicht.« Ich sagte es leise, ruhig, beherrscht. Mein Herz pumpte das Blut durch den Körper. Ich hörte, wie es wild schlug, doch es war, als wäre es außerhalb meines Körpers. »Ich mache dich fertig.«

Das würde ich. Er wusste es, als er mich anschaute. Und ich wusste, dass er es wusste.

Ich hob die Waffe auf Höhe seiner Stirn. »Setz dich!«

Er schaute sich um und stöhnte, denn er blutete tüchtig, aber er bewegte sich zur roten Couch hinter ihm. Es war ein schäbiges Sofa, das er hierhergestellt hatte, um mit seinen Kumpels Bier zu trinken. Ich fand, dass die Farbe der Couch perfekt zum Thema des heutigen Abends passte.

Ich hatte sie nie gemocht, doch jetzt liebte ich sie.

Er setzte sich und schnitt vor Schmerz eine Grimasse. »Jess. Ich werde verbluten. Ruf einen Krankenwagen.«

»Du hast mich suspendiert. Richtig?« Ich verspottete ihn.

»Ach, komm schon, Jess! Bitte!« Er versuchte die Hände zu heben.

»Ich bin mir sicher, das wird gegen die Blutung helfen.«

»Mach schon. Ich werde sterben, wenn du keine Hilfe holst.« Jetzt keuchte er. In seinem Gesicht bildeten sich Schweißperlen. Bald würde er benommen sein.

»Wer ist dein Boss?«

Er runzelte die Stirn. »Was?«

»Ich habe mitgehört, als du telefoniert hast. Wer ist dein Boss? Wer hat heute Abend zugeschlagen?«

»O Gott, Jess. Ernsthaft? Ruf 911 an. Du willst mich doch nicht umbringen. Ich weiß das. Du hast bereits Bear getötet. Dann wären wir zwei. Sie werden Fragen stellen, aber ich kann ...« Er musste innehalten, verlor langsam die Orientierung. Er hatte wahrscheinlich das Gefühl, dass sich der Raum drehte. »Ich kann dich decken. Das werde ich tun. Ich verspreche es. Ich werde sagen, was du willst, aber ruf 911 an. Ich werde dir alles erzählen.«

»Du wirst mir *jetzt* alles erzählen.«

»Jess! Mach schon!«

»Jetzt, Leo. Bevor du verblutest.«

»Jess! Beeil dich!«

Ich wartete und fand nicht, dass ich mich in einem moralischen Dilemma befand. Kein bisschen.

»Komm schon! Ist das dein Ernst?! Gut! *Gut!* Ich arbeite für Dominic West. Schon immer. Ich hatte Undercover-Einsätze, als ich Polizist war. So habe ich deinen Vater kennengelernt. Wir kamen uns näher. Er war meine Zielperson, aber dann wurde es kompliziert.« Er würgte, atmete schwer. Noch schwerer. Langsam sackte er in sich zusammen. »Ich ... ich ...«

»Warum?«

»Was meinst du?«

»Dominic steckt hinter den Anschlägen heute Abend, oder? Die gegen Trace und Ashton.«

Er stöhnte. »Jess, ich habe nicht mehr lange.«

»Dann erzähl mir alles. Jetzt!«

Er hob den Kopf und schielte ein wenig zu mir herüber, bevor er seufzte. Sein Kopf fiel wieder nach vorn. »Ja. Es waren Dominic West und Nicolai Worthing. Nicolai hat versucht sich vorzudrängen. Er hat Trace' Onkel einen Vorschlag gemacht, Stephano hat jedoch nicht angebissen. Aber Dominic, *der* hat angebissen. Er hat heute Abend entschieden, dass alle mitmachen werden. Alle. Er würde das Familiengeschäft übernehmen und mit Worthing zusammenarbeiten, ihn in seine Geschäfte einweihen.«

Okay. Da hatte ich eine Menge zu verarbeiten, aber das würde ich später machen. »Hast du meinen Dad umgebracht?«

Er nickte, runzelte die Stirn und seine Augenlider zuckten, als könne er nicht mehr klar sehen. »Ja. Das ist schon lange her. Stephano hat es angeordnet, aber Dominic hat mich die ganze Zeit damit erpresst. Er sagte, er habe Beweise gegen mich. Hat mich gezwungen, weiterhin für ihn zu arbeiten, ihm Informationen zuzuspielen.«

»Wie das?«, stieß ich hervor.

Er holte tief Luft, fing an zu husten und spuckte Blut. »Ha… habe deinen Bruder unter Drogen gesetzt, damit er denkt, er hätte ihn getötet. Er war völlig fertig. Deswegen hat er gegen das Urteil auch keine Berufung eingelegt. Er sagte, er müsse für dich und deine Mutter büßen.«

»Warum will Dominic West meinen Tod? Warum heute Abend?«

»Sein Sohn wurde heute nicht getötet. War nicht aufzufinden, also gab er mir den Auftrag, ihm wehzutun. Trace liebt dich, aber Jess, ich wollte es nicht tun. Ich hatte es nicht vor. Ich wollte mir etwas anderes einfallen lassen. Ich schwöre es.« Andere Flüssigkeiten sickerten durch seine Hose und er stöhnte. »Jess, ich habe nicht mehr lange.«

»Dann beeil dich, verdammt noch mal!« Kalt. Rücksichtslos. Ich befand mich außerhalb meines Körpers, erkannte nicht mehr, wer ich war, aber ich machte keine Witze.

»Ich kann nicht mehr. Bitte, Jess! Bitte!«

»Rede!«

Er verdrehte die Augen. »O mein Gott. Ich sterbe. Alles wird schwarz. Jess. Komm schon. Bitte ...« Er wimmerte. Vor meinen Augen wurde das Leben aus ihm herausgesaugt.

»Was war der Plan?«

»Dominic war derjenige, der Worthing Informationen gegeben hat, der wiederum Polizisten auf seiner Gehaltsliste hat. Er sagte, es müsse so aussehen, als hätten sie es auch auf ihn abgesehen, und ließ sie auf sein eigenes Haus schießen, als er nicht da war.«

»Was hat das mit Bear zu tun? Warum war Bear heute Abend da?«

»Das weiß ich nicht. Ich glaube, er war meinetwegen da. Er wusste, dass ich dich heute Abend töten sollte. Das ist das Einzige, was einen Sinn ergibt. Er kannte Dominic West auch. Ich dachte immer, er würde dafür bezahlt, deine Mutter im Auge zu behalten. So wie ich dafür bezahlt wurde, dich im Auge zu behalten. Deshalb habe ich dich als Polizeibeamtin für mich rekrutiert.«

Mir wurde schlecht.

Er hatte mich reingelegt. Mit allem.

Alles, was ich an ihm sah, das Keuchen, das Heben der Brust, die Flüssigkeiten, die aus ihm heraustraten, war das, was ich innerlich fühlte. Mit dem Unterschied, dass es nicht mein *Körper* war, der starb. Es war meine *Seele*.

»Warum solltest du mich im Auge behalten? Und warum sollte Bear meine Mutter beobachten?«

»Ich weiß es nicht. Wirklich nicht.« Er konnte seinen Kopf nicht mehr heben und rollte ihn auf die Seite, um mich anzuschauen. »O Gott, Jess. Ich sterbe. Bitte hol Hilfe. Ich schwöre. Ich schwöre …«

Er beendete den Satz nicht und mir war es egal.

Vielleicht eines Tages nicht mehr.

Aber heute.

Ich wandte mich zum Gehen und blieb stehen.

Meine Mutter stand in der Tür und hatte das Handy am Ohr. »Ja.« Sie gab Leos Adresse durch. »Wir brauchen einen Krankenwagen an der Garage. Es gab eine Schießerei.« Ich hörte, wie weitere Fragen gestellt wurden, aber sie nahm das Handy vom Ohr und tippte auf das Symbol, das das Gespräch beendete.

Ich zuckte nicht mit der Wimper. »Wie viel hast du gehört?«

»Genug. Zu viel. Du hast Bear in Notwehr erschossen, aber ich werde nicht zulassen, dass du den Tod dieses Miststücks auf dem Gewissen hast.«

Ich musste zweimal blinzeln, um sicherzugehen, dass die Frau vor mir meine Mutter war. Sie stand da, sah ruhig aus und sprach klar und deutlich. Keine Hysterie wie zuvor. »Warum bist du plötzlich so ruhig? Noch vor zehn Minuten hast du dir in die Hose gemacht.«

Sie musterte mich einen Augenblick. »Ich glaube, ich stehe wieder unter Schock.«

# Kapitel 76

Jess

Vielleicht hätte ich nicht gehen sollen.

Ich war diejenige gewesen, die den Abzug betätigt hatte, aber Bear gehörte immer noch zur Familie, unabhängig davon, warum er mit einer Sturmhaube ins Haus gekommen war. Die vorherrschende Theorie war, dass er von Leos Beteiligung gewusst hatte und ihn hatte aufhalten wollen. Leo hatte es selbst zu mir gesagt, von meiner Mutter belauscht, und wir hatten beide den Behörden darüber Bericht erstattet.

Wie ich mich dabei fühlte? Ich durfte nicht darüber nachdenken, weil das bedeutete, dass ich getötet hatte, und zwar ...

Irgendwann würde ich mich damit befassen, aber nicht heute. Das war der Plan.

Wegen all dem war Leos Beerdigung unehrenhaft gewesen und kaum jemand hatte daran teilgenommen.

Bears war eine andere Sache. Er hatte immerhin ein paar wenige Verwandte. Sie wollten, dass die Beerdigung in kleinem Rahmen stattfand. Ich war hingegangen, saß aber ganz hinten. Bei der anschließenden Feier in seinem Pub waren mehr Leute als offiziell zugelassen, aber keiner meldete es. Nicht an diesem Tag, nicht bei Bear.

In einer der hinteren Nischen in Bears Lokal entdeckte mich auch Detective Worthing.

Val und Reyo waren gerade weg. Reyo war zur Theke gegangen, um Getränke zu holen, und Val war auf der Toilette. Ich hatte Brian gesehen, als ich hereinkam, aber da meine Beziehung zu Trace kein Geheimnis mehr war, war er nicht herübergekommen. Das hatte ich auch nicht erwartet.

»Ich bin überrascht, dass Sie heute Abend hier sind.«

Ich legte den Kopf zur Seite. »Was wollen Sie?«

Er setzte sich, zog die Mundwinkel nach oben und stieß ein leises Lachen aus. »Richtig.« Dann lehnte er sich zurück und steckte die Hände in die Jackentaschen. »Mein Bruder wird vermisst …«

Ich beugte mich über den Tisch und unterbrach ihn. »Haben Sie diese Razzien im Namen des Einsatzleiters oder Ihrer Familie koordiniert?«

Jetzt beugte Detective Worthing sich vor und schaute mich böse an. »Sie wollen mit dem Finger auf mich zeigen? Aus wessen Bett sind Sie heute Morgen gekrabbelt? In wessen Bett werden Sie heute Nacht liegen? Sie wollen *meine* Familie da reinziehen, aber ich sage Ihnen etwas: Sie ist bereits involviert. Wo ist mein Bruder?«

Ich lehnte mich zurück und meine Augen verengten sich. »Ich bin frei von jeglichem Verdacht bei beiden Schießereien. Außerdem wurde ich gebeten, an meinen Arbeitsplatz zurückzukehren. Ich bin nicht korrupt.«

Er prustete und lehnte sich ebenfalls zurück. »Noch nicht. Der einzige Grund, weshalb Sie wieder arbeiten dürfen, ist, dass Sie Ihren Freund nicht gewarnt haben. Das war ein Test. Und jetzt: Wo zum Teufel ist mein Bruder?«

»Beim Netzwerk 411.«

Seine Augen weiteten sich und er wurde still.

»Kelly hat sich bei mir gemeldet und gesagt, sie hätten Angst um ihr Leben. Sie ist nicht ins Detail gegangen und ich habe nicht gefragt, aber da sie sich an mich gewandt hat, denke ich, dass sie nicht vor Trace' Familie geflüchtet sind.«

»Sie lügen«, presste er mit zusammengebissenen Zähnen hervor.

»Tue ich nicht. Und Sie wissen so gut wie ich, dass die Leute sich quasi in Luft auflösen, wenn das Netzwerk 411 involviert ist. Ihr Bruder und meine beste Freundin sind weg.«

Worthing holte tief Luft und gab dabei ein zischendes Geräusch von sich.

»Sie leben, aber sie sind weg.«

Sein Blick war durchdringend, er bewegte sich jedoch einen Moment lang nicht. Dann hob er langsam den Kopf und schaute hochnäsig auf mich herab, aber er war zwiegespalten. Das gab mir ein besseres Gefühl.

Er sagte kein weiteres Wort, aber er starrte mich lange und intensiv an. »Wissen Sie, dass Bear nicht gewusst hat, dass Sie bei Ihrer Mutter wohnen? Schon mal darüber nachgedacht?«

Ich wurde still. Ganz still.

Nein.

Was Worthing andeutete ... nein.

Ich schüttelte den Kopf und die Worte sprudelten nur so heraus, denn er hatte unrecht. Er stellte Vermutungen an und wollte mich niedermachen. Das funktionierte nicht und würde nie funktionieren. »Sie lügen. Was Sie gerade gesagt haben, ist eine Lüge.«

Seine Augen blitzten. »Sind Sie sich da sicher?«

Leo war geschickt worden, um mich umzubringen. Bear war ... er hatte sich geirrt. »Wir haben sein Telefon angezapft. Leo war vorher in Bears Pub und Baer hat Leos Gespräch mitgehört. Er war dort, um ihn aufzuhalten. Und er war maskiert, weil er Leo zuvorkommen wollte. Außerdem dachte er, ich wäre wieder in Manhattan. Deshalb hat er mich nicht benachrichtigt. Er hatte nicht genug Zeit. Das ist alles auf seinem Handy für den Fall, dass ihm etwas zustoßen sollte.«

Worthing blinzelte einmal. »Was immer Ihnen hilft, nachts zu schlafen, Montell, aber Sie wissen, dass er Zeit gehabt hätte, Ihnen eine Nachricht zu schicken. Oder den Notruf zu wählen. Sie wissen, dass er Zeit hatte.«

Welch ein Mistkerl. Wie konnte er es wagen, mir das über Bear zu erzählen … in Bears Pub.

Aber nein. Bear war ein Guter, ich hatte ihn umgebracht und würde diese Last von nun an tragen müssen. »Lassen Sie mich in Ruhe, verdammt«, knurrte ich.

Nachdem er aus der Nische gerutscht war, stand er am Ende des Tisches. Er musterte mich immer noch.

Val kam zurück und war im Begriff, sich auf seinen Platz zu setzen. Sie hielt mitten in der Bewegung inne und nahm die stille gegenseitige Musterung zur Kenntnis, bis sie sich schließlich auf die Bank fallen ließ. Reyo war hinter ihr und brachte ein Bier für sich und eines für mich mit. Er setzte sich und bemerkte ebenfalls, wie Worthing und ich uns niederstarrten, bevor er langsam die Gläser auf den Tisch stellte.

Dann räusperte er sich. »Was ist los, Leute?«

Kurz bevor er sich umdrehte, verengten Worthings Augen sich zu Schlitzen und ich sah ihm nach, als er sich auf den Weg nach draußen machte.

»Müssen wir etwas darüber wissen?« Das war Vals leise Frage.

Ich schaute immer noch zur Tür. »Das wollt ihr gar nicht wissen.«

»Das ist keine Antwort auf meine Frage.«

Ich spürte die Ernsthaftigkeit des Gesagten, drehte mich um und sah, dass sie mich ebenso ernst anschaute.

»Ich frage noch einmal. *Müssen* wir wissen, worum es da ging?«

Ich hatte mich noch nicht entschieden, ob ich zur Arbeit zurückkommen würde. Val wusste das. Sie wusste mittlerweile alles, aber irgendetwas ließ mir keine Ruhe. Eine Stimme flüsterte mir etwas zu, ich konnte jedoch nicht sagen, was es war. Ich hatte so ein Bauchgefühl, dass etwas kommen würde, dass noch etwas passieren würde, und zusammen mit diesem Flüstern nahm es immer mehr zu.

Vielleicht lag es an diesem Gefühl, dass ich mich noch nicht entschieden hatte, wann oder ob ich überhaupt zurückkommen würde.

Leos Verrat hatte mich so erschüttert, dass ich nicht darüber reden konnte.

Das würde ich jedoch müssen. Ich wusste, dass dieser Tag kommen würde, aber jetzt noch nicht. Leo war wie mein Vater gewesen und nun auf einmal all diese Enthüllungen – ich war aus dem Gleichgewicht geraten.

Das Fundament unter meinen Füßen hatte Risse bekommen.

Ich wusste nicht mehr, wohin ich treten sollte, aber als ich Vals Frage hörte, konnte ich ihr nicht von Justin und Kelly erzählen. Das sagte ich ihr und beim Verlassen des Pubs wurde es mir klar.

In gewisser Weise waren Kelly und Justin hier die wahrhaft Unschuldigen.

# Kapitel 77

Jess

Als ich die Trauerfeier verließ, klingelte mein Handy.

Beim Einsteigen ins Auto nahm ich das Gespräch an. »Verfolgst du mich wieder?«

Trace kicherte, aber die Wärme in seiner Stimme ging auf mich über und ich begrüßte und brauchte sie. Er war bei allem der Fels in der Brandung für mich. »Ich habe eine Nachricht bekommen, dass du gehst. Wie war's?«

Ich wollte den Motor starten, hielt aber inne und lehnte mich zurück. Vielleicht würde ich mir einfach die Zeit nehmen und ein Telefonat mit ihm genießen. Es fühlte sich gut an. Wie ein vorübergehender Zufluchtsort.

Ich wusste, dass es nicht von Dauer sein würde, weil wir beide an diesem seltsamen Punkt waren.

Ashton hatte angeboten, das Familienunternehmen von Trace zu übernehmen. Die Nachwirkungen jener Nacht hatten alle mitgenommen, auch Trace, Ashton und mich.

Sämtliche Onkel von Ashton waren getötet worden. Trace' Vater war verschwunden und sein Onkel Steph von einem seiner eigenen Männer, Bobby, erschossen worden. Ich wusste nicht, wer das war, aber Trace nannte seinen Namen mit so viel Verachtung, dass ich wusste, wie weh ihm der Verrat tat.

Bobby arbeitete für Dominic. Er hatte gelogen, als er Trace weismachen wollte, dass seine Mutter noch lebte. Es war ein fieser Trick gewesen, um Trace noch mehr abzulenken, aber er hatte nicht funktioniert. Das war mir klar gewesen. So war Trace nicht. Er recherchierte, nahm sich Zeit und hatte die Fähigkeiten eines Superhirns, die sein Vater eindeutig nicht hatte.

Doch während Trace die Position seines Onkels vorübergehend übernahm, bis er sich entschieden hatte, was er tun wollte, traf Ashton seine eigene Entscheidung. Er war der neue Kopf der Mafiafamilie Walden. Und dann kam auch sein Angebot. Obwohl ich Ashton seit der Foltersitzung nicht mehr gesehen hatte und Trace kaum noch Kontakt zu dem Mann hatte, den er früher als Bruder und besten Freund bezeichnet hatte, bot Ashton an, die Geschäfte zu übernehmen, die beide Familien führten. In den meisten Fällen waren diese Angebote nur vorgetäuscht, als »Gefallen« getarnt, aber in Wirklichkeit ging es um Macht, doch diesmal war das nicht der Fall. Es gab vieles, was ich über die Geschäfte der Familie von Trace und vor allem von Ashton nicht wusste oder wissen wollte, aber Trace erklärte mir eines Abends, dass ihre beiden Familien schon immer miteinander verbunden gewesen waren.

Sie waren fast so etwas wie Yin und Yang.

Trace' Familie kümmerte sich um die Geschäfte, die Versandlager, den Vertrieb in der Stadt. Ashtons Familie hingegen um die Polizeibehörden und die Schmiergelder. Sollte eine einzige Familie das alles übernehmen, gäbe das eine Menge Veränderung und Chaos. Es würde Zeit brauchen.

Ich hatte es gar nicht wissen wollen. Wegen meines Jobs war ich sehr darauf bedacht gewesen, diese Grenze zu wahren, aber das schien nicht mehr so wichtig zu sein. Nicht, wenn Trace tatsächlich »sauber« werden wollte, wie er es geplant hatte.

»Es war okay und schön, Val und ein paar andere zu treffen.«

»Sie wenden sich nicht von dir ab?«

Ich zögerte, aber was sollte es? »Viele von ihnen schon. Das ist offensichtlich, aber nicht Val.«

»Wird das ein Problem werden, wenn du wieder arbeitest?«

»Ja. In diesem Job brauchen wir uns gegenseitig. Falls mir die kalte Schulter gezeigt wird, könnte das gefährlich für mich werden.«

»Okay, du weißt, dass du auf meine Unterstützung zählen kannst, egal, wie du dich entscheidest.«

Das wusste ich und ein wohliges Gefühl durchströmte mich. »Ich weiß. Ich liebe dich.«

»Ich dich auch. Fährst du sofort zurück zu deiner Mutter oder …?«

Ich lächelte, obwohl so viel Schlimmes passiert war, dass ich wahrscheinlich überhaupt nicht lächeln sollte. Aber ich tat es, weil es einen überraschenden Silberstreif am Horizont gab. »Diese Galerie hat angerufen und sie wollen noch ein paar Bilder von mir.«

»Wirklich?«

»Ja. Ich vermute, dass sich die, die die Galeristin bereits von mir hatte, gut verkauft haben, also fragt sie nach mehr. Und ich habe eine E-Mail bekommen. Ein Kunstmagazin will ein Interview mit mir machen.«

»Das ist toll. Ich bin nicht überrascht.«

Die Galeristin hatte meine Bilder gesehen, als ich sie an dem Tag, an dem ich in das Haus meiner Mutter einzog, aus dem Atelier geräumt hatte. Sie hatte sofort ein paar Bilder übernommen und ich war so durcheinander gewesen, dass ich die ganze Sache vergessen hatte. Den Anruf hatte ich bekommen, als ich Bears Trauerfeier verließ.

Ich hatte es nicht einmal Val erzählt.

»Ich glaube, ich werde zu meiner Mutter fahren und weitermalen. Mir ist gerade danach.«

»Das hört sich gut an. Wirst du heute Nacht dort schlafen oder bei mir?«

Meine Mutter schien ein neuer Mensch zu sein. Vielleicht lag es an der Therapie, vielleicht aber auch daran, dass wir alles wussten: über den Tod meines Vaters, über Isaac, dessen Anwalt meinte, wir sollten angesichts von Leos Geständnis in Berufung gehen. Wir hatten es nicht auf Band, aber da alles andere als Beweismittel behandelt wurde, sollte auch sein Geständnis über den Mord an meinem Vater so behandelt werden.

Es war ziemlich aussichtslos, aber einen Versuch wert. So oder so, meine Mutter hatte ein neues Ziel im Leben.

»Ich werde heute Abend wahrscheinlich lange malen.«

»Dann also heute Abend bei dir.«

Ich lächelte und mir wurde warm. »Bis heute Abend.«

»Ich liebe dich.«

Ich lächelte und mir versagte fast die Stimme, weil ich es bis in mein Innerstes spürte.

»Ich liebe dich auch.«

# Epilog
## Trace

*Einen Monat später.*
»Bist du dir sicher, dass du das machen willst?«
Ich telefonierte mit Ashton und schaute auf den Ring in meiner Hand. »Ja.«
»Okay. Es war bisher ruhig, aber es ist Zeit, zurückzuschlagen. Sie werden es jetzt nicht erwarten.«
Ich legte den Ring zurück in die Schachtel und steckte sie in meine Tasche.
Ashton sprach von der Vergeltung, die noch ausstand. Wir hatten herausgefunden, dass mein Vater die Anschläge gegen uns organisiert hatte und die Familie Worthing die gegen Ashtons Familie. Mit der Rache an der Familie Worthing hatten wir gewartet, aber bei meinem Vater hatten wir nicht warten können.
Dominic West galt zwölf Stunden, nachdem Jess Bear getötet hatte, offiziell als vermisst. Vermisst im Sinne von »ziemlich tot«.
Wir mussten schnell handeln, aber jetzt waren wir dabei, die Pläne in Bezug auf die Worthing-Familie zum Abschluss zu bringen.
»Das wird ein Nachspiel haben.«

Ich ging zu meinem Fenster und schaute auf die Stadt. »Es gibt immer ein Nachspiel. Sie dringen in unser Gebiet ein, weil sie denken, wir würden nicht zurückschlagen. Es ist an der Zeit. Sie sind aus ihrem Versteck gekrochen.«

»Wir sollten uns treffen, um letzte Details zu besprechen.«

»Einverstanden.«

Danach herrschte Schweigen. Ich wusste, dass keiner von uns auflegen wollte.

Ich vermisste meinen besten Freund, aber unsere Beziehung war angespannt, seitdem ich wusste, was er Jess angetan hatte. Ich kannte den Grund, wusste, dass er mich hatte beschützen wollen, aber ich konnte es ihm nicht verzeihen. Wir gingen freundlich miteinander um, arbeiteten immer noch zusammen, aber wir waren nicht mehr dieselben.

»Wie läuft es denn mit …« Seine Stimme klang zaghaft und ich wusste, wen er meinte.

Ich unterbrach ihn. »Wir sollten uns morgen treffen. Bevor alles losgeht.«

Sein Ton änderte sich, wurde distanzierter. »Natürlich. Ich lasse dich …«

»Ashton.«

»Was ist?«

»Du musst das erst mit *ihr* in Ordnung bringen.«

»Ich weiß.«

\* \* \*

## Jess

Ich entschied mich fürs Malen.

Aber es war keine leichte Entscheidung gewesen. Ein Teil von mir hatte sich vielleicht entschieden, das alte Leben nicht mehr zu führen. Kein Rechtswesen mehr. Keine Bewährungshelferin mehr, aber das bedeutete auch, nicht mehr Vals Kollegin zu sein. Am Ende war es auch für sie die bessere Wahl. Ich hatte die Zielscheibe auf ihrem Rücken verkleinert und die gab es, weil sie zu mir gehalten hatte. Das würde sie auch weiterhin tun.

Aber, und das war ein großes »Aber«, die andere Seite meiner Entscheidung für die Malerei war, dass sie mir andere Freiheiten einräumte. Andere Optionen. Ich konnte meine Zeit selbst einteilen. Ich bestimmte, was ich malte. Keine Anweisungen mehr. Es war nicht gefährlich, welche Art von Farbe ich wählte. Ich nahm an, ich würde das Adrenalin, die Kameradschaft und die Action vermissen. Aber auch, den Bewährungshäftlingen, die es zuließen, zu helfen. Doch meine Kunst, das war ich. Ganz ich. Ein neues Ich.

Ich hatte gerade erst begonnen, hatte eine ganze Zukunft vor mir und dieses Mal sah sie tatsächlich rosig aus.

Ich hatte Hoffnung, sah das Licht.

Die Malerei war für mich eine Flucht vor meinen Gedanken, meinem Job gewesen, aber jetzt wählte ich einen anderen Weg.

Ich kündigte meine Stelle und mittlerweile war ein ganzer Monat ohne ein weiteres Drama vergangen. Das war wahrscheinlich der beste Teil meiner Wahl. Mehr und mehr meiner Bilder wurden verkauft. Ich hätte das gern als ein Zeichen des Universums gesehen, aber das tat ich nicht. Der verbitterte Teil von mir würde immer in mir sein. Ich hatte in meinem Leben schon zu viel Mist gesehen, aber es fühlte sich trotzdem gut an.

Die anderen schönen Dinge, die in meinem Leben passierten? Meine Mutter.

Chelsea Montell ging es gut, sie war trocken und ließ sich auf ihre Therapie ein, anstatt den umgekehrten Weg zu gehen. Im Moment war sie ganz aufgeregt, weil Trace heute Abend zu Besuch kommen würde. Den Grund für ihre Nervosität kannte ich nicht. Schließlich war er schon öfter zum Abendessen da gewesen, aber ich war im Keller und arbeitete. Sie hatte darauf bestanden, heute Abend zu kochen.

Was auch immer sie vorbereitete, es roch köstlich.

Dann klingelte es an der Tür.

Ich hörte die Schritte meiner Mutter und musste ein wenig lachen, denn Trace besaß einen Schlüssel fürs Haus. Er benutzte ihn oft, wenn er sich hereinschlich und in mein Zimmer kam. Ich hatte wegen dem, was mit Bear hier geschehen war, vorgeschlagen, das Haus zu verkaufen, aber meine Mutter war dagegen. Stattdessen schlief sie in meinem Zimmer, während wir das große Schlafzimmer renovierten. Neuer Teppichboden und alles andere wurde auch neu. Sogar ein neuer Kleiderschrank wurde eingebaut.

Aus dem hinteren Büro hatten wir unser neues Schlafzimmer gemacht. Meins und Trace'. Wir bewohnten es, wenn wir über Nacht hierblieben. Die Beziehung zu meiner Mutter befand sich immer noch in einem empfindlichen Gleichgewicht, also blieben wir ein paar Nächte in der Woche hier, wenn ich die Abende mit meiner Mutter verbringen oder bis spät in die Nacht malen wollte. Die übrige Zeit waren wir in Trace' Wohnung in der Stadt.

Am Haus wurde auch eine ganze Reihe anderer Renovierungsarbeiten durchgeführt. Mit dem Verkauf meiner ersten Bilder bezahlte ich einen Teil davon. Der andere Teil war ein Geschenk von Trace und das fühlte sich gut an. Das Haus wurde instand gehalten und auf diese Weise hatte meine Mutter eine Wahl. Sie konnte es verkaufen, denn in meinen Augen war sie immer noch die Eigentümerin. Oder ich würde verkaufen, wenn sie darauf bestand. Es wäre ein nettes Gespräch, das wir führen könnten. Wir hatten Optionen, wir beide, und sie hasste mich nicht mehr. Ich wusste zwar, dass es Leute gab, die an die Aufarbeitung von Familientraumata und Ähnlichem glaubten, unabhängig davon, ob es sie selbst oder einen nahen Angehörigen betraf, aber so waren wir nicht.

Wir machten weiter, und wenn auf diesem Weg Entschuldigungen ausgesprochen und angenommen wurden, dann war das umso besser. Jetzt merkte ich allerdings, dass irgendetwas im Gange war.

Ich hörte die Stimme meiner Mutter und sie klang eine ganze Oktave höher als sonst. Schon den ganzen Tag war sie heute so gewesen.

Ich wusste nicht, was los war, aber ich nahm an, dass es etwas mit Trace zu tun hatte, da sie so sehr darauf bestanden hatte, für heute Abend ein ganzes Festmahl zu kochen. Und sie hatte mir geraten, etwas Schönes anzuziehen.

Was hatte das zu bedeuten?

Aber wenn sie glücklich war, war ich es auch. Trace war glücklich mit mir und er würde es auch mit dem Rest werden, egal, welche Wahl er traf, denn ich nahm an, er hatte sich noch nicht ganz entschieden. Er sagte, nach heute Abend würde er einen Schlussstrich ziehen und entscheiden, ob er auf Ashtons Angebot einging.

Meine Mutter ging in der Küche hin und her.

Ich hörte Trace' Stimme; sie klang ruhiger.

Er kam nicht herunter, deshalb wandte ich mich wieder meinem Bild zu.

\* \* \*

Chelsea machte Nudeln, Brötchen und alle möglichen vegetarischen Gerichte, die es gab. Kartoffelpüree. Süßkartoffeln. Sie war auf dem vegetarischen Trip, also gab es viel Fleisch, das kein Fleisch war, aber wie Fleisch schmeckte, und somit war es mir egal.

Meine Mutter übernahm an diesem Abend die Gesprächsführung. Sie redete ununterbrochen und alle dreißig Sekunden warf sie Trace einen Blick zu.

Nach zwanzig Minuten hatte ich genug. »Also gut.« Ich schob meinen Stuhl zurück. »Was ist los?«

Trace wurde still.

Meine Mutter rang nach Luft und kaute auf der Unterlippe.

Ich kniff die Augen zusammen und schaute zwischen den beiden hin und her. »Irgendetwas ist hier los. Mom, du hast mich gebeten, mich schick anzuziehen. Du selbst trägst ein Kleid. Trace, du siehst sowieso immer gut aus.« Und das tat er. Er trug ein Henley-Shirt und Jeans und seine Haare waren auf eine Art zerzaust, die meine Vagina ansprach.

»Nun.« Trace stand auf und seine Hand wanderte in die Hosentasche.

Meine Mutter schnappte nach Luft.

Ich runzelte die Stirn, aber dann klingelte mein Handy.

»Geh nicht ran.« Chelsea winkte ab.

Nein. Es war Val.

Ich zeigte Trace das Display und er nickte. Wenn sie anrief, war es wichtig. Wir waren keine Freundinnen, die sich ständig anriefen.

Ich nahm das Gespräch an. »Was ist los?«

Sie stieß einen nervösen Atemzug aus.

Das war der erste Hinweis.

Ich straffte die Schultern und konzentrierte mich nur noch auf diesen Anruf. »Sag schon. Das Baby?«

»Nein, nein. Der kleine Rabauke tritt mich immer noch, aber, äh ... ich muss dir etwas sagen.«

Das war der zweite Hinweis.

»Was? Persönlich?« Ich zerbrach mir den Kopf, kam jedoch nicht darauf, worum es sich handeln könnte.

»Äh, das wäre möglich, aber diese Neuigkeiten werden sich schnell verbreiten und ich möchte sicherstellen, dass du sie zuerst von mir erfährst.«

»Jetzt machst du mir aber Angst.«

»Ich weiß.«

Das war der dritte Hinweis. Sie beruhigte mich nicht. Mit keinem Wort.

Mir rutschte das Herz in die Hose und ich schloss die Augen, bereitete mich auf das Schlimmste vor oder versuchte es.

Ich spürte Trace neben mir.

»Sag's mir einfach, Val.«

»Im nördlichen New York wurden zwei Leichen gefunden. Hier wurde niemand verständigt, weil das nicht in unseren Zuständigkeitsbereich fällt. Aber sie baten mich darum, es dir zu sagen.«

Ich ging die Liste durch.

Wer war hier, wer war nicht hier?

Nein! Nein! Nein!

Ich wusste es, als sie es aussprach.

»Die DNA passt. Es sind Kelly und Justin.«

# Danksagung

Die Geschichte von Jess and Trace zu schreiben, war buchstäblich wie ein Wirbelwind! Ich erinnere mich daran, dass ich mit dem Schreiben dieser Geschichte anfing, dann aber mit einem Bewährungshelfer sprach (wofür ich sehr dankbar bin!) und mir klar wurde, wie sehr sich Jess' Persönlichkeit verändern würde. Sie wurde für mich beim Schreiben zu einer ganz anderen Figur und das gefiel mir! Vielen Dank an Kimberly, Lauren und Lindsey, die mit mir zusammengearbeitet und mir geholfen haben, die Geschichte von Jess und Trace bestmöglich zu erzählen. Vielen Dank an die gesamte Montlake-Gruppe, die bei der Entstehung dieses Buches geholfen hat. Ich weiß das wirklich sehr zu schätzen. Ein Dankeschön geht an Crystal, Amy, Chris und Kimberly, die jedes Mal einen Rat wissen, wenn ich eine Nachricht an sie schicke. Ihr nehmt euch immer Zeit für mich und dafür bin ich sehr dankbar.

Ein großes Dankeschön an meine Leser in der Tijan-Crew. Ihr baut mich mit euren Beiträgen auf und habt keine Ahnung, wie sehr ich das schätze. Ein Dank geht auch an Debra Anastasia, Helena Hunting und Rachel Van Dyken, und zwar dafür, dass sie einfach da sind. Lol!

Mein letztes Dankeschön geht an B-man. Dein ständiges Schwanzwedeln, das Einfordern von Streicheleinheiten und dein Ablecken bringen Schwung in meinen Alltag, selbst wenn du es leid bist, dass ich schreibe, und einfach nur Gassi gehen willst! Ich liebe dich so sehr.

# Folge der Autorin auf Amazon

Wenn dir dieses Buch gefallen hat, folge Tijan auf Amazon. Dann erhältst du eine Benachrichtigung, wenn die Autorin ihr nächstes Buch veröffentlicht. Um der Autorin zu folgen, gehe bitte folgendermaßen vor:

### Desktop:

1) Suche auf Amazon.de oder in der Amazon App nach dem Namen der Autorin.
2) Klicke auf den Namen der Autorin, um auf die Autorenseite zu gelangen.
3) Klicke auf den »Folgen«-Button.

### Smartphone und Tablet:

1) Suche auf Amazon.de oder in der Amazon App nach dem Namen der Autorin.
2) Klicke auf einen Titel der Autorin.
3) Klicke auf den Namen der Autorin, um auf die Autorenseite zu gelangen.
4) Klicke auf den »Folgen«-Button.

### Kindle eReader und Kindle App:

Wenn du dieses Buch auf einem Kindle eReader oder in der Kindle App liest, wird dir automatisch angeboten, der Autorin zu folgen, nachdem du die letzte Seite des Buches gelesen hast.